Impass

Impasse des deux palais se prés   r-
geoise du Caire de 1917 à 1   re
d'Ahmed Abd el-Gawwad, un honorable commerçant qui vend du riz, du
café, des fruits secs et du savon et songe à se distraire plus souvent qu'à son
tour. Et le lecteur est entraîné dans le tourbillon des allées et venues des différents membres de sa pieuse famille, ponctuées par les rituels et la récitation respectueuse des sourates du Coran.

Avec la patience délectable des conteurs orientaux, Naguib Mahfouz orne
son récit de mille détails savoureux et poétiques. Rien ne nous échappe des
fourmillantes occupations de la famille d'Ahmed Abd el-Gawwad. Mieux,
une ville se dessine à travers les vives digressions du récit, Le Caire où
l'auteur est né en 1912, avec ses vieux quartiers, l'animation de ses rues, la
vie de ses cafés, l'effervescence de ses boutiques...

Ahmed Abd el-Gawwad est un personnage double et énigmatique. Pour les
membres de sa famille, il est ce maître grave, autoritaire, inflexible, austère, ce tyran qui les fait mourir de terreur. Pour les autres, pour les amis
ou pour les clients de sa boutique, il se métamorphose et devient soudain le
plus aimable des compagnons, le plus enjoué, le plus exquis, le plus délicat,
le plus amoureux. Il enchante par son esprit, son charme et son humour, sa
voix qu'il a fort belle, sa vitalité débordante et juvénile, sa gaieté et sa générosité sans pareilles. Chaque soir ou presque, il quitte sa maisonnée pour
retrouver d'autres compagnons et succomber avec eux aux plaisirs de la
boisson et aux charmes très peu secrets des courtisanes.

Ahmed Abd el-Gawwad n'est pourtant pas un personnage déchiré et malheureux. Il s'accommode de ses personnalités contradictoires. Il s'amuse, il
prie et le tour est joué. Sa conscience ne lui reproche rien. D'ailleurs,
l'auteur non plus ne le juge pas. Il l'observe, comme tous ses autres personnages, avec une bienveillante et scrupuleuse attention. En un mot, Ahmed
Abd el-Gawwad est un homme heureux. Ou presque. Car il affronte aussi
les soucis domestiques, avec ses cinq enfants et sa femme si soumise qui,
pourtant, un jour, prétendra sortir de son propre gré dans la rue, escortée
de son plus jeune fils.

Fiançailles, mariages, multiples petites aventures et péripéties, toutes très
émouvantes, viennent parfois contrecarrer son autorité et le distraire de ses
amours clandestines. Quand il quitte sa maison, un vent de soulagement se
répand dans les cœurs. Enfin est rendue à chacun la liberté de parler, de
rire, de chanter, de respirer ! Quant aux femmes vouées à l'enfermement, il
ne leur reste que les interstices des moucharabiehs pour grappiller un peu
de cette vie qu'elles ne connaîtront jamais, ou, comme Amina la vertueuse
épouse, à se forger un univers secret sur la terrasse de la maison, un monde
de distraction et de bonheur entre ciel et terre, parmi les colombes, les poules, les œillets, les jasmins et les entrelacs de verdure.

(Suite au verso.)

Les femmes ont toujours occupé une place essentielle dans les romans de Mahfouz. A travers elles, reconnaît l'écrivain, « *j'ai souvent tenté de dépeindre l'évolution de la société égyptienne* ». *Impasse des deux palais* décrit en filigrane l'effritement des rites, des traditions et des lois jadis impitoyables qui tenaient les femmes cloîtrées à la maison comme dans un couvent.

Mahfouz, marqué par les romanciers français du XIXᵉ siècle et la littérature russe, après avoir abandonné le roman historique, se veut un écrivain résolument réaliste. La plupart de ses livres illustrent la lutte des hommes contre le pouvoir, l'oppression et l'injustice. *Impasse des deux palais,* premier volume d'une trilogie qui se poursuit avec *Le Palais du désir* et *Le Jardin du passé* et se déroule jusqu'en 1944, s'inspire de bon nombre d'éléments autobiographiques de l'écrivain égyptien. « *Je crois dans l'art basé sur la vérité et la sincérité* », affirme d'ailleurs Naguib Mahfouz. Dans *Impasse des deux palais,* Kamal, le plus jeune fils d'Ahmed Abd el-Gawwad, est un peu le double de l'auteur. Comme lui, il regarde avec un mélange d'innocence, de curiosité et d'incompréhension le monde des adultes. Comme lui, il a vécu son enfance dans les ruelles du vieux quartier du Caire et suivi les événements politiques de 1919 : l'arrestation de Saad Zaghloul qui avait demandé la levée du protectorat et la proclamation de l'Indépendance, le soulèvement contre les Anglais et les terribles émeutes qui suivirent. Car *Impasse des deux palais,* saga d'une famille, est aussi l'évocation de la vie politique de l'Egypte, telle que nous permet de l'appréhender le grand frère de Kamal qui, gagné aux mouvements nationalistes, paiera de sa vie la défense de ses idées.

Auteur de plus de quarante romans et recueils de nouvelles, Naguib Mahfouz, prix Nobel de littérature, peut être considéré comme le fondateur du roman arabe moderne. Il écrit dans un style plein de vie, de naturel et d'humour, avec un sens inné du dialogue qui lui a permis d'aborder aussi le genre théâtral. Dans un monde islamique où trop souvent, aujourd'hui, triomphent le sectarisme, l'intransigeance et la violence, Mahfouz oppose la sagesse paisible d'un observateur impartial de l'humanité. Depuis plus d'un demi-siècle, il n'a pas cessé d'ausculter les misères et les joies du peuple cairote. Mais son message, mais sa vision dépassent tous les particularismes. Le propre des grands écrivains est d'atteindre aussi à l'universel.

Nicole Chardaire.

NAGUIB MAHFOUZ

Impasse des deux palais

TRADUIT DE L'ARABE
PAR PHILIPPE VIGREUX

J.-C. LATTÈS

La première édition de cet ouvrage a été publiée en arabe
au Caire, Egypte, en 1956,
aux éditions Maktabat Misr
sous le titre original
Bayn al-Qasrayn

Édité avec la collaboration de Selma Fakhry Fourcassié

Paru dans Le Livre de Poche :

LE PALAIS DU DÉSIR.
LE JARDIN DU PASSÉ.

PREMIÈRE PARTIE

I

Sur le coup de minuit, elle se réveilla comme à son habitude à cette heure de la nuit, sans le secours d'un réveil quelconque, mais poussée par un besoin tenace qui s'obstinait à lui faire ouvrir les yeux avec une ponctualité sans faille.

Un instant elle resta à la frange des choses, livrée à la mêlée des phantasmes et des picotements de la perception consciente, jusqu'à ce que, au moment d'ouvrir les paupières, dans sa crainte que le sommeil ne l'eût trompée, l'angoisse l'étreigne.

Elle secoua légèrement la tête et ouvrit les yeux sur l'obscurité dense de la pièce. Pas le moindre indice pour lui permettre de se faire une idée de l'heure présente : en bas, la rue ne s'endormait pas avant les premières lueurs de l'aube. Les bribes du bavardage nocturne des cafés, comme les voix des boutiquiers qui lui parvenaient au tout début de la nuit, se confondaient avec celles encore perceptibles à minuit, et de là jusqu'à l'aurore. Dès lors, nul repère auquel se fier hors l'intuition intime, sorte d'horloge consciente, et le silence qui enveloppait la maison, témoignant que son mari n'avait pas encore frappé la porte ni heurté les marches de l'escalier du bout de sa canne.

C'était l'habitude qui l'avait tirée du sommeil à cette heure, une vieille habitude, héritée de la prime jeunesse, et qui la possédait encore à l'âge adulte, qu'elle avait faite sienne au même titre qu'un certain nombre de règles de la vie conjugale, et qui voulait qu'elle fût sur pied au beau milieu de la nuit pour attendre son mari au retour de ses sorties nocturnes et le servir avant qu'il s'endorme.

D'un coup elle se redressa sur son lit afin de couper court à la douce séduction du sommeil et, invoquant le Seigneur et sa miséricorde, se glissa de dessous la couverture sur le sol de la chambre. Marchant à tâtons en se guidant sur la colonne du lit et le battant de la fenêtre, elle atteignit la porte et l'ouvrit, laissant entrer un faible rayon de lumière qui s'échappait de la lampe posée sur la console du vestibule.

Elle s'en approcha timidement, s'en saisit et la ramena dans la chambre où le col du verre projeta au plafond un cercle tremblotant de lumière diaphane cerné d'obscurité. Elle la posa sur une table basse en face du divan.

A cet instant la pièce s'éclaira avec son vaste plancher carré, ses hauts murs et son plafond strié de poutres parallèles, sans compter l'air cossu que lui donnaient le tapis de Schiraz, le lit spacieux encadré de quatre colonnes de cuivre, l'armoire massive et le large divan que recouvrait un petit tapis quadrillé aux motifs et aux teintes variés.

Elle se dirigea vers le miroir, y jeta un regard et voyant que son voile de tête brun, tout fripé et glissant vers l'arrière, lui découvrait le front encombré de mèches châtaines, elle en saisit le nœud du bout des doigts, le dénoua et rajusta le voile sur sa tête en en rattachant soigneusement les deux extrémités d'un geste mesuré. Puis, des paumes, elle se frotta les côtés du visage comme pour en effacer les dernières traces de sommeil.

C'était une femme d'une quarantaine d'années, de taille moyenne, menue au premier abord, mais cachant sous une peau fine un corps aux formes rondes et pleines, inscrit dans les limites étroites d'une silhouette harmonieuse. Elle avait le visage oblong, surmonté d'un front haut, des traits fins, deux beaux petits yeux couleur de miel au regard rêveur, un petit nez fin légèrement galbé aux narines et une bouche aux lèvres minces d'où s'amorçait la courbe d'un menton effilé. Sur son teint doré et éclatant se détachait, à la hauteur de la pommette, un grain de beauté d'un pur noir de jais.

Elle sembla, en se drapant dans son voile, céder à la précipitation et, se dirigeant vers la porte du moucharabieh, pénétra dans la cage fermée où elle s'attarda, promenant son regard de droite à gauche à travers les fins ajourements des vantaux, en direction de la rue.

Le moucharabieh donnait sur la fontaine de Bayn al-Qasrayn[1] et surplombait l'intersection de la rue du même nom, qui montait vers le nord, avec la rue d'al-Nahhasin[2] qui plongeait vers le sud. A gauche, la voie apparaissait étroite, sinueuse, tapie dans l'ombre épaisse des étages supérieurs où s'alignaient les fenêtres des demeures endormies et celle plus diffuse des rez-de-chaussée profitant de la lumière des lanternes des voitures à bras, des enseignes des cafés ou d'une poignée de boutiques faisant nocturne jusqu'à la pointe de l'aube. A droite, elle s'engouffrait dans une zone obscure, désertée par les cafés au profit des grands magasins fermant tôt leurs portes. Rien, sur cette toile de fond, n'accrochait le regard hors les minarets des collèges de Qalawun et de Barquq[3], fiers comme des silhouettes de géants montant la garde sous la voûte étoilée; un tableau qui avait captivé ses yeux un quart de siècle durant, sans jamais la lasser – du reste, peut-être avait-elle ignoré la lassitude tout au long de sa vie pourtant monotone. Au contraire, elle avait découvert dans ce spectacle un compagnon de solitude et l'ami dont elle s'était trouvée quasiment privée pendant une longue

1. Litt. « Entre les deux palais ». Ce nom de quartier du vieux Caire qui donne son titre original au roman est un vestige de l'époque fatimide (Xᵉ s.) dont les califes avaient fait élever dans ce quartier deux palais (qasr) aujourd'hui disparus. Le mot arabe « bayn » signifie (entre), car il s'agit ici de l'espace situé entre ces deux palais et qui seul a subsisté jusqu'à nos jours.

2. Litt. « Rue des Chaudronniers ».

3. Les collèges des sultans Muhammad Ibn Qalawun et Barquq datent de l'époque mamelouke, construits respectivement à la fin du XIIIᵉ et à la fin du XIVᵉ siècle.

9

période de sa vie. C'était avant la naissance de ses enfants, à l'époque où cette grande maison à la cour poussiéreuse, avec son puits profond, ses étages et ses pièces immenses au plafond démesuré, n'abritait qu'elle, en tout et pour tout, la majeure partie du jour et de la nuit.

A l'époque de son mariage, c'était une toute jeune fille, à peine âgée de quatorze ans. Mais, à la suite de la mort de ses beaux-parents, elle s'était vite retrouvée seule à la tête de cette grande demeure, aidée alors uniquement dans sa tâche par une femme âgée qui la quittait à la tombée de la nuit pour aller dormir dans le réduit du four à pain, à l'autre bout de la cour, l'abandonnant au monde des ténèbres peuplé d'esprits et de spectres, tantôt s'assoupissant, tantôt cherchant le sommeil jusqu'à ce que revienne son vénérable mari de ses interminables sorties.

Pour se rassurer, elle avait pris l'habitude de faire un tour complet des pièces en compagnie de sa servante, brandissant la lampe devant elle, inspectant les coins et les recoins d'un œil scrutateur et craintif. Puis elle fermait soigneusement les portes, les unes après les autres, partant du rez-de-chaussée et terminant par le haut, tout en récitant ce qu'elle savait du Coran pour repousser les démons. Après quoi elle se retirait dans sa chambre, fermait la porte et se glissait dans son lit, tout en continuant sa récitation tant que le sommeil n'en était pas venu à bout.

Les premiers temps, dans cette maison, sa peur de la nuit fut intense, car il ne lui échappait pas – elle qui en savait sur le monde des djinns bien plus long que sur celui des humains – qu'elle n'était pas seule à vivre dans cette grande maison, que les démons retrouvaient vite le chemin de ces pièces antiques, vastes et vides. Peut-être même y avaient-ils élu domicile avant qu'on l'installe elle-même ici, ou tout simplement avant qu'elle ait vu le jour. Que de fois leur susurrement ne s'était-il pas insinué dans son oreille, que de fois ne s'était-elle pas réveillée au contact de leur souffle brûlant. Son seul refuge était alors de réciter la

Fâtiha[1] ou la sourate de l'Eternel, ou de se précipiter vers le moucharabieh pour épier à travers les interstices du bois les lumières des voitures et des cafés, à moins qu'elle ne tende l'oreille à la recherche d'un rire ou d'une toux capables de lui rendre son propre souffle. Puis vinrent les enfants, l'un après l'autre; mais comment ces petits êtres de chair tendre, à l'aube de la vie, pouvaient-ils dissiper la peur et apporter un sentiment de sécurité? Au contraire, avec tout ce que faisait germer de pitié et de souci dans son esprit troublé l'idée de les savoir à la merci d'un danger, celle-ci n'avait fait que redoubler. Elle les prenait dans ses bras, les couvrait de tendresse, les bardant, en temps de veille comme de sommeil, d'une cuirasse de sourates, de talismans et d'amulettes. Mais, la paix véritable, elle n'était pas à même de la goûter tant que l'absent n'était pas rentré de sa veillée. Il n'était pas rare que, seule avec son petit dernier qu'elle essayait d'endormir en le cajolant, elle se mette à le serrer soudainement contre sa poitrine et que, sur le qui-vive, pétrifiée d'effroi et de confusion, elle élève la voix, l'air de s'adresser à quelqu'un : « Arrière, ta place n'est pas ici parmi de bons musulmans comme nous! », pour conclure par la sourate de l'Eternel qu'elle récitait d'une traite avec ferveur. Néanmoins, à force de côtoyer les esprits, avec le temps elle s'était affranchie sensiblement de ses craintes et jusqu'à un certain point habituée à leurs tracasseries qui ne lui avaient jamais porté atteinte, au point que, si le bruit d'un esprit rôdeur parvenait à ses oreilles, elle s'écriait sur un ton non dénué d'audace : « Respecte donc un peu les créatures de Notre Seigneur! Dieu est entre nous deux, alors sois beau joueur, déguerpis! » Toutefois elle n'était jamais pour autant totalement rassurée avant le retour de son absent de mari. C'était lui qui, par sa seule présence, qu'il fût éveillé ou endormi, répandait la paix en elle, que les portes fussent ouvertes ou fermées, la lampe allumée ou éteinte.

1. La « Fâtiha » est la première sourate du Coran (du vb. fataha : ouvrir).

L'idée lui était venue, un jour de leur première année de vie commune, d'élever une sorte d'objection polie à ces soirées continuelles au-dehors. Mais il s'était contenté de répondre en la prenant par les deux oreilles, de sa voix sonore et sans mâcher ses mots : « Je suis un homme, c'est moi qui commande. Je n'admets aucune remarque touchant ma conduite, ton seul devoir est d'obéir. Et prends bien garde à ne pas m'obliger à t'apprendre à vivre! » Cette leçon et d'autres qui suivirent lui avait appris qu'elle pouvait tout faire, au besoin fréquenter les démons, sauf laisser percer sa colère. Elle devait s'en tenir à une stricte obéissance, et elle obéit, au prix de sa personne, au point qu'il lui répugna bientôt de blâmer les sorties de son mari, fût-ce dans l'intime de son cœur. Et la conviction s'ancra en elle que la virilité digne de ce nom, le despotisme, les escapades nocturnes jusqu'à minuit passé n'étaient que les attributs nécessaires d'une seule et même essence. Au fil des jours, elle en vint même à tirer fierté des faits et gestes de son seigneur, fussent-ils pour elle source de joie ou de tristesse; vaille que vaille, elle resta l'épouse aimante et docile.

Pas un seul jour elle n'avait regretté la soumission et la sécurité dont elle s'était contentée. Elle aimait se rappeler les souvenirs de sa vie, toujours placés sous le signe du bien et de l'allégresse, et à l'heure où la peur et la tristesse n'étaient plus à ses yeux que des formes sans contenu, il lui semblait qu'elles ne méritaient rien de plus qu'un sourire de commisération. N'avait-elle pas déjà cueilli tous les fruits de vingt-cinq années de vie commune avec ce mari, lui et ses défauts, à commencer par leurs enfants, son bien le plus précieux, un foyer voué au bien et à la bénédiction, une vie fertile et heureuse? Sans doute. Quant à la promiscuité des démons, elle en revenait, nuit après nuit, saine et sauve. Car aucun d'eux n'avait jamais nourri contre elle et ses enfants de funestes appétits, à part ce qu'il était plutôt convenu d'appeler quelques agaceries. Il n'y avait donc pas lieu de se plaindre; au contraire, il fallait rendre grâce à Dieu dont le verbe avait apaisé son cœur et dont la miséricorde avait donné droiture à sa vie.

Il n'était pas jusqu'à cette heure d'attente, qui lui gâchait pourtant tout le lait du sommeil et exigeait d'elle tant de disponibilité, qu'elle ne trouvât digne de marquer la fin du jour. Elle l'aimait du fond du cœur, d'autant qu'elle était devenue partie intégrante de sa vie, faisant bon ménage avec les plus doux de ses souvenirs, cette heure qui restait le symbole vivant de l'affection qu'elle portait à son époux, de son dévouement à le rendre heureux, de son attachement à les lui manifester, nuit après nuit.

Elle en fut remplie de satisfaction quand, debout dans le moucharabieh, elle commença à promener son regard à travers la claire-voie, tantôt du côté de la fontaine de Bayn al-Qasrayn, tantôt vers la ruelle d'al-Khoranfish, vers le portail du bain du sultan, ou encore en direction des minarets, à moins qu'elle ne préférât le laisser vagabonder au milieu des bâtisses entassées en vrac des deux côtés de la chaussée, comme un bataillon de soldats goûtant le repos après la rigueur de l'ordre. Elle sourit au tableau, cher à ses yeux, de cette rue qui, au moment où chemins, venelles et impasses sont plongés dans le sommeil, restait éveillée jusqu'aux premières lueurs de l'aube. Que de divertissement avait-elle trouvé à son insomnie, de réconfort dans sa solitude, de rempart à ses frayeurs, grâce à cette rue dont la nuit ne transformait le visage qu'en en plongeant la vie ambiante dans un silence profond, en inventant à ses clameurs un espace où elles puissent s'élever et se clarifier. Un espace comparable au noir qui occupe les quatre coins du cadre et donne à la photo tout son relief et sa luminosité. Qu'un rire vienne à y résonner, il donnait l'impression de venir de la chambre; qu'une expression familière se fasse entendre, elle la distinguait mot pour mot; qu'une toux rauque s'élève, il lui en parvenait jusqu'au dernier souffle, proche du gémissement; que la voix du garçon de salle annonce un « Et une *taamira*[1]! » semblable à l'appel du muezzin, elle se disait au fond d'elle-même, pleine de joie : « Bénis soient ces gens, même à cette heure ils redemandent la *taamira*. » Puis tout ce petit monde lui faisait penser à son époux absent et elle se demandait : « Où peut-il bien être en ce moment? Que fait-il? Quoi qu'il fasse, que Dieu le protège! » En effet, elle s'était entendu dire une fois qu'un homme comme M. Abd el-Gawwad, avec sa fortune, sa force, sa beauté, à en juger par ses soirées continuelles au-dehors, ne devait pas manquer de femmes dans sa vie. Sur le moment, la jalousie l'avait envenimée et laissée en proie à une profonde tristesse et, comme le courage d'en toucher mot directement à son mari lui manquait, elle porta son chagrin chez sa mère, qui se mit à la consoler avec les mots les plus doux qu'elle pût trouver, finissant par lui déclarer : « Il t'a épousée après avoir répudié sa première femme, il aurait pu la reprendre s'il avait voulu ou épouser, en plus de toi, deux, trois, quatre femmes. Son père avant lui a passé sa vie à se marier. Alors remercie le ciel qu'il t'ait gardée comme seule épouse. » Même si les paroles de sa mère étaient restées sur le moment, au plus fort de la tristesse, sans effet, du moins avait-elle pu à la longue en reconnaître la sagesse et le bien-fondé. Et quand bien même ces racontars eussent été vrais, peut-être était-ce là encore un de ces traits essentiels du caractère masculin, au même titre que les escapades nocturnes et le despotisme. En tout état de cause, un mal isolé valait mieux que des maux nombreux, et il lui était pénible de laisser un soupçon miner sa vie heureuse et comblée. Et puis ces racontars n'avaient sans doute après tout aucune consistance, aucun fondement. Elle se rendait compte que sa position par rapport à la jalousie, en tant que femme en butte aux soucis de la vie, n'allait-il pas au-delà d'une stricte acceptation, comme un jugement exécutoire qui

1. On appelle *taamira* (ou *taamira nadiya*), dans l'argot des cafés cairotes, la boule de tabac imprégné légèrement d'eau posée sur le fourneau de la pipe à eau.

restait pour elle sans appel. C'est pourquoi elle n'avait trouvé d'autre moyen de s'en défendre que de s'en remettre à la patience et d'en appeler à son pouvoir de résistance personnel. C'était l'unique refuge à l'intérieur duquel elle pouvait surmonter ses répugnances. Dès lors, la jalousie et son objet, tout comme les autres traits de caractère de son mari et la promiscuité des démons, entrèrent dans le domaine du supportable.

Elle s'était mise à observer la rue et à prêter l'oreille aux conversations de la nuit, quand tout à coup elle entendit un bruit de sabots qui lui fit tourner la tête vers la rue d'al-Nahhasin. Une calèche approchait lentement, perçant l'obscurité de ses deux fanaux. Elle poussa un soupir de soulagement et marmonna : « Enfin!... voilà la calèche d'un de ses amis qui, la soirée finie, le ramène à la porte de la maison, avant de filer comme d'habitude vers al-Khoranfish chargée de son propriétaire et d'une bande de copains habitant le quartier. » La calèche stoppa devant la maison, et la voix de son mari retentit qui lançait d'un ton jovial : « Allez, que Dieu vous garde! »

Avec amour et étonnement elle l'écoutait prendre congé de ses amis. D'autant que, si elle n'avait pas eu coutume de l'entendre toutes les nuits à la même heure, elle ne l'aurait pas reconnu, elle qui ne lui connaissait d'ordinaire, ainsi que ses enfants, que fermeté, dignité et austérité : d'où sortait-il soudain ce ton bon enfant et rigolard tout empreint d'affabilité et de délicatesse? C'était si vrai que l'homme à la calèche sembla vouloir plaisanter :

– T'as pas entendu mon cheval se faire houspiller par sa conscience quand tu es descendu de voiture? Tu sais pas ce qu'elle a dit? Elle a dit : « Si c'est pas malheureux de te voir reconduire chaque nuit à sa porte cet homme qui mérite tout au plus de monter un âne! »

Eclat de rire général dans la voiture. A quoi notre homme répliqua après le retour au calme :

– Et tu n'as pas entendu ce qu'il lui a répondu? Eh bien, il a répondu : « Justement! Si je n' m'en chargeais pas moi-même, c'est le bey notre maître qu'il monterait! »

Nouveau fou rire dans la voiture, auquel l'homme à la calèche coupa court :

– On en reparlera la nuit prochaine!

Et la voiture s'ébranla en direction de la rue Bayn al-Qasrayn tandis que Ahmed Abd el-Gawwad gagnait la porte d'entrée. Pendant ce temps, sa femme quittait le moucharabieh pour la chambre, attrapait la lampe et prenait le chemin du vestibule qu'elle traversa jusqu'à la loggia pour s'arrêter en haut de l'escalier. Elle entendit la porte de la rue claquer, le verrou coulisser et elle imagina son mari traversant la cour, avec sa haute stature, reprenant sa noblesse et sa gravité, mettant de côté ce ton badin qu'elle aurait pensé être la dernière des choses possibles si elle n'avait pas prêté l'oreille. Puis elle entendit le son de la canne sur les marches et tendit la lumière par-dessus la rampe afin d'éclairer ses pas. Quand il l'eut rejointe en haut de l'escalier, elle le précéda en élevant la lampe et il la suivit.

– Bonsoir, Amina! chuchota-t-il.

Elle lui rendit son salut d'une voix effacée, dénotant la politesse et la soumission :

– Bonsoir, seigneur!

Quelques instants plus tard, ils se trouvèrent tous les deux réunis dans la chambre et Amina alla déposer la lampe sur la table. Pendant ce temps, il suspendit sa canne au rebord du croisillon du lit, ôta son tarbouche et le posa sur le coussin, au milieu du divan. Après quoi sa femme s'approcha pour lui retirer ses vêtements. Droit sur ses jambes, il apparaissait doté d'une belle stature, d'une forte carrure, d'un corps imposant au ventre proéminent et compact, drapé dans la double épaisseur d'une *djoubba* et d'un cafetan[1], avec une élégance et un naturel qui mettaient en évidence la richesse de goût et la générosité. Quant à ses cheveux noirs tombant de part et d'autre de la

1. La *djoubba* (ou *goubba*) est une sorte de longue robe ouverte sur le devant avec de larges manches. Le cafetan est d'origine turque et désigne un long manteau à manches, ouvert devant et serré par une ceinture.

raie sur les côtés de la tête, leur coiffure n'était pas des plus soignées, mais sa bague au chaton enchâssé d'un gros brillant et sa montre en or suffisaient à certifier cette richesse de goût et cette générosité. Le visage, allongé et plein, fortement expressif, aux traits nets, était bien le reflet d'une personnalité marquante dont la beauté s'affirmait dans les larges yeux bleus, le grand nez majestueux, en harmonie, malgré sa taille, avec celle du visage, la large bouche aux lèvres charnues et la moustache noire et fournie, roulée en pointe aux deux extrémités avec une perfection insurpassable.

Sa femme s'approchant de lui, il étendit les bras et elle lui retira sa *djoubba* qu'elle plia avec soin et posa sur le divan. Puis elle revint détacher la ceinture de son cafetan, la lui ôta et commença avec une égale application à la mettre en plis pour la poser sur la *djoubba,* pendant qu'il attrapait et enfilait sa robe de nuit et emboîtait sa calotte blanche sur la tête.

Puis il s'étira en bâillant, s'assit sur le divan et allongea ses jambes en se calant la tête contre le mur. Amina, de son côté, acheva de ranger les vêtements et vint s'asseoir devant ses pieds étendus. Elle lui retira chaussures et chaussettes, mais, dès que le pied droit apparut dans sa nudité, un premier défaut se fit jour sur ce corps splendide qui affectait le petit doigt rongé, à l'emplacement d'un cor rebelle, par le raclage répété d'une lame de rasoir. Amina s'absenta quelques instants et revint les bras chargés d'une cuvette et d'un broc, déposa la première entre les pieds de son mari et se releva en tenant le broc dans sa main, prête à l'action. Il se redressa alors sur son siège et tendit ses deux mains à sa femme qui lui versa l'eau dont il se lava le visage, se frictionna le crâne et se rinça ensuite abondamment. L'opération terminée, il attrapa la serviette sur le dossier du divan et s'essuya la tête, le visage, les mains, pendant qu'Amina ramassait la cuvette et la rapportait à la salle de bains. C'était là la dernière de ses tâches quotidiennes dans la grande maison. Elle s'en était acquittée sans faillir un quart de siècle durant avec, outre une ardeur jamais entamée, joie et jubilation, animée du même entrain qui la faisait voler à ses autres travaux ménagers, dès avant le lever du soleil et jusqu'à son coucher. Une assiduité et une activité incessantes qui lui avaient valu de la part de ses voisines le surnom d'« abeille ».

Elle regagna la chambre, ferma la porte et tira de dessous le lit un matelas qu'elle installa en face du divan et sur lequel elle s'assit, ne se reconnaissant pas le droit, décemment, de prendre place à côté de son mari. Un temps s'écoula, elle observait le silence, se refusant à parler avant qu'il ne l'y ait invitée. De son côté, le dos avachi sur le dossier du divan, les paupières lourdes et cernées d'une rougeur inhabituelle due à la boisson, il paraissait épuisé de la veillée prolongée. Sa respiration se fit pesante, chargée de vapeurs d'alcool. Bien qu'il s'adonnât chaque nuit au vin, buvant à l'excès jusqu'à l'ivresse, il ne se décidait jamais à rentrer avant de se sentir totalement libéré des effets de l'alcool et en pleine possession de soi, soucieux qu'il était de préserver sa dignité ainsi que l'image qu'il aimait à donner chez lui. Sa femme était à cet égard la seule personne de son entourage qu'il rencontrait en rentrant, mais elle n'avait jamais perçu des traces de la boisson que son odeur, ni remarqué dans son comportement de bizarrerie suspecte, à part quelques indices remontant aux premiers temps de leur mariage et qu'elle avait feint d'oublier.

Chose inattendue, de la compagnie qu'elle lui tenait à cette heure, elle se voyait gratifiée par une disposition qui le prenait à la parole et une volubilité qu'elle obtenait rarement de lui en temps de veille accomplie. Elle se souvenait de la panique qui s'était emparée d'elle le jour où elle avait réalisé qu'il rentrait soûl de ses soirées. Le vin évoqua alors en elle tout ce qu'il pouvait représenter de sauvagerie, de folie et, horreur entre toutes, d'enfreinte à la religion. Tout son être en fut pris de nausée et d'effroi, elle éprouva chaque nuit lors de son retour une douleur insurmontable. Puis au fil des jours et des nuits, l'expérience prouva que l'heure où il rentrait était celle où il perdait de sa rigueur, se montrait le plus gentil, disposé aux compliments, aux discours, au point qu'elle apprit à mieux le connaître et se rassura, sans oublier pour autant d'implorer le Seigneur d'excuser sa désobéissance et de lui accorder Son pardon.

Combien elle aurait souhaité le voir faire preuve de la même relative complaisance en état de veille, et combien elle appréciait cette désobéissance qui faisait de lui un homme aimable. Longtemps elle fut partagée entre ce qu'elle y voyait de religieusement répréhensible et le repos et la paix qu'elle en retirait. Toutefois, elle enfouit ce qu'elle ressentait au tréfonds de son âme et l'occulta comme une personne incapable de le confesser, ne fût-ce qu'à soi-même.

Quant à lui, il était on ne peut plus jaloux de sa dignité et de son autorité, ses moments de gentillesse n'étaient que fugitifs et, si de temps en temps, assis sur son divan, un large sourire s'ouvrait sur son visage à la pensée soudaine des bons moments de la soirée, il avait vite fait de se reprendre et de se refermer. Il regardait alors subrepticement sa femme et, la trouvant là, assise devant lui comme d'habitude, les yeux baissés, il retournait rassuré à ses souvenirs. En vérité, sa veillée ne prenait pas fin avec son retour à la maison mais se poursuivait dans ses souvenirs et dans son cœur qui la retenait par la force d'un appétit insatiable des plaisirs de la vie. C'était comme si le cercle des convives restait présent à ses yeux, auréolé de la fine fleur de ses intimes, rassemblé autour d'une de ces pleines lunes qui se levaient au ciel de sa vie de temps à autre. Les oreilles lui tintaient encore de l'écho des plaisanteries, des traits spirituels et des jeux de mots que son talent naturel faisait germer spontanément, pour peu que l'ivresse et l'émotion du plaisir le chavirent. Ces mots d'esprit en particulier, il les passait en revue avec un soin et une minutie où perçaient fierté et contentement. Il se souvenait combien ils avaient fait sensation, du succès et de l'enthousiasme qu'ils avaient rencontrés et qui faisaient de lui le meilleur ami de tous. Rien d'étonnant à cela. Il sentait souvent que le rôle qu'il jouait dans le cadre de ces soirées revêtait une telle importance qu'il rivalisait avec le but de toute une vie et que la sienne propre, celle de tous les jours, n'était qu'une nécessité à laquelle il devait satisfaire pour avoir accès à ces instants privilégiés d'ivresse, de rire, de chansons et d'amour passés au milieu de ses amis les plus chers. De temps à autre résonnaient en lui les rimes de chansons douces et plaisantes qui revenaient souvent sur les lèvres de la joyeuse assemblée. Elles le transportaient et, revenu sur terre, il les saluait du fond du cœur d'un profond « Allah Akbar! » Cet art du chant auquel il vouait un amour égal à celui du vin, de la compagnie et des « lunes », il ne pouvait supporter de le voir absent de ses soirées, de sorte qu'il lui était égal d'arpenter des kilomètres jusqu'à l'autre bout du Caire pour aller écouter al-Hammouli, Othman ou al-Manialawi[1], où que se trouve leur villa. Ainsi leurs chansons avaient-elles trouvé asile dans son âme généreuse, comme se nichent les rossignols dans l'arbre touffu, et s'était-il forgé un répertoire d'airs et de thèmes qui lui avait valu d'être sacré grand maître de l'ordre du chant et de l'émotion esthétique. Il aimait cet art de toute son âme et de tout son corps, la première tressaillait d'émoi et restait grande ouverte; quant au second, la fièvre des sens l'emportait et ses membres se mettaient à danser, surtout la tête et les mains. C'est ainsi que son esprit garda de certains airs des souvenirs indélébiles, spirituels aussi bien que charnels, comme par exemple « Pourquoi ne m'es-tu que souffrances et absence? » ou « Que connaîtra-t-on demain et que verra-t-on après-demain? » ou encore « Ecoute un peu et apprête-toi à ce que je vais te dire ».

Il suffisait que l'un d'entre eux lui vienne soudain à l'esprit, embrassant tout un cortège de souvenirs, pour

1. Il s'agit d'Abdou al-Hammouli (1845-1901) et de Muhammad Othman (1855-1900) considérés comme les deux plus grands compositeurs de dawrs égyptiens (poème chanté en arabe dialectal sur une mesure à quatre temps); al-Manialawi était quant à lui simple chanteur.

exciter en lui les régions de l'ivresse, qu'il se mette à branler la tête d'extase, un sourire de volupté papillonnant sur ses lèvres, ou à claquer des doigts, allant même jusqu'à entonner à haute voix la chanson s'il se trouvait seul. Malgré cela, le chant n'était pas pour lui une passion exclusive, l'unique source de ses plaisirs. C'était plutôt comme une fleur au milieu d'un bouquet, chacun se délectant de la présence de l'autre, bienvenue entre l'ami cher et le compagnon fidèle, entre le vin moelleux et le doux badinage; quant à s'y consacrer uniquement, comme ceux qui l'étudient chez eux par la voix du phonographe, c'était une belle chose, louable sans doute, mais étrangère à son univers, son milieu, son environnement, et il s'en fallait de beaucoup que son cœur s'en satisfasse, lui qui souhaitait placer entre deux chansons un jeu de mots propre à ravir les esprits, renouveler son inspiration à la source d'une coupe bien pleine et contempler la lueur de l'extase sur le visage de l'ami et dans l'œil de l'être cher, avant d'associer leurs voix dans une exaltation commune de la grandeur et de l'unicité de Dieu. Mais le résultat de la soirée ne se limitait pas à la seule résurrection des souvenirs, elle avait entre autres sur sa fin la particularité de l'habituer à un style de vie recommandable, celui-là même auquel aspirait de toutes ses forces son épouse obéissante et docile lorsqu'elle se trouvait devant cet homme à la compagnie agréable, qui discourait librement avec elle et lui faisait part de ses convictions intimes, comme s'il sentait, ne fût-ce que l'espace d'un instant, qu'elle n'était pas seulement une servante mais aussi la compagne de sa vie.

C'est ainsi qu'il se mit à l'entretenir des affaires de la maison et l'informa qu'il avait donné carte blanche à un fournisseur de ses connaissances pour en renouveler les réserves en beurre, en blé et en fromage. Puis il se mit à pester contre la montée des prix et la disparition des produits de première nécessité dues à cette guerre qui ravageait la planète depuis trois ans, et, comme chaque fois qu'il évoquait la guerre, à s'emporter contre les soldats australiens, maudissant ces envahisseurs qui se répandaient dans la ville comme des sauterelles et semaient la corruption sur la surface du globe.

En vérité, il avait une dent contre les Australiens pour une raison toute personnelle, à savoir qu'ils l'avaient coupé, dans leur tyrannie, des manifestations de divertissement et de plaisir de l'Ezbékiyyé[1], auxquelles, à de très rares exceptions près, il avait renoncé, impuissant, car il était au-dessus de ses forces de s'exposer à une armée qui spoliait ouvertement la population et passait le plus clair de son temps à la bafouer sans vergogne.

Puis il continua en demandant des nouvelles « des enfants », selon son expression, sans distinction entre le plus grand, commis aux écritures à l'école d'al-Nahhasin, et le plus petit, élève à Khalil Agha.

– Et Kamal? demanda-t-il en termes de sous-entendus. Prends garde de me cacher ses bêtises!

Amina pensa alors à son petit garçon dont elle avait effectivement passé sous silence les petits jeux innocents. Mais le père ne reconnaissait d'innocence à aucune forme de jeu ou de divertissement.

– Il s'en tient aux recommandations de son père! répondit-elle de sa voix soumise.

Il resta un instant silencieux, l'air absent et reprit sa moisson de souvenirs de la joyeuse soirée, quand l'indicateur de sa mémoire, marquant un retour en arrière et s'arrêtant sur les événements qui avaient précédé sa soirée, lui rappela d'un seul coup que la journée avait été solennelle. Et, comme il se trouvait dans un état où il eût été déplacé de cacher rien de ce qui surnage à la surface de la conscience, il déclara comme se parlant à lui-même :

– Quel excellent homme que le prince Kamal Eddine

1. Quartier de la ville moderne du Caire connu aujourd'hui pour son jardin botanique. Le nom vient du prince mamelouk Ezbek qui fit recreuser, à cet endroit, un ancien lac. Le khédive Ismaïl le fit reboucher pour y construire l'opéra du Caire.

Hussein! Tu sais ce qu'il a fait? Il a refusé de monter sur le trône de feu son père sous la tutelle des Anglais!

Bien que sa femme eût appris la veille la mort du sultan Hussein, c'était bien la première fois qu'elle entendait le nom de son fils. Elle ne sut que dire mais, poussée par un sentiment de respect pour l'interlocuteur et craignant de faire un commentaire mal apprécié de la moindre de ses paroles, elle se contenta de dire :

– Que Dieu tienne le sultan en sa miséricorde et honore son fils!

Il ajouta sous forme de digression :

– C'est le prince Ahmed Fouad, ou plutôt le sultan Fouad, comme on l'appelle désormais, qui a accepté de monter sur le trône. La cérémonie d'investiture a eu lieu aujourd'hui et son cortège l'a conduit du Qasr al-Bustân au palais Abdîne. Louange à l'Eternel!

Amina l'écoutait avec attention et joie, une attention que mobilisait en elle le moindre écho venu de ce monde extérieur dont elle ignorait à peu près tout, et une joie qu'éveillait le témoignage d'affection qu'elle voyait, et dont elle se sentait flattée, dans le fait que son mari aborde avec elle de si graves questions.

Sans compter le savoir inclus dans la discussion elle-même qu'elle se faisait un plaisir de restituer aux oreilles de ses enfants, et en particulier de ses deux filles qui, comme elle, ignoraient tout du monde extérieur. Elle ne trouva rien de mieux, pour répondre à sa délicate attention que de lui renouveler un souhait dont elle savait par avance combien il était cher à son cœur et auquel elle était elle-même profondément attachée :

– Que Dieu nous rende Son Excellence Abbas effendi!

– Mais quand? Quand? grommela-t-il en hochant la tête. Dieu seul le sait. On ne lit dans les journaux que les victoires des Anglais. Vont-ils réellement gagner la guerre ou se faire coiffer par les Allemands ou les Turcs? O Dieu, répondez-nous!

Ses yeux se fermaient de fatigue, il bâilla puis s'étira.

– Va mettre la lampe dans le vestibule! dit-il à Amina.

Sa femme se leva aussitôt, prit la lampe sur la table et se dirigea vers la porte. Mais avant d'en franchir le seuil elle entendit son mari lâcher un rot.

– A votre bonne santé! murmura-t-elle.

*

Dans la paix du matin naissant où l'aube retient sa traîne aux premiers rais de lumière, montèrent de la cour et du fournil les coups sourds du pétrin, aussi rythmés que la frappe d'un tambour. Amina était debout depuis près d'une demi-heure. Elle avait fait ses ablutions, sa prière, et était descendue au four pour réveiller Oum Hanafi, une femme d'une quarantaine d'années, entrée toute jeune au service de cette maison qu'elle n'avait quittée que le temps d'un mariage, suivi de la répudiation qui l'y avait ramenée. Tandis qu'elle s'était levée pour faire le pain, Amina de son côté s'affairait à la préparation du petit déjeuner. La cour de la maison couvrait un vaste espace, percé au fond à droite d'un puits, condamné par un couvercle de bois depuis que le sol avait vu les premiers pas des enfants et par suite équipé de tuyaux pour aller chercher l'eau. Au fond à gauche, deux grandes pièces jouxtaient l'entrée de la salle du harem, l'une réservée au four et faisant par conséquent office de cuisine, l'autre aménagée en cellier. Quoiqu'un peu à l'écart, la pièce du four parlait fidèlement au cœur d'Amina. Combien de temps avait-elle passé en ces lieux? Au bout du compte, une vie entière sans doute; entre ces murs qui s'habillaient aux couleurs de la fête à la venue des Moussems[1], quand les cœurs s'ouvraient aux joies de la vie et que les bouches se tendaient alléchées par l'éventail de mets savoureux qu'ils offraient alors de saison en saison, comme l'eau de raisins du ramadan et ses

1. Fêtes célébrées à l'occasion du pèlerinage à La Mecque.

qatayef [1], les gimblettes et les galettes de la fête de rupture du jeûne ou le mouton de la fête du Sacrifice, engraissé et dorloté, avant d'être égorgé sous les yeux des enfants qui ne lui refusaient jamais une larme d'adieu sur un fond d'allégresse.

L'œil voûté du four au fond duquel grondait un feu ardent ressemblait alors à un brandon de joie allumé dans le secret des cœurs. Il était comme le joyau de la fête, l'heureuse promesse de son succès. Et si Amina sentait qu'elle n'était « là-haut » que l'ombre du maître et la représentante d'un pouvoir dont elle ne possédait pas la moindre parcelle, elle régnait en revanche sans partage sur ces lieux. D'un seul ordre, elle laissait mourir le feu ou lui donnait vie. Un mot d'elle décidait du sort du bois et du charbon qui attendaient à droite, dans l'angle. Quant au fourneau en terre, rangé en face sous les étagères des marmites, des plats et des plateaux en cuivre, il dormait dans son coin ou crépitait à son signal sous la langue des flammes. Elle était ici la mère et l'épouse, la muse et l'artiste dont l'entourage attendait l'œuvre, les yeux fermés. A telle enseigne qu'elle ne gagnait les éloges de son époux, quand il daignait lui en faire, que par le truchement d'un plat élaboré de main de maître et savamment dosé à la cuisson.

Oum Hanafi était de son côté la cheville ouvrière de ce royaume en miniature, soit qu'Amina fût occupée à l'intendance ou aux travaux courants, soit qu'elle laissât la place à l'une de ses deux filles pour lui permettre de pratiquer son art sous sa direction. Oum Hanafi était une forte femme, taillée d'une seule pièce. En elle la nature avait fait généreusement son œuvre, laissant la meilleure part au volume, bafouant tous les droits de la beauté. Mais Oum Hanafi se trouvait très bien ainsi, car elle voyait dans l'embonpoint le critère de la beauté suprême. Comment

1. Pâtisserie en forme de rouleau fourrée d'une pâte de noix, amandes et miel. A l'origine, pâte fibreuse ayant l'aspect de vermicelles, obtenue par aspersion sur une plaque chaude.

s'en étonner dès lors que chacune de ses tâches était peu ou prou considérée comme secondaire face à son rôle majeur qui était de « faire profiter » les membres de la famille, surtout les femmes, en leur préparant bon nombre de « gourmandises » miracle, véritable alchimie de la beauté. Et même si l'effet de ces « gourmandises » n'était pas toujours bénéfique, du moins preuve en avait été faite plus d'une fois qu'il était méritoire et à la mesure des espérances. Quoi de plus naturel dans ces conditions qu'Oum Hanafi « profite » elle aussi, sans toutefois que sa corpulence n'entame son ardeur au travail. Aussitôt réveillée par sa maîtresse, elle bondissait du lit, le cœur à l'ouvrage, volant à son pétrin de terre et maltraitant la pâte dont la plainte tenait lieu de réveil à toute la maison.

Celle-ci parvint aux enfants, au premier étage, pour s'élever jusqu'au père tout en haut, avertissant la maisonnée que l'heure était venue de se lever. Et le sieur Ahmed Abd el-Gawwad se tourna et se retourna dans son lit, ouvrit les yeux, et sur le moment fit mauvaise mine à ce vacarme qui avait troublé son sommeil. Mais, sachant qu'il devait se lever, il ravala son amertume, rencontra la première sensation qu'il éprouvait au réveil, une lourdeur de tête contre laquelle il s'efforçait de lutter, pour finalement se redresser dans son lit malgré son envie irrésistible de s'abîmer à nouveau dans le sommeil. Car ses nuits tumultueuses ne lui faisaient pas oublier pour autant le devoir quotidien. Aussi se levait-il à cette heure matinale, même s'il s'était couché fort tard, pour se rendre à la boutique avant huit heures. Plus tard, la sieste lui donnerait tout le temps de réparer le manque de repos et de repartir d'un bon pied pour la veillée. Néanmoins, l'instant du réveil était pour lui le pire moment de la journée; celui où il devait s'arracher de son lit, tout en titubant d'épuisement et de vertige, pour se retrouver face à une vie dépourvue de douces évocations et de chaudes sensations, comme métamorphosées au contraire en élancements dans la tête et dans les paupières.

Les coups du pétrin ayant harcelé les têtes de la

chambrée au premier étage, Fahmi se réveilla. Il avait le réveil facile, compte tenu des nuits de travail qu'il passait plongé dans ses livres de droit. Dès qu'il avait les yeux ouverts, la première sensation qui le visitait était l'image d'un visage rond, au reflet d'ivoire, incrusté de deux yeux noirs, pour lequel son âme soupirait : « Maryam! » Et s'il avait décidé au pouvoir de la séduction, il serait resté longtemps sous sa couverture, dans l'intimité de cette vision passagère qui venait l'entretenir des choses les plus douces de l'amour. Pouvoir la contempler à l'envi, lui parler et lui révéler des secrets à n'en plus finir, s'approcher d'elle dans cet élan audacieux qui ne se peut oser que dans la tiède somnolence de la pointe du jour!

Mais, comme d'habitude, il remit sa déclaration au vendredi matin et se dressa dans son lit. Puis il tourna la tête en direction de son frère endormi dans le lit d'à côté et s'écria :

– Yasine, hé! Yasine, réveille-toi!

Le garçon s'arrêta de ronfler, s'ébroua un peu gêné et marmonna entre ses dents :

– Mais je le suis, réveillé, je l'étais même avant toi!

Fahmi attendit, le sourire aux lèvres, que son frère se remette à ronfler :

– Debout! hurla-t-il.

Yasine se retourna en ronchonnant dans son lit, entraînant de ce fait un pan de couverture qui dévoila une partie de son corps, gros et ventru comme celui de son père. Puis il ouvrit des yeux irrités, avec un regard de reproche qu'accentuait un plissement de front rageur :

– Pfff! Déjà le matin. Pourquoi ne peut-on dormir son soûl? La discipline. Toujours la discipline. On se croirait à l'armée!

Sur ce, il se leva en s'arc-boutant sur ses mains et ses genoux, secoua la tête afin de jeter bas sa torpeur et glissa un regard du côté du troisième lit où Kamal terminait sa nuit dans une paix que personne ne viendrait troubler avant une demi-heure et qu'il lui envia :

– En voilà un qui a de la veine!

27

Lorsqu'il eut un peu émergé, il se carra sur son lit et, se calant la tête entre les mains, voulut jouer avec les pensées délicieuses qui font le miel de la rêverie matinale, laquelle lui était gâchée dès le réveil par cette lourdeur de tête qu'il connaissait comme son père. Il songea à Zannouba, la luthiste, mais celle qui bouleversait tant ses sens en temps normal ne lui inspira qu'un large sourire.

Dans la chambre d'à côté, Khadiga n'avait pas attendu le signal du pétrin pour sauter du lit. C'était elle qui, de toute la famille, avec son entrain et sa promptitude au réveil, tenait le plus de sa mère. Aïsha, elle, se réveillait d'ordinaire à la secousse que donnait au lit le lever de sa sœur, qui faisait exprès de se glisser brutalement sur le sol, provoquant invariablement prises de bec et échanges d'injures que la répétition transformait en une sorte de jeu cruel. Quand Aïsha avait franchi le cap du réveil et mis fin à ses chamailleries, elle ne se levait pas, mais au contraire, avant de sortir du lit, se laissait aller à l'une de ces interminables rêveries du matin.

Ainsi, doucement, la vie reprenait. Elle gagna tout le premier étage. Les fenêtres s'ouvrirent, laissant la lumière inonder les pièces et pénétrer dans la foulée un air chargé du grincement de roues des *suarès*[1], des voix des ouvriers, des exhortations du vendeur de bouillie de maïs. Alors que le va-et-vient battait son plein entre la chambre et la salle de bains, Yasine apparut dans sa robe de nuit, enveloppant son corps plantureux dans un vaste drapé, suivi de Fahmi qui, avec sa taille démesurée, était, sa minceur mise à part, tout le portrait de son père. Les deux filles descendirent dans la cour pour rejoindre leur mère dans la pièce du four. Elles offraient le spectacle d'une dissemblance peu commune dans une seule et même famille. Si Khadiga avait le teint foncé et des traits véritablement

1. Le mot *suarès* est la déformation égyptienne du nom de l'Allemand Schwartz qui avait fondé au Caire la compagnie de transport du même nom. Les *suarès* étaient en quelque sorte les ancêtres du tramway en Egypte. Les wagons étaient tirés par des mulets et la ligne allait du vieux Caire à la Citadelle.

difformes, Aïsha était au contraire une beauté au teint clair que nimbait un halo de grâce et de lumière.

Bien que le maître de maison fût seul à l'étage supérieur, Amina ne l'avait pas laissé en plan; il avait trouvé sur la table basse une soucoupe remplie de graines de fenugrec pour se rafraîchir l'haleine et s'était dirigé vers la salle de bains où des effluves parfumés d'encens voletèrent à ses narines. Sur une chaise, des habits propres l'attendaient, disposés avec soin. Puis, comme chaque matin, il s'aspergea d'eau froide pour ne pas manquer à une habitude dont il ne variait jamais, été comme hiver, et regagna sa chambre, régénéré et d'attaque. Tirant le tapis de prière plié sur le dossier du canapé, il l'étala à terre et accomplit sa première obligation matinale. Il pria, le visage plein de soumission, un visage sans commune mesure avec celui, souriant et radieux, qu'il affichait en compagnie de ses amis, ni celui, inflexible et grave, qu'il réservait à la vie familiale. Non, ce visage-là était un visage d'humilité, dont les traits décrispés et adoucis par la dévotion, l'amour et la supplication, ruisselaient de piété, d'adoration et d'espoir. Sa prière n'était pas un enchaînement mécanique d'attitudes : récitation, station, prosternation. Elle était au contraire tout amour, ferveur et effusion. Il l'accomplissait avec une ardeur égale à celle qu'il mettait à consumer la vie par tous les bouts, à commencer par le travail, auquel il se vouait corps et âme, l'amitié qui tournait avec lui à l'excès, l'amour qui le faisait fondre littéralement, ou la boisson, à laquelle il s'abandonnait de bon cœur à la moindre occasion. Ainsi, la prière était-elle pour lui un prétexte spirituel pour cerner la grandeur divine; aussi, lorsqu'il en avait terminé, s'asseyait-il jambes croisées, tournait-il ses paumes vers le ciel et priait-il Dieu de veiller sur lui, de lui accorder son pardon et de bénir sa progéniture et son négoce.

Amina mit la dernière main à la préparation du petit déjeuner, laissant aux deux filles le soin de préparer le plateau. Puis elle monta à la chambre des garçons où elle trouva Kamal encore endormi. Elle s'approcha de lui avec le sourire et posa la paume de sa main sur son front en récitant la Fâtiha. Puis elle l'appela en le secouant douce- ment jusqu'à ce qu'il ouvre les yeux et ne le lâcha point tant qu'il ne fut pas levé. Fahmi entra sur ces entrefaites, sourit à sa mère en la voyant, la salua. A son bonjour, elle répondit, les yeux rayonnants d'amour :

— Matin de lumière, ô lumière de mes yeux!

Puis, avec la même douceur, elle dit bonjour à Yasine, « le fils de son mari », qui lui répondit avec toute l'affection que méritait une femme occupant dans son cœur la place d'une mère digne de ce nom.

Au moment même où Khadiga revenait du four, Fahmi et Yasine l'entreprirent, surtout Yasine, avec les sarcasmes habituels. Il faut dire qu'elle y prêtait, avec sa physionomie peu engageante et son ton revêche, malgré l'ascendant qu'elle pouvait avoir sur les deux frères, fruit de la grande habileté dont elle faisait preuve en prenant en charge leurs problèmes, et dont Aïsha, symbole de beauté en même temps que d'insignifiance au sein de la famille, pouvait rarement se prévaloir. Yasine l'aborda en ces termes :

— Nous étions justement en train de parler de toi, Khadiga. Nous disions que, si toutes les filles te ressem- blaient, les hommes ne risqueraient pas d'attraper le mal d'amour!

— Et toi, répondit-elle du tac au tac, si tous les hommes te ressemblaient, ils ne risqueraient pas d'attraper le mal de tête!

Mais la voix d'Amina retentit :

— Messieurs, le petit déjeuner est prêt!

*

La salle à manger se trouvait à l'étage avec la chambre à coucher des parents. Outre ces deux pièces, le niveau comprenait une salle de séjour et quatre autres pièces vides n'abritant qu'une petite panoplie de jouets au milieu desquels Kamal trouvait amusement à ses moments de détente. On venait d'étendre la nappe et de disposer les coussins autour. Le père vint s'asseoir à la place du maître, suivi, l'un après l'autre, des trois frères : Yasine qui s'installa à sa droite, Fahmi à sa gauche et Kamal face à lui. Tous trois s'assirent dans les règles de l'éducation et de l'obéissance, baissant la tête comme s'ils assistaient à une prière commune mettant sur un pied d'égalité le commis aux écritures de l'école d'al-Nahhasin, l'étudiant en droit et l'élève de Khalil Agha, chacun se gardant bien d'oser regarder le père en face. Ils allaient même jusqu'à éviter de croiser leurs regards en sa présence au cas, où, pour une raison ou une autre, l'un d'eux fût pris malgré lui d'un sourire qui l'aurait exposé à coup sûr à une terrible et implacable rebuffade. Le cercle du petit déjeuner était le seul à réunir les enfants en présence de leur père, car ils rentraient à la maison en fin d'après-midi, alors qu'il avait déjeuné et fait sa sieste avant de reprendre le chemin de la boutique. Et il n'était de retour qu'à minuit passé. Mais cette pause matinale, bien que de courte durée, leur faisait l'effet d'un calvaire en raison de la discipline militaire qu'ils étaient tenus d'y observer, sans parler de la terreur qui s'abattait sur eux, leur mettait les nerfs à fleur de peau et les prédisposait à une série de maladresses que leur seule obsession à vouloir éviter rendait inévitables. Avec cela, le petit déjeuner lui-même se déroulait dans une ambiance propre à en gâcher le plaisir. Il n'était pas rare, par exemple, que le père occupe le court espace de temps précédant la venue de la mère avec le plateau à inspecter ses fils d'un œil critique. De sorte que, s'il remarquait dans la tenue de l'un d'eux une imperfection, la plus minime soit-elle, comme une tache sur un vêtement, il lui tombait dessus dans un torrent de remontrances et de mises en garde. Il lui arrivait de demander sèchement à Kamal : « Tu t'es lavé les mains? » Et si l'intéressé répondait par l'affirmative, il lui disait : « Montre-les! » Le gamin montrait alors ses paumes ouvertes en ravalant sa salive, perclus de terreur et, au lieu de l'encourager à la propreté, il ne trouvait rien de mieux à lui dire en guise de menace : « Si jamais tu oublies, ne serait-ce qu'une fois, de te laver les mains avant le repas, je te les coupe! Comme ça tu en seras débarrassé! » De la même manière, il pouvait s'adresser à Fahmi et lui demander : « Et le fils de chien, il a appris ses leçons? » Fahmi savait alors parfaitement de qui il parlait, car le « fils de chien », dans l'esprit du père, n'était autre que Kamal. Il répondait donc que le susnommé avait parfaitement appris ses leçons.

En fait la roublardise du jeune garçon, qui avait le don d'exaspérer son père, ne l'empêchait pas de faire preuve de sérieux et d'effort. Sa réussite et sa supériorité étaient là pour en témoigner. Mais le père, à la vérité, exigeait de ses fils une obéissance aveugle, chose insoutenable pour un garçon qui préférait le jeu à la nourriture. C'est pourquoi il avait l'habitude d'ajouter sur un ton irrité : « La bienséance passe avant la science! » Puis, se tournant vers Kamal, de continuer sur un ton tranchant : « Ecoute, fils de chien! »

Amina arriva, les bras chargés de l'énorme plateau de victuailles, le déposa sur la nappe et fit quelques pas en arrière, jusqu'au mur, s'arrêtant à proximité d'une table basse sur laquelle était posée une gargoulette. Elle resta debout, prête à répondre à toute sollicitation. Au centre du plateau de cuivre brillant de ses mille feux il y avait un grand plat ovale rempli de fèves bouillies, de beurre et d'œufs avec, sur l'un des rebords, une pile de galettes de pain toutes chaudes et, sur l'autre, une rangée de soucoupes contenant du fromage, des citrons et des piments macérés dans le vinaigre, du piment rouge, du sel, du poivre noir, qui mirent les ventres des enfants en alerte. Mais ceux-ci restèrent de glace, faisant mine d'ignorer ce merveilleux spectacle qui leur tombait du ciel, comme si ce dernier ne réussissait pas à secouer leur indifférence. Sur ce le père porta la main vers un pain, le rompit : « Mangez! » maugréa-t-il. Alors les mains affluèrent vers les petits pains, par ordre de grandeur d'âge, d'abord Yasine, puis Fahmi, puis Kamal, que tous trois prirent part au repas dans les limites de la politesse et de la retenue. Et tandis que le père engouffrait en hâte, les mâchoires semblables aux tranchants d'une infatigable cisaille, et parcourait tous les coins du plateau, agglutinant fèves, œuf, fromage, piment et citrons macérés, qu'il enfournait en une seule bouchée et broyait en un clin d'œil avec force, pendant que ses doigts préparaient la prochaine fournée, les enfants, eux, mangeaient tranquillement sans se presser, malgré toute la patience que cette modération imposait à leur nature bouillante. Car chacun d'eux était parfaitement conscient de la remarque cuisante ou du regard mauvais qui l'attendait s'il relâchait sa tenue, marquait un instant d'inattention en s'oubliant et en perdant par conséquent la notion de réserve et de discipline à laquelle il devait se tenir.

Kamal était dans la position la plus inconfortable, car il redoutait son père plus que tout autre. Et, si l'un ou l'autre de ses deux frères pouvaient craindre au pire un mouvement d'humeur ou une bourrade, le meilleur auquel il pouvait s'attendre était un coup de pied ou un coup de poing. Fort de cette certitude, il prenait sa part du repas, méfiant et gêné, surveillant de temps à autre d'un œil furtif le reste de nourriture qui fondait comme neige au soleil et redoublait, ce faisant, son angoisse. Il attendait avec anxiété que son père laisse paraître un signe de réplétion et lui laisse loisir de contenter son estomac. Mais, en dépit de la vitesse d'ingestion de celui-ci, de la grosseur de ses bouchées, nourries aux quatre coins du plat, il savait par expérience que la pire menace, la plus décisive, pesant sur la nourriture et pour cause sur lui-même, provenait de ses deux frères.

En effet, si le père avait vite fait de manger et de se rassasier, les deux autres ne commençaient vraiment à entrer en lice qu'une fois que le premier avait évacué le champ de bataille et ne quittaient la table qu'après avoir nettoyé les plats de toute miette comestible. C'est pourquoi, à peine le père s'était-il levé et avait-il quitté la salle que Kamal retroussait ses manches et se jetait sur les plats comme un aliéné en tirant le meilleur parti de ses deux mains : l'une pour le grand plat central, l'autre pour les soucoupes. Toutefois, il se voyait bien peu récompensé de son empressement. Devant le regain d'activité de ses deux frères il ne lui restait naturellement que le recours à la ruse, comme chaque fois qu'il voyait son intégrité menacée en pareil cas. En l'occurrence, éternuer délibérément dans le plateau. Ce qu'il fit. Les deux frères eurent un mouvement de recul, le regardèrent fous de rage, pour finir par quitter la table en se tordant de rire. Son rêve matinal venait de se réaliser : se retrouver seul à table.

Ahmed Abd el-Gawwad regagna sa chambre après s'être lavé les mains. Amina le suivit, tenant un verre rempli de trois œufs crus battus dans un doigt de lait. Elle le lui présenta, il l'avala d'un trait et alla s'asseoir pour siroter son café du matin. Ce verre riche en lipides marquait le point final de son petit déjeuner. Il constituait l'une des « médications » auxquelles il sacrifiait après ou entre les repas, comme l'huile de poisson, les noix, les amandes, les noisettes confites, pour entretenir la santé de son corps imposant et lui restituer, par une consommation exclusive de viandes de toutes sortes et d'aliments réputés riches en matières grasses, les forces que consumaient en lui les passions, de sorte qu'il en était venu à considérer les repas légers, voire de routine, comme « un passe-temps » ou plutôt « une perte de temps » dont n'avait que faire un homme de sa trempe. On lui avait conseillé le hachisch comme stimulateur d'appétit, entre autres effets bénéfiques, mais, après un essai peu convaincant, il s'en était détourné, et cela d'autant plus volontiers qu'il n'en avait pas apprécié l'état d'hébétude digne auquel il conduisait, un état mêlé d'apathie, incitant au mutisme, facteur d'isolement jusques en plus fidèle compagnie. Il avait été vite dégoûté de ces symptômes allant à l'encontre de sa nature enflammée par un désir sensuel de joie de vivre, vouée à une ivresse pétulante, aux délices de la communion avec les cœurs et aux cabrioles de la fantaisie et du rire. Dès lors, afin de ne pas perdre les qualités essentielles qui font les seigneurs de l'amour, il l'avait remplacé par une fine

variété de *manzoul*[1] qui avait fait la réputation de Mohammed al-Ajami, vendeur de semoule tenant boutique à
l'entrée de Salhiyyé dans le quartier des orfèvres, et qui en
réservait la préparation à ses meilleurs clients, commerçants et notables. Toutefois notre homme ne faisait pas
partie des consommateurs invétérés du *manzoul*. Il y avait
seulement recours de temps en temps, chaque fois qu'il
rencontrait un amour nouveau et, en particulier, si l'objet
de ses passions était une femme experte en matière d'hommes.

Il vida sa tasse de café, se leva en direction du miroir et
commença à enfiler ses vêtements qu'Amina lui tendait un
par un. Il observa en détail sa tenue avec une attention
soutenue, passa le peigne dans ses cheveux noirs qui lui
tombaient de chaque côté du crâne et redressa ses moustaches en en torsadant les pointes. Puis il considéra l'état de
son visage en tournant la tête à droite par mouvement de
torsion progressive afin de voir le côté gauche, puis à
gauche afin de voir le côté droit. Faisant un constat
favorable de l'ensemble, il tendit la main à sa femme qui
lui passa un flacon d'eau de Cologne rempli expressément
pour lui par Amm Hassanein le coiffeur. Il s'en parfuma
les mains et le visage, en humecta le plastron de son
cafetan et en imbiba enfin son mouchoir. Puis il emboîta
son tarbouche sur sa tête, prit sa canne et sortit de la
chambre, embaumant l'air sur son passage. Ce parfum
composé d'essences diverses était familier à tous ceux de la
maison. Il véhiculait avec lui l'image grave et décidée du
maître de maison et inspirait au cœur de chacun, en même
temps que l'amour, un respect mêlé de crainte. Mais à
cette heure de la matinée sa fragrance était le signe de son
départ et il laissait dans les esprits un vent de satisfaction
avouée, mais sans arrière-pensée, comme en éprouve le
détenu au cliquetis des chaînes déliées de ses mains et de
ses pieds. Chacun savait alors que d'un moment à l'autre

1. Le *manzoul* était une drogue forte, comparable à la cocaïne dans ses
effets.

allait lui être rendue la liberté de parler, de rire, de chanter, de bouger en toute quiétude.

Yasine et Fahmi avaient fini de s'habiller. Quant à Kamal, aussitôt le maître sorti, il s'était précipité dans la chambre pour satisfaire son envie de singer les gestes de son père qu'il épiait à travers l'embrasure de la porte entrouverte. Il se campa devant le miroir en s'inspectant d'un œil satisfait et interpella sa mère en forçant le ton : « Amina, le flacon! » Il savait qu'elle n'accéderait pas à sa demande mais n'en commença pas moins à frictionner des deux mains son visage, sa veste et sa culotte courte, comme s'il les imprégnait d'eau de Cologne et, tandis qu'Amina s'efforçait de ne pas rire, lui continuait à faire mine de sérieux et de gravité. Puis il se mit à examiner son visage sous toutes les coutures dans le miroir, le faisant pivoter de droite et de gauche avant de passer aux moustaches dont il entortilla les pointes imaginaires. Il s'écarta enfin du miroir et lâcha un rot, se tourna alors vers sa mère mais la trouvant tout bonnement en train de rire, il protesta : « Tu pourrais au moins me dire, à votre bonne santé! – A votre bonne santé, monsieur! » s'exécuta Amina en riant. Alors il quitta la chambre en imitant la démarche de son père, balançant la main droite comme s'il marchait en s'appuyant sur une canne.

La mère et les deux filles s'empressèrent de rejoindre le moucharabieh et se postèrent derrière la claire-voie donnant sur al-Nahhâsîn pour voir, à travers les orifices du bois, les hommes de la famille en chemin. Le père apparut en premier, marchant d'un pas lent, l'air digne, auréolé de noblesse et de beauté, levant çà et là la main en signe de salut. Amm Hassanein, le coiffeur, se leva sur son passage, suivi de Hajj Darwish, le vendeur de *foul*[1], d'al-Fouli, le laitier, et de Bayoumi, le vendeur de soupe. Elles le suivaient, les yeux pleins d'admiration et de fierté. Fahmi lui emboîtait le pas de sa démarche précipitée, puis Yasine,

---

1. Ou plus précisément en Egypte : *foul mdemmes*, fèves cuites à l'huile, c'est le plat national égyptien.

avec la stature d'un taureau et l'élégance d'un paon. Enfin arriva Kamal qui, sans avoir fait deux pas, se retourna et leva la tête vers la croisée grillagée du moucharabieh où il savait que sa mère et ses deux sœurs se cachaient. Il sourit et continua son chemin, en coinçant son cartable sous son bras, exhumant du sol des détritus pour les envoyer rouler au loin d'un coup de pied.

C'était là l'un des instants les plus heureux d'Amina, quoique sa crainte de voir la malveillance s'abattre sur ses hommes dépassât toute mesure. « Dieu nous garde du malheur de l'envieux qui nous envie », ne s'arrêtait-elle pas de réciter jusqu'à ce qu'ils ne fussent plus à portée de sa vue.

*

Amina quitta le moucharabieh, suivie de Khadiga. Aïsha, de son côté, s'y attarda dans le but de rester seule. Allant vers l'angle qui donnait sur Bayn al-Qasrayn, elle tendit le regard à travers la claire-voie, pleine d'inquiétude et d'impatience fébrile. L'œil luisant et se rongeant les lèvres, elle paraissait en proie à une attente manifeste. Elle n'eut pas à patienter longtemps avant que ne paraisse, au sortir de l'impasse d'al-Khoranfish, un jeune officier de police se dirigeant d'un pas tranquille vers le poste d'al-Gamaliyya. A cet instant, la jeune fille quitta en hâte le moucharabieh, gagna le salon et se dirigea vers la fenêtre latérale qu'elle entrebâilla légèrement en faisant pivoter l'espagnolette, puis elle resta à guetter son passage, le cœur battant d'émotion et de crainte. En arrivant à proximité de la maison, l'officier leva les yeux discrètement, mais sans lever la tête – il faut dire que personne ne levait la tête en Egypte à cette époque – et son visage s'illumina de l'éclat d'un sourire discret dont le reflet fit poindre sur le visage de la jeune fille un accès de rougeur confuse. Elle poussa un soupir et referma la fenêtre de toutes ses forces, telle une criminelle tentant de faire disparaître les traces d'un forfait sanglant. Puis elle s'en éloigna en fermant les yeux sous l'effet de l'émotion, se laissa tomber sur un siège et voyagea, la tête appuyée dans le creux de sa paume, dans l'espace sans fin de ses sentiments, n'y trouvant ni bonheur parfait, ni peur terrible, mais un cœur comme écartelé sans merci entre l'un et l'autre. Se laissait-elle gagner par l'ivresse et l'enchantement de la joie, le marteau menaçant de la peur résonnait au fond de son âme, sans qu'elle sache où trouver son avantage : mettre un terme à cette aventure ou suivre les inclinations de son cœur, tant l'amour était aussi fort que la peur. La rêverie la retint quelques intants, quand se turent les voix criardes de l'angoisse et du châtiment. Le temps s'étira alors dans la douce ivresse du rêve, sous l'aile de la paix. Et elle se souvint, elle aimait à s'en souvenir sans cesse, du jour où, en train de secouer le rideau tiré devant la fenêtre, elle avait hasardé un regard du côté de la rue à travers le battant ouvert pour chasser la poussière et s'était trouvée nez à nez avec lui, qui posait sur elle un regard à la fois étonné et plein de ravissement. Elle avait été prise d'un mouvement de recul, comme saisie d'effroi, mais l'instant de son passage avait suffi à laisser en elle l'empreinte inoubliable de son étoile dorée et de son galon rouge, vision propre à ravir le cœur et l'imagination et qui longtemps était restée vivante à ses yeux. Le jour suivant, à la même heure, et les jours d'après, elle avait pris l'habitude, tout en se dérobant à sa vue, de se tenir derrière la jalousie pour observer avec une joie triomphante sa manière de lever vers la fenêtre fermée des yeux anxieux, en quête de sa présence, puis, le visage rayonnant de joie, d'y deviner sa silhouette. Son cœur brûlant, qui s'éveillait pour la première fois à l'amour, attendait ce moment avec une impatience fébrile, le savourait dans l'instant avec délice, avant de le regarder s'éloigner comme dans un rêve. Un mois passa ainsi, jusqu'à ce que revienne le jour du dépoussiérage. Elle se précipita alors vers le rideau pour le secouer devant la fenêtre entrouverte, en prenant soin, cette fois-ci, d'être vue. Jour après jour, mois après mois, le manège continua, jusqu'au jour où la soif d'un surcroît d'amour l'emportant sur la peur sous-jacente,

38

elle fit un pas en avant, une folie! Elle ouvrit la fenêtre en grand et attendit, le cœur battant d'émotion et de peur, comme si elle allait lui déclarer son amour ou, pire, comme si elle était acculée par un feu rampant à se jeter du haut d'un précipice. Puis les voix de la peur et du châtiment se turent à nouveau. Le temps s'étira dans la douce ivresse du rêve et de la paix. Elle sortit de sa rêverie et se résolut à partir en guerre contre cette peur trouble-fête et commença par se dire pour se rassurer : « La terre n'a pas tremblé, tout va bien. Personne ne m'a vue et personne ne me verra. Après tout, je n'ai rien fait de mal! » Elle se leva d'un bond et, comme pour se donner une illusion d'insouciance, elle fredonna d'une voix douce, en quittant la salle : « Bel officier de pourpre galonné, toi qui me gardes emprisonnée, de ma disgrâce prends pitié. » Ce refrain, elle le reprenait encore et encore, quand lui parvint de la salle à manger la voix de sa sœur Khadiga.

— Si Madame la diva veut bien se donner la peine, sa servante lui a table dressée! claironnait celle-ci sur un ton sarcastique.

Cette voix, par le choc qu'elle produisit, lui fit retrouver pleinement ses esprits et elle retomba non sans effroi de son monde idéal à celui de la réalité matérielle, et cela pour une raison obscure – puisque tout allait bien, comme elle l'avait affirmé elle-même. Toutefois, le fait même de la voix de sa sœur venant interrompre sa chanson et le fil de ses pensées l'avait sans doute effrayée en raison de l'attitude de Khadiga qui se posait toujours vis-à-vis d'elle en esprit critique. Finalement, elle parvint néanmoins à s'affranchir de cette angoisse soudaine et répondit par un rire détaché, avant de diriger ses pas vers la salle à manger où elle trouva la nappe effectivement en place et sa mère qui arrivait avec le plateau.

A son entrée, Khadiga lui lança d'un ton pincé :

— Tu traînes dans ton coin pour que je me coltine seule tout le travail! On en a soupé de tes romances!

Bien qu'elle usât à l'ordinaire de mots tendres avec

Khadiga, de manière à prévenir ses critiques acerbes, il arrivait parfois que, devant l'obstination de l'autre à lui décocher des mots blessants à la première occasion, elle s'ingéniât à la rendre furieuse. Ainsi, elle lui dit faisant mine de sérieux :

— Je croyais que nous nous étions mises d'accord pour nous partager les tâches de cette maison : toi les torchons, moi les chansons...

Khadiga se tourna alors vers sa mère et, faisant allusion à sa sœur, s'exclama d'un ton railleur :

— Elle a peut-être l'intention de devenir almée !

Aïsha ne s'en formalisa pas, au contraire, elle renchérit avec le même intérêt apparent :

— Qui sait..., avec ma voix de tourterelle !

Si la première de ses reparties, qui tenait à moitié de la plaisanterie, n'avait pas mis sa sœur en colère, la dernière en revanche la rendit furieuse, pour la bonne raison qu'elle était l'exact reflet de la vérité et que Khadiga, entre autres qualités dont elle était jalouse, enviait à sa sœur la beauté de sa voix.

— Ecoute, princesse, lança-t-elle, l'air mauvais, cette maison est celle d'un homme bon et généreux qui ne reproche jamais à ses filles d'avoir des voix d'âne mais qui ne tolère pas les potiches inutiles et encombrantes.

— Si tu avais une voix comme la mienne, tu ne dirais pas ça !

— Ben voyons, tu n'auras qu'à chanter et je te répondrai. Tu diras : « Bel officier de pourpre galonné, toi qui... », et moi j'entonnerai la suite : « ... me gardes emprisonnée, de ma disgrâce prends pitié. » Pendant ce temps-là, nous laisserons Madame – en montrant sa mère – balayer, frotter et faire la cuisine !

La mère qui avait l'habitude de ce genre d'algarade s'était déjà installée à sa place.

— Pour l'amour du ciel, supplia-t-elle, taisez-vous et asseyez-vous, que nous prenions au moins le petit déjeuner en paix !

Les deux sœurs s'avancèrent vers la nappe, s'assirent et Khadiga s'adressa à sa mère :

– Ma pauvre petite maman, tu n'es décidément pas faite pour élever les enfants !

– Dieu te pardonne ! marmonna doucement Amina. Je t'en laisse le soin, à condition que tu commences par toi-même !

Sur ce elle tendit la main vers le plateau et ouvrit le repas :

– Au nom de Dieu, le Bienveillant, le Miséricordieux !

Khadiga était dans sa vingtième année. Elle était l'aînée de ses frères et sœurs, Yasine mis à part, son demi-frère paternel, qui approchait de vingt et un ans. C'était une fille forte, bien en chair – effet des bons soins d'Oum Hanafi – du genre petite, dont le visage empruntait aux traits de ses parents, mais sans grand souci d'harmonie. De sa mère, elle avait hérité ses beaux petits yeux, de son père son grand nez, ou plutôt une version raccourcie de celui-ci, mais pas au point de passer inaperçu. Bref, ce nez qui allait si bien au visage de son père et lui conférait une noblesse évidente rendait sur celui de la fille un effet sensiblement différent. Aïsha, elle, en était à son seizième printemps. Une épiphanie de la beauté. Une taille fine, un corps élancé – dans l'esprit de la famille autant d'anomalies auxquelles était laissé à Oum Hanafi le soin de remédier – un visage de pleine lune, drapé dans une peau de lait pigmentée de couleur grenade, des yeux bleus pris avec une grande sûreté de goût chez le père, mais le petit nez de la mère et des cheveux d'or dont les lois de l'hérédité lui avaient assigné le privilège dans le legs de sa grand-mère paternelle. Naturellement, Khadiga était dépassée par tant de dissemblances d'avec sa sœur. Pas plus ces capacités remarquables pour l'économie domestique et pour la broderie que son zèle infatigable ne pouvaient lui servir à peser dans la balance. Elle en avait donc conçu malgré elle une jalousie envers sa sœur qu'elle ne prenait point la peine de dissimuler, ce qui bien souvent incitait la belle à se moquer d'elle. Mais, fort heureusement, cette jalousie instinctive n'assombrissait en rien l'humeur fondamentale de la jeune fille qui se contentait de trouver un pendant à sa solitude dans une langue railleuse et insolente. Elle avait en outre pour elle d'être, en dépit de ces disgrâces naturelles, une mère dans l'âme, au cœur rempli d'affection pour sa famille, même si elle ne l'épargnait pas de ses piques. La jalousie ne la visitait que par périodes, plus ou moins durables, sans l'amener à pervertir au profit de la haine sa nature profonde. Toutefois son goût avoué pour la moquerie, qui se limitait à la plaisanterie dans le milieu familial, en faisait, dès qu'il s'agissait des voisins et amis, une cancanière de première. Tels l'aiguille de la boussole inexorablement attirée vers le pôle, ses yeux ne tombaient sur les gens que pour en relever les imperfections, et, quand celles-ci déjouaient le regard, elle trouvait toujours moyen de les démarquer et d'en tirer caricature, après quoi elle affublait sa victime de qualificatifs en rapport avec ses défauts, dont cette dernière se voyait à jamais baptisée dans le cercle familial. Il en allait par exemple ainsi de la veuve du regretté Shawqat Aqdam, une amie de ses parents, qu'elle appelait « la sulfateuse », à cause des postillons dont elle parsemait sa conversation, ou encore de Sitt Oum Maryam, la voisine d'à côté, qu'elle avait surnommée « Pour le Bon Dieu, m'sieurs-dames » pour sa façon de leur emprunter de temps à autre certains ustensiles ménagers. De la même manière, vu sa fonction et sa laideur, elle appelait le cheikh de l'école coranique de Bayn al-Qasrayn « Du mal qu'il a créé », pour sa manie de répéter vingt fois ce verset à l'intérieur même de la sourate, traitait le marchand de *foul* de « tête à poux » à cause de sa calvitie, et le laitier de « borgne » pour son incapacité visuelle, sans compter une poignée de surnoms quelque peu édulcorés qu'elle réservait aux membres de sa famille : sa mère était devenue « le muezzin » pour son habitude de se lever de bonne heure, Fahmi « le pied de lit » pour sa maigreur, Aïsha « le roseau » pour la même raison et

Yasine « la Bomba[1] » pour sa corpulence et son élégance. Mais son insolence n'était pas que le pur produit de la dérision. En vérité, elle n'avait aucune pitié pour quiconque s'en prenait à sa famille et, de sorte, ses critiques vis-à-vis des étrangers prirent le ton de la violence et s'affranchirent de toute indulgence, de tout pardon. La tendance à se désintéresser totalement des malheurs d'autrui la gagna de jour en jour. Cette rudesse se montra à la maison dans sa façon de traiter comme personne Oum Hanafi et, à plus forte raison, les animaux familiers comme les chats, auxquels Aïsha vouait une adoration au-delà de toute expression. Cette façon de traiter Oum Hanafi était d'ailleurs source de mésentente entre elle et sa mère qui mettait d'ordinaire les gens de maison et le reste de la famille sur un pied d'égalité, voyait un ange dans le visage d'autrui et aurait été bien en peine de penser en mal de quiconque. A côté de cela, Khadiga entretenait, dans le droit fil de sa nature à mal juger des gens en bloc, une mauvaise opinion d'Oum Hanafi. Ne cachant pas son inquiétude de voir cette femme passer la nuit aux abords du cellier, elle déclara à sa mère :

– D'où lui vient ce surcroît de graisse? Des « prescriptions » qu'elle prépare? Tout le monde les consomme ici sans gonfler de la sorte! Ça ne serait pas plutôt du bon beurre et du bon miel dont elle se gave pendant que nous dormons?

Amina prit autant qu'elle le put la défense d'Oum Hanafi, avant de s'écrier, mise à bout par l'acharnement de sa fille :

– Mais qu'elle mange tout ce qu'elle veut! Il y a de quoi faire. Elle ne va tout de même pas avaler plus que son estomac ne peut contenir, et, quand bien même! On n'est pas près de mourir de faim!

Khadiga ne fut pas pleinement satisfaite des paroles de

1. Il s'agit de Bomba Kashshar (Litt. « Rose la Grimace ») célèbre almée du début du siècle qui s'était rendue célèbre par ses talents de chanteuse et ses liens avec de nombreux hommes politiques de l'époque.

sa mère et se mit à aller inspecter chaque matin les plaquettes de beurre et les pots de miel. Oum Hanafi la regardait faire en souriant, car, par respect pour sa maîtresse généreuse et bonne, elle aimait toute la maisonnée. Et puis, en contraste avec tout cela, il y avait l'affection de la jeune fille pour sa famille. Qu'un mal touche l'un des siens, elle entrait dans tous ses états. Ainsi quand Kamal attrapa la rougeole, elle tint absolument à partager son lit. Quant à Aïsha, oui, même Aïsha, elle ne souffrait pas pour elle la moindre égratignure. Jamais l'on n'avait vu cœur à la fois plus froid et plus sensible.

En s'installant à sa place devant la nappe, elle fit mine d'oublier la querelle survenue entre elle et Aïsha et prit sa part de *foul* et d'œufs avec cet appétit passé en proverbe dans toute la maison. Outre ses propriétés nutritives, la nourriture était investie chez ces dames d'une haute fonction esthétique en sa qualité de soubassement naturel de la graisse, d'où la lenteur et l'application qu'elles mettaient à l'ingérer et leur soin extrême à la mâcher et à la remâcher. Lorsqu'elles étaient parvenues à satiété, loin de mettre fin au repas, elles le prolongeaient jusqu'à saturation, et cela suivant leurs capacités respectives. Amina étant la plus prompte à terminer, suivie d'Aïsha, Khadiga se retrouvait seule aux prises avec les restes de la table qu'elle avait soin de ne pas quitter avant que celle-ci ne fût plus qu'un cimetière de plats « nettoyés ». A cet égard, la minceur d'Aïsha n'était qu'un bien pâle reflet de ses efforts envers la nourriture, sans parler de sa nature réfractaire à la puissance magique des « gourmandises », ce qui incitait Khadiga à adopter vis-à-vis d'elle une attitude moqueuse et à affirmer que c'était la malice qui faisait d'elle une terre indigne des bonnes graines qu'on y semait. Elle se plaisait aussi à imputer sa minceur à l'indigence de son sentiment religieux. « Tout le monde ici, disait-elle, observe le jeûne du ramadan, sauf toi. D'un côté tu fais semblant de jeûner et de l'autre tu t'infiltres en cachette dans le cellier comme une souris où tu te remplis la panse de noix, d'amandes, de noisettes, avant de venir rompre le jeûne avec nous avec un appétit vorace que même ceux qui ont jeûné t'envient. Mais, Dieu! ça ne te portera pas bonheur! »

L'heure du petit déjeuner était l'une des rares occasions qu'avaient les femmes de se retrouver entre elles. C'était le moment le plus propice aux confidences et à l'ouverture des âmes, s'agissant notamment de sujets que l'extrême pudicité des réunions de famille mettant en présence les deux sexes incitait à garder pour soi.

Bien que sérieusement occupée par son assiette, Khadiga avait matière à parler. Elle annonça d'une voix sereine sans commune mesure avec les vociférations dont elle usait depuis peu :

– Maman, j'ai fait un drôle de rêve!

Avant même d'avaler sa bouchée, marque insigne du respect qu'elle avait pour la nouvelle alarmante de sa fille, Amina lui répondit :

– Qu'il te soit porteur de bien, ma fille, si Dieu le veut!

Khadiga poursuivit avec une tension redoublée :

– J'étais pour ainsi dire en train de marcher sur le rebord d'une terrasse, celle d'ici ou d'ailleurs, quand un inconnu est venu me pousser dans le vide... J'ai crié...

Amina s'arrêta de manger, pour le coup préoccupée. Et la jeune fille laissa retomber un moment de silence afin de faire naître à son endroit une forme d'inquiétude plus respectable.

– Mon Dieu, bredouilla la mère, faites seulement que tout cela se termine bien!

– Dis, s'en mêla Aïsha en essayant de réprimer un sourire, ce n'était pas moi au moins l'inconnu qui t'a poussée?

Mais Khadiga, craignant que le climat ne tourne à la plaisanterie, se mit à hurler :

– Il s'agit d'un rêve et non d'un jeu! Arrête tes idioties!

Puis, se tournant vers sa mère :

– Alors je suis tombée dans le vide en criant, sans heurter le sol comme je m'y attendais, mais en me retrou-

vant sur un cheval qui m'a prise sur son dos et s'est
envolé.

Amina poussa un soupir, soulagée, comme si elle avait
saisi le sens caché du rêve et s'était persuadée de son
caractère anodin. Elle se remit à manger en souriant.

– Qui sait, Khadiga, déclara-t-elle, c'était peut-être un
jeune époux !

Le mot d'« époux » n'était jamais proféré à haute voix
qu'au sein de ce genre de réunion, et encore avec une
rapidité frôlant l'allusion. Le cœur de la jeune fille, que
rien ne stimulait davantage que la question du mariage,
entra en palpitation. Elle avait foi en son rêve et son
interprétation. Aussi trouva-t-elle dans les paroles de sa
mère une source de joie profonde. Toutefois elle voulut
dissimuler sa confusion en usant comme d'habitude de
dérision, fût-ce à son propre égard.

– Tu crois, dit-elle, que le cheval était un mari ? Mon
mari à moi ne pourra être qu'un âne !

Aïsha pouffa de rire au point d'expulser un nuage de
nourriture et, craignant que Khadiga ne le prenne mal, elle
précisa :

– Comme tu es injuste envers toi, Khadiga ! Tout est
bien chez toi, il n'y a rien à redire !

A quoi sa sœur opposa un regard plein de méfiance et de
doute.

– On n'en voit guère des filles comme toi, continua
Amina. Tu en connais beaucoup qui ont ton adresse, ta
puissance de travail, ton esprit vif et ton minois ? Que
veux-tu de plus ?

La jeune fille se tripota de l'index le bout du nez.

– Et ça, demanda-t-elle en riant, ça ne barre pas la route
aux maris ?

– C'est des sottises, répondit Amina en souriant. Tu es
encore petite, ma chérie !

Khadiga accusa le choc du mot « petite », car elle ne se
considérait pas comme telle pour ce qui était de l'âge de se
marier.

— Mais toi, maman, demanda-t-elle à sa mère, tu t'es bien mariée avant tes quatorze ans?

A quoi Amina, à la vérité pas moins anxieuse que sa fille, répondit :

— Dieu seul décide s'il est trop tôt ou trop tard pour faire quelque chose!

— Je suis sûre que le Seigneur nous prépare avec toi une grande joie! ajouta Aïsha avec conviction.

Khadiga considéra sa sœur avec suspicion et se souvint comment l'une de leurs voisines ayant demandé la main d'Aïsha pour son fils, leur père avait refusé de marier la petite avant la grande.

— Tu aimerais vraiment que je me marie, demanda-t-elle, ou bien tu espères seulement que ça te donnera le champ libre pour en faire autant?

Et Aïsha eut cette réponse en riant :

— Les deux à la fois!

*

Le petit déjeuner terminé, Amina distribua les tâches :

— C'est à toi, Aïsha, de faire la lessive aujourd'hui. Toi, Khadiga, tu te charges du ménage. Après cela, vous viendrez me rejoindre toutes les deux au four!

Amina procédait à la distribution du travail entre ses filles aussitôt après le petit déjeuner. Si elles se soumettaient généralement l'une et l'autre à ses vœux, surtout Aïsha qui acceptait ses décisions sans discussion, Khadiga, elle, se plaisait souvent à émettre des observations, que ce fût pour se mettre en valeur ou par esprit de contradiction. Ainsi s'adressa-t-elle à sa sœur :

— Je te laisse le ménage, si la lessive t'embête. Quant à se la disputer pour attendre tranquillement à la salle de bains que le travail soit fini à la cuisine, c'est une excuse refusée d'avance!

La jeune fille fit mine d'ignorer la remarque et prit le chemin de la salle de bains en chantonnant. Khadiga renchérit sur un ton caustique :

– La salle de bains, ça tombe pile pour toi, la voix y résonne autant que dans le pavillon d'un phonographe, alors vas-y, fais-en profiter les voisins!

La mère quitta la pièce en direction du vestibule et de l'escalier, puis monta faire un tour à la terrasse comme tous les matins avant de descendre au four. La querelle entre les deux filles, devenue à la longue monnaie courante, sauf lorsque le père était dans la maison, ou qu'il faisait bon deviser en famille à la veillée, n'était pas nouvelle pour elle. Elle avait pris le parti de la traiter à la légère, en les suppliant, toujours avec beaucoup de tact. C'était la seule politique dont elle usait envers ses enfants, pour la bonne raison qu'elle émanait d'une nature ne pouvant se suffire d'aucune autre. Quant à ce que l'éducation exigeait parfois de poigne, cela lui était tout à fait étranger. Sans doute en avait-elle conçu l'espoir sans en avoir la force, peut-être même s'y était-elle essayée, bientôt vaincue par l'émotion et la faiblesse, comme si elle ne supportait entre elle et ses enfants que les liens de l'amitié et de l'amour, laissant au père – ou plutôt à son ombre tirant de loin les ficelles de l'autorité – le soin de redresser les mauvais plis et de remettre chacun à sa place. C'est pourquoi cette querelle insignifiante n'affaiblit en rien l'admiration qu'elle portait à ses deux filles, non plus que la satisfaction qu'elle avait d'elles. Même Aïsha, passionnée plus que de raison pour le chant et les stages devant le miroir, et en dépit de son côté lymphatique, ne le cédait en rien à ses yeux à Khadiga en matière de savoir-faire et d'organisation. C'eût même pu être pour elle l'occasion de bien des instants de repos, n'était sa nature scrupuleuse à deux doigts de la maniaquerie, son entêtement à avoir l'œil sur tout à la maison. Quand les filles avaient fini leur travail, elle, en revanche, s'activait, le balai dans une main, le plumeau dans l'autre, faisant sa ronde à travers les chambres, les pièces, les couloirs, fouillant coins, murs, rideaux et autres pièces d'ameublement du regard, au cas où elle pût déloger un grain de poussière oublié, trouvant dans ce geste plaisir et soulagement, comme si elle venait d'extraire une brindille de sa paupière.

Un autre trait de cette nature scrupuleuse voulait qu'elle inspectât avant lavage les vêtements allant à la lessive. Si l'un d'entre eux attirait son attention par un degré de crasse inhabituel, elle avait soin de ne pas laisser son propriétaire avant de lui avoir rappelé gentiment ses devoirs. Et cela depuis Kamal, qui allait sur ses dix ans, jusqu'à Yasine qui cultivait en matière de soin de sa personne deux styles radicalement opposés : d'une part, un raffinement exagéré de sa présentation, tant dans le costume, le tarbouche, la chemise, la cravate, que dans les chaussures, et, d'autre part, une négligence honteuse dans ses vêtements d'intérieur.

Il était naturel que dans cette agitation tous azimuts, la terrasse et sa population de pigeons et de poules ne fussent pas laissés pour compte. Bien au contraire, l'heure qui lui était consacrée débordait d'amour et de joie, en tant que réservoir inépuisable de sujets d'occupation, source de divertissement et de bon temps. Rien d'étonnant, car la terrasse était ce monde nouveau et inconnu de la grande maison avant qu'elle n'y fût elle-même associée. Elle l'avait entièrement remodelée à son esprit, tandis que la grande maison avait été maintenue dans l'état de sa construction immémoriale. Ces cages, adossées à la paroi élevée de certains de ses murs, les colombes y roucoulaient depuis le jour de leur installation; ces cabanes en planches, les poules y caquetaient dans leurs compartiments depuis leur construction.

Il fallait voir sa joie au moment de jeter le grain et de déposer sur le sol les baquets d'eau vers lesquels les poules se bousculaient derrière leur coq. Les becs s'abattaient alors par coups secs et réguliers, comme autant d'aiguilles de machine à coudre, ne laissant bientôt plus du grain sur la terre poussiéreuse que d'infimes cratères semblables au piétinement de la pluie. Comme elle exultait quand l'une d'entre elles levait la tête et la regardait de ses yeux étroits et brillants, curieuse et intriguée, caquetante, dans un

sentiment d'affection qui remplissait son cœur de tendresse. Elle aimait les poules et les pigeons comme toute
créature de Dieu en général. Elle leur tenait d'affectueux
discours qu'elle les croyait capables de comprendre et de
recevoir avec émotion.

C'est que son imagination reconnaissait le privilège du
sentir et de l'entendement aux animaux et parfois même
aux objets inanimés. Car elle était quasiment persuadée
que ces créatures chantaient la gloire de leur Seigneur et
participaient du monde de l'âme à plus d'un titre. Son
univers, donc, avec sa terre et son ciel, ses animaux et ses
plantes, était un univers vivant et intelligent. En outre, ses
qualités distinctives ne se limitaient pas au souffle généreux
de la vie puisqu'il les achevait par l'adoration. Il n'était pas
étonnant dans de telles conditions de la voir laisser se
multiplier tout un bataillon de coqs séniles et de couasses
décrépites, prétextant ceci ou cela : qu'une telle était
particulièrement prolifique, l'autre bonne pondeuse, que
tel autre lui prodiguait le chant du réveil. Peut-être que, s'il
n'en avait tenu qu'à elle, elle n'aurait jamais accepté de
porter le couteau à leur cou et, si les circonstances
l'obligeaient à égorger, elle choisissait la poule ou le pigeon
dans une sorte de malaise. Elle lui donnait à boire, lui
disait « Dieu ait pitié de toi », invoquant pour elle-même le
nom de son Seigneur et implorant son pardon. Puis elle
égorgeait la bête avec pour unique consolation le fait
d'user d'un droit accordé par Dieu dans sa mansuétude et
étendu par Lui à tout le genre humain.

Mais le plus merveilleux de cette terrasse était sa moitié
sud surplombant al-Nahhasin où elle avait planté de ses
propres mains au cours des années précédentes un petit
bijou de jardin, unique sur les terrasses alentour, généralement recouvertes de toute une couche d'excréments de
basse-cour. Au tout début, elle avait commencé par un
petit nombre de pots d'œillets et de roses qu'elle avait
enrichi d'année en année, de manière à former des rangées
parallèles aux pans latéraux du muret où ils avaient
foisonné en une extraordinaire végétation. Puis l'idée avait

germé en elle de faire élever un petit toit au-dessus de son jardin. Elle fit donc venir un menuisier qui le lui installa, à la suite de quoi elle planta un jasmin et un lierre dont elle imbriqua les tiges dans le toit et en entoura les montants. Les tiges grandirent et s'épanouirent en ramée et bientôt l'endroit prit la forme d'une charmille dispensant un ciel de verdure où retombaient des senteurs de jasmin et au voisinage duquel flottait un envoûtant parfum de plantes. Cette terrasse, avec son petit peuple de poules et de pigeons, son treillis de verdure, était son monde merveilleux et cher, son lieu de distraction favori au sein de ce vaste univers dont elle ne connaissait rien. C'était comme si, à cette heure précise, elle venait remplir auprès de lui la promesse de ses soins. Elle commença à le balayer, à en arroser les plantes, à nourrir les poules et les pigeons... Un long moment elle resta à jouir du paysage à la ronde, le sourire à la bouche et les yeux rêveurs. Puis elle se dirigea vers le fond du jardin et s'arrêta derrière les entrelacs de branchages, tendant le regard à travers les brèches de clarté du feuillage qui ouvraient sur l'espace infini.

Elle était ravie au plus haut point par le paysage des minarets qui s'élançaient vers le ciel en emportant si loin l'imagination. Il en était de si proches qu'elle en pouvait distinguer clairement les lampes et le croissant, tels ceux de Qalawun ou de Barquq. D'autres, à mi-distance, lui paraissaient une pépinière indifférenciée, tels ceux d'al-Hussein, d'al-Ghuri et d'al-Azhar. Quant au troisième plan, c'était celui des horizons lointains, où les minarets prenaient figure de spectres comme ceux de la Citadelle et d'al-Rifaï. Elle les embrassait du regard avec fraternité et envoûtement, amour et foi, gratitude et espoir, laissant glisser son âme au-dessus de leurs têtes, le plus près possible du ciel. Puis ses yeux se posaient sur le minaret d'al-Hussein, le plus cher à son cœur, en raison de son attachement pour celui auquel son nom était associé. Elle le regardait pleine de tendresse et de désirs mêlés d'un sentiment de tristesse qui la prenait à chaque fois qu'elle repensait à la frustration de ne pouvoir rendre visite au petit-fils de l'Envoyé de

Dieu alors qu'elle se trouvait à quelques minutes seulement du lieu de son repos.

Elle poussa un soupir sonore qui la tira de son immersion, retrouva ses esprits et s'amusa à regarder les terrasses et les rues, le désir lui collant à la peau. Puis elle tourna le dos au muret, saturée d'observer l'inconnu : l'inconnu par rapport aux gens en général, autrement dit le monde de l'invisible, mais aussi l'inconnu à son échelle propre, autrement dit Le Caire, ou plus précisément les quartiers limitrophes dont les voix lui parvenaient. Quel était-il ce monde dont elle n'avait jamais vu que les minarets et les terrasses? Un quart de siècle l'avait tenue prisonnière de ces murs, de cette maison qu'elle ne quittait qu'à intervalles éloignés pour rendre visite à sa mère dans le quartier d'al-Khoranfish. Chaque fois, son mari l'y accompagnait en calèche, car il ne supportait pas que le moindre regard se pose sur sa femme, fût-elle seule ou en sa compagnie. Elle ne s'en indignait pas, n'élevait pas la moindre protestation, elle était à cent lieues de cela! Mais à peine avait-elle insinué son regard à travers la dentelle de lierre et de jasmin, qu'un sourire de tendresse et de rêves se dessinait sur ses lèvres. Où pouvait bien se trouver la faculté de droit où Fahmi avait cours en ce moment même? L'école de Khalil Agha dont Kamal affirmait qu'elle se trouvait à une minute à pied d'al-Hussein? Avant de quitter la terrasse, elle tourna ses paumes vers le ciel et pria son Seigneur en lui disant : « Mon Dieu, je t'en supplie, veille sur Monsieur, mes enfants, ma mère, Yasine, et puis tous les gens, musulmans ou chrétiens et, tiens, même les Anglais, ô mon Dieu, mais chasse-les de chez nous pour faire plaisir à Fahmi qui ne les aime pas! »

II

Lorsque M. Ahmed Abd el-Gawwad arriva à sa boutique, située en face de la mosquée de Barquq, dans le quartier d'al-Nahhasin, Gamil al-Hamzawi, son employé, avait déjà ouvert les portes et préparé les étalages pour la vente. Il le salua avec courtoisie, le visage illuminé d'un sourire radieux et alla rejoindre son bureau. Al-Hamzawi était au seuil de la cinquantaine. Il avait passé trente ans de sa vie dans cette maison, d'abord comme employé de son fondateur, Hajj Abd el-Gawwad, puis de notre homme, après la mort de son père. Il lui avait gardé fidélité pour des raisons professionnelles et sentimentales à la fois. Il exaltait sa personne et l'aimait comme quiconque avait affaire à lui dans le cadre professionnel ou amical. En vérité, ce dernier n'était un effroyable tyran qu'au milieu des siens. Partout ailleurs, en compagnie de ses amis, gens de connaissance ou clients, c'était un autre homme, qui jouissait certes d'une grande part de dignité et de respect, mais qui était avant tout une personne aimée. Aimée, avant aucune autre de ses innombrables qualités louables, pour son urbanité. Ainsi, les gens ne connaissaient pas plus l'homme dans son contexte familial que ses proches ne le connaissaient dans le milieu social.

Sa boutique était de taille moyenne, avec des sacs de café, de riz, de fruits secs et de savon, empilés sur les étagères et contre les murs latéraux. Le coin à gauche, face à l'entrée, était occupé par le bureau du patron, avec ses registres, ses papiers et son téléphone. A droite de son fauteuil, encastré dans le mur, le coffre-fort vert suggérait la robustesse et donnait par sa couleur un avant-goût des billets de banque. Au centre, au-dessus du bureau, était accroché un cadre d'ébène entourant la formule *Au nom de Dieu, le Bienveillant, le Miséricordieux* gravée en lettres d'or.

A la boutique, l'agitation ne battait pas son plein avant la fin de la matinée. Aussi Ahmed Abd el-Gawwad s'employa-t-il à revoir les comptes de la veille avec une méticulosité héritée de son père et qu'il avait conservée en la renforçant de sa vitalité débordante. Pendant ce temps, al-Hamzawi était planté devant l'entrée les bras croisés sur la poitrine, récitant à jet continu les versets du Coran à sa portée, d'une voix abyssale, imperceptible, sauf par le mouvement ininterrompu de ses lèvres et le sifflement voilé d'un *s* venant éclore à la surface de temps à autre. Il n'interrompit sa récitation qu'à l'arrivée d'un vieil aveugle à qui Abd el-Gawwad versait chaque matin une petite rétribution pour la récitation du Coran. Ce dernier levait le nez de ses registres à intervalles éloignés pour prêter l'oreille ou bien tendre le regard vers la rue où s'agitait le flot continu des passants, des voitures à bras, des charrettes, des *suarès* qui chancelaient presque sous leur volume et leur chargement, des camelots chanteurs qui chantonnaient, chacun à leur manière, la ballade des tomates, de la *mouloukhiya*[1] et des cornes grecques. Tout ce vacarme était loin de l'empêcher de se concentrer, depuis plus de trente ans qu'il lui était familier et quotidien; il s'y berçait même et allait jusqu'à être dérangé par son absence.

Vint un client. Al-Hamzawi s'en occupa. Suivit une bande d'amis et de marchands du coin qui aimaient à venir passer un moment agréable en sa compagnie, fût-ce l'espace d'un minute, pour échanger des salutations, « se

1. La *mouloukhiya* est l'autre plat national égyptien avec le *foul*. Il s'agit d'une soupe de gombo dont on dit que le calife fatimide al-Hakim en avait fait interdire la préparation pour son odeur.

changer la salive », selon leur expression, à l'une de ses boutades ou l'un de ses jeux de mots. Tout cela l'avait amené à se faire une haute opinion de sa personne en tant que diseur de grand talent, au verbe émaillé de saillies non étrangères à la culture générale qu'il s'était forgée non par le biais de l'école qu'il avait quittée dès avant la fin du primaire, mais par la lecture des journaux et ses relations amicales avec une petite élite de notables, de fonctionnaires, d'avocats, au cercle desquels il était naturellement intégré, à jeu égal, de par sa vivacité d'esprit, sa gentillesse, son charme et son rang de commerçant nanti. Il s'était mis au diapason d'une mentalité nouvelle, autre que la mentalité étriquée du commerce, ce qui lui permettait de redoubler de fierté au vu de l'affection, du respect et de l'honneur que lui témoignaient ces personnes de qualité. Un jour, l'une d'entre elles lui ayant déclaré avec sincérité : « S'il vous était donné, monsieur Ahmed, d'étudier le droit, vous feriez un avocat hors pair », ces mots dilatèrent son orgueil qu'il savait d'ailleurs fort bien dissimuler sous son charme, sa modestie et sa sociabilité.

Mais les visiteurs ne s'attardèrent pas et partirent les uns après les autres. L'activité grandissait dans la boutique quand entra soudain en trombe un homme comme ayant le diable à ses trousses. Il s'arrêta au milieu de la boutique, plissa les yeux, qui l'étaient déjà chez lui de nature, afin de donner plus d'acuité à sa vue et les braqua vers le bureau du patron. Et, bien que pas plus de trois mètres ne l'en eussent séparé, il s'évertua en vain à le distinguer et finit par demander à tue-tête :

– M. Ahmed Abd el-Gawwad est là?

– Soyez le bienvenu, cheikh Metwalli Abd es-Samad! répondit en souriant Ahmed Abd el-Gawwad. Venez, entrez, le ciel vous envoie!

L'homme hocha la tête et profita de ce qu'al-Hamzawi s'approchait pour le saluer. Mais il ne fit pas attention à la main qu'il lui tendait et éternua sans prévenir. Al-Hamzawi recula et sortit son mouchoir de sa poche avec un sourire crispé, puis l'homme s'élança comme une flèche vers le bureau et bredouilla :

– Gloire à Dieu le Seigneur des mondes!

Il releva alors un pan de sa cape pour s'essuyer le visage et s'assit sur la chaise que son hôte lui avait avancée. Le vieil homme reflétait, malgré ses soixante-quinze ans passés, une santé à faire pâlir de jalousie et, hormis ses yeux fatigués et atteints de blépharite, sa bouche délabrée, il n'avait pas matière à se plaindre. Il se déplaçait toujours ficelé dans une *abayé*[1] élimée et passée de ton, même si les dons généreux qu'il recevait des personnes de charité eussent pu lui permettre d'en changer pour quelque chose de mieux. Mais il ne voulait pas s'en séparer, car – à l'en croire – il avait vu en songe al-Hussein la bénir, répandant dans ses fibres une impérissable touche de bien. Il était connu, outre ses dons en matière de voyance, d'incantations curatives, de confection de talismans, comme homme de franchise et d'esprit, ouvert à la plaisanterie et au rire, ce qui lui valait un regain de considération de la part d'Abd el-Gawwad en particulier. Bien qu'habitant du quartier, pas un seul de ses postulants en magie ne se voyait accablé par ses visites. Des mois pouvaient s'écouler où il disparaissait, sans laisser d'adresse et, s'il rendait une courte visite après en avoir privé l'élu, il était accueilli à bras ouverts et couvert de présents. Ahmed Abd el-Gawwad avait fait signe à son employé de préparer au cheikh son obole habituelle de riz, de café et de savon.

– Vous nous avez manqué, cheikh Metwalli, lui dit-il en signe de bienvenue. Nous n'avons pas eu le plaisir de vous voir depuis Ashura[2]!

Le vieil homme répondit simplement, l'esprit ailleurs :

– Je suis là, je ne suis pas là, le pourquoi je m'en moque!

1. *Aba* ou *abayé*, manteau bédouin en laine grossière, uni ou rayé, sans col et à larges manches.
2. Ashura (ou fête d'Ashura) : anniversaire du martyre d'al-Hussein, célébré le dixième jour de Muharram (premier mois de l'année musulmane).

Ahmed Abd el-Gawwad, qui avait l'habitude de son franc-parler, sourit et ajouta :

– Si, vous, vous partez, il nous reste votre bénédiction!

Le vieillard ne donna pas l'impression d'être touché par l'éloge. Au contraire, il branla la tête, visiblement excédé, et rétorqua d'un ton bourru :

– Ne t'ai-je pas déjà rappelé mainte et mainte fois de ne jamais m'adresser la parole en premier et de garder le silence avant que je parle!

L'autre fut pris de l'envie de se frotter à lui :

– Mes excuses, cheikh Abd es-Samad! Si j'ai oublié vos consignes, rendez-moi justice du fait que vous en êtes le premier responsable par votre longue absence!

Le cheikh rassembla ses paumes à grand bruit et s'écria :

– L'excuse est pire que la faute[1]! Si tu persistes à me contredire, je n'accepte plus rien de toi.

Ahmed Abd el-Gawwad fit bouche cousue et tourna ses paumes vers le ciel en demandant grâce, se contraignant cette fois-ci au silence. Le cheikh Metwalli attendit un instant, afin de s'assurer que l'autre s'était rangé sous sa férule, se racla la gorge et déclara :

– Je commencerai par une prière pour le Seigneur des humains[2] notre bien-aimé!

Abd el-Gawwad de la voix des profondeurs :

1. Proverbe arabe ancien rapporté dans *Les Mille et Une Nuits* :
On raconte que le calife abbasside Haroun al-Rashid demanda un jour à son scribe de lui expliquer la signification de ce proverbe. Le scribe pince alors fortement le bras du calife et celui-ci, s'indignant de l'audace de son scribe, lui dit :
– N'es-tu pas fou de te permettre pareille liberté avec moi?
– Pardon! lui dit le scribe, j'oubliais que c'était vous, je croyais avoir pincé la reine!
Le calife s'indigne encore davantage et le scribe lui répond :
– Vous m'avez demandé le sens exact de ce proverbe, je viens de vous le donner en alléguant une excuse pire que la faute!
2. *Sic,* dans le texte arabe il s'agit naturellement du prophète Mahomet.

– Que le salut soit avec lui!

– Et maintenant faisons l'éloge de ton père, un éloge digne de lui, que Dieu le prenne dans son infinie mansué-tude et l'installe dans l'immensité de ses verts paradis! J'ai l'impression de le voir là, assis à ta place, sans différence entre le père et le fils, à part que notre cher regretté avait maintenu la tradition du turban et que, toi, tu l'as troqué contre ce tarbouche...

– Puisse Dieu ne pas nous en tenir rigueur, murmura notre homme en souriant.

Le cheikh bâilla à s'en faire pleurer et ajouta :

– Je prie aussi Dieu pour qu'il dispense à tes fils et à tes filles bonheur et piété, Yasine, Khadiga, Fahmi, Aïsha, Kamal, ainsi que leur mère, Amen!

L'évocation par le cheikh des noms de Khadiga et d'Aïsha sonna aux oreilles d'Ahmed Abd el-Gawwad de façon étrange, bien qu'il les lui ait lui-même confiés depuis longtemps afin qu'il rédige à chacune un talisman. Ce n'était pas la première fois, ni la dernière, que le cheikh prononçait leurs deux noms, mais jamais celui de l'une des femmes de son harem n'était répété loin de leur domaine consacré, même de la bouche du Metwalli, sans laisser en lui une impression étrange qu'il désavouait, ne fût-ce qu'un court instant. Quoi qu'il en soit, il marmonna entre ses dents :

– Amen!

Puis le cheikh dit en soupirant :

– Et maintenant je demande à Dieu le Bienfaiteur de nous rendre notre excellence Abbas flanqué de l'une des armées du calife, dont nul ne saurait où elle commence et où elle finit!

– Nous le lui demandons tous, il n'est rien qui ne soit trop lui demander!

Puis le cheikh en colère éleva la voix :

– Je lui demande aussi que les Anglais et leurs valets essuient une défaite carabinée dont ils ne se relèveront pas!

– Que Dieu les balaie tous autant qu'ils sont!

Le cheikh branla la tête dans un mouvement d'affliction et commença à raconter sur un ton dépité :

– Hier, j'étais de passage dans Moski[1] quand deux soldats australiens me barrent la route. Ils demandent à voir ce que j'ai sur moi, alors moi, qu'est-ce que vous vouliez que je fasse ? Je leur vide mes poches et en sors tout ce que j'ai : un épi de maïs. Mais voilà-t-il pas qu'un des deux l'attrape et tape dedans du pied comme dans un ballon pendant que l'autre m'arrache mon turban, me défait mon châle[2] et se met à le déchirer, avant de me le jeter à la figure !

Ahmed Abd el-Gawwad suivait son récit en réprimant tant bien que mal un sourire qu'il ne tarda pas à faire disparaître sous le manteau d'une indignation ostentatoire :

– Dieu les écrase comme des mouches ! s'écria-t-il avec réprobation.

Le vieil homme acheva son récit :

– Alors j'ai levé les mains au ciel et j'ai crié : Dieu tout-puissant, mets-moi leurs nations en bouillie comme ils ont fait avec le châle de mon turban !

– Que le ciel vous entende !

Le cheikh courba le dos en arrière, ferma les yeux pour se reprendre un instant et resta dans cette position sous le regard amusé d'Abd el-Gawwad. Puis il ouvrit les yeux et s'adressa à lui d'une voix paisible, aux accents nouveaux, signe du passage imminent à un autre sujet :

– Quel homme fier et intègre tu fais, Abd el-Gawwad junior !

Ahmed Abd el-Gawwad arbora un sourire de satisfaction et dit à voix basse :

1. Quartier situé entre l'Ezbékiyyé et al-Gamaliyya où habite la famille Abd el-Gawwad. Le nom provient de l'émir Ezeddine el-Mosk, proche de Saladin.
2. Mot persan. Longue pièce de mousseline, de tissu de laine ou de cachemire que l'on plisse et tourne plusieurs fois autour du tarbouche, formant turban.

– C'est trop d'honneur que vous me faites, Abd es-Samad!

Le cheikh le coupa net :

– Oh! là, pas si vite! Je suis de ceux qui servent les éloges en hors-d'œuvre avant la vérité, pour ouvrir l'appétit, Abd el-Gawwad junior!

Le regard inquiet et méfiant, notre homme marmonna entre ses dents :

– Ô Seigneur, ménagez-vous!

Mais le cheikh pointa sur lui son index tordu et lui demanda sur un ton frisant la menace :

– Qu'as-tu à répondre, un pieux croyant comme toi, de ta passion pour les femmes?

Abd el-Gawwad était habitué à la franchise du cheikh et ne fut pas troublé par son attaque. Il eut un rire bref et répondit :

– Et où est le mal? Notre Prophète, que la bénédiction et le salut de Dieu soient sur lui, n'avoue-t-il pas lui-même son amour pour les parfums et les femmes?

Le cheikh fit la grimace et opposa une moue réprobatrice à cette logique inacceptable :

– Il ne faut pas confondre, dit-il, le licite et l'illicite, Abd el-Gawwad junior, le mariage et le jupon des femmes de petite vertu!

Les yeux fixés dans le vague, notre homme affirma avec sérieux :

– Dieu soit loué, je n'ai jamais accepté, ne fût-ce qu'un seul jour, ce qui allait contre l'honneur et la dignité!

Le cheikh se frappa les genoux des deux mains et répliqua en marquant sa surprise et sa désapprobation :

– Excuse minable, bonne pour les minables! Il reste que la fornication est une malédiction, même avec une femme débauchée. Feu ton père, Dieu ait son âme, avait la passion des femmes, il s'est marié vingt fois, alors pourquoi ne pas suivre sa voie au lieu de te complaire dans celle du péché?

– Vous êtes un ami de Dieu ou un marieur patenté? lui répondit notre homme dans un éclat de rire. Mon père était pratiquement stérile, c'est pour cela qu'il s'est marié à tout bout de champ. Et, bien qu'il n'ait engendré que votre serviteur, il n'en reste pas moins que son bien a été dispersé entre moi et quatre épouses qui l'ont enterré, sans compter tout ce qu'il a pu croquer en frais de mariage et d'entretien dans sa vie. Pour ma part, je suis père de trois garçons et de deux filles, et je ne vais pas me mettre à épouser trente-six femmes pour dilapider la fortune dont Dieu nous a comblés. Et puis n'oubliez pas, cheikh Metwalli, que les jolies filles d'aujourd'hui sont les jeunes esclaves d'autrefois, celles que Dieu a permis de vendre et d'acheter! Or Dieu, avant tout et après tout, pardonne, il est miséricordieux!

Le cheikh soupira et dit en se tordant le buste à droite et à gauche :

– O vous, les humains, il n'y a rien de tel que vous pour donner au mal un visage décent et, par Dieu qui m'écoute, Abd el-Gawwad junior, et sauf l'affection que je te porte, ça ne te gênerait pas de me parler en train de chevaucher une Marie-couche-toi-là!

Abd el-Gawwad ouvrit les mains en prière et dit en souriant :

– Dieu, puisses-tu l'entendre!

– N'était ton manque de sérieux, tu serais un homme modèle! s'exclama le cheikh en pouffant de lassitude.

– La perfection n'appartient qu'à Dieu!

Le cheikh se tourna vers lui et fit un signe de la main, l'air de dire « laissons cela », puis il demanda avec le ton d'un juge instructeur décidé à lui passer la corde au cou :

– Et le vin, qu'en dis-tu?

Soudain Abd el-Gawwad perdit pied, la gêne se lisait dans ses yeux. Il resta court un bon moment. Le cheikh vit dans son silence un signe de reddition et renchérit claironnant :

– N'est-ce pas là un interdit à la tentation duquel sait résister l'homme aspirant à l'obéissance de Dieu et à Son amour?

Abd el-Gawwad l'arrêta net, dans l'affolement de quelqu'un cherchant à repousser un mal avéré :

– Mais j'aspire de toutes mes forces à l'obéissance de Dieu et à Son amour!

– En paroles ou en actes?

Bien qu'ayant la réponse sur le bord des lèvres, il prit le temps de réfléchir avant de la formuler. Il n'était pas dans ses habitudes de s'astreindre à la réflexion en tant que telle, à l'introspection. En cela, il était de ceux qui n'entrent pour ainsi dire jamais en communion avec eux-mêmes; sa pensée ne pouvait être mise en branle sans y être invitée par un élément extérieur : un homme, une femme, un motif quelconque touchant à sa vie pratique. Il s'était laissé porter par le flot nourri de sa vie, s'y plongeant tout entier, et n'avait jamais entrevu de lui-même que son propre reflet à la surface de l'onde. Par la suite, son élan vital ne s'était point relâché malgré l'incidence de l'âge et il arrivait à quarante-cinq ans, toujours doté d'une vitalité débordante et juvénile dont ne subit ordinairement les assauts que le jouvenceau florissant. De ce fait, sa vie embrassait un assemblage de contradictions oscillant entre la dévotion et le vice. Toutes cependant obtenaient son assentiment en dépit de leur incompatibilité de nature, sans qu'il adosse cette incompatibilité à l'étai d'une philosophie subjectiviste ou d'un quelconque compromis, entre autres visages de l'hypocrisie affichés par le commun des mortels. Au contraire, il agissait selon sa nature propre, d'un élan spontané, la conscience limpide, avec candeur dans chacune de ses actions. Jamais la tourmente de l'incertitude n'était venue soulever sa poitrine. Il était simplement un homme heureux! Sa foi était profonde, pour sûr. Une foi innée où l'effort n'était pas de mise. En outre, la finesse de ses sentiments, le raffinement de ses extases, sa spontanéité l'avaient doté d'une sensibilité fine et élevée, ô! combien éloignée d'un traditionalisme aveugle ou d'un rituel inspiré seulement par la concupiscence ou la peur! En un mot le trait le plus éminent de sa foi était un amour fécond et pur. Et c'est avec cette foi féconde et pure qu'il allait au-devant de tous ses devoirs religieux, prière, jeûne, aumône légale, avec amour, décontraction et joie; sans préjudice d'une conscience claire, d'un cœur débordant d'amour pour autrui et d'une âme auréolée des plus nobles qualités humaines qui en avaient fait un ami cher, une source fraîche vers laquelle se tendaient les lèvres impatientes. C'est avec cette vitalité débordante et juvénile qu'il s'offrait aux joies et aux plaisirs de la vie, accourant vers une table somptueuse, vibrant à l'ivresse d'un vin moelleux, éperdu d'amour pour un beau visage, s'abreuvant de tout passionnément, la conscience affranchie de tout sentiment de faute, de tout chuchotement d'angoisse, mais usant d'un droit à lui dévolu par la vie. Comme s'il n'existait aucune distorsion entre ce que son cœur devait à la vie et ce que sa conscience devait à Dieu. Car jamais dans son existence il ne s'était senti en dehors des sentiers de Dieu ou exposé à Sa vengeance. Il lui était simplement associé dans la paix. Etait-il donc le produit unique de deux personnalités distinctes, ou bien sa croyance en la clémence divine était telle qu'il ne pouvait croire qu'elle condamnait bel et bien ces joies? Et même au cas où elle les condamnait, celles-ci, pensait-il, pouvaient être pardonnées au pécheur, puisqu'elles ne nuisaient à personne.

Probablement, il embrassait la vie avec son cœur et ses sens, sans place ici pour la réflexion ou la méditation. Il découvrait en lui des instincts puissants, certains tournés vers Dieu qu'il domptait par l'adoration, d'autres pleins d'une fiévreuse appétence pour les plaisirs, qu'il satisfaisait par le divertissement. Ces instincts, il les intégrait en bloc, serein et confiant, sans se donner la peine de les réconcilier. Il ne ressentait pas le besoin de les justifier par la pensée, sauf sous la pression de critiques comme celles que lui adressait le cheikh Metwalli Abd el-Samad. D'ailleurs, dans ces moments-là, il se trouvait plus mal à l'aise de la réflexion que de l'accusation elle-même. Non pas qu'il se moquât d'être accusé par-devant Dieu, mais il ne pouvait se rendre à l'évidence qu'il était bel et bien accusé ou que ses passe-temps inoffensifs soulevaient effectivement la colère divine. Quant à la réflexion proprement dite, d'une part elle l'assommait, et d'autre part elle mettait à jour l'inconsistance de son savoir dans le domaine de sa propre religion. C'est pourquoi il fit la grimace à la question que lui avait lancée le cheikh comme un défi : « En paroles ou en actes? » C'est pourquoi il y répondit, manifestement gêné :

– En paroles et en actes à la fois. Dans la prière, le jeûne, l'aumône légale, dans l'invocation de Dieu, debout et assis. Que peut-on me reprocher après cela si je me distrais en ne faisant de mal à personne et dans la conscience intacte de mes devoirs religieux. Et qui peut prétendre interdire à l'un plutôt qu'à l'autre?

Le cheikh haussa les sourcils en fermant les paupières en signe de perplexité et marmonna :

– Tu parles d'une plaidoirie, tout ça pour la cause du mal!

Ahmed Abd el-Gawwad passa comme à son habitude de la gêne à la plaisanterie sans transition et s'exclama avec emphase :

– Dieu est miséricordieux, cheikh Abd es-Samad. Il nous pardonne nos fautes. Je ne peux vraiment pas me l'imaginer, qu'Il soit exalté, en colère ou grincheux. Même Sa vengeance est une grâce cachée et, moi, je lui dépose en offrande mon amour, mon obéissance et ma piété. Et une bonne action vaut pour dix!

– Ah! ça, dans le calcul des bonnes actions, tu es gagnant!

A ces mots, Ahmed Abd el-Gawwad fit signe à Gamil al-Hamzawi d'apporter le cadeau du cheikh, en s'exclamant radieux :

– Remettons-nous en à Dieu!

L'employé s'approcha de lui le paquet à la main, Abd el-Gawwad le prit et l'offrit au cheikh :

– Tenez et portez-vous bien! dit-il en riant.

Le cheikh prit le paquet et déclara :

– Dieu te comble de Ses bienfaits et te pardonne tes péchés!

Ahmed Abd el-Gawwad marmonna un « amen » entre ses dents et demanda en souriant :

– N'avez-vous pas connu cela, vous aussi, vénéré cheikh?

– Dieu te soit clément, répondit le cheikh en riant. Tu es un homme généreux, le cœur sur la main, mais j'en profite pour te mettre en garde contre les largesses inconsidérées, car elles ne vont pas du tout dans le sens de la mesure que l'on attend d'un commerçant!

– Tu veux m'inciter à reprendre ton cadeau? demanda Abd el-Gawwad étonné.

Le vieil homme se leva.

– Mon cadeau, dit-il, ne dépasse pas la mesure. Tu peux continuer Abd el-Gawwad junior! Allez en paix dans la grâce de Dieu!

Le cheikh quitta la boutique en coup de vent et disparut. Ahmed Abd el-Gawwad resta songeur et repensa à la polémique survenue. Puis il ouvrit ses paumes avec humilité et murmura :

– Dieu, pardonne-moi les fautes passées et à venir, Toi qui seul sais pardonner.

*

En fin d'après-midi, Kamal sortit de l'école de Khalil Agha, brinquebalé dans la vague déferlante des élèves qui encombraient la chaussée de leur cohue avant de se disperser, les uns vers al-Dirasa ou la Nouvelle-Avenue, les autres vers la rue al-Hussein. Entre-temps, d'autres groupes faisaient cercle autour des marchands ambulants qui, avec leurs paniers regorgeant de graines de melon grillées, de cacahuètes, d'alizes et de sucreries, bloquaient le courant des élèves à l'entrée des chemins partant en éventail de l'école. En outre, le carrefour à cette heure n'était jamais en peine de bagarres survenant çà et là entre tous ces écoliers contraints le jour durant de contenir leurs échauffements pour se préserver des punitions. Kamal n'avait été que très rarement conduit à entrer dans une bagarre.

Peut-être pas plus de deux fois tout au long des deux années qu'il avait passées dans cet établissement, non pas à cause de la rareté de ses démêlés avec les autres, qui en fait ne tenaient en rien de l'exception, ni de sa répugnance pour la bagarre, profondément attristé qu'il était chaque fois qu'il devait y renoncer, mais parce que la grande majorité des élèves était plus âgée que lui. De ce fait, il était réduit, ainsi qu'une poignée de ses camarades, à n'être que des étrangers dans l'école, balbutiant dans leurs culottes courtes au beau milieu de vétérans qui dépassaient les quinze ans, voire les vingt ans pour un grand nombre d'entre eux. Ces derniers leur barraient la route pleins d'arrogance en les regardant du haut de leur moustache naissante. Il y en avait toujours un pour se dresser devant lui sans raison dans la cour, lui arracher son livre des mains et l'expédier au loin comme un ballon, lui faucher un morceau de sucre d'orge et le glisser dans sa bouche sans autre forme de procès tout en poursuivant sa conversation.

Ce n'était donc pas l'envie de se battre qui lui manquait, mais, cette envie, il l'emprisonnait seulement au fond de lui par évaluation des conséquences ou ne l'assouvissait qu'expressément invité par l'un de ses petits camarades. En fondant sur lui il trouvait alors un exutoire à son tempérament impulsif et réfréné, comme une reprise en main de sa confiance en sa force et en lui-même. Mais la bagarre, ou son incapacité à la faire, n'était pas ce que le cynisme de ses agresseurs lui infligeait de pire. S'y ajoutait tout ce qui s'insinuait dans ses oreilles, en fût-il ou non le destinataire, de grossièretés et d'injures dont il saisissait le sens et par conséquent l'amenait à garder ses distances, alors que d'autres, qui lui échappaient et qu'il répétait en toute candeur à la maison, déchaînaient un vent de panique dont les échos parvenaient sous forme de plainte au surveillant, un ami de son père. Mais seule la malchance avait voulu que l'un de ses deux adversaires, dans les deux seules et uniques batailles auxquelles il avait pris part, fût de la famille des Fetwat, bien connue dans le quartier d'al-

Dirasa. Dès le lendemain de l'affrontement, en fin d'après-midi, le gamin trouva, l'attendant au portail de l'école, une bande de jeunes gens armés de pied en cap de bâtons et nimbés d'un halo de mauvaises intentions. Au moment où son rival le désignait du doigt, il remarqua son geste et, comprenant le danger qui le guettait, il rebroussa chemin et courut vers l'école tout en rappelant le surveillant à la rescousse. Mais en vain ce dernier essaya-t-il de détourner la bande de ses plans) il se vit même pris grossièrement à partie au point d'être obligé d'appeler un policier pour raccompagner le gamin à son domicile. Quelque temps après, le surveillant alla trouver le père à la boutique et l'avisa du mal qui menaçait son fils, en lui conseillant de régler l'affaire par les voies de la sagesse et de la diplomatie. Celui-ci en appela donc à quelques-unes de ses connaissances parmi les commerçants d'al-Dirasa, lesquels se rendirent à la demeure des Fetwat pour intercéder en sa faveur. A partir de là le père usa de l'esprit conciliant et de la délicatesse qu'on lui connaissait, jusqu'à les amener à de meilleures dispositions et non seulement ceux-ci accordèrent leur pardon au jeune garçon mais s'engagèrent à prendre sa défense comme pour l'un de leurs propres fils. Enfin, la journée n'arriva pas à son terme avant que M. Abd el-Gawwad ne leur fît porter un échantillon de ses présents. Ainsi donc Kamal échappa aux bâtons des Fetwat, mais c'était reculer pour mieux sauter, car celui de son père fit sur ses jambes ce que n'eussent pas été à même de faire dix de ses semblables!

Le garçon quitta l'école, et bien que le son de la cloche annonçant la fin de la journée de classe fit vibrer en lui à cette époque une joie sans pareille, le vent de liberté qu'il respirait à pleins poumons une fois franchi le seuil de l'école n'effaçait pas de son cœur les échos de la dernière et chère leçon, la leçon de Coran. Ce jour-là, le cheikh leur avait lu la sourate commençant par ces mots : « Dis, il m'a été révélé qu'un groupe de djinns écoutaient... » et la leur avait expliquée. L'enfant y avait concentré toute sa force d'attention, il avait levé le doigt à maintes reprises pour poser des questions sur les points faisant obstacle à son entendement et le maître, parce qu'il l'avait pris en sympathie pour son zèle à écouter sa leçon avec une attention remarquable et la preuve qu'il apportait de sa parfaite connaissance des sourates, avait accepté de répondre à ses questions d'une manière affectueuse dont se voyait rarement gratifié aucun des élèves. Il s'était mis à lui parler des djinns et de leurs ordres et, plus particulièrement parmi eux, des musulmans qui finiront par gagner le paradis de Dieu à l'instar de leurs frères humains. Le garçon avait retenu par cœur chacune de ses paroles et n'avait cessé de les tourner et retourner dans son esprit, jusqu'au moment de traverser la rue en direction de la boutique de *basboussa*[1] située de l'autre côté. Outre sa passion pour la leçon de Coran, il savait qu'il n'y assistait pas que pour lui-même, mais qu'il avait pour mission de rendre compte à sa mère, à la maison, de tout ce qu'il en avait saisi, comme il avait l'habitude de le faire depuis l'école coranique. Il lui transmettait ses informations, à la lumière desquelles elle faisait le rappel de ses propres connaissances, héritées de son père qui était un cheikh azharien. Ainsi, longuement, ils se ressuscitaient l'un l'autre leurs acquis respectifs, après quoi il lui faisait apprendre toutes les sourates nouvelles qu'elle n'avait pas encore en mémoire.

Il arriva à la boutique de *basboussa* et tendit, au creux de sa petite main, les millièmes qu'il gardait jalousement depuis le matin. Puis, dans un sentiment de pleine félicité qu'il n'éprouvait que dans ce genre de moments délicieux, il se laissa remettre la part de gâteau, ce qui le porta à rêver qu'il aurait un jour une boutique de confiserie à lui, pour les manger, pas pour les vendre. Il continua son chemin dans la rue al-Hussein en grignotant, gai comme un pinson. Il oublia à cet instant qu'il était prisonnier tout le jour durant, privé de ses mouvements, empêché de jouer

1. La *basboussa* : pâtisserie faite de farine, beurre fondu, sucre et huile.

68

et de s'amuser, et qui plus est à la merci à tout instant du bâton de l'instituteur qui faisait la pluie et le beau temps sur les têtes. Et pourtant il ne détestait pas pleinement l'école, car il jouissait entre ses murs de manifestations d'estime et d'encouragement que lui valait sa supériorité dont le mérite revenait pour beaucoup à Fahmi, mais dont il ne se voyait pas honoré du centième du côté de son père.

Passant en chemin par l'échoppe de Matoussian, le vendeur de cigarettes, il s'arrêta comme tous les jours à la même heure sous son enseigne pour lever les yeux vers le panonceau publicitaire en couleurs. Il y avait là une femme, couchée sur le côté sur un sofa, pinçant entre ses lèvres écarlates une cigarette d'où s'élevait une volute brisée de fumée. Elle était appuyée sur son avant-bras au rebord d'une fenêtre dont le rideau tiré laissait voir à l'arrière-plan un paysage composite de champs de palmiers et un coin de Nil. Il l'appelait « sœurette Aïsha » dans le secret de son cœur, en raison des ressemblances unissant les deux femmes, qui avaient les mêmes cheveux d'or et les mêmes yeux bleus. Et, malgré ses dix ans à peine, son béguin pour la fille de la pancarte dépassait toute mesure. Il se l'imaginait savourant les douceurs de l'existence dans ce qu'elle avait de plus heureux, se voyant lui-même partageant sa vie facile entre une chambre douillette et un coin de campagne qui lui faisait, ou plutôt leur faisait, l'offrande de sa terre, de ses palmiers, de son eau et de son ciel, s'ébattant dans ce vallon verdoyant ou traversant le fleuve dans une barque qui se dessinait comme une ombre au fond du tableau, secouant le tronc des palmiers pour faire pleuvoir les dattes fraîches sur sa tête ou assis devant la belle, cherchant ses yeux rêveurs d'un regard langou- reux ! Il n'avait pourtant pas la beauté de ses deux frères. Peut-être était-il celui de la famille qui ressemblait le plus à sa sœur Khadiga. Comme elle, son visage réunissait les petits yeux de la mère et le gros nez du père, mais une copie conforme cette fois-ci et non pas une version plus ou moins élaguée comme chez Khadiga. S'ajoutait à cela une tête volumineuse faisant nettement saillie au niveau du front et donnant à ses yeux une apparence plus renfoncée qu'ils ne l'étaient en réalité. Mais il advint que par malheur il fut averti de l'étrangeté de son faciès, propre à susciter la moquerie, quand l'un de ses camarades l'appela « l'homme à deux têtes », mettant ainsi le feu à sa colère et le fourvoyant dans l'une des deux bagarres auxquelles il s'était livré. La vengeance n'apaisant pourtant en rien son esprit, il alla à la maison confier son dépit à sa mère qui partagea le poids de la contrariété et s'attacha à le stimuler en lui assurant que la grosseur de la tête était due au développement de l'intelligence, que le Prophète lui-même, que le Salut soit sur lui, avait une grosse tête et que personne ne pouvait rien espérer de mieux que de ressembler comme lui à l'envoyé de Dieu.

Détachant ses pensées de la fumeuse de cigarette, il continua son chemin en posant cette fois un regard de tendresse sur la mosquée d'al-Hussein dont sa petite enfance avait voulu qu'elle fût pour lui une source d'images et d'émotions de tous les instants. Mais bien que la place que tenait al-Hussein dans son cœur, reflet de la considération dont ce dernier jouissait, auprès de sa mère en particulier et de la famille en général, fût due à sa proche parenté avec le Prophète, toutefois, ce qu'il savait de Muhammad l'Envoyé de Dieu et de sa biographie n'avait en rien conditionné sa familiarité avec al-Hussein et l'histoire de sa vie, pas plus que le plaisir qu'avait son esprit à rappeler celle-ci en lui à tout instant et à y puiser en guise de viatique les récits des plus hauts faits et la plus profonde foi. Ainsi, la tradition d'al-Hussein avait-elle trouvé en lui, après des siècles et des siècles, un disciple passionné, un partisan convaincu en même temps qu'un compatissant éploré. Et seule avait tempéré son affliction la tradition selon laquelle la tête du martyr, une fois séparée de sa dépouille immaculée, n'avait souffert en ce monde d'autre terre d'élection que l'Egypte où elle était venue sans tache, entourée de gloire, avant de trouver sa dernière demeure au lieu de son tombeau. Ce tombeau qui tant de fois l'avait vu, rêveur et pensif, tout à l'espoir d'en percer du regard le ventre ténébreux pour y contempler le beau visage dont sa mère lui avait assuré qu'il avait traversé les épreuves du temps grâce à son mystère divin et conservé sa fraîcheur et son rayonnement au point d'éclairer l'obscurité de son sépulcre de l'éclat de sa lumière. Mais, n'ayant trouvé nul moyen de réaliser ses espoirs, il s'était contenté d'entretenir avec lui, au cours de stations prolongées, d'intimes confessions où il lui déclarait son amour, lui faisant doléance de ses angoisses nées de l'image qu'il se faisait des démons, de sa peur des menaces de son père, et implorant son secours pour les examens qu'il subissait tous les trimestres. Puis il concluait son tête-à-tête en le priant de lui faire l'honneur de sa visite pendant son sommeil. Et bien que l'habitude de passer devant la mosquée matin et soir ait quelque peu allégé le poids de l'émotion qu'elle lui procurait, du moins ne posait-il jamais ses yeux sur elle sans lui réciter la Fâtiha, même si cela devait se produire cent fois dans la journée. Non, l'habitude n'avait pu extirper de son cœur l'enchantement des rêves, le spectacle des hauts murs y avait toujours son vibrant écho, le minaret touchant le ciel ne lançait pas son appel que son âme n'y réponde aussitôt.

Il traversa la rue al-Hussein en récitant la Fâtiha, bifurqua en direction du Khan Djaafar et de là prit le chemin de Bayt el-Qadi. Mais, au lieu de filer jusqu'à la maison en coupant par al-Nahhasin, il traversa la Grand-Place vers l'allée Qirmiz, malgré son isolement et les frayeurs qu'elle lui inspirait, pour éviter la boutique paternelle. Il tremblait de peur à l'idée de son père et ne pouvait concevoir que celui-ci craignît les démons, s'ils se dressaient sur son chemin, plus que lui-même ne le craignait lorsqu'il criait après lui en colère. Et ce qui redoublait sa tristesse était qu'il ne pouvait jamais se faire à ses ordres rigoureux, destinés à lui fermer les portes du jeu et de la récréation dont son esprit était assoiffé. S'il avait accédé sincèrement à son bon vouloir, il aurait passé tous ses instants de loisirs cloué au sol, pieds et poings liés. C'est pourquoi il lui était impossible de se soumettre à cette volonté tyrannique et forcenée, et pourquoi, derrière son dos, à la maison ou dans la rue, il s'amusait à sa guise, le père ignorant tout sur son compte, à moins que ne lui vienne aux oreilles à son propos un bruit rapporté par les gens de la maison, las de ses extravagances. Il arriva ainsi qu'un beau jour il se hissa avec une échelle jusqu'à la toiture de lierre et de jasmin par-dessus les terrasses. Sa mère, le voyant ainsi juché entre ciel et terre, poussa des cris d'effroi jusqu'à l'obliger à redescendre. Et son appréhension des conséquences fâcheuses que pouvaient avoir des jeux aussi dangereux que celui-ci l'emportant sur sa crainte de voir son fils exposé aux terribles représailles du père, elle révéla l'événement. Le père le fit donc venir sur-le-champ, lui donna ordre de tendre ses jambes et y fit pleuvoir une volée de coups de bâton sans se soucier de ses hurlements qui remplissaient la maison. Le gamin quitta la pièce et monta à la salle de séjour trouver ses frères et sœurs qui se retenaient de rire, sauf Khadiga qui le porta devant elle et lui chuchota à l'oreille : « C'est bien fait pour toi! On n'a pas idée d'aller grimper sur le lierre pour jouer des cornes avec le ciel. Tu te prends pour un zeppelin? »

Pourtant, mis à part les jeux dangereux, sa mère le couvrait et lui autorisait tous les jeux innocents qu'il voulait. Quel ravissement l'emportait chaque fois qu'il se rappelait comment ce même père avait pu se montrer doux et affectueux envers lui au temps de sa petite enfance toute proche, comme il s'amusait à le taquiner, à le couvrir de temps à autre de toutes sortes de sucreries, comment il lui avait adouci le jour de la circoncision, malgré sa cruauté, en lui inondant les bras de chocolats et de dragées et en l'entourant de sa tendresse et de ses soins. Puis le vent avait tourné et la tendresse du père cédé la place à la dureté, ses mots caressants à l'invective, et ses taquineries aux coups de bâton. Cette circoncision elle-même, il l'avait choisie comme épouvantail à l'encontre de son fils, si bien que le trouble s'était installé pour longtemps dans l'esprit du garçon qui avait fini par croire qu'il était réellement possible qu'on fasse subir le sort de ce qui était parti à ce qui restait! Mais la peur n'était pas l'unique sentiment que lui inspirait ce père, la vénération qu'il avait pour lui ne le cédait en rien à celle-ci. Il était en admiration devant son allure imposante et robuste, sa dignité qui faisait se répandre en courbettes les gens importants, son élégance vestimentaire et l'omnipotence qu'il lui supposait. Peut-être fallait-il voir dans les propos mêmes de sa mère sur son seigneur et maître la cause de cette peur à son endroit. Il ne pouvait s'imaginer qu'il pût se trouver en ce monde un homme aussi fort, aussi prestigieux, aussi riche que lui. Quant à l'amour, tout le monde lui en témoignant à la maison, à la limite de l'adoration, il gagnait son cœur d'enfant par imprégnation du milieu mais restait comme une pierre précieuse dormant loin des regards au fond d'un écrin que fermaient la peur et l'effroi.

Continuant son chemin, il approcha du sombre passage voûté de l'allée Qirmiz dont les démons avaient fait le théâtre de leurs jeux nocturnes et qu'il avait préféré comme moyen de contourner la boutique de son père. Néanmoins, en pénétrant dans le goulet, il se mit à réciter « Dis, Il est le Dieu, l'Unique » d'une voix retentissante qui résonna dans l'obscurité sous le cintre de la voûte, les yeux fixés sur la bouche lointaine du passage où brillait la lumière du chemin. Tout en activant ses pas, il répétait la sourate pour chasser les démons dont son esprit lui soufflait les apparitions mais qui, il le savait, ne pouvaient avoir prise sur un être cuirassé des versets de Dieu. Quant à son père, il aurait eu beau réciter le livre saint du début à la fin, il n'aurait pas pour autant éloigné sa colère quand elle se mettait à souffler. Au sortir du passage, il déboucha sur l'autre côté de l'allée au bout de laquelle il tomba sur la fontaine de Bayn al-Qasrayn et l'entrée du Bain du Sultan. Puis s'annoncèrent à son regard les moucharabiehs de la maison avec leur couleur vert foncé ainsi que la porte monumentale avec son marteau de bronze. Un large sourire de joie illumina ses lèvres à la pensée de tous les trésors de bon temps que l'endroit recelait à son intention.

Bientôt de toutes les maisons alentour les enfants accourraient vers lui pour rejoindre la vaste cour de la demeure et ses pièces nombreuses massées autour du four. Le temps serait alors au jeu, à la récréation... et aux patates. Au même moment, il aperçut un *suarès* passant lentement dans la rue en direction de Bayn al-Qasrayn. Son cœur ne fit qu'un bond et une joie malicieuse l'envahit. Aussitôt il coinça son cartable sous son bras gauche, courut après le véhicule, le rattrapa et sauta sur le marchepied arrière.

Mais le receveur ne l'abandonna pas longtemps à sa joie et vint lui réclamer le montant du ticket en le fixant d'un regard plein de suspicion et de défi. Le gamin lui dit pour l'amadouer qu'il partirait au moment de l'arrêt, qu'il ne pouvait pas descendre en marche. L'homme se tourna vers le chauffeur et lui cria, pestant de rage, d'arrêter le véhicule. Le gamin profita alors de ce que le receveur lui tournait le dos pour bondir sur la pointe des pieds et lui flanquer un coup. Aussitôt fait, il sauta à terre et s'enfuit à toute allure, poursuivi par les injures de l'homme qui pleuvaient sur lui plus fort que des météorites. Il n'avait pas suivi un plan concerté, ce n'était pas davantage un morceau choisi de son espièglerie. Il avait simplement vu un garçon le faire le matin même, ça l'avait emballé et, à la première occasion de l'imiter, il l'avait imité...

*

A l'exception du père, la famille se réunit un peu avant le coucher du soleil, à l'occasion de ce qu'ils nommaient entre eux « la séance du café ». La salle de séjour, au premier étage, en était le lieu de prédilection de par sa position centrale par rapport aux chambres des enfants, au salon et à quatre autres pièces plus petites aménagées pour l'étude. Le sol en était recouvert de nattes multicolores et elle était meublée dans les coins de canapés à coussins et accoudoirs. Un gros lampion, illuminé par une lampe à gaz de même volume, pendait du plafond. Amina était assise d'ordinaire sur un canapé central, face à un gros fourneau où la cafetière était à demi enfouie dans la braise recouverte de cendre, avec, à sa droite, une table basse surmontée d'un plateau cuivré où l'on avait aligné les tasses. Les enfants étaient assis face à leur mère : ceux qui avaient la permission de déguster le café en sa compagnie, comme Yasine et Fahmi, ou ceux à qui n'était pas dévolu ce droit en vertu des traditions et des convenances et qui par conséquent se contentaient de la conversation, comme les deux sœurs et Kamal. C'était une heure chère aux âmes, où chacun se fondait dans l'intimité du cercle familial et savourait le plaisir de la discussion. On s'y regroupait sous l'aile maternelle dans un pur amour et une amitié souveraine. De telles réunions donnaient l'image du repos et de la décontraction, untel était assis, jambes croisées, tel autre couché sur le côté et, tandis que Khadiga et Aïsha exhortaient les buveurs à terminer leur boisson de manière à lire les lignes de la fortune dans le fond des tasses, Yasine se mettait à parler ou à lire des passages de l'histoire des deux orphelines, choisie parmi un recueil de contes populaires de la veillée. Il avait pour habitude de consacrer une partie de ses loisirs à la lecture de contes et de poèmes, non pas parce qu'il avait le sentiment de souffrir de lacunes en matière d'instruction, car l'école primaire n'était pas une mince affaire à cette époque, mais par amour du divertissement et passion de la poésie et des styles éloquents. Avec son corps massif, enveloppé dans une ample *galabiyyé*, il ressemblait à une outre énorme, encore que cette apparence ne contredisait pas, simple question de temps, une certaine beauté émanant de son visage brun et plein, avec ses yeux noirs et séduisants, ses sourcils joints et ses lèvres sensuelles. Tout son être respirait, malgré son jeune âge ne dépassant pas les vingt et un ans, une virilité pétrie de force. Kamal ne le lâchait pas d'une semelle afin de glaner les histoires extraordinaires qu'il lui racontait quelquefois. Il ne cessait d'en demander davantage, sans se soucier combien son insistance était pénible à son frère, préoccupé qu'il était d'assouvir les désirs qui mettaient le feu à son imagination tous les jours à la même heure.

Mais Yasine avait vite fait de le délaisser pour reprendre la discussion ou se plonger dans la lecture, condescendant seulement à lui adresser de temps à autre, à mesure que son insistance se faisait plus pressante, quelques mots elliptiques qui, s'il y trouvait réponse à certaines de ses questions, avaient, oh! combien, le don d'en éveiller de nouvelles pour lesquelles il n'avait pas de réponse. Avec l'œil de la jalousie et de la tristesse, il restait alors à regarder son frère, tandis que celui-ci reprenait la lecture, une lecture qui donnait les clés du monde magique.

Quelle rancœur faisait naître en lui cette incapacité à lire lui-même l'histoire! Combien cela le peinait de la voir là, devant lui, de pouvoir la tourner et la retourner à loisir dans tous les sens sans être capable d'en déchiffrer les symboles, d'y découvrir une issue vers le monde des songes et des rêves. Il trouvait dans cette facette de Yasine un ressort à son imagination qui lui procurait Dieu sait combien de joies, mais attisait en lui les feux et les souffrances de la soif. Levant souvent les yeux vers son frère, il lui demandait haletant : « Et après, qu'est-ce qui s'est passé? » Mais Yasine soufflait alors en disant : « Arrête de m'empoisonner avec tes questions. Gardes-en pour plus tard! Si je ne te raconte pas la suite aujourd'hui, ce sera pour demain! » Et rien ne l'attristait davantage que cette attente du lendemain, à tel point que le mot de « lendemain » devint synonyme d'« hélas » dans son esprit. C'est pourquoi il n'était pas rare qu'après la dissolution du cercle familial il se tourne du côté de sa mère avec le secret espoir qu'elle lui raconte « ce qui s'était passé après ». Mais sa mère ignorait l'histoire de l'orphe-line et bien d'autres parmi celles que lisait Yasine. Et comme il lui faisait peine de renvoyer son petit sur sa déception, elle lui racontait les histoires de brigands et de démons qu'elle avait en mémoire, pour que doucement son imagination s'imprègne de tout leur suc et emporte un lot de consolation.

Dans cette séance du café il n'y avait rien d'étonnant qu'il se sentît perdu et délaissé parmi les siens. Pour un peu, personne ne lui prêtait attention, tous distraits de lui qu'ils étaient par leurs palabres interminables. Aussi n'avait-il aucun complexe à forger des histoires de toute pièce afin de capter leur attention, ne fût-ce qu'un court instant. Il se jeta donc dans le flot de la conversation en en obstruant vaillamment le courant et déclara d'un ton sec et saisissant, semblable à la mise à feu d'un obus, comme s'il venait de se rappeler soudain quelque chose de grave :

– J'ai vu un de ces spectacles aujourd'hui en rentrant! Inoubliable! J'ai vu un garçon sauter sur le marchepied d'un *suarès*, flanquer un coup au receveur et s'enfuir à toutes jambes. Aussitôt le bonhomme ne fait ni une ni deux, il se lance à sa poursuite, le rattrape et lui flanque un coup de pied dans le ventre de toutes ses forces!

Il scruta les visages du regard pour y lire l'effet produit par son récit mais n'y trouva pas le moindre signe d'intérêt. Il perçut au contraire une désaffection totale pour cette histoire captivante et une détermination à poursuivre la conversation. Il remarqua même la main d'Aïsha qui allait chercher le menton de sa mère pour la détourner de lui après qu'elle eut manifesté le désir de l'écouter, sans compter le sourire narquois qu'il vit se dessiner sur les lèvres de Yasine qui ne décolla pas la tête de son livre. C'était plus fort que lui, il s'entêta et déclara d'une voix tonitruante :

– Le garçon est tombé en se tordant de douleur. Alors la foule l'a entouré, mais c'était déjà fini pour lui!

La mère éloigna la tasse de ses lèvres et s'écria :

– Oh! mon fils! Tu veux dire qu'il est mort?

L'intérêt manifesté par sa mère le transporta de joie et il rabattit sur elle tous ses efforts, comme un assaillant désespéré rabat les siens sur le point de faiblesse d'une muraille inexpugnable :

– Bien sûr qu'il est mort! J'ai même vu le sang dégouliner sous mes yeux!

Fahmi le fixa d'un regard moqueur, l'air de lui dire : « Des histoires comme ça, je t'en raconte autant que tu veux! », et lui demanda avec une ironie mordante :

– Tu disais que le receveur l'a frappé d'un coup de pied au ventre? Mais par où a coulé le sang?

L'étincelle de triomphe qui brillait dans ses yeux depuis qu'il avait captivé sa mère s'éteignit, pour céder la place aux flèches de l'embarras et de la rage. Mais l'imagination vint à son secours et l'expression de son regard retrouva sa vivacité. Il rétorqua :

– Quand il lui a donné le coup de pied dans le ventre, il s'est écroulé face contre terre et s'est blessé à la tête.

Ce à quoi Yasine répondit sans lever les yeux de son orpheline :

– On pourrait tout aussi bien dire que le sang a coulé de sa bouche. Le sang peut couler de la bouche sans qu'il y ait pour autant blessure apparente. Ce ne sont pas les interprétations qui manquent à tes histoires de menteur, comme d'habitude, mais n'aie crainte...

Kamal protesta contre le démenti apporté par son frère et commença à jurer ses grands dieux de sa bonne foi. Mais sa protestation se perdit dans le vacarme des rires où, en une seule et même harmonie, se mêlaient les éclats rauques et pointus des voix mâles et féminines. Puis le naturel moqueur de Khadiga se réveilla :

– C'est fou ce que tu peux faire comme victimes, dit-il. S'il fallait croire tout ce que tu racontes, il n'y aurait bientôt plus âme qui vive dans tout al-Nahhasin! Qu'est-ce que tu répondras devant le Seigneur s'Il te demande des comptes sur tout ça?

Mais Kamal trouva en Khadiga un attaquant à sa mesure et, comme d'habitude, chaque fois qu'il se trouvait en butte à sa raillerie, il s'en prit à son nez.

– Je lui répondrai que c'est la faute au groin de ma sœur!

– Si on prend un peu de tout ce qui cloche chez chacun d'entre vous, c'est mal parti pour nous tous, n'est-ce pas?

– Ça, c'est bien vrai, petite sœur! appuya Yasine.

Elle se tourna vers lui prête à donner l'assaut, mais il la prit de vitesse :

– Je t'ai fâchée? Pourquoi donc? Pas seulement parce que j'ai exprimé devant tout le monde mon accord avec toi?

– Parle d'abord de tes défauts avant de faire allusion à ceux des autres! répondit-elle furieuse.

Il leva les sourcils en feignant la perplexité :

– Dieu m'est témoin, grommela-t-il, le plus gros défaut est une pécadille à côté de ce nez!

Fahmi fit mine à son tour d'être en désaccord et demanda sur un ton trahissant son ralliement au clan des agresseurs :

– Qu'est-ce que tu dis, mon frère? C'est un nez ou un crime?

Mais comme Fahmi ne prenait part que très rarement à ce genre de confrontation, Yasine saisit au bond ses paroles avec enthousiasme :

– C'est les deux à la fois, dit-il. Pense à la responsabilité criminelle endossée par celui qui conduirait cette jeune épouse à son infortuné mari!

Kamal éclata de rire avec un bruit de sifflement haché et, comme il déplaisait fort à Amina de voir sa fille tomber aux mains d'une armée d'assaillants, elle voulut renvoyer la discussion à son point de départ et déclara tranquillement :

– Toutes ces paroles pour ne rien dire vous ont éloigné de notre sujet de conversation qui était de savoir si M. Kamal a dit vrai ou non dans ses propos. Moi, je pense qu'il n'y a aucune raison de douter de sa franchise, puisqu'il a juré! Parfaitement, Kamal ne se parjure jamais!

La joie vengeresse du garçon s'évanouit instantanément et, bien que ses frères et sœurs fussent revenus à la charge avec leurs plaisanteries, il s'en détacha par la pensée, échangeant avec sa mère un regard lourd de sens avant de se replier dans sa méditation, plein de trouble et d'angoisse. Il se rendait compte de la gravité d'un parjure, qui soulevait l'indignation de Dieu et de ses saints. De plus il lui était extrêmement douloureux de se livrer au parjure sur le nom d'al-Hussein, surtout au nom de son amour pour lui. Cependant, il s'était souvent retrouvé dans une impasse délicate, comme c'était le cas aujourd'hui, pour laquelle il ne concevait d'autre issue que le parjure, quitte à s'y enferrer encore davantage sans le savoir. Mais sans échapper, surtout si on lui signifiait son crime, au tourment et à l'angoisse. Il aurait alors aimé pouvoir extirper le passé maudit jusqu'à la racine et tourner une page nouvelle et propre. Il se souvint d'al-Hussein, de son minaret, au pied duquel il se postait et d'où il lui semblait que la cime touchait le ciel. Il le pria, suppliant, de lui pardonner sa faute, avec le sentiment de honte propre à celui qui a eu l'audace de commettre à l'encontre de l'aimé une impardonnable offense. Un long moment il resta plongé dans ses suppliques puis émergea peu à peu vers le monde extérieur en ouvrant ses oreilles à la discussion en cours, qui véhiculait des thèmes habituels ou nouveaux. Bien peu de chose y était de nature à attirer son attention, bien qu'elle manquât rarement de faire revivre des souvenirs tirés du passé lointain ou récent de la famille, de rapporter des échos de la rumeur ambiante sur les joies et les peines des voisins, de faire état de situations délicates subies par les deux frères face à leur tyran de père, que Khadiga s'empressait de se faire redécrire et réexposer en détail pour en faire des gorges chaudes et en tirer une joie malicieuse. Ainsi, de fil en aiguille, se constitua chez le jeune garçon tout un savoir qui se cristallisa d'une manière singulière dans son imagination fortement marquée par l'attirance des contraires entre l'esprit pugnace et médisant de Khadiga et celui indulgent et clément de sa mère. Finalement, il fixa son attention sur Fahmi qui était en train de confier à Yasine :

– La dernière offensive d'Hindenburg est d'une extrême importance et d'ici que ce soit la plus décisive de cette guerre, il n'y a pas long!

Yasine abondait dans le sens des espoirs de son frère mais avec une réserve empreinte de détachement. Comme lui, il espérait que la victoire irait aux Allemands, et par suite aux Turcs, que le califat retrouverait son lustre d'autrefois et qu'Abbas et Mohammed Farîd réintégre-raient le giron de la patrie. Mais ce genre de vœu n'était en mesure d'accaparer son cœur qu'aux moments où on l'invoquait. Il dit en hochant la tête :

– Cela fait quatre ans que nous rabâchons la même chose!

Fahmi lui répondit avec des mots d'espoir mêlés de sympathie :

– Toute guerre a une fin, celle-ci va bien avoir la sienne et je ne crois pas que les Allemands vont la perdre.

– Nous prions justement Dieu pour qu'il en soit ainsi! Mais qu'est-ce que tu dirais si les Allemands s'avéraient correspondre à l'image que les Anglais en donnent?

Mais comme toute objection enflammait son irascibilité, Fahmi haussa le ton.

– L'important, dit-il, c'est de nous débarrasser du cau-chemar des Anglais et que le califat retrouve sa grandeur d'antan pour que nous trouvions notre voie toute tra-cée...

Puis Khadiga s'immisça dans la conversation :

– Je me demande pourquoi vous aimez les Allemands alors que ce sont eux qui ont envoyé leur zeppelins nous lâcher des bombes sur la tête.

Mais Fahmi se mit comme d'habitude à certifier que les Allemands destinaient leurs bombes aux Anglais et non pas aux Egyptiens. Et la discussion embraya sur le sujet des zeppelins, leurs dimensions gigantesques, leur vitesse et leur danger alimentant la rumeur publique. Puis Yasine se redressa sur son siège et se leva pour rejoindre sa chambre afin de se changer, dernier préparatif avant de quitter la maison pour sa soirée quotidienne. Il revint au bout de quelques instants, fin prêt, sur son trente et un, avec un air d'élégance vestimentaire et de beauté. Il paraissait, avec son corps imposant et ses moustaches naissantes, dans la plénitude de l'homme mûr, beaucoup plus vieux que son âge. Il fit son salut à l'assemblée et s'en alla. Kamal l'accompagna d'un regard révélant combien il lui enviait sa liberté, de jouir d'une envoûtante indépendance. Il n'était pas dupe du fait qu'on ne demandait plus de comptes à son frère sur ses allées et venues depuis sa nomination comme commis aux écritures à l'école d'al-Nahhasin et qu'il sortait le soir à sa guise en rentrant à l'heure qu'il voulait. Quelle chose épatante, quel bonheur! Comme il aurait été un homme heureux, s'il avait pu aller et venir à son gré, prolonger sa veillée jusqu'à l'heure souhaitée et limiter sa lecture, après en avoir acquis les instruments, aux romans et à la poésie. Il demanda soudain à sa mère :

– Si je travaillais, je pourrais sortir le soir comme Yasine?

Amina sourit :

– Sortir le soir, tu as bien d'autres choses à quoi rêver dorénavant!

– Mais mon père sort bien le soir, et Yasine aussi! protesta le gamin de vive voix.

La mère haussa les sourcils, mal à l'aise, et bredouilla :

– Commence par prendre ton courage à deux mains pour devenir un homme et trouver du travail. A ce moment-là, Dieu fera le reste!

Mais Kamal semblait pressé.

– Et pourquoi on ne m'emploierait pas à l'école primaire dans trois ans?

Khadiga s'écria alors sur un ton railleur :

– Alors, comme ça, tu vas travailler avant tes quatorze ans!... Et qu'est-ce que tu feras si tu fais pipi dans ta culotte pendant le service?

Avant qu'il n'ait témoigné sa fureur à sa sœur, Fahmi renchérit sur un ton méprisant :

– Quel âne tu fais! Pourquoi ne songes-tu pas à commencer ton droit, comme moi? C'est un cas de force majeure qui a obligé Yasine à avoir son certificat d'études à vingt ans, sinon il aurait terminé ses études. Tu ne sais

même pas comment te forger des espoirs dans la vie!
Paresseux, va!

*

Quand Fahmi et Kamal montèrent sur la terrasse, le soleil était sur le point de disparaître. Il était comme un disque blanc, paisible, vidé de sa turbulence, refroidi, une fournaise éteinte. Le jardinet, avec son toit de lierre et de jasmin, semblait plongé dans une faible obscurité. Mais les deux garçons gagnèrent le côté opposé de l'aire plate où les lambeaux de lumière n'étaient masqués d'aucun voile. Puis ils obliquèrent vers le muret attenant à celui de la terrasse d'à côté, celle des voisins. Fahmi montait là tous les jours au coucher du soleil, accompagné de Kamal, sous prétexte de réviser ses leçons en plein air, quoique celui de novembre commençât à se rafraîchir, surtout à cette heure de la journée. Il fit stopper le garçon de façon à lui appuyer le dos au muret et s'arrêta lui-même debout, face à lui, de manière à pouvoir porter le regard vers la terrasse contiguë des voisins quand bon lui semblerait sans avoir à se retourner.

A cet instant, au milieu des cordes à linge, parut une jeune fille, une jeunette de vingt ans environ, occupée à rassembler des vêtements secs et à les entasser dans un grand panier. Et bien que Kamal se mît à parler à voix haute, comme d'habitude, elle, de son côté, continua sa besogne comme n'ayant pas prêté attention à l'arrivée de ces nouveaux venus. C'était toujours le même espoir qui lui venait à cette heure : obtenir d'elle, qui sait, un regard, si par bonheur l'une de ses tâches l'appelait au sommet de la maison. L'accomplissement d'un tel vœu n'était pas chose facile, à en juger par la rougeur affleurant sur son visage, révélatrice d'une trop grande joie, et les battements martelés de son cœur, échos d'une jubilation soudaine. Il se mit à écouter son petit frère, l'esprit absent et les yeux assombris par la tension du regard, la voyant tantôt apparaître, tantôt s'éclipser, un coin d'elle s'offrant à la vue, l'autre s'y dérobant au gré de sa position par rapport aux vêtements et aux draps étendus çà et là. C'était une jeune fille de taille moyenne, d'une peau éclatante, tirant sur la blancheur, avec des yeux noirs auxquels les pupilles donnaient un regard débordant de vie, d'agilité, de chaleur. Mais ni sa beauté ni ses sentiments fougueux, pas plus que la sensation de triomphe qu'il éprouvait à sa vue, n'avaient pu balayer l'angoisse qui avançait dans le fond de son cœur, à pas légers lorsqu'elle était là sous ses yeux, à pas pesants lorsqu'il se trouvait seul avec ses pensées, l'angoisse de la voir oser paraître devant lui, comme s'il n'était pas un homme aux yeux de qui une jeune fille comme elle dût se soustraire, ou comme si c'était une jeune fille peu soucieuse de s'offrir au regard des hommes.

Il se demandait souvent ce qu'elle avait à ne pas s'effaroucher comme Khadiga ou Aïsha, lorsque l'une d'elles se trouvait en pareille situation! Quelle singulière tournure d'esprit faisait d'elle une exception en marge des traditions en vigueur et des règles sacrées de la vie sociale? Dieu, qu'il eût été plus tranquille de la voir faire montre de cette pudeur dont il regrettait l'absence, fût-ce au détriment de sa joie indescriptible de la voir. Il s'entêtait néanmoins à lui chercher des excuses dans l'ancienneté de son rapport de voisinage, sa condition de fille unique, et peut-être aussi l'amour! Puis il ne cessait de dialoguer avec elle, dans ses pensées, de la sermonner, jusqu'à ce qu'elle courbe la tête et parvienne à résignation. Et, comme il n'avait pas son audace, il se mit à inspecter les terrasses voisines d'un œil furtif, pour s'assurer qu'aucun regard n'espionnait la jeune fille, car il n'était pas chose tolérable qu'un garçon de dix-huit ans vienne blesser l'honorabilité des voisins, à plus forte raison celle d'un homme qui comptait parmi les meilleurs d'entre eux, M. Mohammed Ridwane. C'est pourquoi le sentiment de la gravité de ses agissements était pour lui une source continuelle d'angoisse; sans compter la peur que les échos en viennent aux oreilles de son père, ce qui eût été la catastrophe. Mais le mépris de l'amour pour la peur ne cessera jamais d'étonner et rien de celle-ci ne put ternir son ivresse ou l'arracher au rêve de son heure bénie. Il continua ainsi à l'observer, qui apparaissait, disparaissait, jusqu'à ce que l'espace se découvre entre eux deux et qu'elle se retrouve face à lui, avec ses mains fines tantôt levées, tantôt baissées, refermant et dépliant ses doigts doucement, posément, comme si elle prolongeait à dessein son travail.

Il en eut l'intuition dans son cœur, à mi-chemin entre le doute et l'espoir, laissant néanmoins sa joie l'emporter sans réserve vers les plus lointains horizons, jusqu'à ne plus sentir que chanter et danser en lui. Et, bien qu'elle n'eût point levé les yeux vers lui, son attitude, le rougissement de ses pommettes, la rétention de son regard étaient autant d'indices de l'acuité de sa perception de sa présence ou de l'effet de sa présence sur ses sens. Son calme, son silence donnaient au jeune homme un air de pleine pondération comme si ce n'était pas elle qui répandait chez lui la gaieté et la bonne humeur lors de ses visites à ses deux sœurs, elle dont la voix résonnait aux quatre coins de la maison, ponctuée d'éclats de rire. Dans ces moments-là, il restait tapi derrière la porte de sa chambre, un livre à la main, prêt à faire semblant de réviser si quelqu'un venait à frapper. Il cueillait, l'esprit tendu, les accents chantants et rieurs de sa voix en les épurant des voix entremêlées des autres dont il faisait presque abstraction, comme si son attention était un aimant dans un champ d'amas hétéroclites n'attirant à lui que l'acier. Il arrivait parfois qu'en traversant le salon il perçoive d'elle une image. Parfois leurs regards se rencontraient l'espace d'un instant fugitif mais suffisant pour l'enivrer et lui ôter ses esprits comme s'il en avait reçu un message solennel dont la gravité lui donnait le vertige. Il nourrissait alors ses yeux et son esprit de regards volés sur son visage et, bien que ce ne fussent là que coups d'œil fugitifs, ceux-ci s'emparaient de son âme et de ses sens. Regards intenses et pénétrants dont un seul apportait davantage que ne l'aurait pu une longue observation et une profonde auscultation. Ils étaient semblables au surgissement de l'éclair qui luit une fraction de seconde et illumine de son étincelle l'immensité en escamotant la vue. Une joie enivrante et miraculeuse l'étourdissait, mais une joie entachée, invariablement, d'une ombre de détresse qui le poursuivait comme le souffle de Khamsine succède à l'éclosion du printemps. Car il ne cessait de penser aux quatre années que prendrait l'achèvement de ses études, pendant lesquelles il ne savait combien de mains allaient se tendre vers ce fruit mûr pour le cueillir. Et si le climat de la maison avait été autre que ce climat étouffant, maintenu serré par la poigne de fer de son père, il aurait pu rechercher la voie la plus courte vers le salut de son cœur. Mais la peur le hantait de faire vent de ses espoirs et de les exposer à l'un de ces rudes coups de boutoir paternels qui les ferait s'envoler et les ruinerait.

Il se demanda en tendant le regard par-dessus la tête de son frère ce qui pouvait bien trotter dans la tête. Laver le linge? Etait-ce vraiment là sa seule préoccupation? N'avait-elle pas encore deviné ce qui l'attirait là tous les soirs? Comment son cœur ressentait-il cette démarche audacieuse? Il s'imagina en train d'enjamber le muret pour aller la rejoindre dans l'obscurité et se la représenta sous des jours différents : tantôt l'attendant à l'heure du rendez-vous, tantôt surprise à sa venue au point d'avoir déjà un pied dans la fuite. Puis il imagina la suite : sa déclaration, les plaintes et les réprimandes auxquelles il se livrerait malgré lui et ce qui en résulterait d'étreintes et de baisers. Mais ce n'étaient là que phantasmes et illusions, il savait mieux que quiconque, lui qui était pétri de moralité et d'éducation, combien tout cela était vain et impossible. L'endroit parut silencieux, mais d'un silence électrisé, qui parlait presque sans langue. Même Kamal, dans ses petits yeux, montrait un regard désorienté comme s'il s'interrogeait sur la signification de cette étrange gravité qui suscitait en vain sa curiosité. N'y tenant plus, il demanda à haute voix :

– Je sais mon vocabulaire. Tu ne veux pas me le faire réciter?

Fahmi se ressaisit au son de sa voix, lui prit le cahier et se mit à lui poser des questions sur le sens des mots. Le gamin répondait quand soudain les yeux de Fahmi tombèrent sur un mot qui lui tenait à cœur et auquel il trouva un rapport, et quel rapport! avec la situation présente. Il haussa la voix à dessein et lui demanda :

– Que signifie... cœur?

Le garçonnet donna la réponse et épela le mot tandis que Fahmi en traquait l'impact sur le visage de la jeune fille. Puis il continua son interrogation en élevant la voix à nouveau :

– Amour?

Kamal fut quelque peu embarrassé et dit sur le ton de l'objection :

– Mais je n'ai pas ce mot-là dans mon cahier!

– Tu me l'as pourtant entendu prononcer plus d'une fois, répondit Fahmi en souriant, tu n'avais qu'à le retenir!

Le gamin plissa le front comme s'il bandait l'arc de ses sourcils pour partir à l'affût du mot envolé. Mais son frère n'attendit pas l'aboutissement de sa tentative et poursuivit l'interrogation avec une voix de stentor :

– Mariage!

A ce moment, il eut l'impression de remarquer comme l'esquisse d'un sourire sur les lèvres de la jeune fille. Son cœur se mit à battre à grands coups précipités, un sentiment de triomphe l'envahit. Enfin il avait pu lui envoyer une décharge de l'électricité qui brûlait sa poitrine. Toutefois il se demanda pourquoi diable elle n'avait manifesté son émotion qu'à ce mot. Etait-ce parce qu'elle ignorait le précédent ou que le dernier était le premier auquel son oreille avait été attentive? Il n'en savait rien. Néanmoins Kamal protesta, épuisé de se creuser la mémoire :

– C'est des mots trop compliqués!

Il ajouta foi dans son cœur à la parole innocente de son frère à la lumière de laquelle il repensa sa situation, et l'effervescence de sa joie retomba ou presque. Il alla pour parler mais il la vit se pencher sur le panier, le soulever et se diriger vers le muret mitoyen de leur terrasse, y poser le panier et commencer à presser le linge avec ses paumes, tout près de l'endroit où il se tenait assis, à deux pas d'elle seulement. Si elle l'avait voulu, elle aurait choisi un autre endroit du muret, mais on eût dit qu'elle faisait exprès de l'affronter, face à face. Elle lui sembla dans son offensive d'une telle audace qu'il prit peur et fut jeté dans le trouble, mais son cœur se remit à battre fiévreusement au point qu'il eut le sentiment que la vie lui prodiguait de ses trésors une variété nouvelle, douce et radieuse, qu'il ne connaissait pas. Mais sa halte toute proche ne dura pas, elle ne tarda pas à soulever le panier devant elle et fit demi-tour en se dirigeant vers la porte de la terrasse qu'elle franchit en se dérobant à sa vue.

Il resta un long moment, les yeux rivés sur la porte, sans se soucier de son frère qui avait recommencé à se plaindre de la complexité du mot. Puis il ressentit le désir d'être seul pour méditer ce qu'il venait d'ajouter au répertoire des épreuves de l'amour. Il fixa l'espace du regard, feignant la surprise, comme s'il venait seulement de remarquer l'obscurité rampant à l'horizon et murmura :

– Il est temps de rentrer.

*

Kamal révisait ses leçons dans le salon, laissant à Fahmi la salle d'étude, afin de se trouver non loin de l'endroit où se réunissaient sa mère et ses deux sœurs. La réunion en question prolongeait la séance du café, sauf qu'elle se limitait aux femmes et à leur conversation, une conversation où elles trouvaient, malgré sa futilité, un plaisir sans égal. Elles s'étaient assises comme à leur habitude, pressées les unes contre les autres, comme en un corps tricéphale, tandis que Kamal s'installait jambes croisées sur un autre canapé en face d'elles, tenant son livre ouvert dans ses bras, les yeux tantôt à la lecture, tantôt fermés pour apprendre sa leçon par cœur. De temps à autre, il s'amusait à les regarder et à prêter l'oreille à leur conversation.

Fahmi n'acceptait qu'à contrecœur de le voir réviser ses leçons loin de sa surveillance. Toutefois, la supériorité du jeune garçon à l'école avait joué en sa faveur, lui permettant d'imposer son choix en matière de lieu d'étude. En vérité, son goût de l'effort était sa seule qualité louable et, n'était son espièglerie, il aurait mérité que même son père l'y encourage. Mais à côté de ce goût de l'effort et de cette supériorité, l'ennui le submergeait des heures durant, pendant lesquelles le travail et l'ordre le déprimaient au point d'envier à sa mère et ses deux sœurs leur insouciance, ainsi que le repos et la paix dont elles bénéficiaient. Parfois il se prenait à espérer en secret que le sort des hommes en ce monde rejoigne un jour celui des femmes, mais ce n'étaient là qu'instants éphémères et impropres à lui faire oublier les privilèges dont il jouissait et qui l'avaient amené souvent à prendre les femmes de haut en se gonflant d'arrogance et de morgue, avec ou sans raison. Il n'était pas rare qu'il leur demande avec une note de défi dans la voix : « Qui d'entre vous connaît la capitale du Cap? » ou « Comment dit-on jeune homme en anglais? » S'il rencontrait de la part d'Aïsha un silence adorable, Khadiga lui avouait froidement son ignorance en lui lançant des coups de patte du genre : « Tout ça c'est du chinois, c'est bon pour les gens qui ont une grosse tête comme la tienne! » Quant à sa mère, elle lui disait avec une foi naïve : « Si tu m'enseignais ces choses comme tu m'enseignes celles de la religion, je n'en saurais pas moins que toi! »

Amina, en fait, malgré son abnégation et sa gentillesse, était on ne peut plus fière de sa culture populaire, transmise de génération en génération depuis la nuit des temps, et elle ne s'estimait pas dans le besoin d'en savoir davantage, ou pensait que les apports nouveaux de la science ne méritaient pas d'être ajoutés à son savoir en matière de religion, d'histoire et de médecine. Et le fait de les avoir apprises de son père ou dans la maison où elle avait grandi n'avait fait que renforcer sa foi dans ces connaissances.

Car son père était un cheikh des ulémas à qui Dieu, pour leur connaissance intégrale du Coran, avait donné la préséance sur tous les autres savants. Elle ne pouvait donc pas raisonnablement mettre en balance la moindre science avec celle héritée de son père, même si elle ne faisait jamais état de son point de vue, préférant son intégrité. C'est pourquoi elle voyait bien souvent d'un mauvais œil certaines choses enseignées dans les écoles et se trouvait fort désorientée aussi bien de leur interprétation que de la permission qui était faite de les enseigner à de jeunes enfants. Toutefois elle ne tombait pas en désaccord notable entre ce qu'on disait à son cher petit à l'école concernant les questions religieuses et les conceptions qu'elle en avait. Et, puisque la leçon de l'école ne se bornait pratiquement qu'à la lecture des sourates, à leur commentaire et à la mise en évidence des principes élémentaires de la religion, elle trouvait de quoi raconter son répertoire de légendes qui, elle en était persuadée, ne s'éloignaient pas de l'authenticité de la religion et de son essence. Peut-être même y avait-elle vu de tout temps l'authenticité et l'essence même de la religion. Il s'agissait pour la plupart de miracles ou de prodiges touchant à la personne du Prophète, de ses compagnons ou des saints, ainsi que de toutes sortes de formules magiques pour se prémunir des démons, des reptiles et des maladies.

Kamal les prenait au sérieux et y croyait, d'une part parce qu'ils provenaient de sa mère et étaient nouveaux dans leur objet, d'autre part parce qu'ils ne contrecarraient pas ses connaissances scolaires en matière de religion. De plus, la mentalité du maître d'éducation religieuse, telle qu'elle se révélait parfois au grand jour dans sa volubilité, n'était pas peu ou prou différente de celle de sa mère. En outre, éprouvant pour les légendes une passion que ne pouvaient lui procurer les cours magistraux, la leçon maternelle figurait parmi les plus belles heures de la journée, les plus récréatives et les plus riches en images. Mais, exception faite de la religion, et si le terrain y était favorable, les controverses n'étaient pas rares. Une fois, leurs divergences de vues s'étaient ainsi affirmées à propos de la Terre : tournait-elle autour d'elle-même de son propre mouvement dans l'espace ou bien se dressait-elle sur son axe, en appui sur la tête d'un taureau? Comme le gamin n'en démordait pas, elle revint sur son opinion en feignant de s'avouer vaincue. Mais ensuite elle entra en cachette dans la chambre de Fahmi et l'interrogea sur la réalité de ce taureau supportant la Terre et s'il continuait à la porter en ce moment même. Le jeune homme jugea bon de la ménager et, lui tenant le langage qu'elle aimait entendre, lui assura que la Terre était suspendue dans le ciel par la puissance de Dieu et sa sagesse. Amina repartit satisfaite de la réponse qui l'avait remplie de joie, même si l'image de ce taureau gigantesque ne s'était point effacée de son imagination.

Mais Kamal ne donnait pas, pour réviser ses leçons, la préférence à cette réunion féminine par désir de se vanter de sa science ou par goût du combat d'idées. En vérité, il lui tenait à cœur de ne pas se séparer d'elles, même pendant ses heures de travail, car il trouvait dans le fait même de les voir une joie sans rivale. Cette mère, il l'aimait plus que tout au monde et ne pouvait concevoir un seul instant l'existence sans elle. Que dire aussi de Khadiga qui jouait dans sa vie un rôle de seconde mère malgré son insolence et ses plaisanteries incisives, ou d'Aïsha qui, même si elle n'avait jamais manifesté un grand enthousiasme à aider autrui, lui vouait un amour immense qu'il lui rendait pleinement. Au point qu'il ne buvait jamais une gorgée d'eau à la gargoulette sans la prier d'y boire avant lui, de manière à poser ses lèvres à l'endroit de la poterie encore humide de sa salive.

La causette se poursuivit comme chaque soir jusqu'à ce que huit heures approchent. Alors, les deux filles se levèrent, prirent congé de leur mère et rejoignirent leur chambre. Au même moment, Kamal se dépêcha de relire sa leçon et, quand il en eut terminé, prit le livre d'instruction religieuse et alla se blottir contre sa mère, sur le canapé d'en face, lui disant d'une voix pleine d'incitation déguisée :

– Aujourd'hui, on nous a fait le commentaire d'une sourate merveilleuse qui va te plaire beaucoup!

Amina se redressa sur son siège.

– Mais la parole de Dieu tout entière est merveilleuse! répliqua-t-elle avec respect et exaltation.

L'intérêt manifesté par sa mère le ravit, et un sentiment de joie et de fierté le fit frétiller, un sentiment qu'il n'éprouvait qu'au moment de cette dernière leçon de la journée, la leçon de Coran. Car celle-ci lui donnait assurément plus d'une raison d'être heureux, du fait qu'il y jouait, pendant au moins la moitié de sa durée, le rôle de professeur. Il essayait, autant que faire se pouvait, de se remémorer les bribes de souvenirs accrochés à sa mémoire concernant son maître, son allure, ses gestes, ce qu'il y avait en lui de sentiment de supériorité et de force à quoi s'identifier. Puis, dans sa seconde moitié, il savourait les souvenirs et les légendes que lui racontait sa mère, sa mère qu'il gardait pour lui tout seul, dans les deux parties du cours.

Il se pencha sur le livre dans une sorte d'orgueil altier et commença à réciter : « Au nom de Dieu, le Bienveillant, le Miséricordieux. Dis, il m'a été révélé qu'un groupe de djinns écoutaient. Ils dirent : " Nous avons entendu le Coran. C'est une œuvre merveilleuse. Il conduit à la vérité. Nous croyons en elle et nous n'associerons plus aucun être à notre Seigneur " »... jusqu'à la fin de la sourate. L'effroi et la confusion transpirèrent dans les yeux d'Amina, elle qui mettait son fils en garde contre la prononciation des mots « démons » ou « djinns », de manière à prévenir les maléfices dont elle donnait toujours quelques exemples dans le but d'effrayer, tout en se gardant d'en mentionner d'autres par appréhension et précaution excessive. C'est pourquoi elle ne sut quelle contenance prendre en l'entendant lire dans une sainte sourate l'un de ces deux mots fatidiques. A plus forte raison, elle ne savait comment l'empêcher de l'apprendre par cœur ou quoi faire s'il l'invitait comme d'habitude à l'apprendre elle-même.

Le garçon put lire cette confusion sur son visage et une joie malicieuse s'insinua en lui. Il reprit du début et appuya l'articulation du mot fatidique, tout en guettant son désarroi, s'attendant à ce qu'elle finisse par avouer son appréhension en invoquant quelque excuse. Mais, malgré l'intensité de son trouble, elle garda le silence. Alors il continua en lui répétant le commentaire dans les termes où il l'avait entendu :

— Donc, tu peux voir par toi-même que parmi les djinns, certains ont entendu le Coran et ont eu foi en lui, et il faut croire que ceux d'entre eux qui vivent dans cette maison font partie de ces djinns musulmans, sinon, depuis le temps, ils n'auraient épargné aucun de nous.

— Ils en font peut-être partie, répondit Amina quelque peu embarrassée, mais il se pourrait bien que parmi eux il y en ait d'autres, alors il vaut mieux pour nous ne pas prononcer leur nom !

— Il n'y a rien à craindre dans le fait de prononcer un nom. Le maître l'a dit !

— Le maître ne sait pas tout ! dit-elle en le stigmatisant du regard.

— Même si le nom en question figure dans un verset sanctifié ?

Elle se sentit acculée devant sa question mais ne put faire autrement que de dire :

— La parole de Notre Seigneur est toute bénédiction !

Kamal s'en tint là et en revint au commentaire :

— Notre cheikh dit aussi que leur corps est de feu.

L'angoisse fut portée à son comble. Elle invoqua Dieu à plusieurs reprises en implorant sa protection. Mais Kamal ajouta :

— J'ai posé la question au cheikh : Est-ce que ceux d'entre eux qui sont musulmans vont au paradis ? Il a dit que oui. Alors je lui ai posé cette seconde question : Mais comment font-ils pour aller au paradis avec un corps de feu. Il m'a répondu sèchement que Dieu est tout-puissant.

– Oh! oui, grande est Sa puissance!

– Et si on les rencontre au paradis, leur feu ne va pas nous brûler? demanda-t-il en la regardant avec insistance.

Amina sourit et répondit par ces mots de foi et de profonde conviction :

– Il n'y a là-bas ni dommage ni crainte!

Le gamin resta les yeux dans le vague à rêvasser et sauta soudain du coq à l'âne :

– On verra Dieu dans le ciel? De nos propres yeux?

– Voilà une vérité qui ne fait aucun doute, dit-elle armée de la même conviction.

Une lueur de désir s'alluma dans son regard rêveur, comme s'il brillait dans le noir sous l'effet de la lumière. Il se demanda quand il verrait Dieu, sous quelle forme Il se révélerait. Puis soudain il changea à nouveau le fil de la conversation et demanda à sa mère :

– Est-ce que mon père craint Dieu?

Elle fut saisie d'étonnement.

– En voilà une question! dit-elle avec dénégation. Ton père est un homme croyant, mon garçon, et le croyant craint son Seigneur!

Le gosse hocha la tête, perplexe.

– Je ne le vois pas craindre grand-chose! dit-il à voix basse.

– Veux-tu bien te taire! Dieu te pardonne, s'écria-t-elle sur un ton de blâme.

Il lui adressa un sourire aimable en guise d'excuse et l'invita à apprendre la sourate nouvelle. Ils se remirent à lire et à répéter, verset par verset, et lorsqu'ils eurent atteint le bout de leurs efforts, Kamal se leva pour regagner sa chambre.

Elle resta avec lui jusqu'à ce qu'il se fût glissé dessous la couverture de son petit lit, puis elle posa sa paume sur son front et récita le verset du trône[1]. Elle se pencha sur lui et imprima un baiser sur sa joue. Il passa alors son bras autour de son cou et lui rendit un long baiser, du fond de son cœur d'enfant. Elle avait toujours du mal à se débarrasser de lui au moment de leurs adieux nocturnes, car le petit s'évertuait à la retenir à ses côtés par tous les moyens, le plus longtemps possible, quand il ne parvenait pas à la faire rester jusqu'à ce qu'il ait sombré dans le sommeil, blotti dans ses bras; il ne trouvait rien de mieux pour parvenir à ses fins que de lui demander de réciter à son chevet, quand le verset du trône était terminé, une deuxième sourate puis une troisième, de sorte que, s'il lisait sur son visage un sourire de dérobade, il la suppliait, prétextant la peur de rester seul dans la chambre ou les rêves inquiétants que celle-ci lui suggérait, et que n'était à même de chasser qu'une longue récitation des saints versets. Il allait parfois, dans son entêtement à la garder près de lui, jusqu'à affecter la maladie, sans voir aucun outrage dans cette supercherie, mais la considérant en toute bonne foi comme l'exercice insuffisant de l'un de ses droits sacrés, usurpés de la manière la plus cruelle le jour où on l'avait injustement et criminellement séparé de sa mère, pour le reléguer dans ce lit solitaire, dans une chambre de frères.

Avec quel dépit il se rappelait une époque pas si lointaine de son passé où tous deux partageaient la même couche, où il dormait la tête appuyée sur son bras, pendant qu'elle lui versait à l'oreille de sa voix suave les récits des prophètes et des saints; où le sommeil le gagnait avant même que son père ne rentre de sa veillée, pour ne le quitter qu'après que celui-ci se fût levé pour rejoindre la salle de bains. Il ne voyait alors jamais de tierce personne avec sa mère : il avait le monde pour lui tout seul, sans

1. Il s'agit du trône de Salomon que la tradition musulmane désigne comme le siège sur lequel Mahomet a vu assis l'ange de la révélation. Ce mot qui a fini par baptiser un verset du Coran est devenu dans la doctrine l'expression définitive de la toute-puissance de Dieu : « ... Son trône est aussi vaste que les cieux et la terre. »

partage. Puis, par un décret aveugle dont il ne connut jamais le fondement rationnel, on les sépara. Il épia alors en elle la trace laissée par son éviction et, quelle ne fut pas sa surprise de voir dans ses encouragements un signe d'agrément, de la voir le féliciter en lui disant : « Te voilà un homme maintenant! et tu peux prétendre avoir ton lit à toi! » Mais qui disait que cela l'enchantait d'être un homme ou qu'il revendiquait le droit d'avoir un lit bien à lui? Cependant, bien qu'il inondât de ses larmes son premier oreiller personnel et qu'il prévînt sa mère que, de sa vie, il ne lui pardonnerait jamais, il n'osa plus toutefois se glisser à nouveau vers sa couche d'antan, car il savait que derrière cette initiative injuste et lâche se profilait la volonté implacable de son père. Il en conçut une peine profonde, une peine dont la souillure alla jusqu'à sourdre dans ses rêves. Quelle rage violente il nourrissait contre sa mère, non seulement parce qu'il ne pouvait pas la monter contre son père, mais parce qu'elle était la dernière personne qu'il pouvait s'imaginer ruinant ses espoirs. Néanmoins elle sut comment se le réconcilier et le ramener doucement à la sérénité. Elle commença par s'astreindre à ne pas le quitter avant que le sommeil ne l'ait rejoint en lui disant : « Nous ne sommes pas séparés comme tu le prétends, ne nous vois-tu pas ensemble? Nous le resterons toujours; il n'y a que le sommeil qui pourra nous séparer, comme il le faisait déjà quand nous étions dans le même lit! » Désormais, c'était un souvenir nostalgique, le chagrin n'encombrait plus sa conscience et il se laissait aller confiant à sa nouvelle vie, sans toutefois laisser partir sa mère avant d'avoir épuisé tous les stratagèmes pour la faire rester à ses côtés le plus longtemps possible.

Il avait empoigné sa main avec une avidité brûlante, comme un enfant qui se cramponne à son jouet dans une mêlée de gosses cherchant à l'arracher. D'elle-même elle se mit à réciter les versets au-dessus de sa tête jusqu'à ce que le sommeil le surprenne; puis elle lui adressa en guise d'adieu un tendre sourire, quitta la chambre et se dirigea vers la pièce voisine. Doucement elle ouvrit la porte et jeta un regard en direction du lit dont la masse sombre se laissait deviner sur la droite :

– Vous dormez? demanda-t-elle à voix basse.

La voix de Khadiga se fit entendre...

– Comment veux-tu que je dorme avec les ronflements de Mme Aïsha plein la chambre!

... puis celle d'Aïsha qui protesta avec des accents endormis :

– Personne ne m'a jamais entendue ronfler! C'est plutôt elle qui m'empêche de dormir avec ses jacasseries incessantes!

– Et la consigne que je vous ai donnée d'arrêter vos bavardages au moment de dormir, qu'est-ce que vous en faites? dit Amina sévèrement.

Puis elle referma la porte et alla faire un tour du côté de la salle d'étude, frappa discrètement, ouvrit et passa sa tête dans l'embrasure en souriant :

– Quelque chose pour votre service, mon petit monsieur?

Fahmi leva la tête de son livre et la remercia, le visage radieux, d'un sourire affectueux. Alors elle referma la porte et s'éloigna en faisant vœu de bonheur et de longue vie pour son garçon. Enfin elle traversa le salon en direction de la loggia et gravit l'escalier jusqu'à l'étage du haut, celui de la chambre de son maître, sa voix lui ouvrant le chemin avec la récitation du Coran.

III

LORSQUE Yasine quitta la maison, il savait naturellement où il allait, puisqu'il y allait soir après soir, mais, invariablement, comme chaque fois qu'il marchait dans la rue, il donnait l'impression d'aller nulle part. Il était naturellement enclin, quand il marchait, à se déplacer d'un pas lent, mesuré, retranché dans une fierté hautaine, comme s'il ne perdait pas de vue un seul instant qu'il était le propriétaire de ce corps imposant, de ce visage débordant de vivacité et de virilité, de ces vêtements distingués qui avaient droit à leur part, et même davantage, de soin, mais aussi de ce chasse-mouches en ivoire qu'il promenait toujours dans sa main, été comme hiver, et de ce haut tarbouche, incliné vers la droite jusqu'à effleurer le sourcil. Il était également dans ses habitudes, en marchant, de lever les yeux – mais pas la tête – à l'affût de ce qui se passait derrière les fenêtres, en quête de chimères... Si bien qu'il ne passait jamais dans une rue sans ressentir en arrivant au bout une sorte de vertige, à force de bouger les yeux, tant sa passion de dévorer les femmes qui se trouvaient sur son chemin était une maladie incurable. De devant il les déshabillait du regard, de derrière il escortait leur croupe des yeux. Il en restait tout excité, comme un taureau écumant, jusqu'à perdre conscience de lui-même et ne plus faire en sorte de masquer ses intentions, ce qui finit par mettre la puce à l'oreille d'Amm Hassanein, le coiffeur, de Hajj Darwish, le vendeur de *foul*, d'al-Fouli, le laitier, ou de Bayoumi, le vendeur de soupe, ainsi que d'Abou Sari, le grilleur de pépins, et de bien d'autres encore. Parmi eux, d'aucuns le prirent sur le ton de la plaisanterie, d'autres le virent d'un œil critique, même si les voisins et la position de M. Ahmed Abd el-Gawwad pesaient en sa faveur du côté de l'absolution et de l'indulgence.

Son énergie vitale était d'une telle violence qu'elle régnait sur tous ses loisirs, sans lui laisser un instant de repos. Sans cesse il sentait sa flamme embraser ses sens et les ressorts de son être, tel un démon le chevauchant et le menant par le bout du nez, mais un démon dont il n'avait pas peur et ne se lassait pas, dont il ne souhaitait pas se débarrasser, attendant au contraire peut-être de lui davantage. Mais le démon en question eut vite fait de s'éclipser et de se transformer en ange docile lorsque le jeune homme approcha de la boutique de son père. Là, il baissa les yeux, rectifia sa démarche et prit le beau visage de la décence et de la pudeur. Il activa le pas, marcha droit devant lui et, en passant devant la porte de la boutique, jeta un coup d'œil à l'intérieur. Il y vit foule mais croisa le regard de son père assis derrière son bureau et s'inclina avec respect, portant la main sur sa tête d'un geste poli. Son père lui rendit son salut avec un sourire, après quoi il reprit sa démarche, ravi de ce sourire, comme s'il venait d'être honoré d'une rare faveur. En vérité, la violence du père, bien qu'ayant connu un revirement sensible depuis que le jeune homme avait intégré le corps des fonctionnaires de l'Etat, n'en restait pas moins à ses yeux une sorte de violence adoucie par la civilité, et le fonctionnaire ne s'était pas débarrassé de la vieille peur qui avait rempli son cœur d'écolier. De même restait ancré en lui le sentiment qu'il était un fils et que l'autre était un père. Malgré sa corpulence, il continuait à se faire tout petit en sa présence, comme un moineau pris de tressaillement à la chute d'un caillou.

Mais à peine se fut-il éloigné de la boutique et fut-il à l'abri de son regard qu'il retrouva sa superbe et que ses yeux retournèrent à leur va-et-vient éclectique entre les belles élégantes et les vendeuses d'alizes et d'oranges. Car le démon qui le chevauchait ne faisait pas le détail dans sa passion des femmes, c'était un démon modeste qui voyait d'un œil égal la bourgeoise et la grisette. Les vendeuses d'alizes et d'oranges, pour prendre un exemple, quand bien même le coin de terre qu'elles avaient choisi pour poser leur fondement les eussent ternies de quelque tache, de quelque souillure, n'étaient pas dépourvues parfois d'une certaine beauté : des seins bien ronds, des yeux soulignés de khôl... Que demander de plus?

Il se dirigea du côté du quartier des Orfèvres et, de là, vers celui d'al-Ghuriya pour obliquer enfin vers le café de Si Ali au coin d'al-Sanadiqiyya. C'était un semblant de boutique, de taille moyenne, dont la porte ouvrait sur al-Sanadiqiyya et dont une lucarne fermée par des barreaux donnait sur al-Ghuriya. Elle était meublée de banquettes alignées le long des murs, sur l'une desquelles il prit place, sous la lucarne, son coin favori depuis une semaine. Il commanda un thé.

Il s'était assis de manière à pouvoir diriger son regard du côté de la lucarne sans difficulté et sans éveiller de soupçons, pour, à travers elle, l'élever à son gré vers une petite fenêtre qui occupait la façade d'une maison, de l'autre côté de la rue. C'était peut-être la seule des fenêtres closes dont on n'avait pas pris soin de bien refermer la jalousie. Rien d'étonnant, car elle dépendait de l'appartemnt de Zubaïda, l'almée! Mais l'almée n'était pas son ambition, avant cela, il lui restait bien des étapes à franchir dans le libertinage, avec patience et sans précipitation. Il se mit malgré tout à guetter l'apparition de Zannouba, la luthiste, fille adoptive de l'almée et étoile scintillante de son orchestre.

Le temps de son entrée en fonction au gouvernement avait été une période riche en souvenirs. Il l'avait vécue après une longue ascèse forcée, endurée dans la méfiance, sous l'ombre terrible de son père. Depuis, il avait jailli comme une cascade sur la pente des lieux de plaisir de l'Ezbékiyyé, malgré les tracasseries des soldats que le feu de la guerre avait jetés sur Le Caire. Puis les Australiens avaient fait leur apparition sur la Grand-Place et il avait été contraint de se tenir à l'écart des estaminets pour échapper à leur bestialité. A bout de ressources, il s'était mis bientôt à tourner en rond dans les ruelles de son quartier comme un aliéné, y recherchant comme sommet de ses délices une vendeuse d'oranges ou l'une de ces bohémiennes diseuses de bonne aventure. Jusqu'au jour où il aperçut Zannouba, la suivit éberlué jusqu'à son domicile, se plaça assidûment sur son chemin sans réellement obtenir d'elle de quoi apaiser sa flamme. C'était une femme, et pour lui toute femme était objet de désir. En plus, celle-ci était belle et elle lui fit perdre la tête. L'amour chez lui n'était qu'appétit aveugle ou appétit clairvoyant, forme la plus élevée qu'on lui connaisse.

Il se mit à tendre le regard à travers les barreaux en direction de la fenêtre avec une anxiété doublée d'une impatience violente qui lui firent oublier jusqu'à lui-même. C'est ainsi qu'il trempa les lèvres dans son thé brûlant et n'en remarqua la température qu'en l'avalant. Il se mit alors à souffler de douleur et reposa le verre sur le plateau doré en jetant un œil discret sur les convives dont les voix fortes l'incommodaient, comme si ces dernières étaient responsables de sa brûlure ou la cause de l'absence de Zannouba à la fenêtre.

« Mais où est-elle fourrée, cette maudite...? Elle le fait exprès de ne pas se montrer? C'est sûr qu'elle sait que je suis là! Elle a dû me voir arriver. Si elle continue ses simagrées jusqu'au bout, elle va ajouter la journée d'aujourd'hui à mes jours en enfer! » Il jeta à nouveau un regard discret vers les convives pour voir si personne ne l'observait, mais il les vit tous plongés dans leurs interminables discussions. Il se rassura et braqua à nouveau son regard vers sa cible de choix, mais le souvenir des ennuis de la journée qui l'avaient assaillis à l'école barra le flot de ses pensées. Le directeur avait douté de l'honnêteté du préposé aux viandes et avait procédé à une enquête à laquelle il avait lui-même participé, en sa qualité de secrétaire de l'école. Cependant il avait fait preuve d'une certaine mollesse dans son travail, ce qui avait amené le directeur à le tancer vivement et lui avait gâché sa bonne humeur pendant tout le reste de la journée, dans sa hantise que celui-ci n'aille s'en plaindre à son père, tous deux étant amis de longue date. Sans parler de sa peur de voir son père se montrer plus rude à son égard que le directeur lui-même. « Allez, chasse donc ces pensées ridicules! L'école, le directeur, c'est fini pour aujourd'hui. Qu'ils aillent au diable! J'en ai déjà assez de ce que me fait voir cette garce, fille de garce, qui ne daigne même pas nous faire l'aumône d'un regard! » Des rêves nus submergèrent soudain sa pensée, des rêves qui jouaient souvent sur le théâtre de ses phantasmes quand il regardait langoureusement une femme ou la rappelait à son souvenir. Des rêves que faisait éclore un tempérament fougueux, dépouillant les corps de leur voile et les révélant dans leur nudité, tels que Dieu les avait créés, le sien y compris, pour poursuivre leur existence dans les sentiers libres de la frivolité. Mais à peine s'était-il laissé porter par sa rêverie qu'il fut alerté par la voix d'un cocher criant à son âne : « U-hoh! » Il regarda en direction de la voix et vit une carriole s'arrêter devant la maison de l'almée. Il se demanda si par hasard la voiture n'était pas venue chercher les membres de l'orchestre pour les conduire sur les lieux d'une noce. Il appela le garçon de café et lui régla sa note en se préparant à quitter l'endroit d'un moment à l'autre si la situation l'exigeait. Après un court moment d'attente et de guet, la porte de la maison s'ouvrit et l'une des femmes de l'orchestre montra le bout de son nez, traînant derrière elle un homme aveugle, vêtu d'une *galabiyyé*, d'un manteau, portant des lunettes noires et serrant une cithare sous son bras. Elle grimpa dans la carriole, attrapa la cithare et prit l'aveugle par la main pendant que le cocher l'aidait « par un autre endroit » à rejoindre la femme dans la voiture. Puis ils s'assirent tous deux l'un à côté de l'autre à l'avant, suivis immédiatement d'une deuxième femme tenant un tambourin à cymbalettes à la main et d'une troisième portant un paquet sous son bras. Elles étaient là, dans leurs grandes *mélayés*, le visage découvert, ayant troqué le voile de tête contre des maquillages aux couleurs voyantes qui leur donnaient plutôt l'air de poupées de chiffon du *Mouled*[1]. Mais... quoi? Il aperçut, le regard captivé et le cœur battant, paraître par le battant de la porte, habillé dans sa housse rouge... le luth. Enfin, ce fut Zannouba dans sa *mélayé* portée légèrement en retrait au sommet de la tête sur un foulard rouge bordé de franges, sous lequel brillaient deux yeux noirs et rieurs au regard espiègle et malicieux. Elle s'approcha de la voiture, tendit le luth que l'une de ses compagnes attrapa, puis leva un pied pour se hisser en haut de la voiture. Yasine leva la tête et, tendant le cou, ravalant sa salive, remarqua l'ourlet de son bas, froncé au-dessus du genou, sur une peau dont la suave pureté se faisait jour à travers les franges d'une robe orangée... « Oh! banquette, puisses-tu t'enfoncer avec moi à dix pieds sous terre! Ah! Seigneur! Elle a le visage brun mais cette chair qui se cache là-dessous, elle est blanche... ou alors elle y tend sacrément! Qu'est-ce que ça doit être les hanches! Et le ventre! Waooh le ventre, maman, au secours! »

Zannouba plaqua ses paumes sur le plancher de la voiture, se souleva tant bien que mal en s'y arc-boutant et parvint à poser ses genoux sur le rebord de la voiture où elle se mit à avancer doucement à quatre pattes. « Juste ciel! Ah! si seulement je pouvais être sur le pas de sa porte ou même dans la boutique de Muhammad le marchand de tarbouches. Regardez-moi cet enfant de salaud comme il est en train de viser la lune! Ah! ça, il l'a bien belle de se faire appeler Muhammad l'astronome maintenant! Bon Dieu! A l'aide! » Puis le dos de la jeune fille se redressa lentement et elle se releva sur le plancher de la voiture. Elle ouvrit sa *mélayé* et en empoigna les pans qu'elle se mit à

1. Littéralement : anniversaire de la naissance. Se célèbre pour les grands personnages de l'islam. Ainsi au Caire, le Mouled de Sayyedne al-Hussein, le Mouled de Sayyedatna Zaïnab.

agiter par petits battements réguliers comme un oiseau battant des ailes. Elle l'enroula autour de son corps en un drapé serré qui en dévoila la délicatesse des formes et de l'architecture et, surtout, mit en évidence une croupe resplendissante. Elle s'assit enfin à l'arrière de la voiture et, sous la pression, ses fesses se gonflèrent à gauche et à droite comme deux boules de cristal... Bravo pour le coussin !

Yasine se leva et quitta le café. Déjà la carriole s'était ébranlée. Il la suivit d'un pas tranquille, la langue pendante, grinçant des dents d'émotion. La voiture allait son petit bonhomme de chemin, un peu molle, chancelante, ballottant les femmes à droite et à gauche sur son plancher. Le jeune homme centra son regard sur le coussin de la luthiste, accompagnant des yeux son balancement au point qu'il se l'imagina au bout d'un moment en train de danser. L'obscurité avait commencé à jeter son manteau sur la rue étroite. Les boutiques se mirent en nombre à fermer leurs portes, c'était l'heure où la grande masse des passants se résumait à une foule d'ouvriers à bout de forces retournant à leur foyer, et Yasine trouva, entre cette foule épuisée et l'obscurité, de quoi enchanter son regard comme matière à rêver dans une paix sereine. « O mon Dieu, faites que cette rue ne s'arrête jamais, que ce mouvement dansant jamais ne prenne fin... Quelle croupe princière alliant l'arrogance à l'aménité ! Même un pauvre bougre comme moi pourrait en percevoir d'un simple coup d'œil et le moelleux et la nerveuse fermeté... Et cette raie démoniaque qui la sépare en deux, la *mélayé* y trouverait presque la parole à cet endroit... Tout ce qui se cache là-dessous est sûrement plus grandiose encore... Je commence à comprendre pourquoi certains font deux génu-flexions avant de rendre leurs premiers hommages à leur jeune épouse, car n'est-ce pas là une coupole ? Et, tenez, je dirais même plus, sous cette coupole il y a un cheikh et, ma parole, je suis un fanatique de ce cheikh... Oh ! bon sang ! » Il toussota. La carriole approchait de la porte al-Metwalli. Zannouba se retourna derrière elle et le vit. Il eut alors l'impression, en la voyant ramener la tête, d'avoir remarqué sur ses lèvres l'heureuse promesse d'un sourire. Son cœur se mit à battre à grands coups et l'ivresse d'une joie enflammée se répandit dans ses fibres. Puis la voiture franchit la porte al-Metwalli et prit sur la gauche. Là, il fut obligé de cesser de la suivre car il distinguait à deux pas des indices de fête et de lumières ainsi qu'une foule en liesse. Il fit marche arrière, sans quitter la luthiste du regard, et, tout en la dévorant des yeux, l'observa mettre pied à terre, tandis qu'elle-même lui adressait une œillade malicieuse avant de se diriger vers la maison de la mariée, jusqu'à ce que la porte se referme sur elle dans le vacarme des youyous.

Il poussa un ardent soupir, la confusion le prit à la gorge, et il sembla angoissé, comme ne sachant où aller. « Dieu maudisse les Australiens! Où es-tu Ezbékiyyé, que je te verse mon chagrin et mes peines et m'arme en toi d'un peu de patience? » Rebroussant chemin il bredouilla : « En route vers notre seule consolation... Costaki. » Mais à peine eut-il prononcé le nom de l'épicier grec que le désir nostalgique du feu du vin se déposa dans sa tête comme une rosée. Dans sa vie les femmes et la boisson étaient inséparables. L'un n'allait pas sans l'autre! C'est au milieu des femmes qu'il s'était adonné au vin pour la première fois, lequel était devenu, l'habitude aidant, l'un des ingrédients et des ressorts de son plaisir, encore qu'il ne leur fût pas donné toujours, aux femmes et au vin, d'être réunis côte à côte. Car beaucoup de nuits avaient manqué de femmes et il en avait été quitte pour alléger son chagrin par la boisson. Ainsi, au fil des jours, et par la force de l'habitude, était-il devenu en quelque sorte un passionné du vin en soi.

Il s'en retourna par où il était venu, dirigeant ses pas vers l'épicerie de Costaki, en haut de la Nouvelle Avenue, une grosse boutique au visage d'épicerie et au ventre de taverne séparés par une petite porte. Il s'arrêta devant l'entrée en se mêlant aux clients, tout en fouillant la rue du regard, au cas où son père se trouverait dans les parages.

Puis il se dirigea vers la petite porte de l'arrière-boutique. Mais à peine eut-il fait un pas qu'il remarqua un homme debout devant la balance et M. Costaki lui-même en train de lui peser un gros paquet. Machinalement ses yeux furent attirés vers lui. Aussitôt son visage s'assombrit et un frisson brutal le traversa, lui serrant le cœur de peur et de dégoût. Rien ne pouvait pourtant dans l'apparence de l'homme nourrir cette tempête d'hostilité. C'était un homme de la soixantaine, vêtu d'une ample *galabiyyé* et d'un turban, les moustaches blanchissantes, l'air noble et paisible. Ce qui n'empêcha pas Yasine de passer son chemin, l'esprit troublé, comme s'il prenait la fuite avant que les yeux de l'homme ne lui tombent dessus. Il poussa la porte de la taverne non sans brutalité et entra, le sol se dérobant presque sous ses pieds.

Apparemment vidé, la mine défaite, il se laissa choir sur le premier siège qu'il trouva à proximité de la porte. Puis il fit venir le garçon et commanda une flasque de cognac sur un ton visiblement excédé. La taverne avait plutôt l'air d'une salle, avec une grosse lampe pendant du plafond, des tables de bois disposées en rang le long des murs, des chaises en bambou occupées par un groupe de gens du quartier, d'ouvriers et de messieurs et, au centre, juste sous la lampe, une petite collection de pots d'œillets. Chose extraordinaire, il n'avait pas oublié cet homme et l'avait même reconnu au premier coup d'œil, mais quand l'avait-il vu pour la dernière fois? Impossible de trancher. Chose certaine cependant, il ne l'avait vu que deux fois en l'espace de douze ans, dont l'une était celle qui venait de le retourner à l'instant même. Pas de doute, l'homme avait changé. Il était devenu un cheikh paisible et digne. Maudit soit le hasard aveugle qui l'avait jeté sur sa route! Sa bouche se tordit de dégoût et de dépit et il sentit le goût amer de la honte courir dans sa salive. Quelle honte dégradante! A peine venait-il d'émerger de son long vertige à force de peine et d'entêtement que l'y ramenait l'un de ces souvenirs obscurs ou un hasard maudit, comme celui d'aujourd'hui, pour en faire un être avili, floué..., perdu. Il garda malgré lui les yeux grands ouverts sur ce passé haïssable, avec la force de la rage allumée dans sa tête et dans son cœur. Et le rideau des ténèbres s'ouvrit sur une horde de fantômes hideux qui tant de fois s'étaient dressés devant lui comme symboles de torture et de répulsion. Il distingua parmi eux une boutique de fruits située au bout de l'impasse que Qasr al-Shawq et une image du temps où il était encore petit garçon. Il vit cet enfant s'avancer à pas menus vers la boutique où ce même homme l'accueillait et lui déposait dans les bras un panier rempli d'oranges et de pommes. Il le prenait, ravi, et le rapportait à la femme qui l'avait envoyé et l'attendait..., à sa mère et personne d'autre, hélas! Le souvenir refléta sur son front un plissement de rage et de détresse, puis il revint à l'image de l'homme et se demanda avec anxiété si ce dernier le reconnaîtrait s'il venait à tomber sous ses yeux. Se souviendrait-il alors du petit garçon qu'il avait connu en ces temps lointains comme fils de cette femme? Un frisson de terreur le pinça dans sa chair. La grande masse de son corps s'avachit et il s'évanouit dans le néant de sa perception déclinante. A cet instant, on lui apporta la flasque et un verre. Il versa le liquide et but à grands traits, nerveusement, cherchant à gagner au plus vite l'oubli de ceux qui boivent. Mais soudain lui apparut, surgissant des abîmes du passé, le visage de sa mère et il ne put se retenir de cracher. Que maudissait-il ainsi? Le sort qui avait fait qu'elle sa mère ou sa beauté qui avait conduit plus d'un homme au feu de la passion et fait du drame son univers? En vérité il avait été incapable de changer une note à son destin et n'avait eu d'autre faculté que de se plier à ce décret divin qui piétinait son amour-propre. N'était-ce pas pure injustice qu'il expiât après cela la volonté du destin, comme s'il était, lui, le coupable scélérat? Jamais il n'avait su pourquoi il avait mérité cette malédiction : les enfants, qui, comme lui, avaient souri au monde dans le giron de mères répudiées n'étaient pas rares et, contrairement à la plupart, n'avait-il pas trouvé auprès de la sienne une tendresse sans mélange, un amour sans limite, une gâterie pleine et entière que ne venait jamais brider la surveillance d'un père. Il avait joui ainsi d'une enfance heureuse dont les piliers avaient été l'amour, la souplesse et la gentillesse.

Il avait encore en mémoire un grand nombre de souvenirs de la vieille maison de Qasr al-Shawq, de sa terrasse dominant celles alentour, innombrables, d'où il pouvait voir des quatre côtés les minarets et les coupoles. Il y avait aussi le moucharabieh surplombant al-Gamaliyya, où passaient chaque nuit les cortèges de mariage, illuminés de bougies, entourés de fiers-à-bras, et qui ne manquaient pas de dégénérer pour la plupart en bagarres où s'entrechoquaient les gourdins, où le sang coulait. C'est dans cette maison qu'il avait aimé sa mère d'un amour insurpassable, dans cette maison qu'un esprit de noire suspicion avait vu le jour en lui, qu'avait été jetée dans son cœur la première graine d'une singulière répulsion : la répulsion d'un fils pour sa mère. Puis le destin avait voulu qu'elle grandisse et foisonne au point de se métamorphoser avec le temps en haine, semblable à une maladie incurable. Souvent il s'était dit en lui-même qu'une volonté puissante peut promettre l'homme à de multiples avenirs mais qu'en revanche, quel que soit notre lot de volonté, nous ne possédons jamais, irrémédiablement, qu'un seul et unique passé. Il se demandait maintenant, comme bon nombre de fois auparavant, quand exactement il avait réalisé qu'il n'était pas la seule personne dans la vie de sa mère. Il s'en fallait de beaucoup qu'il le sache avec certitude. Il se rappelait simplement qu'à un moment donné de son enfance ses sens avaient repoussé avec mépris un nouveau visage, un visage qui arrivait à l'improviste à la maison, de temps à autre, et peut-être que lui, Yasine, le regardait avec une stupeur mêlée d'un léger sentiment de crainte. Peut-être bien aussi que l'autre faisait son possible pour lui être agréable et le contenter... Il regardait fixement le passé avec une aversion profonde mais trouvait toute résistance vaine, comme si ce passé était un furoncle qu'il aurait aimé pouvoir feindre d'ignorer au moment même où sa main ne pouvait s'empêcher de le palper. Et puis il y avait là des choses impossibles à oublier. Quelque part, à un certain moment, entre la lumière et l'obscurité, au pied de la plus haute fenêtre ou d'une porte ajourée de triangles de verre bleus et rouges..., en cet endroit précis, il se souvenait avoir aperçu soudain, dans des circonstances rongées par l'oubli, cette personne, surgie de nulle part pour dévorer littéralement sa mère. Il ne put retenir un cri, venu du fond de son cœur, non plus que des sanglots gémissants, au point que la femme s'approcha de lui, manifestement décontenancée, cherchant à adoucir et à apaiser son emportement. A cet instant, la force du ressentiment rompit le fil de ses pensées et il regarda autour de lui, accablé. Il se versa un verre de cognac et but. Tout en remettant le verre à sa place, il remarqua une tache de liquide répandue sur le revers de sa veste et, pensant que c'était de l'alcool, il tira son mouchoir de sa poche et se mit à la frotter. Une idée lui vint alors et il examina l'extérieur du verre au fond duquel quelques gouttes d'eau étaient suspendues. Il en déduisit ainsi que ce qui probablement était tombé sur sa veste était de l'eau et non du cognac. Il retrouva son calme... Mais quel calme trompeur! Ses yeux s'étaient à nouveau tournés vers le miroir du funeste passé. Il ne se rappelait pas quand était survenu l'incident précédent, ni l'âge qu'il avait alors, mais ce dont il se souvenait assurément, c'était que le ravisseur n'avait pas cessé ses visites à la vieille maison et qu'il cherchait souvent à s'attirer son amitié en lui offrant toutes sortes de fruits succulents. Il le voyait aussi dans la boutique de fruits, au bout de l'impasse, quand sa mère l'invitait à prendre l'air en sa compagnie. Avec cette naïveté propre aux enfants, il l'incitait à tourner la tête de son côté mais elle l'en éloignait brutalement lui interdisant de lui faire le moindre signe. Ainsi avait-il appris à faire semblant de l'ignorer quand il se trouvait dans la rue en compagnie de sa mère. L'homme devint à ses yeux de plus en plus flou, obscur.

Puis sa mère le mit en garde contre le fait d'évoquer son nom en présence d'un vieil oncle maternel, encore en vie à l'époque, qui leur rendait visite de temps à autre. Il se conforma à sa volonté, ce qui ne fit qu'aggraver sa confusion. Pourtant la chance ne voulut pas en rester là : si l'homme restait plusieurs jours sans venir à la maison, on l'envoyait chez lui pour le prier de venir... « cette nuit! ». Alors, l'homme l'accueillait avec douceur et tendresse, lui remplissait une feuille de papier de pommes et de bananes et le chargeait de faire part de son accord ou de ses excuses suivant les cas. Il en vint bientôt, quand l'envie de ces fruits délicieux se faisait sentir, à demander à sa mère la permission d'aller le trouver pour l'inviter à venir... « cette nuit! ». Il se rappelait ces choses, le front transpirant de honte. Abasourdi, il souffla et se versa un verre qu'il vida d'un trait. Doucement, le feu de l'alcool affluait dans son sang et commençait à jouer son rôle magique en l'aidant à supporter sa peine. « Je l'ai déjà dit cent fois, il faut laisser ce passé enfoui dans sa tombe... A quoi bon... Je n'ai pas de mère, la femme de mon père, si bienveillante et bonne me suffit amplement! Tout va pour le mieux, à part ces vieux souvenirs qu'il ne tient qu'à moi d'éteindre. Pourquoi diable céder toujours à leur harcèlement pour les ressusciter à tout instant? Pourquoi? C'est la poisse, à coup sûr, qui vient de flanquer ce type sur mon chemin, mais il va bien crever un jour, il n'y coupera pas! Je voudrais qu'il en meure beaucoup comme ça... Il n'a pas été le seul! » Malgré sa résistance de principe, sa pensée en ébullition poursuivait son voyage nocturne à travers les ténèbres du passé mais dans un état de tension moindre. Sans doute, la suite de cette histoire en tant que telle n'était plus très longue. Peut-être se caractérisait-elle par la relative lumière qui l'éclairait après la traversée des ténèbres de la petite enfance. Cela se passait durant les quelques années qui avaient précédé son passage sous la garde de son père. Sa mère avait trouvé l'aplomb de lui déclarer que ce « marchand de fruits » renouvelait ses visites pour lui demander sa main, qu'elle hésitait à accepter et qu'il y avait de grandes chances qu'elle refuse par respect pour lui. Y avait-il quelque vérité dans ces propos? Il était loin d'être sûr de la précision de ses souvenirs, mais ce qui était sûr c'est qu'il tendait le cou pour comprendre et saisir, confronté à une sorte de doute obscur qui ne se dévoilait qu'au cœur, laissant la raison dans l'ombre, et à l'hydre de l'angoisse qui avait chassé de sa tête la colombe de la paix. C'est ainsi que se constitua en lui un terreau apte à recueillir la graine de la haine, qui ne fit au fil des jours que croître davantage. Puis, à l'âge de neuf ans, il fut placé sous la garde de son père qu'il n'avait vu que très peu de fois pour éviter les frictions avec la mère. Il fut conduit chez lui comme un gamin non encore dégrossi, non encore instruit des rudiments du savoir, et il commença par payer le prix des mauvais côtés du cocon dans lequel l'avait ligoté sa mère. L'enseignement qu'on lui donna, il le reçut l'esprit cabré, sans volonté. Et n'eût été la rigueur de son père et la chaude atmosphère de son nouveau foyer, il n'aurait pas été capable de réussir son entrée à l'école primaire à dix-neuf ans passés. Puis, avec l'incidence de l'âge et la compréhension des réalités, il avait passé en revue sa vie passée dans la maison de sa mère, la retournant dans tous les sens, y jetant les lumières de sa jeune expérience. C'est alors que les réalités se révélèrent à lui dans leur ignominie et leur âpreté.

A mesure qu'il franchissait un pas dans la vie, le passé lui semblait une arme toujours plus empoisonnée, ancrée au fond de son être et de sa dignité. Au début son père avait cherché avec insistance à l'interroger sur sa vie chez sa mère, mais, malgré son jeune âge, il s'était gardé d'exhumer les souvenirs pénibles, son orgueil bafoué l'emportait sur le désir de susciter l'intérêt paternel et sur cette passion du bavardage qui fascine les enfants de son âge. Il avait gardé le silence jusqu'au moment où lui parvint une nouvelle étrange concernant le mariage de sa mère avec un marchand de charbon d'al-Mabyada. Il était resté longtemps à pleurer et, le poids de l'indignation se faisant plus pressant sur sa poitrine, jusqu'à ne plus pouvoir la contenir, il avait bondi raconter à son père l'épisode du « marchand de fruits » dont elle avait prétendu un jour avoir refusé de l'épouser par respect pour lui. Depuis lors, leur lien fut rompu, onze années durant, et il ne sut d'elle que ce que lui rapportait parfois son père : son divorce d'avec le charbonnier par exemple, au bout de deux années de mariage, puis son remariage avec un brigadier de police l'année suivant son divorce, puis son nouveau divorce au bout de deux ans environ, etc. Au cours de leur longue période de séparation, sa mère avait souvent cherché à le revoir. Elle envoyait à son père des gens pour lui demander de bien vouloir lui donner l'autorisation de venir la voir, mais Yasine avait fait la sourde oreille, opposant un refus et un mépris violents à ses vœux, malgré les conseils de son père qui l'invitait à l'indulgence et au pardon. En vérité, nourrissant à son encontre un brûlant ressentiment, jailli du fond de son cœur blessé, il lui avait fermé les portes du pardon et de la clémence, élevant autour de lui-même des remparts de fureur et de haine, persuadé qu'il ne s'était pas montré injuste envers elle mais lui avait réservé le sort que commandaient ses agissements. « Une femme. Oui, après tout, elle n'est qu'une femme et toute femme porte en elle la souillure et la malédiction. Une femme ne sait ce qu'est la vertu que lorsqu'elle est tenue à l'écart des chemins de l'adultère... Même celle de mon père qui est si bonne, Dieu seul sait ce qu'elle aurait pu donner sans lui ! » Soudain, la voix d'un convive retentit rompant le fil de ses pensées : « Le vin n'a que des avantages ! Celui qui dit le contraire, je lui coupe la tête... Le hachisch, le *manzoul*, l'opium ont beaucoup d'inconvénients... Mais le vin, lui, il n'a que des avantages ! » Un copain demanda : « Et quels avantages ? – Quels avantages ? C'te question ! répondit l'autre en tiquant. Il n'a que des avantages, je viens de le dire... D'ailleurs tu le sais parfaitement et tu en es convaincu ! » Le copain : « Mais le hachisch, l'opium et le *manzoul* en ont tout autant, mets-toi bien ça dans la tête ! Tout le monde le dit, alors, tu veux aller contre l'avis de la majorité ? » L'homme attendit un moment avant de répondre : « Bon, ben alors tout est bon, tout, le vin, le hachisch, l'opium, le *manzoul* et tout ce qui se fait aujourd'hui ? » L'autre revenant à la charge sur un ton triomphant : « Oui, mais le vin est interdit ! – Et alors, c'est pas les moyens qui manquent, rétorqua l'autre excédé. Fais l'aumône, le pèlerinage, donne à manger aux pauvres... Les portes de la pénitence sont grandes ouvertes et une bonne action vaut pour dix ! »

Yasine sourit quelque peu réconforté. Oui, il pouvait bien rire quelque peu réconforté après tout !... « Qu'elle aille au diable et emporte le passé avec elle. Je n'ai rien à voir là-dedans. Tout être est sali dans cette existence et quand on soulève le voile on en apprend de belles ! Il n'y a qu'une chose qui me préoccupe : ses biens immobiliers. La boutique d'al-Hamzawi, l'appartement d'al-Ghuriya et la vieille maison de Qasr al-Shawq. Je fais le serment devant Dieu que, si j'hérite de tout ça un jour, j'irai volontiers prier pour son salut... Ah !... Zannouba... J'allais t'oublier. Il n'y a que le diable pour te chasser de mes pensées. Puisqu'une femme m'a fait souffrir, il faut bien chercher auprès d'une autre la consolation !... Ahhh !... Zannouba... Jusqu'à aujourd'hui, j'ignorais que ton ventre avait une aussi jolie couleur ! Bah ! Chassons cette pensée de notre tête !... En fait, ma mère est comme une molaire qui se réveille, tant qu'on ne l'aura pas arrachée, elle ne se calmera pas ! »

*

M. Ahmed Abd el-Gawwad s'assit derrière son bureau, taquinant sa moustache fringante des doigts de la main droite, comme chaque fois que le courant de ses pensées l'emportait, les yeux ouverts béatement sur le vide, portant sur son visage les signes d'un bonheur satisfait. Ce qui à n'en pas douter le remplissait d'aise était de sentir l'amour et l'amitié que les gens lui manifestaient. Et même s'il en recevait chaque jour le témoignage, celui-ci était chaque fois pour lui la source d'une joie rayonnante que la répétition n'usait pas. Il venait d'en recevoir le jour même une preuve nouvelle, contraint qu'il avait été de faire défection la nuit précédente à une soirée amicale à laquelle l'un de ses amis l'avait convié. A peine venait-il de s'installer à la boutique le matin même qu'il eut la visite de son hôte et d'une bande de copains invités ce soir-là, lesquels l'abreuvèrent de reproches pour n'avoir pas honoré l'invitation et lui firent porter la responsabilité de la joie et du plaisir qui leur avait été gâchés. Ils ajoutèrent, à les en croire, qu'ils n'avaient pas ri de bon cœur comme ils le faisaient d'ordinaire en sa compagnie, qu'ils n'avaient pas trouvé dans la boisson le plaisir qu'ils y trouvaient lorsqu'il était des leurs et qu'enfin leur réunion avait souffert – textuellement – de l'absence de son esprit. Voilà qu'il repassait leurs paroles avec une joie orgueilleuse qui atténua sensiblement la dureté des reproches qu'il avait endurés de leur part ainsi que la chaleur des excuses qu'il s'était imposées. Toutefois il ne manqua pas de flageller une conscience désireuse par nature de contenter les autres, prompte à s'abreuver aux sources de l'amitié et de la fraternité avec sincérité et amour du prochain. Sa bonne humeur allait en pâtir, n'était le souffle généreux de satisfaction et d'orgueil que leur « révolte », révélatrice de leur profonde affection, avait répandu en lui. Certes, combien de fois l'amour qui le portait vers autrui et attirait les gens à lui n'avait-il pas été le secours de son cœur, une fontaine l'abreuvant à volonté d'une joie rayonnante et d'un orgueil innocent, comme s'il était né avant tout pour l'amitié.

Mais une autre marque de cet amour, un amour à vrai dire de tout autre nature, se révéla à lui au matin de cette journée, quand Oum Ali, la marieuse, lui rendit visite et lui déclara après avoir tourné Dieu sait combien autour du pot : « Sais-tu que Sitt Naffousa, la veuve de Hajj Ali ad-Dasuqi, possède sept magasins dans le quartier d'al-Mugharbaline ? » Ahmed Abd el-Gawwad sourit et comprit d'instinct à quoi elle voulait en venir. Il eut l'intuition qu'elle n'était pas venue en marieuse cette fois-ci, mais en messager chargé de discrétion. N'avait-il pas eu l'impression à maintes occasions que Sitt Naffousa au cours de ses visites répétées à la boutique où elle venait faire ses achats lui faisait presque l'aveu de ses doux sentiments? Il n'en désira pas moins faire marcher la femme, ne fût-ce que pour s'amuser un peu, et il dit avec un intérêt simulé : « Tâchez de lui choisir un mari à la hauteur, c'est pas le premier venu qui fera l'affaire! » Oum Ali eut l'impression d'avoir touché droit au but et lui annonça : « C'est vous que j'ai choisi, vous et pas un autre, qu'en dites-vous? » Ahmed Abd el-Gawwad eut un rire fracassant révélateur de sa joie et de sa confiance en lui-même mais il répliqua d'un ton tranchant : « Je me suis déjà marié deux fois. J'ai échoué dans la première et Dieu m'a donné la réussite dans la seconde, je ne vais tout de même pas mépriser Sa grâce! » Effectivement, il avait longtemps résisté aux tentations du mariage, malgré le nombre d'occasions favorables qui s'étaient présentées à lui, et cela avec une volonté inflexible, comme s'il n'avait jamais oublié l'exemple de son père qui s'était laissé entraîner inconsidérément sur la pente de mariages incessants qui avaient démantelé sa fortune en lui attirant maints ennuis, ce pourquoi il ne lui était échu à lui, son seul et unique descendant, que deux ou trois sous inutiles. C'est ensuite, par ses propres gains et revenus qu'il avait accédé à une abondance qui garantissait à sa famille le bien-être et l'aisance, tout en lui permettant de dépenser sans compter pour ses plaisirs et son divertissement. Comment pouvait-il dès lors donner la préférence à ce qui ruinerait cette situation magnifique et harmonieuse, gage de dignité et de liberté? C'est un fait, Ahmed Abd el-Gawwad n'avait pas amassé une fortune, non par incapacité de trouver les moyens de la réunir, mais à cause de la générosité de sa nature qui faisait de sa dilapidation même et de la jouissance de ses vestiges l'unique signification qu'il trouvait à la vie et dont il faisait son credo. Cela ajouté à une foi profonde en Dieu et en ses bienfaits, qui remplissait son âme de paix et de confiance et le mettait à l'abri de la peur qui tenaille nombre de gens quant à leur subsistance et à leur avenir. Mais sa résistance aux tentations du mariage ne lui interdisait pas la joie et l'orgueil qui l'emplissaient chaque fois qu'une belle occasion s'offrait à lui, et il ne pouvait par conséquent perdre de vue le fait qu'une jolie femme comme Sitt Naffousa aurait bien aimé l'avoir pour mari. Cette considération prit le pas sur ses pensées et il se mit à observer son employé et les clients le regard absent, le visage baigné d'un sourire rêveur. Il se rappela, toujours avec le sourire, ce que lui avait dit l'un de ses amis le matin même, en le taquinant, faisant allusion à son élégance et à son parfum : « Arrête les frais, vieux beau! » Vieux?... Il avait quarante-cinq ans, d'accord, mais qui pouvait trouver à redire devant cette solide constitution, cette santé débordante, ces cheveux plaqués d'un noir brillant? Sa sensation de jeunesse ne s'était pas relâchée d'un pouce; comme si sa verdeur ne faisait que gagner en force de jour en jour, sans compter qu'il était loin de perdre le sentiment de son mérite. Il en avait, malgré sa modestie et sa simplicité, une conscience d'autant plus accrue que son orgueil et sa fierté se trouvaient enfouis au plus profond de lui-même. Il était un fervent amateur d'éloges. C'était comme s'il usait de sa modestie et de sa gentillesse pour les attirer en plus grand nombre et y inciter ses amis par une ruse bien intentionnée. Mais, bien que sa confiance en lui-même frisât la certitude d'être le plus fort, le plus brillant, le plus aimable et le plus racé des hommes, jamais il ne s'était montré un fâcheux pour personne. Car sa modestie était une disposition naturelle, un trait inné qui avait pris sa source à une nature ruisselante d'aménité, de sincérité et d'amour. C'est qu'il aimait ainsi d'une tendance toute naturelle, perpétuellement en quête d'un surcroît d'amour, et sa nature, inspirée par cet instinct, avait pris le chemin de la sincérité, de la fidélité, de la pureté et de la modestie, toutes vertus appelant amour et consentement comme les fleurs attirent les papillons. On pouvait dès lors affirmer à bon droit que sa modestie était une délicatesse ou une disposition naturelle ou, mieux encore, une disposition naturelle tirant sa délicatesse de la voix de l'instinct, non des directives de la volonté. Elle se révélait donc en un caractère simple, dénué

117

d'affectation, de maniérisme. C'est pourquoi taire ses qualités et masquer ses vertus, voire tirer plaisanterie de ses défauts et de ses tares pour mieux trouver l'affection et l'amour, lui agréait davantage que d'en faire état ou de s'en vanter, autant de comportements qui habituellement agacent et appellent la jalousie. Une délicatesse judicieuse donc qui poussait les admirateurs à mettre en relief ce qu'il cachait par sagesse et par pudeur et qui donnait retentissement à ses vertus avec une ampleur qu'il n'aurait pu atteindre lui-même sans sacrifier les pans les plus nobles de sa personnalité ainsi que la sympathie et l'amour sans mélange dont il bénéficiait. C'est par ce même souffle de l'instinct qu'il s'était laissé guider jusque dans sa vie de débauche, dans ses réunions amicales et ses parties de plaisir. Il ne s'y départait jamais, à quelque degré qu'il fût le jouet de la boisson, de son savoir-vivre et de sa délicatesse. S'il l'avait voulu, il aurait pu par sa vivacité d'esprit, son à-propos, la saveur de son humour, le mordant de son ironie, mobiliser haut la main tout le champ de la conversation, mais il dirigeait son cénacle avec une habileté et une générosité laissant à chacun l'occasion de s'exprimer. Il encourageait les faiseurs de jeux de mots de ses éclats de rire carillonnants, même s'il leur contestait le succès. Il lui tenait en outre vivement à cœur de ne pas blesser par ses plaisanteries, et s'il était amené contre son gré dans le feu de l'action à charger un ami, il pansait les blessures de son attaque en le stimulant et le cajolant, quitte à se moquer de lui-même. Surtout, le cercle des amis ne se dispersait pas sans que chacun n'ait été abreuvé de ce qui, dans le nectar de ses souvenirs, soulevait de joie les poitrines et captivait les cœurs. Toutefois les heureux effets de sa délicatesse naturelle ou de sa nature délicate ne se limitaient pas seulement à sa vie folâtre mais s'étendaient à des domaines importants de sa vie sociale. C'est ainsi qu'ils s'affichaient de la manière la plus éclatante dans sa générosité proverbiale dont les traits se manifestaient soit dans des banquets qu'il donnait de temps à autre dans la grande maison, soit dans les dons qu'il faisait aux nécessiteux gravitant autour de son travail ou de sa personne, soit encore dans sa noblesse de cœur – qualités d'homme et bravoure qui le destinaient à une sorte de protection tutélaire, baignée d'amour et de fidélité à l'égard de ses amis et connaissances. Ces derniers y inclinaient, si le besoin d'un conseil se faisait sentir, d'une intercession ou d'un service touchant leurs soucis professionnels ou d'argent, de questions personnelles, familiales, comme les fiançailles, le mariage ou le divorce. Oui, il approuvait pour lui-même des fonctions qu'il assumait sans contrepartie, si ce n'est l'amour, tantôt courtier, tantôt préposé aux affaires matrimoniales, tantôt arbitre. Malgré la peine qu'il se donnait, il trouvait toujours en outre dans l'exercice de ces fonctions une vie pleine de joie et d'allégresse. Un tel homme, faisant preuve de tant de vertus sociales tout en les dissimulant, comme s'il y avait dans le fait de les étaler une offense, et de taille, un tel homme était fondé, lorsqu'il se trouvait seul avec ses pensées et que se dissipait le voile de la pudeur qui s'abattait sur lui face à autrui, à considérer longuement ses qualités distinctives et à se laisser porter par son orgueil et sa fierté.

C'est pourquoi il se rappela les reproches de ses fervents amis et l'invite d'Oum Ali, la marieuse, avec un plaisir et une joie exaltante qui se mêlèrent dans son cœur en une pure ivresse, jusqu'à ce que le pincement du remords vienne le troubler. Il se dit en lui-même : « Cette Mme Naffousa est une dame qui a des avantages non négligeables! Beaucoup la veulent mais c'est moi qu'elle désire... Mais de toute façon je ne l'épouserai pas, la question est réglée... Et puis elle n'est pas du genre à fréquenter un homme hors mariage... Je suis comme je suis, elle est comme elle est, alors, comment se rencontrer? Si au moins elle était venue me trouver à un autre moment qu'en ces jours où les Australiens nous barricadent, ça aurait marché comme sur des roulettes, mais elle m'a boudé alors que j'avais besoin d'elle, quel dommage! »

Soudain, l'arrêt d'une calèche devant l'entrée de la boutique interrompit ses pensées. Il allongea le cou et vit la voiture pencher du côté de la boutique sous le poids d'une femme énorme qui commença avec une extrême lenteur à en descendre, autant que pouvaient le lui permettre ses bourrelets de chair et de graisse. Une jeune servante noire l'avait précédée à terre et lui tendait sa main pour lui donner appui. Tel un palanquin elle s'arrêta un moment, reprenant son souffle comme si elle se remettait de la fatigue de la descente, et tel un palanquin elle s'ébranla en balançant vers la boutique, tandis que la voix de sa servante résonnait annonçant sa maîtresse sur un ton quasi déclamatoire :

– Fais de la place, mon gars! Toi et l'autre, là-bas, venez accueillir Zubaïda, la reine des almées.

Mme Zubaïda laissa échapper un roucoulement de rire et dit, s'adressant à sa servante sur un ton de fausse réprimande :

– Dieu te pardonne, Goulgoul! La reine des almées, rien que ça! On t'a jamais appris la modestie?

Gamil al-Hamzawi se précipita vers elle avec un sourire jusqu'aux oreilles.

– Soyez la bienvenue! s'exclama-t-il. Vraiment, on aurait dû dérouler un tapis de sable!

Ahmed Abd el-Gawwad se leva, sonda l'almée d'un regard étonné et méditatif et paracheva les salutations de son employé :

– Je dirais même plus, de henné et de roses, mais que pouvons-nous faire quand la Providence nous arrive sans se faire annoncer!

Ahmed Abd el-Gawwad vit son employé se diriger vers une chaise dans l'intention de l'apporter mais, en une seule et vaste enjambée prenant figure de saut, il l'atteignit avant lui. Al-Hamzawi se rangea de côté en réprimant un sourire. Notre homme offrit alors lui-même la chaise à l'almée et, lui tendant sa paume retournée, lui adressa un signe de bienvenue, l'air de lui dire : « Faites donc! » Mais sa main se déploya, sans qu'il s'en rende compte sans doute, jusqu'à son point maximum de tension et l'espace se creusa entre ses doigts jusqu'à ce qu'elle prenne la forme d'un éventail. Peut-être avait-il été incité à la déplier de la sorte par ce que le spectacle de cet arrière-train impressionnant, qui allait remplir le fond de la chaise et déborder fatalement sur les côtés, avait laissé dans son imagination. Elle le remercia en donnant l'éclat d'un sourire à son visage dont la beauté rayonnait au grand jour, puis s'assit en dispersant les feux de son maquillage et de ses bijoux. Alors elle se tourna vers sa servante et s'adressa à elle en visant une tierce personne dans ses paroles :

— Ne t'ai-je pas déjà dit, Goulgoul, que nous n'avons aucune raison d'aller courir à droite et à gauche pour faire nos achats, alors que nous avons sous la main cette boutique de choix!

La servante acquiesça :

— Tu as raison, comme d'habitude, ma sultane. Pourquoi aller aussi loin quand nous avons un homme de cœur comme M. Ahmed Abd el-Gawwad!

Mme Zubaïda déboîta sa tête en arrière, comme horrifiée par la déclaration de Goulgoul. Elle lui lança un regard de reproche, promena ses yeux entre sa servante et notre homme pour le prendre à témoin de sa désapprobation et dit en réprimant un sourire :

— Mais, malheureuse! Je te parlais de la boutique, Goulgoul, pas de M. Ahmed!

Le cœur sensible de notre homme sentit le climat de chaude amitié exhalé par les paroles de la dame, aussi y mêla-t-il son instinct fougueux et murmura avec le sourire :

— La boutique et M. Ahmed ne font qu'un, sultane!

Elle haussa les sourcils avec coquetterie et rétorqua avec un aimable entêtement :

— Nous, c'est la boutique qui nous intéresse, pas M. Ahmed!

Il sembla que M. Ahmed n'était pas le seul à avoir senti la bonne ambiance qu'installait la sultane. Il y avait d'un côté Gamil al-Hamzawi, partagé entre le marchandage avec les clients et les coins disponibles du corps de l'almée qu'il lorgnait d'un œil furtif, de l'autre les clients qui s'étaient mis à inspecter de long en large les marchandises de manière à passer à l'aller et au retour aux abords de la dame. Il semblait même que la visite bénie attirait les regards de la rue et notre homme jugea bon de s'approcher de la sultane de manière à tourner son large dos face à la porte et aux passants pour faire écran entre elle et l'attroupement des badauds importuns. Toutefois l'incident ne lui fit pas oublier la conversation en cours qu'il reprit à l'endroit où elle avait été interrompue :

— Dieu a voulu dans Son immense sagesse que les choses aient parfois un sort plus heureux que les hommes!

— Je crois que vous exagérez, répondit-elle sur un ton significatif. Les choses n'ont pas un sort plus heureux que les hommes, jamais de la vie : elles sont seulement bien souvent de plus grande utilité!

Il la transperça de ses yeux bleus et dit en affectant la surprise :

— De plus grande utilité!... Cette boutique! ajouta-t-il en montrant le sol.

Elle lui fit la grâce d'une doux rire bref, avant de préciser sur un ton non dénué d'une certaine rudesse forcée :

— Je veux du sucre, du café et du riz. Est-ce que, pour ces choses-là, l'homme peut me tenir lieu de boutique?

Puis elle ajouta sur un ton d'indifférence mêlée de coquetterie :

— Et puis, les hommes, c'est pas ça qui manque!

Les portes de la convoitise venaient de s'ouvrir à notre homme et il sentit qu'il mettait le pied dans quelque chose de plus important que le commerce.

— Tous les hommes ne sont pas à mettre dans le même sac, Sultane, dit-il en protestant. Et puis d'abord qui vous dit que l'homme ne peut pas tenir lieu de riz, de sucre ou de café?... L'homme est vraiment celui chez qui vous trouvez la nourriture, les douceurs, le miel de la vie!

— C'est un homme ou une cuisine dont vous parlez? demanda-t-elle en riant.

— Si vous y regardez de plus près, répliqua alors Ahmed

Abd el-Gawwad sur un ton triomphateur, vous découvrirez une ressemblance étonnante entre l'homme et la cuisine : les deux font du bien au ventre!

L'almée baissa les yeux un long moment. Ahmed Abd el-Gawwad attendit qu'elle les relève vers lui baignés de son sourire éclatant, mais elle lui adressa un regard réservé et il sentit immédiatement qu'elle venait de changer de « politique » ou que peut-être elle n'était pas tout à fait satisfaite de son dérapage. Elle changea de cap et il l'entendit dire calmement :

– Dieu vous soit en aide! Mais contentons-nous aujourd'hui du riz, du café et du sucre.

Il se détourna d'elle en faisant mine de sérieux et appela son employé à qui il confia à haute voix la commande de la dame. Quelque chose en lui donnait l'impression qu'il avait lui aussi décidé de mettre fin au « batifolage » et de revenir aux choses sérieuses. Mais ce n'était là qu'une manœuvre à la suite de laquelle il retrouva son sourire corrosif. Dans un murmure, il s'adressa à la sultane :

– La boutique et son patron sont à vos ordres!

La manœuvre eut son résultat et la femme dit en plaisantant :

– Je veux la boutique et vous tenez absolument à vous offrir vous-même!

– C'est que je vaux moi-même mieux que ma boutique ou que tout ce qu'elle contient de meilleur!

Le visage de la femme s'éclaira d'un sourire rusé :

– Voilà qui contredit ce que j'ai entendu dire de vos marchandises!

Il éclata de rire :

– Quel besoin avez-vous de sucre alors que votre langue est tout miel?

Un moment de silence suivit cette joute oratoire. Chacun d'eux semblait fort content de lui-même. Puis l'almée ouvrit son sac à main et en tira un petit miroir à poignée d'argent dans lequel elle commença à se regarder. Ahmed el-Gawwad regagna son bureau et resta debout, appuyé sur le rebord, détaillant le visage de l'almée avec circonspection. En fait, quelque chose l'avait averti, au moment où il avait posé les yeux sur elle, qu'elle lui faisait l'honneur de sa visite pour des raisons étrangères au commerce. Puis sa conversation, avec sa chaude complicité, était venue renforcer son sentiment. Son seul problème désormais était de décider s'il allait continuer à lui raconter sa vie ou lui faire ses adieux pour de bon. Ce n'était pas la première fois qu'il la rencontrait. Il l'avait croisée plusieurs fois dans des noces, chez des amis. Il avait appris aussi de la bouche de certains que M. Khalil al-Bannan l'avait prise pour maîtresse pendant un certain temps, après quoi, mais depuis peu, ils en étaient venus à se séparer. C'était peut-être là la raison pour laquelle elle venait se ravitailler dans une nouvelle boutique. Elle était d'une fort grande beauté, même si, en tant qu'almée, elle n'occupait plus qu'une place de second rang. Mais c'était la femme plus que l'almée qui l'intéressait. N'était-elle pas sensuelle et douce? Ne recélait-elle pas dans ses bourrelets de chair et de graisse de quoi réchauffer le froid glacial de l'hiver qui frappait déjà aux portes? La venue d'al-Hamzawi porteur des trois paquets interrompit le fil de ses pensées. La servante s'en saisit, tandis que la femme glissait sa main dans son sac pour en tirer, sembla-t-il, de l'argent, mais Ahmed Abd el-Gawwad l'arrêta d'un geste :

– Ah! non, vous m'offensez!

Elle répondit par un étonnement déguisé :

– Comment ça, très cher monsieur? Il n'y a pas d'offense dans le fait de régler son dû!

– C'est une heureuse visite que nous nous devons de saluer par l'hommage qu'elle mérite. Il n'est pas question d'en payer le prix!

Elle s'était levée pendant qu'il parlait et n'offrit pas de résistance sérieuse à son noble geste. Elle ajouta cependant :

– Mais votre générosité va m'obliger à y regarder à deux fois avant de revenir vous voir...

Il éclata de rire :

– N'ayez crainte, dit-il, je commence par faire des fleurs aux clients pour me rattraper les fois suivantes, dussé-je les voler. C'est notre maître mot à nous autres commerçants!

L'almée sourit et lui tendit la main en disant :

– Les hommes généreux comme vous se feraient plutôt voler que de voler les autres! Je vous remercie, monsieur Ahmed.

– Oh! je vous en prie, Sultane, répondit-il de tout cœur.

Il resta debout à la regarder rejoindre la porte en se pavanant jusqu'à ce qu'elle ait grimpé dans la voiture et y ait pris place. Goulgoul s'assit sur une petite banquette en face d'elle et la voiture s'ébranla avec son précieux chargement avant de se dérober à sa vue.

A cet instant al-Hamzawi demanda en tournant l'une des pages du livre de comptes :

– Comment allons-nous faire pour solder ce compte?

Ahmed Abd el-Gawwad lança une œillade à son employé et, tout sourire, lui fit cette réponse :

– Inscris à la place de la somme : « Marchandises dévastées par la passion! »

Puis il marmonna en rejoignant son bureau :

– Dieu est magnanime, Il aime les largesses!

*

Vers le soir, Ahmed Abd el-Gawwad ferma la boutique et s'en alla, il exhalait un parfum de dignité et embaumait l'air sur son passage. Il se dirigea du côté d'al-Sagha et, de là, vers al-Ghuriya jusqu'au café de Si Ali, remarquant en passant la maison de l'almée et les bâtiments voisins. Il vit les boutiques alignées de part et d'autre, encore ouvertes, et le flot des passants en plein grouillement. Il continua sa marche jusqu'à la maison d'un ami chez qui il passa une heure et dont il prit congé pour retourner du côté d'al-Ghuriya qui déjà fondait sous l'obscurité, presque déserte. S'approchant de la maison, confiant et serein, il frappa à la porte et attendit en fouillant du regard les alentours. L'endroit ne recélait pour toute lumière qu'un rayon filtrant d'une lucarne du café de Si Ali et une lampe à gaz posée sur une voiture à bras au coin de la nouvelle avenue. La porte s'ouvrit sur la silhouette d'une petite servante à qui il demanda, sans lui laisser le temps de parler, d'une voix puissante et décidée dans le but d'inspirer la sincérité et la confiance souhaitées :

– Mme Zubaïda est là?

La servante leva les yeux vers lui et à son tour demanda avec une retenue que lui dictaient les conditions inhérentes à sa fonction :

– C'est de la part de qui, monsieur?

– Une personne qui voudrait s'entendre avec elle pour animer une soirée, répondit-il de sa voix sonore.

La servante disparut quelques instants puis revint :

– Je vous en prie, entrez!

Elle s'effaça poliment devant lui et il entra. Il gravit derrière elle les marches serrées d'un escalier conduisant à un corridor. Là, elle ouvrit une porte qui lui faisait face, par laquelle il accéda à une pièce sombre. Debout à proximité de l'entrée, il prêtait l'oreille aux pas de la servante qui avait disparu en courant pour revenir une lampe à la main. Puis il la regarda, sans la quitter des yeux, la déposer sur une table basse, apporter une chaise au milieu de la pièce sur laquelle elle grimpa pour allumer la grosse lampe pendant du plafond, puis remettre la chaise à sa place, reprendre la petite lampe et quitter la pièce en disant poliment : « Veuillez vous asseoir, monsieur! » Ahmed Abd el-Gawwad se dirigea vers un canapé au fond de la pièce et s'assit avec une confiance et un calme dénotant son habitude de ce genre de situation et son assurance d'en sortir pleinement satisfait. Puis il ôta son tarbouche, le posa sur un coussin au milieu du canapé et étendit ses jambes, décontracté. Il vit alors une chambre de taille moyenne, meublée de canapés alignés le long des murs, de fauteuils, le sol recouvert d'un tapis persan et, devant chacun des trois gros canapés meublant la pièce, une table basse incrustée de nacre. Les rideaux étaient tirés devant les deux fenêtres et la porte, l'air de la pièce renfermait un parfum d'encens qui le réjouit, tandis qu'il s'amusait à regarder un papillon voleter et se débattre nerveusement au-dessus de la lampe. Il attendit un moment au cours duquel la servante lui servit le café, jusqu'à ce que tinte à ses oreilles un bruit chantant de babouches au martellement excitant. Il entra en alerte et fixa la porte dont le vide béant s'emplit bientôt du corps bien découplé et énorme, enroulé dans le drapé sensuel d'une robe bleue. A peine la femme eut-elle posé les yeux sur lui qu'elle s'arrêta net et s'écria.

– Oh! mon Dieu, c'est vous?

Il fit courir sur le corps de la femme un regard vif et glouton, semblable à une souris trottant sur un sac de riz et cherchant à trouver une voie de pénétration.

– Mon Dieu, qu' c'est beau tout ça! s'exclama-t-il béat d'admiration.

Elle se remit à avancer en souriant :

– Eh! bas les yeux! Dieu m'en préserve! dit-elle sur un ton de crainte forcée.

Ahmed Abd el-Gawwad se leva pour prendre la main qu'elle lui tendait, avec empressement, et de son gros nez renifla les senteurs d'encens.

– Vous craignez les envieux et vous avez chez vous un tel encens!

Elle dégagea sa main de la sienne et fit quelques pas en arrière vers un canapé de côté :

– Cet encens n'est que bien et bénédiction! dit-elle s'en s'asseyant. C'est un mélange de variétés différentes, un peu d'arabe, un peu d'indien, que j'assortis moi-même. Il est à même de chasser du corps mille et un démons!

Ahmed Abd el-Gawwad se rassit et agita les deux mains en signe de découragement.

– Sauf du mien! dit-il. Moi, c'est des démons d'une autre espèce qui me tiennent, contre lesquels l'encens est sans effet. Mon cas est bien plus plus alarmant, bien plus grave!

La femme frappa sa poitrine qui se soulevait comme une outre :

– Mais, moi, c'est des noces que j'anime, pas des rituels de dépossession!

– On verra bien si vous avez remède à mon mal! dit-il avec espoir.

Un court silence se fit. La sultane se mit à le regarder, l'air songeur, comme si elle cherchait à décrypter le secret de sa présence. Etait-il venu réellement pour s'entendre sur l'animation d'une soirée, comme il l'avait affirmé à la servante? Le désir d'en savoir davantage eut raison d'elle :

– C'est pour une noce ou une circoncision?

– C'est comme vous le voulez! répondit-il en souriant.

– Vous avez un circoncis ou une mariée?

– J'ai tout à la fois!

Elle l'avertit d'un regard, l'air de lui dire : « Qu'est-ce que vous pouvez être pénible! » Puis elle ajouta ironique :

– Dans tous les cas, nous sommes à votre entière disposition!

Ahmed Abd el-Gawwad porta ses deux mains sur le sommet de sa tête en signe de remerciement et dit avec une gravité en totale contradiction avec ses intentions :

– Dieu vous donne grande estime! Mais je tiens néanmoins à vous laisser libre choix!

Elle poussa un soupir d'agacement confinant à la plaisanterie :

– Je préfère cent fois les mariages, naturellement!

– Mais je suis un homme marié, je n'ai pas besoin encore une fois d'un cortège de mariage!

– Espèce de fanfaron! s'écria-t-elle. Eh bien, allons pour la circoncision!

– Topez là!

– Votre dernier? demanda-t-elle sur ses gardes.

– Non, moi! répondit-il simplement en tortillant ses moustaches.

La sultane partit d'un rire nonchalant et décida de tracer

une croix sur l'animation de la soirée dont elle avait caressé l'idée secrètement.

– Quel galapiat! Si j'avais le bras assez long, je vous briserais les reins!

Ahmed Abd el-Gawwad se leva et se rapprocha d'elle :

– Vos désirs sont des ordres!

Il s'assit à côté d'elle. Elle alla pour le battre mais marqua un temps d'hésitation et y renonça.

– Pourquoi ne me faites-vous pas le plaisir de me battre? demanda-t-il anxieux.

Elle secoua la tête et répliqua avec ironie :

– J'ai peur de contrarier mes ablutions!

– Oserai-je espérer que nous prierons ensemble!

Aussitôt dit, il demanda pardon à Dieu en son for intérieur, car, même si ses fariboles ne connaissaient aucune limite dans le feu du badinage, son cœur n'était pas à même de se rassurer ou de suivre l'élan de sa joie avant qu'il n'ait en lui-même demandé pardon sincèrement de ce que sa langue disait plaisamment.

Quant à la sultane, elle demanda avec une coquetterie mêlée d'ironie :

– Vous voulez dire, Votre Dignité, la prière qui est préférable au sommeil[1]?

– Je dirais même plus, la prière qui ne fait qu'un avec le sommeil.

Elle ne put s'empêcher de répliquer en riant :

– Quel homme digne et pieux au-dehors, vicieux et immoral au-dedans! Je commence vraiment à croire ce qu'on m'a raconté sur vous!

Ahmed Abd el-Gawwad se redressa, inquiet, sur son siège :

– Et qu'est-ce qu'on vous a raconté? Ah! Dieu nous garde des cancans!

1. Il s'agit ici d'une allusion aux termes employés dans l'appel à la prière de la nuit : « ... La prière est préférable au sommeil! »

– Je me suis laissé dire que vous êtes la coqueluche de ces dames et que vous aimez bien ce qui se boit !

Il expulsa un soupir sonore pour manifester son soulagement :

– Ouf ! Je m'attendais à des calomnies, Dieu m'en préserve !

– Ne vous ai-je pas déjà dit que vous êtes un impudent dévoyé ?

– Voilà pour moi la preuve que je fais l'affaire, si Dieu le veut !

– Doucement ! dit la sultane en se rengorgeant. Je ne suis pas de celles dont vous avez l'habitude... Zubaïda est connue, ce n'est pas pour me vanter, pour son sens de l'honneur et ses choix scrupuleux !

Notre homme plaqua ses paumes contre sa poitrine et lui adressa un regard de défi mêlé de gentillesse :

– « Qui de l'homme a fait l'expérience, le méprise ou lui fait révérence ! »

– Mais d'où tenez-vous cet aplomb alors qu'à vous entendre vous n'êtes pas encore circoncis !

Après un long éclat de rire, Ahmed Abd el-Gawwad renchérit :

– N'en croyez rien, « circoncise » vous-même, même si je doute que...

Elle le frappa d'un coup de poing à l'épaule avant qu'il n'ait achevé sa phrase. Il se tut et tous deux furent pris d'un fou rire. La voir partager son rire le réjouit et il y pressentit, après toutes les insinuations et les aveux ayant eu cours entre eux, une sorte de proclamation de son consentement que vint renforcer dans son esprit le sourire de coquetterie qui filtrait de ses yeux noirs. Il songea à saluer cette coquetterie par les égards appropriés, mais elle lui lança cet avertissement :

– Ne m'incitez pas à accroître ma mauvaise opinion de vous !

Ces mots lui firent penser à la rumeur dont elle lui avait fait part et il lui demanda inquiet :

– Qui vous a parlé de moi ?

– Galila! répondit-elle évasivement tout en le dévisageant d'un regard accusateur.

Ce nom le surprit, lui fit l'effet d'un censeur faisant irruption dans leur tête-à-tête, et il eut un sourire, révélateur de sa gêne. Galila, cette célèbre almée qu'il avait aimée à une époque, jusqu'à ce que la satiété ne les sépare... Ils avaient vécu par la suite chacun leur vie et entretenu à distance des liens d'amitié réciproque. Mais en tant que connaisseur de femmes, il n'en fut pas moins quitte pour dire d'un ton sincère :

– Que Dieu la maudisse, elle et sa voix!

Puis prenant la tangente :

– Faites-nous grâce de tout cela... Et parlons de choses sérieuses!

– Galila ne mérite-t-elle pas des mots plus courtois et plus gentils? demanda l'almée avec ironie. A moins que ce ne soit votre façon de vous remémorer les femmes avec qui vous avez rompu!

Ahmed Abd el-Gawwad fut pris de quelque embarras, ce qui ne l'empêcha pas de se fondre dans la vague d'orgueil sexuel que firent déferler en lui les paroles d'une nouvelle dulcinée à propos d'une ancienne. Il savoura longuement la suave ivresse de son triomphe, avant de rétorquer en usant de sa civilité habituelle :

– Je ne peux pas, devant une telle splendeur, la délaisser pour des souvenirs classés..., oubliés!

Et, bien que la sultane ne se départît point de son regard sarcastique, elle répondit, sembla-t-il, à l'éloge en haussant les sourcils et en dissimulant un léger sourire qui s'était glissé sur ses lèvres. Elle prit néanmoins avec lui le ton du mépris :

– La langue d'un commerçant est tout sucre tout miel tant qu'il n'a pas eu son content!

– A nous le paradis, nous autres commerçants, avec tout ce que les gens nous cassent sur le dos!

Elle haussa les épaules avec dédain et lui demanda avec un intérêt non dissimulé :

131

– Quand l'avez-vous fréquentée?

Ahmed Abd el-Gawwad fit un geste du bras, l'air de dire : « Oh! il est loin ce temps-là! » Puis il murmura :

– Ça fait des lustres!

Elle eut un rire ironique et ajouta sur un ton de revanche :

– Du temps de la jeunesse passée...

– J'aimerais sucer le fiel sur votre langue, rétorqua-t-il en lui adressant un doux regard blâmeur.

Mais elle poursuivit sur un ton identique :

– Je vous prendrais dodu comme un chapon pour ne laisser de vous que les os!

Il pointa sur elle son index en signe de mise en garde :

– Je suis de la trempe de ces hommes qui se marient encore à soixante ans!

– Par amour ou par gâtisme?

Ahmed Abd el-Gawwad éclata de rire :

– Ma bonne dame, craignez Dieu et permettez-nous de parler de choses sérieuses!

– Sérieuses? Vous voulez dire l'animation de la soirée pour laquelle vous étiez venu faire affaire?

– Je veux dire l'animation de la vie tout entière!

– Entière ou la moitié?

– Puisse Dieu nous réserver le meilleur destin!

– Qu'il nous réserve seulement un destin raisonnable!

Il demanda pardon à Dieu au fond de lui-même par avance et dit :

– Si on récitait la Fâtiha?

Mais elle se leva brusquement en faisant mine d'ignorer sa proposition et s'écria en feignant la panique :

– Oh! mon Dieu... Il m'a volé mon temps alors que j'ai une nuit de travail chargée...

Ahmed Abd el-Gawwad se leva à son tour, tendit sa main et saisit celle de la dame, en déplia la paume teinte au henné et la regarda avec désir et envoûtement. Il la garda avec insistance bien qu'elle cherchât à la retirer par deux fois. Mais elle finit par lui mordre le doigt et porta la main à sa moustache en lui criant menaçante :

– Laissez-moi ou vous sortez d'ici avec une demi-moustache!

Il vit son avant-bras à proximité de sa bouche et fit abstinence de discours. Il en approcha doucement les lèvres jusqu'à les planter dans sa chair molle d'où un parfum d'œillet au goût sucré voleta jusqu'à ses narines. Il soupira en chuchotant :

– A demain?

Elle se débarrassa de sa main, sans résistance de sa part cette fois-ci, le fixa longuement du regard, puis sourit en susurrant :

– *Mon petit oiseau, ma mère, mon petit oiseau...*
...Pour jouer avec lui et lui dire mes maux!

Puis elle se mit à répéter : « Mon petit oiseau, ma mère... » à plusieurs reprises, prenant congé de lui. Ahmed Abd el-Gawwad quitta la pièce en répétant le prologue de la chanson à voix basse, plein de gravité et de pondération, comme interrogeant les mots sur leurs sous-entendus.

*

Chez Zubaïda, l'almée, on appelait chambre de cérémonie une pièce occupant le centre de la maison à la manière d'un salon; ou plutôt c'était comme si le salon à proprement parler avait été voué à de nouveaux offices dont le plus important résidait peut-être dans le fait que l'almée et sa troupe y faisaient leurs exercices vocaux et y répétaient le répertoire des chansons nouvelles. Elle l'avait choisie pour son éloignement de la rue principale, dont elle était séparée par un ensemble de chambres à coucher et de salles de séjour. En outre, ses vastes dimensions en faisaient un endroit propice à l'animation de cérémonies privées, allant d'ordinaire du rituel de dépossession au concert de chant, en passant par celles où la maîtresse de céans conviait ses amis de marque et leurs intimes connaissances. Ces soirées n'étaient pas seulement le fait d'une générosité profuse, car, si jamais il y avait là générosité, elle était généralement à la charge des amis eux-mêmes. En fait, l'hôtesse y visait par-delà à l'accroissement du nombre de ses amis de qualité, susceptibles de faire appel à elle par la suite pour animer des soirées ou lui faire une publicité utile dans les milieux où ils évoluaient et parmi lesquels, enfin et surtout, elle recruait les uns après les autres ses amants. Le tour de M. Ahmed Abd el-Gawwad était venu de faire honneur au bienheureux salon, entouré de la fine fleur de ses connaissances. C'est qu'il avait fait preuve d'un débordement d'énergie à la suite de l'entrevue osée qu'il avait eue avec Zubaïda : ses émissaires avaient apporté sans tarder de généreux présents de fruits secs assortis, sucreries et gâteries, ainsi qu'un fourneau qu'il avait fait spécialement fabriquer, ciseler et recouvrir d'une feuille d'argent, le tout en guise de gage d'amitié future. En contrepartie, la sultane l'avait convié, en lui laissant le loisir d'inviter les amis de son choix, à une soirée de connaissance mutuelle dédiée à l'amour nouveau. La pièce était fortement imprégnée d'un cachet typique et attrayant, avec ses canapés disposés côte à côte, tapissés de brocart, confortables, inspirant le luxe et la licence, et qui la bordaient jusqu'au fond où se tenait le divan de l'hôtesse, entouré quant à lui de matelas et de coussins à l'intention des membres de l'orchestre. Quant au plancher, étiré en longueur, il était revêtu d'un tapis aux teintes et aux motifs variés. Sur une console adossée au centre du mur de droite, belles et pures comme un grain de beauté, brûlaient les chandelles, plantées dans des candélabres, indépendamment d'une grosse lampe qui pendait du haut d'un lanterneau aménagé au centre du plafond et percé de fenêtres donnant sur la terrasse de la maison, laissées ouvertes pendant les nuits chaudes ou fermés au moyen de châssis vitrés par les nuits froides. Zubaïda était assise, jambes croisées sur un divan, avec à sa droite Zannouba, la luthiste, sa fille adoptive, à sa gauche Abdou, le cithariste aveugle, et, assises de part et d'autre, ses musiciennes, l'une tenant le tambourin à cymbalettes, l'autre frappant la peau de la *darabukka*[1] ou telle autre jouant des cymbales. La sultane avait tenu à ce que M. Ahmed vienne s'asseoir à la tête du rang de droite, tandis que les autres membres de sa compagnie prenaient leur place sans cérémonie comme s'ils avaient fait partie de la maison, chose naturelle, car l'ambiance de la maison n'avait rien de nouveau pour eux et la sultane n'était certes pas une personne qu'ils voyaient pour la première fois. M. Ahmed présenta ses compagnons à l'almée, en commençant par M. Ali, négociant en farine, ce qui fit rire Zubaïda.

– Mais M. Ali n'est pas un inconnu, j'ai fait le mariage de sa fille l'an passé !

Puis il continua par M. le marchand de dinanderie et, quand l'un des convives adressa à ce dernier le reproche d'être l'un des habitués de la Bomba, l'homme s'empressa d'ajouter :

– Je suis là en pénitent, madame !

Les présentations furent faites les unes après les autres jusqu'à épuisement. Goulgoul, la servante, arriva alors avec les verres et fit le tour des invités. Un sentiment de fougue rempli d'effusion et d'hilarité gagnait doucement les âmes. Notre homme faisait figure sans conteste de « jeune marié » de la soirée. C'est ainsi que le nommèrent ses amis et c'est ainsi qu'il se sentait au fond de lui-même. Il avait d'abord trouvé dans cet état une sorte de gêne à laquelle il était rarement confronté et qu'il dissimula par un excès de rire et de badinage, jusqu'au moment où il se mit à boire et s'en sépara facilement. Il retrouva alors sa sérénité et se fondit de tout son cœur au plaisir de la musique et du chant. Il se mit, à mesure que le désir grondait en lui, et Dieu sait combien les désirs sont excités dans ces temples de l'extase, à tendre le regard vers la reine de l'assemblée, gloutonnement, l'œil musardant dans les

---

1. La *darabukka* (ou *derbouka* au Maghreb) est un tambour sur vase en forme de calice, le plus souvent en poterie, tendu à son ouverture la plus large d'une peau de chèvre ou de poisson.

replis de son corps plantureux. Toute la grâce dont la Fortune l'avait comblé le remplit d'aise et il se félicita de toutes les joies délicieuses qui l'attendaient cette nuit même et les nuits prochaines. « Qui de l'homme a fait l'expérience le méprise ou lui fait révérence! » Cette sentence que je lui ai lancée comme un défi, tâchons de nous en montrer à la hauteur! Quel genre de femme est-ce donc? Qu'est-ce qu'elle vaut? Je le saurai bien en temps utile. De toute façon, jouons son jeu! Pour s'assurer la victoire sur l'adversaire, il faut lui supposer le maximum de vaillance et d'invulnérabilité. Et puis je ne m'écarterai pas de ma vieille devise qui est de faire de mon propre plaisir un but secondaire et de son plaisir à elle la fin suprême. C'est comme cela que le mien se réalisera dans sa plénitude. Et, bien que notre homme n'eût connu de l'amour, malgré ses innombrables aventures, que l'amour physique et le rayon de la chair et du sang, il l'avait embrassé en accédant à la forme la plus pure et la plus achevée de son étreinte. Car il n'était pas qu'un pur animal. Il lui avait été donné, à côté de son animalité, une sensibilité fine, exacerbée, et une passion profondément enracinée pour le chant et la musique. Au plan de la chair, il avait porté le désir au degré le plus haut auquel on y puisse atteindre. C'est par cette même raison du corps, et elle seule, qu'il s'était marié une première fois, puis une deuxième. Certes, sa sensibilité conjugale avait reçu au fil du temps l'empreinte d'éléments nouveaux et tempérants, tels que l'amitié et la fraternité, mais elle était restée dans son essence charnelle et sensuelle. Et comme un tempérament de cette nature, doté qui plus est d'une force en perpétuel renouveau et d'une vitalité débordante, ne pouvait se bercer d'un genre monotone, il s'était élancé dans tous les registres de l'amour et de la passion, comme un taureau furieux, répondant à la marée de son désir dans une ardente ivresse. Il n'avait jamais vu dans toute femme qu'un corps de chair, mais il ne rendait jamais sa dévotion à cette chair sans la trouver réellement digne d'être vue, touchée, sentie, goûtée et écoutée. Un appétit, certes, mais ni sauvage, ni aveugle;

bien plus, une main industrieuse, guidée par l'art, l'avait façonné et lui avait choisi pour atmosphère et pour cadre l'émotion esthétique, l'humour et l'aménité. Rien ne ressemblait davantage à son appétit que son corps. Celui-ci possédait comme celui-là cette corpulence et cette force inspirant la rudesse et la férocité, mais aussi, comme celui-là également, la gentillesse, la délicatesse et l'amour qu'il recélait en son fond, en dépit de la sévérité et de la rigueur qu'il revêtait parfois à dessein.

C'est pourquoi son imagination infatigable ne se centra point seulement, alors même qu'il dévorait des yeux la sultane, sur l'acte de chair... et ses à côtés, mais se perdit dans les sentiers épars de rêves de divertissement, de jeu, de chant et de mots échangés. Zubaïda sentit la fièvre de son regard et s'adressa à lui, tout en fixant les visages des invités avec orgueil et coquetterie :

– Hé, le jeune marié, vous en avez assez eu ! Vous n'avez pas honte devant vos camarades ?

Etonné, notre homme répondit :

– Et à quoi diable me servirait la honte en présence de deux cents livres de chair et de graisse !

L'almée eut un rire retentissant et demanda avec une joie extrême :

– Que pensez-vous de votre ami ?

L'assemblée des convives répondit dans un souffle unique :

– Oh ! il est excusable !

A ces mots, le cithariste aveugle hocha la tête de droite et de gauche, la lèvre pendante et grommela :

– Celui qui avertit est excusé !

Mais bien que sa maxime fît fureur, la dame se tourna vers lui comme en colère et lui décocha un coup de poing au milieu de la poitrine en s'écriant :

– Toi, tais-toi et ferme-là, tu nous pompes l'air !

L'aveugle encaissa le coup en riant puis ouvrit la bouche comme sur le point de parler, mais il la referma, préférant sa sauvegarde. L'almée tourna la tête vers notre homme et lui déclara sur un ton fleurant la menace :

– Voilà ce qui attend ceux qui ne savent pas rester à leur place!

Ahmed Abd el-Gawwad arbora un embarras de façade :

– Mais je suis venu pour apprendre l'impolitesse! dit-il.

– Tiens donc! s'exclama-t-elle en se frappant la poitrine de la main, vous l'entendez?

Ce à quoi plus d'un répondit de concert :

– C'est ce que nous avons entendu de mieux jusqu'à maintenant!

Et un membre de la compagnie ajouta :

– Je dirais même plus, n'hésitez pas à le battre s'il dépasse les limites de l'incorrection!

Un autre ajouta d'un commun accord :

– Obéissez à ses ordres, où qu'il aille dans l'impolitesse!

Elle demanda en haussant les sourcils pour faire montre d'une stupéfaction sans trace dans son esprit :

– Vous l'aimez à ce point, l'impolitesse?

Ahmed Abd el-Gawwad poussa un soupir.

– Dieu puisse nous l'imposer pour toujours!

L'almée en resta quitte pour saisir le tambourin en disant :

– J'ai mieux à vous faire entendre!

Elle en frappa la peau comme par amusement, mais le son du battement s'éleva comme un avertissement dans la nuée du tumulte jusqu'à le faire taire, puis l'agitation des membres de la troupe s'apprêtant à jouer caressa les oreilles et transforma peu à peu l'auditoire. Ces messieurs vidèrent leurs coupes et tendirent leurs têtes vers la sultane. Régna alors sur l'endroit un silence éloquent, de par l'intensité de la préparation à l'émotion musicale. L'almée donna le signal à l'orchestre qui attaqua aussitôt le *bashraf* d'Othmân Bey[1]. Les têtes se mirent alors à suivre le flux et

1. Le *bashraf* est une forme de musique introduite en Egypte par les Turcs, exclusivement instrumentale et toujours construite sur un rythme binaire.

le reflux de la mélodie. Ahmed Abd el-Gawwad s'offrit à la résonance cristalline de la cithare qui commençait à lui brûler le cœur et à y ranimer les échos de différents airs hérités d'une longue tradition de soirées d'extase musicale et semblables à des particules de pétrole tombant en gouttes sur un tison enfoui. Assurément, la cithare était à son âme le plus cher des instruments de musique, non pas seulement pour la virtuosité d'Aqqâd, mais en vertu du mystère qu'inspirait la nature de ses cordes. Et, bien que sachant que ce n'était pas Aqqâd ou Sî Abdou qu'il allait entendre, son cœur amoureux pallia par son amour les déficiences de l'art. A peine l'orchestre eut-il joué la dernière note du *bashraf*, l'almée enchaîna sur « Toi dont le miel de la bouche m'enivre » et l'orchestre prit l'accompagnement avec enthousiasme. De tout ce que la chanson offrait d'aptitudes à ravir l'émotion, la plus belle y était la réponse à deux voix, celle épaisse et ample du musicien aveugle et celle, délicate, humectée de la rosée de l'enfance, de Zannouba la luthiste. Notre homme en eut le cœur gonflé d'émoi. Il se rua vers le verre posé devant lui, se le jeta dans l'estomac et avec fougue prêta sa voix à l'exécution du poème chanté. Mais, pour s'être emporté à chanter avant d'avoir fini d'avaler sa salive, les accents de sa voix trahirent, dans le prélude de la chanson, un éraillement de sa gorge. Le reste des convives ne tarda pas à s'enhardir et à l'imiter, et bientôt le salon ne fut qu'une chorale chantant à l'unisson. A la fin du poème, l'âme de notre homme se mit par habitude en condition pour écouter les soli instrumentaux et les chants de *layâlî*[1], mais l'almée fit suivre la coda de l'un de ses éclats de rire retentissants destinés à montrer sa joie et son contentement. Puis elle félicita sur le ton de la plaisanterie les nouveaux venus de l'orchestre et leur demanda quel *dawr* ils souhaitaient entendre. Ahmed Abd el-Gawwad se sentit mal à l'aise au

---

1. Improvisation vocale sur les paroles : « Ya Layli ya Aïni » : « O nuit, chère nuit ». Ce genre intervient souvent comme prélude avant une pièce classique dont elle sert à présenter le mode toral.

fond de lui-même et éprouva un moment de trouble au cours duquel sa passion pour le chant fut mise à rude épreuve, mais rares furent ceux de son entourage à le discerner. Quoi qu'il en soit, il réalisa l'instant suivant que Zubaïda, comme toutes les almées, sans distinction, y compris la Bomba en personne, n'était pas qualifiée pour improviser dans le *layâlî*.

Aussi espéra-t-il qu'elle allait choisir une petite chanson-nette du genre de celles qu'elle chantait à ces dames dans les fêtes de mariage, plutôt que de s'escrimer à chanter l'un des *dawrs* des grands maîtres dont elle serait fatalement incapable d'exécuter correctement la cadence finale. Fermement décidé à se préserver des tortures que redoutait son oreille, il proposa une chanson légère adaptée au larynx de la dame.

– Que diriez-vous de « Mon petit oiseau, ma mère »? dit-il.

Il fixa la sultane d'un regard éloquent comme pour relancer dans son esprit l'inspiration de cette comptine par laquelle elle avait couronné leur premier entretien dans la salle de séjour quelques jours auparavant, mais une voix railleuse arriva du fond de la salle en criant :

– Tu ferais mieux de la demander à ta mère!

En un rien de temps la proposition s'évanouit dans une explosion de rires qui ruina les plans de notre homme et, avant même qu'il puisse retenter un essai, un quidam demanda « O musulmans, ô gens de Dieu » et d'autres encore « Prends soin de toi mon cœur! », mais Zubaïda, qui voulait se garder de donner satisfaction aux uns au détriment des autres, annonça qu'elle leur chanterait « A mon âme je fais outrage », qui obtint un accueil chaleu-reux. Notre homme en fut quitte pour acclimater son âme à la bonne humeur en s'aidant de la boisson et des rêves de sa nuit prometteuse, et sa bouche s'illumina d'un sourire immaculé grâce auquel il rejoignit de bon gré la bande des éméchés. Il éprouva même de l'attendrissement quant au désir qu'avait la sultane de prêter sa voix aux grands compositeurs pour faire plaisir à son auditoire de mélomanes avertis, même si son attitude ne manquait pas d'une certaine présomption coutumière aux jolies femmes. Pendant que l'orchestre s'apprêtait à entamer la chanson, un membre de l'assemblée se leva et lança avec enthousiasme :

– Laissez le tambourin à M. Ahmed, il s'y entend!

Zubaïda hocha la tête, surprise :

– Vraiment? demanda-t-elle.

Ahmed Abd el-Gawwad remua ses doigts avec une agilité véloce comme pour lui donner un avant-goût de son art et Zubaïda lui dit en souriant :

– Où est la surprise pour un élève de Galila!

Les messieurs s'esclaffèrent sans la moindre retenue et leur rire se prolongea jusqu'au moment où la voix de M. Alfar se fit entendre.

– Et vous, qu'avez-vous l'intention de lui apprendre? demanda-t-il à la sultane.

– Je vais lui enseigner la cithare..., répondit-elle d'un ton significatif. Ça vous va comme ça?

– Apprenez-moi plutôt la danse du ventre! répliqua Ahmed Abd el-Gawwad!

On pressa en grand nombre M. Ahmed de se joindre à l'orchestre. Il prit le tambourin et il ne lui resta plus qu'à se lever et à quitter sa *djoubba*. Il parut alors, avec sa taille, sa carrure, dans son cafetan couleur cumin, tel un coursier fringant dressé nerveusement sur ses pattes de derrière. Il retroussa ses manches et s'avança vers le divan pour prendre place aux côtés de la dame qui, pour lui faire place, se leva à moitié en se transportant vers la droite. Ce faisant, sa robe rouge se fendit sur une jambe charnue, en pleine sève, d'un blanc teinté d'une roseur laissée par la manie de l'épilation, un bracelet d'or ornant sa cheville que ses arceaux s'épuisaient à contenir. Un membre de l'assistance vit le tableau et s'écria d'une voix de tonnerre :

– Vive le califat!

Notre homme, qui avait les yeux rivés sur les seins de la sultane, s'exclama après lui :

– Vive les mamelles de la patrie, tu veux dire !

L'almée haussa la voix pour les mettre en garde :

– Baissez d'un ton, sans quoi les Anglais vont nous faire passer la nuit en cabane !

Ahmed Abd el-Gawwad, à qui le vin avait un peu tourné la tête, rétorqua :

– J'y vais avec vous pour des travaux forcés à perpétuité !

– Mort à celui qui vous laisse y aller seuls ! lancèrent-ils à plusieurs.

L'almée voulut trancher le différend provoqué par le spectacle de sa jambe et tendit le tambourin à Ahmed Abd el-Gawwad en lui disant :

– Montrez-moi un peu vos talents !

Il prit l'instrument, en frappa la peau de la paume en souriant et, tandis que ses doigts commençaient à y imprimer leur mouvement délié, les instruments de l'orchestre démarrèrent à leur tour. Puis Zubaïda se mit à chanter en regardant tendrement les yeux qui étaient fixés sur elle :

A mon âme je fais outrage
En souffrant de l'aimée l'esclavage.

Notre homme se retrouva dans une position miraculeuse, les expirations de la sultane volant jusqu'à lui entre deux retournements, et elle recevant les radiations du vin fusant de sa fontanelle entre deux lampées. Bientôt se turent en lui les échos d'Othman, de Hammulî, d'al-Manialawi et il vécut l'instant présent, heureux et comblé. Les inflexions de la voix de Zubaïda coulaient jusqu'à lui, faisant vibrer ses cordes secrètes. Son zèle s'enflamma et il joua du tambourin avec un jeu que n'auraient pas égalé les musiciens professionnels. A peine la chanteuse eut-elle atteint ce passage de la chanson :

Tiens parole, toi qui pars vers l'aimée
Et donne-lui pour moi
Sur la bouche un baiser.

qu'il passa d'une ébriété légère à une ivresse furieuse, inspirée, électrisante et brûlante. Ses compagnons le suivirent ou le précédèrent quand le vin, à force de frapper, acheva son œuvre et fit éclater les désirs, laissant les convives comme des branches d'arbres dansant dans le tourbillon d'une tempête hurlante. Peu à peu, le chant toucha à sa fin, et Zubaïda en exécuta le final, revenant sur le thème initial : « A mon âme je fais outrage », mais avec une expression de calme, d'évocation, d'adieu puis de fin. La mélodie s'évanouit comme disparaît l'avion emportant l'aimé, derrière l'horizon. Mais bien que le final fût accueilli dans un torrent de liesse et d'applaudissements, bientôt s'installa sur la salle un silence dénotant l'apathie des esprits, épuisés par la tension et l'émotion. Un moment passa où seuls se firent entendre une toux, un toussotement, un grattement d'allumette ou un mot ne méritant pas d'être rapporté ici. Le silence du moment semblait dire aux invités : « Allez en paix. »

Quelques-uns eurent un regard vers les vêtements dont ils s'étaient délestés dans le feu de l'émotion et qu'ils avaient posés sur les appuis-tête, derrière eux. Mais les autres, ceux dont l'âme était encore suspendue au charme de la soirée, refusèrent de la quitter avant de l'avoir consumée jusqu'à la lie.

– Nous ne partirons pas avant d'avoir conduit la sultane vers M. Ahmed en procession solennelle, s'écria l'un d'eux.

La proposition fut accueillie chaleureusement, tandis que notre homme et l'almée éclataient de rire, n'y croyant pas. Sans avoir eu le temps de le réaliser, ils furent entourés d'un groupe de convives qui les fit lever et fit signe à l'orchestre d'attaquer l'hymne bienheureux. Ils se mirent debout, l'un à côté de l'autre, elle comme le palanquin, lui comme le dromadaire, tels deux colosses adoucis par la beauté. Puis elle passa avec coquetterie son bras sous son aisselle et fit signe à leurs admirateurs ébahis de leur ouvrir le passage. La joueuse de tambourin frappa son instrument et l'orchestre attaqua, tandis que bon nombre d'invités répétaient l'hymne du cortège de mariage : « Vois de tes yeux, mignonne...! »

Les jeunes mariés avancèrent à pas lents, enflés d'exultation et d'ivresse, et Zannouba ne put s'empêcher devant ce spectacle de s'arrêter de pincer les cordes de son luth et de lancer un youyou strident, porté par une longue expiration, qui, s'il avait pris chair, aurait ressemblé à une langue de flammes biscornue déchirant l'espace comme une comète. Les amis se bousculèrent pour présenter à tour de rôle leurs félicitations.

— Vivez heureux et ayez beaucoup d'enfants!

— Faites-nous une belle lignée de danseuses et chanteuses!

L'un d'eux cria à notre homme à titre de mise en garde :

— Ne remets pas au lendemain ce que tu peux faire le jour même!

Et l'orchestre continua à jouer l'hymne tandis que les amis agitaient leurs mains en signe d'adieu jusqu'à ce que notre homme et la femme disparaissent derrière la porte conduisant au cœur de la maison.

IV

M. AHMED était assis à son bureau, à la boutique, lorsque Yasine entra à l'improviste. Ce n'était pas seulement une visite inattendue, mais avant tout une visite inaccoutumée, tant il était insolite que le jeune homme vînt trouver son père à sa boutique alors même qu'il faisait tout son possible pour l'éviter chez lui. De plus, il semblait l'âme en peine, l'œil morne... Il alla droit vers lui, se contentant de porter la main à sa tête, d'un geste machinal, sans observer la politesse excessive et la soumission à laquelle il se tenait généralement en sa présence, comme s'il s'était oublié. Puis il dit sur un ton trahissant l'intensité de son émotion :

— Que le salut soit sur vous, père! Je suis venu vous parler d'une affaire importante.

Ahmed Abd el-Gawwad leva vers lui un regard interrogateur, en proie d'une inquiétude qu'il s'efforça de dissimuler par la force de sa volonté :

— Rien de grave, au moins? dit-il enfin calmement.

Gamil al-Hamzawi apporta une chaise en lui souhaitant la bienvenue et son père lui commanda de s'asseoir. Le jeune homme rapprocha la chaise du bureau paternel et s'assit. Il sembla hésiter un moment, puis chassa son hésitation dans un soupir excédé, avant de déclarer avec des tremblements dans la voix et une concision impressionnante :

— Ma mère s'apprête à se marier, voilà tout!

Bien qu'Ahmed Abd el-Gawwad s'attendît à une mauvaise nouvelle, son imagination ne s'était pas aventurée, dans sa ronde pessimiste, jusqu'en cette contrée où demeurait en souffrance ce coin relégué de son passé. C'est pourquoi la surprise trouva en lui une proie distraite. Mais il eut tôt fait de froncer les sourcils comme chaque fois qu'un souvenir de sa première femme se dressait sur son chemin. La gêne s'empara de lui, puis l'inquiétude, à la pensée de ce qui touchait directement son fils au cœur de sa dignité. Et tout comme ceux qui posent une question, non pas pour apprendre quelque chose de neuf mais pour rechercher une porte de salut à un état de fait qui les laisse sans espoir, voire pour s'accorder un délai de réflexion et retrouver la maîtrise de soi, il demanda :

– Et de qui le tiens-tu?

– Un proche parent à elle, le cheikh Hamdi. Il est venu me voir aujourd'hui à l'école d'al-Nahhasin et m'a appris la nouvelle en me certifiant que la chose aura lieu dans un mois...

La nouvelle était vraie. Elle n'avait rien de suspect. C'était loin d'être la première dans le genre, dans la vie de cette femme, et ce ne serait pas la dernière si l'on prenait le passé comme critère pour l'avenir. Mais de quel crime s'était donc rendu coupable ce jeune homme pour se voir infliger ce châtiment rigoureux, fait de souffrances toujours renouvelées? Ahmed Abd el-Gawwad fut pris de pitié et d'attendrissement pour son fils. Il lui était pénible de le voir réagir à sa peine par la faiblesse, comme le font les gens face à l'adversité. Il se demanda en son for intérieur avec quelle humeur il réagirait s'il était lui-même affligé de cette mère. Sa poitrine se serra et il redoubla de compassion et de pitié envers Yasine. Puis il se sentit poussé par le désir de demander quel était le mari attendu, mais il n'y céda point, soit par crainte que la blessure de son fils se creuse et s'élargisse, soit pour se défendre personnellement de ce qu'il eût cultivé, ce faisant, de la curiosité, déplacée en cette circonstance dramatique, pour cette femme qui avait été son épouse. Quoi qu'il en soit,

Yasine déclara machinalement avec irritation, comme suivant son idée :

– Et avec qui elle se marie! Un certain Yaaqoub Zinham, boulanger à al-Dirasa... Un type de trente ans!

Son irritation s'était accrue et sa voix avait chancelé en prononçant ces derniers mots, comme s'il recrachait une esquille d'os. Son sentiment de dégoût et de répulsion gagna le père qui se mit à répéter au fond de lui-même : « Un type de trente ans! Quelle honte!... C'est de la fornication en costume de mariage! » La colère du père se nourrissait de la colère du fils et Ahmed Abd el-Gawwad se fâcha à son tour, comme il avait l'habitude de le faire chaque fois que lui venait aux oreilles quelque nouvelle de la vie privée de son ex-femme, comme si son sentiment de responsabilité se ravivait du fait qu'elle eut été un jour son épouse, ou comme s'il lui était pénible, même après tout ce temps, de voir qu'elle s'était soustraite à sa discipline et à sa règle. Il se rappela le temps de sa cohabitation avec elle, malgré sa brièveté, comme on se rappelle une poussée de fièvre. Sans doute s'en faisait-il une représentation exagérée, mais comment un homme ayant une telle confiance en lui-même pouvait-il ne pas voir, dans le simple fait que l'on ait renâclé à sa volonté, un crime impardonnable et une défaite cuisante. Et puis elle avait été, peut-être même l'était-elle toujours, belle, débordante de féminité, de séduction. Aussi avait-il savouré avec plaisir son commerce durant quelques mois, jusqu'à ce que se manifeste chez elle un embryon de résistance à cette volonté qu'il avait tendance à imposer aux proches de sa famille. Elle avait jugé bon de jouir de sa liberté, ne fût-ce que dans les limites lui permettant de rendre visite à son père de temps en temps. Ahmed Abd el-Gawwad se fâcha et tenta de l'en empêcher d'abord en l'admonestant, puis en la rouant de coups. Mais la seule réaction de cette femme gâtée fut de s'enfuir chez ses parents. La colère aveugla notre homme pétri d'orgueil, aussi pensa-t-il que le meilleur moyen de la corriger et de lui remettre les idées en place était de la répudier pendant quelque temps... Pendant quelque temps, bien sûr, car il restait fortement attaché à elle... Bref, il la répudia. Il fit mine de la négliger, plusieurs jours, plusieurs semaines, en attendant, dans l'espoir de voir venir à lui un conciliateur de sa famille. Mais comme personne ne venait frapper à sa porte, il piétina son orgueil et envoya lui-même quelqu'un prendre le pouls de la situation pour frayer la voie à la paix. Le messager revint en disant qu'ils l'accueilleraient volontiers, à condition qu'il ne la tienne plus en réclusion ou ne la batte plus. Mais il attendait quant à lui un accord sans restriction, aussi déchaîna-t-il sa colère et se jura-t-il en lui-même que plus aucun lien ne les rassemblerait pour l'éternité. Ainsi, chacun retourna à son destin, et Yasine fut condamné à naître loin de son père et à subir l'humiliation et la douleur, signes désormais du séjour chez sa mère. Mais bien que la femme se fût mariée plus d'une fois et que le mariage fût, aux yeux de son fils, la plus respectable de ses fautes, la nouvelle union qui s'annonçait lui paraissait plus cruelle que les précédentes, infiniment plus douloureuse. D'une part parce que la femme avait atteint allègrement la quarantaine, d'autre part parce qu'il était maintenant un jeune homme accompli, intelligent, capable s'il le voulait de laver sa dignité de l'offense et de l'ignominie. Il avait donc dépassé son comportement d'autrefois, auquel l'avait contraint son jeune âge, du temps où il accueillait les nouvelles choquantes de sa mère avec une consternation et un trouble baignés de larmes, pour une attitude nouvelle où il apparaissait vis-à-vis de lui-même un homme responsable, à qui il était impossible d'essuyer les vexations les bras croisés.

Ces pensées tournaient dans la tête d'Ahmed Abd el-Gawwad et il en pesa la gravité avec angoisse. Mais il se résolut à en minimiser la portée autant qu'il en avait la force, afin d'arracher son aîné à ses tracas. Il haussa ses larges épaules en feignant de prendre tout cela à la légère :

– Ne nous étions-nous pas juré de la considérer comme une chose n'ayant jamais existé?

– Oui, mais cette chose existe bel et bien, père, répondit

Yasine avec une tristesse désespérée. Et quoi que nous nous soyons juré, elle restera toujours ma mère, aussi longtemps que Dieu le voudra, à mes propres yeux comme à ceux des gens, nous n'y pouvons rien!

Le jeune homme s'arracha un soupir et posa sur son père le regard tendre de ses beaux yeux noirs hérités de sa mère, comme pour lui dire en un criant appel au secours : « Tu es mon père tout-puissant, tends-moi la main! » Ahmed Abd el-Gawwad parvint au comble de l'émotion mais il continua à faire mine de calme et d'indifférence :

– Je ne te reproche pas ta douleur intime, dit-il. Ce que je te reproche, c'est de la pousser à l'extrême. Il en va de même pour ta colère que j'excuse de tout cœur, mais un soupçon de raison suffirait à te rendre la tranquillité. Demande-toi calmement : Que m'importe son mariage?... C'est ni plus ni moins une femme qui se marie, comme d'autres le font chaque jour, à toute heure! Et ce n'est certainement pas à elle, de par sa conduite passée, à qui il faut demander des comptes sur un tel mariage. Au contraire, elle serait peut-être digne d'en être remerciée. Et comme je te l'ai dit maintes fois, tu ne connaîtras pas la paix de l'âme tant que tu ne la considéreras pas comme n'ayant jamais existé. Remets-t'en à Dieu et apaise ton esprit! Console-toi, sans te soucier du qu'en-dira-t-on, en te disant que le mariage est une union légitime..., une union respectable!

Ahmed Abd el-Gawwad ne tint ce langage qu'avec sa langue, tant celui-ci entrait en totale contradiction avec sa nature pointilleuse à l'extrême sur le chapitre des règles strictes de la famille. Mais il le tint avec une ferveur au goût de sincérité, grâce à sa longue pratique de la diplomatie qui l'avait formé au rôle de sage arbitre et de conciliateur à qui régler un différend entre les gens ne posait jamais de problème. Et, bien que ses paroles ne pûssent s'évanouir en fumée, tant il était impossible qu'aucune de ses paroles ne s'évanouisse en fumée en présence de l'un de ses enfants, elles ne purent apporter au jeune homme la moindre bouffée de parfum tant sa colère était profonde et n'eurent sur lui que l'effet d'un verre d'eau froide sur un pichet d'eau bouillante. D'ailleurs, il ne tarda pas à s'adresser à son père en ces termes :

— Bien sûr, père, que c'est une union légitime; mais elle paraît parfois on ne peut plus éloignée de la loi. Je me demande ce qui peut bien pousser ce type à l'épouser.

En dépit de la gravité de la situation, Ahmed Abd el-Gawwad se dit en son for intérieur avec une pointe d'ironie : « Tu ferais mieux de te demander ce qui la pousse elle! » Mais avant qu'il ne poursuive le dialogue avec son fils, Yasine continua :

— C'est de la concupiscence et rien d'autre!

— Ce peut être aussi un désir sincère de l'épouser!

Mais le jeune homme sortit de ses gonds et hurla dans un état de rage mêlée de douleur :

— Non, c'est de la concupiscence et pas autre chose!

Malgré la gravité du moment, Ahmed Abd el-Gawwad ne fut pas dupe de la dureté de ton avec laquelle son fils lui avait parlé. Plus encore, et d'autant qu'il appréciait sa situation et sa tristesse, il éprouvait quelque gêne à réaffirmer ses propos précédents. Comme il n'en faisait rien, le père ajouta dans un calme relatif :

— Ce qui le porte à épouser une femme de dix ans plus vieille que lui est la convoitise de sa fortune et de ses biens!

Ahmed Abd el-Gawwad trouva dans le fait de changer de conversation un intérêt qui n'échappa pas à sa sagacité. Car ce faisant il arrachait le jeune homme à sa concentration sur des questions plus sensibles et plus douloureuses et, plus simplement, le détournait de penser à ce qui poussait sa mère à se marier pour ce qui poussait l'homme à le faire. En outre, il réalisait pleinement ce qu'avait de bien fondé le point de vue de son fils sur le mari. Aussi en vint-il rapidement à s'en persuader et à partager ses craintes. Certes Haniyya, la mère de Yasine, était passablement riche et son patrimoine immobilier était demeuré intact malgré ses nombreuses expériences nuptiales et amoureuses. Mais, si elle avait pu être de par le passé une belle jeune fille pleine de charme et d'empire, si l'on avait alors peur d'elle et non pas pour elle, il était peu probable désormais qu'elle se domine, et à plus forte raison domine les autres, comme auparavant. Dès lors, sa fortune pouvait bien se trouver dilapidée dans la bataille de l'amour dont elle n'était plus le fer de lance et il eut été ô combien criminel que Yasine ressorte de l'enfer de cette tragédie l'honneur bafoué et les mains vides. Ahmed Abd el-Gawwad dit en s'adressant à son fils comme s'il s'adressait à lui-même, appelant à son aide l'inspiration de la clair-voyance :

— Je crois que tu as raison, mon fils. Une femme de son âge est une proie facile, apte à susciter les appétits des hommes avides. Mais que pouvons-nous faire? Allons-nous tenter quelque chose auprès de cet homme pour l'inciter à mettre fin à ses aventures? Le contraindre par la menace relèverait d'une conduite dont ne peut se satisfaire notre éthique et pour laquelle n'est pas faite notre réputa-tion! De même, chercher à le gagner par la prière et la persuasion constituerait un déshonneur que notre dignité ne saurait souffrir. Il ne nous reste donc que la femme elle-même! Bon, je n'ignore pas la rupture que tu as provoquée entre elle et toi, rupture qu'elle méritait et qu'elle mérite toujours. Et même, pour parler franchement, je n'aimerais pas que tu rétablisses entre vous ce qui a été rompu, n'étaient les impératifs nouveaux. Car nécessité fait loi et quoi que te pèse le retour, c'est un retour vers ta mère. Mais qui sait, peut-être que te voir surgir à l'horizon de sa vie lui remettra un peu de plomb dans la tête!

A le voir, Yasine ressemblait devant son père à un médium devant un hypnotiseur à l'instant qui précède la suggestion, abasourdi, muet comme un tombeau. Son état donnait la mesure de l'influence de son père sur son esprit. Peut-être prouvait-il aussi que cette suggestion ne l'avait pas surpris et qu'il la supposait faire partie du tourbillon de ses pensées avant qu'elle ne se révèle. Il grommela toutefois :

— Est-ce qu'il n'y a pas une meilleure solution?

– Je pense que c'est « la » meilleure solution! répondit Ahmed Abd el-Gawwad clairement et fermement.

– Mais comment retourner vers elle? dit Yasine comme en aparté. Comment me jeter dans un passé que j'ai fui et dont je souhaite ardemment que ma vie soit amputée à jamais? Je n'ai pas de mère... Non, je n'ai pas de mère!

En dépit de l'apparence de ses propos, Ahmed Abd el-Gawwad sentit qu'il avait réussi à le gagner à son point de vue et répondit avec tact :

– Soit, mais je ne pense pas que le fait d'apparaître devant elle, tout d'un coup, après une longue absence, ne fasse pas son effet! Peut-être que si elle te voit devant elle, comme un jeune homme mûr, son sens maternel va se réveiller et qu'elle va reculer devant ce qui pourrait attenter à ta dignité et réviser sa conduite! Qui sait?

Yasine se calma les esprits en se plongeant dans ses pensées, sans se soucier de l'image de malaise et de désespoir qu'il donnait. Il tremblait de voir arriver le scandale et peut-être était-ce là sa plus cruelle affliction, quoique sa peur de voir se perdre la fortune dont il comptait hériter un jour ne fût pas moindre! Que pouvait-il faire? Il aurait beau retourner la proposition sous tous les angles, il ne trouverait pas de meilleure solution que celle qu'entrevoyait son père. Bien plus, malgré son état de commotion, le fait que cette proposition vienne de la personne de son père lui conférait une grande validité et le déchargeait de bien des soucis. « Soit! » se dit-il en lui-même. Puis s'adressant à son père :

– Comme bon vous semblera, père!

*

Lorsqu'il arriva rue d'al-Gamaliyya, sa poitrine se serra, au point qu'il se sentit étouffer. Onze ans d'absence... Onze ans passés sans que jamais son cœur ne l'y ramène ou que ne plane sur lui l'un de ses souvenirs, ailleurs que dans un nuage obscur et oppressant tissé dans la trame du cauchemar. En vérité, il ne l'avait pas quittée, mais l'occasion s'étant offerte il l'avait fuie sans demander son reste. Dès lors il lui avait tourné le dos, furieux et désespéré, l'évitant de toutes ses forces et en venant même à ne plus l'accepter ni en tant que but en soi, ni même comme passage vers l'une de ses semblables. Pourtant, c'était bien le quartier tel qu'il l'avait connu dans son enfance et son adolescence. Rien en lui n'avait changé. Il était toujours aussi étroit, une voiture à bras pouvant presque le bloquer si elle obstruait la chaussée. Ses maisons? Leurs moucharabiehs se touchaient presque et ses minuscules échoppes collées les unes aux autres, au milieu de leur foule grouillante et de leur bourdonnement, ressemblaient à des ruches. Ce sol poussiéreux avec ses ornières remplies de boue, ces enfants qui en tapissaient les bas-côtés en imprimant sur la terre les empreintes de leurs pieds nus, ces passants dont le flot s'agitait sans relâche, et la boutique d'Amm Hassan, le grilleur de pépins, et le restaurant d'Amm Sulaïman, tout avait gardé l'image d'antan. Un sourire de nostalgie courut presque sur ses lèvres, un sourire dont son enfance aurait voulu se parer, n'était l'amertume du passé et le mal du présent. L'impasse de Qasr el-Shawq lui apparut. Son cœur se mit à battre à grands coups qui assourdirent presque ses oreilles. Puis, à la pointe du tournant, à droite, il vit les paniers d'oranges et de pommes, alignés sur le trottoir devant la boutique de fruits. Il se mordit les lèvres et baissa la tête de honte. Le passé, se dit-il, est entaché de honte : la tête enfouie de honte dans la glaise, sans cesse gémissant sa plainte de honte et de douleur. Il est tout entier dans un plateau et dans l'autre, cette boutique, seule! Et c'est elle qui fait pencher la balance, car elle en est le symbole vivant, au-delà du temps. Dans son propriétaire, ses paniers, ses fruits, son emplacement, ses souvenirs, elle est la honte qui se pavane et la douleur annonçant la défaite avec des trilles de joie. Et si le passé est fait d'événements et de souvenirs, menacés par nature d'émiettement ou d'oubli, cette boutique se dresse en témoin de chair pour en ressouder l'émiettement et en ranimer l'absence. A mesure qu'il s'approchait d'un pas de l'allée, il s'éloignait de dix du présent, rebroussant le temps sans le vouloir. C'était comme s'il voyait dans la boutique « un garçon » levant la tête vers le propriétaire et disant : « Maman vous demande de venir cette nuit », puis ce dernier revenir avec un panier rempli de fruits, la mine réjouie. Il le voyait en chemin, en train d'attirer vers l'homme le regard de sa mère, tandis qu'elle l'en éloignait en le tirant par le bras, de peur que les yeux ne se tournent vers eux, ou encore éclater en sanglots devant le spectacle de cet enlèvement bestial qu'il recréait chaque fois qu'à la lumière de sa jeune expérience il lui revenait à l'esprit pour en faire l'image même de l'horreur. Ces images brûlantes commencèrent à le harceler alors même qu'il s'acharnait à les fuir. Mais à peine avait-il échappé à l'emprise de l'une qu'il retombait sous la coupe d'une autre. Une poursuite violente, sauvage, qui réveillait en son tréfonds le volcan de la rage et de la haine. Il continua sa marche vers son but, dans le pire état. « Comment faire pour filer vers l'impasse avec cette boutique juste à l'entrée ? Et cet homme... Est-ce qu'il se poste toujours au même endroit qu'autrefois ? Je ne tournerai pas la tête... Mais quelle force sournoise me pousse à y regarder ? Est-ce qu'il va me reconnaître si nos regards se croisent ? S'il donne l'air de m'avoir reconnu, je le tue ! Mais comment pourrait-il me reconnaître ! Ni lui ni personne dans le quartier. Onze ans... Je l'ai quitté encore gamin et j'y reviens taureau... à deux cornes ! Alors quoi ! N'aurions-nous pas la force d'exterminer la vermine qui n'arrête pas de nous piquer ? »

Il obliqua vers l'impasse en pressant légèrement le pas, imaginant les gens en train de le dévisager et se demandant : « Mais où et quand avons-nous déjà vu ce visage ? » Il emprunta la montée malaisée du chemin en s'attachant à épousseter, ne fût-ce que momentanément, la poussière étouffante qui recouvrait son visage et sa tête et, pour renforcer sa détermination, il s'évada par la pensée en se mettant à considérer les choses alentour, se disant en lui-même : « Ne te lasse pas de ce chemin épuisant, car combien y as-tu trouvé de joie lorsque, tout petit, tu en

dévalais la pente sur une planche de bois! » Puis, aperce-
vant le mur de la maison : « Mais où je vais comme ça?
Voir ma mère! Fichtre! Je n'y crois pas! Comment vais-je
la trouver? Et comment, elle, va-t-elle me trouver?...
J'aimerais... » Il prit à droite dans un cul-de-sac et se
dirigea vers la première porte sur le côté droit. C'était bien
la vieille maison, sans le moindre doute. Il parcourut le
chemin jusqu'à elle comme il le faisait quand il était petit,
sans hésitation, sans se poser de questions, comme s'il ne
l'avait quittée que la veille. Cependant, cette fois-ci, il en
viola la porte dans un trouble inhabituel. Il gravit l'escalier
à pas lourds et lents, et, malgré son état d'angoisse, se prit
à l'examiner avec attention, comparant son aspect actuel à
celui qu'en avait gardé sa mémoire. Il le trouva un peu
plus étroit qu'il ne se l'imaginait, les montants latéraux
rongés par endroits et les rebords des marches surplombant la cage d'escalier grignotés. Bientôt les souvenirs
submergèrent le présent. Il passa ainsi par les deux étages
loués et atteignit enfin celui du haut. Un instant il resta
l'oreille tendue, la poitrine haletante, puis haussa les
épaules l'air de dire « Après tout! » et il frappa à la porte.
Au bout d'une minute environ, celle-ci s'ouvrit sur le
visage d'une servante entre deux âges qui, à peine eut-elle
repéré en lui un étranger, s'esquiva derrière le battant en
lui demandant poliment ce qu'il désirait. Soudain il
s'énerva, sans motif raisonnable, de ce que la servante
semblât ignorer sa personne. Il entra enfin d'un pas sûr et
se dirigea vers le salon.

– Dis à ta maîtresse que Yasine est là, commanda-t-il
d'un ton autoritaire.

« Que va penser de moi la servante? » Il se retourna et
la vit se précipiter à l'intérieur de la maison, soit que son
ton autoritaire l'ait décontenancée, soit... Il se mordit les
lèvres en passant à l'intérieur de la pièce. C'était la salle de
réception. C'est du moins ce qu'il supposa inconsciemment, dans son état de fièvre et d'excitation. Mais sa
mémoire reconnaissait d'elle-même l'agencement de la maison et, s'il s'était trouvé en d'autres circonstances, il aurait

fait un tour en rappelant à lui les souvenirs : de la salle de bains où on le conduisait quand il pleurait jusqu'au moucharabieh d'où il regardait à travers les interstices du bois les cortèges de mariage, soir après soir. Le mobilier de la pièce était-il le même que celui de jadis? Il ne se souvenait, parmi les meubles anciens, que d'un long miroir fixé sur un porte-bouquets doré d'où sortaient, par les orifices du couvercle, des roses artificielles de toutes les couleurs. Dans les angles, de part et d'autre, étaient fichés des chandeliers aux bras desquels pendaient des demi-lunes de cristal. Pendant longtemps sa grande passion avait été de les faire bouger et d'y regarder les lieux en transparence pour les voir se transformer en étranges lambeaux de couleur dont il gardait en lui la fascination jusqu'en l'absence de leur image. Mais inutile de se poser des questions! Le mobilier d'aujourd'hui n'était pas celui d'hier, eu égard non seulement à sa nouveauté mais parce que le salon d'une femme qui collectionnait les mariages avait bien des raisons d'être remplacé et rénové, tout comme avait été remplacé son père puis le marchand de charbon et le brigadier. Une tension doublée de gêne s'empara de lui et il réalisa qu'il n'avait pas seulement frappé à la porte de la vieille maison mais avait écorché une plaie infectée et baignait dans son pus.

L'attente ne se fit pas longue. Peut-être s'avéra-t-elle plus courte qu'il ne se l'imaginait quand son oreille fut alertée par un bruit de pas grandissant ainsi qu'une voix sonore se renvoyant son propre écho dans des termes qu'il ne put percevoir clairement. Il la sentit alors, le dos toujours tourné contre la porte, à travers le tremblement du battant fermé sous le choc de son épaule. Puis il l'entendit s'écrier, pantelante :

– Yasine, mon fils! Je n'en crois pas mes yeux! Mon Dieu, le voilà un homme!

Le sang lui monta par bouffées au visage, son visage rond, et il se retourna vers elle, plongé dans l'embarras, ne sachant ni comment l'aborder ni comment allait se passer la rencontre. Mais elle lui évita de se trouver une contenance en se précipitant vers lui et en l'entourant de ses bras. Elle le serra contre elle avec une force convulsive et se mit à lui baiser la poitrine, tout ce que ses lèvres pouvaient atteindre de son corps emprunté. Puis sa voix s'étrangla, les larmes lui inondèrent les yeux et elle enfouit son visage dans sa poitrine, s'abandonnant un long moment avant de reprendre ses esprits. Il n'avait pas encore esquissé un mouvement, ni prononcé un mot, et, bien qu'il ressentît profondément et douloureusement que son inertie était au-delà de ses forces, il ne fit rien qui pût laisser supposer en lui la vie : quelle vie? Il garda son immobilité et son silence, quoi qu'il fût fortement impressionné, même si, s'aidant de cette situation qui le rassurait, il ne pouvait au premier abord identifier clairement le genre d'impression ressentie. Mais, malgré la chaleur de l'accueil de sa mère, il ne trouva pas le désir de se jeter dans ses bras et de l'embrasser. Peut-être ne pouvait-il extirper les tristes souvenirs ancrés en lui comme une maladie chronique, une maladie qui ne l'avait pas quitté depuis l'enfance. Mais, bien qu'il employât, avec fermeté et résolution, sa volonté à faire dans l'instant table rase du passé pour dominer sa pensée et son jugement, le passé refoulé refléta sur son cœur la noire empreinte de son ombre, comme une mouche chassée de la bouche après y avoir déposé un microbe virulent. Il réalisa à cet instant effrayant, plus qu'il ne l'avait jamais réalisé dans son passé tout entier, la vérité affligeante qui si souvent avait ensanglanté ses sentiments..., que sa mère avait été arrachée de son cœur. La femme leva la tête vers lui comme pour le prier d'approcher son visage. Il n'eut pas la force de refuser et lui tendit sa face qu'elle baisa aux joues et au front. Au cours de leur étreinte, leurs regards se croisèrent et il baisa le front de sa mère sous l'effet de son embarras et de sa honte, à l'exclusion de tout autre sentiment. Puis il l'entendit bredouiller :

– Elle m'a dit : Yasine est là. Je me suis dit : Yasine? Mais qui est-ce? Ou plutôt qui d'autre que lui? Je n'ai jamais eu qu'un seul Yasine! Celui qui s'est privé de ma maison et m'a privée de lui. Alors, qu'est-il arrivé? Comment ma prière est-elle enfin exaucée? J'ai accouru comme une folle, sans en croire mes oreilles et te voilà, toi et pas un autre, Dieu soit loué! C'est un enfant qui m'a délaissée et c'est un homme qui me revient! Si tu savais combien le désespoir de te revoir me rongeait pendant que tu ne me donnais aucun signe de vie!

Elle l'entraîna par le bras vers le canapé et il la suivit en se demandant quand allait se calmer cette exubérance qui le submergeait et lui-même trouver le moyen de parvenir à ses fins. Il se mit à la regarder furtivement avec une curiosité mêlée d'étonnement et d'angoisse. A la voir, elle n'avait pas changé, et si son corps avait pris quelque rondeur, il n'avait pas perdu ses contours nuancés. Quant à son visage couleur de blé et arrondi, ses yeux noirs soulignés de khôl, ils avaient à peu de chose près conservé leur sublime beauté d'antan. Il lui déplut de lui voir la peau du visage et du cou enduite de maquillage, comme s'il escomptait que les années de séparation auraient changé quelque chose à sa vieille manie de se bichonner et à sa passion de se faire belle, avec ou sans raison aucune, jusques et y compris quand elle était seule. Ils s'assirent côte à côte. Tantôt elle fixait tendrement son visage, tantôt elle en évaluait la hauteur et la largeur avec des yeux émerveillés. Puis elle bredouilla avec un tremblement dans la voix :

– O mon Dieu! Pour un peu je n'en croirais pas mes yeux! Je rêve, c'est Yasine! Que de temps perdu à t'appeler, à t'espérer! Je t'ai envoyé des gens, les uns après les autres... Mais qu'est-ce que je dis? Laisse-moi te demander comment ton cœur a pu m'être cruel à ce point, comment tu as pu dédaigner mes vibrants appels et faire la sourde oreille au cri de mon cœur meurtri? Comment... Comment tu as pu oublier que tu avais une mère, perdue seule ici?

La dernière phrase retint son attention. Il la trouva étrange, prêtant à la fois à la moquerie et à la pitié, comme si elle lui avait échappé dans l'égarement de l'émoi. Oui, il y avait bien quelque chose, plusieurs choses même, pour lui rappeler soir et matin qu'il avait une mère. Mais quoi?... Il leva les yeux vers elle, rempli de confusion, sans mot dire, et leurs regards se croisèrent l'espace d'un instant. Elle le prit de court :

– Pourquoi ne dis-tu rien? demanda-t-elle avec une anxieuse impatience.

Yasine sortit de sa confusion dans un soupir sonore et déclara comme ne pouvant faire autrement :

– J'ai pensé à toi souvent, mais je souffrais atrocement, une douleur au-dessus de mes forces!

Avant qu'il n'ait achevé son propos, la lueur qui brillait dans le regard de sa mère s'évanouit et un nuage de désappointement et de lassitude soufflé des profondeurs du sinistre passé envahit sa pupille. Elle ne put soutenir davantage son regard et baissa les paupières, disant sur un ton morne :

– Je te croyais guéri des peines du passé. Dieu sait si elles ne méritaient pas le centième de la colère par laquelle tu y as répondu et qui t'a porté à m'abandonner pendant onze ans!

Il réagit à ses reproches par une stupeur qui réveilla sa fureur et les repoussa par un refus qui jeta le feu du piment sur sa colère enfouie. Le courroux monta en lui, un courroux dont il aurait libéré l'éruption, n'était le but pour lequel il était venu. Voulait-elle réellement dire ce qu'elle disait? Faisait-elle si peu de cas de ce qu'elle avait fait, ou bien le supposait-elle ignorant de la situation? Bref, il s'efforça de maîtriser ses nerfs, décidé à ne pas perdre de vue son but.

– Tu dis que les peines passées ne méritaient pas ma colère? Je pense au contraire qu'elles ne méritent que ça et même davantage.

Elle laissa retomber son dos sur le dossier du canapé, comme une chose détruite et lui lança un regard entre le reproche et l'appel à la pitié :

– Mais quelle espèce de honte y a-t-il pour une femme de se remarier après son divorce?

Il sentit les feux de la colère s'embraser dans ses veines

même si on ne pouvait s'en apercevoir que dans le pincement crispé de ses lèvres. Elle continuait à parler avec ingénuité, comme ayant la ferme conviction de son innocence. Elle demandait quelle espèce de honte il y avait pour « une femme » à se remarier après son divorce. Soit! Il n'y avait aucune honte pour « une femme » à se remarier après son divorce! Mais quant à ce que cette femme fût sa propre mère, c'était une autre histoire, une tout autre histoire! Et à quel mariage en particulier faisait-elle allusion? Mariage-divorce, mariage-divorce, mariage-divorce, c'était ça le mariage chez elle! Mais il y avait pire et plus amer. Ce « fruitier », fallait-il lui rafraîchir la mémoire à son sujet? Lui envoyer la gifle de l'amertume que son souvenir avait laissée en lui? Lui avouer qu'il n'était plus dupe de ces choses comme elle le supposait? L'aigreur des souvenirs l'obligea cette fois-ci à sortir de sa mesure et il dit excédé :

– Mariage-divorce, mariage-divorce, voilà des procédés scandaleux qui ne sont pas dignes de toi. Ils m'ont brisé le cœur!

Elle croisa les bras sur la poitrine avec l'abandon du désespoir et dit avec une compassion attristée :

– C'est la malchance et rien d'autre. La malchance me poursuit, voilà tout!

Il la coupa net, les traits crispés, la gorge enflée et prononça ces mots comme une méchanceté à laquelle l'esprit répugne :

– N'essaie pas de te disculper, ce ne ferait qu'ajouter à ma douleur! Nous ferions mieux de tirer un voile sur nos peines, pour les dissimuler puisque nous ne pouvons pas les effacer pour de bon!

Elle se réfugia à contrecœur dans le silence, dans la vive appréhension que les souvenirs ne se déchaînent contre la douceur des retrouvailles et les espoirs qu'elles avaient fait naître en elle. Elle se mit à observer, anxieuse, comme auscultant ses sentiments secrets et, son silence lui pesant, elle finit par se plaindre :

– Ne t'acharne pas à me faire souffrir! Toi mon unique fils!

Ces mots lui firent une étrange impression, comme si, pour la première fois, ils lui étaient transparents. Il y trouva toutefois une nouvelle raison de s'emporter et de se tenir sur la défensive. Il était son fils, certes, de même qu'elle était son unique mère. Mais combien d'hommes... Il détourna d'elle son visage pour dissimuler les signes de dégoût et de colère qui s'y dessinaient. Puis il ferma les yeux pour fuir les souvenirs de scènes sordides. Il l'entendit alors lui dire ces mots tendres et suppliants :

– Laisse-moi croire que mon bonheur présent est réalité et non pas illusion. Je dis bien réalité et non pas illusion, et que tu es venu à moi pour laver ton cœur à jamais des peines du passé.

Il posa sur elle un long regard, intense, où se lisait la gravité de ses pensées. Rien ne pouvait plus désormais le faire renoncer à atteindre son but, fût-ce en le reportant momentanément. Il dit avec une voix dénotant que les mots qu'il prononçait étaient bien en deçà de l'intention.

– Il n'en tient qu'à toi! Si tu le veux il en ira selon tes désirs.

Une angoisse perça dans ses yeux :

– Je désire ton amour, de tout mon cœur! dit-elle. J'en ai rêvé si souvent. Je l'ai tant recherché alors que tu me rejetais sans pitié.

Mais le trouble de son esprit le distrayait des paroles enflammées de sa mère.

– Tes espoirs sont entre tes mains, dit-il, à toi seule, si tu fais de la sagesse ton conseiller!

– Que veux-tu dire? demanda-t-elle mal à l'aise.

La voir feindre de ne pas comprendre le rendit furieux :

– Le sens de mes paroles est clair, maugréa-t-il. Il signifie que tu renonces à ce qui, si ce qu'on m'en a dit est vrai, serait pour moi le coup fatal!

Elle écarquilla les yeux et son visage se durcit, dans un désespoir manifeste.

– Que veux-tu dire? bredouilla-t-elle inconsciemment.

Mais, croyant qu'elle persistait à feindre de ne pas comprendre, il se fâcha :

– Je veux dire que tu annules ce nouveau projet de mariage et que tu ne t'autorises plus à songer à des choses pareilles! Je ne suis plus un enfant et ma patience n'est pas en état de supporter un nouveau coup!

Elle baissa la tête prise d'une profonde tristesse et la garda baissée comme saisie d'une bouffée de sommeil. Puis elle la releva lentement, le visage marqué par les signes de la plus grande affliction. Elle dit dans un filet de voix, comme se parlant à elle-même :

– Alors, c'est pour ça que tu es venu?

– Oui, répondit-il sans réfléchir.

Sa réponse eut l'effet d'un coup de feu. Tout, autour de lui, commença rapidement à changer de face, le ciel à s'assombrir. Plus tard, seul avec lui-même, repassant les propos échangés avec sa mère au cours de cette entrevue, il se conforterait dans la moindre de ses paroles jusqu'à ce qu'il parvienne à cette dernière réponse sans pouvoir vis-à-vis d'elle fixer son jugement, ne sachant s'il avait commis une erreur ou parlé sainement. Il resterait long-temps dans l'indécision... Quant à sa mère, elle avait bredouillé, le regard perdu devant elle :

– Comme j'aimerais ne pas en croire mes oreilles!...

Il réalisa qu'il avait parlé trop vite et il s'emporta, furieux contre lui-même, avant de déverser son indignation sur les choses alentour. Inconsciemment, il s'empressa d'ajouter pour ensevelir son erreur sous une autre, plus grave :

– Tu n'en fais qu'à ta tête sans mesurer les conséquen-ces! J'ai toujours été la victime, celle qui essuie les affronts, sans rien avoir à me reprocher. Je pensais que l'âge t'amènerait un tant soit peu de raison et quelle n'est pas ma surprise d'apprendre que tu t'apprêtes encore à te remarier. Quel scandale! Tous les trois ans ça recom-mence, comme si ça n'allait jamais finir!

Effondrée, elle se mit à l'écouter dans une sorte d'indifférence.

— Tu es victime, je suis victime, dit-elle avec douleur, nous sommes tous deux victimes de ce que t'insufflent ton père et cette femme dans l'ombre de qui tu vis.

Il s'étonna de ce détournement du cours de la conversation. Cela lui parut risible... Mais il ne rit pas. Sa colère n'en fit peut-être que redoubler et il demanda :

— Que viennent faire mon père et sa femme dans cette histoire ? Ne va pas chercher de faux-fuyants à tes actes en lançant tes accusations à la face des innocents !

— Je n'ai jamais vu un fils plus cruel ! s'exclama-t-elle d'une voix proche du gémissement. C'est tout ce que tu trouves à me dire après onze ans d'absence ?

Il agita la main en signe de furieuse protestation et répliqua sur un ton sec et indigné :

— Une mère pécheresse est faite pour enfanter un fils cruel !

— Je ne suis pas pécheresse, jamais de la vie ! C'est toi qui es cruel et qui as un cœur de pierre comme ton père !

Il souffla de lassitude et lui cria :

— Te revoilà avec mon père ! Restons-en à ce qui nous concerne ! Crains Dieu et garde-toi de ce nouveau scandale. Je veux l'empêcher, à n'importe quel prix !

La force du désespoir et de la tristesse jetèrent sur sa voix un manteau de froideur :

— Mais que t'importe ce scandale ?

— Comment le scandale d'une mère pourrait ne pas m'importer ? cria-t-il, frappé de stupeur.

— A vrai dire, tu ne me considères plus comme ta mère, dit-elle avec une tristesse teintée de ce que le moment autorisait encore d'ironie.

— Qu'est-ce que tu veux dire ?

— Puisque tu as tiré un trait sur moi, tu ferais mieux de me laisser tranquille, grommela-t-elle désespérée, en faisant mine d'ignorer sa question.

– J'ai déjà assez du passé, s'écria-t-il furieux, je ne te laisserai pas salir à nouveau ma réputation !

– Il n'y a pas là de quoi salir une réputation, dit-elle en ravalant l'amertume de sa salive, Dieu m'est témoin !

– Est-ce que tu persistes dans ce mariage ? lui demanda-t-il sur un ton réprobateur.

Un long moment elle resta silencieuse, la tête basse, au plus profond du désespoir et poussa malgré elle un profond soupir :

– Les jeux sont faits. Le contrat est rédigé et je ne peux plus rien empêcher, déclara-t-elle d'une voix presque imperceptible.

Yasine se releva d'un bond, le teint blême, son corps massif s'était raidi. Il fixa du regard la tête baissée de sa mère, bouillant de colère et lui cria comme dans un rugissement :

– Espèce de... criminelle !

Elle bredouilla alors d'une voix étouffée, signe de sa totale résignation :

– Dieu te pardonne !

A cet instant, l'idée lui vint de la frapper de plein fouet avec ce qu'il savait de sa conduite passée, et qu'elle le croyait ignorer, en lui parlant du « fruitier » noir, véritable bombe qu'il lui lâcherait d'un seul coup sur la tête pour la pulvériser et en tirer la plus cruelle vengeance. Un éclair terrifiant brilla dans ses yeux, jailli de sous un front grimaçant, unissant dans son noir plissement les signes du mal et de la menace. Il ouvrit la bouche pour lancer son projectile mais sa langue resta figée, collée à son palais, comme si son cerveau que la détresse n'avait pas rendu aveugle du malheur l'y avait attirée. L'instant terrible passa à la vitesse d'un séisme dévastateur où l'homme sent passer et repasser le souffle de la mort sur son visage avant que le monde ne revienne à son immobilité. Il soupira, oppressé de colère contenue, puis renonça sans regrets, le front inondé de sueur froide. Il se rappellerait plus tard son attitude, l'un des souvenirs qu'il garderait de cette singulière entrevue, pleinement satisfait qu'il était d'avoir renoncé, même s'il y trouvait le plus grand étonnement. Mais ce qui l'étonnerait le plus était la conscience de n'avoir fait marche arrière que par pitié pour lui-même et non pour elle, comme s'il avait voulu préserver sa propre dignité et non la sienne... Même s'il n'était dupe de rien dans l'affaire. Il souffla sa colère dans ses paumes et les frappa l'une contre l'autre :

– Criminelle! Tu es le scandale en personne! Ce que je vais rire de ma sottise chaque fois que je me rappellerai le bien que j'attendais de cette visite!

Puis il ajouta sur un ton sarcastique :

– Je voudrais bien savoir comment tu as pu après cela désirer mon amour!

– Je m'étais permis d'espérer, répondit-elle le cœur brisé, découragée, que nous pourrions vivre dans la tendresse malgré tout! Ta visite-surprise avait fait naître en moi de chauds espoirs, de pouvoir te donner l'amour le plus haut que je portais dans mon cœur... le plus pur!

D'un bond en arrière il s'éloigna d'elle, comme voulant fuir ses bonnes paroles qui n'avaient plus leur pareil pour enflammer sa colère. Dans sa fureur et son désespoir il sentait qu'il n'y avait plus aucun intérêt à rester dans cette atmosphère détestable et il dit en se retournant pour prendre le chemin de la sortie :

– J'aimerais pouvoir te tuer!

Elle baissa les yeux.

– En le faisant tu me débarrasserais de ma vie! dit-elle au plus profond de la tristesse.

Il était à bout de forces. Il jeta sur elle un dernier regard de haine et quitta les lieux en faisant trembler le sol de la pièce sous ses pas. Lorsqu'il déboucha sur la rue et commença à reprendre ses esprits, il songea pour la première fois qu'il avait oublié de parler des immeubles et de l'argent. Il n'avait pas dit un seul mot de la question. L'avait-il oubliée comme si ce n'avait pas été le motif principal de sa visite?

*

Amina ouvrit la porte, passa la tête dans l'embrasure et dit avec son intonation habituelle :

– Quelque chose pour votre service, mon petit monsieur?

La voix de Fahmi se fit entendre :

– Entre, maman, juste cinq minutes.

Amina, ravie de répondre à l'invitation, entra. Fahmi était debout devant son bureau, le visage grave et préoccupé. Il la prit par la main, la conduisit vers le canapé non loin de la porte, la fit asseoir et prit place à côté d'elle.

– Tout le monde dort? demanda-t-il.

Amina comprit qu'il ne l'avait pas fait entrer pour un menu service, sinon cet état d'angoisse et cet entretien seule à seul n'auraient eu aucune raison d'être. Elle qui répondait comme l'aiguille à l'aimant à toute suggestion, l'anxiété la gagna prestement et elle lui répondit :

– Khadiga et Aïsha sont dans la chambre, comme toutes les nuits à cette heure. Quant à Kamal, je viens de le laisser dans son lit.

Fahmi guettait cet instant depuis qu'il s'était retiré dans la salle d'étude, au début de la soirée. Mais il n'avait pu concentrer comme d'habitude son attention sur le livre qu'il avait devant lui et s'était mis, l'esprit tourmenté, à suivre par intermittence la conversation de sa mère avec ses deux sœurs, ne sachant quand elles allaient en finir. Puis il lui avait fallu encore épier sa mère et Kamal en train d'apprendre en chœur une phrase de la sourate de « la Grande Nouvelle ». Jusqu'à ce qu'arrive le silence et que sa mère vienne lui dire bonsoir. C'est alors qu'il l'avait invitée à entrer, au comble de la tension et de l'attente. Et, bien que sa mère eût tout l'air d'une colombe inoffensive et qu'il ne ressentît vis-à-vis d'elle aucune espèce de méfiance ou de crainte, il trouvait quelque difficulté à exprimer ce qu'il lui tenait à cœur de déclarer. L'embarras de la pudeur le saisit et un moment de silence passa, assez long, avant qu'il ne se décide à parler, les paupières vacillantes :

— Je t'ai fait venir, maman, pour te demander conseil à propos de quelque chose qui me préoccupe beaucoup.

Le souci se fit plus intense chez Amina, son cœur sensible vivait l'instant comme une peur ou quelque chose y ressemblant.

— Je t'écoute, mon fils, dit-elle.

Il poussa un profond soupir pour se détendre.

— Que penserais-tu si..., je veux dire, euh, ne serait-il pas possible de...

Il s'arrêta, hésitant, puis changea de ton.

— Je n'ai personne d'autre que toi à qui confier les secrets de mon âme! dit-il d'une voix affectueuse, hésitante et gênée.

— Bien sûr, bien sûr, mon petit garçon!

Fort de cette réponse, il se jeta à l'eau :

— Que dirais-tu si je te suggérais de demander pour moi la main de Maryam, la fille de M. Mohammed Ridwane, notre voisin?

Amina commença par accueillir ses propos avec stupéfaction en lui adressant pour toute réponse un sourire plus révélateur de confusion que de joie. Puis, tandis qu'elle attendait que son fils lui fasse part de ses vœux, elle se débarrassa de la crainte qui s'était emparée d'elle un moment. Son sourire s'élargit, annonçant par son éclat une joie sans mélange. Elle hésita un instant, à court de mots, puis se lança :

— Tel est vraiment ton désir? Je vais te dire sincèrement le fond de ma pensée. Si je m'en allais un jour demander pour toi la main d'une brave jeune fille, ce serait le plus beau jour de ma vie!

Le jeune homme rougit et dit à sa mère plein de gratitude :

— O maman, merci!

Elle le regarda tendrement avec un sourire gracieux et ajouta, pleine d'espoir :

— Quel heureux jour! J'en ai tant vu, tant souffert et ce

serait pour Dieu bien peu de chose de me récompenser de mes peines et de ma patience par un jour aussi attendu que celui-là, ou par d'autres encore, nombreux comme lui, pour me consoler avec toi et tes deux sœurs, Khadiga et Aïsha.

Son regard s'évanouit dans des images de rêves heureux jusqu'à ce que lui vienne à l'esprit une pensée qui la réveilla brusquement. Sa tête tressauta en arrière dans un mouvement d'angoisse, comme une chatte surprise par l'arrivée d'un chien.

– Mais... Et ton père ? murmura-t-elle avec appréhension.

Fahmi eut un sourire de dépit :

– C'est justement pour ça que je t'ai demandé de venir !

Amina réfléchit un moment et dit comme se parlant à elle-même :

– J'ignore comment il va réagir à un tel vœu. Ton père est un être bizarre, il n'est pas comme tout le monde. C'est tout juste s'il ne voit pas un crime dans ce que les gens considèrent comme normal...

Fahmi fronça les sourcils :

– Il n'y a pourtant là aucune raison de se fâcher ou de s'opposer !

– C'est bien mon avis !

– Il va sans dire que le mariage sera remis jusqu'à ce que je termine mes études et que je me trouve un emploi !

– Naturellement... Naturellement !

– Alors qu'est-ce qui s'y oppose ?

Elle le regarda, l'air de lui dire : « Mais qui pourra demander des comptes à ton père s'il décide d'envoyer paître la logique ? », elle qui ne connaissait devant lui qu'une obéissance aveugle, qu'il ait tort ou raison, fasse preuve de justice ou d'injustice. Elle ajouta toutefois :

– J'espère qu'il bénira tes vœux de son agrément !

Alors Fahmi s'enthousiasma :

– Mon père s'est marié à mon âge, exactement. Je ne

souhaite rien de tel, au contraire j'attendrai que ce mariage coule de source et que rien ne s'y oppose, à tout point de vue!

– Que Dieu exauce notre vœu!

Il gardèrent un long silence, échangeant des regards, en communion de pensée, sachant tous deux intuitivement que chacun comprenait bien l'autre et lisait sans la moindre difficulté dans ses pensées. Puis Fahmi exprima ce qui les préoccupait :

– Reste à voir qui va lui soumettre la question!

Amina eut un sourire que la réflexion et l'anxiété laissèrent exsangue, elle comprit que son malin de fils lui notifiait la besogne dont nul autre qu'elle dans la famille ne pouvait se charger. Elle ne s'y opposa pas, il n'y avait pas moyen de faire autrement, encore qu'elle l'acceptât à contrecœur, comme elle acceptait beaucoup de choses en demandant à Dieu l'heureuse issue.

– Et qui d'autre que moi pourrait le lui soumettre? demanda-t-elle avec douceur. Que Dieu soit avec nous!

– Je suis désolé... Si je pouvais aller lui parler, je le ferais!

– C'est moi qui irai lui parler et il sera d'accord, avec la permission de Dieu! Maryam est une belle jeune fille, bien élevée, de bonne famille...

Elle se tut un instant et se reprit en demandant, comme si elle venait seulement d'y penser :

– Mais, au fait, n'est-elle pas du même âge que toi ou un peu plus vieille?

– Ça m'est complètement égal, répondit le jeune homme pris de panique.

– A la grâce de Dieu, dit-elle en souriant, qu'il soit avec nous!

Elle se leva :

– Bon, maintenant je te laisse aux bons soins du Seigneur! A demain!

Elle se pencha sur lui, lui donna un baiser et quitta la pièce en refermant la porte derrière elle. Mais quelle ne fut pas sa surprise de voir Kamal assis sur le canapé, le nez dans un cahier posé devant lui.

– Qu'est-ce que tu reviens fabriquer ici? cria-t-elle.

Le gamin se leva avec un sourire embarrassé.

– Je me suis rappelé que j'avais oublié le cahier d'anglais, alors je suis revenu le chercher, je voulais repasser une dernière fois le vocabulaire.

Elle le raccompagna à nouveau à sa chambre et ne le laissa pas tant qu'il ne fut pas allongé sous la couverture. Mais il ne s'endormit pas. Le sommeil était par trop impuissant à venir à bout de l'insomnie insidieuse qui le gagnait. Il ne tarda pas à sauter du lit et se mit à épier le bruit des pas de sa mère gravissant l'escalier vers l'étage du haut. Puis il ouvrit la porte, courut à la chambre de ses deux sœurs, poussa la porte et entra sans la refermer, afin de laisser à la lampe un espace lui permettant d'éclairer un pan de l'obscurité qui régnait à l'intérieur de la pièce. Il se précipita vers le lit et chuchota :

– Khadiga, ma petite sœur!

La jeune fille se redressa d'un bond sur son lit et il sauta à côté d'elle, haletant d'émotion et, comme si une seule oreille ne lui suffisait pas pour y déposer le secret qui avait chassé le sommeil de ses paupières, il tendit la main vers le corps d'Aïsha et le secoua. Mais la jeune fille n'avait pas été dupe de la venue du visiteur. Elle repoussa la couverture, leva la tête et demanda entre la curiosité et la protestation :

– Qu'est-ce que tu veux encore?

Il ne prêta pas attention à ce ton de protestation, certain qu'il était qu'un seul mot d'allusion à son secret était capable de les métamorphoser du tout au tout. Il en frétillait de joie.

Il dit en chuchotant comme prenant garde à ce qu'une quatrième oreille ne vienne écouter :

– J'ai un drôle de secret!

– Quel secret encore? demanda Khadiga. Accouche, fais voir si t'es malin!

Il ne put se contenir davantage et déclara :

– Mon frère Fahmi veut demander Maryam en mariage!

A ces mots, Aïsha se redressa sur le lit à son tour dans un mouvement brusque de ressort, cette révélation avait fait l'effet d'un jet d'eau froide sur son visage endormi.

Les trois silhouettes se rapprochèrent jusqu'à former une pyramide, ainsi que le laissait entrevoir la faible lumière qui, pénétrant dans la chambre, délimitait sur le sol, dans le prolongement de la porte ouverte, un parallélogramme aux côtés mouvants répondant au vacillement de la mèche de la lampe, exposée quant à elle, de par la porte laissée entrouverte, à un faible courant d'air qui soufflait de l'entrebâillement de la fenêtre vers le vestibule, avec la douceur d'un chuchotement ébruitant un secret. Khadiga demanda avec un intérêt accru :

– Et comment tu le sais?

– J'étais sorti du lit pour prendre mon cahier d'anglais. C'est en passant à proximité de la porte de mon frère que j'ai entendu sa voix. Alors je me suis calé dans le canapé...

Il répéta aux oreilles de ses deux sœurs ce qui avait filtré jusqu'à lui derrière la porte entrouverte. Elles l'écoutaient avec une attention qui leur coupa le souffle jusqu'à ce qu'il ait achevé son récit. Aïsha demanda alors à sa sœur, comme éprouvant le besoin de se persuader davantage :

– Tu y crois, toi?

Khadiga répondit d'une voix semblant sortir d'un téléphone d'une ville lointaine :

– Tu te figures que celui-là (en montrant Kamal) est capable d'inventer une histoire aussi énorme?

– Tu as raison!

Aïsha rit pour alléger le poids de son inquiétude :

– L'invention de la mort du gosse dans la rue est une chose, cette histoire-là en est une autre!

Puis Khadiga demanda, sans faire attention à la protestation de Kamal contre l'allusion :

– Mais comment ça a pu arriver?

– Ne t'ai-je pas déjà dit que ça m'étonnait que ce soit le

lierre qui attire chaque soir Fahmi à la terrasse? répondit Aïsha dans un éclat de rire.

— C'est un lierre d'une autre espèce qui lui a agrippé la patte à celui-là!

Aïsha fredonna à voix basse:

— « Nul ne vous peut blâmer... ô mes yeux... de l'aimer... »

— Chchuut! la rembarra Khadiga, c'est pas le moment de chanter! Maryam a vingt ans et Fahmi en a dix-huit... Comment maman peut-elle accepter ça?

— Maman? Mais, maman, c'est une colombe qui ne ferait de mal à personne. Elle ne sait pas dire non... Et puis patience! La vérité est que Maryam est belle et gentille, non? Notre maison est la seule du quartier à ne pas avoir encore connu de noces!

Khadiga, tout comme Aïsha, aimait Maryam. Mais jamais chez ceux qu'elle aimait, quels qu'il soient, ce sentiment n'avait masqué à ses yeux les sujets de critiques dont ils étaient l'objet et elle pouvait très bien, si besoin était, s'en tenir uniquement à ceux-là. Et comme le chapitre du mariage réveillait ses frayeurs enfouies et sa jalousie, elle se retourna aisément contre son amie, son cœur répugnant à l'accepter comme épouse pour son frère.

— Tu es folle! dit-elle. Bon, Maryam est jolie, mais vis-à-vis de Fahmi elle a encore du chemin à faire! Pauvre idiote, tu ne vois pas que Fahmi est dans les hautes études? Tôt ou tard il va devenir juge. Tu t'imagines Maryam épouse d'un juge de haut rang? Au pis aller, elle nous vaut et, à plus d'un titre, elle vaut moins que nous, c'est pas pour ça qu'on épousera un juge!

« Qui dit qu'un juge est mieux qu'un officier? » se demanda Aïsha en elle-même.

Puis elle protesta:

— Et pourquoi pas?

L'autre poursuivait son monologue sans se préoccuper de l'assentiment de sa sœur:

— Fahmi peut épouser une fille cent fois plus belle que Maryam et qui plus est instruite, riche, fille de bey ou

172

même de pacha! Alors pourquoi se jette-t-il sur la main de Maryam? Ce n'est jamais qu'une analphabète à la langue bien pendue! Tu ne la connais pas comme je la connais!

Aïsha comprit que Maryam était devenue aux yeux de Khadiga un ramassis de défauts et de tares. Toutefois, elle ne put s'empêcher, en l'entendant parler de langue bien pendue, qualité dont sa sœur était encore mieux lotie, de sourire sous le couvert de l'obscurité. Pourtant elle se garda bien de la rendre furieuse et conclut avec fatalisme :

— Remettons l'affaire à Dieu!

Ce à quoi Khadiga répondit avec conviction et foi :

— L'affaire appartient à Dieu au ciel et à père sur la terre. On verra bien ce qu'il en pense.

Puis se tournant vers Kamal :

— Il est temps pour toi de retourner dans ton lit sans histoire!

Kamal retourna à sa chambre en se disant en lui-même : « Reste Yasine, je le mettrai au courant demain! »

*

Khadiga et Aïsha s'accroupirent l'une en face de l'autre, collées au battant fermé de la porte de la chambre des parents, au dernier étage; elles retenaient leur respiration avec précaution et prêtaient l'oreille vers l'intérieur, l'esprit en alerte. C'était un peu avant la fin de l'après-midi. Ahmed Abd el-Gawwad s'était levé de sa sieste, il avait fait ses ablutions et s'était assis comme d'habitude pour siroter son café, en attendant l'appel du muezzin pour faire sa prière et retourner à la boutique. Les deux sœurs s'attendaient à ce que leur mère le pressente sur ce dont Kamal les avait informées, tant il n'y avait pas de moment plus propice. Ayant surpris, venant de l'intérieur, la voix sonore de leur père qui s'était mis à parler des affaires courantes de la maison, elle restèrent aux écoutes, dans une attente angoissée, tout en échangeant des regards interrogateurs, quand tout à coup elles entendirent enfin la voix de leur mère déclarer avec une extrême politesse, d'une voix soumise :

– Maître, si vous me le permettez, j'aimerais vous parler d'une affaire dont Fahmi m'a priée de vous informer.

A ces mots, Aïsha pointa le menton vers l'intérieur de la pièce, l'air de dire « Ça y est! », tandis que Khadiga se mettait à imaginer la contenance de sa mère en train de se préparer à sa lourde révélation. Elle eut pitié d'elle et se mordit la lèvre inférieure en signe de vive appréhension. Puis la voix de leur père leur parvint :

– Qu'est-ce qu'il veut? demanda-t-il.

Après un court instant de silence, qui fut un long moment pour les deux filles aux aguets, Amina déclara en y mettant des formes :

– Fahmi, maître, est un bon garçon, il a su se gagner votre satisfaction par son sérieux, son esprit brillant et sa bonne éducation. Que Dieu le protège des envieux. Peut-être m'a-t-il confié son espoir par fierté de l'estime dont il jouit auprès de son père!

– Mais que veut-il? Parle!

Il avait dit cela sur un ton qui poussa les deux filles à se l'imaginer content. Elles penchèrent leurs deux têtes contre la porte, chacune regardant l'autre dans les yeux sans presque la voir, quand leur parvint la voix décousue d'Amina :

– Maître, vous connaissez notre vénérable voisin, Mohammed Ridwane!

– Naturellement!

– Un homme vertueux, comme vous, maître, chef d'une noble famille. De vrais voisins, on ne peut pas en dire autant de tous les autres!

– Oui, oui...

Puis, après un temps d'hésitation, elle en vint au fait :

– Fahmi demande, maître, si son père lui permettrait de... euh... de demander Maryam, la fille de notre bon voisin, en mariage, pour qu'elle lui reste promise jusqu'à ce qu'il soit en mesure de se marier.

A ces mots, la voix d'Ahmed Abd el-Gawwad retentit,

teintée des rudes accents de la colère et de la désapprobation :

– En mariage !... Qu'est-ce que tu dis, femme ? Ce gamin... Ça par exemple ! Répète-moi ça un peu !

Amina reprit, un tremblement dans la voix, tandis que Khadiga imaginait sa mère, recroquevillée d'effroi.

– Il voulait simplement demander... Ce n'est qu'une simple question, maître, la décision vous appartient !

– Je n'ai pas l'habitude, et lui non plus, de ces mièvreries, dit-il en laissant exploser sa colère, et je ne sais pas ce qui a pu détraquer un étudiant au point d'exprimer de telles exigences ! De toute façon, une mère comme toi est capable de pervertir ses enfants, et, si tu étais digne de ce nom, tu n'aurais jamais eu l'audace de venir me tenir ce bavardage insolent !

Les deux filles furent saisies d'un effroi et d'une consternation auxquels le cœur de Khadiga ajouta une pincée de satisfaction. Puis elles entendirent leur mère dire de sa voix tremblante et soumise :

– Maître, ne vous infligez pas la peine de la colère ! Rien n'a d'importance... Que votre colère ! Pour ma part, je n'avais aucun mal en tête, pas plus que mon fils lorsqu'il m'a chargée de sa requête en toute innocence. Au contraire, il m'a priée en toute bonne intention et j'ai jugé bon de vous soumettre le problème. Mais puisque telle est votre opinion, je la lui ferai connaître et il s'y pliera en toute humilité comme il obéit toujours à vos ordres.

– Il obéira qu'il le veuille ou non, mais je tiens à te dire que tu es une mère faible dont il ne faut espérer rien de bon !

– Mais je veille à ce qu'ils s'en tiennent à vos recommandations !

– Dis-moi ce qui a pu le conduire à caresser un tel espoir ?

Les deux sœurs tendirent l'oreille avec un intérêt mêlé de trouble, surprises par cette question à laquelle elles ne s'attendaient pas. Mais aucune réponse ne vint de leur mère et elles se l'imaginèrent réduite à ciller d'embarras et de peur. Leur cœur, plongé dans un état de vive appréhension éprouva pour elle de la pitié.

– Eh bien, tu as perdu ta langue! Parle! Est-ce qu'il l'a vue?

– Oh! non, seigneur! Mon fils ne lèverait pas les yeux sur une voisine ni sur une autre!

– Comment a-t-il pu avoir envie de la demander en mariage sans l'avoir vue? Je ne pensais pas que mes fils lorgnaient les filles des voisins!

– Dieu nous en garde, maître, Dieu nous en garde! Quand mon fils marche dans la rue, il ne regarde jamais ni à droite ni à gauche, et à la maison il ne quitte pour ainsi dire pas sa chambre, à moins d'y être forcé!

– Alors qu'est-ce qui l'a incité à demander sa main?

– Il aura peut-être entendu ses deux sœurs parler d'elle!

Un tressaillement parcourut les deux sœurs en question. Elles restèrent bouche bée de stupeur, l'oreille dressée.

– Et depuis quand ses sœurs jouent-elles les marieuses? Grand Dieu, va-t-il falloir que je délaisse la boutique et mes affaires et vienne moisir dans cette maison pour lui redresser le poil et le guérir de ses vices?

– Mais votre maison est la plus respectable de toutes! s'écria Amina des sanglots dans la voix, j'en prends Dieu à témoin, maître. Pourquoi vous mettre dans cet état? Cette question est réglée, comme si elle n'avait jamais existé!

– Dis-lui d'apprendre à bien se tenir, répliqua-t-il d'un ton menaçant, d'avoir un peu de pudeur et de rester à sa place... Et aussi qu'il ferait mieux de se consacrer à ses études!

Les deux filles entendirent un mouvement à l'intérieur de la pièce. Elles se relevèrent avec précaution et s'éloignèrent de la porte sur la pointe des pieds.

Amina jugea bon de quitter la chambre, comme chaque fois que lui avait échappé malencontreusement de quoi provoquer la colère de son mari, pour n'y revenir qu'à condition qu'il l'y invite. Car l'expérience lui avait enseigné que rester devant lui lorsqu'il était irrité et essayer de l'apaiser par des mots doux ne faisait que jeter de l'huile sur le feu.

Ahmed Abd el-Gawwad se retrouva donc seul et les manifestations tangibles de sa fureur, qui faisaient d'ordinaire éruption dans ses yeux, sur la peau de son visage, dans les mouvements de ses mains et ses paroles, le quittèrent. Mais la colère resta enfouie au fond de lui comme un dépôt au fond d'une marmite. C'était un fait qu'il se fâchait à la maison pour les raisons les plus futiles, non pas seulement parce que cela était conforme au plan qu'il s'était fixé dans la conduite de ses affaires familiales, mais poussé par l'irascibilité de son caractère que ne venait pas brider, s'il était chez lui, ce frein de la délicatesse dont il usait à merveille à l'extérieur de la maison... Et peut-être aussi pour se divertir de tout ce qu'il s'imposait de contrôle de soi, d'indulgence, de gentillesse, de condescendance pour autrui et d'effort à se gagner les cœurs à n'importe quel prix. Il n'était pas rare qu'il se rende compte qu'il s'était laissé aller à la colère sans motif mais, même dans ce cas, il ne regrettait pas son excès, persuadé qu'il était que sa colère à propos de choses futiles était à même d'empêcher que ne s'en produisent de plus graves, ce qui donnait *ipso facto* à cette dernière sa propre légitimation. Toujours est-il que ce dont on lui avait fait part aujourd'hui au sujet de Fahmi n'était plus une peccadille. Il y voyait au contraire un ignoble caprice qui n'avait pas de place dans la tête d'un étudiant de sa famille. De plus, il ne pouvait concevoir que « les sentiments » s'infiltrent dans les murs de la maison où il tenait à le voir grandir entouré d'un climat de pureté drastique et de chasteté ostensible. Puis vint la prière de l'après-midi comme bonne occasion de se changer les idées. Il en sortit le cœur rasséréné et l'esprit plus détendu, ayant eu le temps de s'asseoir jambes croisées sur le tapis de prière, d'ouvrir ses paumes et de demander à Dieu de bénir sa descendance et son patrimoine, surtout sans oublier de prier pour que ses enfants puissent s'enorgueillir d'être dans la voie de Dieu, la droiture et la prospérité. Aussi, au moment où il quitta la maison, son air renfrogné n'était-il qu'un masque destiné tout au plus à faire peur.

À la boutique, il rencontra quelques amis et leur raconta « la dernière », non pas comme une tragédie, car il répugnait à accueillir les gens avec des tragédies, mais comme une plaisanterie saugrenue. On la commenta avec force boutades, ce à quoi, quand les amis prirent congé de lui, il ne tarda pas à apporter son écot, en riant à gorge déployée. À la boutique, la « dernière » lui sembla tout autre que ce qu'elle lui avait paru dans la chambre, à la maison. Il put en rire et même s'en attendrir, au point qu'il finit par se dire en son for intérieur avec une satisfaction joviale : « Qui ressemble à son père n'a pas à en rougir. »

*

Lorsque Kamal franchit la porte de la maison, le soir rampait à pas décidés, enveloppant les rues, les impasses, les minarets et les dômes des mosquées. Peut-être que la joie que lui procurait cette sortie éclair, dont l'occasion lui était rarement offerte à une heure aussi tardive, n'avait d'égale que sa fierté du message oral dont Fahmi l'avait chargé. Car il ne lui échappait pas qu'il le lui avait confié, à lui et à nul autre, dans un climat de secret et de discrétion, chose qui lui conférait, ainsi qu'à lui-même par conséquent, une importance particulière que son cœur d'enfant ressentait en dansant de jubilation et d'orgueil. Il se demandait étonné ce qui avait pu ébranler Fahmi au point de se laisser submerger par cet état d'angoisse et de tristesse dans le sombre manteau duquel il semblait une personne étrange, en tout cas que Kamal n'avait jamais vue ni entendue auparavant. Car, comparé à son père qui s'excitait comme un volcan pour les raisons les plus futiles, à Yasine qui, malgré le charme de sa conversation, pouvait s'emporter, et même à Khadiga et Aïsha qui ne manquaient pas de malice, il était le modèle entre tous. Oui, il était le modèle entre tous, son rire était sourire, sa colère grimace et son calme profond, sans que cela nuise à la vérité de ses sentiments, ni à l'authenticité de son enthousiasme. Kamal ne se rappelait pas l'avoir vu dans l'état où il le voyait aujourd'hui. Jamais il n'oublierait comment il l'avait trouvé lors de leur entretien seul à seul dans la salle d'étude : le regard hagard, l'esprit retourné, une voix de feuille morte, ni comment, pour la première fois de sa vie, il s'était adressé à lui avec une voix de chaude supplication dont lui, Kamal, avait conçu un orgueil suprême, si bien que l'apprentissage du message dont il était le porteur avait nécessité moult répétitions. Il avait compris, d'après le sens de ce message, que l'affaire avait un lien étroit avec la discussion étrange qu'il avait épiée derrière la porte et et rapportée à ses deux sœurs, soulevant d'ailleurs entre elles discorde et conflit. Bref, qu'elle concernait Maryam, cette jeune fille qui souvent lui jouait des tours, et réciproquement, dont il aimait parfois la compagnie mais qui parfois aussi l'ennuyait, sans toutefois imaginer qu'elle puisse jamais avoir raison du calme et de l'intégrité de son frère. Maryam? Pourquoi, à elle seule, avait-elle pu faire tout cela à son cher et merveilleux frère! Il y avait comme de l'indéchiffrable dans l'air, semblable à celui qui entoure la vie des esprits et des spectres et qui si souvent avait éveillé sa curiosité et sa peur. Il était troublé, il voulait percer le mystère de son secret. Mais son trouble ne l'empêchait pas de ce répéter à lui-même le message tel qu'il l'avait entendu de la bouche de son frère, de manière à être sûr de ne pas perdre une seule lettre de son contenu. Il le repassait dans sa tête quand il arriva au pied de la demeure des Ridwane. Puis il obliqua vers la première impasse à droite où se trouvait la porte d'entrée.

La maison ne lui était pas étrangère. Combien de fois avait-il pénétré dans sa courette où dormait, abandonnée dans un coin, une charrette à bras aux roues démantibulées, grimpant dessus en s'aidant de son imagination pour en réparer les roues et la faire aller où il désirait? Combien de fois s'était-il hasardé entre ses murs, sans permission? Il était alors accueilli à bras ouverts, taquiné par la maîtresse de maison et par sa fille qu'il considérait, malgré son jeune âge, comme deux vieilles amies. Cette maison, avec ses trois chambres rassemblées autour d'un petit salon abritant une machine à coudre, derrière la fenêtre donnant directement sur le bain du sultan, lui était aussi familière que la sienne, avec ses vastes pièces et son grand salon, où se tenait chaque soir la « séance du café ». En outre, certaines de ses particularités avaient laissé une empreinte dans son esprit et des résonances qui appartenaient à son enfance, tel le nid de colombes, en haut du moucharabieh attenant à la chambre de Maryam, dont le rebord apparaissait au-dessus de l'angle, collé au mur comme un arc de cercle autour duquel s'entrelaçaient pailles et plumes et d'où pointait parfois la queue de la colombe, ou son bec, selon la manière dont elle s'était posée. Et ce nid, il le regardait avec curiosité, habité de deux désirs qui s'affrontaient en lui : l'un, qui venait de lui-même, l'incitait à s'en faire un jouet et à voler les petits, l'autre, hérité de sa mère, qui l'obligeait à s'en tenir aux limites de la curiosité, de l'attendrissement et de la participation imaginaire à la vie de la colombe et de sa famille. Il y avait aussi, accrochée également dans la chambre de Maryam, une photo de l'ambassadrice Aziza[1], un visage aux couleurs vives, à la peau éclatante, aux traits délicats. Elle surpassait en beauté la belle dont l'image le regardait chaque après-midi à l'échoppe de Matoussian. Il la regardait longuement, s'interrogeant sur « son histoire ». Et Maryam lui racontait sur elle ce qu'elle savait et ce qu'elle ne savait pas, avec une facilité d'élocution qui l'enchantait et le fascinait.

La maison ne lui était donc pas étrangère, il dirigea ses pas vers le salon sans que personne ne remarque sa présence, jeta un regard fugitif vers la première chambre et aperçut M. Mohammed Ridwane couché dans son lit, ainsi qu'il avait l'habitude de le voir depuis des années. Il savait que le vieil homme était malade. Il avait souvent entendu

---

1. Il s'agit en fait ici de l'un des personnages principaux d'un conte de lanterne magique.

dire de lui qu'il était paralysé, de sorte qu'il avait demandé un jour à sa mère en quoi consistait la paralysie. Prise de panique elle avait imploré la protection de Dieu contre le mal évoqué par le mot qu'il venait de prononcer et lui-même s'était recroquevillé dans un mouvement de recul. Depuis ce jour cet homme éveillait en lui une pitié et une curiosité mêlées d'effroi.

Puis il passa à la hauteur de la chambre d'à côté et vit la mère de Maryam debout devant le miroir, tenant dans sa main quelque chose qui ressemblait à de la pâte à pain et qu'elle étirait sur sa joue et son cou en la retirant par petits coups secs et réguliers avant d'en palper des doigts l'emplacement sur sa peau, comme pour en repérer l'aspect au toucher et se rassurer de sa douceur. Malgré ses quarante ans passés, elle était comme sa fille d'une beauté resplendissante, adorant rire et plaisanter. Jamais elle ne le voyait sans se précipiter vers lui avec bonne humeur pour l'embrasser et lui demander comme à bout de patience : « Alors, quand est-ce que tu l'atteins, ta majorité, que je t'épouse ? » La honte et l'embarras le saisissaient, même s'il prenait plaisir à sa plaisanterie et en eût souhaité davantage. Combien d'ailleurs excitait sa curiosité cette opération qui l'absorbait devant le miroir de temps à autre ! Il avait bien interrogé une fois sa mère à ce propos, mais elle l'avait rabroué – le rabrouement était la forme de correction la plus sévère qu'elle pratiquât – le grondant de s'être enquis de choses qui ne le regardaient pas. Toutefois, la mère de Maryam, qui était plus indulgente et complaisante, le voyant un jour en train de l'observer avec étonnement, le posa sur un siège en face d'elle et lui colla dans les doigts ce qu'il avait cru d'abord être de la pâte. Puis elle lui présenta le plat de son visage et lui dit en riant : « Au travail ! Et montre-moi ton habileté. » Il se mit à imiter ses gestes et finit par lui prouver son adresse avec une dextérité qu'elle lui envia. Cependant le plaisir de cet essai ne lui suffit pas, il lui demanda : « Pourquoi tu fais ça ? » Elle éclata de rire et lui répondit : « Pourquoi n'attends-tu pas encore dix ans pour en juger toi-même ?

Mais il n'y a pas de raison d'attendre. La peau douce n'est-elle pas plus belle que la peau rugueuse? Et celle-ci ne l'est-elle pas? »

Il venait de passer devant sa porte à pas feutrés de façon à ne pas se faire remarquer d'elle, car son message était trop important pour se permettre de faire la causette avec quelqu'un qui ne fût pas Maryam, et elle seule, Maryam, qu'il trouva assise sur son lit dans la chambre du fond en train de grignoter des pépins de melon grillés avec devant elle une soucoupe remplie d'épluchures.

— Kamal! s'écria-t-elle à sa vue.

Elle allait lui demander ce qui l'amenait à cette heure, mais elle y renonça, de peur de l'effrayer ou de l'intimider.

— Tu nous fais honneur! Viens t'asseoir à côté de moi!

Il lui fit un salut de la main puis déboutonna ses chaussures montantes et les ôta. Il sauta sur le lit dans sa *galabiyyé* rayée gardant sa calotte bleue, striée de raies rouges, sur la tête. Maryam eut un de ses rires délicieux et lui glissa dans la main quelques pépins en lui disant :

— Allez, décortique, mon moineau, fais bouger un peu ton dentier de perles... Tu te rappelles le jour où tu m'as mordu le poignet quand je te chatouillais?... Oui, comme ça!

Elle dirigea sa main vers son aisselle, mais par mouvement de réflexe, il croisa les bras sur sa poitrine pour protéger ses dessous de bras. Un rire nerveux l'agita malgré lui comme si les doigts de la jeune fille l'avaient chatouillé pour de bon et il cria :

— Non, pas ça, pas ça, je t'en prie! Maryam chérie!

Elle retira sa main, s'étonnant de cette peur.

— Pourquoi trembles-tu aux chatouilles? Regarde, moi, comme je m'en moque!

Et elle se mit à se chatouiller négligemment en lui lançant un regard méprisant.

— Laisse-moi te chatouiller et on va voir! ne put-il s'empêcher de lui dire en la mettant au défi.

Elle en fut quitte pour lever les bras au-dessus de sa tête, tandis que le gamin plantait ses doigts sous les aisselles de la jeune fille et commençait à la chatouiller avec toute la dextérité et l'agilité possibles, tout en fixant ses beaux yeux noirs pour y épier les premiers signes de faiblesse. Mais il fut obligé de retirer ses mains en soupirant, réduit à l'évidence et penaud. Elle lui adressa un doux rire moqueur.

– Tu vois, petit propre à rien, ne prétends plus être un homme maintenant !

Puis, avec le ton de quelqu'un songeant soudain à une affaire importante :

– Oh ! catastrophe ! Tu as oublié de m'embrasser. Je ne t'ai pas déjà rappelé cent fois que notre bonjour à nous serait un baiser ?

Elle rapprocha de lui son visage, il tendit ses lèvres et déposa un baiser sur sa joue. Il vit alors qu'une miette de pépin échappée par le coin de sa bouche était restée collée à sa joue et il l'enleva avec ses doigts tout honteux. Quant à Maryam, elle lui attrapa le menton avec les doigts de la main droite et baisa ses lèvres à bouche que veux-tu. Puis elle demanda comme surprise :

– Mais comment tu as pu leur filer dans les mains à cette heure-ci ? Si ça se trouve, tante est en train de te chercher partout dans la maison en ce moment !

Oh !... Il s'était laissé embarquer dans les palabres et le jeu jusqu'à en oublier presque le message pour lequel il était venu. Mais la question de Maryam lui rappela sa mission et il la regarda d'un autre œil, un œil désireux de décrypter au fond de sa personne le mystère qui avait ébranlé ce frère si pondéré et si bon. Toutefois, son investigation s'écroula devant le sentiment qu'il avait d'être porteur de nouvelles qui n'avaient rien de réjouissant :

– C'est Fahmi qui m'envoie ! dit-il confondu.

Un regard nouveau, débordant de sérieux, se dessina dans les yeux de la jeune fille. Elle fixa son visage avec attention pour y lire en transparence et il sentit que le climat avait changé, comme s'il venait d'être transporté d'une saison dans une autre, quand il l'entendit demander à voix basse :

– Pourquoi?

La franchise avec laquelle il lui répondit prouva qu'il n'avait pas mesuré la gravité des nouvelles dont il était porteur, en dépit du sentiment instinctif qu'il avait de leur importance.

– Il m'a dit de te transmettre ses salutations et de te dire qu'il a demandé à son père la permission de te demander en mariage, mais que son père n'a pas approuvé qu'il fasse cette demande tant qu'il est étudiant et lui a demandé d'attendre la fin de ses études.

Elle fixait son visage avec une attention accrue et, quand il se tut, elle baissa les yeux sans mot dire. Un silence oppressant s'abattit sur eux, un silence que son cœur d'enfant eut peine à supporter et qu'il lui tardait de dissiper, malgré ce qu'il lui en coûtait :

– Il tient à t'assurer que ce refus va contre sa volonté et qu'il a hâte de voir passer les années pour réaliser ses vœux.

Mais, voyant que ses paroles n'étaient d'aucun effet pour la faire sortir de son silence, son désir de la rendre à sa joie et à sa bonne humeur se fit plus pressant :

– Tu veux que je te dise la discussion qu'il y a eu entre Fahmi et maman à ton sujet? demanda-t-il avec incitation.

– Qu'est-ce qu'ils ont dit? demanda-t-elle à son tour avec un intérêt mitigé.

Ce succès partiel le fit déborder de joie et il lui raconta jusqu'au bout ce qu'il avait entendu de la discussion de derrière la porte. Il eut l'impression qu'elle soupirait.

– Ton père est un homme dur et terrifiant, lui dit-elle rebutée, c'est comme ça que tout le monde le connaît.

– Oui... Il l'est, répondit-il machinalement.

Il leva la tête vers elle avec crainte et précaution mais la trouva comme absente. Puis il se souvint des consignes de son frère et lui demanda :

– Alors, qu'est-ce que je lui dis?

Elle eut un rire narquois, haussa les épaules et alla pour parler mais se retint pour réfléchir un instant. Elle lui dit enfin avec un regard luisant de malice :

– Dis-lui qu'elle ne saura que faire si quelqu'un d'autre vient la demander en mariage pendant ces longues années d'attente!

Kamal se soucia de retenir ce nouveau message davantage qu'il se soucia de le comprendre. Il sentit bientôt que sa mission était parvenue à son terme. Glissant le reste de pépins de melon dans la poche de sa *galabiyyé,* il lui fit un salut de la main avant de se laisser tomber sur le sol et de prendre le chemin de la sortie.

*

Les yeux plongés dans le miroir, Aïsha paraissait en intense admiration devant sa personne, unique dans cette famille prestigieuse mais aussi parmi toutes les jeunes filles du quartier par la parure de ses mèches d'or et de ses yeux bleus. Yasine lui faisait la cour ouvertement et Fahmi ne manquait pas, chaque fois qu'il parlait avec elle de choses et d'autres, de regards trahissant son émerveillement. Même le petit Kamal ne prenait plaisir à boire à la gargoulette qu'à l'endroit humide de sa salive. Sa mère la dorlotait et l'appelait « ma lune » même si elle ne cachait pas son inquiétude devant sa maigreur et sa fragilité, ce qui la portait à inciter Oum Hanafi à composer une « médication » destinée à la faire grossir. Quant à Aïsha, elle était peut-être la plus consciente de tous de sa beauté suprême, à en juger par le soin extrême qu'elle y apportait et la complicité qu'elle entretenait avec elle-même. Toutefois, ce soin excessif n'allait pas sans commentaires de la part de Khadiga, voire sans reproches, ni sans blâmes. Non pas que cette dernière se laissât aller à la négligence, car en vérité Khadiga était la première à avoir hérité de sa mère pour ce qui était de la passion de la propreté et de la tenue, mais parce qu'elle voyait sa sœur commencer d'ordinaire sa journée en peignant ses cheveux et arrangeant sa toilette, avant même de s'acquitter des travaux ménagers, comme si elle ne supportait pas que sa beauté reste une heure sans être entourée de soins et d'entretien. Mais le soin de la beauté n'était pas le motif essentiel de cet embellissement matinal : lors du départ des hommes à leurs occupations respectives, Aïsha se réfugiait dans la salle de séjour pour écarter et entrouvrir légèrement les battants de la fenêtre donnant sur Bayn al-Qasrayn et se postait derrière, le regard tendu vers la rue, en proie à l'anxiété de l'attente et au trouble de la peur. Ce matin-là, elle se mit à son poste, promenant un regard indécis entre le bain du sultan et la fontaine de Bayn al-Qasrayn, son cœur juvénile continuant sa palpitation jusqu'à ce que paraisse au loin « l'attendu » qui prit le virage en venant d'al-Khoranfish, marchant avec fierté dans son uniforme militaire, ses deux étoiles scintillant sur ses épaules. Il commença, à mesure qu'il approchait de la maison, à lever prudemment les yeux sans redresser la tête, jusqu'à ce qu'il arrive à sa hauteur et que s'esquisse dans ses traits un sourire qui était la discrétion même, touchant le cœur plus que les sens, comme une lune à son premier croissant. Puis il disparut sous le moucharabieh et elle fit demi-tour en hâte pour aller continuer à le regarder par l'autre fenêtre donnant sur al-Nahhasin. Mais quelle ne fut pas sa frayeur de voir Khadiga, juchée sur le canapé, entre les deux fenêtres, en train de regarder la rue par-dessus sa tête. Elle ne put retenir un « oh! » de surprise et rivée sur place écarquilla les yeux de terreur.

Quand et comment était-elle arrivée là? Comment avait-elle pu grimper sur le canapé sans qu'elle s'en aperçoive? Qu'avait-elle vu? Quand? Comment? Quoi? Quant à Khadiga, elle garda le regard fixé sur elle en rétrécissant ses yeux petit à petit, résolument muette, prolongeant le silence comme pour prolonger son supplice. Aïsha se ressaisit quelque peu et baissa les siens dans un trouble profond. Elle se dirigea vers le lit, feignant, en vain, de se contrôler.

– Tu m'as fait peur, ma vieille! grommela-t-elle.

Khadiga ne s'en montra aucunement préoccupée. Elle resta dans sa position sur le canapé, les yeux tournés en direction de la rue, à travers l'entrebâillement.

– Ah! je t'ai fait peur! Dieu te protège!... Je suis la fille du père fouettard!

Aïsha, après avoir fait un pas en arrière, à l'abri du regard de sa sœur, serra les dents dans un accès de colère violente mêlée de désespoir. Elle dit malgré tout d'une voix paisible:

– Je t'ai vue d'un seul coup au-dessus de ma tête sans t'avoir sentie entrer. Pourquoi marches-tu à pas de loup?

Khadiga sauta sur le plancher et s'assit sur le canapé où elle se vautra d'une manière insolente:

– Désolée, ma chère! La prochaine fois je me mettrai une cloche autour du cou, comme une voiture de pompiers, pour que tu puisses t'apercevoir de ma présence et que tu ne t'affoles pas!

– Pas besoin de te mettre une cloche, répondit Aïsha mal à l'aise et toujours sous le coup de la peur, il te suffit de marcher comme toute créature de Dieu qui se respecte!

Khadiga adressa à sa sœur un regard lourd de sens et rétorqua du même ton sarcastique:

– Dieu sait parfaitement que je marche comme ses créatures, mais apparemment tu étais derrière la fenêtre, je veux dire derrière l'entrebâillement que voici, tellement absorbée par ce qui se passait devant toi que tu as perdu le sens de ce qui se passait autour, au point de ne plus ressembler aux autres créatures de Dieu!

Aïsha explosa:

– Tu ne changeras jamais! marmonna-t-elle.

Khadiga observa à nouveau le silence quelques instants et détourna les yeux de sa proie. Elle leva les sourcils comme réfléchissant à un problème ardu. Puis elle se donna un air joyeux comme si elle avait été inspirée de la bonne solution. Elle dit, en aparté cette fois-ci, sans regarder sa sœur:

– Alors, c'est pour ça qu'elle chante si souvent : « Bel officier de pourpre galonné, toi qui me gardes emprisonnée, de ma disgrâce prends pitié! » Et moi, gogo, qui ai cru en toute bonne foi que c'était une chanson anodine, juste pour s'amuser!

Le cœur d'Aïsha se mit à battre violemment. Ce qu'elle redoutait était arrivé. Plus la peine de s'accrocher aux illusions, aux faux espoirs. Elle fut gagnée par un trouble qui fit vaciller les bases de son être. Elle était sur le point d'éclater en sanglots quand le désespoir même la poussa à se jeter dans la gueule du loup pour se défendre, s'écriant d'une voix dont la confusion des accents oblitéra le sens :

– Qu'est-ce que c'est ce langage incompréhensible?

Mais Khadiga ne sembla pas avoir entendu ses paroles. Elle continua son aparté :

– Voilà pourquoi aussi elle se pomponne aux aurores! Combien de fois je me suis demandé : « Est-il concevable pour une fille de se bichonner avant de balayer et de dépoussiérer? » Mais qui te parle de balayer et de dépoussiérer, ma pauvre Khadiga? Idiote tu vivras et idiote tu mourras! Balaie toi-même, vas-y, dépoussière, et ne va surtout pas te faire belle avant le travail ni même après! Et pourquoi te ferais-tu belle, malheureuse? Regarde à travers la fente de l'espagnolette jour après jour, et si jamais un simple soldat de ronde s'intéresse à toi, je veux bien être pendue!

A ces mots, Aïsha s'écria, nerveuse et désemparée :

– Tu n'as pas le droit!... Tu n'as pas le droit!

– Elle a raison, Khadiga! C'est des finesses que tu ne peux pas saisir avec ton esprit brumeux. Des yeux bleus, des cheveux coulés dans l'or fin, un galon rouge, une étoile étincelante, naturellement, ça coule de source!

Khadiga se retourna vers elle, comme faisant seulement attention à son objection, et demanda, l'air de s'excuser :

– C'est à moi que tu causes, Chouchou? Ne m'en veux

pas, je suis en train de penser à des choses importantes. Attends un peu pour me parler.

Elle se mit à branler la tête, absorbée, et dit comme pour elle-même :

– Naturellement, ça va de soi! Mais quelle est votre faute à vous, M. Ahmed Abd el-Gawwad? Vous me faites de la peine, mon bon, mon généreux monsieur. Venez un peu jeter un coup d'œil dans votre harem, mon maître et gage de mon honneur!

Les cheveux d'Aïsha se dressèrent au moment où elle entendit le nom de son père. La tête lui tourna et lui revinrent à l'esprit les paroles de ce dernier à sa mère alors qu'il s'insurgeait contre le désir de Fahmi de demander la main de Maryam : « Dis-moi... Est-ce qu'il l'a vue? Je ne pensais pas avoir des fils lorgnant les filles des voisins. » S'il pensait ça du fils, qu'est-ce qu'il penserait de la fille! Elle s'écria, d'une voix aux accents étranglés :

– Khadiga, ce n'est pas bien... Tu te trompes... Tu te trompes!

Mais Khadiga poursuivait son monologue sans prêter attention à elle.

– C'est ça, l'amour? Possible! Ne dit-on pas de lui : « L'amour a planté ses griffes dans mon cœur... Avec lui je ne suis pas loin d'aller à Tokar[1]. » Où est Tokar? Peut-être dans al-Nahhasin, ou, mieux encore, dans la maison de M. Ahmed Abd el-Gawwad!

– C'en est trop! Fais-moi grâce de ta langue! O mon Dieu... Pourquoi ne me crois-tu pas?

– Allons, Khadiga, prends tes dispositions! Nous ne sommes pas dans une partie de plaisir. C'est toi la grande sœur! Le devoir c'est le devoir, tout amer qu'il paraisse. Il faut que les intéressés soient informés. Vas-tu dévoiler le secret à ton père? A vrai dire, je ne sais pas comment lui

1. Tokar est le nom d'une prison tristement célèbre pour son régime inhumain, construite par les Anglais à Tokar sur la côte orientale du Soudan. C'est en quelque sorte, l'équivalent, pour les Egyptiens, de notre Biribi.

parler d'un secret de cette importance. Yasine? Lui ou rien, c'est pareil! Tout ce qu'on peut en attendre est de nous chanter un charabia incompréhensible. Fahmi? Lui aussi il en pince pour ces cheveux d'or qui sont la source de tous nos malheurs! Je pense qu'il est préférable d'en aviser maman... Libre à elle d'agir comme bon lui semblera!

Elle esquissa un mouvement, comme s'apprêtant à se lever. Aïsha se précipita vers elle comme une poule égorgée et lui agrippa les épaules en lui criant, la poitrine haletante :

– Qu'est-ce que tu veux?

– Des menaces? demanda Khadiga.

Aïsha alla pour parler mais soudain les larmes lui serrèrent la gorge. Elle murmura des paroles que les sanglots déchirèrent affreusement. Khadiga se mit à la fixer en silence, songeuse. Puis l'expression ludique de la moquerie quitta son visage qui se rembrunit, elle écoutait, inquiète, les suffocations de sa sœur.

– J'ai tort, Aïsha, déclara-t-elle avec sérieux pour la première fois.

Elle se tut, le visage de plus en plus sombre, le nez comme devenu plus proéminent. Elle sembla nettement émue.

– Tu dois reconnaître ton erreur. Dis-moi un peu comment tu t'es laissé entraîner à ce petit jeu, folle que tu es!

– C'est toi qui penses du mal de moi, bredouilla Aïsha en séchant ses larmes.

Khadiga souffla en plissant le front, comme lassée de cet entêtement pitoyable. Mais elle finit par renoncer à ses intentions belliqueuses et même à ses tracasseries. Elle savait toujours où et quand s'arrêter de sorte à ne pas dépasser les limites. La raillerie avait assouvi ses penchants agressifs et cruels et elle s'en était contentée comme elle s'en contentait d'ordinaire. Mais il lui restait des penchants d'un autre type, on ne peut plus éloignés de l'agressivité et de la cruauté, qui n'avaient pas encore trouvé réplétion.

Des penchants émanant d'une sensibilité de grande sœur et davantage même, puisque maternelle, dans laquelle aucun des membres de la famille ne la prenait en défaut, quelques sévères que fussent ses attaques contre eux et réciproquement. Elle déclara ainsi, sous l'impulsion du désir d'assouvir ses penchants d'amour :

— Ne fais pas l'entêtée! J'ai tout vu, de mes yeux vu, et là je ne plaisante plus. Mais je voudrais te dire sincèrement que tu as commis une faute grave. Voilà des frivolités que cette maison n'a pas connues de par le passé et ne veut pas avoir à connaître, ni aujourd'hui ni demain! Ce ne peut être que l'égarement qui t'y a fait tomber. Ecoute-moi et comprends bien mon conseil! N'y reviens plus jamais. On a beau cacher les choses longtemps, tout finit par se savoir! Représente-toi un peu ce qu'il adviendra de nous tous si quelqu'un dans la rue ou parmi les voisins te remarquait. Tu sais ce qu'est la langue des gens! Songe à ce qui se passerait si la chose venait aux oreilles de papa! Dieu nous en préserve!

Aïsha courba la tête, laissant au silence le soin d'exprimer son aveu. Le sang de la honte lui était monté au visage, ce remords que la conscience laisse couler au-dedans si une faute l'a blessée. A ce moment, Khadiga soupira :

— Prends garde... Prends garde! Tu vois ce que je veux dire?

Puis elle lui souffla une brise d'ironie en changeant quelque peu de ton :

— Il t'a vue, non? Qu'est-ce qui l'empêche de se présenter à toi comme un type bien? L'heure venue, nous te dirons « Mille fois bon vent! » et même : « Allez, madame, que la peste vous étouffe! »

Aïsha se ressaisit et sa bouche s'égaya d'un sourire telle la lueur du premier réveil qui jaillit dans l'œil après un long coma. Après avoir joui de la tenir à sa merci et à la vue de ce sourire, Khadiga sembla supporter difficilement de voir sa sœur échapper à son emprise.

– Ne crois pas que tu es tirée d'affaire! Ma langue ne sait pas se taire si on ne l'occupe pas bien!

– Que veux-tu dire? demanda l'autre, réconfortée.

– Ne la laisse pas seule, il ne faut pas que l'appel du mal la tente. Amuse-la avec un je ne sais quoi de sucrerie pour te faire oublier d'elle. Une boîte de dragées de chez Shanjarli, par exemple!

– Tu auras tout ce que tu désires et même davantage!

Le silence retomba. Chacune d'elles était plongée dans ses pensées. Mais le cœur de Khadiga était ce qu'il avait été depuis le début : un nid peuplé de toutes sortes de sentiments opposés où la jalousie et la haine côtoyaient la pitié et la tendresse.

*

Amina était en train de préparer le service à café en prélude à la séance traditionnelle de fin d'après-midi, quand Oum Hanafi arriva vers elle en courant, avec dans les yeux un chatoiement présageant d'heureuses nouvelles.

– Madame, il y a là trois étrangères qui veulent vous voir, dit-elle avec un ton suggestif.

Amina laissa tomber son travail et se redressa avec une célérité reflétant l'impression qu'avait laissée en elle la nouvelle. Elle fixa la servante avec un regard intense comme s'il se pouvait que les visiteuses fussent de la maison régnante ou du ciel lui-même.

– Etrangères? murmura-t-elle pour obtenir plus ample confirmation.

– Oui, madame, répondit Oum Hanafi sur un ton de joie triomphante. Elles ont frappé à la porte et je leur ai ouvert. Elles me disent : « Nous sommes bien chez M. Ahmed Abd el-Gawwad? » Je leur réponds oui et elles me demandent : « Ces dames sont en haut? », alors je dis : « Oui. » « Pourrait-on nous faire l'honneur d'entrer? » qu'elles disent. « Qui dois-je annoncer? » que je leur demande, et l'une d'elles me répond en riant : « Laissez-

nous ce soir, le messager est là pour faire les annonces! »
Alors me voilà, j'ai volé jusqu'à vous en me disant :
« Seigneur, réalisez nos rêves... »

– Prie-les d'entrer à la réception, allez, dépêche-toi! dit
Amina précipitamment avec ce même souci dans le
regard.

Elle resta figée quelques secondes, plongée dans ses
pensées nouvelles, dans le rêve bienheureux dont le monde
luxuriant venait de s'ouvrir brutalement à elle, même s'il
avait semblé son unique souci tout au long de ces dernières
années. Elle retrouva ses esprits et appela Khadiga d'un
ton ne souffrant pas les tergiversations, et la jeune fille
arriva séance tenante. A peine leurs regards se furent-ils
croisés qu'elle sourit malgré elle :

– Il y a trois étrangères dans la réception, dit-elle, ne
pouvant contenir sa joie, va enfiler tes plus beaux habits et
prépare-toi!

Le visage de Khadiga s'empourpra et celui d'Amina en
fit autant, comme atteint subitement par la contagion de la
pudeur. Puis elle quitta le salon et se dirigea vers sa
chambre à l'étage du haut, pour se préparer à son tour à
recevoir les visiteuses. Khadiga se mit à regarder la porte
où sa mère venait de disparaître, le regard absent, le cœur
battant à la limite de la douleur en se demandant :
« Qu'est-ce qui se trame derrière cette visite? » Mais elle se
sortit de ce mauvais pas et son esprit retrouva son extrême
dynamisme. Elle appela Kamal qui arrivait de la chambre
de Fahmi et lui commanda sans lui laisser le temps de faire
ouf :

– Cours chez Maryam jolie et dis-lui : « Khadiga te fait
toutes ses salutations et te prie de lui faire apporter par
moi une boîte de poudre, du khôl et du rouge... »

Le gamin ingurgita soigneusement le propos et détala.
Quant à Khadiga, elle regagna en hâte sa chambre, quitta
sa tunique et dit à Aïsha qui la regardait avec des yeux
interrogateurs :

– Choisis-moi la plus belle robe... Je dis bien la plus
belle!

– Mais pourquoi tout cet affolement? Une visite? Qui ça?

– Trois dames, répondit Khadiga à voix basse, é... tran... gères, ajouta-t-elle en appuyant l'articulation du mot.

Aïsha, stupéfaite, eut un mouvement de tête en arrière et écarquilla ses beaux yeux de joie :

– Non! s'écria-t-elle. Dois-je en déduire que... Ça par exemple!

– T'emballe pas! Qui sait de quoi il retourne!

Aïsha se dirigea vers la penderie pour choisir la robe adéquate.

– Il y a quelque chose dans l'air, dit-elle en riant. La noce, ça se sent comme les parfums délicats!

Khadiga rit pour dissimuler son trouble. Elle s'approcha du miroir et s'inspecta attentivement. Puis elle masqua son nez avec la paume et dit avec ironie :

– Je suis pas mal comme ça, tout à fait acceptable! Puis, enlevant sa paume : « Comme ça par contre, à la grâce de Dieu! »

Aïsha lui dit alors en riant, tout en l'aidant à enfiler sa robe blanche brodée de fleurs violettes :

– Arrête de te mésestimer! Il n'y a donc rien qui puisse échapper à ta langue! Une mariée, ce n'est pas seulement un nez! Regarde-moi ces yeux, ces longs cheveux, ce charme.

– Les gens ne voient que les défauts, répondit Khadiga en tordant le bec.

– C'est vrai pour les gens de ton acabit mais, Dieu soit loué, ils ne sont pas tous comme toi!

– Je te répondrai quand j'aurai le temps de m'occuper de toi!

Aïsha lui caressa la taille tout en ajustant la robe et lui dit :

– Et pense à ce joli petit corps dodu! Bon sang, quel corps!

Khadiga en rit de joie.

– Si le mari était aveugle, dit-elle, je n'attacherais d'importance à rien du tout, je m'en contenterais tel quel, même si c'était un cheikh d'al-Azhar!

– Mais quel déshonneur y a-t-il à être cheikh d'al-Azhar? N'y en a-t-il pas qui sont à la tête de fortunes gigantesques?

Lorsqu'elles en eurent terminé avec la robe, Aïsha laissa échapper un « Pfff » d'insatisfaction :

– Qu'est-ce que tu as? lui demanda Khadiga.

– Il n'y a même pas une miette de poudre, de khôl ou de rouge dans toute cette maison, dit-elle en protestant. Comme s'il n'y avait pas de femmes ici!

– Tu ferais mieux d'aller t'en plaindre à notre père!

– Et maman, elle n'est pas femme en droit de se faire belle?

– Elle est belle comme ça, pas besoin de maquillage!

– Et vous, madame, vous allez recevoir les visiteuses comme ça?

– J'ai envoyé Kamal chez Maryam pour me ramener de la poudre, du khôl et du rouge, dit Khadiga en riant. Est-ce que j'ai une tête à présenter telle quelle aux marieuses?

Comme le moment ne souffrait pas une minute d'inaction, Khadiga avait ôté son fichu de tête et commencé à défaire ses deux longues et épaisses nattes pendant qu'Aïsha, arrivant avec le peigne, se mettait à le passer dans les longs cheveux ondoyants :

– En voilà des longs cheveux bien droits... Qu'en penses-tu? Je vais t'en faire une seule natte, ça fera plus chic, hein?

– Oh! non, deux... Mais, dis-moi, je garde mes bas de laine aux pieds ou j'y vais jambes nues?

– Il fait un temps d'hiver qui demande de porter des bas de laine, mais j'ai peur que, si tu les gardes, elles aillent croirent que tes jambes ou tes pieds ont un défaut que tu fais exprès de cacher.

– Tu as raison, le tribunal est sûrement plus clément que la salle qui m'attend en ce moment!

– Te fais pas de mauvais sang! Dieu nous donne sa promesse!

Sur ces entrefaites, Kamal entra dans la chambre en quatrième vitesse, hors d'haleine, et tendit à sa sœur le nécessaire de beauté.

– J'ai fait tout le chemin et l'escalier en courant!

– Bien joué, t'es un chef! lui dit Khadiga en souriant. Et Maryam, qu'est-ce qu'elle a dit?

– Elle m'a demandé si on avait des invités... Qui c'était. Je lui ai répondu que je n'en savais rien!

Le regard de Khadiga prit une expression soucieuse :

– Et elle s'est contentée de cette réponse?

– Elle m'a fait jurer sur al-Hussein de lui avouer tout ce que je savais, mais je lui ai juré que je ne savais rien d'autre que ce que je lui ai dit.

Aïsha se mit à rire, les mains toujours affairées :

– Elle va ruminer tout ce qui peut bien se passer!

– Elle est pas tombée de la dernière giboulée! s'exclama Khadiga en se badigeonnant le visage de poudre. C'est bien le diable si quelque chose lui échappe. Je te parie qu'elle va venir nous rendre visite pas plus tard que demain pour faire l'inspection générale!

Comme on pouvait s'y attendre, Kamal ne voulut pas quitter la chambre, ou peut-être ne le put-il pas, sous le charme de la scène qui se déroulait devant ses yeux et à laquelle il assistait pour la première fois de sa vie. Car il ne lui était encore jamais arrivé de voir le visage de sa sœur subir une telle métamorphose, au point de lui faire un visage nouveau : voilà que sa peau s'éclaircissait, que ses pommettes rosissaient, que le bord de ses paupières se teintait d'un noir gracieux qui leur traçait un contour séduisant et donnait à la pupille une pureté radieuse. Un visage neuf qui appela les transports de son cœur :

– Sœurette, te voilà maintenant comme la poupée que papa achète à l'occasion du Mouled, s'écria-t-il en extase.

Les deux filles éclatèrent de rire.

– Je te plais maintenant? lui demanda Khadiga.

Il s'approcha d'elle avec élan, porta la main vers le bout de son nez et lui dit :

– A condition d'enlever ça ?

Elle repoussa sa main et dit à sa sœur :

– Fais-moi sortir cette langue de vipère !

Aïsha lui empoigna la main, le tira au-dehors malgré sa résistance et parvint enfin à le faire sortir. Refermant la porte à clef, elle revint à son travail d'artiste. En silence, pétries de sérieux, elles continuèrent leur fiévreuse occupation, et, bien qu'il fût entendu dans la famille que la rencontre avec les marieuses se limiterait à Khadiga et à elle seule, cette dernière n'en dit pas moins à Aïsha par malice :

– Toi aussi il faut que tu t'apprêtes à recevoir les visiteuses !

– Ça ne se fera pas avant que tu n'aies été toi-même conduite chez ton époux ! rétorqua Aïsha avec la même malice que sa sœur.

Puis elle reprit, avant même que Khadiga n'ait ouvert la bouche :

– Pour ce qui est d'aujourd'hui, comment les étoiles pourraient-elles paraître en même temps que la lune ?

– Et c'est qui la lune ? lui demanda sa sœur avec un regard suspicieux.

– Moi, naturellement ! répondit Aïsha en riant.

Khadiga lui envoya un coup de coude et soupira :

– Si seulement tu pouvais me prêter ton nez comme Maryam m'a prêté sa boîte de poudre !

– Oublie-le, ton nez, au moins pour ce soir. Le nez, c'est comme les furoncles, plus on y pense plus ça grossit !

Elles étaient sur le point d'achever leurs travaux cosmétiques. La concentration de Khadiga sur sa présentation se relâcha pour se porter avec frayeur sur l'examen qui l'attendait. Elle ressentit une peur qu'elle n'avait jamais ressentie auparavant, non seulement par rapport à sa nouveauté mais, avant tout, par rapport à l'importance de son enjeu. Elle ne tarda pas à gémir :

– Quelle compagnie que celle à laquelle on me

condamne! Imagine-toi à ma place, au beau milieu d'étrangères que tu ne connais ni d'Eve ni d'Adam, dont tu ne sais pas si elles sont venues avec des intentions honnêtes ou seulement pour s'amuser et se distraire. De quoi j'aurai l'air si ce sont des commères à la langue venimeuse... Comme moi par exemple! ajouta-t-elle avec un rire bref, hein? Qu'est-ce qui me reste à faire, sinon m'asseoir parmi elles, poliment, en tendant la gorge, coincée entre leurs regards de droite et de gauche, par-devant et par-derrière, obéissant à leurs ordres sans la moindre hésitation : « Levez-vous! », je me lève, « Marchez! », je marche, « Parlez », je parle, pour que rien ne leur échappe de ma manière de m'asseoir, de me lever, de me taire, de parler, de mes bras, de mes jambes, des traits de mon visage. Et il nous faudra encore, après toute cette « humiliation », leur faire des mamours et tirer notre révérence à leur gentillesse, leur respectabilité, sans savoir qui plus est après cela si nous avons obtenu leur satisfaction ou leur mécontentement. Pouah! Maudit soit celui qui les a fait venir ici!

Aïsha la prit de vitesse et lui dit sur un ton allusif :

— Dieu le protège!

— Ne prie pas pour lui avant que nous soyons certaines qu'il est à nous! ajouta Khadiga en riant. O mon Dieu, comme j'ai le cœur qui bat!

Aïsha fit un pas en arrière, hors de portée du coude de sa sœur et déclara :

— Patience! Tu trouveras à l'avenir de nombreuses occasions de te venger de l'abominable réunion d'aujourd'hui. Comme elles vont mijoter au feu de ta langue que tu seras la maîtresse de maison. Peut-être qu'elles se souviendront de l'examen d'aujourd'hui et se diront au fond d'elles-mêmes : « Si seulement ce jour-là avait pu ne pas être! »

Khadiga se contenta de sourire, le temps ne permettant pas la contre-offensive. De plus, en raison de la terreur qui s'était emparée d'elle et perdue qu'elle était entre la peur et l'espoir, elle n'aurait pris à l'attaque, dans laquelle elle trouvait d'ordinaire une joie salvatrice, absolument aucun plaisir. Quand elles eurent terminé leur tâche, elle se leva et jeta sur elle un coup d'œil global tandis qu'Aïsha, à deux pas derrière elle, transportait avec soin son regard de l'image du miroir à l'original.

– Félicitations! marmotta Khadiga. Beau coup d'œil, n'est-ce pas? Mais oui, c'est bien Khadiga!... Mon nez n'est pas si mal maintenant! O Seigneur, grande est Ta sagesse! Avec un soupçon d'effort tout est devenu acceptable, mais pourquoi...

Elle se reprit hâtivement :

– O mon Dieu, je te demande pardon! Tu as de la sagesse en tout!

Elle fit quelques pas en arrière en s'examinant avec soin dans le miroir et se récita secrètement la Fatiha. Puis elle se tourna enfin vers Aïsha :

– Prie pour moi, ma fille!

Et elle quitta la chambre.

V

Avec l'arrivée de l'hiver, la séance du café revêtit un caractère nouveau que symbolisait le gros fourneau occupant le centre du salon et autour duquel se massait la famille : les hommes, dans leur cape, et les femmes, enroulées dans leur laine. Cette séance leur donnait donc, outre le plaisir de boire et l'agrément de deviser, celui de se réchauffer. Fahmi, malgré sa longue tristesse sourde des derniers jours, avait tout l'air de quelqu'un s'apprêtant à informer les siens d'une nouvelle importante, et son hésitation comme sa réflexion prolongée n'étaient que l'indice de sa gravité et de son importance. Mais réflexion et hésitation débouchèrent enfin sur la décision de faire sa révélation tout en déchargeant ensuite le fardeau sur les épaules de ses parents et du destin. C'est pourquoi il déclara :

– J'ai une nouvelle importante pour vous, alors écoutez!

Les yeux se fixèrent sur lui avec une attention soutenue à laquelle aucun ne fit exception, car la pondération notoire du jeune homme les incitait à attendre une nouvelle effectivement importante comme il l'avait annoncé. Il entra dans le vif du sujet :

– Voilà, Hassan Effendi Ibrahim, officier du commissariat d'al-Gamaliyya, qui est, comme vous le savez, une de mes connaissances, est venu me trouver et m'a prié de transmettre à mon père son désir de demander Aïsha en mariage!...

La nouvelle provoqua, comme Fahmi l'avait présumé – d'où chez lui cette hésitation doublée d'une longue réflexion – des effets on ne peut plus contrastés : Amina le sonda du regard, fortement préoccupée, alors que Yasine pâlissait en regardant Aïsha d'un œil taquin et en branlant la tête. La gamine baissa la sienne, de honte, pour soustraire son visage aux regards, de peur que son expression ne la trahisse et ne révèle aux yeux tendus vers elle le trouble qui agitait son cœur. Quant à Khadiga, elle avait d'entrée accueilli la nouvelle avec un étonnement qui ne tarda pas à céder la place à une peur et à une funeste appréhension dont elle ne pouvait s'expliquer clairement la raison. Elle était en fait comme un élève qui, s'attendant d'un moment à l'autre à la proclamation des résultats de l'examen et ayant eu vent du succès de l'un de ses camarades, apprend les résultats de source officielle. Amina demanda avec un embarras qui n'était pas de mise dans la présente occasion :

– Et c'est tout ce qu'il a dit?

Fahmi répondit en évitant de tourner les yeux du côté de Khadiga :

– La première chose qu'il m'ait dite, c'est qu'il souhaitait avoir l'honneur de demander la main de ma sœur benjamine.

– Et qu'est-ce que tu lui as dit?

– Je l'ai remercié de sa délicate attention, pardi!

Elle ne lui avait pas posé ces deux questions coup sur coup par désir de percer quelque chose qu'elle aurait aimé savoir, mais afin de dissimuler son embarras et de tirer de l'effet de surprise un délai de réflexion. Puis elle commença à se demander si cette demande n'avait pas un lien avec les visiteuses venues la trouver il y avait de cela quelques jours. C'est alors qu'elle se souvint comment l'une d'elles avait dit, dans le flot de la conversation, avant l'apparition de Khadiga, parlant entre autres de la famille de M. Ahmed, qu'elles avaient entendu dire que Monsieur avait deux filles. Elle comprit aussitôt qu'elles étaient venues pour les voir toutes deux mais elle avait fait la sourde oreille à l'allusion. Les visiteuses étaient membres de la famille d'un commerçant de Darb el-Ahmar, qui n'était nullement le père de l'officier dont Fahmi avait dit un jour qu'il était fonctionnaire au ministère des Travaux publics. Ce qui n'excluait en aucune manière des liens de parenté entre eux, car il arrivait souvent que les familles délèguent des marieuses de l'une de leurs branches et non pas de la souche principale, par souci de préserver leur honneur. Combien elle aurait souhaité interroger Fahmi sur ce point précis, mais c'était comme si elle appréhendait que la réponse ne vienne confirmer ses craintes et condamner les espoirs de sa fille aînée en lui infligeant une nouvelle déception. Toutefois, Khadiga, par pure coïncidence, se substitua à sa mère pour chasser la tourmente de sa poitrine, tout en cachant son effondrement par un rire alangui :

– C'est peut-être lui qui a envoyé les visiteuses qui nous ont rendu visite il y a quelques jours ? demanda-t-elle.

Fahmi la coupa net :

– Pas du tout ! Mon ami m'avait dit qu'il nous enverrait sa mère au cas où sa demande obtiendrait une réponse favorable.

Mais, contrairement à son ton sincère, il n'avait pas dit la vérité, à savoir qu'il avait compris, d'après les propos tenus par l'officier, que les femmes qui avaient rendu visite à sa mère étaient ses parentes. Il craignait de peiner sa grande sœur, pour qui il avait, malgré son amour pour Aïsha et persuadé qu'il était du mérite de son ami l'officier, une affection fraternelle, souffrant atrocement de la voir dans le malheur. Peut-être même que la déception qu'il avait lui-même éprouvée avait fortement contribué à porter cette affection à son sommet. Yasine eut un rire gras et dit avec une gaieté puérile :

– On dirait qu'on va bientôt faire deux noces en même temps !

– Dieu t'entende, s'écria Amina avec une joie sincère.

– Tu en parles à père à ma place ?

La question lui avait échappé, obnubilé qu'il était par la

203

question de la demande en mariage, mais, à peine l'eut-il formulée, qu'elle laissa à son oreille une impression étrange. C'était comme si elle avait été articulée par sa mémoire et non pas par le bout de sa langue ou comme si, une fois posée à ses oreilles, elle ne s'y était pas arrêtée mais avait plongé dans les abîmes de son être où elle avait surnagé, coagulant tout ce qu'elle pouvait agripper de ses souvenirs. Aussitôt, il se rappela une question identique par laquelle il avait abordé sa mère dans des circonstances analogues. Son cœur se serra et sa douleur se raviva férocement. La sensation de l'injustice qui avait enterré vivant son espoir le gagna à nouveau. Il commença à se dire, comme il l'avait fait maintes fois ces derniers jours, combien, sans la volonté forcenée de son père, il aurait aimé augurant favorablement du lendemain, satisfait de la vie tout entière, goûter le bonheur au quotidien. Ce souvenir lui interdit de penser aux affaires des autres et il se laissa gagner par la tristesse qui lui rongeait le cœur. Quant à Amina, elle resta songeuse un moment et demanda :

– Ne ferions-nous pas bien de réfléchir à ce que je vais pouvoir dire à ton père s'il m'interroge sur ce qui a poussé l'officier à demander spécialement la main d'Aïsha et non celle de Khadiga, étant donné qu'il n'a vu ni l'une ni l'autre !

Les deux jeunes filles prêtèrent de concert leur attention à la remarque de leur mère. Peut-être s'étaient-elles rappelé en même temps leur halte derrière la fenêtre. Toutefois Khadiga accueillit ce souvenir avec un dépit qui redoubla celui du moment. Son cœur protestait contre ce sort aveugle qui s'acharnait à récompenser l'esprit volage et la frivolité. Quant à Aïsha, la remarque de sa mère avait interrompu le flot de sa joie, comme l'épine acérée glissée dans la nourriture vient se loger en travers d'une gorge abandonnée aux délices de la déglutition de mets succulents et alléchants. Bientôt la peur absorba l'exubérance à laquelle son âme tressaillait. Fahmi fut le seul à s'être insurgé contre les propos de sa mère, non pas pour défendre Aïsha comme il paraissait, car jamais il n'eût permis sur ce point névralgique qu'on défende Aïsha devant Khadiga, mais parce qu'il se sentait irrité d'une tristesse contenue et n'avait pas été en mesure de se défendre ouvertement devant son père. Il dit sur un ton exaspéré, en s'adressant sans s'en rendre compte à son père à travers la personne de sa mère :

— C'est un arbitraire injuste qui ne se justifie d'aucune raison ni d'aucune sagesse. Par le biais des complaisances de leurs proches parentes dont les confidences ne visent qu'à réunir un homme et une femme dans une union licite, les hommes savent bien des choses sur les femmes cloîtrées.

Amina n'avait cherché par son objection qu'à se retrancher derrière le père afin de trouver une porte de sortie à l'impasse dans laquelle elle se voyait plongée du fait d'Aïsha et de Khadiga. Aussi, lorsque Fahmi lui eut opposé sa protestation ouverte, elle en fut quitte pour avouer de quoi il retournait :

— Ne penses-tu pas que nous ferions mieux d'attendre que les visiteuses se manifestent ?

Khadiga, poussée par son orgueil qui n'avait de cesse qu'elle ne déclare son indifférence, malgré toute l'angoisse et le pessimisme qui la brûlaient au-dedans, ne pouvait plus rester silencieuse.

— Ceci est une chose, cela en est une autre, et il n'y a aucune raison de retarder l'une au profit de l'autre, dit-elle.

— Nous sommes tous d'accord pour retarder le mariage d'Aïsha jusqu'à ce que Khadiga se marie, ajouta Amina avec un calme frappant.

Il ne restait plus à Aïsha que de compléter avec délicatesse et résignation :

— C'est une affaire entendue !

A entendre ce ton complaisant, Khadiga fulmina. Peut-être était-ce cette complaisance même qui la faisait le plus enrager, sans doute parce qu'elle inspirait une pitié qu'elle refusait absolument ou parce qu'elle aurait souhaité que la jeune fille manifeste clairement son opposition, lui donne une occasion de fondre sur elle et d'apaiser sa fureur. Mais voilà que cette fausse et odieuse pitié se dressait comme une cuirasse pour la défendre contre toute atteinte, redoublant la rage de l'assaillant qui se tenait à l'affût, prêt à donner l'assaut. Elle ne put que rétorquer sur un ton non dénué d'acidité :

– Je ne suis pas d'accord pour dire que c'est une affaire entendue, car il n'est pas juste qu'un sort malheureux nous pousse à briser un sort heureux!

Fahmi eut conscience, en dépit de leur apparence altruiste, de la tristesse amère contenue dans les propos de Khadiga. Il se libéra de l'emprise de ses peines personnelles, regrettant les paroles qui lui avaient échappé dans le feu de la colère, et que Khadiga pouvait interpréter comme un penchant sincère de sa part pour le cas de sa sœur. C'est pourquoi il s'adressa à elle en ces termes :

– Soumettre à papa le désir de Hussein effendi ne signifie pas accepter de donner priorité au mariage d'Aïsha sur le tien, rien ne nous empêche, si nous obtenons son consentement à propos de cette demande, d'en retarder la proclamation au moment opportun!

Yasine n'était pas persuadé du bien-fondé de l'opinion qui voulait qu'un mariage ait fatalement la priorité sur un autre, mais il ne trouva pas le courage d'exprimer ouvertement son avis. Il s'en sortit par des considérations d'ordre général où chacun pouvait comprendre ce qu'il voulait :

– Le mariage est le destin de tout être vivant et celle qui ne se marie pas aujourd'hui se mariera demain!

A ces mots, la voix retentissante de Kamal qui suivait la conversation avec intérêt se fit entendre. Il demanda inopinément :

– Maman, pourquoi le mariage serait le destin de tout être vivant?

Mais Amina ne se soucia pas de lui et sa question ne trouva d'effet qu'en Yasine qui gloussa d'un rire gras sans mot dire, tandis qu'Amina ajoutait :

– Sache que toute jeune fille se mariera tôt ou tard,

206

mais il y a là des considérations qu'il ne faut pas négliger!

Kamal lui redemanda :

– Et toi aussi, maman, tu vas te marier?

Un éclat de rire secoua l'assemblée, relâchant la tension. Yasine saisit l'aubaine et s'enhardit :

– Soumets l'affaire à mon père, de toute façon c'est lui qui aura le dernier mot!

Puis Khadiga renchérit avec une singulière insistance :

– On n'y coupe pas... On n'y coupe pas!

Elle voulait bien dire ce qu'elle disait, car, outre son désir éperdu de faire mine d'indifférence, elle n'ignorait pas plus l'impossibilité de cacher une affaire comme celle-ci à son père que celle qu'avait son père d'accepter de donner priorité au mariage d'Aïsha sur le sien. Et, bien qu'elle ignorât le lien véritable existant entre l'officier et les visiteuses, l'angoisse et le pessimisme qu'elle avait ressentis depuis le début continuaient de l'occuper.

*

Bien qu'Amina eût fait plus d'une fois dans sa vie l'expérience de choses qui vous gâchent le bien-être et la sérénité, il y en avait une, nouvelle et d'un genre inattendu, d'autant plus singulière même qu'elle paraissait en soi, contrairement à ses devancières, compter parmi ce que les gens s'accordent à considérer comme faisant partie des fondements essentiels du bonheur en ce bas monde. Malgré cela, elle avait pris figure dans sa maison, et plus encore dans son cœur, de motif, et non des moindres, d'angoisse et de contrariété. Comme elle avait raison lorsqu'elle se demandait : « Qui aurait pu croire que la venue d'un futur mari, chose que l'esprit brûle ordinairement d'accueillir, nous serait cause de tant de peine! » Mais il en était ainsi, et son cœur était tiraillé par plus d'un sentiment, sans pouvoir se reposer sur un seul : elle pensait tantôt que consentir à marier Aïsha avant Khadiga était un moyen garanti de condamner l'avenir de sa fille aînée, tantôt que s'entêter à contrarier les choix du destin était une attitude extrêmement dangereuse, susceptible de se retourner contre les deux jeunes filles et d'avoir les plus funestes conséquences. En plus de ceci ou de cela, refermer la porte au nez d'un merveilleux prétendant comme le jeune officier, que la chance offrirait difficilement une seconde fois, lui fendait profondément le cœur. Mais qu'adviendrait-il de Khadiga, de son sort et de son avenir, si un tel consentement était donné? Elle ne savait arrêter son jugement, d'autant que son caractère résolument néga-tif la rendait incapable de trouver une solution heureuse aux problèmes. C'est pourquoi, en se préparant à rejeter tout le poids du fardeau sur les épaules de monsieur son mari, elle se sentit soulagée. Et cela malgré la peur qui la submergeait chaque fois qu'elle venait l'entretenir d'une affaire dont elle doutait qu'elle lui agrée.

Elle avait attendu qu'il ait fini de siroter son café et lui déclaré de sa voix susurrée, empreinte de politesse et de soumission :

– Monsieur, Fahmi m'a confié qu'un de ses amis l'a prié de vous exposer son désir de demander la main d'Aïsha...

De dessus le canapé, un regard d'inquiétude mêlée de stupeur jaillit des yeux bleus en direction du matelas où, non loin de ses pieds, Amina était assise, comme pour lui dire : « Comment peux-tu parler d'Aïsha alors que j'at-tends des nouvelles de Khadiga, suite à ce que j'ai appris de ces trois visiteuses?

– Aïsha? demanda-t-il pour s'assurer de ce qu'il avait entendu.

– Oui, maître.

Ahmed Abd el-Gawwad regarda devant lui, embarrassé, puis déclara comme se parlant à lui-même :

– J'ai décidé depuis longtemps que la chose est préma-turée!

Ce à quoi Amina s'empressa de répondre de peur qu'il ne la soupçonne opposée à son point de vue :

– Je connais votre opinion, maître, mais je me dois de vous informer de tout ce qui se passe parmi nous.

Ahmed Abd el-Gawwad lui adressa un regard inquisiteur et pénétrant, comme pour sonder ce que ses paroles renfermaient de vérité et de sincérité. Mais la lueur d'une pensée soudaine brilla dans ses yeux, mettant fin à son investigation :

– Est-ce que cela n'aurait pas un rapport avec les femmes qui t'ont rendu visite? demanda-t-il, préoccupé et anxieux.

Elle avait bien sûr appris ce rapport lors de son entretien seule à seul avec Fahmi. Le jeune homme lui avait alors suggéré de cacher ce point à son père au moment de lui toucher mot de la nouvelle et elle lui avait promis de réfléchir longuement à la question. Elle avait hésité entre accepter et refuser, pour incliner enfin à n'en rien dire, comme l'avait suggéré Fahmi. Mais lorsqu'elle se trouva confrontée à la question de monsieur son mari, et parce qu'elle sentait son regard aussi brûlant que la lumière du soleil, sa détermination s'effrita et sa résolution vola en éclats :

– Oui, maître, Fahmi sait qu'elles sont parentes de son ami! répondit-elle sans la moindre hésitation.

Le visage d'Ahmed Abd el-Gawwad se crispa de rage et, comme chaque fois qu'il se fâchait, son teint clair s'injecta de sang et ses yeux jetèrent des étincelles. Quiconque méprisait Khadiga le méprisait pour ainsi dire lui-même, et quiconque attentait à sa dignité frappait la sienne en plein cœur. Il ne sut toutefois exprimer sa colère autrement que par sa voix qui se fit rude et sonore :

– Qui est-il, cet ami? demanda-t-il avec fureur et mépris.

Amina éprouva en prononçant le nom une angoisse dont elle ignorait la cause :

– Hassan Ibrahim, officier du commissariat d'al-Gamaliyya.

– Tu dis n'avoir introduit que Khadiga auprès de ces femmes? demanda alors Ahmed Abd el-Gawwad avec irritation.

– Oui, maître!

– Et elles sont revenues te voir une autre fois?

– Oh! non, maître, sinon je vous en aurais informé!

Puis il lui demanda brutalement comme si elle était la responsable de cette absurdité :

– Alors il envoie ses parentes, elles voient Khadiga, et le voilà qui demande Aïsha! Qu'est-ce que ça signifie?

Amina ravala sa salive, à court d'argument, et murmura :

– En pareille circonstance, les marieuses n'entrent dans la maison voulue qu'après avoir rendu visite à de nombreux voisins pour faire leur enquête sur ce qui les préoccupe. D'ailleurs, elles ont fait allusion dans leur conversation avec moi au fait qu'elles ont entendu dire que mon maître avait deux filles et peut-être qu'avoir présenté l'une sans l'autre...

Elle voulait dire : « Peut-être qu'avoir présenté l'une sans l'autre leur aura confirmé ce qu'elles avaient entendu dire de la beauté de la plus jeune », mais elle s'abstint de peur de redoubler sa colère et par crainte aussi de proférer cette vérité qui restait liée dans son esprit à de sombres portraits d'angoisse et de détresse. Elle s'en tint là en se contentant de terminer sa phrase par un signe de la main, l'air de dire : « Etc. » Ahmed Abd el-Gawwad la transperça du regard, elle baissa les yeux dans une attitude de soumission, et il entra dans un état de dépit et de tristesse qui comprima la colère dans sa poitrine. Il se mit à se frapper les côtes dans l'espoir de retrouver quelque souffle ou comme implorant assistance :

– Nous savons tout cela, s'écria-t-il d'une voix de tonnerre. Voici donc un prétendant qui vient demander la main de ta fille. Dis-moi voir ton opinion!

Elle sentit que sa question l'attirait dans un abîme sans fond, aussi dit-elle sans hésitation, les paumes ouvertes en signe de résignation :

– Mon opinion sera la vôtre, maître, je n'en ai pas d'autre!

– S'il en va comme tu le prétends, alors qu'es-tu venue

me parler de cette affaire? s'écria-t-il dans un rugissement.

— Je ne suis venue vous parler, maître, dit-elle dans un
bafouillis mêlé de crainte, que pour vous informer du
sérieux de l'affaire, car mon devoir me dicte de vous tenir
au courant de tout ce qui touche votre demeure de près ou
de loin!

— Qui sait..., dit-il en secouant la tête de rage. Oui, par
Dieu, qui sait? Tu n'es qu'une femme et vous êtes toutes
des débiles mentales. Le mariage, surtout, vous fait perdre
le sens commun et tu pourrais bien, toi aussi...

Elle l'interrompit, des tremblements dans la voix :

— Oh! maître! Dieu me garde de ce que vous me prêtez
là! Khadiga est ma fille, elle est ma chair et mon sang, de
même qu'elle est votre fille... Son sort me déchire le cœur.
Quant à Aïsha, elle n'en est encore qu'à l'aube de la vie et
il ne lui portera pas préjudice d'attendre que Dieu prenne
la main de sa sœur.

De sa paume, il se mit à lisser sa moustache épaisse,
d'un mouvement nerveux et s'arrêta soudain comme s'il
venait de se rappeler quelque chose :

— Khadiga est au courant?

— Oui, maître.

Il brandit sa main de colère et s'écria :

— Mais comment cet officier peut-il demander la main
d'Aïsha alors que personne ne l'a vue?

— Je vous ai dit, maître, qu'elles auront peut-être
entendu parler d'elle! dit-elle avec ferveur, le cœur tremblant.

— Oui, mais il travaille au commissariat d'al-Gamaliyya,
autrement dit dans notre quartier, c'est comme s'il en
faisait partie!

— Jamais l'œil d'un homme ne s'est posé sur aucune de
mes deux filles depuis qu'elles ont quitté l'école, toutes
petites, répondit-elle en proie à une grande émotion.

Il entrechoqua ses paumes et cria :

— Eh! doucement... doucement! Tu te figures que j'en
doute, femme? Si j'en doutais, le meurtre lui-même me

laisserait sur ma faim! Je parle seulement de ce qui pourrait trotter dans l'esprit de certains qui ne nous connaissent pas. « Jamais l'œil d'un homme ne s'est posé sur l'une de mes deux filles. » Parfait! Tu voulais peut-être qu'un homme pose son regard sur elles! Pauvre folle... Pie jacasse! Je répète ce que pourraient semer à tout va les langues des sottes gens... Parfaitement! C'est l'officier du coin, il arpente nos rues matin et soir, et il n'est pas impossible que d'aucuns puissent laisser supposer qu'il ait vu l'une des deux filles s'ils apprennent qu'il l'a épousée. Je n'aimerais pas, je ne veux pas donner ma fille à quelqu'un qui ferait soupçonner ma réputation. Non! ma fille n'ira habiter dans la maison d'un homme que si je suis sûr que le premier motif qui le pousse à la demander en mariage est le désir sincère de devenir mon gendre à moi, moi, moi! Aucun regard d'homme n'est tombé sur mes filles, me dis-tu. Bien sûr, bien sûr, madame Amina!

Amina écoutait sans mot dire. Le silence enveloppa la pièce. Puis Ahmed Abd el-Gawwad se leva, laissant entendre à Amina qu'il allait commencer à enfiler ses vêtements et se préparer à retourner à la boutique. Elle s'empressa de se lever à son tour, il dégagea ses bras de sa *galabiyyé* et la releva pour l'ôter. Mais il s'arrêta avant que l'encolure du vêtement n'ait dépassé le menton pour ajouter, la *galabiyyé* retroussée sur ses épaules comme la crinière d'un lion :

– « Monsieur » Fahmi n'a-t-il pas pesé la gravité de la demande formulée par son ami?

Puis il hocha la tête, attristé :

– On m'envie parce que j'ai engendré trois fils... La vérité est que je n'ai engendré que des femmes... Cinq femmes!

*

Dès qu'Ahmed Abd el-Gawwad eut quitté la maison, son point de vue sur la demande en mariage d'Aïsha fit le tour de la famille, et bien qu'il fût accueilli dans la résignation générale, la résignation de ceux qui n'ont pas d'autre ressource, il eut du moins dans les esprits des échos contrastés. Fahmi fut navré de la nouvelle et peiné de voir Aïsha perdre un bon mari comme son ami Hassan Ibrahim. Certes, avant que son père ne tranche la question, il était partagé entre son enthousiasme pour le prétendant et la pitié que lui inspirait la situation critique de Khadiga. Mais dès que la question fut réglée et que son côté compatissant pour Khadiga fut rassuré, ce qui en lui aspirait au bonheur d'Aïsha fut affligé et il put exposer ouvertement son avis :

— Sans doute, dit-il, l'avenir de Khadiga nous préoccupe tous, mais je ne partage pas cette obstination à priver Aïsha des bonnes occasions qui lui sont offertes. Le sort relève de l'inconnu. Dieu seul en est le maître et peut-être réserve-t-il à ceux qui sont servis en dernier un sort plus heureux qu'à ceux qui le sont en premier !

Khadiga ressentait peut-être plus durement que quiconque la gêne de se poser pour la deuxième fois en obstacle sur le chemin de sa sœur. Cette gêne, elle n'y avait pas songé tant qu'une menace demeurait suspendue sur son bonheur, mais elle y pensait depuis qu'elle avait connaissance de l'opinion décisive de son père. Le danger qui la menaçait ayant reflué, la rage et la douleur l'avaient délivrée de leur emprise pour laisser la place à un sentiment pénible de honte et d'embarras. Et, bien que les paroles de Fahmi ne lui aient pas fait bonne impression, désireuse qu'elle était au fond d'elle-même de trouver en chacun de l'enthousiasme pour la décision de son père tout en y restant seule opposée, elle y alla néanmoins de son commentaire :

— Fahmi a raison dans ce qu'il dit ! C'est ce que j'ai toujours pensé !

A son tour, Yasine vint réaffirmer son point de vue :

— Le mariage est le destin de tout être vivant... Soyez sans crainte... Pas de panique !

Il se contentait cette fois-ci de considérations d'ordre général, malgré sa passion pour Aïsha, et bien qu'il fût profondément choqué devant l'injustice dont elle était victime. Mais il craignait d'exposer sincèrement son point de vue de peur que Khadiga ne le comprenne mal ou n'y voie quelque relation avec les querelles insignifiantes qui survenaient souvent entre eux. En outre, son sentiment intime de n'être qu'un demi-frère l'empêchait, face aux affaires les plus graves et les plus délicates de la famille, d'émettre un avis susceptible de blesser l'un de ses membres. Aïsha n'avait pas ouvert la bouche et c'est bien à contrecœur qu'elle se força à parler; elle craignait que son silence ne trahisse la douleur qui était la sienne et qu'elle s'était résolue à cacher et à faire semblant de négliger, quelle que fût la souffrance et la tension qu'il lui en coûtait. Bien plus, elle avait pris le parti de montrer un visage serein, conformément au climat de la maison qui ne reconnaissait aux sentiments aucun droit et dans lequel les passions affectives se dissimulaient sous le masque de la mortification et de l'hypocrisie :

— Il n'est pas bon que je me marie avant Khadiga. Toute la sagesse du monde est dans la décision de papa. (Elle sourit.) Pourquoi précipiter le mariage? Qui vous dit que le foyer conjugal nous réserve une vie aussi heureuse que celle dont nous jouissons dans la maison paternelle?

Et comme la discussion suivait son train, comme chaque soir autour du fourneau, elle y participa, autant du moins que le lui permettait le vague de son esprit et la dispersion de sa pensée. Mais, en fait, comme elle ressemblait à la poule égorgée qui s'élance toutes ailes dehors, débordant de ressort et d'énergie tandis que gicle le sang de son cou, expulsant les dernières gouttes de vie! C'est vrai, elle s'attendait à ce résultat avant même que la question ne fût soumise à son père. Aucun espoir, même vague, semblable à celui qui nous démange de remporter le gros lot à la grande loterie, n'était venu chatouiller ses rêves. Elle s'était d'abord rangée à l'objection faite à son mariage, poussée par la générosité du triomphe et du bonheur, et par pitié pour sa sœur infortunée. Mais, maintenant, la générosité était un feu mort et la pitié asséchée faisait place au ressentiment, à l'indignation et au désespoir. Elle n'avait pas voix au chapitre. C'était là la volonté irréversible du père à laquelle son seul devoir n'était pas uniquement d'obéir et de se soumettre, mais de se satisfaire et de se réjouir. Car la simple consternation était une faute impardonnable. Quant à la protestation, c'était un péché que son éducation et sa pudeur ne pouvaient admettre. Ainsi elle avait émergé de l'ivresse du bonheur souverain qui lui avait tourné la tête un jour et une nuit pour plonger dans les ténèbres du désespoir et... Dieu qu'elle est épaisse, l'obscurité qui vient sur les pas de la lumière éblouissante! Dans ces moments-là, la douleur ne s'arrête pas à l'obscurité du moment, mais s'avive du regret de la lumière enfouie. Elle se demanda pourquoi, si une lumière avait pu dispenser un temps ses feux, elle avait cessé de les répandre. Pourquoi elle était restée vive pour finalement s'éteindre, n'être qu'un regret de plus ajouté à la cohorte de ses semblables que la tristesse tissait autour de son cœur, l'arrachant aux souvenirs du passé, au réel de l'instant et aux rêves de l'avenir! Malgré son immersion dans toutes ses pensées, malgré leur présence dans sa conscience, elle recommença à se demander, comme si c'était la première fois et comme si l'âpre réalité se heurtait seulement à sa conscience, si la lumière s'était vraiment éteinte, si les liens s'étaient déchirés entre elle et le jeune homme qui avait habité son cœur et son imagination. Une question nouvelle malgré son ressassement! Un choc nouveau malgré sa pénétration jusqu'au fond d'elle-même. Car les regrets brûlants ne s'arrachent pas à la chair, le désespoir ancré au fond de l'être les dispute aux espérances qui volettent dans l'éther dès qu'un rayon d'espoir suspendu vient à en jaillir. Ils reviendront jeter l'ancre dans les profondeurs puis reparaîtront à la surface une seconde fois, puis une troisième, pour retourner enfin à leur éternel refuge, ne plus le quitter jusqu'à la fin des temps, alors que déjà l'âme aura fait ses adieux à son dernier espoir. Et celui-ci n'est déjà plus, comme s'il n'avait jamais été, la porte s'étant à jamais refermée sur lui...

Mais comme ils s'en moquent tous! Traitant la chose

comme on traite les banalités quotidiennes du genre : qu'est-ce qu'on va manger demain, ou j'ai fait un rêve étrange la nuit dernière, ou les senteurs du jasmin embaument l'air de la terrasse. Un mot par-ci, un mot par-là, on lance des suggestions, on émet des opinions, avec un calme et une sagesse étranges, puis on passe aux consolations, le sourire au coin de la bouche, aux encouragements confinant à la plaisanterie. Ensuite la conversation change, se disperse, tout s'évanouit pour être rangé dans une histoire sur laquelle la famille rabat la chape de l'oubli. Et son cœur à elle dans tout ça ? Mais elle n'a pas de cœur ! Pas un ne se figure son existence. Il n'existe pas, réellement ! Comme elle est étrangère, perdue, absente ! Ils n'ont rien à voir avec elle et elle n'a rien à voir avec eux, elle est seule, rejetée, sectionnée... Mais comment pourrait-elle oublier qu'un seul mot, à condition que la langue de son père lui en eût fait l'aumône, eût suffi à changer la face du monde et à le recréer. Un mot, pas davantage ! Pas plus qu'un « oui » pour que se produise le miracle. Un mot qui ne lui aurait pas coûté le dixième de la peine que lui avait coûtée la longue discussion qui s'était soldée par un refus. Mais son bon vouloir n'en avait pas décidé ainsi et il avait jugé bonne pour elle cette torture. Mais, bien qu'elle fût affligée, furieuse et indignée, son affliction, sa fureur et son indignation avaient trouvé leur coup d'arrêt dans la personne de son père et elle reculait devant lui avec sa déception comme une bête fauve en furie recule devant son dompteur aimé et redouté. Elle ne pouvait s'insurger contre lui, ne fût-ce que dans le secret de son âme, et son cœur lui gardait fidélité et amour, ne lui vouant que sincérité et loyauté comme à un dieu dont on ne peut accueillir le jugement qu'avec résignation, amour et fidélité.

La petite, ce soir-là, serra la corde du désespoir autour de son cou gracile et son cœur épanoui eut la certitude qu'il venait de se tarir et de devenir stérile pour toujours. Le rôle qu'elle avait décidé de jouer parmi les siens, celui de la joie et de l'indifférence, l'effort de participer à leur

conversation qu'elle s'était imposé redoublèrent la crispation de ses nerfs, tant et si bien que sa tête d'or finit par
ployer sous le fardeau, tandis que les voix se changeaient
en bourdonnements sourds dans ses oreilles. Aussi, quand
vint l'instant de se retirer dans sa chambre, elle était vidée
de ses forces, telle une malade. Là, sous le voile protecteur
de l'obscurité de la pièce, son visage s'assombrit pour la
première fois et se mit à refléter une image vraie de ses
sentiments. Mais un espion la suivait, en la personne de
Khadiga avec qui elle fut d'emblée persuadée que toute
artifice serait vain. Elle avait bien évité son regard au
cours de la réunion familiale mais maintenant, si elle se
retrouvait seule en sa compagnie, elle ne pourrait lui
échapper! Car elle s'attendait à ce que la jeune fille, avec
son obstination notoire, entre dans le vif du sujet, sa voix
allait lui parvenir d'un moment à l'autre. Son cœur
acceptait l'idée de la discussion, non qu'elle ferait naître en
elle un regain d'espoir, mais parce qu'elle espérait y
trouver, au-delà des excuses et de l'embarras dont sa sœur
lui ferait fatalement part avec sincérité, un peu de consolation. L'attente ne fut pas longue et la voix ne tarda pas à
percer l'obscurité :

— Aïsha, je suis triste et désolée, mais les voies de Dieu
me sont impénétrables! Comme j'aurais voulu que me
vienne le courage de prier mon père de revenir sur sa
décision...

Prise d'un sursaut de rage qui s'était emparé d'elle aux
premiers accents de ce ton navré, Aïsha se demanda ce que
ses paroles renfermaient de sincérité et d'hypocrisie. Mais
il lui fallut reprendre le ton emprunté dont elle avait usé
d'un bout à l'autre de la réunion maternelle :

— Pourquoi être triste ou désolé? Mon père n'a commis
ni erreur ni injustice et il n'y a aucune raison de se
précipiter!

— Mais c'est la deuxième fois qu'on remet ton mariage
par ma faute!

— Je ne le regrette pas le moins du monde!

– Mais cette fois-ci, ce n'est pas comme la première fois..., renchérit Khadiga d'un ton significatif.

La jeune fille comprit en un éclair ce que cachaient ces mots, et son cœur se mit à battre de souffrance et de peine, à pleurer d'amour, cet amour enfoui qui se réveille chaque fois qu'un signal lui parvient du dehors, par hasard ou à dessein, comme se réveille la blessure ou le furoncle quand on touche l'un ou perce l'autre. Elle alla pour parler mais se retint malgré elle, son souffle l'abandonnait, elle craignait que les accents de sa voix ne la trahissent. Khadiga soupira.

– C'est pourquoi tu me vois au comble de la tristesse et du regret! Mais Notre Seigneur est bon et il n'est pas de malheur qui n'ait son soulagement. Et puis il se peut qu'il attende, qu'il prenne patience et qu'il soit à toi en dépit des apparences...

Aïsha criait « Ah! si seulement... » du fond de l'âme, mais sa langue répondit :

– Ça m'est égal, l'affaire est plus simple que tu ne le crois!

– Je l'espère... Vraiment, je suis très triste et navrée, Aïsha!

Soudain la porte s'ouvrit et la silhouette de Kamal parut dans le rayon de faible lumière qui filtrait de l'embrasure de la porte.

– Qu'est-ce que tu viens faire? Qu'est-ce que tu veux?

– Arrête de me rembarrer et fais-moi de la place! répliqua le gamin sur un ton qui disait son mécontentement de l'accueil qu'elle lui avait réservé.

Il sauta sur le lit et se mit à genoux entre ses deux sœurs. Puis il glissa une main vers l'une, une main vers l'autre et commença à les chatouiller afin d'asseoir son propos dans une saine ambiance, autre que celle dont laissait présager la rebuffade de Khadiga, mais elles repoussèrent ses mains et lui dirent ensemble :

– Il est l'heure de dormir, allez, va te coucher!

– Je ne m'en irai pas tant que je n'aurai pas eu de

réponse à ce que je suis venu vous demander! s'écria-t-il en colère.

— Et qu'est-ce que tu peux bien avoir à demander à cette heure de la nuit?

Il changea de ton pour obtenir d'elles une réponse :

— Je voudrais savoir si vous allez quitter la maison quand vous vous marierez.

— Attends au moins que le mariage soit là, cria Khadiga.

— Mais c'est quoi le mariage? s'entêta-t-il à demander.

— Comment pourrais-je te répondre alors que je n'ai jamais été mariée! Allez, va te coucher, Dieu ne te punisse!

— Je ne partirai pas avant de savoir!

— Ecoute, mon petit chou, remets-t'en à Dieu et lâche-nous!

— Je veux savoir si vous quitterez la maison quand vous vous marierez, redemanda-t-il d'une voix triste.

— Oui, monsieur! répondit-elle rebutée. Qu'est-ce que tu veux encore?

— Alors ne vous mariez pas, dit-il affligé... Voilà ce que je veux!

— A tes ordres!

Puis il poursuivit dans un tonnerre de protestations :

— Je ne tolérerai pas que vous partiez loin de nous, et je vais prier Dieu qu'il ne vous marie pas!

— C'est ça, que le ciel t'entende! Bis! Bis! Et que Dieu t'honore... Allez...

— ... S'il te plaît, laisse-nous et bon vent!

*

Le sentiment de pouvoir envisager, au sein de sa vie accablée de puritanisme, une journée de répit où on pourrait, si on le voulait, respirer une bouffée de liberté innocente à l'abri de toute surveillance, gagna la maison. Kamal pensa qu'il avait toute liberté de passer la journée entière à jouer dans la maison et au-dehors, Khadiga et

Aïsha se demandèrent si elles ne pourraient pas le soir venu se glisser du côté de chez Maryam pour y passer une heure de rire et de détente. Ce répit n'était pas l'aboutissement logique de la fin des rudes mois d'hiver et de la venue des effluves du printemps préludant à la chaleur et à la joie de vivre, car il n'était pas du ressort du printemps d'octroyer à cette famille une liberté dont l'hiver la privait, non, elle résultait tout naturellement du voyage de M. Ahmed à Port-Saïd pour une mission commerciale qui l'appelait tous les deux ou trois ans à s'absenter un jour ou deux. Il se trouva que, notre homme ayant pris le départ le vendredi matin, le jour de congé hebdomadaire réunit les membres de la famille. Dans l'atmosphère relâchée et paisible créée inopinément par le départ en voyage du père loin du Caire, leurs désirs assoiffés de liberté se firent écho, quoique Amina adoptât une attitude réservée à l'égard de l'envie des deux filles et de l'indocilité du gamin. C'est qu'elle tenait jalousement à ce que la famille persévère dans sa règle coutumière et qu'elle observe, en l'absence du père, les limites qu'elle observait en sa présence, davantage par crainte de lui désobéir que par persuasion du bien-fondé de sa rigueur et de sa rigidité. Elle fut néanmoins prise au dépourvu par les propos de Yasine :

– Ne va pas contre la volonté de Dieu !... Nous vivons une vie que nous sommes les seuls à vivre... Je voudrais même dire quelque chose de neuf... Pourquoi ne te changerais-tu pas les idées toi aussi ? Qu'est-ce que vous pensez de cette suggestion ?

Les yeux se fixèrent sur lui, stupéfaits, mais personne ne broncha. Peut-être que tout comme leur mère qui lui lança un regard blâmeur, ils n'avaient pas pris ses paroles au sérieux, toutefois il reprit :

– Pourquoi me regardes-tu comme ça ? Je n'ai fait aucune entorse à Bukhari[1]. Je n'ai pas commis de crime,

1. Al-Bukhari (810-870) est considéré par les musulmans sunnites, avec Muslim, comme le plus grand rapporteur de *hadith* (relations des actes et des paroles de Mahomet et de ses compagnons). Son fameux recueil, al-

Dieu soit loué! Rien qu'une courte promenade dont tu reviendrais après avoir jeté un petit coup d'œil, juste dans un coin de ce quartier où tu vis depuis quarante ans sans en avoir jamais rien vu!

– Dieu te pardonne! marmonna Amina dans un soupir.

– Et de quoi il me pardonnerait? répondit le jeune homme dans un éclat de rire. Ai-je commis une faute impardonnable? Par Dieu, si j'étais à ta place, j'irais séance tenante faire un tour à Sayyedna al-Hussein[1]! Sayyedna al-Hussein, tu entends? Ton chéri que tu idolâtres de loin alors qu'il est à deux pas. Allez, ouste, il te réclame!...

Le cœur d'Amina fut saisi de palpitations dont on pouvait lire les traces dans la rougeur de son visage. Elle baissa la tête pour dissimuler son intense émotion. Son cœur avait été happé par l'invitation avec une force qui venait de déferler brusquement en elle sans qu'elle s'y attende, ni elle, ni personne de son entourage, pas même Yasine... Une force semblable à un tremblement de terre qui vient secouer une terre qui n'en a jamais vu. Elle ne savait comment son cœur avait pu répondre à l'appel, comment sa vue avait pu se tendre au-delà des limites interdites, ni comment l'aventure avait pu lui paraître possible, excitante et même irrésistible. Certes, la visite à al-Hussein, marquée qu'elle était du sceau de la sainteté, semblait une excuse solide au sursaut libertaire vers lequel venait de tendre sa volonté. Mais ce sursaut n'était pas le seul dont avait accouché son esprit dès lors qu'en son tréfonds avaient répondu à l'appel des courants emprisonnés, brûlant de briser leurs digues, comme les instincts assoiffés de meurtre répondent à l'appel à la guerre, sous prétexte d'aller défendre la liberté et la paix. Elle ne savait

Sahih, contient 600 000 traditions qui font autorité juste après le Coran dans l'élaboration de la loi musulmane. C'est dire combien le nom de Bukhari est auréolé de sainteté, d'où l'expression de Yasine.
1. Litt. « Notre Seigneur al-Hussein » : nom donné au Caire à la mosquée qui abrite son tombeau.

comment clamer son périlleux consentement mais, regardant Yasine, elle lui demanda un tremblement dans la voix :

— La visite à al-Hussein est l'espoir de mon cœur et de ma vie... Mais... ton père?

— Mon père est en route vers Port-Saïd, répondit Yasine en riant, il ne sera pas de retour avant demain dans la matinée et tu pourrais, pour plus de précautions, emprunter la grande *mélayé* d'Oum Hanafi. Comme ça, si par hasard quelqu'un te voit quitter la maison ou y revenir, il te prendra pour une visiteuse...

Elle promena son regard sur ses enfants, honteuse et effrayée, comme y cherchant un regain d'encouragement. Khadiga et Aïsha s'enthousiasmèrent pour l'idée. On eût dit qu'elles exprimaient ainsi leur désir contenu de sortir et leur joie de rendre visite à Maryam, chose qui, après ce coup d'Etat, était pratiquement décidée. C'est alors que Kamal s'écria du fond du cœur :

— J'y vais avec toi, maman, pour te montrer le chemin!

Fahmi l'enveloppa d'un regard baigné de la tendresse qu'avait fait naître en lui la joie confuse qu'on pouvait lire sur son visage innocent, une joie toute semblable à celle d'un petit enfant à qui l'on fait miroiter l'espoir d'un jouet neuf.

— Jette un œil sur le monde! lui dit-il avec encouragement et désinvolture. Ne te tracasse pas, j'ai peur que tu perdes le sens de la marche à force de rester cloîtrée dans cette maison!

Dans le feu de l'effervescence Khadiga courut chez Oum Hanafi et revint avec sa *mélayé*. Les voix rivalisaient de rires et de commentaires, le jour prenait l'allure d'une fête joyeuse dont personne n'avait coutume. Chacun participait sans le savoir à cette révolte contre la volonté du père absent. Amina s'enveloppa dans la *mélayé* et tira le voile noir sur son visage. Puis elle se regarda dans le miroir et ne put s'empêcher de laisser échapper un long rire qui secoua tout son corps. Kamal revêtit son costume, coiffa son tarbouche et la précéda dans la cour. Mais elle ne le suivit pas. Le sentiment de peur qui est de toutes les situations cruciales s'empara d'elle, elle leva les yeux vers Fahmi et demanda :

– Qu'est-ce que vous en pensez, j'y vais pour de bon?

– Fais confiance à Dieu! lui cria Yasine.

Puis Khadiga s'approcha d'elle, lui mit la main sur l'épaule et la poussa doucement en lui disant :

– Récite une Fâtiha pour moi!

Elle ne s'arrêta pas de la pousser avant de l'avoir conduite à l'escalier. Là, elle ôta sa main et Amina descendit, escortée de tous les siens... Elle trouva Oum Hanafi qui l'attendait, et la servante jeta sur sa maîtresse, ou plutôt sur la *mélayé* enroulée autour d'elle, un regard inquisiteur, puis, après un hochement de tête critique, elle s'approcha d'elle et rajusta le drapé du voile autour de son corps en lui montrant comment en maintenir les rebords pour une position correcte. Sa maîtresse, qui mettait le grand voile de corps pour la première fois, se soumit à ses directives et les traits de sa stature et de sa taille revêtirent à cet instant un contour nuancé et gracieux que cachaient d'ordinaire ses vêtements amples. Khadiga jeta sur elle un regard souriant d'admiration tout en faisant un clin d'œil à Aïsha qui fut prise en même temps qu'elle d'un fou rire.

Au moment où elle franchissait le seuil de la porte d'entrée en direction de la rue, elle eut une passe critique qui lui dessécha la bouche et fit périr sa joie dans un accès d'angoisse et sous le poids de la sensation de sa faute. Elle avança lentement, cramponnée nerveusement à la main de Kamal et sa démarche sembla perturbée, chancelante, comme si elle ignorait jusqu'aux rudiments de la marche, sans compter la honte aiguë qui s'empara d'elle quand elle se trouva exposée aux yeux des gens qu'elle connaissait depuis une éternité de derrière les interstices du moucharabieh : Amm Hassanien, le coiffeur, Darwish, le vendeur de *foul*, al-Fouli, le laitier, Bayoumi, le marchand de soupe, Abou Sari, le grilleur de pépins; à tel point qu'elle s'imagina qu'ils allaient la reconnaître, de la même manière qu'elle les reconnaissait, ou parce qu'elle les reconnaissait ! Et elle eut du mal à établir fermement dans sa tête cette réalité évidente, que jamais aucun de leurs regards ne s'était posé sur elle.

Ce faisant, ils traversèrent la rue en direction de l'allée Qirmiz qui, même si elle n'était pas le plus court chemin menant à la grande mosquée d'al-Hussein, avait l'avantage de ne pas passer, tout comme la rue d'al-Nahhasin, par la boutique de Monsieur. De plus, elle était dépourvue de boutiques et sauf à de rares exceptions près, désertée des passants. Elle s'arrêta un instant avant de s'y engager et se retourna en direction du moucharabieh où elle vit les deux silhouettes de ses filles derrière l'un des vantaux, tandis qu'un autre se relevait sur les visages souriants de Yasine et de Fahmi. Elle tira de leur vue un réconfort dont elle s'aida pour combattre son embarras, puis ils pressèrent le pas, elle et Kamal, et traversèrent l'allée déserte assez tranquillement. L'angoisse ne l'avait pas quittée, non plus que la sensation de faute, mais l'une et l'autre avaient reflué en marge de sa conscience, centrée désormais sur un sentiment de brûlante curiosité pour le monde qui s'offrait à son regard : une impasse, une place, quelques bâtisses étranges et la multitude des gens. Elle éprouvait une joie naïve à s'associer aux vivants, à leur mouvement et à leur liberté, la joie de quiconque a passé un quart de siècle emmuré, hormis quelques visites bien rares, chaque année, à sa mère dans le quartier d'al-Khoranfish, qu'elle effectuait à l'intérieur d'une calèche en compagnie de monsieur son mari, sans que le courage ne lui vienne de voler ne fût-ce qu'un regard sur la rue. Elle se mit à questionner Kamal sur les bâtiments, les endroits jalonnant leur chemin. Le gamin lui fournissait un luxe de détails, pas peu fier du rôle de guide qu'il tenait : « Ici, c'est le fameux passage voûté d'al-Qirmiz où il faut, avant d'y pénétrer, réciter la Fatiha pour se protéger des démons qui l'habitent. Là c'est la place de Bayt el-Qadi avec ses hauts arbres. » Il l'appelait la « place de la Barbe-du-Pacha », faisant allusion au nom des fleurs couronnant ses arbres ou encore la « place Shanjarli » du nom du marchand de chocolat turc. « Quant à cette grande bâtisse, c'est le commissariat d'al-Gamaliyya » et bien que lui, Kamal, n'y trouvât rien qui y soit digne de son intérêt, si ce n'est l'épée pendant à la taille de la sentinelle, Amina, elle, y jeta un regard plein d'une curiosité digne de l'endroit où se trouvait l'homme qui avait cherché à demander la main d'Aïsha. Puis ils arrivèrent à l'école primaire élémentaire de Khan Djafar où il avait passé un an avant son entrée à l'école primaire de Khalil Agha. Il en montra du doigt le balcon ancien en disant : « C'est sur ce balcon que le cheikh Mahdi nous collait le visage contre le mur à la moindre gaffe et nous bottait les fesses avec sa chaussure, cinq, six, dix fois, comme ça lui chantait. » Puis, désignant une boutique située juste en dessous du balcon, il dit en s'arrêtant de marcher, sur un ton dont la signification n'échappa nullement à sa mère : « Ça, c'est Amm Sadiq, le marchand de bonbons », et il refusa de bouger de sa place tant qu'il n'eut pas extorqué une piastre pour aller s'acheter un nougat rouge. Ensuite ils tournèrent vers la rue Khan Djaafar, d'où leur apparut au loin un pan du parement de la mosquée d'al-Hussein, percé au centre d'une fenêtre de dimensions gigantesques, ornée d'arabesques et surmontée, au-dessus du muret de la terrasse, de merlons alignés en rangs serrés comme des fers de lance. Amina demanda, la joie lui chantant dans la poitrine : « Sayyedna al-Hussein? » Le gamin lui ayant répondu par l'affirmative, elle se mit à comparer le tableau dont elle approchait – c'était la première fois qu'elle accélérait le pas depuis qu'elle avait quitté la maison – à l'image qu'en avait forgée son imagination d'après les exemples des mosquées habituellement à portée de sa vue, comme celles de Qala-wun et de Barquq, et elle trouva la réalité en deçà du rêve, car elle en avait enflé l'image en tous sens en proportion de la place qu'occupait son titulaire dans son cœur. Toutefois, ce fossé entre la réalité et le produit de son imaginaire ne pouvait, en aucune manière, avoir prise sur la joie de cette rencontre dont l'ivresse emplissait les replis de son être.

Puis il tournèrent autour de la mosquée jusqu'à la porte verte et se mêlèrent à la foule des visiteuses.

Lorsqu'elle posa le pied sur le sol de la mosquée elle se sentit fondre de douceur, d'affection et de tendresse, se transformer en esprit aérien battant des ailes dans un ciel exhalant le parfum de la prophétie et de la révélation. Les larmes inondèrent ses yeux, ce qui l'aida à se rafraîchir du bouillonnement de sa poitrine, de la chaleur de son amour et de sa foi, de l'efflorescence de sa gratitude et de sa joie. Elle commença à dévorer les lieux, intriguée, les yeux brûlants de désir : les murs, le plafond, les colonnes, les tapis, les lustres, la chaire, les *mihrab*[1]. Kamal, à ses côtés, regardait toutes ces choses sous un autre angle, bien à lui : et si par hasard la mosquée était un lieu de visite pour les gens dans le courant de la journée et la première partie de la nuit, mais devenait ensuite une maison où son patron martyr allait et venait, disposant du mobilier qui s'y trouvait comme n'importe quel propriétaire dispose de ses biens? Peut-être faisait-il sa ronde dans l'enceinte des murs, priant dans le *mihrab*, montant à la chaire, se hissant aux fenêtres pour avoir vue sur son quartier environnant? Comme il aurait voulu qu'on l'oublie dans la grande mosquée après la fermeture de ses portes pour pouvoir rencontrer al-Hussein face à face, rester en sa présence une nuit entière jusqu'au matin! Il s'imagina tous les témoignages d'amour et de soumission qu'il serait en mesure de lui offrir lors de l'entrevue, ce qu'il pourrait à bon droit déposer à ses pieds d'espoirs et de désirs, ce qu'il pourrait trouver auprès de lui d'affection et de bénédiction. Il s'imagina s'approchant de lui le front baissé, le martyr lui demandant avec douceur : « Qui es-tu? – Je suis Kamal Ahmed Abd el-Gawwad », lui répondrait-il en baisant sa main..., puis ce qu'il faisait dans la vie et il répondrait : « Elève à l'école de Khalil Agha », sans oublier de souligner qu'il était un excellent élève... Ou encore ce qui

---

1. Le *mihrab* est une niche aménagée dans un mur de la mosquée et qui matérialise la *qibla* (direction de La Mecque).

l'amenait à cette heure, à quoi il répondrait que c'était l'amour de la famille du Prophète et d'al-Hussein en particulier. Après quoi le martyr lui sourirait tendrement et l'inviterait à l'accompagner dans sa ronde nocturne, tandis que lui, Kamal, lui révélerait le gros de ses espoirs : « Garantissez-moi que je pourrai jouer comme je l'entends à l'intérieur de la maison et au-dehors, qu'Aïsha et Khadiga resteront dans notre maison pour toujours, que vous changerez le caractère de mon père et garderez ma mère en vie pour l'éternité, que j'aurai suffisamment d'argent de poche et que nous irons tous au paradis sans jugement. »

Pendant ce temps, le flot rampant des visiteuses progressant avec lenteur les poussait peu à peu et ils se retrouvèrent dans la chambre funéraire. Depuis le temps qu'elle avait brûlé du désir de la visiter, comme vous consume un rêve impossible à réaliser en ce bas monde, voilà qu'elle se tenait en son sein et qui plus est tout contre les flancs du tombeau lui-même, son âme le contemplant à travers un rideau de larmes. Elle aurait aimé prendre son temps pour se repaître du goût du bonheur, n'était la force de la pression de la foule. Elle tendit la main vers la paroi en bois et Kamal suivit son exemple. Puis il récita la Fâtiha. Elle caressa la paroi et la baisa tandis que sa langue poursuivait ses prières et ses supplications sans relâche. Elle aurait aimé rester debout longtemps ou s'asseoir dans l'un des coins pour contempler et méditer à nouveau, en faire à nouveau le tour. Mais le serviteur de la mosquée avait l'œil sur toutes, ne permettant à aucune de s'attarder, exhortant les traîneuses et brandissant son long bâton en signe d'avertissement, tout en priant la foule de terminer la visite avant l'heure de la prière du vendredi. Elle s'était désaltérée à la source pure mais n'avait point éteint sa soif. Il s'en fallait qu'en elle une soif fût éteinte ! La ronde rituelle avait excité sa tendresse, les sources en avaient jailli, puis celle-ci avait coulé, son flot s'était grossi pour n'aspirer plus désormais qu'à plus de proximité et de liesse. Et quand elle se vit contrainte de quitter la mosquée, elle en arracha littéralement son âme et y déposa son cœur en lui tournant le dos. Elle avançait, sans force, meurtrie par le sentiment de lui dire adieu pour toujours. Mais son caractère, enclin à se contenter de peu et résigné, lui reprocha la tristesse à laquelle elle s'était laissé aller et la rendit à la délectation du bonheur qu'elle avait conquis et dont elle s'aida pour chasser les affres de la séparation. Kamal l'invita à aller voir son école au fond de la rue d'al-Hussein et ils s'y rendirent.

Ils y firent une longue halte et, comme elle manifestait le désir de rentrer par où elle était venue, l'évocation du retour avertit l'enfant que l'heureuse excursion avec sa mère, comme il n'en avait jamais rêvé auparavant, touchait à sa fin. Il refusa de l'abandonner en si bon chemin et la défendit dans un élan intrépide en proposant de marcher tous deux dans la nouvelle avenue jusqu'à al-Ghuriya. Et, afin d'en finir avec la résistance qui se faisait jour sous le voile à la façon d'une moue souriante, il jura sur al-Hussein, tant et si bien qu'après un soupir elle s'abandonna à sa petite main.

Ils progressaient maintenant au milieu d'une foule véhémente et d'un flot houleux de passants marchant en tout sens, ce dont elle n'avait pas rencontré le centième dans la ruelle paisible par où elle était venue. Et elle commença à se sentir mal à l'aise, à perdre ses esprits, saisie d'un si grand trouble qu'elle ne tarda pas à se plaindre à son petit garçon de sa peine et de l'immense fatigue qu'elle endurait. Mais l'acharnement du gamin à poursuivre l'heureuse promenade l'incita à faire la sourde oreille, il l'encourageait même à aller de l'avant, la divertissant de ses tracas en l'incitant à regarder les échoppes, les voitures et les passants, tandis qu'ils approchaient à pas de tortue de l'impasse d'al-Ghuriya. Là, il aperçut la boutique de beignets, et l'eau lui vint à la bouche. Ses yeux y restèrent rivés et il commença à imaginer un moyen de persuader sa mère de rentrer dans la boutique et d'y acheter un beignet.

Ils arrivaient à sa hauteur, lui-même encore tout à sa

réflexion, quand, sans qu'il ait eu le temps de le réaliser, sa mère lui glissa de la main. Il se retourna, la cherchant du regard, mais ce fut pour la voir tomber la tête la première après qu'un râle profond lui eut échappé. Il écarquilla les yeux, éberlué, et resta pétrifié d'effroi. Toutefois, malgré sa stupeur et sa frayeur, il eut le temps d'apercevoir, à peu près au même moment, une auto qui freinait dans un violent fracas, soulevant derrière elle une traînée de fumée et de poussière; il s'en fallut de peu qu'elle écrase la femme étalée au sol, elle ne s'y était arrêtée qu'à deux doigts. Un cri s'éleva, un vacarme s'ensuivit. Les gens se précipitèrent de tous les coins de la rue comme accourent les enfants vers la flûte en roseau du charmeur de serpents, et ils formèrent autour d'elle un cercle épais qui n'était qu'une mer d'yeux intrigués, de cous tendus, de langues proférant des paroles où les questions se mêlaient aux réponses. Kamal se remit quelque peu de sa commotion et commença dans un état où se confondaient la peur et les appels au secours, à promener ses yeux entre sa mère étalée à ses pieds et les gens puis il se laissa tomber à genoux à ses côtés, posa sa paume sur son épaule et l'appela d'une voix aux accents hachés par la fièvre de la prière. Mais elle ne lui répondait pas. Il releva la tête en fixant l'attroupement du regard, avant d'éclater en sanglots et en une chaude lamentation qui couvrit le tumulte alentour jusqu'à presque le faire taire. Quelques-uns se mirent en devoir de le consoler par des mots vides de sens, tandis que d'autres se penchaient sur sa mère, intrigués, avec deux désirs cachés au fond des yeux : l'un priant pour le salut de la victime, l'autre penchant, en cas de désespoir de salut, pour le spectacle de la mort, cet arrêt différé du destin qui frappait à une autre porte que la leur, enlevant une autre âme que la leur, comme s'ils cherchaient à faire, sans dommage pour eux, un semblant de répétition du rôle le plus dangereux qu'ils étaient tous condamnés à jouer pour clore la vie. L'un d'eux s'écria : « C'est la portière droite de la voiture qui l'a touchée au dos. » Puis le conducteur, qui était sorti de son véhicule et se tenait debout, serré à la gorge par le climat d'accusation qui pesait contre lui, déclara : « J'ai dévié brusquement du bas-côté mais je n'ai pu éviter de la toucher. J'ai quand même pu piler rapidement, ce qui a permis d'atténuer le choc. Sauf l'aide de Dieu, je l'aurais écrasée ! » Puis une voix s'éleva de la foule qui avait les yeux fixés sur elle : « Elle respire encore... Elle est seulement évanouie ! » Le conducteur qui avait vu arriver l'agent de police, le sabre battant au côté gauche, ajouta : « C'est juste un petit choc... Il ne peut pas lui avoir fait de mal... Elle n'a rien... Elle n'a rien, messieurs-dames, Dieu... » Puis se dressa la stature du premier homme venu pour l'examiner. Il déclara sur un ton de prêche : « Eloignez-vous... Ne lui bouchez pas l'air ! Elle ouvre les yeux... Elle n'a rien. Dieu soit loué ! » Il parlait avec une joie non dénuée d'orgueil, comme si c'était lui qui lui avait rendu la vie. Puis il se retourna vers Kamal secoué par des sanglots nerveux auxquels il se laissa aller avec une émotion qui ne laissa aucune prise aux consolations des gens. Il se tourna vers lui, lui caressa la joue avec tendresse et lui dit : « Arrête-toi, mon petit, ta mère va bien. Regarde ! Allez, viens m'aider à la relever. » Mais Kamal ne s'arrêta de pleurer qu'au moment où il vit sa mère bouger. Il se pencha vers elle, lui posa la main droite sur l'épaule et aida l'homme à la relever jusqu'à ce qu'elle puisse, après un effort intense, se dresser sur ses jambes entre eux deux, épuisée et à bout de forces, ayant perdu sa *mélayé* que des mains se tendirent pour remettre en place dans la mesure du possible autour de ses épaules. C'est alors que le marchand de beignets devant la boutique de qui l'accident s'était produit, vint lui offrir un siège où on la fit asseoir et lui apporta un verre d'eau. Elle en but une gorgée dont la moitié lui dégoulina dans le cou et sur la poitrine qu'elle s'essuya de la main d'un geste machinal en poussant un profond soupir. Puis elle se mit à exhaler avec peine des halètements et à regarder ahurie les visages fixés sur elle, en demandant :

– Qu'est-ce qui s'est passé ? Qu'est-ce qui s'est passé ? O mon Dieu, pourquoi pleures-tu, Kamal ?

A cet instant, l'agent de police s'approcha d'elle et lui demanda :

– Vous avez quelque chose, madame? Pouvez-vous marcher jusqu'au commissariat?

Le mot « commissariat » heurta son esprit et la remua de fond en comble.

– Mais pourquoi au commissariat? s'écria-t-elle prise de panique. Jamais je n'irai au commissariat!

– Une voiture vous a heurtée et vous a renversée, lui répondit l'agent. Si vous avez quelque chose, il faut, accompagnée du conducteur que voici, vous rendre en personne au commissariat pour rédiger le constat!

Mais elle dit pantelante :

– Oh! non, non! Je n'irai pas... Je n'ai rien.

– Assurez-vous de ce que vous dites, répliqua le policier. Levez-vous, marchez pour qu'on voit si vous n'avez rien.

Elle se leva sans hésiter, propulsée par la panique qu'avait soulevée en elle le mot « commissariat ». Elle se dressa, rajusta sa *mélayé* et avança sous les yeux intrigués, tandis que Kamal, à ses côtés, époussetait de la *mélayé* la terre qui y était restée accrochée. Puis elle dit au policier en espérant mettre un terme à tout prix à cette situation douloureuse :

– Je vais bien...

Puis, désignant du doigt le conducteur :

– Laissez-le... Je n'ai rien!

La peur qui s'était emparée d'elle lui avait fait perdre sa sensation de défaillance. Le spectacle de tous ces gens qui avaient les yeux braqués sur elle l'effrayait, surtout le policier placé à leur tête. Elle tressaillit sous l'incidence des regards dirigés vers elle de toutes parts et bravant avec un dédain extrême une longue vie passée à se dissimuler et à se soustraire aux regards. Puis ses yeux crurent apercevoir vaguement au-dessus de la foule l'image de son maître, comme en train de la dévisager avec des yeux de glace et de pierre, augurant d'un mal dont la représentation lui était insoutenable. Elle empoigna sans plus tarder la main du garçon et se dirigea avec lui vers al-Sagha sans trouver âme sur son passage; à peine le tournant de la rue les eût-il engloutis qu'elle respira profondément et s'adressa à Kamal comme se parlant à elle-même :

– Seigneur! Qu'est-ce qui s'est passé? Qu'est-ce que j'ai vu, Kamal? C'était comme un rêve effrayant. J'ai eu l'impression de tomber d'une hauteur dans un trou noir, que la terre se mettait à tournoyer sous mes pieds. Puis je n'ai plus eu conscience de rien jusqu'à ce que j'ouvre les yeux sur ce spectacle épouvantable... O mon Dieu, il voulait vraiment m'emmener au commissariat? O mon Dieu, ô Seigneur, divin Sauveur! Quand est-ce qu'on va arriver à la maison? Tu as beaucoup pleuré, Kamal? Je ne veux pas te perdre, mon fils! Sèche tes larmes avec ce mouchoir en attendant de te laver la figure à la maison... Ah!

Dès qu'ils furent sur le point de traverser la rue d'al-Sagha, elle s'arrêta de marcher. Elle s'appuyait de la main sur l'épaule du garçon, le visage contracté. Kamal leva la tête vers elle, inquiet.

– Qu'est-ce que tu as? demanda-t-il.

Elle ferma les yeux et répondit d'une voix faible :

– Je suis fatiguée, très fatiguée, c'est à peine si mes jambes me portent encore! Appelle la première voiture que tu rencontreras, Kamal!

Il regarda tout autour de lui et ne vit qu'une charrette arrêtée devant la porte de l'hôpital Qalawun. Il héla le cocher qui mena la voiture prestement et la fit stopper devant eux. Anima s'en approcha en s'appuyant sur l'épaule de Kamal, puis se hissa avec son aide sur le plancher tout en prenant appui sur les épaules du cocher qui les lui abaissa à hauteur jusqu'à ce qu'elle s'assoie jambes croisées en soupirant, harassée de fatigue. Kamal s'assit à côté d'elle, le cocher sauta à l'avant et, avec la poignée de son fouet, aiguillonna l'âne qui avança de sa démarche lente, tirant la charrette cahotante qui brinquebalait derrière lui.

Amina marmonna en gémissant :

– Ce que j'ai mal! J'ai les os de l'épaule démis!

Kamal la regardait effrayé et pris d'angoisse... La charrette passa en chemin par la boutique de son père sans qu'il y prête attention. Il continua à regarder devant lui jusqu'à ce qu'apparaissent les moucharabiehs de la maison. Il ne retenait plus de l'heureuse sortie que sa triste fin!

*

Oum Hanafi ouvrit la porte, mais la vue de sa maîtresse assise sur une charrette la laissa décontenancée. Elle avait pensé de prime abord que l'idée lui était peut-être venue de couronner sa sortie par un petit tour de voiture pour se divertir et un sourire éclaira son visage, mais pas pour longtemps, elle venait de voir les yeux de Kamal rougis par les larmes. Regardant à nouveau sa maîtresse avec inquiétude, elle put percevoir cette fois l'épuisement et la douleur qui la frappait. Elle laissa échapper un « Oh! » et se précipita vers la voiture en criant :

– Madame! Qu'avez-vous? Que le mal vous épargne!

Et le cocher répondit :

– Juste un peu de fatigue si Dieu le veut! Aidez-moi à la faire descendre.

La femme la prit dans ses bras et l'aida à s'avancer vers l'intérieur, Kamal marchant à leur suite, muet d'émotion et de tristesse. Khadiga et Aïsha avaient quitté la cuisine et attendaient dans la cour, chacune d'elles mûrissant une plaisanterie pour accueillir les arrivants, mais elles furent fortement effrayées en voyant Oum Hanafi qui les regardait depuis la loggia en portant tout bonnement leur mère. Elles ne purent retenir un cri et, prises de panique, la rejoignirent en hâte, en criant :

– Maman, maman, qu'est-ce que tu as?

On s'entraida à la porter et Khadiga ne laissa pas ce faisant d'interroger Kamal sur ce qui s'était passé, à tel point que le gamin fut contraint de bredouiller, pétrifié de crainte :

– Une... une auto!

– Une auto!

Ainsi s'écrièrent les deux jeunes filles en chœur, tout en répétant le mot qui leur laissait à l'esprit une résonance de terreur au-delà du supportable. Khadiga poussa un cri de lamentation :

– Quelle affreuse nouvelle! Que le mal t'épargne, maman!

Quant à Aïsha, sa langue se noua et elle fondit en larmes. La mère n'avait pas perdu l'esprit même si elle était au comble de l'épuisement, ce qui ne l'empêcha pas de murmurer, désireuse d'apaiser le trouble de ses deux filles :

– Je vais bien, il n'y a pas de mal, je suis seulement fatiguée.

Le remue-ménage vint aux oreilles de Fahmi et de Yasine qui sortirent en haut de l'escalier, regardèrent par-dessus la balustrade et ne tardèrent pas à dévaler les marches, inquiets, en demandant ce qui était arrivé. Khadiga fut tout juste capable de désigner Kamal afin de le laisser répondre, par peur de répéter elle-même le mot effrayant. Les deux jeunes gens se dirigèrent vers le gamin qui bredouilla pour la deuxième fois avec tristesse et embarras :

– Une auto!

Puis il fondit en larmes à son tour et les deux grands frères se détournèrent de lui, remettant à plus tard les questions pressantes qu'ils brûlaient de lui poser. Ils portèrent la mère à la chambre des deux filles et la firent asseoir sur le canapé. Puis Fahmi lui demanda anxieux et tourmenté :

– Dis-moi ce que tu as, maman! Je veux tout savoir!...

Mais Amina renversa la tête en arrière, sans mot dire, en attendant de reprendre son souffle, tandis que s'élevaient les pleurs de Khadiga, Aïsha, Oum Hanafi et Kamal, à tel point que Fahmi perdit son sang-froid et pesta contre eux jusqu'à ce qu'ils se calment. Puis il tira Kamal à lui pour l'interroger sur ce qu'il voulait savoir : comment l'accident s'était produit, ce que les gens avaient fait du conducteur, si on les avait emmenés au commissariat, dans quel état s'était trouvée sa mère pendant tout ce temps. Kamal répondait à ses questions sans hésitation, avec force débit dans les moindres détails. Amina suivait la conversation malgré sa faiblesse et quand le gamin se fut tu, elle rassembla ses forces et dit :

– Je vais bien, Fahmi, ne te fais pas de mauvais sang. Ils voulaient que j'aille au commissariat mais j'ai refusé. Puis j'ai continué de marcher jusqu'au bout d'al-Sagha et c'est là que mes forces ont décliné brusquement. Ne t'inquiète pas, je vais les retrouver avec un peu de repos...

Yasine n'en était pas moins confronté, outre son inquiétude née de l'accident, à une gêne éprouvante, premier responsable qu'il était de cette sortie de malheur, comme on la baptisa par la suite, et il leur suggéra d'appeler un médecin. Il quitta la chambre pour mettre sa proposition à exécution sans attendre de connaître l'avis général. Le mot de « médecin » fit trembler Amina de même qu'elle avait tremblé auparavant à celui de « commissariat ». Aussi pria-t-elle Fahmi de rattraper son frère et de le dissuader en lui certifiant qu'elle se remettrait sans nul besoin de médecin. Mais le jeune homme refusa de se conformer à sa volonté, en lui faisant valoir les multiples avantages qu'il y aurait à sa venue. Entre-temps, les deux filles l'aidèrent à ôter sa *mélayé* et Oum Hanafi lui apporta un verre d'eau. Puis tous l'entourèrent, examinant avec anxiété son visage pâlissant, lui demandant à satiété ce qu'elle ressentait. Elle, de son côté, s'efforçait de paraître calme, autant que faire se pouvait, ou se contentait de dire, si la douleur la harcelait : « J'ai une petite douleur à l'épaule droite », avant de reprendre : « Mais il n'y a pas lieu de faire venir un médecin! » A vrai dire, appeler un médecin ne lui avait jamais souri, d'une part pour n'en avoir jamais rencontré, du fait de sa santé inébranlable et avoir toujours réussi à circonscrire les indispositions et les dérèglements dont elle était victime – du reste elle ne croyait pas à la médecine officielle, cette dernière restant liée dans son esprit aux accidents majeurs et aux grands fléaux – d'autre part, parce qu'elle avait le sentiment que le fait d'appeler un médecin était propre à relancer l'affaire qu'elle voulait étouffer et classer avant le retour de Monsieur... Elle ne manqua pas de faire part de ses craintes à ses enfants, mais ceux-ci, à cet instant précis, n'avaient d'autre souci que sa sauvegarde.

Yasine ne s'absenta pas plus d'un quart d'heure, le cabinet de consultation du médecin se trouvant sur la place de Bayt el-Qadi. Il revint en précédant l'homme qui dès son arrivée sur les lieux se dirigea droit vers la mère. On libéra la chambre et seuls Yasine et Fahmi restèrent avec elle.

Le médecin demanda à Amina de quel mal elle se plaignait.

Elle désigna son épaule droite et dit en ravalant sa salive desséchée par la peur :

– Je ressens une douleur ici !

En se fondant sur son indication, en plus de ce que Yasine en chemin lui avait grossièrement raconté de l'accident, il s'approcha pour l'examiner. L'examen parut long aussi bien aux deux jeunes gens qui attendaient à l'intérieur qu'à celles qui attendaient derrière la porte, l'oreille tendue et le cœur palpitant. Puis le médecin laissa la patiente, pour se tourner vers Yasine et déclara :

– Fracture de la clavicule droite, je ne vois que ça !

Le mot « fracture » provoqua un frisson de terreur à l'intérieur et à l'extérieur, et tout le monde s'étonna de la formule « Je ne vois que ça », comme s'il put exister au-delà de la fracture quelque chose leur laissant une marge de supposition. Ils trouvèrent toutefois dans l'expression même, ainsi que dans le ton avec lequel elle venait d'être prononcée, de quoi inciter à la tranquillité.

– Et c'est grave ? demanda Fahmi entre la crainte et l'espoir.

– Pas du tout ! Je vais remettre l'os dans sa position initiale et le bander. Elle devra quand même dormir quelques nuits assise, le dos appuyé sur un oreiller, car il lui sera impossible de dormir sur le dos ou sur le côté. La fracture va se remettre et, en l'espace de deux ou trois semaines tout au plus, il n'y paraîtra plus. Il n'y a absolument pas lieu de s'inquiéter! Et maintenant, laissez-moi travailler!

Quoi qu'il en fût, ils venaient de respirer une bouffée de salut après avoir eu la gorge sèche et le signe en fut manifeste parmi l'attroupement qui se tenait à l'extérieur de la chambre :

– Que la bénédiction d'al-Hussein soit sur elle, murmura Khadiga. Après tout, elle n'est jamais sortie que pour lui rendre visite!

Et comme si ses paroles avaient rappelé à Kamal un point important oublié depuis longtemps, il s'exclama avec surprise :

– Comment cet accident a-t-il bien pu arriver après la bénédiction de la visite à Sayyedna al-Hussein?

Mais Oum Hanafi rétorqua tout bonnement :

– Qui sait ce qui aurait pu lui arriver, Dieu nous en garde, si elle n'avait pas eu la bénédiction de la visite à Sayyedna al-Hussein?

Aïsha n'était pas encore remise de l'effet du choc et elle eut peine à parler :

– O mon Dieu, s'écria-t-elle dans une ardente supplication, quand tout ça va-t-il finir et redevenir comme s'il n'en avait rien été?

Et Khadiga ajouta atterrée :

– Mais qu'est-ce qui a bien pu la mener à al-Ghuriya? Si elle était rentrée directement à la maison après la visite, rien de ce qui lui est arrivé ne lui serait arrivé!

Le cœur de Kamal se mit à cogner de peur et d'embarras, et sa faute prit la forme à ses yeux d'un crime honteux. Il essaya toutefois d'échapper aux soupçons et dit sur un ton de blâme :

– Elle a voulu faire quelques pas dans la rue et j'ai eu beau dire et beau faire, pas moyen de lui faire changer d'idée!

Khadiga fit peser sur lui un regard accusateur et alla

pour lui répondre, mais elle sembla s'en abstenir par pitié pour son visage blêmissant. Elle se dit en elle-même : « Les soucis du moment, ça suffit comme ça ! »

Puis la porte s'ouvrit et le médecin quitta la chambre en disant aux deux garçons marchant à sa suite :

— Il faudra que je vienne la voir tous les jours jusqu'à ce que la fracture se ressoude mais, comme je vous l'ai dit, il n'y a absolument pas lieu de s'affoler !

Toute la petite famille prit alors la chambre d'assaut et ce fut pour voir leur mère assise dans le lit, le dos appuyé contre un oreiller cassé en deux derrière elle. Elle n'avait rien de changé, à part une surépaisseur sous l'épaulette de la robe, au-dessus de son épaule droite, trahissant le bandage qui passait par en dessous.

— Louange à Dieu ! cria-t-on en se précipitant vers elle.

Dieu que la douleur lui avait été rude pendant que le médecin réduisait la fracture ! Elle y avait répondu par un gémissement continu et, n'était sa nature pudique, elle aurait hurlé. Mais maintenant la douleur l'avait quittée, du moins le semblait-il, et elle ressentait un relatif apaisement mêlé de quiétude. Mais voilà que le relâchement de la douleur permettait à son esprit de retrouver sa vivacité et de réfléchir à la situation à tous égards. La peur ne tarda pas à s'emparer d'elle et elle demanda en promenant entre les siens un regard dérouté :

— Qu'est-ce que je vais bien pouvoir raconter à votre père quand il va rentrer ?

La question fit barrage, narquoise et provocante, comme les récifs hérissés surgissent sur la route paisible d'un navire, succédant à la brise d'apaisement par laquelle ils s'étaient laissés porter. Néanmoins, elle n'eut pas sur eux d'effet de surprise. Peut-être même s'était-elle glissée dans la foule des sentiments douloureux qui leur avait brûlé le cœur, au moment du choc de la nouvelle, mais elle s'y était égarée, et l'on en avait reporté pour un temps l'examen. Or voici qu'elle revenait occuper le vif des esprits et qu'ils ne pouvaient manquer d'y faire face. A juste titre ils trouvaient qu'elle leur était plus pénible à eux et à leur mère, que le choc dont elle était sortie à deux doigts de la guérison. Amina ressentit, face au silence par lequel sa question fut accueillie, la solitude du coupable abandonné par ses amis à l'annonce de sa condamnation.

– Il apprendra fatalement l'accident, bredouilla-t-elle avec des accents plaintifs, et à plus forte raison ma sortie qui en est la cause!

Et, bien qu'Oum Hanafi ne se trouvât ni moins angoissée que le reste de la famille ni moins consciente de la gravité de la situation, elle voulut dire une bonne parole, à la fois pour apaiser l'atmosphère et aussi parce qu'elle sentait que le devoir lui commandait, en tant que vieille et fidèle servante, de ne pas se réfugier dans le silence face à l'adversité, au risque de se voir soupçonnée d'indifférence.

– Si mon maître apprend ce qui vous est arrivé, dit-elle en sachant parfaitement combien la réalité était éloignée de ses propos, il ne pourra faire autrement que d'oublier votre impair en louant Dieu de votre salut...

Ses paroles furent accueillies avec la désaffection qu'elles méritaient auprès de gens à qui rien n'échappait de la réalité de la situation. Toutefois Kamal y ajouta foi et dit en s'enthousiasmant, comme parachevant la déclaration d'Oum Hanafi :

– Surtout si on lui dit que notre sortie avait pour but la visite à Sayyedna al-Hussein!

Amina promena ses yeux éteints de Yasine à Fahmi :

– Qu'est-ce que je vais bien pouvoir lui dire? demanda-t-elle.

– Quel démon m'a égaré quand je t'ai conseillé de sortir, répondit Yasine abattu par le poids de sa responsabilité. Un mot, comme ça, qui m'est venu sur la langue! Si seulement il avait pu ne pas y venir! Mais le destin en a décidé ainsi, pour nous plonger dans cette douloureuse impasse. En tout cas, laisse-moi t'assurer que nous trouverons quoi lui dire, et, quoi qu'il en soit, il ne faut pas que tu t'obnubiles avec ce qui va se passer. Aie confiance en

Dieu ! Tu as bien assez de toutes ces douleurs et frayeurs que tu as endurées aujourd'hui !

Il le dit avec enthousiasme et pitié, rejetant son indignation sur lui-même. Il éprouvait envers Amina la pitié d'un être souffrant de sa situation. Et, bien que ses paroles ne fissent ni avancer ni reculer les choses, elles soulagèrent son sentiment de gêne angoissé. Il y avait exprimé en outre du même coup ce qui peut-être tournait dans l'esprit de certains qui étaient près de lui, ou de tous.

Il leur épargnait ainsi de l'exprimer eux-mêmes, l'expérience lui ayant enseigné que le meilleur moyen de se défendre consiste parfois à s'attaquer soi-même et que reconnaître sa faute incite autant au pardon que s'en défendre incite à la colère. Ce faisant, la pire chose à craindre était que Khadiga saute sur l'occasion pour lui faire porter devant tous la responsabilité de l'événement auquel avait conduit son conseil et qu'elle en fasse un moyen de l'agresser. En conséquence, il la précédait et lui barrait la route. Ses suppositions n'auraient pu être démenties car, effectivement, Khadiga était sur le point de lui demander, en sa qualité de responsable au premier chef de ce qui était arrivé, de leur trouver une porte de sortie. Mais dès qu'il eut fini sa tirade, elle s'abstint par pudeur de l'attaquer, d'autant qu'elle ne le faisait ordinairement qu'histoire de se chamailler et non de se haïr. Partant, sa propre situation trouva quelque amélioration, quoique la situation générale restât toujours aussi désastreuse. Il en fut ainsi jusqu'à ce que Khadiga sorte de son silence en disant :

– Pourquoi ne prétendrait-on pas qu'elle est tombée dans l'escalier ?

Amina leva vers elle un visage implorant le salut par tous les moyens. Puis elle se tourna alternativement vers Fahmi et Yasine, une lueur d'espoir dans les yeux. Mais Fahmi demanda perplexe :

– Et le médecin... Il va venir la voir chaque jour et finira par rencontrer nécessairement papa...

Mais Yasine refusait de refermer la porte par où avait

filtré un souffle d'espoir capable de le délivrer de sa douleur et de ses craintes.

– Il n'y a qu'à s'entendre avec le médecin sur ce qu'il conviendra de dire à père, suggéra-t-il.

On échangea des regards sceptiques, avant que la joie n'illumine les visages à la sensation commune de salut. L'ambiance morbide céda la place à une atmosphère joyeuse comme se fait jour tout à coup au milieu d'un nuage noir une trouée de bleu qui s'ouvre... s'ouvre... par un miracle enchanteur, jusqu'à envahir en quelques minutes la voûte céleste, et laisser passer la lumière du soleil.

– Dieu soit loué, on est sauvé! dit Yasine en soupirant.

Ce à quoi Khadiga rétorqua après avoir recouvré sa vivacité coutumière à la faveur du climat nouveau :

– Tu veux dire : tu es sauvé, monsieur le conseilleur!

Yasine éclata de rire au point que son gros corps en fut secoué :

– Ah! ça oui, je suis sauvé du dard de ta langue. Ça faisait un bout de temps que je m'attendais à ce qu'il s'allonge vers moi pour me piquer!

– Mais c'est justement lui qui t'a sauvé! « Grâce aux roses les ronces sont aussi arrosées! »

Ils allaient presque oublier, dans la joie de la délivrance, leur mère clouée au lit avec la clavicule cassée... Mais elle aussi était près de l'oublier.

*

Elle ouvrit les yeux et son regard se posa sur Khadiga et Aïsha assises sur le lit à ses pieds et qui la regardaient, les yeux tiraillés entre la peur et l'espoir. Elle soupira, tourna la tête du côté de la fenêtre et vit la jalousie déverser la lumière du matin.

– J'ai dormi longtemps? bredouilla-t-elle, l'air surprise.

– Quelques heures après que l'aube s'est levée sur toi sans que tu aies fermé l'œil! lui répondit Khadiga. Tu parles d'une nuit, je m'en souviendrai, aussi longtemps que je vivrai!

Les souvenirs des heures passées lui revinrent et ses yeux prirent une expression de pitié, pour elle-même et pour les deux filles qui avaient passé tout ce temps à son chevet, partageant avec elle l'insomnie et la douleur. Elle remua les lèvres en invoquant la protection de Dieu d'une voix imperceptible. Puis elle chuchota, l'air honteux :

– Comme je vous ai causé de la fatigue!

– C'est du repos, ta fatigue! rétorqua Khadiga sur un ton fleurant la plaisanterie... Mais garde-toi de recommencer à nous retourner les sangs!

Puis sur un ton dominé par l'émotion :

– Comment cette douleur atroce a pu te tomber dessus? Je te croyais en train de dormir à poings fermés, en pleine forme, alors je me suis allongée pour dormir à mon tour. Et d'un seul coup, j'ai été réveillée par tes gémissements. Tu n'as pas arrêté de faire « Aaah! Aaah!... » jusqu'au lever du jour.

Le visage d'Aïsha rayonna d'optimisme :

– De toute façon, réjouis-toi! dit-elle. Quand Fahmi m'a demandé de tes nouvelles ce matin, je lui ai dit comment tu allais. Mais il m'a dit que la douleur qui t'a fait souffrir est signe que l'os fracturé commence à se ressouder.

Le nom de Fahmi la tira de la tourmente de ses pensées :

– Ils sont partis sans encombre? demanda-t-elle.

– Naturellement, répondit Khadiga. Ils auraient voulu venir te parler pour se rassurer d'eux-mêmes sur ton compte mais je n'ai pas permis à quiconque de te tirer d'un sommeil que tu n'as pas trouvé avant de nous avoir fait faire des cheveux blancs!

– Dieu soit loué, en tout cas! soupira Amina avec fatalisme. Puisse-t-il donner une suite heureuse à tout ça! Mais... Quelle heure est-il maintenant?

– Encore une heure et c'est l'appel à la prière de l'après-midi!

L'heure avancée l'incita à baisser les yeux, songeuse.

Puis elle les releva dans une expression soudaine d'angoisse :

– Il est peut-être en chemin vers la maison en ce moment! murmura-t-elle.

Elles comprirent de qui elle voulait parler et, bien qu'elles ressentissent dans leur cœur le frisson de la peur, Aïsha déclara en confiance :

– Qu'il soit le bienvenu! Pas de raison de se ronger les sangs. On s'est mis d'accord sur ce qu'il faut dire, n'en parlons plus.

Toutefois, l'approche de son retour sema l'angoisse dans son esprit frêle et elle demanda :

– Vous croyez vraiment qu'on va pouvoir cacher ce qui est arrivé?

La voix de Khadiga se fit plus sèche, à la mesure de son angoisse grandissante :

– Et pourquoi pas? On l'informera de ce qu'on a convenu pour que ça se passe bien!

Amina aurait souhaité à cette heure que Yasine et Fahmi fussent restés à ses côtés pour l'encourager. Khadiga avait beau dire qu'on l'informerait de ce dont on était convenu pour que ça se passe bien! Est-ce que ce qui s'était passé allait rester éternellement un secret bien gardé? Est-ce que la vérité ne finirait pas par trouver une brèche pour filtrer jusqu'à ses oreilles? Comme elle craignait le mensonge, à l'égal de la vérité, ne sachant quel destin la guettait! Elle promena ses yeux avec tendresse sur ses filles et ouvrit la bouche pour parler quand Oum Hanafi entra en courant.

– Monsieur est là, madame, dit-elle d'une voix chuchotée, comme si elle craignait qu'on l'entende au-dehors de la chambre.

Leurs cœurs se mirent à battre d'émotion. Les deux filles se retirèrent du lit d'un bond et se tinrent debout face à leur mère. Sans dire un mot, elles échangèrent entre elles trois des regards, puis Amina murmura :

– Vous deux, vous ne parlez pas! J'ai peur pour vous

des conséquences si vous l'abusez. Laissez-moi parler...
Advienne que pourra!

Un silence tendu régna sur la pièce, tel celui qui s'abat
sur de petits enfants dans l'obscurité, quand un bruit de
pas, attribué dans leur esprit à des démons rôdant au-
dehors, vint à frapper leurs oreilles. Soudain leur parvint
celui des pas de Monsieur qui approchaient dans l'escalier.
Amina repoussa à grand-peine le cauchemar du silence et
murmura :

— Si on le laisse monter jusqu'à sa chambre, il ne va
trouver personne!

Puis elle se tourna vers Oum Hanafi et lui dit :

— Faites-lui savoir que je suis ici, malade. N'en dites pas
plus!

Elle ravala sa salive, la gorge sèche. Quant aux deux
filles, elles sortirent de la chambre en luttant de vitesse et
la laissèrent seule. Elle se retrouva comme coupée du
monde et s'en remit à la volonté du destin. Ce fatalisme
apparaissait souvent dans son comportement, le plus
désarmé qui fût, comme un mode de courage passif. Elle
rassembla ses pensées pour se rappeler les mots qu'il fallait
dire, quoique le doute sur la loyauté de son stratagème ne
la quittât pas un instant et restât enfoui au fond de sa
conscience, manifestant sa présence par un état d'angoisse,
de tension et d'émiettement de la confiance. Elle entendit
le bout de la canne qui frappait le sol du salon et
murmura : « Seigneur, ayez pitié de moi, aidez-moi! » Puis
elle leva ses yeux vers la porte qui s'emplit bientôt de la
haute et large stature et elle le vit entrer, s'approcher,
jetant sur elle à travers ses grands yeux un regard scrutateur. Il s'arrêta au milieu de la chambre et demanda d'une
voix qu'elle s'imagina attentionnée, contrairement à ses
habitudes :

— Qu'est-ce qui t'arrive?

— Dieu soit loué, vous voilà sain et sauf, maître, dit-elle
en baissant les yeux. Je vais bien puisque vous allez
bien!

— Mais Oum Hanafi m'a dit que tu étais malade!

Elle montra son épaule droite de la main gauche :

– J'ai l'épaule touchée, maître, par Dieu n'y voyez rien de grave !

– Qu'est-ce qui t'a blessée ? demanda-t-il en examinant son épaule, préoccupé et anxieux.

Le sort en était jeté. Le moment crucial était arrivé. Il ne lui restait rien d'autre à faire que de parler, proférer le mensonge du salut pour traverser l'épreuve sans encombre et susciter un peu de cette pitié qui s'offrait. Elle leva les yeux en se ressaisissant et tandis qu'ils croisaient les siens, ou plutôt s'y perdaient, les battements de son cœur redoublèrent et se succédèrent sans merci. C'est alors que toute la résolution qu'elle avait rassemblée dans son esprit s'évanouit et que toute sa détermination se dispersa. Ses yeux cillèrent de trouble et d'hébétude. Elle lui adressa un regard perdu, sans mot dire. Alors il s'étonna de son trouble et la prit de court en demandant :

– Qu'est-il arrivé, Amina ?

Elle ne savait que dire, comme si elle n'avait rien à dire, mais il était désormais pratiquement certain qu'elle n'était plus en mesure de mentir. L'occasion lui avait glissé des mains sans savoir comment et, si elle avait renouvelé sa tentative, elle aurait émané d'elle tronquée et percée à jour. Elle était comme celui qui marche sur un fil en état d'hypnose et à qui l'on demande de renouveler son expérience périlleuse en état de conscience éveillée. A mesure que défilaient les secondes, elle s'enfonçait davantage dans l'embarras et la déroute jusqu'à ce qu'elle parvienne au bord du désespoir :

– Pourquoi ne parles-tu pas ?

Voilà que son ton commençait à trahir l'épuisement de sa patience ! Il pouvait fort bien tonner sous peu de colère. Dieu, dans quel pressant besoin d'assistance elle se trouvait ! Quel démon l'avait égarée dans cette sortie de malheur ?...

– Tiens, tu ne veux pas parler ?

Se taire plus longtemps devenait au-dessus de ses forces.

Elle bredouilla, la voix tremblotante, poussée par le désespoir et la force des choses :

– J'ai commis une grande faute, maître... Une auto m'a heurtée.

Ahmed Abd el-Gawwad écarquilla de stupeur des yeux pleins d'inquiétude et de désaveu, comme s'il doutait subitement de la validité de ses facultés intellectuelles. Amina ne supporta pas plus longtemps cette hésitation et se résolut à passer aux aveux complets, quelles qu'en fussent les conséquences, comme qui se hasarde au péril de sa vie à procéder à une grave intervention chirurgicale pour se délivrer des souffrances d'une maladie qui le laisse impuissant. Dès lors son sentiment de l'énormité de la faute et de la gravité de l'aveu redoubla. Les larmes inondèrent ses yeux et elle déclara d'une voix dont elle ne se soucia pas de dissimuler les accents larmoyants, soit que sa voix submergeait la sienne, soit qu'elle voulût faire une tentative désespérée pour faire pleuvoir la pitié :

– Il m'a semblé que Sayyedna al-Hussein m'appelait à lui rendre visite, alors j'ai répondu à son appel. Je suis partie pour la visite... et sur le chemin du retour une voiture m'est rentrée dedans. Dieu l'a voulu, mon seigneur... Je m'étais relevée de ma chute sans l'aide de personne. (Elle prononça cette phrase distinctement.) Sur le moment, je n'ai ressenti aucune douleur et je me suis crue indemne. Puis j'ai continué à marcher jusqu'à la maison et c'est là que la douleur a commencé à se réveiller. On m'a appelé un médecin, il m'a examiné l'épaule et y a diagnostiqué une fracture. Il a promis de venir me voir tous les jours jusqu'à ce que ça se remette. J'ai commis une grande faute, maître, et je n'ai eu que ce que je méritais... Dieu est miséricordieux

Ahmed Abd el-Gawwad l'écoutait silencieux, figé. Il ne la quittait pas des yeux et rien de ce qui bouillait dans sa poitrine n'avait encore percé sur son visage. Au contraire, c'est elle qui courba le front avec soumission, dans l'attitude de qui attend le prononcé de la sentence. Le silence se prolongea, s'alourdit... Les signes de la peur et de la menace crispèrent le visage d'Ahmed Abd el-Gawwad. Elle hésita sur son compte, ne sachant quel arrêt il allait prononcer ni à quel destin il allait la vouer, quand elle l'entendit déclarer avec un calme singulier :

– Et qu'a dit le médecin? La fracture présente un danger?

Elle se tourna vers lui interdite. Pour sûr, elle s'attendait à tout, sauf à ce qu'il lui fasse la faveur de cette parole attentionnée et, n'était la terreur inhérente à la situation, elle se la serait fait répéter pour s'assurer de l'authenticité de ce qu'elle avait entendu. L'émotion s'empara d'elle et deux grosses larmes perlèrent de ses yeux. Elle pinça les lèvres de peur de fondre en larmes puis elle murmura le front bas et abattue :

– Le médecin a dit qu'il n'y a absolument aucune raison de s'affoler. Dieu vous délivre de tous les maux, maître!

Ahmed Abd el-Gawwad s'arrêta un instant, luttant contre le désir qui l'incitait à poser davantage de questions puis, l'ayant vaincu, il quitta sa place pour sortir de la chambre et dit :

– Reste dans ton lit jusqu'à ce que Dieu te prenne par la main!

*

Khadiga et Aïsha se précipitèrent vers la chambre après le départ de leur père et s'arrêtèrent face à leur mère en posant sur elle un regard intrigué, plein de souci et d'anxiété. Elles remarquèrent ses yeux rougis par les larmes et restèrent muettes d'émotion. Khadiga qui dans son cœur pressentait la peur et augurait du pire demanda :

– Ça va bien au moins?

– Je lui ai avoué la vérité! se contenta de dire évasivement Amina en cillant d'embarras.

– La vérité!

– La vérité!

– Je n'ai pu faire autrement que d'avouer, expliquat-elle avec résignation. Il n'était pas possible que toute cette histoire lui soit cachée à jamais, j'ai bien fait...

Khadiga se frappa la poitrine et s'exclama :

– O jour funeste!

Aïsha de son côté resta interloquée, les yeux rivés sur le visage de sa mère, bouche cousue. Mais Amina souriait dans une sorte de fierté mêlée de confusion. Son visage pâle s'empourpra au souvenir de la pitié dont il l'avait entourée alors qu'elle n'attendait de lui qu'une colère dévastatrice la soufflant elle et son avenir. Oui, elle ressentait de la fierté et de la confusion en se préparant à évoquer la pitié que son maître lui avait témoignée dans son épreuve et comment il avait oublié sa colère devant l'émotion et l'appréhension qui s'étaient emparées de lui.

– Il a été bon avec moi, que Dieu lui prête vie! Il a écouté mon récit en silence, m'a demandé l'avis du médecin sur la gravité de la fracture et m'a quittée en me conseillant de rester au lit jusqu'à ce que Dieu me prenne par la main...

Les deux jeunes filles échangèrent des regards d'étonnement et d'incrédulité. Quoi qu'il en soit, la peur les quitta prestement et elles soupirèrent de soulagement, l'éclat de la félicité illuminant leur visage.

– Tu la vois, la bénédiction d'al-Hussein! s'exclama Khadiga.

Et Aïsha ajouta en se rengorgeant :

– Chaque chose a des limites, même la colère de papa. Il ne pouvait pas se fâcher en la voyant dans cet état... Maintenant on sait ce qu'elle représente pour lui!

Puis s'adressant à sa mère, taquine :

– Tu es vraiment une maman vernie! Mes compliments pour l'hommage et la pitié!

Le visage d'Amina s'empourpra à nouveau :

– Dieu lui prête vie, dit-elle en bafouillant, toute honteuse.

Puis en soupirant :

– Dieu soit loué, nous sommes sauvés!

Quelque chose lui revint et elle se tourna vers Khadiga, soucieuse :

– Il faut que tu le rejoignes, il va avoir fatalement besoin de tes services.

La jeune fille ressentit, eu égard à la gêne et au trouble qui la gagnaient en présence de son père, l'impression d'être tombée dans un guet-apens.

– Et pourquoi Aïsha n'irait-elle pas? demanda-t-elle avec irritation.

Mais Amina rétorqua sur un ton blâmeur :

– Tu es plus capable de le servir. Allez, ne traîne pas, ma petite fille, au cas où il aurait besoin de toi tout de suite!

Khadiga savait que ses protestations ne lui serviraient à rien comme chaque fois qu'on la priait de s'acquitter d'une tâche pour laquelle sa mère la jugeait plus capable que sa sœur. Elle tint néanmoins à en faire part comme d'habitude en pareil cas, poussée par ses nerfs prompts à s'enflammer et portée par cette tendance agressive qui trouvait en sa langue l'instrument le plus docile et le plus tranchant. Cela afin d'inciter sa mère à répéter qu'elle était « plus capable de ceci ou de cela qu'Aïsha » à titre d'aveu de sa part, d'avertissement envers sa sœur, de consolation pour elle-même. En fait, s'il arrivait qu'Amina, au lieu d'elle, charge Aïsha de l'une de ces tâches « d'envergure », elle s'emportait encore davantage, en interdisant l'accès à sa sœur, considérant au fond d'elle-même que les accomplir participait de ses droits et constituait une prérogative qui lui échouait en tant que femme digne de la seconde place après sa mère à la maison. Toutefois, en s'en acquittant, elle refusait de reconnaître tout haut qu'elle exerçait un droit, préférant qu'on y voie une lourde charge qu'elle acceptait contre son gré, pour qu'on ne l'en prie – quand on l'en priait – que gêné, pour, de son côté, pouvoir protester – quand elle protestait – en manifestant une colère qui lui changeait les idées, faire entendre à cette occasion les commentaires de son choix et qu'on considère, par-dessus le marché, ce dernier comme une faveur pour laquelle elle méritait d'être remerciée. C'est pourquoi elle quitta la chambre en disant :

– C'est toujours la même chose en cas de coup dur, tu appelles Khadiga, comme si tu n'avais sous la main que Khadiga! Qu'est-ce que tu ferais si je n'étais pas de ce monde?

Toutefois son orgueil l'abandonna pour faire place à la terreur et au trouble, et cela du seul fait qu'elle quittait la chambre. Elle se demanda par quel miracle elle allait pouvoir se présenter devant lui et assurer son service, comment il la traiterait si elle bafouillait, lambinait ou commettait des erreurs. Mais Ahmed Abd el-Gawwad avait déjà ôté ses vêtements et enfilé lui-même sa *galabiyyé* et, quand elle s'arrêta sur le pas de la porte en lui demandant ce dont il avait besoin, il la pria de lui faire une tasse de café, qu'elle se hâta de préparer et vint lui offrir à pas menus, les yeux baissés, de peur et de timidité. Puis elle retourna au salon et y séjourna pour se tenir à sa disposition au cas où il l'appellerait, sans réussir à s'affranchir de la sensation de terreur qui l'habitait, au point qu'elle se demanda comment elle allait bien pouvoir continuer à le servir tout au long de ces heures qu'il passerait à la maison, jour après jour, jusqu'à la fin de ces trois semaines. La chose lui parut réellement pénible et elle réalisa pour la première fois l'importance de la place qu'occupait sa mère. Aussi pria-t-elle pour sa guérison par amour pour elle autant que par pitié pour elle-même.

Et malheureusement Ahmed Abd el-Gawwad éprouva le désir de se reposer de la fatigue du voyage et ne partit pas pour la boutique contrairement à ce qu'elle espérait, en vertu de quoi elle fut contrainte de rester dans le salon comme une prisonnière. Sur ces entrefaites, Aïsha monta à l'étage du haut et, sans faire de bruit, se glissa dans le salon où sa sœur était assise afin de se faire voir d'elle par surprise, de railler son attitude par un regard et de retourner vers sa mère en la laissant bouillir de colère. Car rien n'excitait davantage sa fureur que de voir quelqu'un se jouer d'elle en plaisantant, même si elle prenait un malin plaisir à en faire autant avec tout le monde. Elle ne retrouva sa liberté, momentanément bien sûr, que lorsque Ahmed Abd el-Gawwad fut livré au sommeil. Alors elle vola vers sa mère et commença à lui raconter tous les services, réels et illusoires, qu'elle avait rendus à son père, décrivant les marques de tendresse et d'appréciation de ses services qu'elle avait pu lire dans ses yeux. Elle n'oublia pas en outre de faire une parenthèse concernant Aïsha, se répandant en réprimandes et admonestations pour la conduite puérile dont elle avait fait preuve. Puis elle retourna vers son père une fois qu'il fut réveillé et lui apporta le déjeuner. Quand il en eut terminé, il s'assit pour revoir quelques papiers pendant un bon moment, avant de l'appeler et de lui demander de lui envoyer Yasine et Fahmi dès leur retour à la maison... Cette recommanda-tion remplit Amina d'anxiété, elle craignait que quelque colère contenue ne se soit mise à travailler l'esprit de Monsieur et qu'il ne souhaite trouver maintenant de quoi se défouler en la personne des deux garçons. Lorsque Yasine et Fahmi à leur arrivée apprirent la situation et furent informés de l'ordre de leur père de se présenter à lui, la pensée qui avait traversé l'esprit d'Amina les saisit à leur tour et ils gagnèrent la chambre dans un état de vive appréhension. Mais le père contredit leur attente et les reçut avec un calme inhabituel, leur posant des questions sur l'accident, les circonstances, le rapport du médecin. Ils l'entretinrent longuement des faits qui étaient en leur connaissance, tandis que lui-même les écoutait avec intérêt. Pour finir, il leur demanda :

– Vous étiez à la maison lors de sa sortie?

Bien que la question fût attendue depuis le début, elle leur laissa, après ce calme surprenant et inattendu, une impression de trouble et ils craignirent qu'elle ne prélude à un changement de hauteur de la note où ils avaient trouvé l'apaisement du salut. Incapables de parler, ils se réfugiè-rent dans le silence. Du reste, Ahmed Abd el-Gawwad ne crut pas nécessaire de donner un caractère d'urgence à la question, comme s'il se moquait d'entendre la réponse qu'il avait comprise par avance, à moins qu'il ne souhaitât démasquer la faute sur leur visage sans se soucier de la leur entendre avouer. Il se contenta de leur montrer la porte de la chambre en les autorisant à prendre congé. Mais en prenant le chemin de la sortie, ils l'entendirent s'exclamer en se parlant à lui-même :

– Puisque Dieu n'a pas voulu me donner des hommes, qu'il me donne au moins la patience!

Bien que de toute évidence l'accident eût ébranlé Ahmed Abd el-Gawwad au point d'apporter à sa conduite habituelle un changement qui laissa tout le monde pantois, il ne put toutefois s'empêcher de s'adonner à sa traditionnelle veillée nocturne. Dès le soir venu, il revêtit ses habits et quitta la chambre en répandant devant lui un parfum généreux. Il n'en passa pas moins sur le chemin de la sortie par la chambre d'Amina et il demanda de ses nouvelles, de sorte qu'elle pria longtemps pour lui, pleine de gratitude et de reconnaissance. Bien qu'elle fût clouée au lit, elle ne vit pas dans son départ pour sa soirée un refus de se laisser aller à la pitié, mais interpréta au contraire le fait qu'il passe par sa chambre et s'inquiète de sa santé comme un honneur qui dépassait ses attentes. Qui plus est, s'abstenir de déverser sur elle sa colère, n'était-ce pas déjà une faveur dont elle n'avait pas même rêvé? Les frères avaient demandé avant qu'il ait quitté sa chambre : « Tu crois qu'il va renoncer à sa veillée cette nuit? » Mais Amina avait répondu : « Et pourquoi resterait-il puisqu'il sait que tout va bien? » Sans doute avait-elle espéré secrètement qu'il couronne sa bienveillance envers elle en renonçant à cette soirée, comme il seyait à un mari dont l'épouse a reçu un choc comme le sien. Mais elle ne connaissait que trop sa nature et elle lui trouva par avance des excuses. Si bien que, lorsqu'il vola vers sa veillée comme elle s'y attendait, elle put, pour se cacher la situation, justifier son départ par l'excuse qu'elle-même avait forgée sans l'accuser d'une quelconque indifférence. Cependant Khadiga demanda :

– Comment a-t-il encore le cran d'aller veiller quand il te voit dans cet état?

Ce à quoi Yasine répondit :

– On ne peut le lui reprocher puisqu'il est rassuré sur elle. Les émotions des hommes ne sont pas celles des femmes et le départ d'un homme vers une soirée n'est pas incompatible avec la tristesse! Peut-être même que se distraire lui est nécessaire pour pouvoir poursuivre facilement sa vie éprouvante.

Yasine ne défendait pas tant son père que son propre désir de sortir qui au fond de lui-même commençait à s'agiter. Toutefois son subterfuge ne prit pas avec Khadiga qui demanda :

– Est-ce que toi, par exemple, tu pourrais supporter d'aller veiller dans ton café cette nuit?

Il s'empressa de lui répondre en la maudissant intérieurement :

– Bien sûr que non! Mais moi c'est une chose, papa c'en est une autre!

Lorsque Ahmed Abd el-Gawwad quitta la chambre, Amina retouva ce sentiment de soulagement qui succède à la délivrance d'un danger et ses traits prirent l'éclat d'un sourire :

– Peut-être qu'il a jugé que ma punition fait pendant à ma faute et qu'il m'a pardonnée. Dieu le pardonne ainsi que nous tous!

Yasine se frappa les paumes et dit en protestant :

– Il y a des hommes jaloux comme lui, parmi ses amis notamment, qui ne voient aucun mal à ce que leurs femmes sortent chaque fois que la nécessité ou un acte de courtoisie l'exige. Qu'est-ce qu'il a à vous ériger cette maison en prison à perpétuité!

– Pourquoi n'as-tu pas plaidé notre cause pendant que tu étais devant lui? lui demanda Khadiga en l'observant narquoisement.

Le jeune homme se renversa dans un rire à lui faire trembler la bedaine et répondit :

– Il me faudrait d'abord un nez comme le tien pour me défendre avec en cas de besoin!

Les journées d'alitement se suivirent et la souffrance qui l'avait accablée la première nuit ne récidiva pas, même si la douleur menaçait le buste et l'épaule au moindre de ses mouvements. Puis elle marcha vers la guérison à grands pas, grâce à sa constitution robuste et à sa vitalité débordante qui répugnait par nature à l'immobilisme et à l'inaction, ce qui fit de l'obéissance aux préceptes du médecin un devoir pénible dont la torture éclipsa les pires douleurs de la fracture. Et peut-être que sans la surveillance stricte de ses enfants elle aurait envoyé au diable les recommandations médicales et se serait levée en quatrième vitesse pour retourner à ses occupations. Du reste, son alitement ne l'empêchait pas d'exercer depuis son lit une surveillance tous azimuts sur les affaires de la maison et d'imposer aux deux filles des comptes rendus exhaustifs et épuisants sur ce dont elle les avait chargées. Il en alla ainsi particulièrement des tâches délicates dont elle craignait qu'elles n'eussent été négligées ou oubliées. Avec insistance elle demandait : « Tu as épousseté le haut des rideaux et les jalousies des fenêtres? Tu as fait brûler de l'encens dans la salle de bains pour ton père? Tu as arrosé le lierre et le jasmin? » Toutes choses qui rendirent une fois Khadiga furieuse au point que la jeune fille lui dit : « Sache que, si toi, tu t'occupais de la maison, moi, je m'en occupe au centuple! » En outre, l'abandon forcé de son poste éminent provoquait en elle un sentiment ambivalent qui lui en fit voir de toutes les couleurs. Elle se demandait sans doute si la maison, ou quiconque de ses membres, n'avait pas perdu, du fait qu'elle en eut lâché les rênes, une part de son ordre ou de sa tranquillité. Mais elle ne savait ce qui lui était préférable : que tout tourne comme avant grâce à ses deux filles, fruits de son œuvre, ou que quelque chose de son équilibre ne bascule, propre à signifier à chacun le vide qu'elle avait laissé derrière elle. Mettons que Monsieur en personne ait ressenti ce vide : cela l'inciterait-il à mesurer son importance ou au contraire à s'emporter contre sa faute qui était cause de tout cela? Elle hésita longtemps entre sa complaisance honteuse pour elle-même et la sympathie sans mélange qu'elle éprouvait pour ses deux filles. Mais, en vérité, qu'un grain de sable ait grippé les rouages de l'ordre et elle en eût conçu une tristesse profonde. De la même manière que celui-ci ait conservé sa perfection, comme si aucun manque n'était survenu, et elle n'aurait pas manqué d'en être peinée...

Pour ce qui est des faits, ce vide qu'elle avait laissé, personne ne le combla, et la preuve fut administrée à la maison qu'il débordait largement les possibilités des deux filles, malgré leur énergie et leur sincérité... Amina ne s'en réjouit pas, ni au-dehors, ni au-dedans, son sentiment se déroba à sa conscience et elle prit passionnément et sincèrement la défense de Khadiga et d'Aïsha avant que la détresse et la douleur ne s'emparent d'elle et qu'elle ne puisse plus supporter son confinement.

*

A l'aube du jour promis, celui qu'elle avait longtemps attendu, elle sauta du lit avec une légèreté enfantine, portée par la joie, comme un roi qui retourne à son trône après le bannissement... Elle descendit à la chambre du four pour reprendre le fil de ses habitudes dont elle avait été coupée trois semaines durant et elle appela Oum Hanafi. La femme se réveilla sans en croire ses oreilles, alla vers sa maîtresse, l'embrassa et fit des vœux pour elle. Puis elles mirent la main au travail matinal dans une joie indescriptible et, dès le flamboiement du premier rayon de soleil, elle monta au premier étage où les garçons l'accueillirent avec compliments et baisers. Ensuite elle se dirigea vers l'endroit où dormait Kamal pour le réveiller. A peine le gamin eut-il ouvert les yeux qu'il resta bouche bée de surprise et de joie. Il se suspendit à son cou mais elle se débarrassa d'entrée de ses bras avec douceur et lui dit :

— Tu n'as pas peur que mon épaule redevienne comme avant?

Il la couvrit de baisers et se mit à rire en demandant avec malice :

– Dis, ma chère, quand est-ce qu'on va sortir encore ensemble ?

– Quand Dieu te rendra raisonnable pour que tu ne m'emmènes plus malgré moi vers ce chemin où j'ai failli dire adieu à la vie ! lui répondit-elle sur un ton de souriant reproche.

Il comprit qu'elle faisait allusion à son entêtement, cause directe de ses malheurs, et rit aux éclats comme un coupable à qui s'ouvrent les portes du salut, après que sa faute est restée suspendue au-dessus de sa tête pendant trois semaines. C'est qu'il avait eu une peur bleue que l'enquête ouverte par ses frères et sœurs n'aboutisse à la reconnaissance du coupable, les soupçons que tantôt Khadiga, tantôt Fahmi, avaient fait peser sur lui ayant été à deux doigts de le démasquer, n'eût été la détermination de sa mère à prendre sa défense et à endosser seule contre vents et marées la responsabilité de l'accident. Et quand l'enquête passa aux mains de son père, sa peur fut portée à son comble et il s'attendit à être appelé d'un moment à l'autre à se présenter devant lui, cela ajouté à son chagrin, tout au long de ces trois semaines, de voir sa mère adorée clouée au lit dans une grande détresse et incapable ni de s'allonger ni de se lever... Mais, maintenant, l'accident faisait partie du passé et ses séquelles envolées avec lui. On ne parlait plus de l'enquête et sa mère le réveillait à nouveau le matin et l'endormait le soir... Bref, tout était rentré dans l'ordre et la sécurité déployait ses étendards. Il pouvait donc à bon droit rire aux éclats et se féliciter du bien-être qui s'offrait... Amina quitta la chambre, monta à l'étage supérieur et, s'approchant de la porte de la chambre de Monsieur, elle entendit sa voix répéter dans sa prière : « Louange à toi, Seigneur immense. » Son cœur se mit à battre et elle s'arrêta à un pas de la porte, comme hésitante. Puis elle se surprit en train de se demander : « Vas-tu entrer pour dire bonjour ou vaut-il mieux préparer d'abord la table du petit déjeuner ? » Non pas vraiment pour s'interroger mais pour fuir la peur et la honte qui s'étaient emparées de son esprit, ou les deux à la fois, de même qu'on peut se créer un problème fictif en guise de refuge à un problème immédiat qu'on a peine à résoudre. Malgré son angoisse grandissante elle se rendit donc à la salle à manger et se mit au travail avec une application redoublée.

Le délai qu'elle s'était octroyé ne lui fut d'aucun profit et dans cette attente elle ne trouva pas le répit qu'elle avait espéré mais une épreuve plus pénible que la situation à laquelle elle s'était dérobée. Elle se demanda avec surprise comment elle avait pu renoncer à entrer dans sa chambre et se comporter comme si elle allait y entrer pour la première fois, alors que son seigneur n'avait pas cessé de venir la voir jour après jour durant sa convalescence. A vrai dire, sa guérison avait levé cet écran de protection que la maladie avait dressé autour d'elle et elle sentit qu'elle allait se trouver seule en face de lui pour la première fois depuis qu'avait été révélée sa faute. L'arrivée des garçons les uns après les autres allégea quelque peu sa solitude.

Ahmed Abd el-Gawwad ne tarda pas à faire son entrée dans la pièce, revêtu de son ample *galabiyyé*, mais son visage ne laissa paraître aucune réaction à sa vue. Il demanda seulement, imperturbable, tout en gagnant sa place à table : « Tu es là ? » Puis il ajouta, s'adressant aux garçons en s'installant : « Asseyez-vous ! » Ils commencèrent à prendre leur petit déjeuner tandis qu'elle se postait à sa place habituelle. Mais bien qu'une peur extrême se soit emparée d'elle à son entrée, elle reprit ensuite peu à peu ses esprits, autrement dit une fois que la première rencontre après la guérison se fût déroulée dans la grâce de Dieu. Elle sentit alors qu'il lui serait aisé de se retrouver sous peu seule à seul avec lui. Puis la tablée se dispersa et Ahmed Abd el-Gawwad regagna sa chambre. Elle le rejoignit quelques minutes plus tard en portant le plateau du café qu'elle posa sur la table basse et se rangea de côté, attendant qu'il ait terminé de siroter sa boisson pour l'aider à enfiler ses vêtements. Il but son café dans un silence profond, non pas ce silence qui s'installe de lui-même ou celui du repos après la fatigue ou encore celui qui retombe quand la conversation s'épuise, mais un silence résolument silencieux, enrobé de préméditation. Elle ne désespérait pas, fût-ce faiblement, qu'il lui témoigne quelque affection par le biais d'un mot gentil ou n'en vienne au moins à aborder l'un des thèmes de sa conversation habituelle à une telle heure de la matinée. De ce fait, son mutisme délibéré la désorienta et elle recommença à se demander s'il ne couvait pas quelque chose. L'angoisse recommença à lui planter son aiguille dans le cœur, mais le silence ne dura pas. Ahmed Abd el-Gawwad réfléchissait avec une rapidité et une contention d'esprit dépourvues de toute saveur, non pas cette réflexion née de l'inspiration du moment mais une autre, tenace, enracinée dans le temps, qui n'avait pas quitté son esprit tout au long des derniers jours. Il finit par demander sans lever le nez de sa tasse de café vide :

– Tu as retrouvé ta santé?

– Dieu en soit loué, maître! répondit Amina à voix basse.

Puis il ajouta sous forme de digression, avec amertume :

– Une chose m'étonne, et elle n'a pas fini de m'étonner, c'est comment tu as eu l'audace de ton entreprise!

Amina baissa la tête, muette de confusion, le cœur secoué de violents battements... Elle qui ne pouvait supporter sa colère quand elle plaidait pour une faute commise par un tiers, comment pourrait-elle la supporter maintenant que c'était elle la coupable... La peur lui lia la langue au moment même où il attendait la réponse. Aussi poursuivit-il avec réprobation :

– Est-ce que j'ai été trompé par toi sans le savoir pendant toutes ces années?

A ces mots elle ouvrit ses paumes, prise de panique, de douleur, et murmura le souffle haché :

– A Dieu ne plaise! maître. Certes, ma faute est considérable mais je ne mérite pas ces paroles!

258

Il poursuivit néanmoins son propos avec un calme terrifiant à côté duquel un hurlement eût été un soulagement :

– Comment as-tu pu commettre cette faute considérable? Parce que je me suis éloigné un seul jour?

– J'ai péché, maître, dit-elle avec un tremblement dans la voix qui n'était que le reflet du tressaillement qui possédait son corps. Le pardon vous appartient. Mon âme aspirait à rendre visite à Sayyedna al-Hussein et j'ai cru que sa visite bénie plaiderait en ma faveur pour sortir ne serait-ce qu'une fois.

Il hocha la tête non sans acrimonie, l'air de dire : « Aucun intérêt à polémiquer! » Puis il leva les yeux vers elle, le visage dur et courroucé et lui dit sur un ton irrévocable :

– Je n'ai qu'un mot à te dire : Va-t'en de ma maison sans plus tarder!

Son ordre lui tomba sur la tête comme un couperet. Elle resta muette de stupeur, incapable de faire un mouvement. Aux heures les plus dures de son épreuve, au moment où elle attendait son retour du voyage de Port-Saïd, elle avait imaginé une foule de choses redoutables, qu'il déverse sur elle sa colère ou l'assourdisse de ses hurlements et de ses injures. Il n'était pas jusqu'aux coups dont elle n'ait pas écarté l'éventualité. Quant à ce qu'il la chasse de la maison, cela ne lui avait pas effleuré l'esprit une seconde, ne serait-ce que pour la seule raison qu'elle avait vécu à ses côtés pendant vingt-cinq ans sans jamais envisager qu'il pût exister une raison susceptible de les séparer ou de l'enlever à cette maison dont elle était devenue partie intégrante.

Par sa sentence, Ahmed Abd el-Gawwad s'était débarrassé quant à lui du poids d'une pensée qui lui avait monté à la tête tout au long des trois semaines écoulées... La lutte avait commencé dès l'instant où Amina, clouée au lit, avait avoué sa faute en pleurant. Sur le moment il n'en avait pas cru ses oreilles puis il avait commencé à rassembler ses idées et à prendre conscience de l'abjecte réalité qui lui faisait face, défiant son orgueil et sa superbe. Il repoussa toutefois l'échéance de sa fureur le temps de se rendre compte de quoi elle souffrait. A moins que, chose plus proche de la vérité, il ne pût penser à ce qui mettait au défi son orgueil et sa superbe tant que l'habitait cette anxiété profonde, à la limite de la peur et de la panique, qui s'était emparée de lui pour la femme dont il appréciait la compagnie, admirait les qualités, au point de concevoir pour elle une pitié qui lui avait fait oublier sa faute et prier Dieu pour son salut. Sa tyrannie s'était comme rétractée devant le danger qui la menaçait et l'affection débordante qu'il recélait en lui s'était réveillée. Il regagna ce jour-là sa chambre, acculé à la plus profonde tristesse, même si son visage ne laissa rien paraître, ni devant elle, ni devant aucun des enfants, de ce qui le travaillait au cœur. Quoi qu'il en soit, en la voyant entrer en convalescence à pas rapides et sûrs il se rassura peu à peu et commença de ce fait à reconsidérer l'accident globalement, dans ses causes et ses effets, d'un œil neuf, ou plutôt de cet œil ancien à travers lequel il avait l'habitude de regarder sa maison. Or il arriva que par un sort malheureux, celui d'Amina bien entendu, il reconsidéra les événements à tête reposée, seul avec lui-même et qu'il se persuada que, s'il laissait le pardon l'emporter et répondait à l'appel de la pitié, ce vers quoi son âme tendait, il ruinerait à la fois son prestige, sa dignité, sa propre histoire et ses traditions. Les rênes lui glisseraient des mains, le tissu de la famille, qu'il tenait dur comme fer à conduire dans la fermeté et la rigueur, se désagrégerait... En un mot il ne serait plus Ahmed Abd el-Gawwad, mais quelqu'un d'autre que pour rien au monde il n'acceptait d'être. Oui, ce fut bien par malheur qu'il reconsidéra les événements posément, seul avec lui-même, d'autant que, s'il lui avait été donné de laisser libre cours à sa colère lors des aveux de sa femme, sa fureur aurait trouvé son assouvissement et l'incident se serait passé sans que l'on pût lui prévoir de fâcheuses conséquences. Mais la colère ne lui vint pas en temps opportun. De même, la manifester à la suite du rétablissement d'Amina, après un calme de trois semaines, n'eût pas été à même de contenter son orgueil, dès lors que cette colère-là eût été plus proche de la réprimande préméditée que de la colère véritable. Et comme sa sensibilité colérique s'enflammait d'ordinaire à la fois par nature et par dessein et que son versant naturel n'avait pas trouvé à temps d'exutoire, il fallait que son versant réfléchi, dès lors qu'une plage de paix lui avait été offerte pour repenser la situation, trouve un moyen efficace de s'affirmer sous une forme en rapport avec la gravité de la faute. Ainsi, le danger qui avait pesé un moment sur la vie d'Amina et l'avait mise à l'abri de sa colère, à la faveur de la pitié que celui-ci avait fait naître en lui, s'était-il transformé en instrument de châtiment de grande envergure, à la faveur du temps de maturation et de réflexion qu'il lui avait accordé.

Il se leva, le visage renfrogné et lui tourna le dos en prenant ses habits sur le canapé.

– Je m'habillerai tout seul! dit-il sèchement.

Elle n'avait pas bougé de sa place, déphasée de tout. Aussi sa voix lui fit-elle reprendre conscience. D'après ses paroles et en le voyant se lever, elle réalisa sur-le-champ qu'il lui donnait l'ordre de partir. Elle prit le chemin de la porte à pas silencieux et avant même qu'elle en ait franchi le seuil, il la rattrapa par la voix en lui disant :

– Je ne veux pas te voir ici quand je rentrerai à midi!

*

Une fois dans le salon, ses forces l'abandonnèrent et elle se laissa tomber sur le rebord du canapé, les paroles dures et catégoriques de son époux résonnant en elle. Il ne plaisantait pas. Avait-il plaisanté un seul jour? Elle ne put bouger de place, malgré son désir de fuir; elle craignait, si avant son départ de la maison elle allait contre les habitudes et descendait à l'étage inférieur, d'éveiller les soupçons des enfants dont elle ne voulait pas qu'ils commencent leur journée, ou vaquent à leurs occupations, avec la nouvelle de son expulsion. Mais un autre sentiment l'habitait, qui était peut-être la honte et qui l'empêcha de les rencontrer dans l'état d'humiliation où elle était, celui d'une personne chassée. Aussi décida-t-elle de rester à sa place jusqu'à ce qu'il quitte la maison ou, mieux, de se réfugier dans la salle à manger de sorte que ses yeux ne tombent pas sur elle quand il prendrait le chemin de la sortie. Elle se glissa en cachette dans la pièce, le cœur brisé, et s'assit, la mine défaite, atterrée. Que voulait-il dire? La chassait-il pour un temps ou pour toujours? Elle ne voulait pas croire qu'il avait l'intention de la répudier. Il était trop généreux et trop noble pour cela! Certes, il était coléreux, tyrannique, mais c'eût été de sa part un excès de pessimisme que d'omettre les preuves de sa magnanimité, de sa noblesse de cœur et de sa miséricorde. Allait-elle oublier comment il s'était affligé de son état lors de son alitement? Comment jour après jour il était venu la voir pour prendre le pouls de sa santé. Un tel homme ne pouvait être indifférent au fait de détruire un foyer, de briser un cœur ou d'arracher une mère à ses enfants! Elle se mit à passer et repasser ces pensées dans sa tête, comme pour introduire à leur faveur un peu de tranquillité dans son esprit ébranlé. Elle y mit une insistance qui, si elle prouvait quelque chose, était que la tranquillité refusait d'élire domicile dans son esprit, comme ces malades qui vantent de plus en plus leurs forces à mesure que grandit en eux le sentiment de leur fragilité. C'est qu'elle ne savait que faire de sa vie ou ce que pouvait signifier celle-ci si le pire devait arriver.

Tandis qu'il prenait le chemin de la sortie, le bruit de sa canne sur le sol du salon lui parvint et dispersa ses pensées. Elle en écouta attentivement les coups répétés jusqu'à ce qu'ils s'éteignent. Alors, face à sa situation, elle ressentit une douleur pénétrante doublée d'indignation contre cette volonté de pierre qui n'avait aucun égard pour sa faiblesse. Puis elle se leva comme épuisée et quitta la pièce pour descendre au premier étage. En haut de l'escalier lui parvinrent les voix des enfants descendant les uns derrière les autres. Elle tendit la tête par-dessus la balustrade et remarqua Fahmi et Kamal qui marchaient sur les pas de Yasine en direction de la porte ouvrant sur la cour. Là, un sursaut de tendresse lui pinça le cœur et la frappa de stupeur : elle se demanda comment elle avait pu les laisser partir sans leur dire adieu. Ne lui avait-on pas interdit de les voir pour des jours ou des semaines entières? Peut-être même ne les verrait-elle plus de sa vie si ce n'est occasionnellement, comme des étrangers! Le pincement de tendresse lui revint par saccades, alors qu'elle se tenait debout en haut de l'escalier, figée sur place. Du reste son cœur, bien qu'armé pour la vie, ne pouvait admettre, en vertu de sa foi sans limites en Dieu qui l'avait préservée dans sa solitude d'antan des démons eux-mêmes, de sa confiance inébranlable en son époux et parce qu'aucun mal grave ne l'avait atteinte dans sa vie passée, aucun mal capable de lui voler sa confiance en une vie paisible, que ce destin funeste fût son lot prédestiné. C'est pourquoi son esprit inclina à considérer son épreuve comme une cruelle expérience qu'elle traverserait sans s'y enliser.

Elle trouva Khadiga et Aïsha aux prises comme à leur habitude avec une querelle qu'elles abandonnèrent toutefois en voyant sa consternation et son regard éteint. Elles craignaient probablement qu'elle n'ait quitté le lit avant d'avoir retrouvé sa santé pleine et entière. Aussi Khadiga lui demanda pleine d'inquiétude :

– Qu'est-ce que tu as, maman?

– Dieu, je ne sais que dire!... Je m'en vais.

Bien que ces derniers mots fussent prononcés évasivement, dans le vague, ils se chargèrent dans son regard désespéré et ses accents plaintifs d'une noire signification qui les effraya et elles s'écrièrent en chœur :

– Où ça?

– Chez ma mère, répondit-elle, abattue, en appréhendant le choc que sa réponse provoquerait aux oreilles de ses deux filles et à plus forte raison à ses propres oreilles.

Elles accoururent vers elle affolées :

– Qu'est-ce que tu dis? Ne nous répète pas cela! Qu'est-ce qui s'est passé?

Le désarroi de ses deux filles fut pour elle une consolation, mais une consolation qui, comme c'était le cas en pareille situation, fit éclater son chagrin :

– Il n'a rien oublié et n'a rien pardonné, dit-elle, un tremblement dans la voix en ravalant ses larmes.

Puis elle reprit avec une amertume qui révélait la profondeur de sa tristesse :

– Il couvait sa colère contre moi et la remettait à plus tard en attendant que je guérisse. Il m'a dit : « Va-t'en de ma maison sans plus tarder... » Et aussi : « Je ne veux pas te voir ici quand je rentrerai à midi. »

Puis elle ajouta sur un ton de reproche affligé et d'espoir déçu :

– A vos ordres!... A vos ordres!...

– Je ne veux pas le croire! Je ne veux pas le croire! cria Khadiga agitée nerveusement. Dis autre chose... Qu'est-ce qui est arrivé au monde?

– Il n'en est pas question! s'écria Aïsha la voix chevrotante. Est-ce qu'il se moque à ce point de notre bonheur à tous?

Khadiga reprit, furieuse et amère :

– Mais où veut-il en venir? Où veut-il en venir, maman?

– Je ne sais pas, c'est tout ce qu'il m'a dit! Ni plus ni moins!

Elle se contenta dans un premier temps de ces paroles, peut-être avec le désir en s'y cantonnant de capter davantage leur pitié et d'user de leur détresse pour se consoler. Mais la crainte s'empara d'elle en même temps que le désir d'apaiser son esprit et elle reprit :

– Je ne pense pas qu'il vise davantage qu'à m'éloigner de vous quelques jours pour me punir de mes excès!

– Ce qui t'est arrivé, ça ne lui suffit pas! s'exclama Khadiga en protestant.

Amina poussa un soupir, affligée, et bredouilla :

– C'est Dieu qui décide! Maintenant il faut que je parte.

Mais Khadiga lui barra la route, lui disant d'une voix étranglée par les larmes :

– Nous ne te laisserons pas partir! N'abandonne pas ta maison. Je ne pense pas qu'il persiste dans sa colère s'il rentre et te trouve parmi nous...

Puis Aïsha ajouta suppliante :

– Attends que Fahmi et Yasine reviennent... Papa ne consentira jamais à te retirer d'entre nous tous...

Mais elle rétorqua dans un semblant de mise en garde :

– Il n'est pas sage de provoquer sa colère. Les gens comme lui sont souples envers l'obéissance et impitoyables envers l'indocilité!

Elles allèrent pour s'interposer à nouveau mais elle les fit taire d'un signe de la main :

– Les mots n'y pourront rien changer, dit-elle. Il faut partir! Je vais rassembler mes vêtements et m'en aller. Ne vous tracassez pas, on ne sera pas séparés pour longtemps, mais bientôt à nouveau réunis... Si Dieu le veut!

Amina gagna sa chambre au deuxième étage suivie des deux filles en larmes, comme des fillettes. Elle commença à sortir ses vêtements de la penderie jusqu'à ce que Khadiga lui arrête la main en disant avec émotion :

– Qu'est-ce que tu fais?

La mère sentait que ses larmes prenaient le dessus. Elle se retint de parler, de peur que les accents de sa voix ne la trahissent ou qu'elle ne se laisse aller aux pleurs auxquels elle avait décidé de ne pas céder tant qu'elle se trouverait sous le regard de ses deux filles. Elle fit un signe de la main, l'air de dire : « La situation exige que je rassemble mes habits. » Mais Khadiga déclara sur un ton tranchant :

– Tu ne prendras qu'un rechange avec toi... Et un seul!

Malgré elle, elle soupira... Elle aurait souhaité à cet

instant que toute cette affaire ne soit qu'un rêve importun.

– J'ai peur qu'il ne devienne furieux s'il voit mes vêtements toujours en place!

– On les gardera avec nous!

Aïsha rassembla les habits et mit de côté un seul vêtement de rechange comme l'avait suggéré sa sœur; Amina se plia à leur volonté avec un profond sentiment de réconfort, comme si le fait que ses vêtements restent à la maison lui prouvait qu'elle allait y revenir. Puis elle apporta un carré de tissu et y emballa les effets qu'il lui avait été permis d'emporter. Elle s'assit sur le canapé pour enfiler ses bas et ses chaussures, ses deux filles en face d'elle la regardant dans une tristesse hébétée, au point que son cœur prit pitié d'elles; elle leur dit en affectant la sérénité :

– Tout va rentrer dans l'ordre! Prenez courage pour ne pas provoquer sa colère. Je vous confie la maison et ses occupants avec une confiance totale en votre compétence. Je ne doute pas une seconde que tu trouveras en Aïsha une aide dévouée. Faites ce que nous faisions ensemble, comme si j'étais avec vous. L'une comme l'autre, vous êtes des jeunes filles capables de fonder un foyer et de le faire vivre!

Elle se leva pour prendre sa *mélayé*, la jeta sur ses épaules et tira devant son visage le voile blanc avec une lenteur voulue afin de retarder autant qu'elle le pouvait la torture et la déroute du dernier instant. Elles restèrent debout, les unes en face des autres, sans savoir comment passer à l'étape suivante. Sa voix lui faisait défaut pour prononcer le mot d'adieu et aucune des deux filles n'eut le courage de se jeter dans ses bras comme elle aurait aimé le faire... Les secondes défilèrent, chargées de douleur et d'angoisse, quoique Amina s'étant armée de force craignît que sa constance ne la trahît. Elle fit un pas vers ses deux filles et se pencha pour les embrasser l'une après l'autre en chuchotant :

– Courage! Dieu est avec nous!

A ces mots, elles se suspendirent à son cou et fondirent en larmes.

La mère avait quitté la maison. Dehors, elle voyait la rue pleurer à travers le rideau de ses larmes.

VI

ELLE frappa à la porte de la vieille maison en pensant, avec douleur et honte, à ce que sa venue, en tant que réprouvée, provoquerait d'inquiétude et de contrariété. La porte s'ouvrait sur un cul-de-sac partant de la rue d'al-Khoranfish et aboutissant à une confrérie qui avait été longtemps un lieu de prière avant d'être désaffectée depuis des années en raison de sa vétusté. Toutefois, chaque fois qu'elle venait voir sa mère, ces vestiges délabrés étaient là pour lui rappeler sa petite enfance, du temps où elle attendait son père à la porte jusqu'à ce qu'il ait fini sa prière et revienne la chercher; ce temps où elle tendait la tête vers l'intérieur aux heures de prière pour se divertir du spectacle des génuflexions et des prosternations; ce temps où elle contemplait une poignée de soufis rassemblés dans l'allée, un peu plus loin, qui allumaient les lampes, étalaient les nattes sur le sol et chantaient leurs *zikr*[1].

Quand la porte s'ouvrit, la tête d'une servante noire âgée de la cinquantaine apparut. A peine eut-elle aperçu la visiteuse que son visage s'illumina et qu'elle poussa des cris de bienvenue. Puis elle se rangea de côté pour libérer le passage et Amina entra. La servante resta dans sa position

---

1. *Zikr* (litt. « Commémoration par la mention du nom d'Allah ») : nom donné par les mystiques musulmans à des exercices spirituels ou de piété où se mêlent la récitation, la méditation, l'extase et la transe.

comme attendant l'entrée d'un autre visiteur, mais Amina comprit le sens de son attitude et lui murmura agacée :

– Ferme la porte, Sadiqa!

– Monsieur n'est pas venu avec vous? demanda la servante étonnée.

Elle lui fit signe que non de la tête en feignant d'ignorer son étonnement et traversa la cour de la maison, d'où l'on apercevait au fond la pièce du four et dans le coin à droite le puits, avant d'atteindre l'escalier étroit qu'elle emprunta jusqu'au premier et dernier étage. Puis elle emprunta une loggia jusqu'à la chambre de sa mère et y entra. Elle la vit assise jambes croisées sur un canapé placé à l'extrémité de la petite pièce, serrant dans ses paumes un long chapelet qui pendait dans son giron et regardant en direction de la porte avec curiosité, une curiosité qu'avaient dû susciter les coups frappés à la porte et le bruit des pas qui se rapprochaient.

Quand Amina s'avança, elle lui demanda :

– Qui est-ce?

Mais tandis qu'elle posait cette question, un léger sourire, reflet de sa joie et de son cordial accueil, courut sur ses lèvres comme si elle avait pressenti l'identité du visiteur. Amina lui répondit avec la voix basse de son cœur serré et de sa tristesse :

– C'est moi, maman, Amina!

La vieille femme jeta ses jambes sur le sol et chercha à tâtons l'emplacement de ses babouches avec ses pieds. Quand elle les eut repérées, elle s'y glissa et se leva en écartant les bras, dans une attente brûlante. Amina jeta le baluchon sur le rebord du canapé et se blottit dans les bras de sa mère en lui baisant le front et les joues tandis que l'autre embrassait tout ce qui tombait par hasard sous ses lèvres de sa tête, de ses joues et de son cou. Lorsque l'embrassade fut terminée, la vieille femme lui caressa le dos tendrement puis resta dans sa position, le visage tourné vers la porte, un sourire prêt d'éclore sur ses lèvres à l'adresse d'un second arrivant, comme Sadiqa l'avait fait auparavant. Amina comprit pour la deuxième fois le sens de cette attente et dit d'un ton amer et résigné :

– Je suis venue seule, maman!

La tête pivota vers elle, semblant l'interroger.

– Seule? murmura la femme.

Puis elle ajouta avec un sourire forcé pour dissiper l'inquiétude qui s'était emparée d'elle :

– Gloire à l'Eternel!

Elle recula vers le canapé et s'assit, demandant d'un ton révélateur cette fois-ci de son inquiétude :

– Comment ça se fait? Pourquoi n'est-il pas venu avec toi comme il en a l'habitude?

Amina prit place à côté d'elle et répondit sur le ton d'un élève avouant la nullité de ses réponses à l'examen :

– Il est fâché contre moi, maman!

La mère cilla, muette d'émotion, puis bredouilla avec une note de tristesse :

– « Dieu me protège de Satan, le lapidé! » Mon cœur ne me trompe jamais, il s'est serré quand tu as dit : « Je suis venue seule, maman! » Qu'est-ce qui peut bien avoir soulevé sa colère contre un ange de bonté comme toi dont nul homme avant lui n'a eu le privilège? Raconte-moi, ma fille!

– J'ai fait une visite à Sayyedna al-Hussein pendant son voyage à Port-Saïd, dit Amina en soupirant.

La mère réfléchit, triste et décontenancée, avant de demander :

– Et comment a-t-il appris ta visite?

Amina tint d'emblée à ne pas faire allusion à l'accident de voiture, par pitié envers sa vieille mère, d'une part, et pour se dégager de toute responsabilité, d'autre part. C'est pourquoi elle lui fit la réponse qu'elle avait préparée par avance à la question :

– Peut-être que quelqu'un m'aura vue et m'aura trahie auprès de lui!

– Mais personne d'autre ne te connaît que ceux que tu côtoies dans ta maison! dit la mère sèchement. Tu n'as de doutes sur personne? Cette femme, Oum Hanafi? Ou son fils de l'autre femme?

Amina la coupa net en lui affirmant avec conviction et certitude :

– Peut-être qu'une voisine m'a vue, en a parlé à son mari en toute bonne intention et que le mari aura répété la nouvelle aux oreilles de mon maître sans en mesurer la gravité! Pense tout ce que tu veux, sauf douter de quiconque dans ma maison!

La vieille femme hocha la tête, perplexe et sceptique, et déclara :

– Tu seras toujours aussi naïve! Dieu seul voit dans les âmes et se charge de sanctionner la ruse du conspirateur, mais ton mari!... Un homme intelligent... Qui va sur ses cinquante ans... Chasser la compagne de sa vie et l'arracher à ses enfants, c'est tout ce qu'il a trouvé pour afficher sa colère? Louange à toi, Seigneur! D'habitude, plus les gens vieillissent, plus ils deviennent raisonnables. Nous, plus on vieillit, plus on devient inconséquent! Est-ce de l'infidélité pour une femme vertueuse d'aller rendre visite à Sayyedna al-Hussein? Est-ce que ses amis, qui d'ailleurs ne sont pas moins jaloux ni virils que lui, ne permettent pas à leurs femmes de sortir pour des propos divers? Ton père lui-même, un cheikh parmi les gardiens du Livre de Dieu, m'autorisait à me rendre dans les maisons des voisins pour voir passer le palanquin du pèlerinage[1]!

Le silence et la consternation pesèrent un long moment jusqu'à ce que la vieille femme se tourne vers sa fille avec sur les lèvres un sourire confus de reproche. Elle lui demanda :

– Qu'est-ce qui t'a pris de lui désobéir après toute cette vie d'obéissance aveugle?... Vraiment, ça me dépasse! D'autant que, quelle que soit la violence de son caractère,

1. Le palanquin du pèlerinage (Mahmal) était promené à dos de chameau à travers les rues du Caire à l'occasion du départ pour le pèlerinage à La Mecque. Il transportait le grand voile en soie noire fabriqué en Egypte, renouvelé chaque année, destiné à habiller la Kaaba. Ces fêtes qui dataient du XIIIe siècle ont été supprimées en 1952.

c'est tout de même ton mari et il serait sage, pour ta tranquillité et le bonheur des enfants, de veiller à lui obéir. Pas vrai, ma fille?... Le plus étonnant c'est que je ne t'ai jamais vue dans le besoin d'être conseillée !

Amina laissa se dessiner malgré elle un sourire au coin de sa bouche sous la forme d'une légère crispation d'embarras et de honte.

– C'est la main de Satan ! bredouilla-t-elle.

– Que Dieu le maudisse ! Est-ce que ce réprouvé va faire trébucher tes pas après vingt-cinq ans d'harmonie et de paix !... C'est lui qui a fait sortir notre père Adam et notre mère Eve du paradis !... Ça me fait beaucoup de peine, ma fille, mais ce n'est qu'un nuage d'été qui va se dissiper et tout rentrera dans l'ordre.

Puis comme se parlant à elle-même :

– Qu'est-ce que ça pouvait bien lui faire de se laisser guider par la sagesse ? Mais c'est un homme et jamais un homme ne manquera de défauts pour masquer le plein soleil !

Puis elle ajouta sur un ton de bienvenue et de joie apprêtée :

– Défais tes habits et détends-toi. Ne te fais pas de bile ! Qu'est-ce que ça peut te faire de passer quelques petites vacances avec ta mère dans la chambre où tu es née ?

Amina fit courir négligemment son regard sur le vieux lit à colonnes et à la couleur passée, sur le tapis usé jusqu'à la corde et aux bords effrangés, même si les dessins de ses roses avaient conservé leur rougeur et leur verdeur de tons... Mais son cœur, affecté par la séparation d'avec ses êtres chers, n'était pas prêt à affronter la vague des souvenirs, et l'invitation de sa mère n'éveilla pas la nostalgie qu'éveillaient d'ordinaire, dans ses moments de bonheur, les souvenirs lointains de cette chambre. Elle ne put que dire en soupirant :

– Tout ce qui m'inquiète, maman, c'est les enfants !

– Ils sont sous la garde de Dieu et, avec la permission du Bienveillant et du Miséricordieux, tu ne resteras pas loin d'eux bien longtemps !

Amina se leva pour ôter sa *mélayé* tandis que Sadiqa, triste et navrée de ce qu'elle avait entendu, quittait l'entrée de la chambre où elle était restée debout pendant toute la discussion. Puis elle revint s'asseoir à côté de sa mère et elles ne tardèrent pas, tout en parlant à bâtons rompus, à passer en revue tous les sujets de conversation possibles. Il y avait dans leur vis-à-vis, l'une à côté de l'autre, quelque chose appelant à méditer les étranges lois de l'hérédité et celle inexorable du temps. C'était comme si elles n'étaient qu'une seule personne avec son image reflétée dans le miroir du futur ou cette même personne avec son image reflétée dans celui du passé, avec dans les deux cas, entre l'original et l'image reflétée, quelque chose laissant entrevoir la lutte terrifiante que menaient d'une part les lois de l'hérédité, œuvrant à la ressemblance et à la pérennité, et d'autre part la loi du temps, poussant à la métamorphose et au dépérissement; cette lutte qui d'ordinaire s'achève sur une série de défaites portées petit à petit au compte des lois de l'hérédité jusqu'à ce que celles-ci ne se réduisent plus qu'à jouer un rôle négligeable par rapport à la loi du temps. Dans le cadre de cette dernière, la vieille mère s'était muée en un corps décharné, un visage flétri, deux yeux privés de vue, cela ajouté à des transformations internes inaccessibles aux sens, jusqu'à ce qu'il ne lui reste plus de la joie de la vie que ce que l'on appelle communément le charme de la vieillesse, autrement dit une allure placide, une morne dignité, une tête couronnée de blancheur.

Toutefois, elle descendait d'une génération vivace, connue pour son endurance, et ses cinquante-cinq ans passés ne l'empêchaient pas de se lever le matin suivant son habitude depuis un demi-siècle, de chercher, sans la conduite de sa servante, son chemin à tâtons jusqu'à la salle de bains pour y faire ses ablutions, puis revenir à sa chambre pour prier. Quant au reste de la journée, elle le passait à réciter son rosaire dans une méditation silencieuse que tout le monde ignorait, aussi longtemps que Sadiqa était occupée aux travaux ménagers, ou, quand cette dernière se dévouait à lui tenir compagnie, à prendre plaisir à sa conversation. Il n'était pas jusqu'aux attributs qui vont de pair ordinairement avec l'ardeur au travail et la force d'enthousiasme pour la vie qui ne l'eussent quittée d'aucune manière. A citer pour preuve : la rigueur des comptes qu'elle demandait à sa servante sur les moindres détails concernant les dépenses, l'entretien et le rangement de la maison, sa façon de traîner dans une course, ou son retard si elle s'attardait dans une promenade. Il n'était pas rare qu'elle la fasse jurer sur le Coran pour se rassurer quant à la véracité de ses comptes rendus sur le lavage de la salle de bains et des vases, l'époussetage des fenêtres... Une précision à vrai dire plus proche du scrupule. Il se pouvait que cette obstination à harceler sa servante fût la permanence d'une habitude qui plongeait ses racines au cœur de la jeunesse. De même, il se pouvait que fût un avatar de ce qui affecte la vieillesse et s'ajoute à ses humeurs excessives son attachement à demeurer à l'inté-rieur de sa maison dans une sorte de solitude totale depuis la mort de son mari, ainsi que son entêtement à y rester, même après avoir perdu la vue, restant sourde aux exhor-tations répétées de M. Abd el-Gawwad qui l'invitait à venir s'installer dans sa maison pour y vivre entourée des soins de sa fille et de ses petits-enfants. De fait, on l'avait soupçonnée de gâtisme, ce qui avait incité Ahmed Abd el-Gawwad à renoncer définitivement à l'inviter. Mais, en vérité, elle répugnait à abandonner sa maison en raison de la force de l'attachement qui l'y liait. De plus, elle voulait ainsi éviter le délaissement involontaire qu'elle pourrait rencontrer le cas échéant dans la nouvelle demeure ou les charges supplémentaires que sa présence ne manquerait pas de faire peser sur sa fille déjà surchargée de tâches. S'ajoutait à cela sa répugnance à se jeter tête baissée dans une maison dont le maître était réputé parmi les siens pour sa férocité et son irascibilité, de peur d'être prise elle aussi dans le flot de ses observations, dont elle craignait les conséquences pour le bonheur de sa fille sans compter la pudeur et l'orgueil qu'elle dissimulait au fond d'elle-même et qui lui avaient fait préférer la vie dans la maison dont elle était la propriétaire, en s'appuyant, après Dieu, sur la pension que lui avait laissée son défunt mari.

Mais il y avait d'autres causes à son insistance à rester dans sa maison, impossibles à justifier par une sensibilité à fleur de peau ou la clairvoyance, comme sa peur, si elle venait à la quitter, de se voir obligée de choisir entre deux possibilités : soit permettre à des étrangers de l'habiter, cette maison qui était son bien le plus cher après sa fille et ses petits-enfants, soit la laisser abandonnée, au risque de voir les démons en faire l'aire de leurs jeux après qu'elle eut été tout au long de son existence la résidence d'un cheikh gardien du Livre de Dieu et qui n'était autre que son mari. Cela sans compter que son installation dans celle de son gendre risquait de lui créer des problèmes inextricables dont la solution ne lui apparaissait pas simple. Car elle ne cessait de se demander alors si elle devait accepter son hospitalité sans contrepartie, chose dont elle ne pouvait en aucun cas se satisfaire, ou lui abandonner sa pension en échange de son séjour dans sa maison, ce qui mettait à mal son instinct de possession devenu avec l'âge l'une des composantes essentielles de son « scrupule » global. Bien plus, devant son insistance à l'installer chez lui, elle se l'était parfois imaginé caressant quelque désir d'exploiter sa pension et sa maison qui resterait vide après son déménagement. Elle prit peur au point d'opposer un refus touchant à l'obstination aveugle et quand Ahmed Abd el-Gawwad accéda à sa volonté elle lui dit satisfaite : « Ne m'en voulez pas de mon obstination, mon fils. Dieu vous honore de l'affection que vous m'avez témoignée! Ne voyez-vous pas que je ne puis quitter ma maison? Qui mieux que vous pourrait passer à une vieille comme moi ses défauts! Néanmoins, je vous ferai seulement jurer sur Dieu la permission que vous avez faite à Amina et aux enfants de venir me voir de temps en temps dès lors que sortir de ma maison m'est devenu impossible! »

Et ainsi elle était restée dans sa maison conformément à sa volonté, y jouissant de sa souveraineté, de sa liberté, ainsi que de bon nombre d'habitudes de son cher passé. Et si certaines d'entre elles, comme cette exagération hors du commun dans le souci des affaires domestiques et pécuniaires, étaient incompatibles avec la sérénité et l'indulgence d'une vieillesse sage, apparaissant même comme l'un des symptômes récurrents de la sénescence, il y avait, parmi tout ce qu'elle avait conservé, une autre habitude, apte à embellir la jeunesse et à conférer prestige à la vieillesse..., c'était l'adoration de Dieu. Telle avait été et ne cessait de l'être l'aspiration de sa vie, le levier de ses espoirs et de son bonheur. Toute petite, elle en avait tété le sein sous l'aile protectrice d'un père comptant parmi les cheikhs de la religion. Plus tard, elle en avait pénétré les profondeurs en épousant un autre cheikh non moins pieux ni dévot que son père. Par la suite elle avait continué à pratiquer avec amour et sincérité, une sincérité dans laquelle elle ne faisait pas de différence entre ce qui était religion à proprement parler et pure superstition, de sorte qu'elle fut connue parmi ses voisines comme « la doyenne bénie » – Sadiqa, sa servante, étant la seule à la connaître pour le meilleur et pour le pire. Elle lui disait parfois à la suite d'une altercation survenue entre elles deux : « Madame, le culte n'est-il pas plus digne d'occuper votre temps que des querelles et des prises de bec à propos de choses futiles ? – Malheureusement ! répondait-elle sèchement. Tu ne me recommandes pas le culte par amour pour lui, mais pour avoir libre la voie de la négligence, de la saleté, du vol et de la spoliation. Si Dieu ordonne la propreté et l'honnêteté, alors te surveiller et te demander des comptes est un culte qui aura sa récompense ! » Et comme la religion tenait cette place éminente dans sa vie, son père et après lui son mari avaient gagné auprès d'elle une haute considération, bien supérieure à ce que la seule parenté leur donnait droit ! Combien de fois leur avait-elle envié l'honneur que leur conférait le fait de porter dans leur cœur la parole de Dieu et de son prophète ! Peut-être y pensait-elle précisément lorsqu'elle s'adressa à Amina avec compassion et encouragement :

– Ton seigneur n'a voulu t'éloigner de ta maison que pour manifester sa colère envers ta désobéissance à ses ordres, mais il n'ira pas au-delà de la punition! Non, aucun mal ne peut frapper quelqu'un qui a eu un père et un grand-père comme les tiens!

L'évocation de son père et de son grand-père mit du baume au cœur d'Amina comme qui a perdu son chemin dans la nuit et entend la voix du chef crier : « Ohé... Ohé! » Elle ajouta foi dans son cœur aux paroles de sa mère, non seulement parce qu'elle brûlait de retrouver la sérénité, mais avant tout parce qu'elle croyait en la bénédiction des deux cheikhs défunts. Elle n'était qu'une réplique de sa mère, qu'il s'agisse de son corps, de sa foi ou de l'ensemble de son caractère. A cet instant, revinrent en foule les souvenirs de son père qui avaient rempli son cœur de petite fille d'amour et de foi. Et elle pria Dieu de la tirer de ce mauvais pas en hommage à sa bénédiction. La vieille femme revint à sa parole consolatrice et dit avec un tendre sourire sur ses lèvres sèches :

– Dieu te gardera toujours en sa miséricorde! Rappelle-toi la période d'épidémie, que Dieu ne nous la fasse revenir! comment Il t'a sauvée de son fléau et a rappelé à Lui tes sœurs sans qu'il ne t'arrive aucun mal!

Elle laissa, malgré son affliction, un sourire forcer sa bouche et elle fouilla du regard la pénombre du passé que l'oubli avait presque effacé. De la mêlée des souvenirs, se détacha, avec quelque clarté, une image qui fit revivre dans son esprit les échos du temps de l'effroi. C'était à l'époque où elle était gamine sautant à cloche-pied derrière les portes qu'on avait refermées sur ses sœurs, jetées quant à elles sur les lits de la maladie et de la mort; où elle regardait à travers la fenêtre un défilé ininterrompu de civières dont les gens fuyaient le passage, où elle écoutait les gens du peuple venus en foule trouver dans leur effroi et leur désespoir tel ou tel homme de religion comme son père et se mettaient à pousser des lamentations et à élever des prières vers le Seigneur des cieux. Et, en dépit de l'aggravation du mal et de la disparition de ses sœurs, jusqu'à la dernière, elle était passée au travers des germes de l'épidémie, indemne, saine et sauve sans que rien ne vienne troubler son bien-être, que les jus de citron et d'oignon qu'elle était obligée d'ingurgiter une ou deux fois par jour. La mère reprit d'une voix dont la douceur et la nostalgie disaient son abandon au rêve, comme si cette réminiscence l'avait rendue à ces temps révolus, comme si elle en avait retrouvé la vie et les souvenirs, chers et précieux en tant qu'associés à la jeunesse, expurgés des résidus de la douleur :

— Et en plus, dit-elle, ta bonne fortune ne s'est pas contentée de te sauver de l'épidémie, mais a fait de toi la fille unique de la famille, tout ce qu'elle avait d'espoir, de consolation et de bonheur en ce bas monde. C'est ainsi que tu as germé dans le creux de nos cœurs!

Après ce discours, Amina ne voyait plus la pièce du même œil qu'auparavant. La fraîcheur de la jeunesse avait refleuri en toutes choses, dans les murs, le tapis, le lit, en sa mère et en elle-même. Son père avait été rendu à la vie et avait repris sa place habituelle. A nouveau elle écoutait les chuchotements d'amour et de caresses, rêvait aux récits des prophètes et des miracles, retrouvait les anecdotes des « Devanciers », depuis les compagnons du Prophète et les incroyants jusqu'à Orabi pacha et les Anglais. La vie d'autrefois avait ressuscité avec ses rêves magiques, ses espoirs prometteurs, ses joies attendues. Puis la vieille femme demanda avec le ton de celui qui donne la conclusion logique du raisonnement dont il a établi les prémisses :

— Alors, Dieu n'est-il pas ton gardien et ton protecteur?

Mais ces paroles mêmes étaient porteuses d'une consolation qui lui rappela sa situation présente, et elle se réveilla de ce rêve heureux du temps passé pour retourner à son affliction, comme celui qui a oublié son chagrin revient à la rumination de ses peines à la faveur d'un mot de réconfort qui lui a été adressé avec la meilleure intention. Elle resta à côté de sa mère, dans un état d'hébétude qu'elle n'avait connu qu'au moment de sa maladie. C'était insoutenable, et sa conversation assidue avec sa mère ne retint que la moitié de son attention tandis que l'autre se livrait au malaise et à l'angoisse. Et quand Sadiqa arriva à midi avec le plateau du déjeuner, la vieille femme lui dit dans le but avant tout d'amuser sa fille : « Voici un surveillant venu démasquer tes larcins! » Mais à cette heure il n'importait nullement à Amina que la servante fût voleuse ou honnête. D'ailleurs cette dernière ne répondit pas, d'abord par respect pour l'hôte, mais aussi parce qu'elle était familiarisée avec l'âpreté et la douceur de sa maîtresse, dont d'ailleurs elle ne pouvait se passer.

A mesure que le jour basculait, la pensée d'Amina s'attachait plus fort à sa maison, s'y engouffrait, car à cette heure son maître rentrait pour son déjeuner et sa sieste. Puis, après son départ pour la boutique, les enfants y reviendraient, les uns après les autres, et elle vit, grâce à son imagination qui avait puisé dans la douleur et la nostalgie une force prodigieuse, sa maison et ses occupants comme s'ils étaient présents. Elle vit son seigneur ôter sa *djoubba* et son cafetan sans son aide, une aide dont elle redoutait qu'il n'ait pris l'habitude de se passer depuis son long alitement. Elle essaya de lire les pensées et les intentions qui tournoyaient sous son front : ressentait-il le vide qu'elle avait laissé derrière elle? Quelle avait pu être sa sensation en ne trouvant plus trace d'elle à la maison? Son nom n'était-il pas revenu sur sa langue pour une raison ou pour une autre? Mais voici que les enfants étaient de retour, qu'ils se précipitaient au salon après avoir si impatiemment attendu la séance du café, mais trouvaient sa place vide et s'enquéraient de son absence avec, en guise de réponse, les yeux sombres et mouillés de larmes de leurs deux sœurs. Comment Fahmi allait-il prendre la nouvelle? Kamal – là, son cœur frappa des coups blessants – allait-il comprendre le sens de son absence? Allaient-ils se consulter longuement? Qu'atten-daient-ils? Peut-être étaient-ils en chemin et c'était à qui arriverait le plus vite auprès d'elle!... Il fallait qu'ils soient

en chemin! Il fallait qu'ils soient dans al-Khoranfish!...
Elle verrait bien sous peu...

– Tu me disais quelque chose?

Par cette question, la vieille femme interrompit le courant de ses pensées et elle reporta son attention sur
elle-même dans une stupeur mêlée de honte, s'étant rendue
compte que certains mots de son monologue intérieur
avaient filtré à son insu sur le bout de sa langue, donnant
lieu à un bruissement que l'oreille aiguisée de sa mère avait
capté. Elle en fut quitte pour lui répondre :

– Je me demande, maman, si les enfants ne vont pas
venir me voir!

– Je crois qu'ils sont déjà là! dit la vieille femme en
dressant l'oreille et en tendant la tête en avant.

Amina écoutait, silencieuse, quand lui parvint le bruit
du heurtoir de la porte émettant des coups rapides et
rapprochés comme une voix lançant avec ferveur des cris
ardents d'appels au secours. Elle reconnut derrière ces
coups nerveux le petit poing de Kamal, tel qu'elle le
reconnaissait lorsqu'il frappait à la porte de la pièce du
four. Aussitôt elle se précipita en haut de l'escalier en
appelant Sadiqa pour qu'elle ouvre la porte. Puis elle se
pencha par-dessus la rampe et vit le gamin bondir par-
dessus les marches, suivi de Fahmi et de Yasine. Il se
suspendit à son cou, l'empêchant quelque peu d'embrasser
les deux autres. Puis ils entrèrent dans la chambre et, le
trouble de leur esprit et la confusion de leur pensée aidant,
ils se mirent à parler tous en même temps sans qu'aucun
d'eux ne se soucie de ce que disaient les autres. Et
lorsqu'ils virent leur grand-mère debout, les bras ouverts,
le visage illuminé d'un sourire de bienvenue baigné
d'amour, ils s'abstinrent de parler un moment et se jetèrent
dans ses bras les uns après les autres. Un silence relatif
s'ensuivit, entrecoupé du souffle caressant des baisers
échangés, quand Yasine s'écria enfin d'une voix reflétant la
protestation et la tristesse :

– Nous, maintenant, on n'a plus de maison! Et on n'en
aura plus tant que tu n'y seras pas revenue!

Kamal alla se blottir dans son giron comme pour s'y réfugier et dit, manifestant pour la première fois l'intention qu'il avait abritée secrètement dans son cœur à la maison et en chemin :

– Je reste ici avec maman! Je ne rentrerai pas avec vous!

Quant à Fahmi, il avait contemplé sa mère longuement, en silence, comme chaque fois qu'il voulait lui parler par le regard et elle trouva dans cet échange silencieux le meilleur interprète des sentiments qui agitaient leurs deux cœurs. Cet être chéri dont l'amour pour elle ne le cédait en force qu'à son amour pour lui, qui ne montrait que rarement ses sentiments dans ses discussions avec elle mais que ses sursauts de pensée, ses paroles et ses gestes trahissaient tant! Le jeune homme avait pu lire dans ses yeux une expression de douleur et de honte. Son émotion redoubla et il déclara, triste et meurtri :

– C'est nous qui t'avons donné l'idée de sortir et qui t'y avons encouragée et maintenant te voilà seule à écoper!

Amina sourit gênée et répondit :

– Je ne suis plus une enfant, Fahmi, et je n'avais pas à le faire!

Yasine fut frappé par cet échange de propos, et son sentiment de gêne extrême, dans la mesure où il était le protagoniste de cette suggestion de malheur, aggrava son tourment. Il hésita longuement entre renouveler ses excuses à propos de sa suggestion, et cela face aux oreilles de la grand-mère, dont il craignait d'encourir les reproches et la fureur, et le silence, malgré tout le désir qu'il avait de soulager son embarras. Enfin il sortit de son hésitation en traduisant les paroles de Fahmi par des mots différents :

– C'est sûr, c'est nous les fautifs et c'est toi l'accusée!

Puis il ajouta en insistant sur les mots comme s'il insistait sur l'entêtement de son père et son inflexibilité :

– Mais tu reviendras et le nuage qui obscurcit notre ciel à tous va se dissiper!

Kamal tourna vers lui la tête de sa mère en la saisissant par le menton et l'assaillit d'un flot de questions : la signification de son départ de la maison, combien de temps allait durer son séjour dans celle de sa grand-mère, ce qui se passerait si elle rentrait chez eux, et bien d'autres encore pour lesquelles il ne reçut pas la moindre réponse de nature à apaiser son esprit que par ailleurs sa décision de rester auprès de sa mère, décision dont il était le premier à douter de sa capacité à la mettre à exécution, ne servit pas à calmer davantage! Puis, après que chacun eut exprimé ses sentiments, la discussion prit un tour nouveau et l'on se mit à envisager la situation concrètement, car, comme le dit Fahmi : « Rien ne sert d'épiloguer sur ce qui s'est passé mais, en revanche, il convient de s'interroger sur ce qui va se passer maintenant! » Yasine avait répondu à ses préoccupations en disant : « Un homme comme notre père ne peut se contenter de regarder un événement comme la sortie de maman avec indulgence. Il lui fallait coûte que coûte manifester sa colère d'une manière qui ne s'oublierait pas de sitôt. Mais il n'ira pas au-delà de ce qu'il a fait. » L'opinion sembla convaincante, à en juger par l'agrément qu'elle trouva dans les esprits. Fahmi ajouta, pour manifester sa conviction et ses espoirs à la fois : « La preuve du bien-fondé de ton opinion est qu'il n'a rien entrepris d'autre. Or les gens de son espèce ne remettent pas leur décision à plus tard s'ils y sont fermement disposés! » On parla beaucoup du « cœur » du père. On s'accorda à dire que c'était un bon cœur en dépit de son impulsivité et de sa virulence et que la dernière des choses qu'ils pouvaient s'imaginer était qu'il se hasarde à une action susceptible de salir une réputation ou de nuire à quelqu'un. C'est alors que la grand-mère s'exclama, histoire de plaisanter, consciente par ailleurs de l'absurdité de ses vœux :

– Si vous étiez des hommes dignes de ce nom, vous rechercheriez le moyen de gagner le cœur de votre père pour qu'il revienne sur son entêtement!

Yasine et Fahmi échangèrent des regards ironiques quant à cette prétendue « virilité » qui fondait à l'évocation de leur père. Amina, pour sa part, craignait que la

discussion entre les deux garçons et leur grand-mère ne
finisse par faire état de l'accident de voiture et elle leur fit
comprendre par un signe, en faisant aller et venir sa main
entre son épaule et sa mère, qu'elle lui avait caché l'affaire.
Puis elle lui dit comme s'empressant de défendre leur
virilité à tous deux :

– Je ne veux qu'aucun d'eux s'expose à sa colère!
Laissons-le seul avec lui-même jusqu'à ce qu'il pardonne...

– Et c'est quand qu'il va pardonner? demanda Kamal.

Amina pointa en l'air son index en marmonnant :

– C'est à Notre Seigneur qu'appartient le pardon!

Et comme d'habitude, en pareille situation, la discussion
tournant en rond ramena sur le tapis tout ce qui avait été
dit, avec les mêmes mots ou des mots nouveaux, mais
marquant une préférence assidue pour les vœux pieux. Et
ainsi la conversation se prolongea sans rien apporter de
neuf jusqu'à ce que l'obscurité jette son manteau et qu'il
faille partir. Et quand cela arriva et que la tristesse du
départ s'abattit sur les cœurs comme un brouillard, celui-ci
accapara les pensées au point qu'elles ne songèrent plus à
s'exprimer et qu'un silence régna, semblable à celui qui
précède la tempête, rompu seulement par quelques mots
destinés tout au plus à en alléger le poids ou à fuir
l'imminence des adieux. On eût dit que par pitié pour ceux
qui restaient, chacun rejetait sur le dos de l'autre la
responsabilité d'en annoncer l'échéance. A cet instant, la
vieille femme pressentit dans son cœur ce qui consumait les
esprits autour d'elle et ses yeux livrés à la nuit cillèrent. Ses
doigts, par gestes fébriles et désordonnés, jouèrent nerveusement avec les grains du chapelet, et elle traversa quelques
minutes qui lui semblèrent oppressantes malgré leur brièveté, comme ces instants où le rêveur en proie au cauchemar attend sa chute du haut d'un précipice. Puis la voix de
Yasine se fit entendre :

– Je pense qu'il est temps pour nous de partir. On
reviendra pour t'emmener bientôt avec nous, si Dieu le
veut!

La vieille prêta l'oreille pour observer le tremblement de la voix de sa fille au moment de parler mais elle n'entendit rien d'autre qu'un mouvement témoignant du lever de la séance, des bruits de baisers et des chuchotements d'adieu qu'accompagnaient les protestations éplorées de Kamal contre son enlèvement par la force. Puis vint son tour de se livrer aux salutations dans cette atmosphère gagnée par la tristesse et la langueur. Enfin les pas commencèrent à s'éloigner, la laissant à sa solitude et à son chagrin...

Puis revinrent les pas légers d'Amina et la vieille resta aux écoutes, anxieuse, avant de lui crier :

– Tu pleures! Que tu es sotte! Comme si tu ne pouvais pas supporter de passer deux nuits tout près de ta mère!...

*

C'était Khadiga et Aïsha qui semblaient les plus déprimées par l'absence de la mère. Il faut dire qu'en plus de la tristesse qu'elles partageaient avec leurs frères elles supportaient seules les charges domestiques et le service du père. Et, si les premières n'avaient rien d'écrasant pour elles, le service du père était une tâche qu'elles entouraient de mille précautions. Aïsha avait eu tendance à fuir les parages de son père sous prétexte que Khadiga avant elle s'était exercée à son service pendant l'alitement de la mère, et cette dernière s'était vue obligée de retourner à ces situations délicates et épouvantables qu'elle endurait dans son voisinage immédiat, en pourvoyant à tel ou tel de ses besoins.

Sa mère n'était pas partie depuis une heure que Khadiga avait dit :

– Il ne faudrait pas que cette situation se prolonge; la vie sans elle dans cette maison est un calvaire!

Aïsha avait acquiescé à ses paroles sans trouver toutefois d'autre arme à sa portée que les larmes... qu'elle avait répandues abondamment. Khadiga attendit que ses frères reviennent de la maison de la grand-mère pour parler, mais elle n'avait pas encore exprimé un mot de ce qui lui tournait dans la tête qu'ils se mirent à évoquer l'état de leur mère dans son « lieu d'exil » et leur récit lui laissa une impression étrange et bizarre, du fait qu'elle y entendait parler d'étrangers qu'il ne lui était jamais donné de rencontrer. Elle s'en irrita malgré elle et dit sèchement :

— Si chacun d'entre nous se contente de se taire et d'attendre, elle peut bien rester comme ça des jours et des semaines tenue à l'écart de sa maison jusqu'à ce que la tristesse l'ait rongée! D'accord, parler à papa de cette affaire est une tâche pénible, mais elle ne l'est pas davantage que ce silence indigne de notre part! Il faut qu'on trouve un moyen de... Il faut qu'on parle!

Et, bien que ce « on » par lequel elle avait terminé sa phrase englobât tos tous les membres présents, elle visait, comme chacun le comprit d'instinct, une ou deux personnes, dont l'une comme l'autre ressentit en l'entendant un embarras dont les motifs n'échappèrent pas à quiconque. Néanmoins Khadiga continua :

— Jamais la tâche de l'entretenir de nos affaires n'a été plus facile à maman qu'elle ne le serait pour nous. Malgré cela, par respect pour chacun d'entre nous, elle n'a jamais hésité à lui parler. Ce ne serait donc que justice que nous supportions le même sacrifice par amour pour elle!

Yasine et Fahmi échangèrent un regard trahissant la sensation d'étouffement qui commençait à anéantir leurs forces, mais aucun d'eux n'osa ouvrir la bouche, de peur que le choix ne se porte sur lui et qu'on en fasse le bouc émissaire. Ils s'abandonnèrent donc à une attente muette comme la souris s'abandonne à la chatte. Khadiga cessa ses déclarations en termes impersonnels pour parler nommément et dit, se tournant vers Yasine :

— Tu es notre grand frère et, en plus de cela, tu es fonctionnaire, autrement dit un homme accompli! Tu es donc de nous tous le plus à même de t'acquitter de cette charge!

Yasine inspira profondément puis souffla en jouant avec ses doigts, visiblement embarrassé.

– Notre père est du genre à exploser à la moindre étincelle, bredouilla-t-il, qui n'accepte pas qu'on revienne sur son opinion. En ce qui me concerne, je ne suis plus un gamin. Je suis devenu un homme..., un fonctionnaire comme vous dites, et la pire chose que je redoute, c'est qu'il explose contre moi, que je perde toute maîtrise de moi-même et que ma colère se déchaîne à son tour !

Malgré leur état de tension nerveuse, l'affliction de leurs esprits, ils se laissèrent gagner par un sourire. Aïsha faillit même rire et se cacha le visage dans les mains. Peut-être était-ce précisément cet état de tension qui les avait mis en condition pour accepter le sourire comme tranquillisant et sédatif temporaire à la douleur, ainsi qu'il arrive parfois aux esprits, au plus fort de la tristesse, de s'abandonner à la volupté pour un oui pour un non, afin d'apaiser un état par son contraire. En fait, ils prirent ses paroles comme une sorte de plaisanterie qui n'appelait que rire et raillerie. Il était quant à lui le premier à être conscient de son incapacité totale à envisager non seulement la colère mais n'importe quelle résistance en face de son père et le premier à savoir qu'il avait dit ce qu'il avait dit pour échapper à la confrontation avec lui et se prémunir de sa fureur. Aussi, quand il vit leur dérision, il ne put que sourire à son tour en haussant les épaules l'air de leur dire : « Fichez-moi la paix ! » Seul Fahmi sembla mettre quelque réserve à son sourire, sûr que le coup lui tomberait dessus avant que celui-ci ne s'efface. Son sentiment s'avéra exact. Khadiga se détourna de Yasine avec mépris et découragement et s'adressa à lui avec supplication et pitié :

– Fahmi..., c'est toi notre homme !

Il haussa les sourcils avec embarras et leva les yeux vers elle comme pour lui dire : « Tu connais les conséquences mieux qui personne ! » Il jouissait certes de qualités n'échouant à nul autre en partage dans la famille : il était étudiant à la faculté de droit, le plus intelligent de tous, possédait le jugement le plus pertinent et une maîtrise de soi dans les situations délicates qui étaient signes de courage et de virilité. Il n'en avait pas moins vite fait de perdre l'ensemble de ces qualités dès qu'il se présentait devant son père, à l'égard de qui il ne connaissait plus alors qu'une obéissance aveugle. Il sembla à court de mots, aussi Khadiga, d'un signe de la tête, l'exhorta à parler et il dit, rempli de confusion :

– Tu le vois accéder à mes prières? Tu parles! Il va plutôt m'envoyer bouler en disant : « Ne te mêle pas de ce qui ne te regarde pas. » Et encore, s'il ne se met pas en colère en m'envoyant des paroles plus dures et plus brutales!

Ces paroles « sages » ne furent pas pour déplaire à Yasine qui y trouva une défense de sa propre position. Il renchérit comme parachevant le point de vue de son frère :

– De plus, il se pourrait bien que notre intrusion dans cette affaire conduise à ce qu'il nous demande à nouveau des comptes sur notre attitude le jour de sa sortie, ce qui reviendrait à ouvrir une brèche que nous ne saurons pas comment refermer!

La jeune fille se retourna vers lui écumante et fulminante et lui répondit avec ironie et amertume :

– S'il n'y a rien à tirer de toi, au moins ne nous porte pas la poisse!

Fahmi, qui avait tiré de l'instinct de « survie » une force nouvelle, dit pour sa défense :

– Envisageons globalement la situation : je ne pense pas qu'il réponde à une prière de ma part ou de la part de Yasine, pour la bonne raison qu'il nous considère comme complices de cette faute. Dans ces conditions la cause est perdue d'avance si l'un de nous deux va pour la défendre. Par contre, si l'une d'entre vous va lui parler, peut-être qu'elle réussira à l'apitoyer, ou se heurtera tout au plus à un refus pondéré qui n'atteindra jamais les limites de la violence. Pourquoi l'une de vous deux n'irait-elle pas? Toi, par exemple, Khadiga?

La jeune fille était tombée dans le piège et son cœur se

serra; elle fixa Yasine, et non Fahmi, avec un regard courroucé en lui disant :

– Je croyais cette mission plus appropriée aux hommes!

– C'est le contraire qui est vrai! rétorqua Fahmi sur la lancée de son offensive pacifique. Puisque nous recherchons tous le succès de la démarche, n'oublions pas que, tout au long de votre vie, vous n'avez été l'objet de sa colère qu'un nombre de fois rarissime. Car autant il a l'habitude d'être doux avec vous, autant il se montre violent envers nous!

Dans un état d'angoisse évident, Khadiga baissa la tête en réfléchissant, et, comme si elle craignait, au cas où son silence perdurerait, que la campagne ne s'intensifie contre elle et que la lourde mission ne lui échoue, elle leva la tête en disant :

– S'il en va comme tu le prétends, alors Aïsha est plus à même que moi de parler!

– Moi? Mais pourquoi?

Aïsha avait demandé pourquoi, dans la panique de qui se voit à portée du danger après avoir joui longtemps de la position confortable de spectateur nullement concerné par l'affaire, d'autant qu'en vertu de son jeune âge et de la prédominance en elle d'une sensibilité d'enfant gâtée elle n'avait jamais encore été commise pour une question importante, à plus forte raison pour la mission la plus grave qui pût se présenter à l'un d'entre eux!

Toutefois, Khadiga elle-même ne trouva pas une idée précise pour justifier sa suggestion, mais elle la maintint avec un entêtement mêlé d'amertume et d'ironie. Elle dit pour répondre au pourquoi de sa sœur :

– Parce qu'il faut profiter de la blondeur de tes cheveux et du bleu de tes yeux pour faire réussir l'opération!

– Et qu'est-ce que mes cheveux et mes yeux ont à voir avec le fait d'affronter mon père?

Plus que de convaincre, Khadiga pour le moment se préoccupait de trouver une porte de sortie, ne fût-ce, pour préparer le terrain de sa retraite, qu'en détournant les esprits vers des sujets tenant davantage de la plaisanterie.

Car la fuite est la plus sûre des routes possibles. Prenons celui qui tombe dans une impasse délicate et manque d'arguments pour se défendre : il a recours à la plaisanterie préférant se frayer un chemin de fuite à travers le vacarme de la joie plutôt qu'à travers les sarcasmes et le mépris. C'est pourquoi elle répliqua :

— Je leur connais un effet magique sur tous ceux qui te côtoient, Yasine, Fahmi..., même Kamal. Alors pourquoi ils n'auraient pas le même pouvoir sur mon père?

Le visage d'Aïsha s'empourpra.

— Mais comment je vais lui parler de tout ça, dit-elle anxieusement, alors que dès que ses yeux se posent sur moi ma tête se vide!

A cet instant, après qu'ils se furent défilés les uns après les autres de la mission périlleuse, plus aucun d'entre eux ne se sentait menacé directement, encore que la délivrance ne leur épargna point une sensation de faute. Peut-être même en fut-elle le principal motif, car, si l'homme concentre sa pensée sur le salut au moment du danger, sa conscience, dès lors qu'il l'a gagnée, vient le prendre à revers. Il en va de même du corps qui consume toute sa vitalité dans le membre malade jusqu'à ce que, si ce dernier recouvre la santé, sa vitalité se redistribue à parts égales entre les membres momentanément négligés. C'était comme si Khadiga voulait se débarrasser de cette sensation.

— Puisque tous autant que nous sommes sommes incapables de parler à papa, dit-elle, demandons l'aide de notre voisine, la maman de Maryam!

A peine eut-elle prononcé le nom de Maryam qu'elle observa Fahmi machinalement et que leurs yeux se croisèrent dans un regard dont le jeune homme n'apprécia pas l'insinuation; il détourna d'elle son visage en faisant mine d'indifférence. C'est que le nom de Maryam n'était pas revenu sur les langues en présence de Fahmi depuis que l'idée de sa demande en mariage avait été rejetée, soit par égard pour ses sentiments, soit parce que Maryam avait revêtu une autre signification après qu'il eut avoué son amour pour elle, ce qui l'avait rangée dans la clique des tabous que les traditions de la famille ne permettaient pas de remâcher ouvertement devant l'intéressé. Malgré cela, Maryam elle-même n'avait pas mis fin à ses visites à la famille, mais feint d'ignorer ce qui allait bon train sur son compte derrière les portes.

Yasine, qui ne fut pas dupe de l'instant de gêne réciproque entre Fahmi et Khadiga, tint à en masquer les retombées éventuelles en orientant l'attention vers un objectif nouveau. Il posa la main sur l'épaule de Kamal en disant sur un ton tenant à la fois de l'ironie et de l'exhortation :

– Le voilà notre homme véritable! C'est le seul qui puisse prier son père de lui rendre sa mère.

Personne ne prit ses paroles au sérieux, à commencer par Kamal lui-même! Néanmoins le propos de Yasine lui revint en mémoire le jour suivant, alors qu'il traversait la place de Bayt el-Qadi au retour de l'école, après une journée passée pour sa plus grande part à penser à sa mère bannie. Il marchait en direction de l'allée Qirmiz quand il s'arrêta et se tourna vers la rue d'al-Nahhasin, hésitant, le cœur battant de détresse et de douleur. Alors il changea de route et s'achemina vers al-Nahhasin à pas lents sans opter pour une décision ferme, mais poussé en avant par la souffrance d'avoir perdu sa mère et tiré en arrière par la peur qui s'emparait de lui à la simple évocation de son père..., à plus forte raison pour aller lui parler ou lui demander une faveur. Il ne s'imaginait pas pouvoir rester debout devant lui en lui parlant de cette affaire, et les frayeurs susceptibles de le frapper s'il passait aux actes n'échappaient pas à sa conscience. Il ne prit aucune résolution mais n'en continua pas moins sa marche lente jusqu'à ce qu'apparaisse la porte de la boutique. C'était comme s'il tendait vers le contentement de son cœur torturé, ne fût-ce qu'un contentement abstrait, comme le milan qui tournoie autour du ravisseur de ses petits sans trouver le courage de lui fondre dessus. Il s'approcha de la porte et s'en arrêta à quelques mètres. Là, il prolongea sa halte, sans avancer ni reculer, sans arrêter sa décision, quand sortit soudain de la boutique un homme riant d'un rire fracassant et, ô surprise, son père qui le raccompagnait sur le pas de la porte en lui faisant ses adieux et en riant lui aussi aux éclats. La surprise le laissa interdit et il resta cloué sur place, observant le visage rieur et épanoui avec un désaveu et un étonnement indescriptibles. Il n'en croyait pas ses yeux et se figura qu'une personnalité nouvelle s'était glissée dans le corps de son père ou que cet homme hilare, malgré sa ressemblance avec ce dernier, était quelqu'un d'autre qu'il voyait pour la première fois... Une personne en train de rire, à gorge déployée, avec la joie fusant de son visage comme fuse la lumière du soleil. Alors qu'Ahmed Abd el-Gawwad tournait les talons pour rentrer dans sa boutique, ses yeux tombèrent sur le gamin qui le regardait interloqué. Sa posture, son air le saisirent d'étonnement, tandis que ses traits reprenaient rapidement leur expression de sérieux et de gravité.

– Qu'est-ce qui t'amène? lui demanda-t-il tout en scrutant son visage.

Cela venait à peine d'être dit que l'instinct d'autodéfense submergea le garçonnet qui, malgré son état de stupeur, s'approcha de son père, tendit sa petite main vers la sienne et se pencha sur elle, sans mot dire, pour la baiser avec politesse et humilité.

– Tu veux quelque chose? redemanda Ahmed Abd el-Gawwad.

Kamal ravala sa salive, ne trouvant quoi lui dire, sinon, optant pour sa sauvegarde, qu'il ne désirait rien de particulier mais passait simplement, en route vers la maison. Le père commença pourtant à languir et bientôt l'exaspération put se lire sur son visage :

– Ne reste pas planté là comme une momie, lança-t-il avec rudesse, et dis ce que tu veux!

La rudesse de la voix lui porta droit au cœur et il tressaillit.

Sa langue se noua comme si ses paroles étaient restées

collées au fond de sa gorge. Le père redoubla d'exaspération et cria sur un ton saisissant :

– Parle! Tu as perdu ta langue?

Toute la force du garçon s'organisa en une volonté unique : sortir de son silence à tout prix pour se prémunir contre la colère de son père. Il ouvrit la bouche en disant machinalement :

– Je rentrais de l'école vers la maison...

– Et qu'est-ce qui t'a arrêté ici comme un idiot?

– J'ai vu... J'ai vu monsieur mon père et j'ai voulu lui baiser la main!

Un regard de suspicion filtra dans les yeux d'Ahmed Abd el-Gawwad qui dit avec une âcre ironie :

– C'est tout! Je t'ai manqué à ce point! Tu ne pouvais pas attendre jusqu'à demain matin pour embrasser ma main si tu le désirais? Ecoute... Prends bien garde de ne pas avoir fait des tiennes à l'école! Je saurai tout!

– Je n'ai rien fait, sur la vie de Notre Seigneur! répondit Kamal avec empressement et trouble.

– Alors tu peux disposer! conclut Ahmed Abd el-Gawwad à bout de patience. Tu m'as fait perdre mon temps hors de propos. Allez, ouste!

Kamal quitta sa place sans presque voir dans son émotion où il posait les pieds, tandis qu'Ahmed Abd el-Gawwad quittait la sienne pour rentrer dans sa boutique. Mais le garçon, dès l'instant où il ne se trouva plus sous le regard de son père reprit vie et s'écria inconsciemment, avant que celui-ci ne disparaisse et que l'occasion ne soit à jamais gâchée :

– Rendez-nous maman, Dieu vous garde!

Et il se sauva à toutes jambes...

*

Ahmed Abd el-Gawwad sirotait son café de l'après-midi dans sa chambre quand Khadiga entra et déclara d'une voix presque inaudible à force de soumission :

– Notre voisine Sitt Oum Maryam voudrait voir Monsieur...

– La femme de M. Mohammed Ridwane? demanda-t-il étonné. Qu'est-ce qu'elle veut?

– Je ne sais pas, père!

Tout en cachant son étonnement, il lui donna l'ordre de la faire entrer. Et, bien que la venue, parmi les voisines, de certaines femmes estimables, désireuses de le rencontrer pour des questions en rapport avec son commerce ou une réconciliation qu'il s'efforcerait d'obtenir entre elles et leurs maris comptant parmi ses amis, ne fût pas, malgré sa rareté, nouveau pour lui, il rejeta l'idée que cette dame vînt le trouver pour quelqu'une de ces raisons. Il en était à s'interroger, quand Maryam et la discussion survenue entre sa femme et lui à propos de cette demande en mariage lui traversa l'esprit. Mais quel rapport y avait-il entre ce secret, qui ne pouvait avoir franchi le cercle de la famille, et cette visite? Il pensa alors à M. Mohammed Ridwane, supposant que le motif de la visite avait un rapport avec lui, mais ce dernier n'avait jamais été qu'un simple voisin auquel il n'était lié que par des rapports de voisinage ne s'étant jamais élevés au rang de l'amitié. Leurs visites mutuelles s'étaient limitées autrefois aux opportunités de rigueur jusqu'à ce que l'homme fût atteint de paralysie, époque à laquelle il s'était fréquemment rendu en visite auprès de lui. Puis il ne vint plus frapper à sa porte qu'à l'occasion des fêtes. Malgré cela, Sitt Oum Maryam ne lui était pas étrangère. Il se rappelait clairement qu'elle était venue une fois à la boutique pour acheter quelques articles. Là, elle s'était fait connaître à lui afin de solliciter son attention et il lui avait dispensé de sa générosité ce qu'il avait jugé digne du bon voisinage. Une autre fois, il l'avait rencontrée à la porte de sa maison, un jour où sa venue en visite accompagnée de sa fille avait coïncidé avec sa sortie. Il avait été surpris par son audace lorsqu'elle l'avait salué en disant : « Bonsoir, cher monsieur! » Certes, la fréquentation de ses amis lui avait enseigné qu'il s'en trouvait parmi eux pour tolérer ce pour quoi il était intraitable en vertu d'une observance immodérée des règles héréditaires de la famille. De fait, ces gens-là ne voyaient aucun mal à ce que leurs femmes sortent pour cause de visite ou d'emplettes, pas plus qu'ils ne voyaient de désagrément à une salutation innocente comme celle qu'Oum Maryam lui avait adressée. Il n'était pas, malgré son *hanbalisme*[1], du genre à stigmatiser ce dont les autres se satisfaisaient pour eux-mêmes et leurs femmes. Plus encore, il ne pensait pas même de mal de certains notables de ses amis qui accompagnaient leurs femmes et leurs filles en voiture, en promenade dans des endroits isolés ou certains cafés corrects, se contentant en pareil cas de répéter sa maxime : « Vous avez votre religion et moi j'ai la mienne ! » Autrement dit il n'avait pas tendance à appliquer aveuglément ses modes de pensée à autrui. En outre, il savait fort bien faire la distinction entre ce qui était bien et ce qui était mal, même s'il n'ouvrait pas pour autant son cœur à tout « ce qui était bien », marchant en cela main dans la main avec sa nature traditionaliste et rigoureuse. De ce point de vue, il avait considéré la visite de son épouse à al-Hussein comme un crime qu'il avait sanctionné par la peine la plus dure qu'il ait prononcée au cours de sa seconde vie conjugale.

En conséquence, son esprit avait répondu aux salutations de Sitt Oum Maryam par un étonnement mêlé d'une sorte de trouble, sans toutefois que cela comporte un jugement sur ses mœurs. Il entendit derrière la porte de la chambre un toussotement et comprit que la visiteuse l'avertissait de son arrivée. Elle entra, enveloppée dans sa *mélayé*, le visage couvert d'un voile noir dont l'*arous*[2] en

---

1. *Hanbalisme :* adhésion à la doctrine d'Ahmed Ibn Hanbal (m.855) fondateur de la plus rigide des quatre écoles de droit musulman. Le *hanbalisme* considère la tradition comme source unique de la loi après le Coran et se fait l'ennemi de toute innovation.
2. Litt. « La poupée ». Sorte d'agrafe tubulaire en métal précieux et sculptée qui, recouvrant la partie du visage située entre les sourcils et le milieu du nez, rattachait le voile de face des musulmanes au bandeau de tête destiné à le soutenir.

or pendait entre deux grands yeux noirs en amande, soulignés de khôl. Elle s'approcha de lui, avec son corps dodu, charnu, à la croupe frémissante, et il se leva pour l'accueillir en lui tendant sa main.

– Soyez la bienvenue, dit-il, vous faites honneur à la maison et à ses gens.

Elle lui tendit la main après l'avoir enveloppée dans le rebord de la *mélayé* de peur de contrarier ses ablutions et dit :

– Que le Seigneur rehausse votre estime, cher monsieur !

Il l'invita à s'asseoir et elle s'assit. Puis il en fit autant en lui demandant par politesse :

– Comment va M. Mohammed ?

– Louange à Dieu, que nul autre que Lui soit loué pour nos malheurs ! Que le Seigneur nous prenne dans sa miséricorde ! dit-elle en soupirant, d'une voix sonore, comme si la question avait remué son chagrin.

Ahmed Abd el-Gawwad hocha la tête, l'air navré et grommela :

– Que Dieu l'assiste et lui accorde patience et santé !

Un court silence fit suite aux politesses de rigueur et la dame commença à se préparer au discours sérieux, objet de sa venue, comme se prépare le chanteur après la fin de l'exécution du prélude instrumental. Pendant ce temps Ahmed Abd el-Gawwad baissa les yeux par décence, laissant un sourire flotter sur ses lèvres pour manifester sa bonne disposition à la déclaration attendue.

– Monsieur Ahmed, vous êtes, pour ce qui est des qualités de cœur, un exemple cité dans tout le quartier. Celui qui vient à vous pour y faire appel ne saurait voir son espoir déçu !

Ahmed Abd el-Gawwad marmotta d'une voix timide, tout en se demandant en son for intérieur : « Qu'est-ce qui se cache derrière tout ça ? »

– Je vous en prie, vous me gênez !

– Voilà, je suis venue à l'instant pour rendre visite à

« ma sœur », Sitt Oum Fahmi[1], et quelle n'a pas été ma surprise d'apprendre qu'elle n'était pas à la maison et que vous étiez fâché contre elle!

La femme se tut pour sonder l'impact de ses paroles et entendre l'avis d'Ahmed Abd el-Gawwad. Mais ce dernier se replia dans le silence comme ne sachant que dire. Et, bien qu'il ressentît quelque déplaisir à entamer ce sujet, son sourire de bienvenue demeura accroché à ses lèvres.

– Existe-t-il une dame plus parfaite que Sitt Oum Fahmi? L'image même de la raison et de la pudeur. Une voisine de vingt ans et plus, au cours desquels nous n'avons entendu d'elle que de quoi réjouir l'esprit. Quel crime a-t-elle bien pu commettre pour mériter la colère d'un homme aussi juste que vous?

Ahmed Abd el-Gawwad persévéra dans son silence, faisant mine d'ignorer sa question. Puis des idées lui trottèrent dans la tête qui accentuèrent son déplaisir : la visite de cette femme était-elle le produit du hasard ou de la machination de quelque comploteur?... Khadiga?... Aïsha?... Amina elle-même? Pourtant ils ne rechignaient pas à défendre leur mère! Allait-il oublier comment Kamal avait osé lui crier à la face pour exiger le retour de sa mère?... Chose qui lui avait valu plus tard une raclée, qui lui avait brûlé les fesses et fait bouillir le sommet du crâne.

– Quelle brave dame ne méritant pas la punition... Et quel homme généreux à qui la violence ne sied pas! C'est encore un coup de Satan le maudit, que Dieu le couvre de honte! Mais comme votre noblesse est apte à déjouer son piège!

Il ressentit à cet instant que le silence était devenu trop lourd à supporter par égard envers la visiteuse. Aussi grommela-t-il avec un laconisme voulu :

1. Litt. « Madame la mère de Fahmi » (à comparer avec « Sitt Oum Maryam »). Il est une manière de respect envers une femme de l'appeler par le prénom de son fils aîné précédé de son titre de mère (Oum). En l'absence de fils dans sa descendance on substituera au nom du fils le nom de sa première fille (c'est le cas d'Oum Maryam, « Mère de Maryam »).

– Puisse Dieu redresser la situation!

Oum Maryam poursuivit avec entrain, encouragée par le succès qu'avait obtenu sa tentative de le faire parler :

– Comme ça me fait de la peine de voir notre brave voisine quitter sa maison après cette longue vie de discrétion et de dignité!

– Les eaux retourneront à leur lit... Mais chaque chose en son temps!

– Vous êtes mon frère! Plus cher encore qu'un frère! et je n'ajouterai pas un mot de plus...

Il y avait du nouveau dans l'affaire qui n'échappa pas à sa conscience en alerte! Aussi l'enregistra-t-il comme le sismographe enregistre un tremblement de terre lointain, quelle que soit la faiblesse de son intensité. Il eut l'impression quand elle dit « Vous êtes mon frère » que sa voix s'était attendrie, adoucie, et quand elle ajouta « Plus cher encore qu'un frère », elle fit jaillir une chaude tendresse qui répandit dans ce climat de timidité une bouffée salutaire. Il s'étonna, s'interrogea et, ne pouvant plus supporter de se cacher son doute, il releva les yeux hésitant... Il jeta un coup d'œil furtif sur son visage et la vit, contrairement à ce qu'il s'attendait, en train de le regarder avec ses grands yeux noirs en amande. Son cœur entra en ébullition et il baissa les yeux prestement, à la fois surpris et gêné. Puis il ajouta, prolongeant la discussion de manière à masquer son émotion :

– Je vous remercie de la fraternité que vous me prêtez!

Il recommença à s'interroger : l'avait-elle contemplé ainsi pendant toute la conversation ou bien avait-il levé la tête juste au moment où son regard se posait sur lui? Et que dire du fait qu'elle n'avait pas baissé les yeux au moment où les leurs s'étaient croisés? Mais il ne tarda pas à se moquer de ses pensées, se disant que sa passion des femmes et l'expérience qu'il avait de leur commerce avait sans doute exacerbé en lui sa propension à les mésestimer et que la vérité était sans aucun doute on ne peut plus éloignée de ce qu'il se figurait. Peut-être aussi qu'Oum

Maryam faisait partie de ces femmes, débordantes par nature et complexion d'une tendresse que ceux qui ne les connaissaient pas prenaient, à tort, pour une tentative de séduction. Et pour s'assurer du bien-fondé de son opinion, car le besoin de certitude demeurait, il leva les yeux une deuxième fois, et quelle ne fut pas sa surprise de la voir le regarder tendrement. Il s'enhardit cette fois et la fixa un court instant, tandis qu'elle continuait à l'observer avec un abandon audacieux, au point qu'il se détourna dans une confusion totale. C'est alors que la voix tendre de la dame le poursuivit en disant :

– Je verrai après cette prière si je suis réellement en faveur auprès de vous!

En faveur? Si ce mot avait été prononcé ailleurs que dans ce climat repu de sensibilité, électrisé par le doute et la confusion, il serait resté lettre morte, mais maintenant! Il la regarda à nouveau tout à fait gêné et lut dans ses yeux quelques signes qui aiguisèrent ses soupçons... Son sentiment avait-il quelque justesse? Une chose pareille était-elle possible au moment d'une intercession en faveur de sa femme?... Mais comment ceci pouvait-il étonner quelqu'un qui avait son expérience des femmes?... Une femme folâtre lotie d'un mari paralytique! Des soubresauts joyeux coururent dans ses fibres qui le remplirent de chaleur et de fierté. Mais quand ce sentiment avait-il vu le jour? Etait-il ancien et n'attendait-il que son heure...? N'avait-elle pas un jour fait un tour à la boutique sans rien laisser paraître d'équivoque?... Mais la boutique n'était pas un endroit propre à mettre en confiance une femme comme elle pour faire d'un amour contenu un aveu, sans l'avoir précédé d'une entrée en matière, comme l'avait fait Zubaïda l'almée. Ou alors c'était un sentiment du moment, né à la faveur de la bonne occasion, dans la chambre vide. S'il en était vraiment ainsi, c'était une autre Zubaïda dans les vêtements d'une femme vertueuse. Il n'y avait rien d'étonnant qu'il ignorât son fait, bien qu'en connaissant un rayon sur les filles de l'amour, lors même qu'il tenait obstinément à faire preuve envers les voisins d'un respect exemplaire. Mais qu'en était-il au juste et comment lui répondre « Vous êtes plus en faveur auprès de moi que vous ne le pensez. » Parole délicate certes, mais qui pouvait l'amener à y voir une façon de saluer favorablement son invitation. Non, il ne voulait pas cela, il le refusait catégoriquement! Non pas parce qu'il n'était pas encore rassasié de Zubaïda mais parce qu'il n'acceptait d'aucune manière de dévier de ses principes quant à ce qui touchait la sanctification de l'honneur en général et, rapport à lui, de tout ce qui touchait les amis et les voisins en particulier. C'est pourquoi pas la moindre tache dont il pût rougir devant un ami, un voisin ou les saintes gens, n'était venue ternir sa face en dépit de ses excès amoureux et de ses frasques. Il n'avait jamais cessé de persévérer dans la crainte de Dieu dans son divertissement comme dans son sérieux de sorte à ne s'autoriser que ce qu'il jugeait licite ou faisant partie des petits écarts de conduite.

Cela ne signifiait nullement qu'il était doté d'une volonté prodigieuse le tenant à l'écart des passions, il avait au contraire la passion de l'amour à tout va. Mais il se gardait des femmes mariées au point qu'à dessein, et tout au long de sa vie, il n'avait jamais posé les yeux sur le visage d'une femme de son quartier. Du reste, fait tout à son honneur et par pitié pour l'une de ses connaissances, il avait renoncé à un amour qui s'offrait, un beau jour qu'un messager était venu le trouver, l'invitant à rencontrer, à l'occasion d'une soirée qu'on lui fixait, la sœur de l'homme en question, une veuve entre deux âges. Ahmed Abd el-Gawwad avait accueilli l'invitation en silence, donné congé à l'envoyé avec gentillesse selon son habitude et déserté la rue où était située la maison des années durant. Peut-être qu'Oum Maryam était la première tentation, mettant au défi ses principes, qu'il endurait de visu. Et, bien qu'elle lui plût, il ne répondit pas aux penchants de l'amour mais laissa la voix de la sagesse et de la dignité l'emporter. Sa réputation qui occupait toutes les langues, il la mit ainsi à l'abri des sujets de reproche, comme si cette bonne réputation lui était préférable au fait de saisir au vol un plaisir à disposition, alors qu'il pouvait se consoler dans le même temps avec ces petites aventures sans risque qui lui étaient offertes de temps à autre. Cet esprit respectueux de l'engagement, sincère envers ses frères, ne le quittait pas, jusque dans l'arène des plaisirs et des appétits charnels, et jamais il ne lui avait été reproché d'avoir jeté son dévolu sur la concubine d'un compagnon ou convoité du regard la maîtresse d'un ami, car il préférait l'amitié aux passions. C'est que, comme il avait coutume de le dire, « l'ami est une amitié durable et la bien-aimée un amour éphémère ». C'est pourquoi il se contentait de choisir ses maîtresses parmi celles qu'il trouvait sans compagnon. Ou bien encore il attendait qu'une relation se rompe pour se préparer à en saisir l'aubaine. Parfois même il demandait la permission à l'ancien amant, avant de faire la cour à celle qui avait été sa maîtresse, prenant alors le relais de l'amour avec une joie que ne venait ternir aucune haine mutuelle. En d'autres termes, il avait réussi à concilier « l'animal » se vautrant dans les plaisirs et « l'homme » au regard tourné vers les principes élevés, les réunissant dans une unité harmonieuse dont aucun des tenants ne prenait le dessus sur l'autre, chacun d'eux possédant son indépendance de vie dans le bien-être et la joie. Il avait réussi cette union, de la même manière qu'il avait réussi auparavant à concilier la dévotion et la tentation dans une unité dépourvue de tout sentiment de faute et de refrènement. Cependant il n'agissait pas avec cette loyauté par simple respect des mœurs mais, outre ou avant cela, en vertu de son désir de posséder l'amour tout en continuant à jouir d'une brillante réputation. De plus, ses fructueuses razzias sur le terrain du cœur lui facilitaient le renoncement à une inclination qui aurait été marquée par la tromperie et la crapulerie. Par surcroît il n'avait jamais connu de véritable passion capable de le conduire à une alternative : soit obéir au sentiment puissant sans se soucier des principes, soit tomber dans une crise sentimentale et morale aiguë à l'enfer de laquelle il n'était pas prédestiné. Il ne voyait en Oum Maryam qu'une variété délicieuse de nourriture à laquelle, si l'avaler le menaçait d'indigestion, il ne verrait aucun inconvénient à renoncer pour une autre, appétissante et sûre, dont la table était remplie. C'est pourquoi il lui répondit avec courtoisie en disant :

— Votre intercession sera acceptée si Dieu le veut et vous entendrez sous peu de quoi vous réjouir!

— Que le Seigneur vous honore, mon cher monsieur! conclut-elle après s'être levée.

Elle lui tendit une main blanche et potelée, et il lui tendit la sienne en baissant les yeux. Il eut l'impression, lors de ses adieux, qu'elle exerçait sur sa main une légère pression. Et il commença à se demander si telle était sa manière habituelle de saluer ou si elle avait pressé sa main à dessein. Il essaya de se rappeler comment elle avait procédé au moment où il l'avait accueillie mais sa mémoire lui fit défaut. Ainsi la majeure partie du temps précédant son retour à la boutique, il la passa à penser à cette femme, à ses propos, à sa douceur..., à sa manière de saluer.

*

— Notre amie la femme du regretté Shawkat voudrait avoir un entretien avec vous!

Ahmed Abd el-Gawwad lança un regard de fureur à Khadiga et lui cria :

— Et pourquoi?

Mais les accents courroucés de sa voix et ses regards fulminants annonçaient qu'il n'était pas dans ses intentions de s'en tenir là, comme s'il avait voulu dire : « Je n'ai pas sitôt fini avec le médiateur d'hier que tu m'en amènes un nouveau aujourd'hui! Qui te dit que ces astuces vont marcher avec moi? Comment osez-vous, toi et tes frères, vous jouer de moi? » Khadiga blêmit et répondit la voix tremblotante :

— Par Dieu, je ne sais pas!

Il branla la tête l'air de lui dire : « Tu le sais très bien au contraire et moi aussi, et ton petit jeu va te coûter cher! » Il continua furieux :

– Fais-la entrer! C'est fichu maintenant pour boire mon café l'esprit détendu! Ma chambre n'est rien moins qu'un tribunal, des juges, des témoins. Voilà tout le repos que je trouve dans ma maison. Que Dieu vous maudisse tous autant que vous êtes!

Khadiga disparut avant qu'il n'ait achevé son propos comme disparaît la souris au moindre craquement. Ahmed Abd el-Gawwad resta quelques instants le visage rembruni, furieux, jusqu'à ce que revienne frapper son esprit l'image de Khadiga se retirant apeurée. Son pied trébucha alors sur ses socques de bois et sa tête se trouva à deux doigts de heurter la porte. Un sourire de pitié se dessina sur ses lèvres qui effaça sa colère abusive et humecta son cœur de tendresse : Regardez-moi ces enfants qui refusent d'oublier leur mère ne serait-ce qu'une minute! Il porta le regard vers la porte en se préparant à accueillir la visiteuse avec un visage épanoui, comme s'il n'avait pas salué avec emportement l'idée de sa visite. Mais il n'avait aucune prise sur la fureur qui ne cessait de l'enflammer dans sa maison pour les raisons les plus futiles ou sans raison aucune. Indépendamment de cela, la visiteuse était d'un rang privilégié auquel ne s'élevait aucune des femmes qui fréquentaient sa demeure de temps à autre. Pensez donc : la femme du regretté Shawkat! Et le regretté Shawkat avant tout! Une famille qui avait été liée à la sienne par une amitié sincère depuis la génération des aïeux. Le défunt occupait dans son esprit la place d'un père et sa veuve gardait auprès de lui, et auprès de sa famille par conséquent, celle de mère. C'est elle en personne qui avait demandé pour lui la main d'Amina, qui avait recueilli ses enfants entre ses mains à leur venue au monde. En outre, les Shawkat étaient des gens dont l'amitié était un honneur, non seulement pour leur origine turque, mais pour leur rang social et l'importance de leurs biens immobiliers entre al-Hamzawi et al-Sourine. Et si Ahmed Abd el-Gawwad appartenait au commun de la classe moyenne, eux faisaient partie sans conteste de l'élite. Peut-être que le sentiment maternel que la femme éprouvait envers lui et que le sentiment filial qu'il éprouvait envers elle lui faisaient adopter vis-à-vis de son intercession imminente une attitude craintive et empruntée. Car elle n'était pas du genre à s'embarrasser de respect quand elle lui parlait, ni à s'éreinter à gagner sa pitié, sans compter la franchise blessante pour laquelle elle était réputée et qui trouvait sa justification à la fois dans son grand âge et son rang social. Ah! ça non, elle n'était pas...

En entendant le bruit de ses pas, il abandonna ses pensées et se leva en disant sur un ton jovial :

– Soyez la bienvenue, c'est le Prophète qui nous arrive!...

C'était une femme âgée qui s'avançait en clopinant, appuyée sur une ombrelle, levant vers lui un visage d'une blancheur éclatante, couvert de rides, et dont le voile blanc transparent ne cachait presque rien. Elle accueillit ses salutations avec un sourire qui découvrait ses dents en or et elle répondit à son salut. Puis elle prit place à côté de lui sans cérémonie et lui dit :

– Qui vivra verra! Même toi, beauté des hommes!... Et cette maison où se passent ces choses dont on ne parle pas de gaieté de cœur. Tu as vieilli, al-Hussein en soit témoin! Le gâtisme te prend avant l'âge!

Elle commença à se répandre en paroles, lâchant la bride à sa langue qui sautait du coq à l'âne, sans laisser à notre homme la moindre occasion de l'interrompre ou d'insérer un commentaire. Elle lui dit comment elle en était venue à lui rendre visite, comment elle s'était aperçue de l'absence de sa femme : « J'ai d'abord pensé qu'elle était sortie en visite. Alors, surprise, je me suis frappé la poitrine en me disant : « Qu'est-ce qui est arrivé au monde et comment M. Ahmed a-t-il pu lui permettre de sortir en faisant fi des commandements divins, des lois humaines et des firmans ottomans? » Puis elle ajouta qu'elle avait toutefois bientôt appris la vérité : « Mais j'ai repris mes esprits et me suis dit : " Dieu soit loué, le monde tourne rond! C'est bien du Ahmed Abd el-Gawwad tout craché, on ne pouvait pas en attendre moins de lui! " » Puis elle abandonna son ton ironique et se mit à le sermonner pour sa rudesse. Elle ne ménagea pas sa commisération pour Amina qu'elle considérait comme la dernière des femmes à mériter une punition. Elle se mit, chaque fois qu'il allait pour l'interrompre, à lui crier : « Chuuut! Motus! Garde tes belles paroles que tu sais si bien enjoliver, ça ne prendra pas avec moi! Ce que je veux c'est un bon geste, pas de bonnes paroles! » Puis elle lui voua sans détour qu'il faisait preuve dans la conduite de sa famille d'un excès digne des annales et qu'il ferait bien de montrer un peu de modération et de clémence.

Ahmed Abd el-Gawwad l'écouta longuement et lorsqu'elle lui donna la permission de parler, quand elle fut elle-même épuisée de le faire, il lui explicita son point de vue, et ni l'ardente manifestation de refus de la dame ni la considération dont elle jouissait auprès de lui ne l'empêchèrent de lui certifier que la politique dont il usait avec sa famille était une conviction dont il ne s'écarterait pas, même s'il lui promit pour finir, comme il l'avait promis à Oum Maryam auparavant, un bon geste. Il pensa que le temps était venu de mettre un terme à l'entrevue mais elle le prit au dépourvu en lui disant :

– L'absence de Mme Amina n'est pas une heureuse surprise...C'est que je voulais la voir pour une affaire de la plus haute importance et que sortir n'est plus une mince affaire, rapport à ma santé! Je ne sais pas si pour l'heure je ferais bien de parler de ce dont je voulais parler ou si je dois attendre son retour.

– Nous sommes tous à votre disposition! répondit Ahmed Abd el-Gawwad en souriant.

– J'aurais aimé qu'elle soit la première à m'entendre, même si tu ne lui laisses pas voix au chapitre en la matière. Mais, puisque je n'ai pas cette chance, ma consolation est de lui préparer une bonne occasion de se voir pour le retour...

Notre homme hésita sur la manière de comprendre ses paroles et il la fixa du regard en demandant :

– Mais encore?

– Je serai brève avec toi, dit-elle en grattant le tapis avec le bec de son ombrelle. Mon choix s'est porté sur Aïsha pour être la femme de mon fils Khalil!

Ahmed Abd el-Gawwad fut frappé de l'étonnement de quiconque se trouve d'autant pris au dépourvu par un événement qu'il ne s'y attendait pas. L'embarras et plus encore le trouble s'emparèrent de lui, et cela pour des raisons fort claires : il réalisa d'emblée que sa vieille résolution de ne pas marier la benjamine avant les noces de la cadette se heurterait cette fois-ci à un vœu d'un rare prix qu'il ne pouvait négliger..., un vœu dont lui avait fait part une personne n'ignorant pas cette résolution, ce qui prouvait qu'elle la rejetait par avance et refusait de se plier à sa sentence.

– Qu'est-ce que tu as à rester silencieux comme si tu ne m'avais pas entendue?

Ahmed Abd el-Gawwad eut un sourire d'embarras et de honte, puis il dit à titre de remarque et par mesure de politesse, le temps de retourner les faces du problème :

– C'est un grand honneur pour nous!

La dame lui lança un regard par lequel elle semblait lui dire : « Cherche-toi un moyen autre que des paroles mielleuses! » Elle reprit sur un ton offensif :

– Je n'ai pas besoin qu'on se fiche de moi avec des mots creux! Je ne me satisferai de rien d'autre qu'un consentement plein et entier! Khalil m'a chargée de lui choisir une femme et je lui ai dit : « Je pense à quelqu'un qui ferait une belle mariée, le mieux que que tu puisses trouver! Mon choix l'a enchanté et il n'a rien trouvé de plus enviable que de devenir ton gendre... » Vas-tu répondre à un désir comme celui-ci, venant de moi en personne, par le silence et la dérobade?

Mon Dieu, mon Dieu! Jusqu'à quand allait-il se trouver pris dans ce problème épineux dont il ne pouvait sortir sans porter un grave préjudice à l'une de ses deux filles? Il la regarda comme l'implorant d'avoir de la pitié pour sa situation et bredouilla :

– Les choses ne sont pas ce que vous croyez qu'elles sont! Votre désir est plus que bienvenu, mais...

– Au diable les mais! Ne me dis pas que tu as décidé de ne pas marier la petite avant la grande. Qui es-tu pour décider de ceci et de cela? Laisse à Dieu ce qui appartient à Dieu, il est miséricordieux entre tous. Si tu veux, je te cite des dizaines d'exemples de filles benjamines qui se sont mariées avant les cadettes et dont le mariage n'a pas empêché celui de leurs aînées avec les meilleurs maris qui soient. Khadiga est une excellente jeune fille et elle ne manquera pas de trouver un bon mari quand Dieu le voudra... Jusqu'à quand vas-tu t'interposer entre Aïsha et sa chance? N'est-elle pas aussi digne de ton affection et de ta pitié?

« Si Khadiga est une excellente fille, se dit-il en lui-même, alors pourquoi ne la choisissez-vous pas? » Il alla pour la mettre en défaut à son tour mais il craignit qu'elle ne lui décoche, même en toute bonne intention, une réponse offensante pour Khadiga, et par conséquent pour lui-même. Il dit d'une voix pleine de sérieux et de souci :

– Il n'y a qu'une chose : j'ai pitié de Khadiga!

Elle rétorqua sur un ton tranchant comme si c'était elle la sollicitée :

– Chaque jour il se présente des cas comme celui-là et qui ne gênent personne. Dieu déteste l'opiniâtreté et la contradiction obstinée chez son serviteur! Réponds à ma prière et remets-t'en à Dieu. Ne refuse pas ma main, car je ne l'ai tendue à personne avant toi!

Ahmed Abd el-Gawwad dissimula son émotion sous un sourire et déclara :

– C'est un immense honneur comme je viens de vous le dire à l'instant... Seulement, accordez-moi un court délai, le temps de reprendre mes esprits et de prendre mes dispositions! Et vous trouverez ma décision digne de votre assentiment si Dieu le veut!

– Je n'ai pas le droit de te voler davantage de temps, dit-elle sur le ton de de quelqu'un désireux de couper court à la conversation. Et puis, à force de discuter, j'ai l'impression que tu n'accepteras pas bien mes vœux. Les femmes comme moi souhaitent, quand elles te disent « je veux », que tu t'empresses de répondre « oui » sans tergiversations. Je n'ajouterai qu'un mot à ce que j'ai dit : Khalil est mon fils comme le tien et Aïsha est ta fille comme la mienne !

Elle se leva et Ahmed Abd el-Gawwad en fit autant pour la saluer. Il ne s'attendait qu'à un mot d'adieu de sa part, une salutation, mais elle tint absolument à lui rappeler l'ensemble de ses recommandations, comme si elle craignait que quelque chose ne lui en échappe. Elle les lui répéta donc en détail et, sans qu'il, ou qu'elle, s'en rende compte, elle revint étayer certains de ses points de vue, en conforter d'autres. Puis, cédant aux associations d'idées, elle s'y abandonna sans résistance au point de lui rabâcher aux oreilles la totalité de ce qu'elle avait dit à propos de la demande en mariage. Par-dessus le marché, elle ne voulut pas clore cette discussion sans évoquer la mère bannie d'un, deux ou trois mots quand soudain le jeu des idées l'emportant à nouveau, elle y replongea au point que les nerfs de notre homme furent à deux doigts de lâcher. Pour finir, il faillit éclater de rire quand elle lui dit : « Je n'ai pas le droit de te voler davantage ton temps ! »

Il la reconduisit à la porte en appréhendant à chaque pas qu'elle ne s'arrête et ne s'enlise à nouveau dans des discours... Il regagna enfin son siège en respirant profondément. Mais il le regagna chagriné, attristé. C'était un cœur sensible que le sien ! Plus sensible que beaucoup ne le pensaient et même plus qu'il ne le fallait. Comment pouvaient le croire ceux qui ne le voyaient que grimaçant et vociférant, ou bien le rire et la moquerie à la bouche ! C'est qu'une touche de tristesse mordant la chair de sa chair était de nature à assombrir le ciel de la vie tout entière et, à ses yeux, maculer de boue le visage de l'existence. Comme le remplissait de bonheur le fait de dépenser ses efforts dans le but de rendre ses deux filles heureuses, celle dans le beau visage de laquelle il voyait celui de sa mère comme celle à qui n'était échue qu'une pâle touche de beauté ! L'une comme l'autre entraient dans la pulsation de son cœur, dans le suc de son âme. Toutefois, le mari qu'offrait la veuve du regretté Shawqat était un trésor caché, avec tout ce que le mot avait de sens! Un jeune homme de vingt-cinq ans, titulaire d'une rente mensuelle ne se montant pas à moins de trente guinées. Certes, comme beaucoup de gens de la haute société, il était sans occupation. Certes, il ne possédait qu'un niveau très bas d'instruction ne dépassant pas la connaissance de la lecture et de l'écriture. Mais il se distinguait par un ensemble de qualités propres à son père, touchant la bonté, la noblesse de mœurs... Que faire? Il lui fallait trancher, car il n'était pas dans ses habitudes d'hésiter ou de demander conseil. De plus, il n'acceptait pas de paraître aux yeux des siens, ne fût-ce qu'un seul instant, un être dépourvu d'opinion. Demander conseil à ses intimes? Il n'y voyait pas d'inconvénient chaque fois qu'une question sérieuse se présentait. De fait, leur discussion commençait par la revue des peines et des problèmes avant que le vin les transporte vers ce monde qui ne connaît précisément ni peines ni problèmes. Cependant, de même qu'il était profondément obstiné dans ses opinions, de sorte à ne pas en dévier, de même il était de ceux qui recherchent dans la consultation ce qui renforce leur point de vue et non pas ce qui les en écarte. Pourtant une telle consultation était, même en cette circonstance, une consolation et une bouffée d'air pur. Et quand notre homme fut las de ses pensées, il s'écria : « Qui pourrait croire que le souci insoutenable qui m'habite n'est autre que le résultat d'une grâce dont Dieu m'a fait l'honneur? »

VII

AMINA n'eut d'autre occupation, durant ses journées d'exil, que de rester assise auprès de sa mère tout en s'adonnant à de grandes discussions, à ces évocations qui vous viennent à l'esprit dans la rencontre du passé proche, du passé lointain et du présent, entre les chers souvenirs et le drame actuel. Et, sans la douleur de la séparation et le spectre de la répudiation, elle se serait laissée aller confiante à sa nouvelle vie comme à des vacances lui permettant de se délasser de la fatigue des tâches domestiques ou à un voyage imaginaire dans le monde des souvenirs. Toutefois, ces jours passés sans que se produise la chose redoutée, ajoutés à la relation qu'on lui avait faite de l'intercession auprès de son mari d'Oum Maryam et de la veuve du regretté Shawkat, tout cela lui raffermit le cœur et l'apaisa. En outre, les visites vespérales des enfants, qui pas un jour n'avaient failli, étaient à son cœur dévoré de chagrin autant de bouffées d'espoir renouvelées. Et, bien que le temps pendant lequel elle ne les voyait pas ne fût pas beaucoup plus long dans sa nouvelle demeure que dans l'ancienne, puisqu'elle ne se joignait à eux, dans un cas comme dans l'autre, qu'à leurs heures de loisirs lors de la séance du soir, elle en vint à se languir d'eux comme se languit l'exilé dans un pays lointain des êtres chers dont le temps l'a séparé; comme qui a été privé de respirer le parfum de leur compagnie, de vivre parmi leurs souvenirs et de choisir pour eux le temps du sérieux et celui du divertissement; comme si le cœur, à chaque centimètre que le corps parcourt sur le chemin de la séparation, le subissait comme des kilomètres. Sa vieille mère mettait un zèle assidu à lui dire, chaque fois qu'elle se heurtait à son silence ou pressentait de l'égarement dans ses paroles :

– Patience, Amina ! Je déplore ta situation. Une mère est une étrangère tant qu'elle est éloignée de ses enfants. Une étrangère, eût-elle beau séjourner dans la maison où elle est née !...

Car c'était une étrangère, comme si cette maison n'était pas l'unique berceau qu'avait connu sa première vie, comme si cette mère n'était pas celle dont elle ne pouvait jadis supporter un seul instant l'éloignement. Ce n'était plus « sa maison », mais seulement un lieu d'exil entre les murs duquel elle attendait, ardemment, le pardon venu du ciel.

Et, après la longueur de l'attente, le pardon arriva, apporté un soir par les enfants. Ils se ruèrent vers elle avec dans les yeux une lueur semblable au jaillissement de l'éclair, une lueur qui fit battre son cœur à lui secouer la poitrine tout entière au point qu'elle eut peur d'en avoir poussé l'interprétation au-delà de ce qu'elle pouvait supporter. Mais Kamal courut vers elle et se suspendit à son cou avant de lui crier, ne se sentant plus de joie :

– Mets ta *mélayé* et en route !...

Et Yasine ajouta dans un éclat de rire :

– Ça y est, tu en vois le bout !

Puis Fahmi se joignant à lui :

– Papa nous a appelés et nous a dit : « Allez chercher votre mère... »

Elle baissa les yeux pour dissimuler sa joie débordante. Il n'y avait pas de femme plus incapable qu'elle de contenir aucun de ses sentiments, quel qu'il fût, qui l'agitaient, comme si son visage était un miroir ultra-sensible ne laissant jamais passer au fond de son être le moindre soubresaut sans en livrer la trace. Comme elle aurait aimé pouvoir accueillir la nouvelle avec un calme digne de sa condition de mère ! Mais la joie lui donna des ailes, les traits de son visage s'épanouirent et reflétèrent une joie enfantine. Pourtant, à cet instant même, un sentiment de honte, dont elle ignorait la cause, l'envahit. Elle resta un moment figée à sa place, de sorte que Kamal perdit patience, la tira par la main en rejetant tout son poids en arrière jusqu'à ce qu'elle accède à ses vœux et se lève. Elle resta debout quelques instants en proie à un embarras étrange et se tourna machinalement vers sa mère en demandant :

– Je m'en vais, maman?

La question, qui lui avait échappé avec une note de gêne et de honte semblait étrange. Fahmi et Yasine sourirent. Seul Kamal y répondit par une surprise doublée d'une sorte d'inquiétude et se mit à lui certifier la nouvelle du pardon. Quant à la grand-mère, elle avait perçu pleinement son sentiment et pressenti ses pensées secrètes. Elle en eut pitié et, évitant de faire paraître de la désapprobation, ne fût-ce que par un léger sourire, elle déclara sur un ton sérieux :

– Allez, rentre chez toi, et que Dieu t'accompagne!

Amina alla revêtir sa *mélayé* et emballer ses vêtements, Kamal ne la quittant pas d'une semelle. Pendant ce temps, la grand-mère s'adressait aux deux jeunes gens en leur demandant sur un ton critique qu'elle adoucit d'un sourire affectueux :

– N'aurait-ce pas été davantage la place de votre père de venir lui-même?

– Mais, grand-mère, vous ne connaissez que trop son caractère! répondit Fahmi comme en s'excusant.

Tandis que Yasine ajoutait en riant :

– Estimons-nous heureux de nous en être tirés comme ça!

La grand-mère grommela des sons inintelligibles puis soupira, comme répondant à son bougonnement :

– En tout cas, M. Ahmed n'est pas fait comme les autres!

Ils quittèrent la maison, les prières de bénédiction de la grand-mère se faisant écho à leurs oreilles, et marchèrent ensemble dans la rue pour la première fois de leur vie : le paysage leur sembla profondément étrange. Fahmi et Yasine échangèrent des regards souriants et Kamal se souvint du jour où, comme aujourd'hui, il avait marché en serrant la main de sa mère, la conduisant de venelle en venelle, et de tout ce qui s'en était ensuivi de douleurs et de frayeurs, que le cauchemar même ne pouvait embrasser. Il s'en étonna longuement mais ne tarda pas à perdre de vue les peines du passé devant la joie du moment. Répondant à son penchant pour la plaisanterie, il dit à sa mère en riant :

– Viens, faisons un saut jusqu'à Sayyedna al-Hussein!

Yasine éclata de rire et ajouta sur un ton lourd de sens :

– Que Dieu soit satisfait de lui, c'est un martyr, il aime les martyrs!

Le moucharabieh leur apparut ainsi que deux silhouettes qui s'agitaient derrière la claire-voie. Le cœur d'Amina vola vers elles, gonflé de tendresse et de désir. Derrière la porte elle trouva Oum Hanafi prête à l'accueillir, et la femme couvrit les mains de sa maîtresse de baisers. Dans la cour, elle rencontra Khadiga et Aïsha qui se suspendirent à elle comme des bambins. Finalement c'est dans une manifestation tapageuse et l'ivresse d'une joie voluptueuse qu'ils gravirent l'escalier. Puis tout le monde s'arrêta dans sa chambre et, dans le vacarme des rires, on s'empressa de lui ôter ses vêtements, symbole haïssable de la séparation. Lorsqu'elle s'assit parmi eux, elle haletait d'émotion et d'émoi. Et Kamal, qui tenait à exprimer sa joie de la voir, ne trouva rien de mieux que de lui dire :

– Ce jour m'est plus cher que celui du palanquin du pèlerinage lui-même!

C'était la première fois depuis un bon moment que la famille se trouvait réunie au complet pour la séance du café. Aussi, en ce jour chaleureux venant sur les pas d'une semaine de froidure, se mit-on à reprendre la discussion dans une atmosphère de liesse dont les heures de séparation et de détresse précédentes ne firent que redoubler la gaieté et accroître le plaisir. Pourtant la mère dont les instincts se réveillaient malgré la joie des retrouvailles n'oublia pas d'interroger les deux filles sur les affaires de la maison en procédant par ordre, de la pièce du four jusqu'au lierre et au jasmin. De même, elle posa une foule de questions sur le père et quelle ne fût pas sa joie d'apprendre qu'il n'avait permis à quiconque de l'aider au moment d'ôter ses vêtements ou de les revêtir! Ainsi, quoi qu'il en fût du repos dont il avait bénéficié du fait de son absence, un changement était survenu dans sa discipline de vie, lequel lui avait sans doute causé une fatigue qui disparaîtrait avec son retour, retour qui seul lui garantirait la vie à laquelle il était habitué et lui donnait satisfaction.

La seule chose à n'avoir pas effleuré Amina était que certains de ces cœurs heureux de son retour trouvaient dans ce retour même une raison de ruminer leur peine et leur détresse. Mais c'était comme ça! Ces cœurs que la tristesse de la mère avait distraits de leurs peines se refermèrent à nouveau sur leurs chagrins quand l'assurance de son salut leur fut acquise, comme une colique aiguë et soudaine nous fait oublier une ophtalmie chronique, de sorte que, si la première s'estompe, les douleurs oculaires reviennent. Fahmi recommença à se dire : « Toute tristesse, à ce qu'il semble, a une fin! Regardez maman : son chagrin s'est envolé! Mais ma tristesse à moi, on dirait qu'elle n'a pas de fin! » Aïsha retourna à ses pensées dont nul n'était instruit du secret. Les songes s'agitaient devant ses yeux, les souvenirs s'abattaient sur elle, même si on la considérait, comparée à son frère, comme plus sereine et prompte à oublier.

Mais Amina ne lisant pas les pensées, rien ne vint troubler la pureté de son bonheur et, lorsqu'elle regagna sa chambre à la nuit, elle se rendit compte que le sommeil ne trouverait pas place dans son esprit accaparé par la joie. Aussi ne le goûta-t-elle que par instants, jusqu'à ce que minuit arrive. Alors elle quitta son lit en direction du moucharabieh pour attendre comme à son habitude, en promenant le regard à travers les ajours des vantaux vers la rue envoûtante, qu'arrive la voiture brinquebalante, ramenant son époux à la maison. Son cœur battit à tout rompre et elle rougit de honte et d'embarras comme si elle allait le rencontrer pour la première fois, comme si elle n'avait pas songé longuement à cet instant..., l'instant attendu des retrouvailles. Comment l'aborder? Comment allait-il la traiter après cette longue absence? Que pourrait-elle bien lui dire ou que pourrait-il bien lui dire? Ah! si elle avait pu feindre le sommeil! Mais elle jouait très mal la comédie et ne supportait pas qu'il la trouve allongée s'il entrait dans sa chambre à l'improviste. Au contraire, il lui était impossible de manquer au devoir de sortir jusqu'à l'escalier, la lampe à la main, pour l'éclairer. Mais plus encore, après la victoire du retour, après que l'indignation l'eut quittée, la générosité du contentement s'épancha dans son cœur et, non seulement elle pardonna le passé, mais fit peser sur elle tout le poids de la faute au point de trouver son époux, bien qu'il ne se fût point soucié de faire le pas jusqu'à la maison de sa mère pour se réconcilier avec elle, digne de ce qu'on cherchât à le satisfaire. Elle empoigna la lampe, marcha vers l'escalier, tendit le bras par-dessus la rampe et se tint debout en suivant le bruit de ses pas approchant, le cœur palpitant, jusqu'à ce qu'il la rejoigne en haut des marches. Elle l'accueillit le front bas, sans voir son visage au moment de la rencontre et sans savoir quelle métamorphose était survenue en lui à sa vue. Puis elle l'entendit lui dire d'un ton naturel, exempt de toute trace du passé récent et regrettable :

– Bonsoir...

– Bonsoir, maître! bredouilla-t-elle.

Il se dirigea vers la chambre et elle marcha sur ses pas en élevant la lampe. Il commença à ôter ses habits en silence et elle s'approcha de lui pour l'aider. Elle s'attela à sa tâche le cœur exhalant des bouffées de soulagement. Et, bien qu'elle se souvînt de la funeste matinée de la rupture, lorsqu'il s'était levé pour enfiler ses vêtements en lui disant sèchement : « Je m'habillerai moi-même! », ce souvenir lui revint, dépouillé des sensations de douleur et de désespoir qui l'avaient alors affligée, et elle sentit, en s'acquittant de cette tâche qu'il n'avait autorisée à nul autre, qu'elle retrouvait ce qu'elle possédait de plus cher au monde. Il prit place sur le canapé et elle s'assit à son tour, jambes croisées, sur un coussin qui était posé à ses pieds, sans qu'aucun d'eux ne prononce un mot. Elle s'attendait à ce qu'il enterre le « passé regrettable » d'un mot, d'un conseil, d'une mise en garde ou quelque chose du même ordre. Elle y avait pris mille dispositions mais il lui demanda simplement :

– Comment va ta mère ?

– Bien, mon seigneur, répondit-elle avec un soupir de soulagement. Elle vous transmet ses salutations et ses vœux !

Un autre moment de silence passa avant qu'il déclare dans une sorte d'indifférence :

– La veuve du regretté Shawkat m'a fait part de son désir de choisir Aïsha comme femme pour Khalil !

Amina leva ses yeux vers lui avec une stupeur révélatrice de l'effet de la surprise. Mais il haussa les épaules avec mépris. Et, comme s'il craignait qu'elle émette un avis qui, sait-on jamais, pouvait tomber en accord avec sa décision dont personne n'était informé, de sorte qu'elle en vienne à le soupçonner d'avoir tenu compte de son opinion, il prit les devants en disant :

– J'ai longuement réfléchi à la question et j'en suis arrivé à la conclusion de donner mon consentement. Je ne veux pas contredire la chance de cette fille davantage que je ne l'ai fait. De toute éternité, la décision appartient à Dieu !

*

Aïsha accueillit la bonne nouvelle avec la joie digne d'une jeune fille couvant des yeux le rêve du mariage depuis l'aube de l'enfance sans que rien n'ait pu l'en détourner. C'est à peine si elle en crut ses oreilles quand on lui annonça la nouvelle. Son père avait-il vraiment donné son consentement? Le mariage était-il devenu une réalité proche et non plus un rêve aux cruelles facéties? Trois mois environ en tout et pour tout s'étaient écoulés depuis la déception qui l'avait frappée et, bien que cette dernière lui fût pénible et cruelle, elle s'était estompée et allégée au fil des jours jusqu'à n'être plus qu'un terne souvenir qui éveillait, si lui-même était éveillé, une tristesse légère et sans gravité. Toute chose dans cette maison se pliait avec une soumission aveugle à une volonté suprême, jouissant d'un pouvoir sans limites, comparable à maints égards au pouvoir religieux. Entre ses murs l'amour lui-même gagnait les cœurs à pas de loup, honteux, hésitant, dépourvu de confiance en soi. Il ignorait par conséquent l'agression et la tyrannie dont il use d'ordinaire puisqu'il n'y avait ici de tyrannie que celle de cette volonté suprême! C'est pourquoi, quand le père avait dit « non », sa sentence s'était gravée au plus profond de son esprit, et la jeune fille avait cru dur comme fer que tout était vraiment fini, que tout échappatoire, tout recours, tout espoir étaient vains, comme si ce « non » participait du mouvement universel comme l'alternance du jour et de la nuit, contre lequel toute opposition était vaine, à l'égard duquel seule une attitude d'approbation s'imposait. Cette conviction avait œuvré de son côté, sans qu'elle s'en rende compte, à tracer un trait sur tout cela et l'on n'en avait plus parlé! Mais elle ne s'en demanda pas moins au fond d'elle-même si, en admettant que le consentement à son mariage eût été donné avant que trois mois ne se soient écoulés depuis le dernier refus en date, elle n'aurait pas été à celui vers lequel son cœur penchait et si son heureuse fortune du moment ne renfermait pas par conséquent une contrariété incompréhensible. Quoi qu'il en soit, la question resta sous-jacente. Personne ne l'évoqua, pas même sa mère. C'est que manifester de la joie pour le mari, en tant que personne abstraite, était déjà considéré comme un dévergondage offensant la pudeur. Alors, imaginez à plus forte raison afficher son désir pour un homme en tant que tel! Mais malgré cela et en dépit du fait qu'elle ignorait tout du nouveau mari, à part les témoignages de sa propre mère lancés au milieu de commentaires généraux sur sa famille, elle avait accueilli la bonne nouvelle avec Dieu sait quel bonheur, et il semblait que ses sentiments assoiffés aient trouvé dans leur ardente passion un pôle où s'ancrer, comme si son amour plus qu'un attachement à un homme précis était une sorte de « disposition » et qu'il suffisait que l'un d'entre eux soit éliminé et remplacé par un autre pour que sa disposition trouvât de quoi se satisfaire. Ainsi les choses entrèrent dans l'ordre : certes un homme plus qu'un autre pouvait être son favori mais pas au point de lui dénaturer le goût de la vie ou de la pousser à la révolte et à la désobéissance. Et quand elle eut l'âme ravie et que son cœur battit des ailes de l'allégresse, une tendresse et une pitié sans mélange jaillirent d'elle vers sa sœur, et elle souhaita que cette dernière l'eût précédée dans le mariage. Elle lui dit, alliant les excuses aux encouragements :

– J'aurais voulu que tu me précèdes vers la maison du mariage! Mais c'est le destin qui l'a voulu. Chaque chose viendra en son temps!

Khadiga, à qui la consolation était insupportable au moment de la défaite, reçut néanmoins ses paroles avec un vif dépit qui n'échappa pas à sa sœur. Sa mère, auparavant, s'était excusée auprès d'elle en lui disant avec sa délicatesse et sa honte coutumières :

– Nous avons tous espéré que ton tour vienne en premier et nous y avons œuvré plus d'une fois, mais peut-être que notre entêtement pour des choses qui ne sont pas en notre pouvoir a fait obstacle à ta chance. Laissons aller les choses selon la volonté de Dieu. Tout retard a du bon!

Elle rencontra un sentiment analogue de la part de Yasine et de Fahmi. Ceux-ci le manifestaient tantôt directement par les mots, tantôt l'exprimaient par les égards dont ils l'entouraient et qui avaient pris la place, ne fût-ce que momentanément, des sarcasmes qui couraient habituellement entre elle et les deux frères, entre elle et Yasine plus particulièrement. En fait, sa tristesse devant son infortune n'avait d'égale que son irritation de la commisération qui s'épanchait dans son entourage, non pas en vertu d'une répulsion pour cette attitude constitutive de sa nature, mais parce qu'elle était comparable dans sa situation au malade atteint de grippe à qui nuit une exposition au grand air, ce grand air qui le revigore d'ordinaire lorsqu'il est bien portant. Elle n'avait que faire d'une pitié dont elle savait qu'elle n'était qu'un palliatif inutile face à un espoir perdu. Peut-être avait-elle aussi des soupçons quant aux motifs qui les poussaient à l'en revêtir : sa mère n'avait-elle pas été de tout temps l'intermédiaire entre les marieuses et son père? Or qui pouvait lui certifier qu'elle assumait bien cette fonction comme une manière de s'acquitter de son rôle de maîtresse de maison et non pas en poursuivant le désir caché de marier Aïsha? N'était-ce pas Fahmi qui avait lui-même transmis le message de l'officier du commissariat d'al-Gamaliyya? Ne pouvait-il pas trouver le moyen de le faire changer d'avis par-derrière? N'était-ce pas Yasine?... Mais à quel titre blâmait-elle Yasine, alors que des gens plus proches d'elle l'avaient trompée? Mais qu'était-ce donc que cette pitié-là, ou plutôt quelle hypocrisie et quel mensonge! C'est pourquoi elle en fut dégoûtée. Elle l'assimila à l'offense, non à la bienveillance, et s'emplit d'une fureur et d'un dépit qu'elle enfouit néanmoins au plus profond d'elle-même de peur de donner l'air de désapprouver le bonheur de sa sœur ou de s'exposer, ainsi lui avait-on dépeint sa médisance, à la joie malicieuse de ceux qui se réjouissent du malheur d'autrui. Du reste, elle ne pouvait que dissimuler ses sentiments, car la dissimulation était dans cette famille, surtout quand il s'agissait de sentiments, une habitude bien ancrée et une nécessité morale qu'imposait l'ombre de la terreur paternelle. Ainsi, entre la fureur et le dépit d'une part, la dissimulation et la feinte de la satisfaction d'autre part, elle vécut sa vie comme une torture continuelle et une peine de tous les instants. Et son père? Qu'est-ce qui l'avait fait renoncer à sa vieille résolution? Etait-elle devenue méprisable à ses yeux après avoir joui de son estime? Sa patience à attendre son mariage s'était-elle épuisée au point de décider de la sacrifier et de la livrer aux arrêts du destin? Dieu, elle était sidérée qu'on la laisse tomber comme un rien! Elle en oubliait dans son emportement leur attitude d'autrefois, du temps où l'on prenait sa défense, et n'avait plus en tête que leur dernière « trahison ». Mais cette colère d'ensemble n'était rien comparée aux sentiments de jalousie et de haine que son cœur nourrissait envers Aïsha. Elle haïssait son bonheur et plus encore sa dissimulation de ce bonheur. Elle haïssait sa beauté qui lui apparaissait, comme la pleine lune étincelante à l'homme traqué, un instrument de supplice et de torture. Et puis elle haïssait la vie qui ne lui réservait plus que désespoir. Et les jours se succédèrent pour ajouter à sa tristesse à la vue de tous les présents, de toutes les « gracieusetés » du mari qu'on apportait à la maison, de tous ces motifs de joie et d'allégresse qui se répandaient partout dans l'air. Elle se retrouva ainsi dans un cruel isolement, les chagrins proliférant en elle comme les insectes dans une flaque d'eau croupissante. Puis le chef de famille commença à constituer le trousseau de la mariée et la discussion autour de celui-ci monopolisa les réunions vespérales de la famille. On proposait à la mariée plusieurs styles de mobilier, de garde-robe; elle se pâmait d'admiration pour certains, en rejetait d'autres, mettait en balance ceci et cela, avec un soin qui leur faisait oublier à tous la grande sœur, ainsi que la consolation et les égards dont ils lui étaient redevables. Elle fut même obligée, conformément à la satisfaction dont elle feignait de donner l'image, de participer à leur entrain, à leur enthousiasme et leurs discussions interminables. Mais cette situation affective complexe, qui pouvait paraître à quelqu'un d'étranger à la famille comme le signe d'un mal aux conséquences fâcheuses changea soudainement lorsque la réflexion se porta sur la coupe de la robe de la mariée et, par conséquent, quand les regards se suspendirent à Khadiga et que se centra sur elle toute l'attention et tout l'espoir. Elle s'attendait à ce devoir comme à une chose incontournable, un devoir qu'elle enrageait au plus haut point d'accepter. Elle ne pouvait pas le refuser au risque de dévoiler ses sentiments cachés. Mais, quand les yeux se levèrent vers elle et que sa mère lui recommanda de s'occuper au mieux de sa sœur, que cette dernière la regarda pleine de honte et d'espoir, que Fahmi dit à Aïsha en sa présence : « Tu ne seras pas une mariée digne de ce nom tant que Khadiga ne t'aura pas confectionné ta robe de mariée »; que Yasine ajouta pour commenter ses paroles : « Tu as raison..., voilà une vérité incontestable », après tout cela, sa fureur s'apaisa et la pudeur freina son emportement. Ses bons sentiments enfouis revinrent à la surface comme l'eau douce fait éclore la verdeur des graines qui dorment sous la glaise. Contrairement à ce qui s'était passé avec leur pitié « factice », elle ne douta pas des motifs de cet intérêt, parce qu'elle avait le sentiment qu'il était sincère et aussi qu'il se tournait vers son adresse incontestée. Il était comme une reconnaissance unanime de son importance et de son envergure, mais également de ce que les éléments constitutifs de ce bonheur, qui refusait d'être de son côté, ne seraient pas pleinement réunis tant qu'elle n'y participerait pas elle-même. Elle accueillit cette nouvelle tâche avec un esprit on ne peut plus expurgé de ses aigreurs rancunières. Il est vrai que celles-ci s'emparaient de cette famille comme elles le font de la plupart des humains, mais sans jamais pouvoir y conquérir un cœur réellement mauvais où s'infiltrer et s'enraciner. Il y avait bien parmi eux des gens prêts à s'enflammer, dont la propension à la colère était comme la propension à l'alcool, mais très vite leur fureur s'apaisait, leurs cerveaux retrouvaient leur lucidité, leurs cœurs pardonneraient, comparables à ces jours de l'hiver égyptien dont les nuages s'assombrissent jusqu'à amener la bruine, avant de rendre au ciel, au bout d'une heure ou de quelques heures à peine, son bleu et son soleil radieux.

Pourtant Khadiga n'en avait pas pour autant oublié ses peines, la bonté l'avait seulement lavée de la rancune et de la haine. Au fil des jours, elle blâma moins Aïsha ou quiconque de ses proches que sa chance, dont elle fit la cible de son dépit et de sa rébellion, cette chance qui dans le domaine de la beauté l'avait servie avec parcimonie, avait retardé son mariage au-delà de sa vingtième année et terni son avenir d'angoisses et de craintes. Mais, finalement, elle s'en remit, comme sa mère, à la force du destin. Son côté impulsif, hérité de son père, tout comme son complexe, hérité de son milieu, s'était montrés l'un et l'autre impuissants à régler son sort malheureux, elle trouva le salut en se réfugiant dans le côté pacifique qui lui venait de sa mère. Ainsi elle s'abandonna à la fatalité, comme un général impuissant à atteindre son but choisit un lieu offrant une protection naturelle pour y faire stationner ses arrières en déroute ou appeler à la concorde et à la paix. Elle commença à regretter de s'être tant adonnée à la prière et aux confidences à son Seigneur. Le fait est que, depuis son enfance, elle avait imité sa mère dans son esprit religieux et son observance des devoirs y afférant, avec une persévérance qui dénotait l'éveil de son sentiment religieux, non pas comme Aïsha qui embrassait la dévotion par tocades espacées et ne pouvait supporter de s'y tenir. Combien de fois s'était-elle étonnée, dans le fil de la comparaison entre son propre sort et celui de sa sœur, de la sanction sévère que lui valait sa dévotion sincère et de la récompense que retirait l'autre de sa désinvolture : « Je fais régulièrement toutes mes prières rituelles mais, elle, elle ne peut même pas s'y tenir deux jours de suite. Je jeûne pendant tout le ramadan mais, elle, elle jeûne un jour ou deux, après quoi elle fait semblant tout en se glissant en cachette dans le cellier pour se bourrer l'estomac de noix et d'amandes, ce qui ne l'empêche pas, tous les soirs au coup de canon [1], de se précipiter à table avant ceux qui n'ont encore rien mangé... » Même du point de vue de la beauté, elle ne s'avouait pas vaincue

1. Pendant le mois de ramadan, le repas quotidien de rupture du jeûne *(iftar)* était, et est toujours, annoncé au Caire après le coucher du soleil par un coup de canon tiré de la Citadelle.

inconditionnellement devant Aïsha. Certes, elle n'avait jamais clamé son avis sur les toits! Au contraire, elle préférait de beaucoup s'en prendre elle-même à sa propre personne, afin de couper l'herbe sous le pied des assaillants embusqués, ce qui ne l'empêchait pas d'observer longuement son visage dans le miroir en se faisant des confidences du genre : « Aïsha est belle, ça ne fait aucun doute, mais elle est maigre! La graisse, c'est déjà la moitié de la beauté. Moi, je suis bien grasse et la rondeur de mon visage masquerait pour un peu la grosseur de mon nez! Il ne reste plus à ma chance que de s'activer un peu! » Toutefois, la dernière épreuve lui avait fait perdre sa confiance en elle-même. Et, bien qu'elle eût réitéré de nombreuses fois ces mêmes confessions sur la beauté, l'embonpoint et la chance, elle y revenait cette fois-ci pour balayer cette sensation angoissante qui l'étreignait, de même que nous avons parfois recours à la logique pour nous rassurer sur des thèmes comme la santé, le bonheur, la peine, l'amour ou la haine, autant de choses qui n'ont rien à voir avec la logique...

Amina n'avait pas oublié Khadiga, en dépit des tâches qui lui incombaient en tant que mère de la mariée, à moins que sa joie à l'égard de celle-ci ne lui rappelât la tristesse qu'elle éprouvait pour la sœur, de même que le soulagement qui nous est offert nous remet en mémoire l'action d'un analgésique ayant endormi la douleur qui va resurgir sous peu. Et comme si le mariage d'Aïsha avait réveillé ses vieilles craintes à propos de Khadiga, elle chercha à se rassurer par tous les moyens et dépêcha Oum Hanafi auprès du cheikh Raouf à Bab el-Akhdar, munie du fichu de Khadiga pour lui faire prédire l'avenir. La femme revint avec un semblant de bonne nouvelle, elle dit à sa maîtresse que le cheikh lui avait déclaré : « Tu ne vas pas tarder à m'apporter deux livres de sucre! » Et, bien que ce ne fût point la première bonne nouvelle de ce type qui lui ait été donnée sur le compte de Khadiga, elle en espéra néanmoins du bien et l'accueillit avec bonheur, comme un sédatif de l'angoisse qui ne la quittait pas.

*

« C'est pas bientôt l'heure, espèce de garce? J'ai fondu, ô musulmans, fondu comme une savonnette, il n'y a plus que la mousse! Elle le sait, pardi, et ne veut pas ouvrir la fenêtre! Allez, fais ta coquette, fais ta coquette, gueule d'empeigne! On s'était pas mis d'accord sur ce rendez-vous? Mais tu as raison... Une moitié de ta poitrine suffirait à rayer Malte de la carte... et l'autre ferait perdre la raison à Hindenburg! Tu as en toi un trésor! Seigneur, ménagez-moi! Ménagez-moi ainsi que tous les pauvres bougres comme moi à qui deux seins bien ronds, une croupe rebondie et des yeux soulignés de khôl font passer des nuits blanches... Les yeux soulignés de khôl en dernier, vu qu'une aveugle aux fesses pleines, aux seins ronds vaut sûrement mille fois mieux qu'une sauterelle plate comme une limande aux yeux fardés! Hé! la fille de l'almée, la voisine du souk d'Al-Tarbia! La première t'a enseigné les règles de la coquetterie et le second te fournit les secrets de la beauté. Résultat, tes seins gonflent à force d'amants qui jouent avec! On s'était bien mis d'accord sur ce rendez-vous, je ne rêve pas? Allez, ouvre la fenêtre, ouvre, espèce de garce, toi la plus belle à m'avoir fait frémir le nombril! Sucer tes lèvres? Téter le bout de tes seins? Bon sang j'attendrai jusqu'à la pointe de l'aube! Tu n'auras qu'à lever le petit doigt : si tu veux que je sois l'arrière de la carriole sur lequel tu tangues, je le serai! Si tu veux que je sois l'âne qui tire la carriole, je le serai! Quelle galère, pauvre Yasine! Quelle déconfiture Abd el-Gawwad fils! Les Australiens rient de tes malheurs. Pauvre de moi, exilé de l'Ezbékiyyé, prisonnier d'al-Gamaliyya. C'est la guerre. Nom d'une pipe! Guillaume la déclenche en Europe et c'est moi qui en fais les frais dans al-Nahhasin... Ouvre la fenêtre, âme de ta mère, ouvre la fenêtre, mon âme à moi... »

Ainsi Yasine commença à se parler à lui-même, assis sur la banquette dans le café de Si Ali, les yeux levés vers la maison de Zubaïda, l'almée, à travers la lucarne donnant sur al-Ghouriya. Chaque fois que la détresse le rongeait, il se plongeait dans ses rêves pour l'y apaiser et exciter en même temps ses désirs, comme ces somnifères qui guérissent l'insomnie en vous fatiguant le cœur. Il avait déjà fait un pas heureux dans sa cour à Zannouba, la luthiste, une cour qui l'avait amené des préliminaires – fréquenter assidûment le soir le café de Si Ali, faire le guet, marcher derrière la carriole, faire des sourires, torsader ses moustaches, jouer des sourcils – aux pourparlers et à la préparation à l'action. Cela eut lieu dans la ruelle longue et étroite d'al-Tarbia, serpentant sous sa couverture de bâches en toile de sac au milieu de ses minuscules échoppes agglutinées sur les côtés comme des ruches. Al- Tarbia n'était en rien nouveau pour lui. Comment pouvait-il l'être, puisque c'était le marché des femmes, toutes classes sociales confondues, où elles affluaient en nombre pour acheter quantité de substances parfumées d'aussi faible poids que de brillants avantages, qui seraient à la fois source de gaieté, de beauté et de profit. Al-Tarbia était son but chaque fois qu'aucune destination ne guidait son chemin. C'était son lieu de pâture le vendredi matin. Il le parcourait lentement, en fonction à la fois de la foule et du désir de bout en bout, comme passant en revue les échoppes pour choisir quelque article, alors qu'en fait il scrutait des visage et des corps, ce qu'un voile ôté laissait paraître ou ce que le drapé serré d'une *mélayé* moulait avantageusement, ce qui en gros ou en détail s'offrait au regard, humant les parfums subtils qui s'exhalaient çà et là, prêtant l'oreille aux voix qui filtraient de temps à autre ou aux rires chuchotés tout en observant en règle générale les limites de la bienséance eu égard à la prévalence des bons éléments parmi la foule des visiteuses, se contentant de voir, de comparer, de critiquer, tout en glanant chez celles qui tombaient sous ses yeux des images dont il ornait le musée de sa mémoire. Rien ne pouvait surpasser son bonheur quand son œil dénichait une couleur de peau claire qu'il n'avait jamais vue auparavant, un regard comme jamais il n'en avait croisé de semblable, une poitrine d'une rondeur renversante, un arrière-train d'une énormité et d'une vénusté hors du commun, de sorte qu'il récapitulait ses visions parfois en disant : « Aujourd'hui c'est les seins de la dame qui était arrêtée devant la boutique d'un tel qui ont le pompon! » ou : « C'est le jour du derrière qui dépasse la taille cinq! » ou « Quel panier, bon sang, quel panier, c'est le jour des paniers resplendissants! » Car son tempérament le conduisait à jeter son dévolu sur le corps de la femme, en passant outre sa personnalité, puis à concentrer son attention sur certaines parties de son corps en faisant mine d'ignorer l'ensemble. C'était comme s'il redonnait vie et renouvelait sans cesse ses espoirs, en tant qu'homme n'ayant dans son univers d'autre but que les femmes, qu'il s'agisse des opportunités éventuelles que réservaient le jour ou le lendemain, des belles proies qui en de rares circonstances s'offraient à lui au cours de ce genre de tournées sexuelles.

Une de ces fins d'après-midi, alors qu'il était assis à son poste sous la lucarne dans le café de Si Ali, il vit la luthiste quitter seule la maison. Il se leva sur-le-champ et la suivit. Elle obliqua vers la rue d'al-Tarbia et il obliqua à son tour derrière elle. Puis elle s'arrêta devant une échoppe et il s'arrêta à côté d'elle. Là, elle attendit que le parfumeur en ait terminé avec un petit nombre de clients et il attendit. Elle ne se tourna pas vers lui et de cette « feinte de l'ignorer » il déduisit qu'elle avait flairé sa présence et qu'elle avait dû, fatalement et depuis le début, avoir le pressentiment qu'il la suivait. « Bonsoir », lui chuchota-t-il à l'oreille. Elle continua à regarder droit devant elle mais il n'en remarqua pas moins au coin de sa bouche le pincement d'un sourire en réponse à son salut ou en récompense à l'assiduité qu'il mettait à la suivre soir après soir. Il poussa un soupir de soulagement et de triomphe, assuré de cueillir le fruit de sa patience, tandis que l'eau du désir lui venait à la bouche, tel le gourmand affamé à qui vole aux narines le fumet du rôti préparé à son intention. Il jugea bien avisé de faire comme s'ils étaient venus tous deux ensemble, et il régla le montant de ses achats en henné et racines de grenadier sauvage, avec la bonne disposition d'un homme certain d'acquérir, en s'acquittant de ce devoir agréable, un droit plus agréable et délicieux encore, et cela sans se soucier de la tendance qu'elle manifesta à accroître ses achats, une fois qu'elle fût assurée qu'il en paierait le prix. Sur le chemin du retour, il lui dit avec l'empressement de qui voit arriver avec crainte la fin du chemin : « Reine de grâce et de beauté, j'ai passé ma vie derrière toi, tu en es témoin. La récompense du soupirant ne serait-elle qu'une simple rencontre? » Elle lui adressa un regard malicieux en demandant avec ironie : « Une simple rencontre? » Il faillit rire corps et âme comme chaque fois que l'ivresse de la joie l'emportait, mais il s'empressa de fermer hermétiquement la bouche, de peur de provoquer un vacarme propre à attirer les regards, et il lui répondit dans un chuchotement : « La rencontre et ses accessoires! » Elle prit un ton critique : « Vous demandez tous " la rencontre " comme si de rien n'était..., un mot anodin, mais en disant cela, vous avez en tête un projet de taille que l'on ne mène à bien chez certaines gens que par la demande, la recommandation, la récitation de la Fâtiha, la dot, le trousseau et le préposé aux affaire matrimoniales! Pas vrai, monsieur l'effendi, qui êtes presque aussi haut et large qu'un dromadaire? » Il rougit dans une sorte de gêne : « Eh bien, dit-il, quelle remise en place! Aussi dure soit-elle venant de tes lèvres, c'en est pas moins du miel! L'amour n'est-il pas ainsi, reine de beauté, depuis que Dieu a créé la terre et ceux qui l'habitent? » Elle répondit en relevant les sourcils jusqu'à ce qu'ils affleurent au bord du *arous* de son voile de tête, tels une libellule déployant ses ailes : « Mais qui m'aurait instruite des choses de l'amour, mon dromadaire? Je ne suis qu'une joueuse de luth et rien de plus! L'amour aurait-il lui aussi des accessoires? » Il dit en essayant d'étouffer un rire : « Ils sont avec ceux de la rencontre une seule et même chose! – Ni plus ou moins? – Ni plus ni moins! – Pas un petit quelque chose en plus ou en moins? – Pas un petit quelque chose en plus ni en moins! – Alors c'est peut-être ce qu'on appelle la fornication? – En chair et en os! » Elle pouffa de rire : « Entendu! dit-elle. Attends à l'endroit où tu attends chaque soir dans le café de Si Ali et dès que j'ouvre la fenêtre, grimpe à la maison! » Il attendit un soir, un autre, puis encore un autre. Le premier, elle sortit avec la troupe sur la carriole, le second, elle partit avec l'almée dans une calèche et le troisième, pas le moindre signe de vie ne parut sur la façade de la maison. Pourtant il était là à attendre, les nerfs cervicaux ratatinés à force de regarder la fenêtre.

La nuit s'avança d'un pas. Les boutiques fermèrent leurs portes, la rue devint déserte et l'obscurité envahit al-Ghouriya. Il ressentit alors, comme il lui arrivait souvent dans la solitude de la rue et son obscurité, une étrange incitation à aller cueillir son désir au creux de sa chair. Il redoubla de détresse. Mais toute chose a une fin, même l'attente qui semble sans fin. C'est ainsi que lui parvint, en provenance de la fenêtre noyée dans l'obscurité, un craquement qui fit souffler en lui un vent d'espoir nouveau. Une ouverture se fit, laissant filtrer un rayon de lumière. Puis la silhouette de la luthiste s'éclaira au milieu de l'entrebâillement et il se leva aussitôt pour quitter le café et traverser la rue jusqu'à la maison de l'almée. Il en poussa la porte sans frapper et elle s'ouvrit comme si une main en avait relevé le coulissoir.

Il pénétra à l'intérieur pour se retrouver dans une épaisse obscurité au milieu de laquelle il ne put trouver son chemin jusqu'à l'escalier; aussi resta-t-il là où il était, afin d'éviter de se cogner ou de trébucher. C'est alors que lui traversa l'esprit la question pour le moins angoissante de savoir si Zannouba ne l'avait pas invité à l'insu de l'almée, si cette dernière lui permettait de voir ses amants dans sa maison. Mais il tira la langue en signe d'insouciance dès lors qu'aucune barrière ne pouvait le faire renoncer à une aventure et que la capture d'un amoureux dans une maison dont les murs veillaient sur les cœurs des amants n'était pas chose aux conséquences redoutables. Il s'arrêta de penser lorsque lui apparut une lumière blafarde tombant du haut. Il en observa l'ondoiement sur les murs qui s'éclaircirent peu à peu et il entrevit sa position à un bras de distance de la première marche de l'escalier situé sur sa droite. Il ne tarda pas à voir Zannouba arriver, une lampe à la main et il la rejoignit ivre de désir, pressa tendrement son bras avec gratitude et envie au point qu'elle eut un rire qui révéla malgré sa préciosité son absence de méfiance.

– Tu as attendu longtemps? demanda-t-elle avec malice.

Il joua avec les mèches qui tombaient sur ses tempes et dit d'une voix plaintive :

– Je me suis fait des cheveux blancs! Mais Dieu te pardonne.

Puis il ajouta à voix basse :

– La dame est là?

– Oui..., lui répondit-elle en imitant sa voix basse, histoire de plaisanter. Seul avec un ami, le monde peut bien...

– Elle ne va pas se fâcher si elle apprend ma présence à cette heure?

Zannouba tourna les talons, haussa les épaules avec mépris et monta l'escalier en disant :

– Y a-t-il heure plus choisie que celle-ci pour un amant de ton espèce?

– Alors elle ne voit pas de mal à ce que nous nous voyions dans sa maison?

Zannouba branla la tête avec un mouvement dansant :

– Peut-être qu'elle voit tout le mal à ce que nous ne nous voyions pas!

– Bénie soit-elle... Bénie soit-elle!

Puis la jeune fille reprit sur un ton empreint de fierté :

– Je ne suis pas seulement joueuse de luth! Je suis aussi sa nièce et il n'y a rien de trop beau pour moi! Allez, viens, tu n'as rien à craindre!

Lorsqu'ils eurent atteint le corridor, les échos d'une chanson plaisante leur parvinrent de l'intérieur, accompagnée au luth et au tambourin. Yasine prêta l'oreille un instant avant de demander :

– C'est une réunion privée ou une fête?

– Les deux à la fois, lui chuchota-t-elle à l'oreille. L'amant de la sultane est un mélomane, un homme de tempérament. Il ne supporte pas que son cénacle soit privé une seule seconde de luth, de tambourin, de boisson et de rire... Alors, tout est bien qui finit bien!

Elle obliqua vers une porte, l'ouvrit et entra, Yasine lui emboîtant le pas. Elle posa la lampe sur une console et s'arrêta devant le miroir pour s'y regarder d'un œil circonspect. Yasine oublia alors Zubaïda et son amant mélomane et fixa ses yeux affamés sur le corps désirable qui se présentait à lui, dépouillé pour la première fois de la *mélayé*. Il les fixa avec force et concentration et les fit bouger doucement, avec délectation, de haut en bas, de bas en haut... mais, avant qu'il puisse mettre à exécution une seule des dizaines d'intentions qui bouillonnaient en lui, Zannouba déclara comme poursuivant son propos interrompu :

– C'est un homme qui n'a pas son pareil dans sa gentillesse et sa sensibilité musicale. Quant à sa générosité on pourrait en parler jusqu'à demain! C'est comme ça que doivent être les amants, sinon...

Les sous-entendus présents dans son allusion à la « générosité » de l'amant de l'almée ne lui échappèrent pas et bien qu'il se fût fait d'emblée à l'idée que son amour nouveau lui occasionnerait des frais exorbitants, l'allusion de la jeune fille, pour banale qu'elle lui parût, le mit mal à l'aise et il ne put que dire, poussé par l'instinct de sauvegarde :

– C'est peut-être un homme de grande fortune!

– La fortune est une chose, la générosité en est une autre! dit-elle comme répliquant à sa manœuvre... On a déjà vu des riches qui ont des épines dans le portefeuille!

Il demanda, non pas par désir de savoir, mais pour échapper au silence qui pourrait le trahir :

– Mais qui peut bien être cet homme généreux?

Elle lui répondit en tournant la mollette de la lampe pour en relever la mèche :

– Il est de notre quartier et tu as dû fatalement en entendre parler : M. Ahmed Abd el-Gawwad!

– Qui?...

Elle se retourna vers lui brutalement pour voir l'objet de sa frayeur, mais elle le trouva raide comme un piquet, les yeux exorbités.

– Qu'est-ce qui t'arrive? demanda-t-elle intriguée.

Le nom qu'elle venait de prononcer lui avait fait l'effet d'une masse qui se serait abattue violemment sur le sommet de son crâne et sa question lui échappa dans un cri de panique sans qu'il s'en rende compte. Il resta absent quelques instants pleins d'hébétude quand lui apparut le visage de Zannouba tout empli d'une expression d'étonnement et d'incompréhension. Craignant d'être démasqué, il concentra toute sa volonté à défendre sa position, résolu à jouer la comédie pour cacher son désarroi. Il se frappa les paumes l'une contre l'autre comme ne croyant pas ce qu'on lui avait dit de cet homme, vu la gravité qu'il lui supposait, et bredouilla perplexe :

– M. Ahmed Abd el-Gawwad! Le propriétaire de la boutique d'al-Nahhasin?

Elle le dévisagea avec un regard de critique amère pour l'avoir importunée sans raison et lui demanda sur un ton sarcastique :

– Oui, c'est lui... Et alors, qu'est-ce qui te fait crier comme une vierge en train de perdre son pucelage?

Il rit d'un rire machinal et ajouta comme interloqué, tout en louant secrètement le Seigneur de ne pas lui avoir dit son nom en entier le jour où ils avaient fait connaissance :

– Qui pourrait le croire de la part de cet homme digne et dévot?

Elle lui lança un regard suspicieux et demanda moqueuse :

– C'est vraiment ça qui t'a fait peur? Rien d'autre? Tu

le croyais peut-être dans le rang des saints infaillibles? En quoi est-il blâmable en cela? L'homme ne s'accomplit-il pas qu'avec l'amour?

– Tu as raison, dit-il sur un ton d'excuse. Il ne faut s'étonner de rien en ce bas monde! (Puis il rit nerveusement.) Représente-toi cet homme grave en train de compter fleurette à la sultane, de boire du vin et de vibrer à l'art du chant...

– Et par-dessus le marché il joue du tambourin avec une autre adresse que celle d'Ayousha, la spécialiste de l'instrument! dit-elle comme parachevant son propos avec le même ton moqueur. Il sème les jeux de mots comme des perles et fait mourir de rire tous ceux de son entourage. Rien d'étonnant après de le voir dans sa boutique un modèle de sérieux et de gravité, car le sérieux c'est le sérieux et l'amusement c'est l'amusement! Une heure pour ton Seigneur et une heure pour ton cœur!

Il jouait du tambourin avec une autre adresse qu'Ayousha, la spécialiste de l'instrument, semait les jeux de mots et faisait mourir de rire les gens autour de lui! Mais qui diable était cet homme? Son père? M. Ahmed Abd el-Gawwad? Le sévère, l'autoritaire, le terrifiant, le pieux, le dévot, celui qui faisait mourir de terreur ceux de son entourage? Comment croire ce que ses oreilles avaient entendu? Comment? Comment? N'y avait-il pas quelque homonymie dans les noms, et pas la moindre relation entre son père et cet amant percussionniste? Mais Zannouba était tombée d'accord pour dire qu'il était bien le propriétaire de la boutique d'al-Nahhasin! Or il n'y avait dans al-Nahhasin d'autre boutique portant ce nom que celle de son père! Seigneur, ce qu'il avait entendu était-il vérité ou hallucination? Dieu qu'il aurait aimé découvrir lui-même cette vérité, voir de ses propres yeux sans intermédiaire. Ce désir s'empara de lui sur-le-champ et le réaliser lui parut la chose la plus urgente au monde. Il ne put y résister et sourit à la jeune fille avec le hochement de tête d'un homme sage, l'air de lui dire : « A quelle époque vivons-nous! » Puis il lui demanda avec le ton de celui qui se laisse pousser par la seule curiosité :

– Est-ce qu'il ne me serait pas possible de le voir de telle sorte qu'il ne me voie pas?

– En voilà une exigence! dit-elle en protestant. En quel honneur, cet espionnage?

– C'est un spectacle qui vaut le coup d'être vu et je ne veux pas m'en priver! répondit-il suppliant.

Elle eut un petit rire méprisant :

– Une cervelle de marmot dans un corps de droma-daire! Pas vrai, mon dromadaire? Mais mort à celui qui déçoit tes vœux... Camoufle-toi dans le couloir, moi je vais entrer chez eux à l'improviste avec un plateau de fruits en laissant la porte ouverte jusqu'à temps que je revienne...

Elle quitta la pièce et il la suivit, le cœur battant. Puis il se blottit dans un coin du couloir qui était plongé dans l'obscurité, tandis que la luthiste continuait son chemin vers la cuisine. Quelques instants plus tard, elle revint les bras chargés d'un plateau de raisins et se dirigea vers la porte d'où filtraient des chansons. Elle frappa, attendit une minute, puis la poussa et entra sans la refermer derrière elle. A cet instant l'assemblée musicale apparut au fond de la pièce avec, au centre, Zubaïda, serrant le luth entre ses bras et pinçant les cordes avec ses doigts tout en chantant « O musulmans, ô gens de Dieu ». Tout près d'elle était assis « son père » et personne d'autre (en le voyant les battements de son cœur redoublèrent). Il avait tombé la *djoubba*, manches retroussées, et faisait frémir le tambou-rin devant lui[1], les yeux levés vers l'almée avec un visage ruisselant d'enjouement et de joie. La porte ne resta ouverte que jusqu'à ce que Zannouba revienne, soit une minute ou deux, mais deux minutes qui lui avaient laissé voir un spectacle étonnant, une vie fermée, tout un roman

---

1. Le tambourin à cymbalettes arabe *(douff)* est tenu verticalement au niveau de la poitrine, peau tournée vers l'extérieur. Le cercle est tenu à sa base bloqué au fond des paumes des deux mains entre le pouce et l'index, les doigts restant libres pour frapper la peau et agiter les cymbalettes.

à la fin duquel il se réveilla comme on se réveille d'un long et profond sommeil sous la secousse d'un violent tremblement de terre. Il avait vu en deux minutes une vie entière, résumée en un tableau, comme on voit en un songe fugitif une image rassemblant des événements dont l'échelonnement dans le monde réel recouvre de longues années. Il avait bel et bien vu son père, lui et nul autre, mais pas comme il en avait l'habitude. Car jamais il ne lui était arrivé de le voir ainsi dévêtu de sa *djoubba* et assistant à une réunion folichonne, coulant d'elle-même. Jamais il n'avait vu ses cheveux noirs ébouriffés comme s'il venait de courir nu-tête. Jamais il n'avait vu sa jambe nue ainsi qu'elle s'offrait aux regards sur le rebord du divan, sous le pan retroussé du cafetan. Et jamais il n'avait vu – devant lui – grand Dieu! – le tambourin émettant dans un frémissement son cliquetis dansant de cymbalettes, entrecoupé de frappes délicates sur la peau. Jamais il n'avait vu, et peut-être était-ce là la chose la plus stupéfiante qu'il ait vue, ce visage jovial, rayonnant, baigné d'amour et de bonne humeur qui l'avait frappé de stupeur de même qu'il avait frappé de stupeur Kamal au moment où il l'avait vu rire devant la boutique le jour où il était allé le trouver, poussé par son désir de libérer sa mère. Il vit tout cela en l'espace de deux minutes et, lorsque Zannouba referma la porte et regagna sa chambre, il resta à sa place à écouter le chant et le cliquetis du tambourin, pris de vertige. C'était la même voix que celle qu'il avait entendue en entrant dans la maison mais quel changement depuis qu'était survenue l'impression qui avait marqué son esprit! Quelles significations, quelles images nouvelles livrait-elle maintenant à sa sensation? Elle était comme le tintement de la cloche de l'école auquel l'enfant sourit s'il l'entend hors de ses murs, mais qui devient à ses oreilles signe annonciateur de maints tracas s'il l'entend au milieu des élèves. Zannouba frappa le mur de la chambre comme l'invitant à la rejoindre. Il émergea de son absence et alla la retrouver en essayant de se reprendre de manière à ne pas paraître troublé ou ahuri devant elle. Il entra, un large sourire aux lèvres.

– Ce que tu as vu t'a fait perdre la notion de toi-même?

– C'est un spectacle hors du commun, dit-il sur un ton plein de satisfaction et de contentement, un chant de toute beauté!

– Tu aimerais qu'on fasse comme eux?

– Pour notre première nuit? Ah! ça non! Je ne veux te mélanger avec rien, pas même le chant!

Et s'il s'était tout d'abord forcé à parler, pour paraître devant elle, tout autant que devant lui-même, paisible et naturel, il finit par se lancer dans des discours sans contrainte et par retrouver son état naturel, comme qui prend une allure éplorée dans un enterrement et finit par fondre en larmes. Néanmoins la surprise s'empara sans doute de lui à nouveau, subitement, au point de se dire : « En voilà une situation peu banale qui ne m'a jamais effleuré l'esprit auparavant : me voilà ici en compagnie de Zannouba, avec mon père dans la pièce d'à côté, tous les deux dans la même maison! » Mais il haussa bientôt les épaules et reprit son monologue intérieur : « Mais pourquoi me donner la peine de m'étonner d'un événement en le considérant comme incroyable puisqu'il se passe là devant mon nez? Puisqu'il est là, il est absurde de me demander s'il est possible de croire une chose pareille... Croyons-le et cessons de nous étonner! En quoi peut-on le lui reprocher! » Sa réflexion ne lui procura pas seulement de la satisfaction, mais une joie incommensurable, non pas qu'il eût besoin de stimulant pour poursuivre sa vie lubrique, mais parce que, comme la plupart des êtres sombrant dans des désirs coupables, il appréciait la compagnie d'un semblable, et combien davantage encore s'il trouvait ce semblable en la personne de son père, le modèle traditionnel qui l'avait tant de fois perturbé, qu'il en ait conscience ou non, parce que le voyant aux antipodes de lui-même.

Il fit mine de tout oublier, sauf sa joie, comme si cette dernière était la plus chère des conquêtes de sa vie, et il ressentit pour son père une admiration et un amour nouveaux, n'ayant rien de commun avec l'amour et l'admiration qu'il avait acquis de longue date et qui se cachaient sous un voile épais de respect et de crainte. Un amour et une admiration jaillissant comme une source des profondeurs de l'être, en imbibant les racines maîtresses ou, plus encore, comme ne faisant qu'un avec l'amour et l'admiration de soi! L'homme n'était plus lointain, difficile à atteindre, impénétrable, mais là, tout proche, une partie de son âme et de son cœur. Un père et un fils, une seule et même âme. L'homme qui à l'intérieur faisait trembler le tambourin n'était pas M. Ahmed Abd el-Gawwad mais Yasine en personne, tel qu'il était, tel qu'il fallait qu'il soit, tel qu'il convenait qu'il fût, sans que rien ne les sépare que des considérations secondaires de l'ordre de l'âge, de l'expérience... « Grand bien te fasse, mon père! Aujourd'hui je te découvre. Tu nais aujourd'hui en moi! Quelle journée, et toi quel père qui jusqu'à cette nuit n'était qu'un orphelin! Bois et joue du tambourin à tout casser et avec autrement plus de brio qu'Ayousha la joueuse de tambourin! Je suis fier de toi... mais... est-ce que par hasard tu chanterais aussi? »

– M. Ahmed Abd el-Gawwad ne chante-t-il pas de temps en temps?

– T'es encore en train de penser à lui! Ah! la peste des gens vient des gens eux-mêmes! Eh bien, oui, il chante parfois, mon dromadaire... et il participe à la danse du ventre s'il a un coup dans l'aile!

– Et comment est sa voix?

– Aussi forte et belle que son cou!

La voilà donc l'origine de ces voix qui chantent à la maison! Tout le monde chante, une famille enracinée dans l'art du chant! Ah! si je pouvais t'entendre ne serait-ce qu'une fois! Je ne garde de toi dans ma mémoire que hurlements et coups de gueule, ta seule rengaine bien connue parmi nous c'est « le mioche, le bœuf, fils de chien »... Je voudrais entendre de toi « L'amour est une nacre au cœur des jours heureux » ou « J'aime, mignonne ». Comment t'enivres-tu, mon père? Comment fais-tu la bringue? Il faut que je le sache pour suivre ton exemple et perpétuer tes traditions! Comment aimes-tu, comment enlaces-tu?...

Il reporta son attention sur Zannouba et la vit devant le miroir en train d'arranger sa frange avec ses doigts. Une fente de la robe laissait voir son aisselle, lisse, éclatante, venant mourir à la naissance d'un sein semblable à une galette de pâte fraîche. L'ivresse s'épancha dans son corps et il lui sauta dessus comme un éléphant sur une gazelle...

DEUXIÈME PARTIE

VIII

Trois autos mises gracieusement à disposition par des amis stoppèrent devant la maison de M. Ahmed, elles attendaient la mariée et ses demoiselles d'honneur afin de les conduire à la demeure des Shawkat, dans le quartier d'al-Sokkariyya. C'était une fin d'après-midi et les rayons du soleil d'été à leur déclin s'étaient retirés de la rue pour se poser sur les maisons faisant face à celle de la mariée. Aucun signe apparent ne pouvait laisser présumer une noce, hormis les roses dont la voiture de tête était décorée, attirant les regards des boutiquiers du voisinage immédiat et de nombreux passants. Avant ce jour, les fiançailles avaient été conclues, la corbeille de mariage remplie, le trousseau transporté à la maison du mari et l'union contractée sans qu'un youyou se soit échappé de la maison, sans que la moindre guirlande ait été accrochée à la porte d'entrée ou que le moindre des signes coutumiers aux noces révèle ce qui se passait à l'intérieur, ces signes que les familles s'enorgueillissent de manifester dans de telles occasions, prenant prétexte de leurs riants auspices pour exprimer par la voix du chant, de la danse et des youyous leur aspiration secrète à la joie. Tout s'était déroulé dans le silence et le calme et personne n'en avait rien su, que les proches, amis et voisins intimes. Ahmed Abd el-Gawwad avait refusé de s'écarter de sa gravité ou de permettre à quiconque des gens de sa maison de s'en écarter, ne fût-ce qu'une heure, et c'est dans l'ombre de cette atmosphère bâillonnée que la mariée et les invitées quittèrent la maison malgré les protestations d'Oum Hanafi contre cette sortie sans tambours ni trompettes.

Aïsha gagna la voiture à une vitesse fulgurante comme si elle craignait que sa robe de mariée ou son voile de soie blanche orné de seringuas et de jasmin ne prennent feu sous les regards des badauds. Khadiga, Maryam et quelques jeunes filles montèrent avec elle. Amina accompagnée de quelques dames de la famille et voisines se réservèrent les deux autres voitures; quant à Kamal, il prit place à côté du conducteur de celle de la mariée. La mère avait manifesté le désir que le cortège passe, sur le chemin d'al-Sokkariyya, par la rue d'Al-Hussein afin de jeter à nouveau un regard sur son mausolée dont le désir qui l'y avait portée auparavant lui avait coûté si cher, afin de demander à son titulaire d'accorder sa bénédiction à sa belle mariée. Les voitures traversèrent les rues qu'elle avait elle-même empruntées ce jour-là en compagnie de Kamal, avant d'obliquer en direction d'al-Ghouriya, à la hauteur du tournant où elle avait failli passer de vie à trépas, et de les déposer pour finir à la porte d'al-Metwalli devant l'entrée d'al-Sokkariyya, trop étroite pour laisser passer les autos.

Ces dames mirent à pied à terre et s'engagèrent dans l'impasse où les emblèmes de la fête apparurent. Les gosses du quartier couraient à leur rencontre en poussant des cris et les youyous montèrent de la maison des Shawkat, la première à droite à l'entrée de l'impasse, dont les fenêtres se peuplèrent des têtes des spectatrices et crieuses de youyous. Khalil Shawkat, le marié, se tenait debout à l'entrée en compagnie de son frère, Ibrahim Shawkat, de Yasine et de Fahmi. Il s'approcha en souriant de la mariée et lui présenta son bras. La jeune fille fut prise d'embarras et resta figée jusqu'à ce que Maryam se précipite sur sa main et la glisse sous le bras du jeune homme. Puis ce dernier, pour la conduire à l'intérieur, traversa la cour grouillante de monde, tandis que roses et dragées pleuvaient à ses pieds et à ceux de ses suivantes faisant partie du cortège nuptial, jusqu'à ce que la porte du harem se referme sur elles. Et, bien que l'union d'Aïsha et de Khalil fût scellée depuis un mois ou davantage, leur marche côte à côte, bras dessus bras dessous, fut accueillie par Yasine et Fahmi, et par ce dernier surtout, avec un étonnement mêlé de honte, un sentiment voisin de la réprobation, comme si le climat de leur famille ne pouvait pas même admettre les rites licites des cérémonies de mariage. Ce phénomène trouva plus clairement son expression chez Kamal qui se mit à tirailler sa mère par la main, tout troublé, désignant les deux jeunes mariés qui précédaient l'assemblée sur l'escalier et comme invoquant son aide pour repousser un mal abominable.

L'idée vint aux deux jeunes gens de jeter un coup d'œil furtif sur le visage de leur père pour y relever l'effet qu'avait provoqué ce spectacle singulier. Ils enveloppèrent les lieux d'un rapide coup d'œil mais leurs yeux ne tombèrent pas sur la moindre trace de sa personne. Il ne se trouvait ni dans l'entrée ni, au-delà, dans l'espace de la cour où banquettes et chaises étaient disposées en rond et au fond de laquelle était dressée l'estrade pour le chant. En fait, Ahmed Abd el-Gawwad s'était isolé avec quelques-uns de ses intimes dans le pavillon d'accueil de la cour, qu'il ne quitta plus dès l'instant où il arriva à la maison, fermement résolu à ne pas en bouger jusqu'à la fin de la soirée et à garder ses distances de la « multitude » qui braillait au-dehors. Rien ne l'indisposait davantage que de paraître parmi les siens dans une nuit de noces, car il ne se résignait ni à leur imposer sa surveillance par une journée de pure félicité, ni à supporter d'être le témoin de visu de leur libre abandon aux appels de la joie. En outre, rien ne lui était plus détestable que d'être vu, parmi eux, dans une attitude autre que celle, grave et sévère, à laquelle ils étaient habitués et, s'il n'en avait tenu qu'à lui, la cérémonie nuptiale se serait déroulée dans un silence total. Mais la veuve du regretté Shawkat avait adopté vis-à-vis de ses suggestions en la matière une position hostile et inflexible, elle tenait absolument à en faire une soirée de réjouissance et s'était entendue avec l'almée Galila et le chanteur Sabir pour l'animer.

On aurait dit que Kamal était le jeune marié de la soirée tant il était transporté par la liberté et la joie qui lui étaient offertes. C'est qu'il était l'un des rares à être autorisés à se déplacer à son gré entre le harem, à l'intérieur, et le banc des auditeurs dans la cour de la maison. Un long moment, il resta en compagnie de sa mère, parmi les femmes, promenant son regard entre leurs toilettes et leurs bijoux, prêtant l'oreille à leurs plaisanteries et leurs conversations, dont le mariage accaparait l'essentiel, ou écoutant religieusement Galila l'almée qui trônait sur la place, aussi énorme et décorée qu'un palanquin, et qui se mit à entonner des chansonnettes et s'adonner à la boisson au vu de tous. Il se sentait à son aise dans cette atmosphère frivole dont il aimait le côté étrange, fasciné avant tout par l'état de coquetterie dans lequel se trouvait Aïsha, comme jamais il n'en avait rêvé auparavant. Sa mère l'encouragea à rester auprès d'elle afin de pouvoir le garder sous son aile protectrice, puis elle y renonça au bout d'un moment, obligée qu'elle fut de l'inciter tout bas à se rendre du côté de l'assemblée où étaient assis ses deux frères pour des raisons auxquelles elle ne s'attendait pas, notamment l'intérêt qu'il manifestait pour Aïsha, tantôt pour sa robe, tantôt pour son maquillage. On redoutait de sa part des remarques sur sa toilette ou celles, puériles et ingénues, qui lui échappèrent finalement, sur le compte de certaines dames comme lorsqu'il appela soudain sa mère et s'écria en désignant du doigt une femme de la famille du marié : « Oh! maman, regarde le nez de la dame là-bas, il est plus gros que celui de Khadiga, hein? » ou encore la surprise dont il frappa l'assemblée en se joignant à l'orchestre et en répétant en chœur tandis que Galila chantait : « Jolie colombe... d'où lui répondre? », à tel point que l'almée l'invita à s'asseoir parmi les membres de son orchestre. Par cette péripétie et par d'autres, il attira les regards sur lui, et les invitées commencèrent à lui lancer des plaisanteries, mais Amina vit d'un mauvais œil le vacarme qu'il avait engendré et préféra, à contrecœur, craignant pour certains sa malice et pour lui les yeux des admiratrices, l'inciter à quitter l'endroit. Il se joignit donc au cercle des hommes, hésitant entre les rangs, avant de s'arrêter entre Fahmi et Yasine jusqu'à ce que Sabir eût terminé le *dawr* « Mais belle, pourquoi es-tu éprise? ». Puis il reprit sa ronde jusqu'à passer en chemin devant le pavillon d'accueil, où la curiosité lui fit jeter un coup d'œil vers l'intérieur. Il tendit la tête et, comme par hasard, ses yeux rencontrèrent ceux de son père. Il resta rivé sur place, incapable de les en détourner quand l'un des amis de celui-ci, M. Mohammed Iffat, le vit et l'appela. Il ne put faire autrement que de répondre à l'invitation pour se prémunir des foudres de son père et s'approcha de l'homme à son corps défendant, craintif, avant de se planter debout face à lui, droit comme un piquet, les bras serrés le long du corps, comme un soldat au rassemblement.

— Oh! le beau garçon que voilà! s'exclama l'homme en lui serrant la main. En quelle classe es-tu, mon grand?

— En cours moyen deux!

— Parfait..., parfait! Tu as entendu Sabir?

Bien qu'il répondît aux questions de M. Mohammed Iffat, Kamal veilla d'emblée à ce que ses réponses soient de nature à satisfaire son père... Il ne sut comment en particulier répondre à la dernière, ou tout au moins hésita avant d'en préparer la réponse. Mais l'homme le prit de vitesse en lui demandant avec douceur :

— N'aimes-tu pas le chant?

— Oh! non, répondit le gamin avec conviction.

Certains des membres présents semblèrent sur le point de commenter la réponse par la plaisanterie, la dernière qu'on pût attendre d'une personne appartenant à la famille Abd el-Gawwad, mais notre homme les en dissuada du regard et ils s'abstinrent. Quant à M. Mohammed Iffat, il revint sur sa question :

— Il n'y a rien que tu souhaiterais entendre?

— Le Saint Coran, répondit Kamal, les yeux braqués sur son père.

Des voix d'approbation s'élevèrent et on permit au gamin de prendre congé. Il ne lui fut pas donné d'entendre ce qui fut dit de lui derrière son dos lorsque M. Alfar déclara dans un éclat de rire :

– Si c'est vrai, alors ce gosse est né de l'adultère !

Ahmed Abd el-Gawwad rit et répliqua en montrant l'endroit où Kamal avait fait halte :

– Vous avez déjà vu quelqu'un de plus sournois que ce fils de chien qui vient jouer les dévots devant moi ?... Un jour, en rentrant à la maison, je l'ai surpris en train de chanter « Hé ! l'oiseau là-haut sur la branche ».

Et M. Ali ajouta :

– Ah ! si tu l'avais vu en train d'écouter religieusement Sabir entre ses deux frères, les lèvres remuant au rythme de la chanson, dans une harmonie parfaite ! C'était autre chose qu'Ahmed Abd el-Gawwad lui-même !

Dans le même temps, Mohammed Iffat s'adressa à notre homme et lui demanda :

– L'important est que tu nous dises si sa voix t'a plu dans « Hé ! l'oiseau là-haut sur la branche » ?

Ahmed Abd el-Gawwad éclata de rire et répondit en se désignant en propre :

– Le lionceau que vous avez vu est issu du lion ici présent !

– Que Dieu garde la lionne gigantesque qui vous a enfantés dans sa miséricorde !

Kamal quitta le pavillon de réception en direction du quartier comme se réveillant d'un cauchemar. Il s'arrêta au milieu des enfants dont la rue était envahie et ne tarda pas à retrouver sa confiance. Il déambulait, fier comme Artaban dans ses habits neufs et l'allégresse de sa liberté qui faisait de l'endroit tout entier, mis à part l'effroyable pavillon d'accueil, un domaine livré à ses pas, exempt de tout gêneur ou surveillant. Ah ! quelle nuit que cette nuit-là dans les annales du temps ! Seule une chose commençait à lui gâcher son plaisir à mesure qu'elle lui venait à fleur de cœur : le départ d'Aïsha vers cette maison qu'on appelait désormais « sa maison », ce départ qui avait pris effet malgré lui, sans que quiconque pût le persuader de son bien-fondé ou de son utilité. Il avait demandé avec insistance comment son père avait pu autoriser une chose pareille, lui qui ne permettait à l'ombre d'aucune femme de sa famille de paraître derrière le croisillon de la fenêtre, mais la réponse lui avait été donnée dans un rire fracassant. Il avait demandé également à sa mère sur un ton de blâme comment elle pouvait négliger Aïsha au point de l'abandonner aux autres et elle lui avait répondu qu'un jour il serait grand et enlèverait lui aussi une jeune fille comme elle à la maison de son père pour qu'on la lui conduise au milieu des youyous. Il avait demandé à Aïsha si leur fausser compagnie la réjouissait vraiment et elle avait répondu que non. Qu'importe, le trousseau fut porté à la maison de « l'étranger » et Aïsha, par qui il ne prenait plaisir à se désaltérer qu'à l'endroit où elle avait posé ses lèvres, prit le même chemin. Oui, vraiment, la joie du moment faisait oublier des choses qu'il ne se figurait pas pouvoir oublier un seul instant, mais ces sursauts de détresse voilaient son cœur joyeux comme un petit nuage masquant la face de la lune par une nuit de ciel clair.

Chose étonnante, la joie que lui procura le chant ce soir-là dépassa toutes les autres : celle de jouer avec les enfants ou de regarder les femmes et les hommes, livrés à leur euphorie débridée, ou même celle de voir le pain du sérail[1] ou la gelée de cerise sur la table du dîner. Et si l'intérêt sérieux, non en rapport avec son âge, qu'il montra pour l'écoute de Galila et de Sabir surprit ceux et celles qui l'observèrent, il n'étonna aucun des siens qui connaissaient ses antécédents en matière de chant avec son professeur Aïsha, tout comme ils connaissaient la beauté de sa voix qu'ils considéraient comme la plus belle de la famille après celle d'Aïsha, même si celle du père, qu'ils n'entendaient pourtant que rugissant, était la plus belle de toutes. Kamal avait longuement écouté Galila et Sabir, mais, chose inattendue, il trouva la manière de chanter de ce dernier

---

1. Soit « Le pain des riches », sorte de galette de pâte feuilletée.

ainsi que le jeu de son orchestre plus chers à son cœur et plus captivants pour son esprit. C'est ainsi que certains leitmotive, comme « Pourquoi aimes-tu?... tu aimes voilà tout! », se gravèrent dans sa mémoire, au point qu'il se mit à les répéter sous la toiture de lierre et de jasmin sur la terrasse de leur maison, longtemps après la nuit du mariage.

Amina et Khadiga partagèrent avec lui quelques-unes des occasions de joie et de liberté qui lui furent offertes. C'est que, comme lui, elles n'avaient jamais assisté à une nuit comme celle-là, pleine d'intimité, de gaieté, de joie de vivre. Ce qui mit surtout Amina aux anges fut la sollici-tude et les égards dont elle fut l'objet en sa qualité de mère de la mariée, elle qui jamais n'avait connu dans sa vie ni sollicitude ni égards. Même Khadiga, son chagrin se noya dans les lumières de la fête, comme se dissipent les ténèbres aux premières lueurs du matin. Elle oublia ses peines au milieu des rires veloutés, des mélodies suaves et des conversations plaisantes. Un oubli qui augmentait à mesure que gagnait une tristesse nouvelle, sans arrière-pensée, née de son sentiment de la séparation imminente d'avec Aïsha, un sentiment qui faisait germer en elle un amour et une tendresse sans mélange. Ainsi les peines de toujours s'effacèrent devant la tristesse nouvelle comme les haines s'effacent devant la générosité ou comme il arrive parfois à un individu qui aime en son prochain certains de ses côtés et en hait d'autres que s'effacent, à l'heure des adieux par exemple, la haine des uns devant le regret des autres. Cela, sans compter la confiance qui s'épanouit en elle lorsqu'elle parut dans une toilette fondant son corps et son visage en une harmonie qui attira vers elle les regards de certaines femmes, qui ne tarirent pas d'éloges sur son compte, éloges qui la remplirent d'espoir et de rêves avec lesquels elle vécut des temps heureux.

Yasine et Fahmi restèrent assis côte à côte, tantôt discourant, tantôt écoutant la musique. Khalil Shawkat, le marié, vint se joindre à eux de temps à autre, chaque fois qu'il trouvait un moment de répit entre les tâches astreignantes, autant que plaisantes, de sa soirée. Mais, malgré l'atmosphère repue de gaieté et de volupté, Yasine sentait sourdre l'angoisse. Une expression d'hébétude permanente se dessinait dans ses yeux. Il se demandait par moments si l'occasion allait lui être donnée d'étancher sa soif, ne fût-ce que par un verre ou deux. C'est pourquoi il se pencha un moment à l'oreille de Khalil Shawkat, ami commun des deux frères, et lui chuchota :

– Viens me rejoindre avant que la soirée soit fichue!

Le jeune homme lui répondit alors en lui faisant, confiant, un signe des paupières :

– J'ai fait préparer une table à part dans un salon privé pour les copains comme toi...

L'esprit désormais rassuré, Yasine retrouva son entrain pour la discussion, la plaisanterie et l'écoute du chant. Il n'avait aucunement l'intention de se soûler, car dans un endroit comme celui-ci, truffé de membres de la famille et de gens de connaissance, l'absorption d'une goutte de vin pouvait déjà être considérée comme une grande victoire, d'autant que son père, tout isolé qu'il fût dans le pavillon d'accueil, n'était pas loin. Car être au courant des secrets de sa vie n'avait en rien fait vaciller dans son esprit son prestige traditionnel. Le père restait retranché dans sa forteresse inexpugnable de dignité et de respect, et lui, Yasine, dans une position de soumission et d'esclavage. Il n'avait même pas songé à divulguer à quiconque le secret qu'il lui avait été donné de percer en cachette, pas même à Fahmi, le plus proche de ses proches. Pour toutes ces raisons, il se contenta d'emblée d'un verre ou deux pour flatter son désir indomptable et se préparer avec eux à goûter la joie de vivre, la discussion, la volupté du chant et autres joies qui n'avaient plus pour lui de saveur sans la boisson.

Quant à Fahmi, contrairement à Yasine, il ne trouva pas, ou plutôt n'eut pas l'assurance de trouver, de quoi étancher sa soif. Son chagrin s'était réveillé au moment où il ne s'y attendait pas, lors de l'entrée de la mariée. Il était allé l'accueillir en compagnie du marié et de Yasine, le cœur léger, quand ses yeux tombèrent sur Maryam, marchant immédiatement sur les pas d'Aïsha, la bouche illuminée d'un sourire dédié à l'endroit tout entier, distraite de lui par les youyous et les roses, son voile de soie laissant deviner en transparence la grâce de son visage éclatant. Il la suivit des yeux le cœur battant, jusqu'à ce que la porte du harem se referme sur elle. Puis il revint à sa place, l'âme ébranlée, semblable à une barque rejetée soudain dans un cyclone. Pourtant, avant de la voir, il avait l'esprit serein, trouvant assez d'amusement dans les glissements de la conversation à la manière du consolé porté à l'oubli. Il connaissait effectivement des moments propres à se trouver dans cet état de consolation et d'oubli, comme si son cœur se délassait de la peine. Mais il suffisait qu'une idée lui traverse l'esprit, qu'un souvenir resurgisse, que le nom de Maryam coure sur une langue ou je ne sais quoi encore, pour que son cœur batte de douleur et secrète regret sur regret, comme une dent gâtée et enflammée dont l'élancement, après un court instant d'apaisement, rejaillit au contact d'une bouchée ou d'un corps dur. Dans ces moments-là, l'amour frappait à ses côtes du dedans, comme cherchant de l'air, criant à tue-tête qu'il était toujours emprisonné, que la consolation et l'oubli ne lui avaient pas ouvert la porte de la liberté. Combien de fois avait-il espéré que les yeux des convoiteurs se montrent aveugles à son égard, de manière à pouvoir lui-même se redresser sur ses pieds comme un homme libre de tracer son destin. Proches de ses vœux, passèrent les jours, les semaines, les mois, sans que nul prétendant soit venu frapper à sa porte mais il ne jouissait pas pour autant de la vraie tranquillité, car il ne cessait d'être l'otage de l'angoisse et de la peur qui l'empoignaient à tour de rôle, sans discontinuer, lui gâchant son bien-être, souillant ses rêves, lui causant mille douleurs et jalousies qui, pour irréelles qu'elles fussent, n'en seraient pas moins réellement féroces et cruelles si elles prenaient corps. Il en fut à ce point que l'espoir lui-même et le retard de l'échéance de la catastrophe devinrent autant de motifs propres à raviver l'angoisse, la peur et, par suite, la douleur et la jalousie; à mesure que la souffrance s'exacerbait en lui, il souhaitait que survienne la catastrophe, pour que lui échoit une fois pour toutes sa part de tristesse. Peut-être alors pourrait-il, à l'aide du désespoir, atteindre le repos et la paix auxquels de vains espoirs n'avaient pu le conduire.

Il ne voulait pas se laisser gagner par le chagrin dans un auditoire où les regards des amis et les proches l'entouraient. Toutefois, la vue de Maryam marchant sur les pas de sa sœur avait produit en lui un « effet » qui ne pouvait aller sans réaction tangible et, comme il ne pouvait dans une semblable assemblée, ruminer ses peines et faire paraître au grand jour les secrets de son cœur, il passa au contraire son temps à se plonger dans la conversation et dans le rire, à feindre l'allégresse et le bonheur. Mais cela ne l'empêchait pas, chaque fois qu'il se repliait sur lui-même, ne fût-ce qu'un instant, de sentir au fond de lui une grande solitude par rapport au monde alentour. Il réalisait, le temps passant, que la vue de Maryam marchant fièrement en compagnie de la mariée avait excité son amour comme un vacarme soudain excite un être soucieux enclin à l'insomnie, il comprenait qu'il ne connaîtrait pas, du moins cette nuit, la douceur d'un cœur serein et que rien de ce qui s'agitait autour de lui ne pourrait extirper son image de sa pensée, pas plus que le sourire par lequel elle avait salué ce climat chaleureux, tout empli de youyous et de roses. Un sourire doux et pur, révélant un cœur libre aspirant à la paix et à la joie. Un sourire dont la grâce ne pouvait laisser présager qu'à l'endroit des lèvres où brillait son éclat les crispations de la douleur pussent se dessiner. C'est pourquoi cette vision avait piqué son cœur au vif, lui faisant découvrir qu'il était seul à souffrir et seul à supporter ses peines. Mais n'était-ce pas lui qui riait maintenant à tue-tête, balançait sa tête au rythme de la mélodie tel un être joyeux, soûl de musique? Pour qui le voyait ainsi, n'y avait-il pas lieu de se méprendre, au point de se faire de lui l'idée qu'il se faisait d'elle? Il trouva dans sa réflexion un peu de consolation, mais pas une consolation plus certaine que celle du malade atteint de typhoïde lorsqu'il se demande : « N'ai-je pas quelques chances à guérir comme untel qui l'a eue avant moi? » Il ne tarda pas en effet à se rappeler son message, celui que Kamal lui avait rapporté des mois auparavant : « Dis-lui qu'elle ne saura que faire si quelqu'un vient demander sa main pendant toutes ces années d'attente! » Et il chercha, comme il l'avait fait des dizaines de fois auparavant, si derrière ces mots ne se cachait pas quelque sentiment. Assurément, aucun homme ne pouvait, aussi obstiné fût-il, lui reprocher un seul d'entre eux. Bien plus, il ne pouvait feindre d'ignorer ce qu'ils contenaient de raison et de sagesse. Pourtant, c'est cela même qui lui faisait ressentir cette impuissance devant elle et qui par conséquent faisait d'elle l'objet de sa fureur, tant il est rare que la raison et la sagesse satisfassent un sentiment qui par nature ignore toute limite. Il revint au présent, à l'auditoire, à l'amour enflammé. Ce n'était pas seulement la vision qu'il avait eue d'elle qui lui avait infligé cette violente secousse. Mais peut-être aussi le fait de l'avoir aperçue pour la première fois dans un endroit nouveau, la cour de la maison des Shawkat, loin de sa maison à elle, hors de laquelle il ne l'avait jamais vue auparavant. Sa présence continuelle dans ce cadre ancien l'avait rangée dans le train-train des habitudes quotidiennes, tandis que son apparition soudaine dans ce lieu différent, cette apparition qui l'avait en quelque sorte recréée à ses yeux, avait insufflé en lui une vie nouvelle qui avait réveillé à son tour la vie originelle qui sommeillait en profondeur, avant que ces deux vies, conjuguant leurs forces, n'engendrent cette secousse violente. Peut-être fallait-il en chercher aussi la cause dans le fait que sa présence loin de sa maison et de toutes les traditions strictes qui lui étaient attachées, sa présence dans une atmosphère de liberté et de relâchement, de coquetterie et de mouvement auquel il n'était pas accoutumé, cette atmosphère de noces, de pensées d'amour et de communion des cœurs qu'elle inspire, avait dressé entre elle et lui un mur. On aurait dit que tout cela l'avait propulsée hors de sa coquille en un lieu où son cœur pouvait l'entrevoir comme un espoir accessible. Elle semblait lui dire : « Vois un peu où je suis maintenant, plus qu'un pas et tu vas me trouver dans tes bras! » Mais cet espoir ne tarda pas à se heurter à la difficile réalité qui avait concouru à cette secousse violente. Peut-être fallait-il encore en voir la cause dans le fait que la sentir associée à ce cadre nouveau l'avait ancrée plus profondément en lui, fait pénétrer davantage dans sa vie, inscrustée plus durablement dans ses souvenirs. Car les images s'approfondissent en nous, imprégnées des lieux divers où s'étendent nos expériences et, de même que Maryam était allée de pair de tout temps avec la terrasse de la maison et le jardinet de lierre et de jasmin, avec Kamal et la récitation du vocabulaire anglais, avec la séance du café, son entretien avec sa mère dans la salle d'étude ainsi que le message rapporté par Kamal, de même elle irait de pair à partir de cette nuit avec al-Sokkariyya, la cour de la maison des Shawkat, l'auditoire, le chant de Sabir, la noce d'Aïsha et bien d'autres choses parmi celles qui submergeaient son ouïe, sa vue et tous ses sens. Un tel processus ne pouvait s'accomplir sans contribuer à la secousse violente qui l'avait étourdi... Il arriva que, pendant l'entracte, la voix de l'almée chantant « Il est parti, mon bien-aimé... » parvint jusqu'au cercle des hommes à travers les fenêtres donnant sur la cour. Il s'enthousiasma pour cette mélodie, qu'il écouta avec une attention accrue, concentrant sur elle tous ses sens, non pas que la voix de Galila lui plût, mais parce qu'il supposait que Maryam l'écoutait au même moment, que la phrase chantée parlait à leurs deux oreilles en même temps, qu'elle les avait réunis dans un même état d'écoute et sans doute d'émotion, qu'elle leur avait créé à tous deux un lieu de rendez-vous où ils pouvaient se retrouver par l'âme. Tous ces éléments conjugués l'amenèrent à respecter la voix et à aimer la mélodie afin de s'unir à elle dans une sensation commune. Longuement il essaya de pénétrer l'âme de la jeune fille en se repliant sur la sienne propre, de palper les fluctuations de son émotion en suivant celles de sa propre émotion, pour vivre étroitement en elle quelques instants, malgré la distance et l'épaisseur des murs. Il essaya aussi d'interroger les phrases chantées sur leur reflet dans l'âme chérie. Quelle trace avait laissé dans son cœur : « Il est parti, mon bien-aimé » ou « Depuis longtemps de lettre il ne m'a envoyée? » Avait-elle sombré dans la mer de ses souvenirs? N'y avait-elle pas soulevé une vague dévoilant son visage?

Une pointe de douleur, un pincement de regret n'avaient-ils pas serré son cœur ou bien celui-ci s'était-il amusé follement pendant tout ce temps, ne trouvant dans la mélodie que la joie de l'émotion? Il se l'imagina en train d'offrir son attention à la chanson avec une vitalité ostentatoire, à moins que sa bouche ne fût égayée d'un sourire semblable à celui qu'il avait surpris sur ses lèvres lors de sa venue. Et ce sourire le fit souffrir, car il y augura l'insouciance et l'oubli. Il se l'imagina encore faisant la causette à l'une de ses deux sœurs comme elle se plaisait souvent à le faire. Il ne leur enviait pas ce privilège, dès lors qu'elles n'y voyaient, chose qui le surprenait et le troublait presque, qu'une conversation routinière comme celles qu'elles entretenaient avec les autres filles du quartier. Certe, l'attitude de ses deux sœurs vis-à-vis d'elle l'avait longtemps étonné, non pas qu'elles se désintéressassent d'elle, car elles l'aimaient en fait, mais parce qu'elles l'aimaient comme elles aimaient d'autres filles du quartier, comme si elle n'était qu'« une fille » parmi celles du voisinage. Il s'étonnait toujours de voir l'accueil ordinaire qu'elles lui ménageaient, un accueil dénué d'émotion, comme celui qu'il réservait pour sa part à n'importe quelle fille de passage ou n'importe lequel de ses amis étudiants de la faculté de droit; de voir aussi comment elles parlaient d'elle en disant : « Maryam a fait ci, Maryam a fait ça », en prononçant son nom comme n'importe quel nom... – Oum Hanafi par exemple – comme si ce n'était pas celui qu'il ne prononçait jamais aux oreilles d'un autre, ne fût-ce qu'une ou deux fois, sans s'étonner de l'effet qu'il faisait à ses propres oreilles, comme si ce n'était pas celui qu'il ne prononçait jamais dans son intime solitude qu'à l'instar des noms vénérés, gravés dans son imagination avec les ornements du rêve, et qu'il n'avait jamais prononcés sans les faire suivre de la formule : « Que Dieu soit satisfait de lui » ou « Que le salut de Dieu soit sur lui ». Comment avait-il donc permis que ce nom, et à la plus forte raison la personne elle-même, fût dépouillé chez ses sœurs de sa magie et de sa sainteté ?...

Quand Galila eut fini de chanter, les acclamations et les applaudissements s'élevèrent et il y prêta son attention avec un intérêt dont le morceau lui-même n'avait pas reçu l'hommage du fait que la gorge de Maryam, les mains de Maryam y étaient associées. Il aurait aimé pouvoir distinguer sa voix parmi ces voix, isoler son battement de mains parmi ces applaudissements, mais cela ne lui était pas plus facile que de distinguer le souffle d'une vague dans le rugissement du flux déferlant sur le rivage. Pourtant il voua son amour à cette acclamation tout entière, à ces applaudissements tout entiers, sans distinction...

Personne ne ressemblait davantage à Fahmi dans sa solitude intérieure, même si les causes en étaient différentes, que son père qui était resté enfermé dans le pavillon d'accueil, entouré d'un petit groupe de ses amis les plus fidèles, jusqu'à ce que ceux d'entre eux qui ne supportaient plus de jouer la gravité pendant que la musique carillonnait au-dehors rompent le cercle autour de lui et s'éparpillent dans l'auditoire pour aller vibrer au chant et se divertir. Ne demeurèrent plus avec lui que ceux à qui sa compagnie était plus chère que le divertissement lui-même. Ils restèrent tous ainsi dans un état de réserve inhabituelle, comme s'ils accomplissaient un devoir ou assistaient à un enterrement. Cela, ils l'avaient pressenti antérieurement, quand Ahmed Abd el-Gawwad les avait conviés à la nuit de noces, de par l'expérience qu'ils avaient de sa double nature dont ils connaissaient un versant et les gens de sa famille l'autre. Aucun des aspects de la contradiction qui existait entre leur réunion austère du moment, dans laquelle ils célébraient une « nuit de noces », et leurs

réunions encanaillées du soir, dans lesquelles ils ne célébraient rien du tout, ne leur échappa. Ils ne tardèrent pas
d'ailleurs à faire de leur gravité un sujet de plaisanterie
légère et réservée. Aussi il arriva qu'à un moment, à peine
la voix de M. Iffat se fut-elle élevée dans un rire, que
M. Alfar le coupa net, posant son index sur ses lèvres,
comme lui ordonnant de baisser la voix, et lui chuchota à
l'oreille en le mettant en garde et en le sermonnant :
« Allons, nous sommes dans une noce, mon ami! » A un
autre moment, alors que le silence les avait longuement
submergés, M. Ali se mit soudain à promener son regard
sur leurs visages avant de porter la main à sa tête comme
en signe de remerciement en disant : « Dieu récompense
vos efforts! » A ces mots, notre homme les invita à
rejoindre le reste de sa compagnie au-dehors et à partager
leur amusement. Mais M. Iffat s'adressa à lui sur un ton
de sévère réprimande et lui dit : « Te laisser seul une nuit
comme aujourd'hui? N'est-ce pas dans le malheur qu'on
reconnaît ses vrais amis? » Ahmed Abd el-Gawwad ne put
s'empêcher de rire et répondit : « Encore quelques nuits de
noces et Dieu nous donne à tous l'absolution! »

Mais la nuit de noces revêtait à ses yeux des significations autres que l'austérité forcée dans un cercle d'amis et
de musique, des significations qui le concernaient seul en
tant que père doué d'une nature hors du commun. Car
l'idée du mariage de sa fille ne cessait de lui procurer une
sensation étrange, déplaisante, même si ni sa raison ni sa
morale ne l'approuvaient. Cela ne signifiait pas pour
autant qu'il aurait aimé que ses deux filles ne se marient
pas, car en fait, comme tous les pères, il souhaitait pour
elles l'honorabilité. Mais peut-être avait-il fortement espéré
que le mariage ne fût pas la seule voie conduisant à cette
« honorabilité ». Peut-être aussi aurait-il souhaité que Dieu
créât les filles avec une nature n'impliquant pas fatalement
le mariage, ou peut-être enfin aurait-il souhaité ne pas
avoir engendré de filles du tout, autant d'espoirs qui ne
s'étaient jamais réalisés et qu'il n'y avait aucun moyen de
réaliser. Il ne lui restait plus dès lors qu'à espérer le

mariage pour ses deux filles, ne fût-ce que comme l'homme espère parfois, désespérant de l'éternité de la vie, une mort noble, une mort apaisante! Il avait souvent exprimé cette répulsion par des voies contraires, soit consciemment, soit inconsciemment. Il lui arrivait de dire à certains de ses intimes : « Tu me demandes ce que c'est que d'engendrer des femelles? C'est un fléau contre lequel nous ne pouvons rien! Mais quoi qu'il advienne notre devoir est de remercier Dieu! Cela ne veut pas dire que je n'aime pas mes deux filles. En vérité, je les aime autant que Yasine, Fahmi et Kamal, ni plus ni moins, mais comment pourrais-je avoir l'esprit tranquille sachant qu'un jour je les livrerai à un étranger, quoi que me révèle son apparence, Dieu seul sachant vraiment qui il est foncièrement? Que peut faire une fille faible face à un étranger, quand elle est loin de la protection de son père? Qu'adviendrait-il d'elle s'il la répudiait un jour alors que celui-ci n'est plus et qu'elle aille se réfugier dans la maison de son frère pour y vivre une vie de réprouvée? Je ne me fais aucun souci pour un seul de mes fils car, quoi qu'il arrive à quiconque d'entre eux, c'est un homme capable d'affronter la vie... mais une fille! Ah! Dieu nous garde! » Il disait aussi avec un semblant de sincérité : « Une fille pose vraiment un problème... Imagine-toi : nous nous évertuons à la diriger, à l'éduquer, à la protéger et à la garder dans la chasteté... Tout ça, rends-toi compte, pour aller la servir nous-mêmes sur un plateau à un étranger et qu'il en fasse ce que bon lui semble! Louange à Dieu, que nul autre que Lui soit loué par nos malheurs! »

Cette sensation angoissante et étrange se concrétisait dans le regard critique qu'il portait sur Khalil Shawkat, « le marié ». Un regard arbitraire et médisant qui refusait de battre en retraite avant d'avoir déniché un défaut contentant son obstination, comme si ce dernier n'était pas de la famille Shawkat à laquelle il était uni par les liens de l'amitié et de la fraternité depuis une éternité, comme s'il n'était pas ce jeune homme dont tous ceux qui le voyaient témoignaient de la virilité, de la générosité et du bon sens.

Il n'avait pu mettre en cause aucune de ses qualités mais il s'était arrêté longtemps à son visage poupon et au regard paisible et languide de ses yeux inspirant la paresse et s'était trouvé bien aise d'en déduire les traces d'animalité laissées dans sa vie par l'oisiveté; il se disait : « Ce n'est qu'un bœuf qui ne vit que pour manger et dormir! » En fait, la reconnaissance de ses qualités dans un premier temps, puis la recherche de la moindre tare pour la lui coller à la peau dans un second ne participaient que d'une logique sentimentale reflétant ce désir enfoui en lui de marier sa fille mêlé à sa répulsion envers l'idée du mariage. Ainsi la reconnaissance des qualités avait-elle préparé le terrain au mariage et le dépistage des défauts avait-il ouvert une soupape au sentiment hostile, tout comme l'opiomane qui, rendu esclave par son plaisir et terrorisé par le danger qu'il représente, bat la terre entière pour le rechercher tout en le maudissant. Néanmoins, en compagnie de ses amis de cœur, il fit mine d'oublier ses sentiments étranges, pour se laisser distraire par la conversation ou prêter de loin une oreille au concert. Il ouvrit son cœur au contentement et à l'allégresse et fit vœu pour sa fille de bonheur et de vie paisible, même son regard critique envers Khalil Shawqat se transforma en sentiment railleur non entaché de fureur.

Lorsque les invités furent conviés à table, Fahmi et Yasine se séparèrent pour la première fois et Khalil Shawkat conduisit ce dernier à la table particulière où le vin coulait à flots. Toutefois Yasine parut sur ses gardes, mesurant les conséquences de la boisson, et se déclara satisfait de deux verres, tout en résistant avec courage, ou avec lâcheté, au flot débordant qui lui était offert, jusqu'à ce que, quand la première ivresse l'eut brûlé, excitant en lui les souvenirs de la volupté de son ascension et faisant faillir sa volonté, il ait envie d'accroître son ivresse jusqu'à une mesure qui ne le conduirait pas hors des limites de la sécurité. Il avala donc un troisième verre avant de fuir de lui-même la table, sans oublier de cacher dans un endroit secret, par mesure de précaution, ou parce qu'il avait toujours un œil au paradis et l'autre en enfer, une bouteille à moitié pleine à laquelle il pourrait recourir en cas d'extrême nécessité. Puis les convives revinrent à leurs places avec des âmes neuves, dansantes, exhalant dans l'air ambiant une joie libre de toute entrave.

Dans le harem, l'ivresse chez Galila, l'almée, frisait la possession. Elle se mit soudain à promener son regard sur les visages des invitées en demandant :

– Qui de vous est la femme de M. Ahmed Abd el-Gawwad ?

Sa question attira les regards et suscita l'intérêt général, au point que la honte s'empara d'Amina. Elle ne dit mot et se mit à écarquiller les yeux sur le visage de l'almée avec confusion et interrogation. Et quand l'almée réitéra sa question, la veuve du regretté Shawkat se mit en devoir de désigner Amina du doigt en disant :

– La voilà, la femme de M. Ahmed Abd el-Gawwad ! En quel honneur cette question ?

L'almée dévisagea Amina avec des yeux perçants, puis elle laissa échapper un éclat de rire retentissant avant de dire sur un ton témoignant de sa satisfaction :

– Foi de la maison de Dieu, c'est une beauté ! Les goûts de M. Ahmed sont insurpassables !

Amina, empêtrée dans sa honte, ressemblait à une vierge. Mais la honte n'était pas tout ce qu'elle endurait, elle se demandait avec confusion et inquiétude la raison des paroles de l'almée concernant la femme de « M. Abd el-Gawwad » ou de son éloge des goûts de « M. Ahmed » sur un ton dont ne pouvait se prévaloir que celui qui le connaissait d'expérience. Aïsha partagea son sentiment, ainsi que Khadiga qui laissait aller son regard de l'almée à quelques jeunes filles de ses amies, comme les interrogeant sur l'opinion qu'elles se faisaient de « cette femme ivre ». Mais Galila ne se soucia pas de l'inquiétude suscitée par ses propos et, se tournant vers la mariée, la dévisagea comme elle avait dévisagé sa mère auparavant, puis fit papillonner ses sourcils en déclarant avec émerveillement :

– Mais, par le Prophète, c'est une lune! Tu es bien la fille de ton père! Qui voit ces yeux-là se rappelle les siens immédiatement...

Puis gloussant de rire :

– Je vous vois en train de vous demander : « Mais d'où cette femme connaît M. Ahmed? » Eh bien, je l'ai connu avant que sa femme elle-même ne le connaisse! C'est le gosse de notre quartier et le compagnon inséparable de mon enfance. Nos deux pères étaient amis. Mais... (s'adressant à Amina) vous vous figurez peut-être qu'une almée n'a pas de père! Le mien était cheikh d'école coranique, un homme de bénédiction... Qu'en pensez-vous, beauté des femmes?

Cette dernière question une fois posée, la peur autant que son caractère souple et affable poussèrent Amina à lui répondre, bien qu'elle eût à lutter contre l'embarras qui s'était emparé d'elle :

– Que Dieu l'ait en sa miséricorde! Nous sommes tous fils d'Adam et Eve!

Galila se mit à branler la tête de droite et de gauche en plissant les yeux comme si l'émotion causée en elle par ce souvenir, par ce qu'il évoquait de rappel à la moralité, avait atteint son comble, à moins que sa tête ivre n'ait trouvé dans ce mouvement une gymnastique dont il se délectait. Elle reprit :

– C'était un homme jaloux, mais, moi, je suis née frivole par ma nature, tout m'indiffère comme si j'avais tété la coquetterie au berceau. Que je pousse un rire à l'étage du haut et les hommes en tombaient en émoi dans la rue! Et, lui, il n'avait pas sitôt entendu ma voix qu'il me tombait dessus à bras raccourcis en me jetant à la figure les pires qualificatifs. Mais que peuvent les corrections envers quelqu'un qui comme moi a été prédestiné aux arts de l'amour, du chant et de la coquetterie? C'était un coup d'épée dans l'eau! Il est allé retrouver les douceurs du paradis et, moi, j'ai été condamnée à prendre pour devise dans la vie les pires qualificatifs qu'il m'avait attribués... Le monde est ainsi fait! Puisse Dieu vous combler de ses biens et vous en épargner les maux! Et qu'il ne nous prive pas d'hommes toutes autant que nous sommes, dans le licite comme dans l'illicite!

Les rires sonnèrent aux quatre coins de la pièce au point de masquer les « oh! » et les « ah! » de stupéfaction qui s'échappaient çà et là. Peut-être que ce qui, avant toute chose, les avait déclenchés était le contraste entre la dernière prière licencieuse et les expressions précédentes inspirant, tout au moins en apparence, le sérieux et l'affliction, ou encore entre le voile de sérieux et de réserve dont la femme s'était affublée et la plaisanterie à visage découvert à laquelle elle s'était livrée ouvertement en dernier. Même Amina, malgré son embarras, ne put retenir un sourire, bien qu'elle renversât son visage pour le dissimuler. Il faut dire que les femmes dans des réunions comme celle-ci faisaient écho aux plaisanteries des almées bouffonnes et réservaient bon accueil à leur badinage, même si ce dernier écorchait parfois la pudeur, comme y trouvant distraction à leur éternelle austérité. L'almée ivre poursuivit :

– Il avait, que Dieu fasse du paradis sa dernière demeure, un bon fond. La preuve, c'est qu'il m'amena un jour un homme aussi bon que lui et voulut me le faire épouser! (Elle s'esclaffa.) Mais quel mariage, mon pauvre vieux? Et qu'est-ce qui aurait bien pu rester au mari après que le passé eut été ce qu'il avait été! Je me suis dit : tu es déshonorée, Galila, te voilà dans de sales draps!

Puis elle se tut un moment pour captiver davantage ou pour jouir davantage du silence de l'attention centrée sur elle et dont elle n'avait pas même l'honneur en chantant. Elle reprit :

– Mais Dieu a été miséricordieux et le salut s'est mis de mon côté quelques jours avant le scandale prévu, attendu que j'ai fui avec le regretté Hassouna al-Baghl, le marchand de *manzoul*. Feu Hassouna avait un frère joueur de luth dans l'orchestre de Nayzak l'almée. Il m'a enseigné le luth, puis ma voix lui a plu et il m'a appris à chanter. Il m'a alors donné un coup de pouce pour me faire entrer dans l'orchestre de Nayzak dont j'ai pris la place après sa mort. J'ai exercé le métier de chanteuse un bon moment, et pendant ce temps, j'ai connu des tas d'amants, cent...

Elle fronça les sourcils en essayant de se remémorer la suite du nombre puis se tourna vers la joueuse de tambourin et lui demanda :

– Cent combien, Fino ?

– ... cinq dans l'œil de celui qui ne prie pas pour le Prophète ! lui répondit la joueuse de tambourin du tac au tac[1].

Une nouvelle vague d'éclats de rire déferla et quelques-unes des femmes enthousiasmées par son récit s'employèrent à faire taire les rieuses, afin que l'atmosphère soit tout à elle, mais elle se leva brusquement et prit le chemin de la porte de la pièce, sans prêter attention à celles qui demandaient où elle allait sans se voir gratifiées d'une réponse. Mais personne n'insista, connue qu'elle était parmi les gens comme sujette à des lubies auxquelles elle obéissait sans rémission quand cela lui prenait.

Elle dévala l'escalier pour gagner la porte du harem et la franchit en direction de la cour. Et comme son apparition soudaine attirait certains regards à proximité, elle resta en place pour se donner l'occasion d'être vue de tous et savourer l'intérêt qu'elle suscitait chez les hommes, intérêt avec lequel elle eut envie de provoquer Sabir dont l'auditoire était au paroxysme de l'envoûtement. Ce qu'elle voulait se réalisa dès lors qu'une sorte de contagion du retournement, à l'image du bâillement, se propagea autour d'elle de spectateur en spectateur, tandis que son nom commençait à courir sur les langues. Puis Sabir lui-même sentit, bien qu'absorbé par le chant, la brèche soudaine qui le séparait de son auditoire et il tendit son regard vers le point de mire général jusqu'à ce que celui-ci se pose sur l'almée en train de l'observer de loin, la tête renversée en

1. Jeu de mot sur le chiffre cinq *(khamsa)* qui signifie aussi en arabe la main de Fatima que l'on oppose au mauvais œil ou au visage du mécréant.

arrière sous l'effet tyrannique de la boisson et de l'orgueil. Il fut alors obligé de s'arrêter de chanter et fit un signe à son orchestre qui s'immobilisa à son tour. Puis il porta les mains à sa tête pour la saluer...

Sabir avait l'habitude des caprices de Galila et, contrairement à beaucoup d'autres, connaissait son bon cœur, bien que conscient en même temps du danger de lui tenir tête. Aussi lui manifesta-t-il une amitié sans réserve. Son subterfuge réussit et les traits de la femme s'illuminèrent de joie. Elle lui cria : « Continue de chanter, mon vieux Sabir, je ne suis venue que pour t'écouter ! » Les invités applaudirent et revinrent à Sabir pleins d'allégresse, tandis qu'Ibrahim Shawkat, le frère aîné du marié, s'approchait d'elle et s'enquerrait gentiment de ce qu'elle voulait. Elle se rappela à la faveur de sa question le motif réel qui l'avait incitée à venir et elle lui demanda à son tour d'une voix qui parvint aux oreilles de nombreux membres de l'assemblée, parmi lesquels, et non des moindres, Yasine et Fahmi :

– Mais comment se fait-il que je ne voie point M. Ahmed Abd el-Gawwad ? Où se cache donc ce monsieur ?

Ibrahim Shawkat la prit par la main et l'emmena au pavillon d'accueil, le sourire aux lèvres, pendant que Fahmi et Yasine échangeaient un regard plein de stupeur et d'interrogation. Ils accompagnèrent Ibrahim et l'almée avec des yeux intrigués jusqu'à ce que la porte se referme sur eux. Ahmed Abd el-Gawwad ne fut pas moins surpris que ses deux fils en la voyant se diriger droit sur lui en se pavanant. Il lui décocha un regard troublé et interrogateur tandis que ses amis échangeaient des signes de complicité lourds de sens. Galila embrassa l'assemblée d'un rapide coup d'œil et la salua :

– Bonne soirée, messieurs !

Puis elle fixa notre homme du regard et fut prise malgré elle de fou rire. Elle lui demanda railleuse :

– Ma venue vous effraie, monsieur Ahmed ?

Ahmed Abd el-Gawwad d'un geste de mise en garde désigna du doigt l'extérieur tout en lui disant avec sérieux :

– Soyez raisonnable, Galila, qu'est-ce qui vous a pris de venir ici au vu de tout le monde?

Elle répondit, semblant s'excuser, mais sans toutefois se départir de son sourire moqueur :

– Il m'en coûtait de ne pas vous féliciter du mariage de votre fille!

– Soyez-en remerciée, madame, répondit notre homme mal à l'aise, mais n'avez-vous pas réfléchi à ce que votre venue pourrait éveiller de soupçons auprès de qui en serait témoin?

Galila frappa ses paumes l'une contre l'autre et rétorqua sur un ton touchant la réprimande :

– C'est tout ce que vous avez de mieux à m'offrir comme accueil?

Puis s'adressant à ses amis :

– Je vous prends à témoin de cet homme qui n'avait pas le cœur en fête avant d'avoir trempé la moitié de sa moustache dans mon nombril! Regardez-le, comme il ne plut plus supporter ma vue maintenant!

Ahmed Abd el-Gawwad lui fit signe de la main, l'air de lui dire : « Ne jette pas de l'huile sur le feu! » Puis il reprit, suppliant :

– Dieu sait combien je n'ai pas honte de vous voir... Simplement ça me gêne comme vous le voyez...

A cet instant, M. Ali déclara, comme pour lui remettre en mémoire des choses qu'il ne lui seyait pas d'oublier :

– Vous avez vécu en amants et vous vous êtes séparés amis. Il n'y a nulle vengeance entre vous, mais la famille de M. Ahmed est en haut et ses fils sont là dehors...

Elle ajouta alors en se complaisant à rendre notre homme furieux :

– Pourquoi vous donnez-vous des airs de piété parmi les vôtres alors que vous n'êtes qu'un lit de débauche!

– Galila! s'exclama-t-il en lui lançant un regard de protestation. Par la force et la puissance de Dieu, que dites-vous là?

– Galila ou Zubaïda, mon saint homme?

– Seigneur de miséricorde, je vous laisse ma défense!

Elle lui joua des sourcils comme elle l'avait fait à Aïsha précédemment mais par ironie cette fois, non par émerveillement, et dit d'une voix posée, sérieuse, comme le juge prononçant la sentence :

– Ça m'est égal que vous aimiez Zubaïda ou une autre, mais ce qui me fait de la peine, c'est que vous vous vautriez dans la fange après vous être plongé jusqu'aux oreilles (se montrant elle-même) dans la crème...

A ces mots, M. Mohammed Iffat, l'un de ses plus proches amis, se leva, craignant que l'ivresse ne la conduise à des extrémités aux conséquences regrettables, il lui prit la main et l'entraîna doucement vers la porte en lui chuchotant à l'oreille :

– Jurez-moi seulement sur al-Hussein de retourner auprès de vos auditrices qui vous attendent en grillant d'impatience...

Après avoir déclaré ne rien vouloir savoir, elle obtempéra, mais ne s'en tourna pas moins vers notre homme en s'éloignant peu à peu :

– N'oubliez pas, dit-elle, de transmettre mes salutations à la traînée et, un conseil d'ami, lavez-vous à l'alcool après, sa sueur pompe le sang!

Ahmed Abd el-Gawwad la raccompagna d'un air furieux, tout en maudissant le sort qui avait voulu qu'il fût démasqué devant bon nombre de personnes qui le connaissaient comme un idéal de sérieux et de gravité, sa famille notamment. Certes il restait un espoir que l'incident ne vienne aux oreilles d'aucun de ses membres, mais il était bien faible! L'espoir demeurait également, s'ils l'apprenaient et bien que cela fût véridique, qu'ils ne le comprennent pas, naïfs qu'ils étaient. Mais rien n'était garanti, d'aucune façon. Toutefois, au pis aller, il n'avait aucune raison de s'affoler, car leur soumission à son autorité autant que son despotisme à leur égard étaient trop fermement établis pour que quoi que ce fût vienne ébranler l'un ou l'autre, pas même ce scandale. Par ailleurs, l'éventualité de la révélation de ses agissements à l'un de ses enfants ou tous à la fois n'avait jamais été pour lui une hypothèse absurde, mais il ne s'en angoissait pas outre mesure en raison de la confiance qu'il avait en sa force et du fait qu'il n'avait jamais fondé leur éducation sur les notions de modèle ou de persuasion, de sorte qu'il eût à craindre leur éloignement du droit chemin par suite de l'exemple qu'il pourrait leur fournir. Cela, en outre, parce qu'il écartait l'éventualité qu'ils découvrent quoi que ce soit à son sujet avant d'avoir atteint leur majorité, autrement dit, au moment où il ne lui importerait plus tellement que son secret leur soit dévoilé. Mais rien de cela ne put atténuer ses regrets de ce qui était arrivé. Certes il n'était pas peu joyeux ni peu infatué d'orgueil sexuel dès lors qu'une femme comme Galila venait en personne jusqu'au cercle de ses amis pour le féliciter, plaisanter avec lui ou même ironiser sur son nouvel amour, car cela constituait un « événement » revêtant une portée considérable dans les milieux témoins de ses soirées ainsi qu'une « manifestation » ayant son sens profond pour un homme comme lui qui ne mettait rien au-dessus de l'amour, de la musique et de la bonne compagnie. Mais Dieu que son bonheur eût été sans tache si le bel événement s'était produit loin de ce milieu familial!

Quant à Yasine et Fahmi, leurs yeux n'avaient pas délogé de la porte du pavillon d'accueil depuis que Galila y avait pénétré, et ce jusqu'à ce qu'elle en ressorte accompagnée de M. Mohammed Iffat. Fahmi, pour sa part, fut frappé d'une stupeur qui lui donna le vertige, comme Yasine lorsqu'il avaient entendu Zannouba lui répondre : « Il est de notre quartier et tu as dû fatalement en entendre parler : c'est M. Ahmed Abd el-Gawwad. » Yasine fut pris quant à lui d'une curiosité vorace et il réalisa, avec un bonheur qui réveilla dans son cœur la griserie de l'émerveillement et l'affinité élective qu'il avait ressenties envers son père dans la chambre de Zannouba, que Galila était une autre aventure dans la vie de son père, vie dont il était maintenant persuadé qu'elle n'était qu'une chaîne dorée d'aventures amoureuses et que l'homme dépassait tout ce que son imagination avait pu construire autour de lui.

Fahmi, de toutes ses forces, continuait d'espérer apprendre d'un moment à l'autre que l'almée avait seulement voulu rencontrer son père pour une raison ou pour une autre touchant à l'invitation qu'il lui avait faite d'animer la noce d'Aïsha, jusqu'à ce qu'arrive Khalil Shawqat les informant en riant que Galila était en train de « folâtrer » avec M. Ahmed et de « batifoler avec lui copain-copain ». A ces mots, Yasine perdit sa constance à cacher le secret qu'il gardait en lui et se laissa pousser par l'ivresse de la boisson à livrer ses révélations. Il attendit que Khalil ait vidé les lieux, se pencha à l'oreille de son frère, et lui dit en étouffant un rire :

— Je t'ai caché des choses qu'il me gênait de te révéler en leur temps, mais maintenant que j'ai vu ce que j'ai vu et que j'ai entendu ce que j'ai entendu, je vais te les dire.

Et il commença à lui raconter ce qu'il avait entendu et vu dans la maison de Zubaïda, l'almée. Fahmi l'interrompait de temps à autre en lui disant abasourdi : « Ne dis pas cela... Tu as perdu la raison? Comment veux-tu que je te croie? »... jusqu'à ce que l'autre achève son récit dans les moindres détails. Fahmi, avec la foi et l'idéalisme dans lesquels il avait grandi, n'était pas armé pour comprendre et encore moins « digérer » cette conduite cachée qui se révélait à lui pour la première fois, d'autant que son père lui-même était partie intégrante des bases de sa foi et des piliers de son idéalisme. Peut-être aurait-on pu comparer son sentiment au moment où il subissait à brûle-pourpoint cette découverte avec celui du fœtus, si l'image est permise, au moment de son passage du monde stable de l'utérus au monde houleux de la vie. Et peut-être que si on lui avait dit que la mosquée de Qalawun avait été reconstruite à l'envers avec le minaret en bas et le tombeau en haut, ou que Mohammed Farid avait trahi le message de Mousta- pha Kamel et avait vendu son âme aux Anglais, cela n'aurait pas davantage appelé son désaveu ou commandé son trouble. « Mon père va chez Zubaïda pour boire, chanter, jouer du tambourin!... Mon père joue le jeu des plaisanteries et du batifolage de Galila! Mon père commet les péchés de boisson et d'adultère! Les trois à la fois!... Il est donc autre que le père que j'ai connu à la maison comme modèle de piété et de force! Qui des deux est le vrai? J'ai l'impression de l'entendre répéter en ce moment même : " Dieu est le plus grand! " « Dieu est le plus grand! » Mais comment donc peut-il répéter ce refrain? Une vie de simulation et d'hypocrisie! Et pourtant, il est sincère, sincère quand il lève la tête pour prier, sincère quand il se met en colère!... Mon père serait-il un vice et la fornification une vertu? »

— Tu n'en reviens pas? Moi non plus, je n'en suis pas revenu quand Zannouba a prononcé son nom, mais je me suis immédiatement trouvé stupide et je me suis demandé en quoi il était reprochable. De l'impiété!... Mais tous les hommes sont comme ça ou alors c'est comme ça qu'ils devraient être!

« Voilà bien des paroles dignes de Yasine... Yasine est une chose, mon père en est une autre... Yasine! Qu'est-ce que Yasine? Mais de quel droit rabâcher cela désormais alors que mon père, mon père en personne, ne diffère en rien de lui, s'il n'est pas même allé plus loin dans la déchéance. Mais non, ce n'est pas de la déchéance! Il y a quelque chose que j'ignore... Mon père ne commet pas de péchés... Il est inaccessible au péché..., au-dessus de tout soupçon... et en tout cas au-dessus du mépris... »

— Tu n'en reviens toujours pas?

— Je ne peux pas m'imaginer une seule chose de ce que tu dis!

— Pourquoi? Rigoles-en et comprends le monde! Il chante, et alors quel mal y a-t-il de chanter? Il se soûle : crois-moi, l'ivresse est autrement plus agréable que la nourriture! Il aime, l'amour était le passe-temps des califes. Tu n'as qu'à lire le *Diwane de la Hamasa*[1] et les gloses qu'on y trouve en marge. Mon père n'est pas dans le

1. Recueil de poésies anciennes et de notices sur divers poètes arabes anciens composé par Abou Tammam (m. 842). Son nom provient du titre du premier chapitre consacré au courage (*Hamasa*).

péché. Crie avec moi : « Vive M. Ahmed Abd el-Gawwad !
Vive notre père ! » Bon, je te laisse un moment, le temps de
rendre visite à cette bouteille que j'ai cachée sous le
fauteuil !

Avec le retour de l'almée à son orchestre, la nouvelle de
son entrevue avec M. Ahmed Abd el-Gawwad fit le tour
du harem et vola de langue en langue jusqu'à parvenir aux
oreilles d'Amina, de Khadiga et d'Aïsha. Et, bien qu'elles
entendissent de telles rumeurs pour la première fois, nombreuses furent les dames, dont les maris étaient liés d'amitié avec M. Ahmed, à accueillir la nouvelle sans aucune
espèce de surprise. Elles se lancèrent des clins d'œil en
souriant, comme qui en sait beaucoup plus qu'il n'est dit.
Toutefois, aucune ne céda à la tentation d'entrer dans le
vif du sujet, soit qu'agir ainsi publiquement n'eût pas été
convenable de leur part en présence de leurs filles, soit que
les règles de la politesse leur dictaient de s'en abstenir
vis-à-vis d'Amina et de ses deux filles. La veuve du regretté
Shawkat n'en dit pas moins à Amina sur le ton de la
plaisanterie :

– Prenez garde, madame Amina, on dirait bien que
M. Ahmed a tapé dans l'œil de Galila !

Amina sourit en feignant l'indifférence alors même que
le sang de la honte et de la gêne lui colorait le visage. Pour
la première fois elle touchait du doigt de quoi corroborer
les doutes implantés de longue date dans son esprit. Et,
bien qu'elle fût rodée à la patience et à la résignation
quant aux arrêts du destin, le fait de se heurter à une
preuve tangible la piqua au vif et elle en reçut une
sensation de douleur comme jamais elle n'en avait connue,
une blessure à vif au creux de son orgueil. Une femme
voulut commenter les paroles de la veuve du regretté
Shawkat par un mot de courtoisie digne de la mère de la
mariée et dit :

– Qui a un visage aussi fin que celui de Sitt Oum Fahmi
n'a pas lieu de craindre que son mari n'aille reluquer une
autre femme !

Elle frétilla de tout son être au compliment et son beau

sourire lui revint. Elle y trouva au demeurant un brin de consolation à la douleur sourde qui la tenaillait, mais quand Galila entama un nouvelle chanson et que sa voix lui emplit les oreilles, une colère soudaine effleura en elle et elle sentit, l'espace de quelques secondes, qu'elle allait perdre le contrôle d'elle-même. Mais elle eut vite fait de l'étouffer avec la force propre à une femme qui jamais ne s'était reconnu de droit à l'emportement. Cela alors que Khadiga et Aïsha apprenaient la nouvelle avec stupeur, échangeant un regard désorienté et se demandant des yeux ce que tout cela signifiait. Toutefois cette interrogation ne fut pas accompagnée de trouble comme ce fut le cas pour Fahmi, ni de douleur, comme ce fut le cas pour leur mère. Peut-être avaient-elles trouvé dans le fait qu'une femme comme Galila quitte son orchestre et se donne la peine de descendre vers le cercle de leur père pour le saluer et lui parler quelque chose de vraiment étonnant. Puis Khadiga ressentit un besoin instinctif d'examiner le visage de sa mère et elle jeta sur elle un regard furtif. Et, bien qu'elle la trouvât en train de sourire, elle comprit au premier coup d'œil qu'elle était en proie à une douleur et une gêne lui gâchant tout son bien-être. Elle en éprouva de la peine et ne tarda pas à pester contre l'almée, la veuve du regretté Shawkat et tutti quanti...

Mais quand vint l'heure de conduire la mariée à la maison de son époux, chacun oublia ses peines. Des semaines, des mois passeraient sans que l'image d'Aïsha dans sa robe de mariée ne quitte les esprits.

*

Al-Ghuriya semblait enveloppée dans l'obscurité et le silence, au moment où la famille quitta la maison nuptiale pour rentrer à al-Nahhasin. M. Ahmed marchait seul en tête, suivi, à quelques mètres, de Fahmi et de Yasine qui faisait de son mieux pour se maîtriser et contrôler sa démarche de peur que sa conscience égarée par l'excès de boisson ne le trahisse. Puis, en queue, venaient Amina,

Khadiga, Kamal et Oum Hanafi. Kamal s'était joint à la caravane à son corps défendant et, sans le chamelier qui la précédait, il aurait trouvé un moyen de secouer l'emprise de la main de sa mère pour retourner en arrière où l'on avait abandonné Aïsha. De fait il se mit à se retourner d'un pas à l'autre en direction de la porte d'al-Metwalli pour saluer d'un dernier adieu, triste et affligé, les quelques vestiges encore visibles de la noce, comme cette lampe dispensant sa lumière qu'un serviteur, escaladant une échelle de bois, alla ôter de son point d'attache au-dessus de l'entrée d'al-Sokkariyya. C'est peu dire combien il lui fendait le cœur de voir sa famille ainsi privée de celle qui à ses yeux, après sa mère, était le plus cher de ses membres. Il regarda cette dernière et lui demanda en chuchotant :

– Quand c'est qu'elle va revenir chez nous, sœurette Aïsha?

– Arrête de rabâcher ça et prie pour son bonheur! lui répondit Amina de la même voix. Elle viendra nous voir souvent et nous irons la voir souvent nous aussi!

Il chuchota à nouveau furieux :

– Vous vous êtes moqués de moi!

Amina fit un signe de la main vers l'avant en direction d'Ahmed Abd el-Gawwad presque englouti par l'obscurité et allongea les lèvres en susurrant « Chchuutt! ». Mais Kamal était occupé à rappeler à son imagination les images des scènes auxquelles il avait assisté dans la maison nuptiale. Il en mesurait l'extrême étrangeté et toute la confusion qu'elles avaient semée dans son esprit. Il tira à lui la main de sa mère pour l'éloigner de Khadiga et d'Oum Hanafi et murmura en montrant le chemin derrière lui :

– Tu ne sais donc pas ce qui se passe là-bas?

– Qu'est-ce que tu veux dire?

– J'ai regardé à travers le trou de la serrure!

Le cœur d'Amina se serra d'angoisse, pressentant à quelle porte il faisait allusion. Mais elle lui demanda en démentant son intuition :

– Quelle porte?

– La porte de la chambre de la mariée!...

– Quelle honte de regarder à travers les serrures, rétorqua-t-elle pleine de trouble.

Mais il s'empressa d'ajouter en chuchotant :

– Ce que j'ai vu est encore plus honteux!

– Tais-toi!

– J'ai vu sœurette Aïsha et M. Khalil s'asseoir sur la chaise longue... et M. Khalil...

Elle lui donna un violent coup à l'épaule et il finit par se taire. Puis elle lui chuchota à l'oreille :

– Tu devrais avoir honte de dire des choses pareilles, si ton père t'entendait, il te tuerait!

Mais le gamin revint à la charge avec le ton de quelqu'un ayant le sentiment de lui dévoiler une réalité dont elle ne pouvait se figurer l'occurrence :

– Il lui attrapait le menton par la main et l'embrassait...

Elle le frappa à nouveau à l'épaule avec une rudesse comme il n'en avait jamais vraiment connu de sa part auparavant et il réalisa qu'il avait vraiment commis une faute sans le savoir. Pris de crainte, il se tut. Mais, tandis qu'ils traversaient tous deux la cour de la maison plongée dans l'obscurité, à la traîne de la famille, et qu'Oum Hanafi restait derrière eux pour tirer le loquet, mettre la targette et la barre de fermeture de la porte d'entrée, la confusion et le désir de savoir qui le tenaillaient se firent plus pressants et il sortit de son silence et de sa crainte en lui demandant suppliant :

– Dis, maman, pourquoi il l'embrasse?

Et Amina lui répondit sur un ton ferme :

– Si tu recommences avec ça, je le dis à ton père!

*

Yasine gagna sa chambre dans un état d'ivresse critique.

A peine se trouva-t-il seul avec Fahmi, à l'abri des oreilles indiscrètes – Kamal n'avait pas tardé à tomber comme une masse sitôt la tête posée sur l'oreiller – que s'éveilla en lui un désir irrépressible de dissipation, comme en réaction à l'effort nerveux qu'il avait déployé tout au long de la soirée et particulièrement sur le chemin du retour pour se remettre les idées en place et dominer sa conduite. Il trouva cependant la chambre trop exiguë pour contenir ses envies de débauche et pensa que le meilleur moyen de vaincre son oppressement était de parler. Jetant un œil du côté de Fahmi en train de retirer ses vêtements, il s'exclama moqueur :

– Compare un peu notre état de frustration au génie de notre père! Ça c'est un homme!

Mais bien que ces paroles eussent le don de réveiller la douleur et la confusion de Fahmi, celui-ci se contenta de rétorquer en donnant à ses lèvres amères l'ombre d'un sourire :

– Dieu te bénisse, tu es la crème des fils!

– Ça te fait de la peine que notre père fasse partie des grands chasseurs?

– J'aurais aimé conserver intacte l'image idéale que je me faisais de lui!

– L'image réelle est encore plus prestigieuse et riche d'enseignements! répliqua Yasine en se frottant les paumes de jubilation. Quel père fantastique! Voilà l'homme idéal. Ah! tu l'aurais vu empoigner le tambourin avec ce verre étincelant devant lui! Chapeau, chapeau, monsieur Ahmed!

– Et sa fermeté... et sa piété? demanda Fahmi désorienté.

Yasine plissa le front pour concentrer sa pensée sur ce problème, mais son esprit trouva dans l'assemblage des contraires un cas de figure moins fastidieux que le fait de les concilier et il répondit, poussé seulement par l'étonnement :

– Il n'y a absolument aucun problème! C'est ton esprit lâche, et lui seul, qui le crée à partir de rien. Notre père est ferme, croyant, et il aime les femmes. C'est aussi simple que deux et deux font quatre, et je suis peut-être celui qui lui ressemble le plus, à peu de chose près, dans la mesure où je suis croyant et où j'aime les femmes, même si la fermeté n'est pas mon fort. Toi-même tu es croyant, résolu, et tu aimes les femmes, mais pendant que tu mets en œuvre ta foi et ta résolution, tu manques à la troisième vertu.

Et en riant.

– Pourtant c'est elle qui est inébranlable!

Peut-être à la fin de son discours avait-il oublié le motif qui l'avait poussé à se répandre ainsi, car ses paroles ne cherchaient à défendre son père qu'en apparence seulement. En réalité elles étaient l'expression d'une sensation frénétique du désir charnel qui avait mis le feu à son sang aviné et s'était emparé de lui sitôt que les oreilles et les yeux dont il se méfiait avaient disparu, un désir qu'avait fait jaillir une imagination électrisée par la boisson. Sa chair désirait l'amour avec une concupiscence folle, que sa volonté était impuissante à brider ou à amadouer. Mais où trouver l'objet de son désir? Avait-il le temps? Zannouba? Qu'est-ce qui la séparait de lui?... Un bout de chemin! Une petite partie de lit avec elle et il reviendrait dormir d'un sommeil profond et paisible! Il sourit à ces images tentatrices avec l'enthousiasme de qui ne doit de compte à personne; aussi s'empressa-t-il, sans hésitation aucune, de tout faire pour les mettre en application. Il ne tarda pas à dire à son frère :

– Il fait chaud. Je monte faire un tour à la terrasse pour respirer l'air frais de la nuit!

Il quitta la chambre en direction de la loggia et commença à descendre l'escalier en tâtonnant dans l'obscurité totale, prenant d'infinies précautions pour ne faire aucun bruit. Mais comment parvenir jusqu'à Zannouba à cette heure de la nuit? Frapper à sa porte? Qui pourrait venir lui ouvrir? Et que répondrait-il si on lui demandait ce qu'il voulait? Et si personne ne se réveillait pour venir lui ouvrir? Ou si le veilleur de nuit venait le contrôler avec son indiscrétion notoire? Ces pensées vinrent lui embuer les méninges, avant de se fondre dans le flot dévastateur du vin. Il ne les récusa pas comme des obstacles dont il eût convenu d'évaluer les conséquences. Au contraire, il leur sourit comme à des plaisanteries, susceptibles de tenir compagnie à la solitude de son aventure. Puis son imagination les dépassa pour s'envoler vers la chambre de Zannouba qui donnait sur le croisement d'al-Ghuriya et d'al-Sanadiqiyya. Il se l'imagina dans sa chemise de nuit blanche et transparente épousant docilement la courbe de ses seins, enveloppant ses fesses, et dont le liseré soulignait la nudité de deux jambes rondes et cuivrées. Le démon gronda en lui, il aurait voulu sauter les marches, n'était l'obscurité totale.

En sortant, il déboucha dans la cour sur une zone d'obscurité quelque peu atténuée par la lumière douce qu'y déversaient les étoiles mais, à ses yeux qui avaient long-temps subi le noir de l'escalier, elle apparut comme une véritable clarté ou du moins leur fit cet effet. Il avait du reste à peine fait deux pas en direction de la porte d'enceinte, au fond de la cour, qu'une faible lumière, filtrant d'une lampe posée sur un billot devant la pièce du four attira son attention. Il y jeta un regard, non sans étonnement, jusqu'à ce que sa vue tombe, à deux pas de là, sur un corps étalé à terre. Il l'éclaira à la lumière de la lampe et reconnut Oum Hanafi qui, apparemment, avait préféré dormir à l'air libre pour fuir l'atmosphère étouffante de la pièce du four. Il allait pour continuer sa marche mais quelque chose l'arrêta. A nouveau il tourna ses yeux en direction de la femme endormie et, de l'endroit où il était, qui n'était éloigné d'elle que de quelques mètres, il la distingua avec une netteté inattendue. Il la vit allongée sur le dos, la jambe droite repliée et dessinant dans l'air, avec le bord de la *galabiyyé* collée au genou, une pyramide dressée qui, ce faisant, découvrait sa cuisse gauche elle-même apparaissant nue, dans le prolongement du genou, avant de s'engouffrer dans l'obscurité du trou béant que le vêtement retroussé découvrait entre la jambe levée et l'autre étendue à terre. Et, bien que son sentiment de l'exiguïté du temps et de l'urgence qu'il avait de parvenir à son but ne se soit pas relâché, il ne décolla pas son regard du corps étendu à deux pas de lui, ou peut-être ne put-il pas l'en décoller, et, sans s'en rendre compte, se laissa aller à le scruter avec une force de pénétration qui se révélait dans le pétillement de ses yeux rougis et l'écartement de ses lèvres pleines. Puis le pétillement de ses yeux qui dévoraient le corps charnu occupant une espace égal à celui d'une bufflesse engraissée, se mua en un désir trouble, au point que son regard alla se loger sur la béance ténébreuse qui s'ouvrait entre la jambe levée et celle étendue, et que le courant qui brûlait dans ses veines détourna son regard de la porte de sortie vers la pièce du four. C'était comme si, cette femme qu'il avait côtoyée de longues années durant sans y prêter attention, il la découvrait pour la première fois.

Pourtant Oum Hanafi n'était dotée d'aucune des caractéristiques de la beauté. Son visage rébarbatif semblait plus vieux que son âge qui dépassait à peine la quarantaine. Même sa corpulence en chair et en graisse, vu sa difformité et sa disgracieuse répartition, faisait plutôt l'effet d'un gonflement grossier. Voilà pourquoi, et sans doute aussi à cause du confinement permanent de cette femme dans la pièce du four et de leur côtoiement de toujours depuis son enfance, il ne s'était jamais intéressé à elle. Mais maintenant, il se trouvait dans un état d'excitation tel qu'il avait perdu toute capacité de jugement. Le désir l'aveugla... Et quel désir? Un désir passionné pour « la femme » en soi et non pas pour ses qualités ni ses genres; un désir épris de la beauté nullement dégoûté de la laideur, l'une et l'autre se trouvant confondues devant lui en période de « crises », comme le chien dévore sans hésitation tout ce qu'il trouve dans les ordures. Dès lors, le but de sa première expédition, Zannouba, lui parut parsemé d'embûches, aux conséquences imprévisibles, et parvenir jusqu'à elle à cette heure de la nuit, frapper à sa porte, ce qu'il dirait à celui qui lui ouvrirait, le veilleur de nuit, n'étaient plus des plaisanteries auxquelles il souriait mais de réels obstacles qu'il valait mieux éviter. Il s'approcha à pas de loup et resta sur ses gardes, bouche bée, inconscient de tout sauf de ces deux cents livres de chair étalées à ces pieds qui, à ses yeux gloutons, semblaient disposées à l'accueillir, au point qu'il se posta entre la jambe levée et la jambe étendue et se pencha sur elle tout doucement, presque inconsciemment, poussé par une tentation féroce qui le prenait à la fois du dehors et du dedans. Bref, sans s'en rendre compte, il se retrouva étalé sur elle. Sans doute n'avait-il songé à quelque entrée en matière dont il était nécessaire de faire précéder le sauvage mouvement final. Mais le corps sur lequel il s'affala fut agité d'une violente secousse d'effroi et laissa échapper un cri retentissant qui prit de vitesse sa main au moment même où elle cherchait à l'étouffer et déchira le silence absolu, tout en assenant un rude coup à sa tête qui lui fit reprendre conscience. Il colla sa paume sur la bouche de la femme en lui chuchotant à l'oreille, avec une anxiété et une peur extrêmes :

– C'est moi, Yasine! C'est Yasine, Oum Hanafi, n'ayez pas peur!

Il se mit à répéter ces mots jusqu'à ce qu'il fût assuré qu'elle l'avait reconnu et il retrouva son calme. Mais la femme, qui n'avait aucunement mis fin à sa résistance, put finalement l'éloigner de lui et se redresser sur son séant, haletante d'épuisement et de trouble, lui demandant d'une voix qui ne laissa pas de le gêner :

– Qu'est-ce que vous voulez, monsieur Yasine?

– Ne parlez pas si fort, lui dit-il d'une voix chuchotée, suppliante. Je vous ai dit de ne pas avoir peur. Il n'y a vraiment pas de quoi avoir peur...

Elle lui redemanda sèchement, bien qu'ayant quelque peu baissé la voix :

– Qu'est-ce que vous faites ici?

Il se mit à lui caresser le dos de la main en lui faisant des mamours, tout en soupirant dans une sorte de soulagement non exempt de nervosité, comme s'il avait vu dans le fait qu'elle baisse la voix un signe d'encouragement.

– Qu'est-ce qui vous met en colère? demanda-t-il. Je ne vous veux aucun mal!

Puis esquissant un sourire que les accents de sa voix traduisaient :

– Venez dans la pièce du four!

– Ah! non, monsieur! répondit Oum Hanafi d'une voix troublée mais non moins ferme. Retournez à votre chambre, allez! Dieu maudisse le démon qui...

Oum Hanafi n'avait en rien pesé ses mots. Ils lui avaient plutôt échappé, ainsi que la situation y obligeait. Peut-être n'avaient-ils pas exprimé ses désirs de la manière la plus fidèle mais ils avaient fort bien exprimé en revanche, inconsciemment, l'acuité de la surprise, une surprise qu'aucune entrée en matière n'avait laissé prévoir, une surprise qui lui était tombée dessus comme s'abat le milan sur le poussin. Elle repoussa le jeune homme et l'envoya au diable sans songer véritablement à le rembarrer ou le rabrouer. Qu'importe, il l'entendit mal et s'emplit de fureur, les pensées bouillonnèrent dans sa tête : « Que faire avec cette fille de chienne? Je ne peux pas reculer après m'être discrédité et avoir atteint les limites du scandale! J'aurai ce que je veux, il le faut, dussé-je avoir recours à la force! » Il songea rapidement au moyen le plus efficace de vaincre la résistance qui se manifestait à son encontre mais, avant même qu'il ne prenne une décision, il entendit un mouvement suspect, peut-être des pas, venant de la porte de l'escalier. Il se leva d'un bond, au comble de la panique, ravalant son désir comme le voleur avale le gemme volé lorsqu'il est pris la main dans le sac. Il se retourna du côté de la porte pour voir ce qui s'y passait et il vit son père qui franchissait le seuil en brandissant une lampe au bout de son bras. Il resta cloué sur place, le sang figé dans les veines, succombant, abasourdi, désespéré. Il comprenait que le cri d'Oum Hanafi ne s'était pas perdu et que la fenêtre du fond de la chambre du père avait des oreilles. Mais à quoi servait de comprendre après coup? Il venait de tomber dans le piège du destin.

Ahmed Abd el-Gawwad se mit à le dévisager durement, en silence..., faisant durer ce silence, tremblant de colère. Et, sans détourner de lui ses yeux impitoyables, il lui montra la porte en lui ordonnant de rentrer et, bien que disparaître lui eût été plus cher à cet instant que la vie elle-même, il ne put, paralysé par la peur et l'embarras, faire un mouvement. Le père fut poussé à bout et les signes avant-coureurs d'une explosion de sa colère se dessinèrent sur ses traits crispés. Il rugit dans un cri, ses yeux jetaient des étincelles, ses yeux dans lesquels se reflétait la lumière de la lampe vacillant au gré de la main qui l'empoignait...

— Monte, scélérat, fils de chien!

Yasine n'en demeura que figé davantage jusqu'à ce que son père se jette sur lui, lui empoigne le bras de la main droite, le serre rudement, avant de le tirer violemment vers la porte. Alors, propulsé par la force extraordinaire de la traction, il faillit tomber la tête la première. Puis, tout en se retournant derrière lui paniqué, il reprit contrôle de son équilibre et s'enfuit de son propre mouvement, comme s'il volait, sans se soucier de la moindre obscurité...

*

En dehors de son père et de l'intéressée, deux personnes eurent vent du scandale de Yasine : Amina et Fahmi. Tous deux avaient entendu le cri d'Oum Hanafi et avaient été témoins par leurs fenêtres respectives de ce qui s'était passé entre le jeune homme et son père, après quoi ils avaient pressenti le fond de l'histoire, sans besoin de sortir des grandes écoles. Toutefois, Ahmed Abd el-Gawwad n'en mit pas moins sa femme au fait du faux pas de son fils et lui demanda dans le détail ce qu'elle savait des mœurs d'Oum Hanafi. Amina prit la défense de sa servante en alléguant ce qu'elle savait de sa nature et de sa droiture et en rappelant à son époux que sans son « cri » personne n'aurait rien su de ce qui s'était passé. Ahmed Abd el-Gawwad passa une heure à proférer des injures et des imprécations. Il injuria Yasine et il s'injuria lui-même : Ça n'était vraiment pas la peine d'avoir engendré des enfants pour qu'ils lui gâchent son bien-être avec leurs passions mauvaises! Puis la colère le submergea et il finit par injurier la maison tout entière et la famille avec! Amina garda le silence, de même qu'elle le garderait par la suite comme si elle n'avait rien su. De la même manière, Fahmi ferma les yeux sur toute l'affaire. Il fit semblant de dormir à poings fermés quand son frère regagna la chambre, à bout de souffle, la bataille perdue. Et il ne laissa rien paraître ensuite qui pût laisser supposer qu'il sache quoi que ce soit de l'affaire. Il répugnait à avouer à l'autre qu'il n'ignorait rien de l'humiliation et de la honte qui s'étaient abattues sur lui, il lui fallait rester fidèle à un respect qu'il lui vouait secrètement en sa qualité de frère aîné; un respect que n'avait effacé ni ce qui lui avait été révélé de son dévergondage et de son impudence, ni le savoir et la culture par lesquels il lui était supérieur, ni l'indifférence dont faisait preuve Yasine lui-même quant à l'observance de ce respect par ses deux frères, à en juger par la plaisanterie et les taquineries dont il s'amusait avec eux. Oui, Fahmi continuait de lui vouer une considération dont le souci qu'il avait de la garder intacte était peut-être dû à la civilité, le sérieux et la réserve qu'il s'imposait et qui le faisaient paraître plus vieux que son âge.

Khadiga, quant à elle, ne manqua pas de remarquer, le lendemain de l'événement, que Yasine n'avait pas pris son petit déjeuner à la table de son père. Aussi lui demanda-t-elle ce qui l'en avait empêché, à quoi il répondit qu'il n'avait pas digéré le repas de noce. La jeune fille pressentit alors, en vertu de sa médisance naturelle, qu'il y avait à son absence à table une raison autre que la difficulté de digérer. Mais elle eut beau interroger sa mère, elle ne put trouver de réponse satisfaisante.

Puis Kamal revint de la salle à manger en s'interrogeant lui aussi, non pas poussé par la curiosité ni le regret, mais espérant trouver dans la réponse quelque heureuse nouvelle lui annonçant que pour quelque temps encore l'aire du petit déjeuner serait libérée d'un rival aussi dangereux que Yasine. L'affaire aurait d'ailleurs été oubliée si Yasine n'avait quitté la maison le soir-même sans prendre part à la séance habituelle du café. Et, bien qu'il prît excuse auprès de Fahmi et de sa mère d'un rendez-vous, Khadiga déclara sans ambage :

– Il y a anguille sous roche! Je ne suis pas idiote... Je veux bien être pendue si Yasine ne cache pas son jeu!

Amina fut alors obligée de faire part de la colère du père contre lui pour « une raison qu'elle ignorait ». Et ils passèrent une heure à en méditer la cause au point qu'Amina et Fahmi se joignirent aux autres pour escamoter la vérité.

Yasine resta ainsi à l'écart de la table paternelle jusqu'à ce qu'il fût appelé un matin à rencontrer son père avant le petit déjeuner. Cette convocation ne le surprit pas mais ne l'en dérangea pas moins. Il en attendait au contraire l'échéance d'un jour à l'autre, persuadé qu'il était que son père ne pouvait se contenter pour sanction à son faux pas de cette bourrade violente qui avait failli le jeter à terre et que, fatalement, il y reviendrait d'une manière ou d'une autre. Peut-être s'attendait-il aussi à un traitement absolument indigne d'un fonctionnaire comme lui, ce qui le porta plusieurs fois à songer à quitter la maison, momentanément ou pour toujours. Certes, il eût été pour le moins indélicat de la part de son père, surtout son père tel qu'il l'avait connu chez Zubaïda, de traiter son faux pas avec tant d'obstination, de même qu'il eût été indigne de lui, Yasine, de s'exposer à un traitement qui ne seyait pas à sa qualité d'homme. Et c'est pourquoi l'acte le plus noble de sa part eût été de quitter la maison. Mais pour aller où? Il n'avait qu'à vivre une vie indépendante, tout seul. Ça ne serait pas au-dessus de ses forces. Mais quand il eut retourné le problème sous toute les coutures, qu'il en eut évalué les dépenses, il se demanda ce qui lui resterait au bout du compte pour le logis et le couvert, le café de Si Ali, la taverne de Costaki et Zannouba. Là, son enthousiasme se refroidit et ne tarda pas à s'éteindre comme une mèche de lampe en plein courant d'air. Il commença à se dire, parfaitement conscient de sa lâcheté : « Si je me laisse égarer par Satan en quittant la maison, je créerai un précédent qui ne sied pas à notre famille. Quoi qu'en dise et qu'en fasse mon père, c'est quand même mon père, et une correction de sa part ne me fera sûrement pas de mal! » Puis il se dit, avec la sincérité qu'il simulait quand la veine de plaisanter le gagnait : « Allons, Yasine, un peu de modestie! Fais-nous grâce de ta dignité, par la vie de ta mère! Qu'est-ce que tu préfères : la dignité des femmes de ta famille ou le cognac de Costaki et le nombril de Zannouba? » Et ainsi renonça-t-il à quitter la maison et resta-t-il à attendre la convocation jusqu'à ce qu'elle arrive. Alors rassemblant ses esprits, il partit à reculons, plein d'appréhension, entra dans la chambre le front bas, à pas menus, et s'arrêta loin de l'endroit où était assis son père sans oser le saluer. Il attendit. Ahmed Abd el-Gawwad le regarda longuement puis hocha la tête comme interloqué en disant :

– Regardez-moi ça, de la taille, de la carrure, de la moustache, un cou, mon Dieu, un cou! Si quelqu'un te voyait dans la rue, il se dirait émerveillé : quel père et quel fils! Mais il ne ferait pas mal de venir un peu à la maison pour te voir sous ton vrai jour!

Le jeune homme redoubla d'embarras et de honte et ne prononça pas un mot. Ahmed Abd el-Gawwad continua à le dévisager courroucé et lui déclara laconiquement, sur un ton sec et autoritaire :

– J'ai décidé que tu devais te marier!

Yasine fut frappé d'une stupeur à lui faire douter de ses oreilles. Il ne s'attendait qu'à des injures, des imprécations, et entendre une décision grave qui changerait radicalement le cours de sa vie ne l'avait pas effleuré un instant. Il ne put s'empêcher de lever les yeux vers le visage de son père, mais lorsqu'ils croisèrent son regard bleu et perçant, il les baissa, rouge de confusion en se réfugiant dans le silence. Ahmed Abd el-Gawwad comprit que son fils avait été pris au dépourvu par cette « heureuse » décision au lieu de se voir traité de la manière rude à laquelle il s'attendait. Sa fureur s'enflamma contre les circonstances qui lui avaient dicté de le recevoir avec un air affable, capable d'infirmer la présomption que son fils avait de son autorité, aussi sema-t-il sa fureur dans les accents de sa voix en disant, l'air renfrogné :

– Le temps presse et je veux entendre ta réponse!

Puisque le père avait pris la décision de le marier, il tendait absolument à entendre une seule réponse! Rien ne l'empêchait de lui faire entendre celle qu'il souhaitait, non pas seulement pour se conformer à son ordre, mais pour satisfaire son propre désir à lui. En effet, à peine son père lui avait-il fait part de sa décision, que son imagination s'était impressée de lui fabriquer l'image d'une belle « mariée », une femme qui serait son bien, à ses ordres quand il le voudrait. Cette imagination lui mit le cœur en fête et sa voix faillit le montrer quand il dit :

– La décision vous appartient, père!

– Tu veux te marier, oui ou non?... Parle!

Le jeune homme répondit avec les précautions de qui désire le mariage sans y être prêt financièrement :

– Puisque telle est votre volonté, j'y souscris volontiers!

Ahmed Abd el-Gawwad ajouta en adoucissant sa rudesse de ton :

– Je vais demander à ton intention la main de la fille de mon ami M. Mohammed Iffat, le marchand de tissus d'al-Hamzawi. Une petit bijou bien trop beau pour une grosse brute comme toi!

Yasine esquissa un sourire et dit avec duplicité :

– Mais grâce à vous je la mériterai!

Ahmed Abd el-Gawwad le fixa d'un regard pénétrant comme pour percer le fond de sa duplicité.

– A t'entendre, on ne pourrait pas se figurer tes agissements, hypocrite! Hors de ma vue!

Yasine alla pour bouger mais son père l'arrêta d'un signe de la main avant de lui demander en se reprenant, comme lui posant la question par hasard :

– J'imagine que tu as constitué la dot!

Yasine, saisi d'embarras, ne répondit pas. Ahmed Abd

el-Gawwad se fâcha alors et lui demanda avec réprobation :

– Dis-moi, bien que tu aies un emploi, tu as vécu à mes frais comme quand tu étais étudiant. Qu'as-tu fait de ton traitement ?

Il fut tout juste capable de bouger les lèvres sans rien dire. Le père hocha la tête avec dépit et se rappela le discours qu'il lui avait tenu un an et demi auparavant en lui faisant ses recommandations à l'occasion de son entrée en fonctions : « Si je te demandais désormais de prendre en charge tes dépenses en tant qu'homme responsable, je n'outrepasserais pas les rapports usuels entre père et fils, mais je ne te demanderai pas un millième, de manière à te donner l'occasion d'économiser un petit pécule que tu trouveras à ta disposition si le besoin s'en fait sentir ! » Cette attitude de sa part avait dénoté en son temps la confiance qu'il avait en son fils. De fait, il ne s'était jamais imaginé qu'aucun de ses fils, après l'éducation et la discipline sévères qu'ils avaient reçues de lui, n'incline à l'une de ces passions outrancières qui dilapident la fortune. Jamais il ne s'était imaginé que son « petit garçon » verse dans l'alcoolisme et le libertinage. Car le vin et les femmes, qu'il considérait dans sa propre vie comme un mode de divertissement n'affectant en aucun cas la virilité et ne nuisant à personne, se transformeraient, s'ils « contaminaient » l'un de ses fils, en crime impardonnable. C'est pourquoi le faux pas du jeune homme qu'il avait démasqué dans la cour de la maison l'avait rassuré autant qu'il l'avait mis en colère, car Oum Hanafi n'eût pu à ses yeux éveiller le désir d'un jeune homme si ce dernier n'avait pas supporté une droiture et une chasteté au-dessus de ses forces... Non, il ne doutait pas de l'innocence de son fils, mais il se souvenait de sa passion de l'élégance, de ses goûts luxueux en matière de costumes, chemises, cravates, qu'il avait tant de fois remarqués, combien cela lui avait déplu et comment il l'avait mis en garde, oh ! très sobrement, contre les dépenses abusives, soit qu'il n'ait pas vu réellement un crime dans l'élégance, soit que le fait que son

384

fils ait cherché à lui ressembler ou à reproduire une forme de sa conduite ait remué la tendresse et l'indulgence dans son cœur. Mais à quoi avait-elle mené, cette indulgence? A cette dilapidation de l'argent pour des besoins futiles, ce qui apparaissait clairement maintenant. Il explosa de colère et lui dit sur un ton acerbe :

– Disparais de ma vue!

Yasine quitta la pièce objet des foudres de son père à cause de sa prodigalité et non de sa faute comme il s'y attendait en gagnant sa chambre. Sa prodigalité qui ne l'avait pas chagriné auparavant et à laquelle il s'était laissé aller à la légère, dépensant ce qu'il avait en poche afin de profiter pleinement du moment, en faisant mine d'être aveugle à ce qu'on appelle « le lendemain » comme s'il s'agissait là d'une chose qui n'existait pas. Et, bien qu'il quittât la chambre mal à l'aise et craintif à cause de la rebuffade de son père, il ne manqua pas de ressentir un profond soulagement, dès lors qu'il comprit que cette rebuffade ne se résumait pas purement et simplement au fait de l'envoyer paître mais signifiait que son père pourvoirait également aux frais de son mariage. Il allait comme un gosse dont le père, las de son insistance à réclamer une piastre, finit par la lui donner en l'envoyant au diable, et qui oublie la rudesse de la rebuffade dans la joie de la victoire.

Ahmed Abd el-Gawwad resta à sa fureur, commençant à se répéter : « Quel animal que c'est là! Un corps démesuré, des épaules larges comme ça, mais pas deux sous de cervelle! » La prodigalité de son fils l'avait mis en colère comme s'il n'en faisait pas lui-même une devise de sa vie! Toutefois il n'y voyait pas de mal, comme pour le reste de ses passions, du moment qu'elles ne le réduisaient pas à la pauvreté, ne lui faisaient pas oublier ses devoirs et ne le conduisaient pas à la déchéance. Mais quelle garantie avait-il que Yasine saurait y faire face? Il ne lui interdisait pas ce qu'il s'autoriserait à lui-même, non par seul arbitraire et égoïsme, mais par crainte pour lui, même si cette crainte prouvait une confiance en soi et une défiance envers les autres ne manquant pas de présomption. Comme d'habitude la colère reflua aussi vite qu'elle avait afflué et il retrouva son âme sereine. Ses traits s'épanouirent et les choses commencèrent à lui apparaître sous un visage neuf, drôle, anodin... « Tu veux ressembler à ton père, mon taureau!... Alors ne prends pas un côté tout en négligeant les autres, sois Ahmed Abd el-Gawwad tout entier si tu en as les moyens, ou alors reste à ta place! Tu crois vraiment que je me suis fâché contre tes dépenses inconsidérées parce que j'espérais te marier à tes frais? Tu n'y es pas! J'espérais seulement te trouver économe afin de te marier à mes frais malgré l'abondance de tes économies. Eh bien, pour moi cet espoir-là est fichu! Tu crois que je n'ai songé à te choisir une femme qu'après t'avoir surpris en flagrant délit de fornication! Parlons-en! Une fornication vulgaire comme la vulgarité de tes goûts et ceux de ta mère! Tu te mets le doigt dans l'œil, espèce de mule. Je pense à ton bonheur depuis le jour où tu as trouvé un emploi et comment en serait-il autrement alors que tu es le premier à m'avoir fait père!... Que tu es mon unique compagnon de douleur dans la souffrance que nous inflige ta maudite mère? Et puis n'est-ce pas mon droit de me réjouir de ton mariage, d'autant que ça n'est pas demain la veille que je me réjouirai du mariage de ton bœuf de frère, le prisonnier de l'amour! Mais, qui sait? Qui vivra verra! »

L'instant suivant, il se rappela un souvenir ayant un lien étroit avec sa situation présente. Il se rappela comment il avait raconté à M. Mohammed Iffat le « crime » de Yasine, comment il l'avait rabroué et tiré avec cette force qui avait failli le faire tomber la tête la première, cela au moment même où il s'apprêtait à lui demander la main de sa fille pour le jeune homme – en réalité l'entente à ce sujet était intervenue entre les deux hommes avant que Yasine lui-même fût pressenti – et comment l'homme lui avait dit : « Tu ne penses pas qu'il serait bon de ta part de changer ta manière de traiter ton fils à mesure qu'il approche de la majorité, d'autant qu'il a un emploi et est devenu un

homme responsable? » Après quoi il avait ajouté en riant :
« Tu ferais partie de ces pères qui ne lâchent pas la bride à
leurs enfants tant qu'ils ne se sont pas révoltés ouvertement contre eux que ça ne m'étonnerait pas! » Il se
rappela aussi comment il lui avait répliqué avec conviction : « Il n'y a aucune chance pour que le rapport qui me
lie à mes enfants évolue avec le temps! » Cette dernière
assertion, il l'avait exprimée avec une vanité et un orgueil
sans limites. Toutefois il lui avait avoué par la suite que sa
manière de les traiter changeait en fait avec l'évolution des
circonstances, même s'il œuvrait pour sa part à ce que
personne ne remarque son intention secrète de changement. Il avait ajouté : « A vrai dire, je n'accepte plus
désormais de porter la main sur Yasine et pas même sur
Fahmi. En fait, si j'ai tiré Yasine aussi violemment, c'est
parce que j'étais sous le coup d'une colère déchaînée, sans
évaluer jusqu'où je m'étais laissé entraîner. » Puis il reprit
en faisant référence à une période du passé lointain :
« Mon père, Dieu ait son âme, a observé dans mon
éducation une dureté auprès de laquelle celle dont j'use
envers mes enfants est une rigolade. Mais il a eu vite fait
de changer d'attitude à mon égard à partir du moment où
il m'a prié de venir l'assister à la boutique. Puis sa manière
de me traiter s'est transformée en amitié paternelle dès que
j'ai épousé la mère de Yasine. Un jour, ma prétention est
allée jusqu'à m'opposer à son dernier mariage en raison de
son grand âge d'une part et de la jeunesse de la mariée
d'autre part. Il m'a dit purement et simplement : " Tu me
fait front, mon taureau! En quoi ça te regarde? Je suis plus
capable que toi de satisfaire n'importe quelle femme! " Je
ne pus m'empêcher de rire et de lui rendre grâce en
m'excusant. » Il se rappela ces choses et le proverbe « Si
ton fils grandit, fais-t'en un ami » lui revint à l'esprit. C'est
alors qu'il ressentit, sans doute pour la première fois de sa
vie, la complexité de la fonction de père, comme jamais
auparavant.

Au cours de la même semaine, Amina annonça lors de la
séance du café, la nouvelle du mariage de Yasine. Fahmi

l'avait déjà apprise de la bouche même de son frère, quant à Khadiga, elle ne put s'empêcher d'établir un lien entre la demande en mariage et ce qui avait filtré de la colère du père à son encontre, croyant pour sa part que cette colère n'était due qu'au désir de Yasine de se marier à en juger par les démêlés entre le père et Fahmi pour la même raison. Elle exprima son opinion comme s'interrogeant, et Yasine déclara en riant, tout en adressant à la mère un regard à la dérobée non dénué de honte et de gêne :

– Eh bien, oui, il y a effectivement une solide relation entre cette colère et la demande en mariage!

Mais Khadiga répondit en feignant la réprobation, histoire de se moquer ou de plaisanter :

– Papa est excusable dans sa colère car vous n'êtes pas, cher monsieur, pour lui faire honneur devant ce grand ami qu'est M. Mohammed Iffat!

Yasine emboîta le pas à sa moquerie :

– Et la situation de papa deviendra encore plus délicate si jamais le grand ami en question apprend que le mari de sa fille a une sœur comme vous..., chère madame!

Sur ce Kamal demanda :

– Yasine va nous abandonner comme sœurette Aïsha?

– Mais non! lui répondit Amina en souriant. Par contre une nouvelle sœur va se joindre à nous : la mariée!

Kamal fut satisfait de la réponse à laquelle il ne s'attendait pas. Il fut réconforté de savoir que « son conteur », qui le réjouissait par ses histoires, ses anecdotes et sa compagnie, resterait, ce qui ne l'empêcha pas de demander à nouveau pourquoi Aïsha n'était pas restée elle aussi. Sa mère lui répondit que la coutume voulait que la mariée fût installée dans la maison du mari mais pas l'inverse.

Il ignorait qui avait institué cette coutume mais, Dieu! qu'il aurait aimé que le contraire fût d'usage, dussent Yasine et ses bons mots être sacrifiés! De toute manière, il ne put faire part ouvertement de son désir et l'exprima dans un regard éloquent qu'il adressa à sa mère. Fahmi fut le seul dont la nouvelle raviva les chagrins, non pas qu'il ne partageât point la joie de Yasine, mais parce que le chapitre du mariage était devenu propre à réveiller ses sentiments et à appeler sa tristesse, tout comme celui de la victoire appelle la tristesse d'une mère ayant perdu son fils dans une bataille victorieuse...

*

La calèche s'ébranla, emmenant Amina, Khadiga et Kamal vers al-Sokkariyya. Le mariage d'Aïsha n'annonçait-il pas une ère nouvelle de liberté? Allaient-ils pouvoir enfin voir la lumière du monde de temps en temps et en respirer l'air libre? Toutefois Amina ne s'était pas laissé bercer par l'optimisme, ni permis d'anticiper les événements. Car celui qui lui avait interdit de rendre visite à sa mère, sauf à des rares exceptions près, pouvait bien lui interdire de rendre visite à sa fille de la même manière! Elle n'oublia pas que de nombreuses journées s'étaient écoulées depuis le mariage de la jeune fille au cours desquelles le père, Yasine, Fahmi et jusqu'à Oum Hanafi lui avaient rendu visite sans qu'elle y fût elle-même autorisée, ou sans que le courage lui vienne en aide pour en demander la permission. Elle se gardait bien de rappeler à son époux qu'elle avait une fille à al-Sokkariyya qu'elle devait voir. Elle conserva le silence, même si l'image de la petite ne quitta pas un instant sa pensée. Mais quand les affres de l'attente lui devinrent insupportables, elle ressembla sa volonté et lui demanda :

– Si Dieu le veut, mon maître a peut-être décidé d'aller voir bientôt Aïsha pour que nous soyons rassurés sur sa santé?

Ahmed Abd el-Gawwad comprit le désir sous-jacent qui se profilait derrière la question et il s'emporta contre elle, non pas qu'il avait décidé de l'empêcher de rendre visite à Aïsha, mais il désirait, comme à son habitude en pareille circonstance, que la permission émane de lui comme une faveur non précédée de requête, de peur que ne germe en son esprit le soupçon que sa demande avait eu une influence quelconque sur la permission. C'est pourquoi il détesta qu'elle ait cherché à attirer son attention par cette question sournoise. Il avait réfléchi précédemment au problème avec embarras et s'était irrité de voir qu'il ne pouvait y échapper. C'est pourquoi il lui cria courroucé :

— Aïsha est dans la maison de son mari et elle n'a besoin de personne d'entre nous... Et puis je suis allé la voir et son frère aussi, alors qu'est-ce qui te tracasse à son sujet?

Son cœur lui rentra dans la poitrine et sa salive se dessécha de désespoir et de douleur. Quant à Ahmed Abd el-Gawwad, il avait choisi de garder délibérément le silence comme ayant dit son dernier mot dans cette affaire, pour la punir de ce qu'il considérait de sa part comme une supercherie impardonnable. Puis il l'ignora, tout en épiant l'expression de tristesse qui obscurcissait les traits de son visage, jusqu'à ce que le temps de partir à son travail fût venu. Il lui dit alors sèchement :

— Va la voir demain!

Le sang de la joie lui afflua au visage, ce visage qui ne savait rien dissimuler, et elle donna l'image d'un bonheur enfantin. Mais notre homme ne tarda pas à être victime d'un nouvel accès de fureur et il lui cria :

— Après ça tu ne la verras plus! Sauf si son mari lui permet de nous rendre visite!

Elle se passa de tout commentaire mais n'en oublia pas moins une promesse à laquelle elle s'était engagée en consultant Khadiga au sujet de l'entretien avec son père et elle demanda avec appréhension après un temps d'hésitation :

— Est-ce que mon maître permet que j'emmène Khadiga avec moi?

Il hocha la tête l'air de dire : « Soit..., soit! », puis répondit d'un ton acerbe :

— Ben voyons! Ben voyons! Puisque j'ai accepté de marier ma fille, il faut que ma famille aille rejoindre les traîne-la-rue... C'est ça, emmène-la. Que Dieu me débarrasse de vous tous!

C'était plus de joie qu'elle n'en désirait. Elle ne prêta pas attention au dernier vœu qu'elle avait l'habitude d'entendre... Bien plus, elle savait qu'à ses moments de colère ou, ce qui revenait au même, de feinte de la colère, cela lui échappait du bout de la langue tout en restant on ne peut plus éloigné de son cœur. Il avait alors l'air d'une chatte qui semble, lorsqu'elle les transporte, en train de dévorer ses petits.

Bref, sa prière avait été exaucée et la voiture s'ébranla en direction d'al-Sokkariyya. Kamal semblait, parce qu'il rendait visite à Aïsha en compagnie de sa mère et en calèche, le plus heureux des trois. On eût dit qu'il ne pouvait contenir sa joie, qu'il désirait la manifester publiquement ou que peut-être, assis entre sa mère et sa sœur, il voulait attirer les regards sur sa personne. Car à peine la voiture arriva aux abords de la boutique d'Amm Hassanein, le coiffeur, qu'il se dressa d'un bond en criant : « Hé ! Amm Hassanein, regarde ! » L'homme le regarda et, comme il ne le trouva pas seul, il baissa les yeux prestement en souriant. Amina fondit de honte et de gêne, le tira par le revers de sa veste de peur qu'il ne recommence devant les boutiques suivantes, et se mit à le réprimander pour sa « folle » initiative. Puis la maison d'al-Sokkariyya apparut, non pas dans son manteau de lumières de la nuit de noces, mais antique, ancestrale. Toutefois, sa vétusté même, alliée au caractère imposant de sa construction et la préciosité de son mobilier étaient gage de souveraineté et de prestige. C'est que les Shawkat étaient une « vieille » famille, même s'il ne leur restait plus de la gloire ancienne, étant donné surtout leur mépris de l'instruction et la dispersion de la fortune par le jeu des héritages, que le nom !

La mariée avait pris ses appartements au deuxième étage tandis que la veuve du regretté Shawkat, en raison de son incapacité avec l'âge de gravir l'escalier, était descendue au premier, et avec elle son fils aîné, Ibrahim. Un troisième étage restait donc vide du fait qu'ils n'avaient pas de quoi l'occuper, se refusant par ailleurs à le mettre en location.

Lorsqu'ils pénétrèrent dans l'appartement d'Aïsha, Kamal, se laissant emporter par sa nature et faisant comme s'il se trouvait dans sa propre maison, songea à explorer les pièces afin de trouver lui-même sa sœur : il était tout au plaisir de la surprise qu'il avait imaginée en montant l'escalier et dont il avait joui par avance. Mais sa mère, en dépit de sa résistance, ne le laissa pas lui glisser des mains. Puis, sans qu'il ait eu le temps de le réaliser, la servante les conduisit à la réception où elle les laissa seuls. Et il eut l'impression qu'on les traitait comme « des étrangers » ou « des invités ». Son cœur se serra, il commença à répéter avec anxiété : « Elle est où, Aïsha ? Pourquoi on reste ici ? », sans rien entendre d'autre que « Chut ! » ou se voir mettre en garde contre le fait qu'on lui interdirait une autre visite s'il parlait trop fort ! Mais la douleur l'abandonna bientôt lorsqu'arriva Aïsha en courant, le visage illuminé d'un sourire dont l'éclat éclipsait les feux de sa robe resplendissante et de sa toilette étincelante. Il courut au-devant d'elle et se suspendit à son cou. Tandis que lui-même ne bougeait pas de sa position, des salutations furent échangées entre elle, la mère et la sœur ! Aïsha paraissait pleinement heureuse d'elle-même, de sa nouvelle vie et de la venue de sa famille. Elle leur parla des visites de son père, de celles de Yasine et de Fahmi, leur raconta comment le désir de les voir avait vaincu la peur qu'elle avait de son père, si bien qu'elle s'était risquée à le prier de leur donner la permission de lui rendre visite !...

— Je ne sais pas comment ma langue a pu m'obéir au point de parler ! dit-elle. C'est peut-être ce nouvel abord que je ne lui avais jamais vu qui m'a donné courage. Il avait l'air doux, aimable, souriant. Oui, mon Dieu, souriant ! Mais j'ai quand même hésité longtemps. J'avais peur qu'il change brusquement et m'envoie sur les roses ! Puis j'ai fait confiance à Dieu et j'ai parlé !

Amina l'interrogea sur la réponse qu'il lui avait faite et elle dit :

— Il m'a répondu en deux mots : « Si Dieu le veut », puis il s'est ravisé en hâte sur un ton sérieux qui sentait l'avertissement : « Mais ne va pas croire qu'il s'agit d'un jeu, chaque chose a des limites! » Mon cœur s'est mis à battre et j'ai commencé à prier longuement pour lui, pour l'amadouer et l'amener au consentement.

Puis elle revint un peu en arrière et décrivit sa réaction lorsqu'on lui avait annoncé : « Le grand monsieur est dans la réception! »

— J'ai couru à la salle de bains et je me suis débarbouillée pour enlever toute trace de maquillage, au point que mon maître Khalil m'a demandé pourquoi je faisais tout ça. Je lui ai répondu : « Comprenez-moi! je ne peux tout de même pas le recevoir dans une robe d'été qui laisse voir mes bras!... », et je n'ai pas fait un pas avant de m'être enveloppée dans un châle en cachemire.

Puis elle ajouta :

— Et quand maman l'a su... (elle rit)... je veux dire la nouvelle maman..., quand mon maître Khalil lui a raconté ce qui s'était passé, elle a ri et lui a dit : « Je connais M. Ahmed comme si je l'avais élevé! Il est comme ça et même pire. » Alors elle s'est tournée vers moi et m'a dit : « Mais sache, mon chou, que tu ne fais plus partie de la famille Abd el-Gawwad. Tu es désormais une Shawkat et ne t'occupe pas des autres!... »

Son air joyeux et ses propos inspiraient aux siens amour et émerveillement. Kamal écarquillait les yeux devant elle comme la nuit de noces et il demanda en protestant :

— Pourquoi tu n'avais pas cet air-là quand tu étais chez nous?

Elle lui répondit aussitôt dans un rire :

— En ce temps-là, je n'étais pas encore une Shawkat!

Même Khadiga l'enveloppait d'un regard d'amour. Avec le mariage d'Aïsha, les motifs de querelle qui mettaient aux prises les deux filles pour cause de promiscuité avaient disparu. De plus, il ne restait du sentiment de rage qui s'était emparé d'elle lors du consentement aux noces de sa sœur avant les siennes qu'une trace infime qu'elle mettait sur le compte de « son destin » et non plus de la jeune fille. Il n'y avait donc plus de place en son cœur que pour l'amour et le désir. Combien elle lui manquait chaque fois qu'elle sentait en elle le besoin d'un confident à qui livrer les secrets de son âme!

Puis Aïsha parla de sa nouvelle demeure, du moucharabieh surplombant la porte al-Metwalli, des minarets qui s'élançaient vers le ciel tout près de là, du courant ininterrompu des passants. Tout, autour d'elle, lui rappelait la vieille maison, ses rues et ses constructions environnantes. Rien n'en différait, à part les noms et quelques signes secondaires...

– Mais, pendant que j'y suis, la Grande Porte n'a pas d'équivalent chez nous.

Puis avec un semblant de nostalgie :

– Même si le palanquin du pèlerinage ne passe pas en dessous comme M. Khalil me l'a appris!

Elle continua son récit :

– Juste en dessous du moucharabieh il y a un banc où se retrouvent trois bonshommes, ils ne le quittent pas avant la tombée de la nuit : il y a un mendiant cul-de-jatte, un marchand de souliers et un géomancien. Voilà mes nouveaux voisins, sauf que le géomancien est le plus heureux de tous : ne me demandez pas le nombre de femmes et d'hommes qui viennent s'accroupir devant lui pour l'interroger sur leur sort. Ah! ce que j'aurais voulu que mon moucharabieh soit plus bas pour pouvoir entendre ce qu'il leur raconte!

« Mais le spectacle le plus formidable, c'est celui du suarès qui vient de Darb el-Ahmar. Si jamais il rencontre une de ces voitures à caillasse venant d'al-Ghuriya, alors l'entrée est trop étroite pour les deux et chaque conducteur suit en général son idée, sommant l'autre de reculer pour libérer le passage. D'abord ils s'envoient des mots assez polis, puis ça se gâte. Le ton s'envenime, et les gorges finissent par hurler des injures et des gros mots. Pendant ce temps-là arrivent des carrioles, des voitures à bras, la rue est complètement bouchée, et personne ne sait plus comment rétablir la situation. A ce moment-là, je me poste derrière le grillage en me retenant de rire et je contemple les visages comme au spectacle.

Qu'y avait-il de plus ressemblant que la cour de la nouvelle maison avec la leur : la pièce du four, le cellier, sa belle-mère, reine de la cour et la servante Souwaïdane.

– Je n'ai rien à faire. J'ai pas sitôt prononcé le mot de cuisine qu'on m'apporte le plateau du repas!

A ces mots, Khadiga ne put s'empêcher de rire en disant :

– Tu as enfin ce que tu désirais depuis si longtemps!

Kamal ne releva rien d'important dans la conversation, mais il n'en ressentit pas moins dans sa note générale quelque chose qui laissait à penser que celle qui parlait « prenait racine ». Il fut saisi d'inquiétude et lui demanda :

– Tu ne vas pas revenir chez nous?

Une voix emplit alors la pièce.

– Non, elle ne reviendra plus chez vous, monsieur Kamal!

C'était Khalil Shawkat qui faisait soudain son entrée en riant, en dandinant son corps râblé, drapé dans une *galabiyyé* de soie blanche. Il avait le visage ovale, plein, une peau laiteuse, une légère proéminence des yeux et deux lèvres assez épaisses. Quant à sa grosse tête, elle était couronnée d'un front étroit au sommet duquel se séparait une chevelure noire et fournie ressemblant dans sa couleur et son côté négligé à celle de M. Ahmed. De ses yeux émanait une expression de bonté et de langueur qui n'était peut-être que le reflet de son oisiveté et de sa vie comblée. Il se pencha sur la main d'Amina pour la baiser et, honteuse et gênée, elle la retira d'un coup sec en bredouillant des remerciements... Puis il salua Khadiga et Kamal et s'assit comme si, selon l'expression de Kamal par la suite, il était « l'un des leurs ». Le gamin profita de ce que le marié était occupé à leur faire la conversation pour scruter longuement son visage, ce visage d'origine étrangère qui avait émergé dans l'océan de leur vie et pris une place de premier plan, l'habilitant à devenir le plus proche des proches ou plutôt un double du visage d'Aïsha. Chaque fois que cette première vérité lui venait à l'esprit, elle tirait la seconde derrière elle, comme le blanc attire le noir. Il l'examina longuement, en se répétant en lui-même ses paroles pleines de confiance : « Non, elle ne reviendra pas chez vous, monsieur Kamal! » Il conçut envers lui de la réprobation, du dégoût et de la haine qui faillirent s'emparer de son cœur si l'homme ne s'était levé soudain et n'était sorti avant de revenir avec un plateau en argent chargé de confiseries de toutes sortes, un échantillonnage des plus alléchantes variétés, qu'il lui offrit avec le sourire – peu importe si sa bouche dévoilait ce faisant deux dents se grimpant l'une sur l'autre.

Puis arriva la veuve du regretté Shawkat, appuyée sur le bras d'un homme dont ils déduisirent d'après sa ressemblance avec Khalil qu'il devait être son frère aîné. C'est alors que leur déduction fut confirmée par la présentation que leur en fit la veuve en ces termes :

– Ibrahim, mon fils... Vous ne le connaissiez pas?

Et lorsqu'elle remarqua l'embarras d'Amina et de Khadiga au moment des salutations, elle ajouta en souriant :

– Nous sommes comme une seule et même famille depuis le temps jadis, mais une partie d'entre elle voit l'autre en ce moment pour la première fois!... Ça ne fait rien!

Amina, comprenant que la femme l'encourageait et lui simplifiait la situation, sourit, mais elle fut prise d'un sursaut d'angoisse et se demanda si son maître et seigneur consentirait à ce qu'elles rencontrent cet homme, le visage dévoilé, même s'il était considéré comme un nouveau membre de la famille au même titre exactement que Khalil. Allait-elle lui révéler cette entrevue ou éviter de lui en parler, préférant sa sauvegarde?... Ibrahim et Khalil, n'était la différence d'âge, avaient plutôt l'air de deux jumeaux. Toutefois leurs dissemblances physiques semblaient moins que rien en comparaison de leur différence d'âge. En vérité, si Ibrahim n'avait pas eu les cheveux courts, les moustaches roulées en pointe, il n'y aurait rien eu pour le distinguer de Khalil. C'était comme s'il n'avait pas atteint la quarantaine ou comme si ni son apparence ni sa jeunesse ne se ressentaient de la ronde des années. C'est pourquoi Amina se souvint de ce que son maître lui avait dit une fois du regretté Shawkat, qu'il « paraissait plus jeune que son âge réel de vingt ans ou davantage » ou que « malgré sa bonté et sa générosité il ne permettait jamais à ses pensées, tout comme un animal, de lui gâcher son bien-être ». N'était-ce pas étonnant qu'Ibrahim paraisse la trentaine bien qu'il se fût marié au cœur de sa jeunesse et ait engendré deux enfants, morts depuis ainsi que leur mère? Pourtant il était ressorti indemne de sa cruelle épreuve et avait retrouvé la vie avec sa mère, une vie passée dans la langueur, le calme et l'oisiveté, comme tous les Shawkat.

Khadiga, chaque fois qu'elle se trouvait à l'abri des regards indiscrets tournés vers les deux frères, s'amusait à relever furtivement les extraordinaires pôles de ressemblance entre eux deux : la forme ovoïde et pleine du visage, le caractère exorbité de leurs mêmes yeux larges, la corpulence, la langueur... Tous ces traits excitèrent l'ironie qu'elle avait enfouie en elle et elle eut bientôt l'imagination en fête, cherchant à engranger dans sa mémoire des images auxquelles elle reviendrait au cours de la séance du café. Conformément à la règle d'esprit critique qu'elle s'était faite, elle se laissa aller à la malice et à la moquerie. Elle se préoccupa de leur choisir un sobriquet descriptif et médisant sur le modèle de ceux qu'elle attribuait à ses victimes en général et, à plus forte raison, sur le modèle de celui qu'elle avait choisi pour leur mère qu'elle affublait du nom de « sulfateuse » pour sa manière, au cours de la conversation, de faire pleuvoir les postillons. A un moment elle glissa un regard vers Ibrahim, mais quelle ne fut pas sa frayeur de croiser ses grands yeux occupés à sonder son visage avec attention de dessous leurs sourcils épais. Elle baissa les yeux honteuse et gênée et se demanda, avec la crainte engendrée par le doute, ce qu'il avait bien pu penser de son regard. Puis elle se surprit en train de penser avec angoisse à son allure générale et à l'impression qu'elle pouvait lui laisser. N'était-il pas en train de se moquer de son nez comme elle s'était moquée de sa corpulence et de son apathie?... L'angoisse et les suppositions l'engloutirent...

Quant à Kamal, cette réunion ne lui plut pas, car, si elle l'avait mis en présence d'Aïsha, elle les avait réunis comme on réunit des invités et de fait, à part les sucreries qu'elle lui apporta, elle ne réalisa aucun de ses désirs. S'étant transporté aux côtés de la mariée, il lui fit un signe par lequel elle comprit qu'il voulait s'isoler avec elle. Elle se leva, le prit par la main et ils quittèrent la pièce. Elle le crut satisfait d'être resté en sa compagnie dans le salon mais il la tira par la main vers la chambre à coucher et referma si fort la porte derrière eux qu'elle en trembla! Ses traits s'épanouirent alors et ses yeux se mirent à briller. Il la regarda longuement puis détailla la pièce coin par coin, tout en humant l'odeur du mobilier neuf à laquelle se mêlait un parfum suave, vestige peut-être de celui que les mains et les plastrons des visiteurs embaumés avait exhalé. Puis il regarda le lit douillet, les deux coussins roses posés côte à côte sur le couvre-lit au-dessus des polochons et il lui demanda :

– C'est quoi ces deux choses-là?

– Deux petits coussins! répondit-elle.

– Tu t'en sers comme oreillers?

– Non, ils sont seulement là pour le décor! dit-elle en souriant.

Puis il désigna le lit et demanda :

– Où tu dors, toi?

– Dedans, répondit-elle avec le même sourire.

Il approfondit sa question, comme persuadé qu'« il » dormait avec elle :

– Et maître Khalil?

– Dehors, répondit-elle en lui pinçant doucement la joue.

A ces mots, il se tourna, intrigué, vers la chaise longue, alla vers elle et s'assit. L'ayant priée de venir s'asseoir près de lui, ce qu'elle fit, il ne tarda pas alors à se plonger dans les souvenirs, baissant les yeux afin de dissimuler le sentiment de doute qu'avaient laissé en lui les remontrances de sa mère, le soir de la nuit de noces, tandis qu'il lui révélait ce qu'il avait vu par le trou de la serrure. Quelque chose l'incita à faire part à sa sœur de son secret, à lui poser des questions à ce sujet, c'était chez lui irrésistible. Mais la honte née de son sentiment de culpabilité l'arrêta et il refréna son désir malgré lui. Puis il leva vers elle deux yeux purs et lui sourit. Elle lui sourit à son tour avant de se pencher vers lui et de l'embrasser. Puis elle se leva en disant, le visage baigné d'un doux sourire :

   – Et maintenant, remplissons tes poches de chocolats...

IX

De la foule des enfants qui s'étaient massés devant la porte
de la maison et sur le trottoir de la fontaine de Bayn
al-Qasrayn en poussant des cris de joie, se détacha la voix
de Kamal qui s'écria : « Voilà la voiture de la mariée ! » Il
le répéta trois fois au point que de l'attroupement stationné à l'entrée de la cour Yasine sortit, tiré à quatre
épingles, impeccable. Il se dirigea vers la rue, se posta
devant la porte en regardant du côté d'al-Nahhasin et
aperçut le cortège qui progressait lentement, comme se
pavanant. En cette heure à la fois heureuse et grave, et
malgré tous ces yeux rivés sur lui du dedans, du dehors, du
haut et du bas de la maison, il semblait sûr de lui, exempt
de toute crainte, plein de virilité et de force. Peut-être que
ce qui le soutenait dans sa confiance en lui était le
sentiment d'être le point de convergence des regards et il
surmonta avec courage le trouble qui l'agitait, de peur de
paraître face à ses admirateurs dans un état dont sa virilité
eût à rougir. Peut-être savait-il également, même s'il restait
hors de sa vue, que son père était replié au dernier rang de
l'attroupement, cet attroupement qui attendait à la porte
de la cour et rassemblait les membres masculins des
familles des mariés. Mais pour se ressaisir il lui suffisait de
regarder avec tendresse l'auto enguirlandée de roses qui lui
amenait sa mariée – ou plutôt celle qui était sa femme
depuis plus d'un mois, même s'il l'avait pas encore vue –
ou encore de s'aider de cet espoir que ses rêves, assoiffés

d'un bonheur qui ne se contenterait pas du seuil de l'éternité, lui avaient forgés.

L'auto stoppa devant la maison en tête d'une longue file de voitures et il se mit en condition pour le bienheureux accueil, animé du désir né fraîchement en lui de percer la transparence du voile de soie, afin de distinguer pour la première fois le visage de sa mariée. Puis la portière de l'auto s'ouvrit et une servante noire, âgée d'une quarantaine d'années solidement bâtie, à la peau éclatante, aux yeux d'ébène, mit pied à terre, et il déduisit d'après la sûreté et la fierté de ses mouvements qu'il s'agissait de la servante qu'on avait décidé d'attacher au service de la jeune femme dans sa nouvelle maison. Elle se rangea de côté et s'immobilisa, droite comme une sentinelle, avant de s'adresser à lui avec une voix argentée et un sourire mettant à jour une dentition d'une blancheur éclatante.

– Veuillez prendre possession de votre mariée!

Yasine s'approcha de la portière de l'auto, se pencha légèrement à l'intérieur et vit l'épousée dans sa robe blanche, encadrée de deux jeunes filles. A cet instant un parfum envoûtant l'accueillit et il se perdit, ébloui, dans l'univers éthéré de la beauté. Il lui tendit son bras, sans presque rien voir, comme lorsque le regard se meurt à la vision prolongée d'une lumière éclatante. La honte paralysa la mariée et elle resta sans bouger. Mais la jeune fille à sa droite se dévoua, lui prit la main et la posa sur le bras de Yasine en lui chuchotant avec un accent rieur :

– Allez, courage, Zaïnab!

Ils entrèrent côte à côte, la jeune fille érigeant entre elle et son mari un paravent de pudeur grâce au gros éventail en plume d'autruche derrière lequel elle se dissimulait la tête et le cou. Ils traversèrent la cour, entre deux rangées de spectateurs, suivis par les invitées de la famille de la mariée dont les youyous retentirent, comme si ces dernières ne faisaient aucun cas de M. Ahmed et de sa présence à deux pas d'elles. Ainsi pour la première fois et aux oreilles même de son maître tout-puissant les youyous vibraient-ils dans la maison du silence. Sans doute durent-ils causer une grande surprise à ses gens, mais ce fut une surprise mêlée d'allégresse et non dénuée d'une joie malicieuse, innocente et insouciante toutefois, qui soulagea les cœurs de l'interdit qui avait décrété dans sa dureté qu'il n'y aurait ni youyous, ni chansons, ni divertissements et que la nuit de noces du fils aîné se déroulerait comme n'importe quelle autre nuit. Amina, Khadiga et Aïsha échangèrent des regards interrogateurs; le sourire aux lèvres, elles s'étaient pressées derrière la jalousie d'une fenêtre surplombant la cour pour constater l'effet produit par les youyous sur la personne du maître. Mais elles le virent en train de parler à M. Mohammed Iffat en riant et Amina murmura : « Cette nuit, il ne pourra pas faire autrement que de rire, même si ce qui se passe ne lui plaît pas! » Oum Hanafi saisit l'aubaine pour rouler comme un tonneau au milieu du cercle des crieuses de youyous, en en faisant retentir un à son tour, puissant et strident, qui submergea tous les autres et compensa toutes ces occasions de s'amuser et de se réjouir qui lui avaient été gâchées à l'ombre de la terreur lors des fiançailles d'Aïsha et de Yasine. Elle s'avança vers ses maîtresses en lançant ses trilles jusqu'à ce qu'elles éclatent toutes trois de rire. Puis elle leur dit :

— Allez, faites-en autant, au moins une fois dans votre vie... Ce soir il pourra toujours courir pour savoir de qui ça vient!

Au moment où Yasine revenait après avoir conduit la mariée à la porte du harem, il tomba sur Fahmi un sourire révélateur de gêne et d'appréhension sur les lèvres, qui n'était peut-être que le reflet de l'effet produit en lui par cet esprit de joyeux vacarme « illicite ». Il jetait un regard vers son père puis le posait sur le visage de son frère avec un rire bref et détaché, si bien que Yasine en fut quitte pour lui dire sur un ton plutôt offusqué :

— Quel reproche à ce que nous saluions la nuit de noces par la gaieté et les youyous? Et qu'est-ce que ça aurait bien pu lui faire de consentir à inviter une almée ou un chanteur?

Tel avait été le désir de la famille qui n'avait trouvé

403

d'autre moyen de l'exprimer que d'exhorter Yasine à demander l'intercession de M. Mohammed Iffat en sa faveur. Mais M. Ahmed s'était excusé et avait tenu absolument à ce que la nuit de noces se déroule dans le silence et que les réjouissances se limitent au somptueux repas du soir. Yasine reprit, désolé :

– Et dire que cette nuit, qui jamais plus ne se reproduira, je ne trouverai pas un chat pour m'escorter! Je vais entrer dans la chambre nuptiale sans le moindre chant, le moindre cliquetis de tambourin pour m'accompagner, comme un danseur se trémoussant sans soutien rythmique...

Puis un sourire malicieux brilla dans ses yeux et il poursuivit :

– En tout cas il n'y a aucun doute : notre père ne supporte les « almées » que chez elles!

Kamal resta une heure au dernier étage aménagé pour le séjour des invitées puis il descendit au premier, préparé pour l'accueil des hôtes masculins, à la recherche de Yasine, mais il le trouva dans la cour en quête du buffet dressé par le cuisinier. Il s'approcha de lui, fier de s'être acquitté de la mission qu'il lui avait confiée, et lui dit :

– J'ai fait comme tu m'as ordonné : j'ai suivi la mariée jusqu'à sa chambre et je l'ai examinée après qu'elle a ôté son voile de sa figure!

Yasine le prit à part dans un coin et lui demanda tout sourire :

– Et alors, comment elle est?

– Comme sœurette Khadiga...

Il rit :

– Bon, de ce côté-là c'est pas mal!... Elle te plaît autant qu'Aïsha!

– Oh! non, sœurette Aïsha est bien plus belle!

– Ah! le diable t'emporte! Tu veux dire qu'elle ressemble à Khadiga?

– Non, elle est plus belle que Khadiga!

– De beaucoup?

Kamal hocha la tête, songeur, quand le jeune homme lui demanda haletant :

— Dis-moi ce qui t'a plu chez elle!

— Elle a un petit nez comme maman... Ses yeux ressemblent à ceux de maman aussi...

— Et après?

— Elle a la peau blanche, les cheveux noirs et elle sent très bon!

— Ouf!... Que le Seigneur te réjouisse de ses bienfaits...

Mais il eut l'impression que le gamin réprimait un désir d'en dire davantage et il lui demanda quelque peu anxieux :

— Vas-y, raconte ce que tu sais, n'aie pas peur!

Et Kamal déclara en baissant les yeux :

— Je l'ai vue sortir un mouchoir... et alors, ben..., elle s'est mouchée!

Ses lèvres se tordirent de dégoût, comme si le fait qu'une mariée au sommet de ses charmes se rende coupable d'un tel acte dépassait son entendement. Yasine ne put s'empêcher de rire et s'exclama :

— Jusque-là c'est épatant! Que Dieu fasse au mieux pour le reste!

Il jeta un regard triste sur la cour vide, occupée seulement par le cuisinier et ses enfants ainsi qu'une poignée de garçons et de fillettes, et il s'imagina les oriflammes, les dais d'orchestre, le cercle des invités qui auraient dû s'y trouver. Qui en avait décidé ainsi? Son père! Cet homme qui respirait le libertinage, la dissipation morale, la volupté... Fichtre, quel personnage que cet homme qui s'autorisait tous les passe-temps illicites et interdisait aux gens de sa maison un divertissement innocent. Il se mit à repenser à la posture de son père tel qu'il l'avait vu dans la chambre de Zubaïda entre la coupe et le luth et, sans qu'il s'en rende compte, une pensée singulière lui vint à l'esprit, qui jamais ne l'avait effleuré malgré la force d'évidence qu'il lui reconnut, à savoir la ressemblance de nature unissant son père et sa mère! Une seule et même nature dans sa lubricité et sa course au plaisir, marquée par un dévergondage faisant fi des traditions. Peut-être que sa mère, si elle avait été un homme, n'aurait pas été moins portée que son père sur la boisson et la musique! Voilà pourquoi ça n'avait pas tardé à casser entre eux deux, car un être comme lui n'était pas pour supporter quelqu'un comme elle, et inversement. Bien plus, il n'aurait jamais connu de vie conjugale stable s'il n'était pas tombé sur sa femme actuelle. Puis il se dit dans un rire auquel la peur que lui inspira cette « pensée étrange » n'autorisa aucune joie : « Je sais qui je suis maintenant! Je ne suis que le fils de ces deux lubriques. Je ne pouvais pas être autrement que je suis! » Puis il se demanda l'instant suivant s'il n'avait pas eu tort de négliger d'inviter sa mère à son mariage. Il se le demanda, en dépit de sa persistance à croire qu'il ne s'était pas écarté du bon sens, que peut-être son père avait aspiré à soulager sa conscience lorsqu'il lui avait dit quelques nuits avant la nuit de noces : « Je pense que tu devrais en informer ta mère. Si tu veux, tu n'as qu'à l'inviter à assister à ton mariage. » Ces paroles, il était persuadé qu'il les avait prononcées avec sa langue et non avec son cœur. Il ne pouvait pas s'imaginer qu'il pût plaire à son père de le voir se rendre à la demeure de cet homme vil que sa mère avait pris pour époux après tant de mariages et aller la cajoler, sous les yeux de ce dernier, en l'invitant à assister à ses noces. Ce n'était pas cet événement, ni aucune espèce de bonheur sur cette terre, qui pouvait l'inciter à ressouder jamais les liens brisés entre lui et cette femme. Ce scandale..., ce souvenir infâmant! C'est pourquoi il avait alors tout simplement répondu à son père : « Si j'avais vraiment une mère, c'est elle que j'inviterais en premier à mes noces! » Il reporta soudain son attention sur les garçonnets et les fillettes en train de l'observer et de chuchoter entre eux. Il regarda spéciale-ment les filles et leur demanda d'une voix claironnante et joviale :

— Ça vous donne envie de vous marier, maintenant, mes donzelles?

Puis il se dirigea vers la porte du harem en se remémorant le mot ironique que Khadiga avait eu pour lui la veille : « Prends garde, n'aie pas l'air honteux devant les invités demain, ils risqueraient de découvrir l'amère vérité, autrement dit que c'est ton père qui t'a marié, que c'est lui qui a payé la dot et tous les frais de la soirée. Déplace-toi sans arrêt. Va d'une pièce à l'autre au milieu des invités, ris avec celui-ci, parle avec celui-là, monte, descends, fais un tour à la cuisine, appelle, crie, peut-être que les gens s'imagineront que tu es l'homme et le seigneur de la soirée ! » Il poursuivit son chemin en riant avec l'intention de se conformer à ce conseil moqueur et se mit à dandiner parmi les invités son grand corps plantureux, d'une extrême élégance, à la beauté alléchante et d'une jeunesse en pleine sève. Il s'en alla, s'en revint, monta, descendit, même si c'était pour ne rien faire, mais le mouvement chassait de son esprit les pensées inopportunes et accordait son âme aux charmes de la soirée. Et, lorsque l'évocation de la mariée frappa aux portes de son cœur, un sursaut bestial lui traversa le corps. Puis il se souvint de la dernière nuit passée avec Zannouba un mois auparavant, comment il lui avait annoncé son mariage proche en lui faisant ses adieux et comment elle lui avait crié sur un ton de colère forcée : « Ah ! le fils de chien ! Tu t'es bien gardé de me l'apprendre avant d'avoir eu ton content ! Va, j'aime mieux la barque qui t'emporte que celle qui t'a amené ! Ripe tes galoches, gueule d'empeigne ! » Désormais, il n'y avait plus trace de Zannouba dans son esprit, ni d'aucune autre. Il avait tiré à jamais le voile sur ce pan de sa vie. Sans doute était-il retombé dans la boisson et ne croyait-il pas que sa passion du vin pût s'éteindre. Quant aux femmes, il ne s'imaginait pas que ses yeux pussent en guigner une de passage alors qu'il avait à sa disposition une beauté lui obéissant au doigt et à l'œil. Sa mariée était un plaisir qui se renouvellait toujours, une source apaisante pour la soif sauvage qui depuis si longtemps desséchait son être. Il commença à se représenter sa vie à venir, la nuit de noces, les nuits futures, le mois, l'année à venir, toute la vie ; son visage était baigné d'une joie criante que Fahmi remarqua d'un œil plein de curiosité et de placide envie, mêlée d'une grande part d'amertume.

Kamal, qui était partout à la fois, arriva brusquement et s'adressa à Yasine, rayonnant de joie :

– Le cuisinier m'a dit qu'il y a bien plus de sucreries que les invités en ont besoin et qu'il en restera un bon paquet...

*

Avec l'arrivée de Zaïnab, la séance du café compta un visage de plus, un visage exhalant la fraîcheur de la jeunesse et l'épanouissement du mariage. A part cela, et hormis le fait que les trois pièces attenantes à la chambre des parents, au dernier étage, fussent meublées avec le trousseau de la jeune femme, le mariage de Yasine n'apporta aucun changement notable à l'organisation d'ensemble de la maison, tant du point de vue de la politique qui resta soumise au plein sens du terme au pouvoir de M. Ahmed et à sa volonté, que de celui de l'administration interne qui demeura une unité afférente à la souveraineté de la mère, comme avant le mariage. Le changement essentiel et véritable fut celui qui affecta les esprits, subvertit les pensées, celui dont la constatation frappa les sens, tant il n'allait pas sans difficulté que Zaïnab occupe le rang d'épouse du fils aîné et qu'une seule et même maison réunisse ces derniers au reste des membres de la famille sans que ne se produise sur les sentiments et les façons de sentir une évolution sensible. La mère de famille posait sur elle un regard où l'espoir se mêlait à la méfiance, cette jeune fille qu'elle était condamnée à côtoyer pour un temps qui risquait de se prolonger jusqu'à la fin de sa vie! Quel genre d'être était-ce? Que dissimulait-elle derrière son joli sourire?

Pour tout dire, elle l'accueillit comme un propriétaire accueille un nouveau locataire, en fondant sur lui ses espoirs tout en gardant par-devers lui la méfiance. Quant à Khadiga, malgré les politesses échangées avec sa belle-sœur, elle commença à braquer sur elle deux yeux inquisiteurs, railleurs et médisants par nature, cherchant les défauts et les occasions de reproche avec une jalousie excessive, à laquelle l'arrivée de la jeune fille à la maison et son mariage avec son frère ne firent qu'ajouter une détresse cachée. Et lorsque Zaïnab se retirait dans ses appartements, les premiers jours du mariage, Khadiga demandait à sa mère tandis qu'elles se trouvaient toutes deux réunies dans la pièce du four :

— Est-ce que par hasard le fournil serait un endroit indigne d' « elle »?

Et, bien qu'Amina trouvât dans l'attaque de sa fille un soulagement à la confusion de son esprit, elle décida de défendre la jeune fille et lui répondit :

— Mais sois donc patiente! Elle est encore jeune mariée, à l'aube de sa nouvelle vie!

L'autre insista sur un ton dénotant la désapprobation :

— Mais enfin, qui a décidé que nous serions les boniches des mariées?

Sa mère lui demanda, comme se posant à elle-même la question :

— Tu préférerais qu'elle ait sa cuisine à elle?

Mais Khadiga marqua vivement son opposition :

— Si c'était avec l'argent de son père et pas celui de papa, alors d'accord! Tout ce que je veux dire, c'est qu'elle doit mettre la main à la pâte!

Quoi qu'il en soit, quand Zaïnab décida, après une semaine de mariage, de s'acquitter de quelques tâches dans la pièce du four, Khadiga accueillit avec mauvaise grâce ce pas solidaire et resta à observer le travail de la mariée avec un esprit critique, disant à sa mère :

— Tu peux être tranquille, elle n'est pas venue pour t'aider mais pour exercer ce qu'elle prétend peut-être être son droit!

Ou bien encore elle ajoutait, moqueuse :

— Combien de fois on nous a rebattu les oreilles avec les Iffat, comme quoi ils font partie de la crème, qu'ils ne mangent pas ce que les autres mangent... Tu trouves vraiment dans sa cuisine quelque chose de sensationnel, de jamais vu?

Bref, Zaïnab proposa un jour de préparer une « circassienne », le mets que l'on préférait à la table de son père. Notons que c'était la première fois que la circassienne faisait son entrée dans la demeure de M. Abd el-Gawwad. Au moment de le déguster, le plat remporta un succès général qui atteignit son summum chez Yasine, au point qu'Amina elle-même ne manqua pas d'en ressentir une petite pique de jalousie. Quant à Khadiga, elle perdit la tête et commença à le tourner en dérision.

– On a beau dire que c'est une circassienne, moi, je dis on en apprend tous les jours! Mais qu'est-ce qu'on voit? Du riz et de la sauce arrangés à la va comme j'te pousse, pas un poil de goût... On dirait une mariée conduite à son époux dans une robe et des bijoux qui en mettent plein la vue mais qui, sitôt ôtée sa robe, devient une fille comme vous et moi, faite de ce qu'on savait : de la chair, des os et du sang!

Pour finir, deux semaines à peine après le mariage, elle dit aux oreilles de sa mère, de Fahmi et de Kamal, que la mariée, même si elle avait la peau blanche et une dose « modérée » de beauté, était tout aussi indigeste que sa circassienne! Ce langage fut tenu au moment même où elle était absorbée à apprendre par cœur avec son habileté reconnue la recette de la fameuse circassienne...

Il y eut néanmoins certains sujets abordés par Zaïnab en toute bonne intention, ne serait-ce que parce que l'heure des mauvaises n'avait pas encore sonné, qui mirent les pensées en ébullition et jetèrent sur elle une ombre de suspicion, la jeune fille se plaisant en effet, chaque fois que l'occasion se présentait, à mettre en valeur son origine turque, même si elle le faisait toujours avec éducation et simplicité, de même qu'elle prenait plaisir à raconter quelques-unes des promenades en calèche en compagnie de son père, vers des lieux de distraction de bonne tenue, tels les jardins botaniques... Tous ces discours frappèrent

Amina, la laissant à la limite du trouble. Cette vie dont elle entendait parler pour la première fois la stupéfiait. Elle la désavouait, marquant au fond d'elle-même à cette singulière liberté une réprobation au-delà de toute mesure, sans compter que cette manière d'afficher son origine turque, bien qu'allégée par la politesse et l'innocence, lui pesait beaucoup, profondément fière qu'elle était, en dépit de son humilité et de sa réserve, de son père et de son époux, et se considérant occuper grâce à eux une position sans rivale. Mais elle étouffa ses rancœurs et Zaïnab ne trouva en elle qu'une écoute attentive et un sourire poli. Et, n'eût été le désir ardent de paix de la mère, Khadiga aurait explosé de fureur et tout aurait tourné au vinaigre. Si elle n'en soulagea pas moins sa colère, ce fut donc par des chemins détournés, impropres à tenir la belle image de la paix, comme de commenter les récits des randonnées en calèche, pour lesquelles justement elle ne pouvait ouvertement donner son avis, par un excès de stupeur affichée, de s'écrier, les yeux écarquillés sur l'oratrice : « Diable! », de se frapper la poitrine de la paume en disant : « Et les passants vous voyaient en train de marcher dans le jardin? » ou encore : « Je ne m'imaginais pas que des choses pareilles étaient possibles, Seigneur Dieu! » ou d'autres expressions qui, si elles n'exprimaient pas d'offense dans la lettre, incluaient du moins dans leur ton emphatique, théâtral, plus d'un sous-entendu; un ton semblable en cela à celui, rabroueur, que prenait le père quand, récitant le Coran dans sa prière, il sentait de la part de son fils agenouillé non loin de lui un manquement à la discipline ou à l'éducation et qu'il lui était impossible de s'interrompre pour le rabrouer franchement. C'est pourquoi elle ne se trouvait jamais seule avec Yasine sans l'entreprendre pour soulager cette colère qu'il lui était difficile d'apaiser : « Ah! tu nous la copieras, ta mariée promeneuse! » Il lui répondait en riant : « C'est la mode turque! Ça dépasse ton entendement! » Le qualificatif « turque » lui rappelait l'orgueil qui lui pesait sur le cœur et elle rétorquait : « Au fait, la dame de la maison se vante beaucoup de son origine turque! Et pourquoi? Parce que son arrière-arrière-arrière-arrière-grand-père était turc! Prends garde, mon frère, les Turques finissent toutes dans la folie! » Mais Yasine lui répondait dans les termes mêmes de son ironie : « Je préfère la folie à un visage dont le nez rendrait folles les personnes de bon goût! »

La prise de bec qui se profilait à l'horizon familial entre Khadiga et Zaïnab paraissant évidente aux yeux avisés, Fahmi recommanda à la première de tenir sa langue de peur qu'une de ses médisances ne vienne aux oreilles de la jeune femme. Il fit un signe discret de mise en garde à Kamal qui mettait un zèle assidu à se déplacer de la famille à la mariée comme un papillon transportant le pollen de fleur en fleur!

Pourtant il lui échappait, comme il échappait à la famille tout entière, que le destin œuvrait à la séparation des deux jeunes filles, puisque la veuve du regretté Shawqat, accompagnée d'Aïsha, rendit à la maison une visite dont nul n'avait rêvé l'issue qui la couronna. Au su de Khadiga, la vieille s'adressa en ces termes à Amina :

– Madame Amina, je suis venue aujourd'hui spécialement pour vous demander la main de Khadiga pour mon fils Ibrahim!

Ce fut une joie sans préliminaires, même si on l'avait tant attendue qu'on ne l'attendait plus. C'est pourquoi la voix de la dame fit aux oreilles d'Amina l'effet d'une gracieuse mélodie; on aurait dit qu'elle ne se rappelait plus qu'une fois déjà de semblables paroles avaient embaumé son cœur de quiétude et de paix. La joie l'emporta presque lorsqu'elle dit, un tremblement dans la voix :

– Je n'ai pas plus de droits sur Khadiga que vous n'en avez! C'est votre fille, puisse-t-elle trouver sous votre protection un bonheur double de celui qui était le sien dans la maison de son père!

On se laissa aller à cette heureuse conversation, tandis que Khadiga s'en détachait peu à peu, noyée dans une sorte de stupeur. Elle baissa les yeux, honteuse, gênée. L'esprit de dérision qui tant de fois avait lui dans ses prunelles la quitta. Une humilité inhabituelle l'envahit, et elle s'abandonna au courant de ses pensées. La demande était arrivée par surprise... et quelle surprise! Autant elle avait pu paraître inaccessible du temps où elle se faisait attendre, autant elle semblait incroyable, maintenant qu'elle se déclarait, si bien que sa joie disparut sous une lourde vague d'hébétude... « ... Pour vous demander la main de Khadiga pour mon fils Ibrahim! Qu'est-ce qui lui avait pris! Il était, malgré son apathie qui avait suscité sa moquerie, de belle mine, considéré parmi les hommes... Qu'est-ce qui lui avait pris!

– C'est une chance de voir les deux sœurs réunies dans une seule et même maison!

La voix de la veuve du regretté Shawqat venait confirmer la réalité et en embellir les multiples facettes... Ça ne faisait aucun doute, Ibrahim avait autant d'argent et de prestige que Khalil, et quelle chance lui avait réservé le destin, à elle, Khadiga! Elle avait tant regretté qu'Aïsha se marie avant elle, ne sachant pas que ce mariage était précisément ce qui lui ouvrirait les portes fermées de la chance...

– Et quelle merveille que la belle-sœur se trouve être la sœur, ainsi disparaît l'une des causes essentielles de souci dans les familles.

Puis en riant :

– Il ne reste plus que sa belle-mère mais je présume que son cas sera facile!

– Si sa belle-sœur est sa sœur, alors sa belle-mère ne sera rien moins que sa mère!

Les deux mères n'arrêtaient pas de se congratuler. Elle aimait désormais la vieille femme qui venait lui apporter la bonne nouvelle autant qu'elle avait pu la haïr le jour où elle avait demandé la main d'Aïsha. « Il faut que Marie sache la nouvelle aujourd'hui même! » Elle n'aurait pas la force de remettre ça à demain! Elle ne savait pas ce qui lui donnait ce désir pressant, peut-être les paroles que Maryam lui avait adressées le lendemain de la demande en mariage d'Aïsha : « Qu'est-ce que ça aurait bien pu leur faire d'attendre que se fasse ta demande à toi? » Une médisance foncière qui l'avait alors incitée à en mettre en doute l'innocence apparente.

Quand la famille Shawkat se retira, Yasine déclara dans le but de provoquer et de plaisanter à la fois :

– A vrai dire, depuis que j'ai vu Ibrahim Shawqat, je me suis dit : ce bovidé qui ne semble pas faire la distinction entre le blanc et le noir serait bien fichu de porter un jour son choix sur une femme comme Khadiga !...

Khadiga esquissa un sourire et ne releva pas. Yasine reprit en s'exclamant avec surprise :

– Ça y est, tu sais enfin ce que c'est que la politesse et la pudeur !

Toutefois, alors même, qu'il la taquinait, son visage exprimait la satisfaction et la félicité, et rien ne vint troubler leur joie sans mélange jusqu'à ce que Kamal demande anxieux :

– Khadiga va nous quitter aussi ?

– Al-Sokkariyya n'est pas loin ! répondit Amina pour le consoler autant que pour se consoler elle-même.

A vrai dire, Kamal ne put confier en toute liberté ce qui le hantait que lorsqu'il se trouva seul le soir avec sa mère. Il s'assit jambes croisées en face d'elle sur le canapé et lui demanda sur un ton de protestation et de blâme :

– Mais qu'est-ce qui t'arrive, maman? Tu vas te désintéresser de Khadiga comme tu t'es désintéressée d'Aïsha ?

Elle lui fit comprendre qu'elle ne s'était pas désintéressée d'elle mais se réjouissait de ce qui rendait ses filles heureuses. Il lui dit alors en la mettant en garde, comme attirant son attention sur un fait qui lui avait déjà échappé et qui était sur le point de lui échapper à nouveau :

– Elle aussi, elle va partir ! Tu crois peut-être qu'elle va revenir comme tu l'as cru pour Aïsha, mais elle ne reviendra pas, et quand elle te rendra visite, si elle te rend visite ! ce sera comme une invitée et à peine elle aura bu le café qu'elle te dira « Au revoir ». Moi, je n'ai pas peur de le dire : elle ne reviendra pas.

Puis il ajouta sur un ton de mise en garde et d'exhortation :

– Tu vas te retrouver toute seule, sans compagnie! Qui va t'aider à balayer et à enlever la poussière? Qui va t'aider au four? Qui va nous tenir compagnie pendant la séance du soir? Qui va nous faire rire? Tu ne trouveras qu'Oum Hanafi qui l'aura bien belle de nous voler tout notre manger...

Elle lui fit comprendre à nouveau que le bonheur devait se payer et il répliqua en protestant :

– Mais qui te dit qu'il y a du bonheur dans le mariage? Je t'assure qu'il n'y a absolument aucun bonheur dans le mariage! Comment peut-on être heureux loin de maman?

Puis avec enthousiasme :

– Et puis elle ne désire pas plus le mariage qu'Aïsha ne l'a désiré avant elle... Elle me l'a avoué une nuit dans son lit!

Mais Amina lui dit qu'une jeune fille ne peut faire autrement que de se marier et il ne put s'empêcher de rétorquer :

– Mais qui a décrété qu'une fille doive s'en aller absolument chez des étrangers! Et qu'est-ce que tu feras si l'autre la fait asseoir sur une chaise longue, lui prend le menton à elle aussi et...

A ces mots, Amina le rabroua vertement et lui donna l'ordre de ne pas parler de ce qui ne le regardait pas. Il frappa ses paumes l'une contre l'autre en disant sur le ton de l'avertissement :

– Libre à toi..., tu verras bien!

Cette nuit-là la joie resta vive chez Amina, comme un ciel de pleine lune bravant l'obscurité. Elle resta éveillée jusqu'au retour d'Ahmed Abd el-Gawwad, à minuit passé. Elle lui transmit l'heureuse nouvelle et il l'accueillit avec une joie qui chassa de sa tête l'engourdissement de la boisson malgré ce que cette tête renfermait de théories aberrantes concernant le mariage des filles! Mais soudain il se rembrunit et demanda :

– Est-ce qu'Ibrahim a eu l'occasion de la voir?

Amina se demanda si sa joie, qu'il manifestait pourtant si rarement, pouvait durer plus de trente secondes.

– Sa mère..., commença-t-elle à bredouiller angoissée.

Il la coupa net :

– Je demande si Ibrahim a eu l'occasion de la voir!

Elle répondit, la joie l'ayant abandonnée pour la première fois de cette nuit-là :

– Il est entré une fois à l'improviste dans l'appartement d'Aïsha, en tant que membre de la famille. Je n'y ai vu aucun mal!

– Mais je n'en ai rien su! s'exclama-t-il en hurlant.

Tout laissait augurer le pire. Allait-il assener un coup fatal à l'avenir de la jeune fille? Les larmes, malgré elle, inondèrent ses yeux et elle dit machinalement sans prêter attention à sa colère noire :

– Seigneur, la vie de Khadiga est entre vos mains! Il n'y a aucune chance pour que la Fortune lui sourie deux fois.

Il lui lança un regard sombre et se mit à mugir, ronchonner, marmotter, grogner, comme si la colère l'avait ramené à l'un de ces stades de grommellements par lesquels étaient passés ses semblables des temps préhistoriques... Mais il n'alla pas plus loin. Sans doute voilait-il son consentement depuis le début, refusant de l'accorder avant d'avoir notifié son indignation, comme l'homme politique qui monte à l'assaut de son adversaire, même persuadé du bien-fondé de ses idées, pour sauvegarder ses principes...

*

Yasine passa le mois de sa lune de miel à se consacrer corps et âme à sa nouvelle vie conjugale, aucun travail ne l'en détachant dans la journée dans la mesure où son mariage coïncida avec le milieu des vacances d'été. Il n'alla pas davantage veiller la nuit à l'extérieur de la maison, qu'il ne quittait qu'en cas d'extrême nécessité : acheter une flasque de cognac par exemple. A part cela, il ne se trouva aucune occupation, aucun support existentiel, aucune qualité en dehors du cadre matrimonial qu'il prit à bras-le-corps avec une force, un enthousiasme et un optimisme dignes d'un homme croyant accomplir les premiers pas d'un vaste programme de jouissance charnelle qui s'étendrait de jour en jour, de mois en mois et d'année en année. Il comprit toutefois avant la fin du mois que cet optimisme était peut-être excessif d'une certaine manière ou alors qu'un mal dont il ignorait la nature était en train de s'abattre sur sa vie. Il subissait, avec une confusion extrême et pour la première fois, cette maladie endémique de l'âme de l'homme : la lassitude. Il ne l'avait jamais éprouvée auparavant avec Zannouba ni même avec la vendeuse d'alizes, car il n'avait possédé ni celle-ci ni celle-là comme il possédait maintenant Zaïnab, sa propriété résidant sous son toit. Quelle langueur émanait de cette « propriété » sûre et tranquille... Cette propriété aux dehors attrayants et tentants à en mourir, et pourtant morne et pesante au-dedans jusqu'à l'indifférence ou le dégoût, comme ces chocolats de farces et attrapes qu'on offre le premier avril, enrobés de sucre et fourrés à l'ail. Quel tragique de voir l'ivresse du cœur et de la chair ainsi mêlée au train-train de l'habitude organisée, raisonnable, glaciale, tuant le sentiment et la nouveauté, comme une image spirituelle familière incarnée dans une prière littérale que la mémoire répète sans conscience! Et le jeune homme commença à s'interroger sur ce qui avait alangui son ardeur, arraisonné les sortilèges. Cette saturation, comment était-elle venue? Ce charme, où s'était-il envolé? Où étaient Yasine et Zaïnab, et les rêves? Etait-ce le fait du mariage ou son fait à lui? Qu'en serait-il au fil des mois à venir?

Ce n'était pas qu'il n'éprouvait plus aucune espèce de désir pour elle, mais ce n'était plus celui qu'a le jeûneur d'un repas plantureux. Il redoutait que la torpeur ne gagne ce désir, au moment même où il en attendait l'épanouissement. Et que la jeune femme ne laisse paraître aucun symptôme allant en ce sens, ou qu'à plus forte raison elle fasse preuve d'un regain de vitalité et de désir, redoublait sa confusion. Ainsi, lorsqu'il pensait que le sommeil était devenu un devoir après un long temps de fatigue, il se rendait compte que sa jambe était posée machinalement sur la sienne, comme jetée là par hasard, au point de se dire : « Ça alors! Mes rêves sur le mariage, c'est chez elle qu'ils se réalisent! » Il trouvait en outre dans sa manière d'embrasser une sorte de timidité, même s'il fut d'abord bien aise que cette timidité le replonge en arrière, dans la vallée des souvenirs à laquelle il croyait avoir dit adieu pour toujours. Surgie des profondeurs, « Zannouba » et d'autres lui accaparaient l'esprit comme surnagent des dépôts sur la mer quand retombe la tempête, non pas qu'il eût couvé un mauvais dessein, car en vérité il était allé vers le nid du mariage le cœur rempli de bonnes intentions, mais pour peser, comparer, méditer et se persuader finalement que « la mariée » n'était pas la clef magique du monde de la femme. Il ne savait pas comment se consacrer réellement aux bonnes intentions dont il avait tapissé la voie du mariage. Un pan au moins de ses rêves naïfs paraissait difficile à réaliser : son sentiment de pouvoir se passer à l'avenir, dans le giron de son épouse, du monde extérieur, de rester blotti sous son aile sa vie durant : l'un des rêves de la passion charnelle dans toute sa naïveté. Ainsi s'apercevait-il dorénavant que la renonciation à son univers et à ses habitudes lui pesait et qu'aucune nécessité ne l'y appelait; qu'il lui faudrait rechercher petit à petit un moyen ou un autre de savoir se fuir lui-même, fuir ses idées et sa déception, car même le grand chanteur, en s'attardant dans le prélude vocal, fait surgir dans l'esprit de l'auditeur le désir d'entrer dans la chanson elle-même. Et puis il y avait dans la fuite de cette prison une occasion de se mêler aux copains mariés, auprès desquels il pouvait peut-être trouver des réponses apaisantes aux questions confuses qui le harcelaient. Pourtant il ne chercherait plus la panacée. Comment pouvait-il croire encore qu'il existait une panacée? Il ferait mieux désormais, au lieu de se tracer des programmes trop ambitieux, toujours prêts à s'écrouler

en se moquant de sa capacité d'imagination, de se contenter d'harmoniser sa vie, pas à pas, jusqu'à apercevoir
l'endroit où jeter l'ancre, en commençant par mettre à
profit la suggestion que sa femme lui avait elle-même
formulée de sortir tous deux ensemble...

Un soir, la famille n'eut pas le temps de se retourner que
Yasine et son épouse avaient quitté la maison sans informer quiconque de leur destination, bien qu'ils eussent
passé tous ensemble la veillée du soir. La sortie sembla, en
raison de son heure tardive d'une part et du fait qu'elle
survint dans la maison de M. Ahmed Abd el-Gawwad
d'autre part, un événement étrange qui donna lieu à toutes
sortes de suppositions. Ainsi Khadiga ne tarda pas à
appeler Nour, la servante de la mariée, pour lui demander
ce qu'elle savait sur la sortie de sa maîtresse. Cette dernière
répondit de sa voix carillonnante, le plus simplement du
monde :

– Ils sont partis à Kishkish bey, madame.

– Kishkish bey! s'écrièrent Khadiga et sa mère dans un
souffle unique.

Ce nom ne leur était pas étranger. Son évocation envahit
l'étage et se mit à chanter sur toutes les langues, et
pourtant il semblait lointain comme ces héros de légendes,
ou comme le zeppelin, ce satan des cieux. Mais que Yasine
y parte avec sa femme était une tout autre affaire, comme
si on leur avait dit : « Ils sont partis pour la cour
d'assises! » Amina promena ses yeux entre Khadiga et
Fahmi et demanda comme apeurée :

– Quand vont-ils revenir?

– Après minuit, répondit Fahmi, un sourire vide de sens
bourgeonnant sur ses lèvres. Sans doute même un peu
avant l'aube!

Amina donna congé à la servante et attendit que le bruit
de ses pas ait disparu avant de dire en bafouillant,
impressionnée :

– Qu'est-ce qui a pris à Yasine?... Il ne fait donc plus
attention à son père?

– Yasine est trop raisonnable pour manigancer une

escapade pareille! rétorqua Khadiga en furie. Ça n'est pas le manque de raison son défaut, non, il a en lui une manière de ramper qui n'est pas digne d'un homme et je veux être pendue si c'est pas elle qui l'a entraîné...

Fahmi reprit, dans un désir d'apaiser l'atmosphère, même si l'audace de son frère, compte tenu de sa nature traditionaliste, lui répugnait :

— Yasine a un faible pour les lieux de plaisir qui ne date pas d'hier!

Cette prise de position en sa faveur ne fit que redoubler la fureur de Khadiga qui explosa :

— On n'est pas en train de parler de Yasine et de ses penchants! Libre à lui d'aimer les lieux de plaisir comme ça lui chante ou de continuer à veiller au-dehors jusqu'aux petites aurores chaque fois qu'il en a envie; quant à emmener sa propre femme avec lui est une idée qui n'a pas pu venir de lui seul, mais sans doute d'une suggestion à laquelle il a été incapable de faire face, car il m'a l'air de filer doux devant elle comme une chatte de compagnie. Et puis, à ce que je vois, des désirs comme celui-là n'ont pas l'air de lui donner des complexes! Tu ne l'as pas entendue quand elle racontait les histoires de ses sorties avec son père? Si elle ne l'avait pas embobiné, jamais il ne l'aurait emmenée avec lui à Kishkish bey! Quelle honte!... En ces jours de deuil où les hommes se terrent chez eux comme des rats, pétrifiés d'effroi par les Australiens...

Les commentaires à l'événement allèrent à n'en plus finir en raison du dépit qu'il avait causé à chacun, fût-il agresseur, défenseur ou neutre. Seul Kamal suivit la discussion enflammée dans un silence attentif, sans comprendre toutefois le mystère qui avait fait de Kishkish bey un crime odieux, ayant donné lieu à toute cette controverse et à toute cette consternation. Ce Kishkish bey n'était-il pas ce petit bonhomme dont on faisait des statuettes vendues sur les marchés avec un corps aux contorsions clownesques, un visage rieur, une grosse barbe, vêtu d'une *djoubba* trop grande et coiffé d'un turban trop petit? N'était-ce pas le héros de chansons amusantes dont il avait appris quelques-unes par cœur et qu'il chantait avec son ami Fouad, le fils de Gamil al-Hamzawi, employé de son père? De quel mal accusait-on ce petit personnage lié dans son imagination à l'humour et à la gaieté? Peut-être que cette contrariété générale venait du fait que Yasine sorte accompagné de sa femme, non de Kishkish bey lui-même. Si tel était le cas, alors il était d'accord avec eux pour s'inquiéter de l'initiative audacieuse de son frère, d'autant que la visite de sa mère à al-Hussein, avec tous les incidents auxquels elle avait conduit, ne pouvait quitter son esprit. Certainement, il eût été préférable pour Yasine de partir seul ou de l'emmener « lui » s'il voulait un compagnon, surtout qu'il était en vacances d'été et avait eu de brillants résultats à l'école. D'ailleurs, sans s'en rendre compte, il s'exclama sous l'influence de ses pensées :

– N'aurait-il pas mieux fait de m'emmener?

Sa question arriva dans la discussion comme une phrase mélodique tempérée dans un air authentiquement oriental.

– A partir de maintenant, dit Khadiga, on devra t'excuser pour ta débilité mentale!

Fahmi laissa échapper un rire :

– On n'apprend pas au petit de l'oie à nager!

Mais... le proverbe sonna faux à ses oreilles et le regard stupéfait que lui lancèrent sa mère et Khadiga vinrent lui confirmer sa maladresse. Il se rendit compte de sa bourde et rectifia en disant :

– On n'apprend pas au frère de l'oie à nager, voilà ce que je voulais dire!

Dans son ensemble la conversation prit le parti de Khadiga contre Zaïnab d'une part et d'autre part confirma l'impression qu'avait Amina des conséquences de l'événement. Toutefois cette dernière n'exprima pas complètement le fond de sa pensée, elle ressentait ce soir-là en elle des choses comme jamais auparavant. Certes elle avait souvent éprouvé dans la fréquentation de Zaïnab de la réprobation et de la lassitude mais qui jamais n'avaient atteint la répulsion ou la haine; aussi, avec ou sans raison, attribuait-elle cette réprobation et cette lassitude à l'orgueil de la jeune fille. Mais, aujourd'hui, elle était horrifiée de la voir violer les coutumes et les traditions, se permettre ce qui, de son point de vue à elle, n'était permis qu'aux hommes. Elle dénonçait cette conduite avec les yeux d'une femme qui a passé sa vie cloîtrée entre quatre murs, une femme qui a payé de sa santé et de son intégrité physique le prix d'une visite innocente à la plus brillante figure de la maison du Prophète, et non pas à ce... Kishkish bey! Aussi, sa critique sourde se mêlait-elle à un sentiment débordant d'amertume et de colère. C'était comme si la logique lui répétait maintenant secrètement : « Ou bien elle aussi va avoir sa sanction ou alors fi donc de cette vie! » C'est ainsi que la fureur et le ressentiment en vinrent à souiller, au premier mois de son commerce avec une autre femme, ce cœur pur, chaste, qui n'avait connu dans sa vie entourée de sérieux, de rigueur et de fatigue que l'obéissance, le pardon et la pureté. Et lorsqu'elle gagna sa chambre, elle ne sut si elle désirait vraiment, comme face à ses enfants elle y avait appelé de ses vœux, que Dieu jette le voile sur le « crime » de Yasine ou si elle souhaitait qu'il, ou plutôt qu'elle, sa femme, reçoive sa part de réprimande et de correction! Ce soir-là, elle semblait n'avoir en ce monde de souci que de voir les traditions familiales préservées de toute profanation et qu'en soit repoussée l'agression qui pesait sur elles. Elle se sentait jalouse des règles jusqu'à la limite de la dureté et elle enfouit au tréfonds d'elle-même ses sentiments habituels de délicatesse, au nom de la sincérité, de la vertu et de la religion, autant de principes dont elle tirait prétexte pour fuir sa conscience douloureuse, comme un rêve qui libère des instincts, refoulés au nom de la liberté ou de quelque autre principe élevé.

Elle se trouvait dans cet état de résolution quand Ahmed Abd el-Gawwad arriva. De le voir l'effraya et sa langue se noua. Elle commença à suivre ses paroles, à répondre à ses questions, l'esprit égaré, le cœur battant, ne sachant comment apaiser le feu qui lui ravageait l'esprit. A mesure que le temps passait et que l'heure de se coucher approchait, un désir nerveux de parler la harcelait. Combien elle aurait aimé que la vérité se dévoile d'elle-même, que par exemple Yasine rentre avec sa femme avant que son père n'ait sombré dans le sommeil, afin que son maître prenne lui-même conscience de l'acte abject de son fils et accueille l'épouse volage en lui jetant à la face l'opinion qu'il avait sur sa conduite, sans qu'elle n'intervienne, elle, la mère. Sans doute, cela l'aurait autant peinée que soulagée... Elle attendit longtemps, d'une attente brûlante et angoissée, que l'on frappe à la grande porte. Elle attendit, minute après minute, jusqu'à ce que son maître bâille et lui dise d'une voix molle :

– Eteins la lampe!

Alors la déroute s'empara d'elle. Sa langue se dénoua et elle finit par dire d'une voix basse, hachée, comme se faisant à elle-même des confidences :

– Il se fait tard et Yasine et sa femme ne sont pas encore rentrés!

Ahmed Abd el-Gawwad la regarda les yeux exorbités et demanda stupéfait :

– ... et sa femme? Mais où sont-ils donc?

Amina ravala sa salive, prise de peur, peur de son mari et peur d'elle-même à la fois, mais elle ne put faire autrement que de dire :

– J'ai entendu la servante dire qu'ils étaient partis tous les deux à Kishkish bey.

– Kishkish!

La voix sonna fort, avec hargne, et des étincelles jaillirent des deux yeux enflammés par l'alcool. Il commença à l'assaillir de questions, en rugissant et grommelant, jusqu'à ce que l'envie de dormir reflue de sa tête, si bien qu'il refusa de quitter son fauteuil avant le retour des « brebis égarées ». Il attendit donc, bouillant de fureur, et comme sa colère se convertissait chez elle en frayeur, elle fut saisie d'effroi comme si c'était elle la fautive. Le regret de son initiative lui serra la gorge, un regret qui fondit sur elle aussitôt faite la révélation de son secret, comme si elle n'avait vendu la mèche que pour désirer se reprendre! Elle était prête à tout maintenant pour réparer son erreur, quoi qu'il en coutât. Elle fut envers elle-même sans ménagement et s'accusa de l'incident et du mal. N'aurait-il pas été plus digne d'elle de les couvrir, à condition de leur mettre le nez, le lendemain, dans leur erreur, si elle désirait vraiment mettre les points sur les i et non se venger? Mais elle avait obéi à un sentiment mauvais, par dessein et malveillance, préparé au jeune homme et à sa femme des ennuis auxquels ils n'avaient pas songé, s'attirant par ailleurs un remords qui rongeait maintenant, impitoyablement, son âme torturée. Elle se mit à prier Dieu, osant à peine invoquer son nom, de leur accorder à eux tous sa bienveillance... Le temps passait dont chaque minute ajoutait à sa douleur. Soudain elle fut saisie par la voix de son maître annonçant avec une ironie amère :

– Tiens, voilà M. Kishkish!

Elle prêta l'oreille en levant les yeux vers la fenêtre ouverte surplombant la cour et le grincement de la grosse porte qu'on refermait lui parvint. Ahmed Abd el-Gawwad se leva et quitta la chambre, tandis qu'elle se dressait machinalement mais pour rester rivée sur place par la lâcheté et l'humiliation, les battements de son cœur se bousculant, quand elle entendit sa voix tonitruante s'adressant aux deux arrivants : « Suivez-moi dans ma chambre! » Elle se sentit au comble de la peur et se glissa hors de la pièce sans demander son reste. Ahmed Abd el-Gawwad rejoignit son fauteuil, Yasine et Zaïnab marchant sur ses pas. Il sonda la jeune fille d'un regard abyssal, tout en feignant d'ignorer son fils, avant de déclarer avec fermeté bien qu'ayant expurgé son ton de sa rudesse et de sa sécheresse :

– Ecoute-moi bien, ma petite fille. Ton père est comme mon frère et même davantage et, toi, tu es ma fille, comme Khadiga et Aïsha, ni plus ni moins. Jamais je n'ai songé à te gâcher ton bien-être, mais il y a des choses dont je considère le passage sous silence comme un crime impardonnable! Entre autres qu'une jeune fille comme toi reste en dehors de sa maison jusqu'à pareille heure de la nuit. Ne va pas croire que la présence de ton mari à tes côtés constitue une excuse à cette conduite excentrique, car le mari qui fait aussi peu de cas de sa dignité est impropre à relever les faux pas dont il est malheureusement le premier incitateur et, comme je suis convaincu de ton innocence ou plutôt que l'on ne peut te reprocher que de l'avoir suivi dans sa fantaisie, je te prierai seulement de m'aider à redresser ses torts en ne cédant plus à l'avenir à ses incitations.

La jeune fille resta muette de confusion, paralysée de stupeur et, bien qu'ayant joui sous la protection de son père d'un soupçon de liberté, elle ne trouva pas en elle le courage de discuter avec M. Ahmed Abd el-Gawwad, ni à plus forte raison de le contredire, comme si le fait d'avoir résidé sous son toit pendant un mois avait soumis sa personnalité à sa volonté, une volonté devant laquelle tremblait de peur tout être vivant à la maison. Son être intime protesta en arguant du fait que son propre père avait plus d'une fois accepté de bonne grâce de l'accompagner au cinéma et qu'il n'avait pas le droit, lui, de l'empêcher de faire quelque chose que son mari avait permis, persuadée en outre qu'elle était de n'avoir transgressé aucune règle ni violé aucun interdit. C'est ce qu'elle se disait au fond d'elle-même, et même davantage, mais devant ses yeux imposant l'obéissance et le respect, ainsi que son gros nez qui avait l'air, lorsqu'il levait la tête, d'un revolver braqué sur elle, elle se sentait incapable de prononcer un seul mot. Ainsi son monologue intérieur resta étouffé sous des dehors résignés et polis, comme les ondes sonores dans le poste de radio lorsqu'on ferme le bouton. Puis, sans qu'elle ait eu le temps de le réaliser, il lui demanda comme se complaisant à la défier :

– Tu vois une objection à me faire ?

Elle fit signe que non de la tête et ses lèvres esquissèrent le mot « non » sans le prononcer.

– Alors on est d'accord ! dit-il. Tu peux regagner ta chambre en paix.

Elle quitta la pièce, le teint blême, et Ahmed Abd el-Gawwad se tourna vers Yasine. A ce dernier qui avait enfoui ses yeux sous le plancher, il déclara avec un hochement de tête et un ton de profonde désolation :

– L'affaire est très sérieusement préoccupante, mais que puis-je faire? Tu n'es plus un gamin, auquel cas je t'aurais fracassé le crâne. Hélas! tu es un homme, qui plus est employé et marié; et si les liens du mariage ne suffisent pas à te faire renoncer à la débauche, alors que vais-je bien pouvoir faire de toi? C'est ça le résultat de l'éducation que je t'ai donnée?

Puis d'une voix plus atterrée encore :

– Qu'est-ce qui t'a pris? Où est ton sens de la virilité? Où est ta dignité? Par Dieu, j'ai peine à croire ce qui vient de se passer.

Yasine ne leva pas la tête et ne dit mot. Son père imagina que son silence était dû à la peur ou au sentiment de sa faute. Il ne se figurait pas qu'en fait il était soûl. Mais il ne trouva en cela aucune consolation. La faute lui semblait trop abominable pour être laissée sans sanction décisive et, puisqu'il n'y avait aucun moyen d'user de la sanction d'autrefois, le bâton, il en fallait une qui ne soit pas moins stricte, sinon le tissu de la famille tout entière se désagrégerait.

– Tu ne sais donc pas, dit-il, que j'interdis à ma femme de sortir, ne serait-ce que pour aller rendre visite à al-Hussein? Comment dans ces conditions t'es-tu laissé entraîner à emmener ta femme dans un lupanar pour y passer la nuit jusqu'à minuit passé? Espèce d'imbécile, tu es en train de vous jeter dans le gouffre, toi et ta femme! Mais enfin quel démon t'a possédé?

Yasine trouvait dans le silence le refuge le plus sûr, il craignait que les accents de sa voix ne le trahissent ou de se répandre dans des discours dont la désinvolture suspecte dévoilerait en fin de compte son ivresse, d'autant que son imagination, se jouant de cette grave situation, le poussait à se glisser hors de la chambre et s'envoler vers des horizons lointains qui semblaient à sa tête soûle tantôt dansants, tantôt vacillants. La voix de son père ne pouvait, en dépit de la terreur qu'elle avait semée dans son esprit, faire taire les airs qu'avaient chantés les chansonniers au théâtre et qui lui sautaient à l'esprit malgré lui, par vagues, comme des fantômes dans la nuit du dormeur effrayé, susurrant :

> Je vendrai mes oripeaux
> Pour un baiser sur la peau
> Crémeuse de ta joue, ô malbane
> Toi qui es douce comme une basboussa
> Ou comme une mouhallabiyyé[1] et mieux que ça!

... puis s'éclipsant sous l'effet de la peur et resurgissant dans un soubresaut. Mais son père en eut assez de son silence et lui cria courroucé :

– Mais enfin parle! Donne-moi ton avis! Car j'ai la ferme intention de ne pas laisser les choses se passer comme ça!

Yasine redouta les conséquences de son silence et c'est terrorisé et troublé qu'il se résolut à en sortir :

– Son père la traitait de manière plutôt indulgente, dit-il en déployant le gros de ses efforts pour se contrôler :

Puis il s'empressa d'ajouter :

– Mais j'avoue que j'ai commis une faute.

Ahmed Abd el-Gawwad s'écria alors furieux, faisant mine d'ignorer la dernière phrase :

– Elle n'est plus dans la maison de son père! Elle doit respecter les règles de la famille dont elle est devenue l'un des membres. Tu es son mari, son maître, et c'est à toi seul de la modeler à l'image que tu veux. Dis-moi, qui est responsable du fait qu'elle t'ait accompagné? Toi ou elle?

---

1. Le *malbane* est le nom égyptien du loukoum. La *mouhallabiyyé* est une sorte de crème faite de fleur de farine, de lait et de sucre saupoudrée de pistaches ou amandes pilées. Sorte de blanc-manger.

Il sentit, malgré l'ivresse, le piège qui lui était tendu mais la peur le poussa à masquer la vérité :

– Quand elle a su mon intention de sortir, elle a fait des pieds et des mains pour que je l'emmène! bredouilla-t-il.

Ahmed Abd el-Gawwad se frappa les paumes l'une contre l'autre et répliqua :

– Mais quelle espèce d'homme es-tu donc? La seule réponse qu'elle méritait, c'était une gifle! Seuls les hommes sont responsables des perversions des femmes! N'importe qui ne mérite pas de leur être reconnu supérieur[1]!

Puis sur un ton acerbe :

– Et en plus tu l'emmènes dans un endroit où les femmes dansent à moitié nues!...

Les images que les remontrances de son père lui avaient gâchées s'agitèrent à nouveau devant ses yeux quand il fut en haut de l'escalier. A nouveau les airs recommencèrent à se faire écho dans sa tête... « Je vendrai mes oripeaux... » Mais dans son hébétude, il entendit encore son père lui dire menaçant :

– Cette maison a une loi que tu connais mieux que personne! Habitue-toi à la respecter tant que tu souhaiteras y demeurer!

*

Aïsha s'occupa de la toilette et du maquillage de Khadiga avec un zèle insurpassable et une habileté extraordinaire, comme s'il s'agissait là de la plus noble mission dont elle eut à s'acquitter dans la vie, et de la manière la plus parfaite. Khadiga donnait l'image d'une mariée digne de ce nom, une mariée s'apprêtant à s'installer dans la maison de son mari, même si elle prétendait, conformément à son habitude qui était de minimiser l'importance des services qu'on lui rendait, que parmi tout ce qui avait contribué à

---

1. Allusion au célèbre verset du Coran (IV, 38) : « Les hommes sont supérieurs aux femmes à cause des qualités par lesquelles Dieu les a élevés au-dessus de celles-ci... »

lui donner l'apparence adéquate, le gros du mérite ne revenait avant tout qu'à son embonpoint à elle! Du reste, « sa beauté » n'était plus le nid de ses angoisses depuis qu'un homme qui l'avait aperçue par hasard avait demandé sa main. Cependant, toutes les manifestations de bonheur qui l'entouraient ne pouvaient abolir dans son esprit les pincements de la nostalgie qui sourdait en elle à l'imminence de la séparation, une nostalgie propre à une jeune fille comme elle dont le cœur ne battait en ce monde que pour l'amour des siens, de sa maisonnée tout entière, de ses parents vénérés, et jusqu'aux poules, au lierre et au jasmin. Et le mariage lui-même, dont l'espoir la consumait depuis si longtemps dans une attente languissante, ne pouvait lui adoucir l'amertume de la séparation. Elle semblait, avant qu'on ne demande sa main, peu soucieuse d'aimer la maison, de la chérir. Sans doute la lassitude du quotidien l'avait-elle submergée et avait-elle enterré ses sentiments profonds et sincères. Car il en va de l'amour comme de la santé, de même que nous ne prisons l'une qu'à son déclin, nos yeux sont aveugles à l'autre quand il nous unit et le pleurent quand le destin nous sépare. Ainsi, dès qu'elle fut rassurée quant à son avenir, son cœur refusa de passer d'une vie à une autre sans en concevoir une cruelle détresse, comme si elle avait à expier un péché ou voulait préserver quelque chose de cher. Kamal leva les yeux vers elle en silence. Il ne demandait plus « Tu vas revenir? » maintenant qu'il savait que celle qui se mariait ne revenait plus. Il ne s'en adressa pas moins à sa sœur en lui chuchotant :

– Je viendrai vous voir toutes les deux souvent à la sortie de l'école!

Elles accueillirent sa proposition avec chaleur, mais pour sa part les faux espoirs ne le trompaient plus. Combien de fois avait-il rendu visite à Aïsha sans retrouver « son Aïsha » d'antan? Il en trouvait une autre à la place, pomponnée, le recevant avec une extrême courtoisie qui le faisait se sentir étranger et alors qu'il n'y avait pas deux minutes qu'ils étaient seuls ensemble son mari venait les rejoindre; son mari qui ne délogeait pas de la maison, se contentant de toutes sortes de passe-temps entre ses cigarettes, sa pipe et un luth dont il gratouillait les cordes de temps à autre. Khadiga ne serait pas mieux qu'Aïsha. En fait de compagnon dans la maison, il ne lui resterait plus que Zaïnab qui ne lui témoignait l'amitié qu'il fallait qu'au vu de sa mère, comme si c'était à elle qu'elle la manifestait et qui, dès qu'elle avait le dos tourné, faisait semblant de l'ignorer, comme s'il n'existait pas! Et, bien que Zaïnab n'eut pas le sentiment de perdre un être cher avec le départ de Khadiga, elle désapprouva toutefois le climat grave et silencieux qui pèserait sur la journée du mariage. Elle en tira prétexte pour exprimer toute l'indignation et la colère qu'elle concevait à l'encontre de l'esprit dominateur de Monsieur, et commença à dire avec ironie :

— Je n'ai jamais vu une maison où les choses licites sont interdites comme la vôtre! Il faut le voir pour le croire!

Mais elle ne voulut pas faire ses adieux à Khadiga sans un mot de courtoisie, aussi souligna-t-elle à souhait ses capacités, le fait que c'était une « maîtresse de maison » digne des félicitations de son époux. Aïsha abonda dans le sens de ses paroles et ajouta :

— Elle n'a aucun défaut... sauf sa langue. Tu n'en as pas fait l'expérience, Zaïnab?

L'autre ne put s'empêcher de rire :

— Non, Dieu merci, je n'en ai jamais fait l'expérience mais, par contre, je l'ai entendue pendant que d'autres la faisaient!

On éclata de rire, Khadiga la première, quand elles virent Amina prêtant soudainement l'oreille en criant : « Chchutt! » Elles se turent en cœur, des voix leur parvenaient de l'extérieur.

— M. Ridwane est mort! s'écria aussitôt Khadiga inquiète.

Maryam et sa mère s'étaient déjà excusées de ne pouvoir assister à la cérémonie de mariage en raison de l'aggravation du mal chez M. Mohammed Ridwane et il n'y avait donc rien de surprenant que Khadiga déduise de ces voix la mort de cet homme. Amina se précipita hors de la pièce, disparut quelques minutes puis reparut en disant, terriblement affligée :

– M. Mohammed Ridwane est bien mort... Quelle situation gênante!

– Mais notre excuse coule de source! s'exclama Zaïnab. Nous ne pouvons plus retarder le mariage ou empêcher le marié de célébrer sa soirée dans sa maison qui, Dieu soit loué, est à cent lieues d'ici! Quant à vous, est-ce qu'on vous demande un silence pire que ce silence de mort?

Mais Khadiga était perdue dans d'autres pensées qui lui serraient le cœur de terreur. Elle voyait un mauvais présage dans la nouvelle affligeante et bredouilla comme se parlant à elle-même :

– O Seigneur de miséricorde!

Amina put lire ses pensées et son cœur se serra à son tour. Néanmoins elle refusa de céder à ce sentiment importun ou de laisser sa fille s'y abandonner. Aussi déclara-t-elle avec une insouciance de façade :

– Ce que Dieu veut ne nous regarde pas! La vie et la mort sont entre ses mains et le pessimisme est le fait de Satan...

Yasine et Fahmi, après qu'ils eurent fini de s'habiller, se joignirent au cercle des femmes réunies dans la chambre de la mariée et Amina informa que le père s'était substitué à la famille, eu égard à l'exiguïté du temps, pour présenter ses condoléances à celle de M. Ridwane. Yasine lança alors une œillade à Khadiga et déclara en riant :

– M. Ridwane a refusé de demeurer en ce monde dès lors que tu décidais de quitter son voisinage...

Elle lui répondit par un demi-sourire dont le sens lui échappa et il resta à la dévisager avec soin en hochant la tête et en se donnant un air satisfait, avant de poursuivre dans un soupir :

– Il a bien parlé celui qui a dit : « Habillez un bambou, vous en ferez une mariée! »

Elle fit la grimace, lui signifiant qu'elle n'était pas disposée à entrer dans son jeu, et le rembarra en disant :

– Tais-toi! La mort de M. Ridwane le jour de mon mariage..., pour moi c'est mauvais signe!

– Je ne sais pas lequel des deux a fait du tort à l'autre! répliqua Yasine dans un rire.

Puis, riant de plus belle :

– Tu n'as rien à craindre de la mort de cet homme! Ne t'obnibule pas là-dessus. Moi, c'est ta langue qui m'inquiète. C'est bien d'elle plutôt dont tu devrais tirer mauvais présage... Suis donc le conseil que je ne me lasse pas de répéter : la faire macérer dans du sirop de sucre pour qu'elle s'adoucisse et soit bonne pour parler au marié!

Fahmi s'interposa pour les calmer :

– Quoi qu'il en soit de M. Ridwane, le jour de ton mariage n'aura pas manqué de la bénédiction que la terre entière attend depuis si longtemps! Tu ne sais donc pas que l'armistice a été proclamée?

– J'allais oublier! s'exclama Yasine. Ton mariage n'est pas le seul miracle de ces jours-ci, il s'est produit ce qu'on attendait depuis des années. La guerre est finie et Guillaume a capitulé!

Amina demanda :

– Est-ce que la cherté de la vie et les Australiens vont disparaître?

– Naturellement..., naturellement! répondit Yasine en riant. La cherté de la vie, les Australiens et la langue de Mme Khadiga!

Fahmi avait le regard songeur... Il dit comme se parlant à lui-même :

– Les Allemands sont battus! Qui aurait pu se l'imaginer? Désormais, plus la peine d'espérer qu'Abbas ou Mohammed Farid reviennent. Du même coup, les espoirs du califat tombent à l'eau. L'étoile des Anglais est toujours en pleine ascension et la nôtre en pleine dégringolade..., mais c'est la volonté de Dieu!

– Ils sont deux à avoir gagné la guerre, renchérit Yasine, les Anglais et le sultan Fouad! Les premiers n'osaient pas rêver de battre les Allemands et l'autre n'osait pas même rêver du trône!

Il se tut un instant et reprit en riant :

— J'en vois aussi un troisième qui n'est pas moins verni que les deux autres. C'est notre mariée qui n'osait pas même rêver d'un mari!

Elle lui lança un regard menaçant et rétorqua :

— Tu tiens absolument à ce que je ne quitte pas la maison sans te piquer avec ma langue...

Mais il revint au sujet évoqué précédemment en disant :

— Moi aussi, je ferais mieux de demander l'armistice! Après tout, je ne suis pas plus fort que Guillaume ou Hindenburg!

Puis il se tourna vers Fahmi dont la mine songeuse n'était pas de mise avec l'heureux événement :

— Laisse tomber la politique! lui dit-il, et prépare-toi à la fête et à la bonne chère!

Et bien que Khadiga fût le jouet de nombreuses pensées et que mille rêves parlassent à son cœur, un souvenir tout proche, datant seulement de la matinée, la poursuivait, tant il l'avait frappée, au point de submerger presque le reste de ses appréhensions. C'était l'invitation que son père lui avait faite de se présenter seule devant lui, à l'occasion de ce jour considéré comme l'inauguration d'une nouvelle vie dans son existence. Il l'avait reçue avec une douceur et une bienveillance qui avait été un baume apaisant à l'accablement de la honte et de la terreur qui s'étaient emparées d'elle, au point qu'elle avait trébuché en marchant. Puis il lui avait dit avec une délicatesse qui lui avait fait une impression étrange à laquelle elle n'était pas accoutumée : « Que Dieu guide tes pas et t'apporte succès et sérénité. Je n'ai pas de meilleur conseil à te donner que de te dire : Prends modèle sur ta mère à tous égards! »

Il lui avait offert sa main et elle l'avait baisée avant de quitter la chambre sans presque rien voir devant elle d'émotion et d'émoi. Elle ne se lassait pas de répéter :

— Comme il est gentil, délicat et bon!

Elle se rappelait, le cœur gonflé de bonheur, son conseil : « Prends modèle sur ta mère à tous égards! » et dit à cette dernière qui l'écoutait le visage empourpré et les yeux papillonnants : « Est-ce que cela ne voudrait pas dire qu'il te considère comme le modèle idéal de l'épouse idéale ? » Puis en riant : « Quelle femme bienheureuse tu es ! Mais qui pourrait croire à tout ça ? J'avais l'impression d'être dans un beau rêve ! Où donc cachait-il cette merveilleuse tendresse ? » Puis elle pria pour lui, longuement, jusqu'à ce que ses yeux fussent inondés de larmes...

Sur ces entrefaites, Oum Hanafi vint leur annoncer l'arrivée des voitures...

X

La séance du café fit son deuil du visage de Khadiga, comme elle l'avait fait du visage d'Aïsha auparavant, encore que Khadiga y ait laissé un vide qui ne fut pas comblé. C'était comme si elle lui avait retiré son âme, volé son dynamisme et l'avait privée de vertus non négligeables d'humour, de joie de vivre... et de chamaillerie ou, comme se le dit Yasine en lui-même : « Elle était à notre réunion ce que le sel est à la cuisine... Le sel n'est pas agréable en soi, mais, sans lui, la nourriture n'a aucune saveur ! » Toutefois, il ne fit pas état de son point de vue par égards pour sa femme, ne s'étant pas affranchi, malgré la déception de son mariage qui ne trouvait plus désormais de remède à la maison, de la crainte de blesser ses sentiments, de sorte qu'elle ne prenne pas en mauvaise part ses veillées continuelles au-dehors, nuit après nuit, au « café », comme il le lui prétendait. Et si chez lui la fantaisie prenait le pas sur le sérieux, si sérieux il y avait, il n'en avait pas moins perdu le convive qui, si longtemps, avait fait écho à sa plaisanterie et lui en avait fourni l'inspiration. Il ne lui restait plus par conséquent dans cette séance traditionnelle qu'à se contenter du peu qu'on y trouvait. Il restait là, assis jambes croisées sur le canapé, à siroter son café, à tendre le regard vers le canapé d'en face pour voir sa mère, sa femme et Kamal plongés dans des discussions futiles. Peut-être s'étonnait-il pour la centième fois de la sombre réserve de Zaïnab et se rappelait-il comment Khadiga l'avait traitée d' « antipathique », une opinion à laquelle il rendait hommage aujourd'hui. Puis il ouvrait le *Diwane de la Hamasa* ou *La Jeune Fille de Kerbela* et lisait, ou bien encore racontait à Kamal des passages de sa lecture. Ensuite il se tournait sur sa droite pour voir Fahmi prêt à bondir dans la conversation. Pour parler de quoi, je vous demande? Mohammed Farid, Moustapha Kamel?... Il n'en savait rien mais il allait parler sans aucun doute! Bien plus, il semblait aujourd'hui, depuis son retour de la faculté, tel un ciel menaçant. Fallait-il l'aiguillonner? Oh! non, il n'en n'avait pas besoin! L'autre l'aborda soudain, fortement préoccupé, et lui lança un regard aussi suggestif qu'éloquent en demandant :

– Tu as des nouvelles fraîches?

C'était à lui, Yasine, qu'il demandait des nouvelles! « J'en ai autant que tu veux, des nouvelles... Le mariage est le plus grand leurre. En quelques mois, tu vois ta femme se transformer en bouillie d'huile de ricin. Ne t'afflige pas de ce que tu as raté avec Maryam, cher politicien jobard! T'en veux encore des nouvelles? J'en ai des tonnes mais, pour sûr, elles ne t'intéresseront pas le moins du monde, et puis le courage m'abandonnerait si l'envie me prenait de les sortir aux oreilles de ma femme. » Et, machinalement, il se rappela à l'esprit ce vers de Sharif[1] :

J'ai des désirs à dire, que je ne dirai pas
Sans cet œil qui nous guette, ta bouche les saurait déjà...

avant de demander à son tour :
– De quelles nouvelles fraîches veux-tu parler?
Fahmi lui répondit toujours soucieux :
– Une nouvelle surprenante s'est répandue aujourd'hui parmi les étudiants, elle a fait notre sujet de conversation

1. Il s'agit de Sharif Radi (970-1015), poète de la cour des Bouyides de Bagdad.

de la journée : une délégation[1] égyptienne composée de Saad Zaghloul pacha, Abdelaziz Fahmi bey et Ali Shaarawi s'est rendue hier à la Maison du protectorat et a rencontré le vice-roi pour exiger la levée du protectorat et la proclamation de l'indépendance...

Yasine haussa les sourcils, préoccupé, une lueur de doute doublé de stupeur se fit jour dans ses yeux. Le nom de Saad Zaghloul n'était en rien nouveau pour lui, même si celui-ci n'avait jamais évoqué en lui quoi que ce soit de notable, hormis quelques souvenirs obscurs associés à des événements depuis longtemps submergés par l'oubli, et n'avait laissé dans son cœur – qui n'avait pratiquement rien à faire des affaires publiques – aucune touche sentimentale susceptible d'en révéler l'existence, fût-ce de loin. Quoi qu'il en soit, l'étrangeté des noms n'avait rien de remarquable à côté du mouvement déclenché par leurs titulaires si ce que disait Fahmi était vrai. Car comment pouvait-on concevoir de demander aux Anglais, au lendemain de leur victoire sur les Allemands et le califat, de donner son indépendance à l'Egypte ?

– Qu'est-ce que tu sais de ces hommes ? demanda-t-il.

Fahmi lui répondit sur le ton non dépourvu d'amertume digne de qui eût souhaité que ces messieurs fussent membres du parti nationaliste :

– Saad Zaghloul est vice-président de l'Assemblée législative et Abdelaziz Fahmi et Ali Shaarawi en sont membres aussi. En fait, je ne sais rien de ces deux-là. Pour ce qui est de Saad, j'ai tendance à ne pas m'en faire une trop mauvaise opinion d'après ce que je me suis laissé dire par bon nombre de mes amis étudiants nationalistes qui ont sur lui des opinions divergentes : certains le considèrent comme un homme de paille des Anglais et rien de plus, tandis que d'autres lui reconnaissent de grandes qualités

1. En arabe *wafd*. Nom qui désigne le parti nationaliste égyptien fondé par Saad Zaghloul, mais qui a pour origine cette « délégation » de l'Assemblée législative qui alla trouver le haut commissaire anglais le 13 novembre 1918 en vue d'effectuer un voyage à Londres.

dignes de le hisser au rang des hommes du parti nationaliste eux-mêmes. De toute façon, le pas qu'il a franchi avec ses deux collaborateurs – on dit même qu'il en a été l'instigateur – est une action héroïque qu'il est peut-être le seul à pouvoir mener à bien aujourd'hui après le bannissement des grandes figures du nationalisme avec, à leur tête, leur chef Mohammed Farid.

Yasine fit montre de sérieux, de peur que l'autre n'aille le soupçonner de faire bon marché de son enthousiasme, et répéta comme se parlant à lui-même :

– Exiger la levée du protectorat et la proclamation de l'indépendance!

– Le bruit court aussi qu'ils ont demandé à se rendre à Londres pour poser les jalons de l'indépendance et qu'il ont rencontré à cette fin sir Reginald[1] et Najat, le viceroi!

Yasine ne put continuer de dissimuler sa perplexité, il l'afficha dans sa physionomie en demandant à son frère, le ton assez haut :

– L'indépendance!... C'est bien ça que tu veux dire? Qu'est-ce que tu veux dire au juste?

– Je veux dire l'expulsion des Anglais d'Egypte, répondit Fahmi sur un ton énervé, ou l'évacuation, si tu préfères, selon l'expression de Moustapha Kamel qui en avait lancé l'idée...

– Fichtre, quel espoir!

La passion des discussions politiques n'était pas dans sa nature, mais il répondait à l'invitation de Fahmi chaque fois que celui-ci l'y appelait, à la fois pour éviter de le contrarier et dans l'espoir d'y trouver un genre inédit de distraction. Sans doute son intérêt se réveillait-il de temps à autre, même s'il n'allait pas jusqu'à l'enthousiasme. Sans doute même partageait-il les espoirs de Fahmi d'une manière passive et réservée, encore qu'il eût prouvé tout au long de sa vie son peu d'intérêt pour ce côté-là de la vie

1. Il s'agit de sir Reginald Wingate, haut commissaire anglais depuis 1916.

publique, comme s'il n'aspirait à rien au-delà de la jouissance des délices de l'existence et de ses plaisirs. C'est pourquoi il ne trouva en lui aucune disposition à prendre les paroles de son frère au sérieux et redemanda :

– Est-ce vraiment dans le domaine du possible?

– Il ne faut pas désespérer de la vie, frérot! répondit Fahmi avec un enthousiasme non dénué de reproche.

Cette phrase, comme la plupart de ses semblables, déclencha son penchant à la dérision mais il demanda à nouveau, en se donnant un air sérieux :

– Mais dans quelle mesure pouvons-nous les chasser?

Fahmi observa un temps de réflexion et répondit, la mine renfrognée :

– C'est justement l'objet de la demande du voyage à Londres de Saad et de ses deux collaborateurs!

Amina suivait la conversation avec intérêt, y concentrant toute son attention afin d'en assimiler le plus qu'elle pouvait, comme elle s'attachait à le faire chaque fois que naissait une discussion concernant les affaires publiques, lesquelles étaient on ne peut plus éloignées des banalités domestiques. Ces questions la captivaient. Elle se prétendait apte à les comprendre et n'hésitait pas, si l'occasion s'en présentait, à en débattre elle aussi, sans se soucier du dédain baigné de tendresse auquel donnaient lieu bien souvent ses remarques. Mais rien ne pouvait briser sa lancée ou la faire renoncer à s'intéresser à ces questions « conséquentes » qu'elle semblait suivre, poussée par les mêmes raisons qui l'obligeaient à commenter les leçons d'éducation religieuse de Kamal ou à discuter les informations qu'il lui donnait en matière de géographie et d'histoire à la lumière de ses propres connaissances religieuses ou légendaires. Cet acharnement lui avait fait acquérir un certain niveau d'entendement quant aux propos tenus au sujet de Moustapha Kamel, de Mohammed Farid et de « notre Effendi exilé[1] », ces hommes dont la fidélité au

1. Les Egyptiens appelaient « notre Effendi » le khédive Abbas pacha-II-Hilmi déposé par les Anglais pour ses sympathies nationalistes. Au

califat avait redoublé son amour pour eux, chose qui les rapprochait à ses yeux, en tant que personne estimant les hommes en fonction de leur dignité religieuse, du chœur des saints qu'elle idolâtrait. Aussi, Fahmi n'eut pas plutôt mentionné que Saad et ses deux collaborateurs demandaient de faire le voyage à Londres qu'elle sortit soudain de son silence :

– Mais quel pays de Dieu est-ce donc que ce Londres-là ?

Kamal s'empressa de lui répondre en lui disant sur le ton chantonnant avec lequel les écoliers récitent leurs leçons :

– Londres est la capitale de la Grande-Bretagne. Paris est la capitale de la France. Le Cap a pour capitale Le Cap.

Puis il se pencha à son oreille en lui chuchotant :

– Londres, c'est le pays des Anglais.

Elle fut frappée de stupeur et demanda, s'adressant à Fahmi :

– Alors ils s'en vont au pays des Anglais pour leur demander de sortir d'Egypte ? C'est tout à fait mal venu ? Comment peux-tu venir me trouver chez moi avec en tête l'idée de me chasser de chez toi ?

Son interruption irrita le jeune homme. Il la regarda avec un sourire tout en la blâmant, mais elle se crut près de le persuader et ajouta :

– Comment peuvent-ils demander de les chasser de chez nous alors qu'ils y ont vécu tout le temps ! Nous sommes nés, vous êtes nés, qu'ils étaient déjà ici ! Est-ce « humain » de nous en prendre à eux après toute cette vie de cohabitation et de voisinage pour leur dire crûment, et dans leur pays à eux, allez-vous-en ?

Fahmi eut un sourire désespéré tandis que Yasine s'esclaffait. Quant à Zaïnab, elle déclara avec sérieux :

moment de la déclaration de guerre, le gouvernement britannique s'était opposé au retour en Egypte du khédive, qui se trouvait depuis peu en voyage en Turquie.

– Où trouvent-ils le toupet d'aller leur dire ça dans leur pays? Mettons que les Anglais les tuent là-bas, qui le saura? Est-ce que leurs soldats n'ont pas fait des rues des quartiers lointains des lieux dangereux où il est peu sûr de s'aventurer? Alors dites-moi un peu ce qu'il adviendrait à ceux à qui ça prendrait d'aller s'introduire chez eux!

Yasine aurait aimé poursuivre avec les deux femmes leurs propos naïfs afin d'étancher sa soif de plaisanterie, mais il remarqua la lassitude de Fahmi et craignit de le mettre en colère. Il se retourna vers lui et reprit la discussion interrompue :

– Il y a du vrai dans ce qu'elles disent mais elles n'ont pas bien su l'exprimer. Dis-moi, mon frère, que peut bien faire Saad face à un Etat considéré aujourd'hui comme le maître incontesté du monde?

Amina abonda dans son sens par un signe de tête comme si ces paroles lui étaient adressées et commença à déclarer :

– Orabi pacha était le plus grand et le plus courageux des hommes! Ni Saad ni aucun autre ne peut lui être comparé. C'était un cavalier, un guerrier, et qu'est-ce qu'il a obtenu des Anglais, ô Seigneur! Ils l'ont jeté en prison avant de l'exiler à l'autre bout du monde!

A ces mots, Fahmi ne put s'empêcher de lui dire sur un ton à la fois suppliant et embarrassé :

– Maman, tu vas nous laisser parler?

Elle sourit, manifestement honteuse, craignant de le fâcher. Aussi changea-t-elle son ton passionné comme proclamant, ce faisant, son changement radical d'opinion.

– Monsieur, dit-elle en s'excusant avec délicatesse, toute peine mérite récompense! Qu'ils aillent sous la protection de Dieu! Peut-être que la Grande Reine leur fera la grâce de sa pitié!

Machinalement, le jeune homme lui demanda étonné :

– Mais de quelle reine veux-tu parler?

– La reine Victoria, mon petit gars, ça n'est pas comme ça qu'on l'appelle? Combien de fois j'ai entendu mon père parler d'elle. C'est elle qui a donné ordre d'exiler Orabi, mais elle a été grandement émerveillée par son courage à ce qu'on dit...

– Si elle a déjà exilé Orabi le cavalier, rétorqua Yasine moqueur, elle est plus capable encore d'exiler Saad le vieux !

– Qui qu'elle soit, reprit Amina, elle n'en demeure pas moins une femme dont la poitrine renferme, j'en suis sûre, un cœur sensible et, s'ils s'adressent poliment à elle ou savent gagner son amitié, elle les traitera comme il faut...

Yasine trouva une grande joie dans la logique de sa mère qui s'était mise à parler de la reine historique comme d'Oum Maryam ou de quelque autre voisine. Il n'eut plus envie de répondre aux vœux de Fahmi et lui demanda avec incitation :

– Dis-nous ce qu'il conviendrait qu'ils disent !

Amina se redressa sur son siège, ravie de cette question qui venait de lui reconnaître une capacité « politique ». Elle resta à réfléchir dans un état de concentration, qui se fit jour dans le rapprochement de ses sourcils d'une manière qui seyait à l'entrée en matière d'une « conférence ». Mais Fahmi ne lui laissa pas le temps d'aller jusqu'au bout de sa réflexion et lui dit, sec et mécontent :

– La reine Victoria est morte depuis longtemps. Ne te fatigue pas inutilement !

Yasine remarqua alors l'ombre du soir rampant à travers les jalousies des fenêtres et il réalisa que le temps était venu pour lui de saluer l'assemblée et de se rendre à la veillée. Et, comme il savait parfaitement que la soif de discours de Fahmi n'était pas encore apaisée, il désira s'excuser auprès de lui de son départ en étayant d'une manière ou d'autre la nouvelle qui l'avait ravi et il dit en se levant :

– Ce sont des hommes conscients sans aucun doute de la gravité de leur entreprise et ils se sont sûrement donné tous les moyens de réussir ! Prions pour leur succès !

Il quitta le cercle familial et fit signe à Zaïnab de le rejoindre pour lui préparer ses habits. Fahmi l'accompagna d'un regard non dénué de colère, la colère de quelqu'un n'ayant pas trouvé une complicité affective capable de répondre à son âme enflammée. Le débat sur le nationalisme éveillait en lui les rêves les plus grandioses! Son monde envoûtant lui révélait un univers nouveau, une patrie nouvelle, une maison nouvelle, un peuple nouveau qui s'ébranlait d'un bloc, débordant de vitalité et de fougue... Mais à peine revenait-il à la réalité de cette atmosphère étouffante de langueur et de naïveté, d'indifférence, que le feu du regret et de la douleur s'embrasait en lui, recherchant dans ce confinement une brèche, quelle qu'elle fût, pour jaillir vers le ciel. Il aurait aimé à cet instant, de toutes ses forces, que la nuit passe en un clin d'œil pour se retrouver à nouveau au milieu de ses « frères » étudiants, afin d'étancher sa soif de fougue et de liberté, de s'élever dans le brasier de leur enthousiasme vers un monde grandiose de rêves et de gloire. Yasine avait demandé ce que ferait Saad face à une puissance considérée aujourd'hui à juste titre comme la maîtresse du monde. Lui-même ne savait pas à vrai dire ce que ferait Saad, quelle était sa marge de manœuvre. Mais il sentait de toute la force de son cœur qu'il y avait là quelque chose qui devait être accompli. Peut-être n'en voyait-il pas encore la préfiguration dans le monde réel, mais il la sentait en gestation dans son cœur et dans ses veines et Dieu qu'elle méritait d'accéder à la lumière de la vie et de la réalité, ou alors au diable la vie et la réalité, que l'existence continue à n'être qu'une supercherie parmi d'autres, une vanité parmi d'autres!...

*

La rue, devant la boutique de M. Ahmed, avait son visage habituel, grouillant de passants, de voitures, et de chalands au long des boutiques alignées des deux côtés, sauf que son ciel s'était paré de la transparence filtrée du doux climat de novembre au soleil voilé derrière de fins nuages, dont les lambeaux, d'une blancheur éclatante, brillaient au-dessus des minarets de Qalawun et de Barquq comme des lacs de lumière. Rien dans le ciel, rien sur la terre ne dérogeait à cet ordinaire que notre homme était habitué à voir chaque jour. Mais son esprit, comme chacun de ceux qui gravitaient dans son orbite et, sans doute, celui de tout le monde, dut faire face à une vague furieuse d'émotion et de sentiment qui le jeta, ou presque, dans un état de commotion, au point qu'il affirma n'avoir jamais vécu des jours comme ceux-ci où une nouvelle suffisait à rassembler les gens, la même sensation faisant battre leur cœur. Fahmi, qui gardait le silence devant son père tant que ce dernier n'avait pas ouvert lui-même la discussion, lui avait fait part en détail de ce qu'il avait appris concernant la rencontre de Saad avec le vice-roi. Et la nuit du même jour, dans la joyeuse assemblée des convives, il avait certifié à une poignée d'amis que la nouvelle était véridique et n'admettait aucun doute. Il arriva aussi plus d'une fois dans sa boutique que des clients qu'aucun passé de connaissance ne liait se plongent dans une âpre discussion au sujet de cette rencontre et, plus encore, quelle ne fut pas sa surprise de voir ce matin-là le cheikh Metwalli Abd es-Samad investir la boutique après une longue absence. Ce dernier ne se contenta pas de la récitation des versets et de prendre sa part de sucre et de savon mais tint absolument à annoncer « la visite » sur le ton de qui apporte le premier la bonne nouvelle et, quand Ahmed Abd el-Gawwad lui demanda – pour plaisanter – son avis sur le résultat éventuel de cette entrevue, le cheikh lui répondit :

– C'est absurde, absurde que les Anglais s'en aillent d'Egypte ! Tu les crois assez fous pour évacuer le pays sans coup férir ? Non, le bain de sang est inévitable... et nous ne faisons pas le poids ! Autrement dit, aucun moyen de les chasser. Peut-être que nos hommes réussiront ne serait-ce qu'à faire partir les Australiens pour que la sécurité redevienne comme avant. Allez, salut !

Des jours riches en rebondissements et en sentiments débordants qui trouvèrent en la personne de M. Ahmed un homme fortement perméable à la contagion des désirs patriotiques et politiques. Aussi accéda-t-il à un état d'attente et d'expectative qui le porta à se jeter avec émotion dans la lecture des journaux — lesquels, d'ailleurs, paraissaient pour la plupart de telle manière qu'on les aurait crus destinés à un autre pays étranger, hors de toute agitation — et à recevoir les amis avec un regard interrogateur, brûlant de voir ce qu'ils apportaient derrière eux de neuf.

C'est dans de telles dispositions qu'il accueillit M. Mohammed Iffat au moment où celui-ci se précipitait dans la boutique. Le regard aiguisé de l'homme autant que son allure véhémente n'étaient pas pour donner l'impression qu'il arrivait en simple visiteur ayant fait le détour jusqu'à la boutique pour siroter le café ou raconter de plaisantes anecdotes; aussi, tandis que l'autre se frayait un chemin parmi les clients aux besoins desquels pourvoyait Jamil al-Hamzawi, notre homme trouva-t-il dans son apparence de quoi répondre à son esprit angoissé et sur le qui-vive; il le prit d'assaut en lui disant :

— Voilà notre rosée matinale! Qu'est-ce que tu racontes de beau, vieux lion?

M. Mohammed Iffat s'assit contre le bureau, avec un sourire d'orgueil, comme si la question d'Ahmed Abd el-Gawwad « Qu'est-ce que tu racontes de beau? » — qui lui revenait d'ailleurs à la bouche chaque fois qu'il rencontrait quelqu'un de ses amis — constituait une reconnaissance de son importance en ces jours cruciaux, eu égard aux liens de parenté qui le rattachaient à certaines personnalités égyptiennes influentes. M. Mohammed Iffat avait toujours été le trait d'union entre le noyau de sa communauté primitive composée de commerçants et celle des hauts fonctionnaires et avocats qui s'y étaient associés au fil du temps, même si M. Ahmed jouissait du plus haut degré d'estime grâce à sa personnalité et à ses qualités humaines. Néanmoins, ce lien de parenté qui n'avait rien perdu de sa valeur aux yeux de ses amis commerçants, qui portaient sur les fonctionnaires et les gens parés de titres honorifiques un regard baigné de respect, ce lien de parenté, donc, n'avait fait que gagner en importance durant ces derniers jours où « la dernière nouvelle » était devenue vitale, plus même que le boire et le manger! M. Mohammed Iffat déploya une feuille pliée dans sa main droite et déclara :

– Je progresse. Je ne suis plus seulement colporteur de nouvelles. Je me suis fait messager pour te porter, ainsi qu'à tous les hommes d'honneur, cette providentielle procuration.

Il lui tendit la feuille en murmurant, le sourire aux lèvres :

– Lis!

Ahmed Abd el-Gawwad s'en saisit et lut :

– *Les soussignés, avons donné mandat en notre nom à MM. Saad Zaghloul pacha, Ali Shaarawi pacha, Abdel Aziz Fahmi bey, Mohammed ali Allouba bey, Abdel-Latif al-Mekabbati, Mahmoud pacha et Ahmed Lufti el-Sayyid bey, avec pouvoir de s'adjoindre les personnes de leur choix, en vue de rechercher par les voies pacifiques et légales, partout où ils pourront être recherchés, les moyens d'accorder à l'Egypte une indépendance pleine et entière.*

Le visage de notre homme s'illumina de joie en lisant les noms des membres du Wafd égyptien qu'il avait entendus dans le flot des nouvelles de la vie nationale qui couraient sur les langues.

– Que signifie ce papier? demanda-t-il.

– Tu ne vois donc pas ces signatures? répondit l'autre avec enthousiasme. Signe, toi aussi, en bas, et appelle Gamil al-Hamzawi qu'il en fasse autant. Cela est l'une des procurations que le Wafd a fait imprimer pour les faire signer par le peuple et en tirer qualité pour représenter la nation égyptienne...

Ahmed Abd el-Gawwad prit un crayon et apposa sa signature avec une joie qui transparut dans le scintillement de ses yeux bleus, son visage égayé d'un sourire attendri dénotant son sentiment de bonheur et de fierté de donner pouvoir à Saad et à ses collaborateurs, ces hommes qui captivaient les âmes malgré leur jeune renommée depuis qu'ils y avaient réveillé des passions profondes et réfrénées. Il appela al-Hamzawi qui apposa également sa signature et se tourna vers son ami en disant, fortement préoccupé :

— On dirait que l'affaire est sérieuse !

— Extrêmement sérieuse ! dit l'homme en frappant du poing le rebord du bureau. Les choses vont tambour battant ! Tu sais ce qui a amené à imprimer ces procurations ? On dit que « l'Anglais » aurait demandé à quel titre Saad et ses deux collaborateurs venaient lui parler au matin du 13 novembre dernier, si bien qu'il ne resta plus au Wafd qu'à se fonder sur ces procurations pour prouver qu'il parlait au nom de la nation...

— Ah ! si avec ça Mohammed Farid était parmi nous ! déclara Ahmed Abd el-Gawwad ému.

— Parmi les hommes du parti nationaliste, Mohammed Ali Allouba bey et Abd el-Latif al-Mekabbati se sont joints au Wafd...

Puis il haussa les épaules pour en secouer le passé et reprit :

— Chacun de nous se souvient de Saad et de tout le bruit qu'il a fait du temps de son entrée en fonction au ministère de l'Instruction publique et, plus tard, de la Justice. Je me rappelle encore l'accueil chaleureux que lui a réservé le *Liwa*[1] dès sa candidature au ministère, même si je n'oublie pas les attaques qu'il a lancées contre lui par la suite. D'ailleurs je ne nie pas avoir penché du côté de ses détracteurs de par mon attachement très fort au regretté Moustapha Kamel. Mais Saad a toujours fait la preuve qu'il pouvait épater les gogos ! Quant à son dernier coup de main, il mérite que nous lui donnions la place la plus chère dans nos cœurs !

1. Litt. *L'Etendard,* journal de Moustapha Kamel fondé en 1900, organe du parti nationaliste. Le *Liwa* publiait une édition en français.

– Tu as raison, un beau coup de main! Prions Dieu qu'il le couvre de succès!

Puis, préoccupé :

– Tu crois qu'on va leur permettre d'effectuer ce voyage? Qu'est-ce que tu crois qu'ils vont faire s'ils vont là-bas?

M. Mohammed Iffat replia la procuration et se leva en disant :

– Demain n'est pas loin...

Tandis qu'ils se dirigeaient tous deux vers la porte de la boutique, l'esprit plaisantin de notre homme prit le dessus et il chuchota à l'oreille de son ami :

– Je suis tellement heureux de cette procuration nationale que j'ai l'impression d'en être à l'ivresse du huitième verre entre les cuisses de Zubaïda!

Mohammed Iffat branla la tête, impressionné, comme si l'image que lui forgeait son imagination à l'évocation de la coupe et de Zubaïda l'avait enivré et il murmura :

– Qu'est-ce qu'on va en entendre demain!

Puis il quitta la boutique et Ahmed Abd el-Gawwad marchant sur ses pas compléta, le sourire aux lèvres :

– ... et en voir après-demain!

Puis il retourna à son bureau, les traits encore épanouis par la plaisanterie et le cœur encore gonflé d'enthousiasme, comme pour chacune des grandes choses de la vie qui se présentaient à lui, loin de sa maison. Car, s'il était du plus grand sérieux chaque fois que l'heure l'exigeait, il n'hésitait pas à détendre l'atmosphère par la plaisanterie et l'humour, chaque fois que ceux-ci frappaient aux portes de son esprit, laissant parler en cela une nature avec laquelle il ne pouvait pas jouer même s'il semblait d'une étonnante capacité à en résoudre la dualité. Ainsi, son sérieux ne muselait en rien sa plaisanterie, pas plus que cette dernière n'altérait celui-là et, comme son humour n'était pas l'un de ces luxes superflus qui évoluent en marge de la vie mais une nécessité qui partageait son existence à part égale avec lui, jamais il ne pouvait se cantonner au sérieux intégral ou y concentrer tout son effort. C'est pourquoi il s'était toujours contenté dans son « nationalisme » d'une sympathie et d'une affinité de cœur sans se hasarder à une action susceptible de changer le cours de sa vie, qui lui plaisait, sûr qu'il ne se satisferait d'aucune autre. Aussi n'avait-il jamais songé à adhérer à aucun des comités du parti nationaliste malgré son attachement à ses principes, ni même à s'imposer d'assister à l'une de ses réunions. N'eût-ce pas été là gâcher son temps « précieux »? Un temps dont la patrie n'avait nul besoin tandis que lui en exigeait chaque minute pour la consacrer à sa famille, à son commerce et, surtout, à son divertissement au milieu d'amis chers et de compagnons fidèles! Eh bien, soit! Que son temps appartienne tout entier à sa vie! La patrie pouvait demander ce qu'elle voulait de son cœur, de ses sentiments, voire de son argent chaque fois qu'il était en fonds, il ne s'en montrait pas avare s'il fallait en disposer pour tel ou tel propos. En outre, jamais, en aucun cas, il n'avait eu l'impression de faillir à son devoir. Au contraire, il était connu parmi ses amis pour son patriotisme, soit que leurs cœurs n'épanchassent pas leurs sentiments comme le sien, soit que ceux dont le cœur était généreux n'allassent pas comme lui jusqu'à faire des dons en argent.

Ainsi donc se distinguait-il par son patriotisme. Il le savait et l'ajoutait au reste de ses qualités dont il s'enorgueillissait secrètement. Il ne se figurait pas que le patriotisme pût exiger de lui davantage qu'il ne lui accordait généreusement. Ce cœur passionné d'amour, de gaieté et de badinage ne manquait pas de place, bien qu'il fût débordé, pour le sentiment national qui, s'il voyait le terrain de sa vitalité réduit chez lui au cœur, n'en était pas moins fort, profond, absorbant et préoccupant pour l'esprit. Ce sentiment ne lui était pas venu par accident mais avait grandi avec son enfance, au milieu de ce que ses oreilles avaient entendu de récits héroïques que racontaient les anciens au sujet d'Orabi. Puis le tison enfoui s'était enflammé à la lecture des articles du *Liwa* et de ses tribunes et cela avait été un spectacle unique, prêtant à la fois à l'émotion et au rire, le jour où on le vit en train de pleurer comme un enfant lors de la mort de Moustapha Kamel! Ses amis furent émus, aucun d'eux n'étant à l'abri d'une pointe de tristesse, puis ils éclatèrent de rire dans la joyeuse assemblée nocturne lorsqu'ils se remémorèrent le tableau, tant il était peu banal de voir le « Seigneur du rire » fondre en larmes! Aujourd'hui, une fois le feu de la guerre éteint, après la mort du jeune chef et l'exil de son dauphin, après que l'espoir du retour de « notre Effendi » fut perdu, après la défaite de la Turquie, la victoire des Anglais, après toutes ces choses, ou malgré toutes ces choses, des nouvelles incroyables se propageaient, porteuses de réalités aux figures de légendes... « l'Anglais » confronté aux revendications d'indépendance, la signature des procurations nationales, l'interrogation sur l'étape suivante, des cœurs vaillants réveillés de leur torpeur, des âmes rayonnantes d'espoirs. Qu'est-ce que tout cela promettait? Son imagination pacifique, accoutumée à la résignation, s'interrogeait en vain. Il attendait la nuit avec impatience pour voler vers sa joyeuse assemblée où les conversations politiques étaient devenues le « hors-d'œuvre » de la boisson et de la gaieté. Elles étaient liées désormais au cortège d'incitations qui aimantaient en lui le désir languissant de sa veillée, comme Zubaïda, l'amour fraternel, la boisson, la musique. Dans ce climat enjôleur, elles semblaient rafraîchissantes, d'un goût nouveau, enrichissant le cœur de toutes sortes de sentiments de fougue et d'amour, sans exiger de lui ce qu'il ne pouvait pas faire! C'est à tout cela qu'il pensait quand Gamil al-Hamzawi s'approcha de lui en disant :

— Vous n'avez pas entendu le nouveau nom qu'on a donné à la maison de Saad pacha? On l'appelle « la Maison de la nation ».

Et l'homme se pencha vers lui pour lui confier comment il avait eu vent de la nouvelle.

*

Au moment où la patrie était occupée à revendiquer sa liberté, Yasine persévérait avec fermeté et résolution à s'arroger la sienne. Car ce départ vers ses veillées nocturnes, après l'abstinence empreinte de droiture des quelques semaines ayant succédé au mariage, il ne l'avait pas obtenu sans lutte. Fort de cette vérité qu'il s'était tant de fois répétée comme excuse à sa conduite nouvelle, à savoir qu'il ne se figurait pas, du temps où il était encore grisé par le rêve du mariage, revenir à cette vie d'errance entre le café et la taverne de Costaki, il croyait en toute bonne foi avoir dit adieu à cela pour toujours, vouant à sa vie conjugale les plus nobles intentions... jusqu'à ce que la déception irrémédiable du mariage ne le prenne au dépourvu. Devoir supporter l'ennui ou la vie vide, comme il l'appelait, le déprima et il se réfugia de toute la force de son âme délicate et sensible du côté de la distraction, de l'amusement et de l'oubli : du côté du café et de la taverne; non pas comme vers une vie de divertissement passagère, comme il l'avait cru par le passé, du temps où le mariage constituait un espoir en réserve, mais comme vers une vie représentant tout le plaisir qui lui restait après que le mariage se fut avéré une déception amère, comme celui que de grands rêves lancent à l'aventure hors de son pays et que l'échec ramène à lui repentant. Cependant, Zaïnab qui avait connu auprès de lui la chaude affection, les caresses gourmandes, voire le respect qui l'avait poussé un jour jusqu'à l'emmener avec lui au théâtre Kishkish bey en faisant fi de la forteresse de traditions strictes que son père érigeait autour de la famille, Zaïnab, donc, reçut en voyant qu'il la délaissait jusqu'à minuit, nuit après nuit, pour rentrer soûl, titubant, un choc qu'elle eut peine à supporter et elle ne put s'empêcher de lui dévoiler ses tourments. Sachant intuitivement qu'une saute soudaine de sa vie conjugale ne pouvait se passer sans dommages, il s'était attendu d'emblée à une opposition, de quelque nature qu'elle fût, un reproche, une hostilité, et avait pris les dispositions adéquates pour trancher la situation en s'aidant du langage que son père lui avait tenu la nuit où il l'avait coincé au retour de Kishkish bey : « Il n'y a que les hommes pour pervertir les femmes! et n'importe qui ne mérite pas de leur être reconnu supérieur! » A peine eut-elle fait entendre sa plainte qu'il lui dit :

— Il n'y a pas lieu d'être triste, ma chère. Depuis toujours les maisons appartiennent aux femmes et le monde aux hommes! Tous les hommes sont comme ça! Le mari sincère reste aussi bien fidèle loin de sa femme que devant elle. En outre, je tire de ma veillée un délassement et une gaieté qui font de notre vie une jouissance parfaite!

Et lorsqu'elle fit allusion à ses soûleries en arguant du fait qu'elle « craignait pour sa santé », il pouffa de rire et déclara avec ce même ton alliant la délicatesse à la fermeté :

— Tous les hommes se soûlent. Ma santé s'améliore avec l'ivresse.

Puis riant à nouveau :

— Demande donc à mon père ou au tien!

Elle n'en désira pas moins approfondir la conversation, poursuivant un fol espoir, et il redoubla de fermeté, tirant courage de son ennui, cet ennui qui lui faisait oublier les craintes de la fâcher qui avaient été siennes jusque-là. C'est ainsi qu'il se mit à souligner le droit absolu qu'ont les hommes de faire ce qu'ils veulent et le devoir qu'ont les femmes d'obéir et de rester à leur place.

— Regarde la femme de mon père! Tu l'as déjà vue s'opposer une seule fois à quoi que ce soit de sa conduite? C'est à cette condition qu'ils forment un couple heureux et une famille sans histoires. Ne revenons pas là-dessus!

Peut-être que si on l'avait laissé à son seul sentiment, il n'aurait pas fait usage de toute la diplomatie forcée qu'il utilisa pour lui parler, car sa déception du mariage l'avait amené à ressentir vis-à-vis d'elle tantôt une sorte de désir de vengeance, tantôt une sorte de haine intermittente, même s'il ne cessait de la désirer de temps à autre. Mais il ménagea ses sentiments par respect, ou par peur, de son père dont il connaissait le profond attachement pour celui de sa femme : M. Mohammed Iffat. En vérité, rien ne le tourmentait davantage que sa crainte de la voir se plaindre à son père et que ce dernier se plaigne à son tour au sien, si bien qu'il avait envisagé sérieusement, si ses craintes se révélaient fondées, d'habiter seul, quelles qu'en fussent les conséquences. Mais ses craintes ne se confirmèrent pas. La jeune fille, malgré sa tristesse, prouva qu'elle était une femme « raisonnable », comme si elle était de la même trempe que celle de son père. Elle apprécia sa situation à sa juste valeur et s'en remit à la force des choses, rassurée sur son mari par les propos qu'il tenait inlassablement sur sa sincérité et l'innocence de ses veillées, se contentant de déverser sa douleur et sa tristesse dans le cercle étroit de la famille, la séance du café en l'occurrence, sans trouver d'appui sérieux. Comment l'eût-elle pu dans un milieu où la soumission aux hommes était considérée comme une religion et un dogme? Au contraire, Amina avait désavoué sa plainte et s'était indignée de son étrange ambition d'asseoir son emprise sur son mari. C'est qu'elle ne pouvait se représenter les femmes que d'après son exemple à elle et les hommes que sur le modèle de son mari. Ainsi elle ne vit rien d'étonnant au fait que Yasine jouisse de sa liberté. Au contraire, c'est la plainte de sa femme qui lui semblait bizarre.

Seul Fahmi mesura le chagrin de la jeune fille et se mit en devoir d'en rendre compte à Yasine, même s'il était persuadé dès le départ de défendre une cause perdue. Peut-être que ce qui l'avait encouragé à le faire était la fréquence de leurs rencontres dans le café d'Ahmed Abdou dans Khan al-Khalili, ce café bâti sous terre, comme une grotte creusée dans le ventre d'une montagne, recouvert par les habitations du vieux quartier et retiré du monde, avec ses salles étroites qui se faisaient face, sa courette ornée au centre d'une fontaine silencieuse, ses lampes allumées jour et nuit, son ambiance paisible, rêveuse et fraîche. Yasine avait penché pour ce café en raison de sa proximité avec la taverne de Costaki et l'obligation qu'il avait de déserter le café de Si Ali à al-Ghouriya, après sa rupture avec Zannouba. Il l'avait choisi également pour son cachet ancien qui correspondait à son âme encline à la poésie. Quant à Fahmi, s'il avait découvert le chemin des cafés, en tant qu'étudiant bûcheur, ce n'était pas par suite d'un dérèglement de conduite, mais pour répondre à la maladie de ces derniers jours qui poussait les étudiants et les autres à se réunir et à se concerter. Il choisit donc, ainsi qu'un petit groupe de ses acolytes, le café d'Ahmed Abdou pour ces mêmes caractéristiques vétustes qui le plaçaient à l'abri des regards; c'est là qu'ils se réunissaient soir après soir afin de discuter, de débattre, de prévoir et d'attendre les événements. Souvent les deux frères se retrouvaient dans l'une de ces salles minuscules, ne fût-ce qu'un court instant, avant qu'arrivent les amis de Fahmi ou que vienne pour Yasine l'heure de se transporter à la taverne de Costaki. Une de ces fois, Fahmi fit allusion à la contrariété de Zaïnab, manifestant sa surprise de la conduite de son frère, incompatible avec une vie conjugale à ses débuts. Yasine eut le rire d'un homme se reconnaissant pleinement le droit de se moquer de la naïveté de cet autre qui daignait lui parler sur un ton de conseilleur de choses qu'il ignorait totalement. Toutefois, il ne voulut pas justifier immédiatement sa conduite, préférant se distraire un peu avec les paroles qui lui chatouillaient l'esprit. Il parla à son frère en ces termes :

– Il fut un temps où tu désirais épouser Maryam. Je ne doute pas que tu as dû être terriblement peiné de l'attitude de papa qui a empêché ce désir de se réaliser. Mais je vais te dire..., et je sais de quoi je parle : si tu avais su alors ce que le mariage nous promet, tu aurais loué le Seigneur de ton échec!

Fahmi resta stupéfait, presque incommodé, ne s'attendant pas dès la première phrase à recevoir le choc de mots mettant côte à côte « Maryam », « le mariage » et « le désir », soit autant de pensées qui avaient joué sur le théâtre de son cœur des rôles inoubliables et dont l'empreinte n'était pas encore effacée. Peut-être manifesta-t-il sa surprise à l'excès, de manière à cacher ce que les souvenirs avaient réveillé en lui de chagrin et d'émoi. C'est peut-être pour cette même raison qu'il ne put dire un mot. Mais Yasine continua en accompagnant son propos d'un geste de lassitude et d'ennui :

— Je ne me figurais pas que le mariage pouvait déboucher sur un tel vide. En fait, ce n'est rien de plus qu'un rêve trompeur... et cruel, comme toute méchante imposture.

Ces paroles semblèrent à Fahmi difficiles à avaler, suspectes, ce qui était naturel pour un jeune homme dont les sources affectives de la vie bondissaient vers un seul et unique but qui ne se manifestait à lui que sous la forme d'« une femme », sous le terme de « mariage », et il supporta difficilement que son frère irresponsable traite ce mot sanctifié avec une telle amertume railleuse.

— Mais ta femme est une dame... parfaite! bredouilla-t-il dans une profonde stupeur.

— Une dame parfaite! Tu l'as dit! s'exclama Yasine avec ironie. N'est-elle pas aussi la fille d'un homme vertueux, la belle-fille d'une famille respectable? Belle..., bien élevée..., mais je ne sais pas quel démon délégué à la vie conjugale fait de toutes ces qualités des attributs insignifiants que le poids d'un mortel ennui rend indignes d'intérêt. Ça me fait penser à ces qualificatifs de noblesse et de bonheur dont nous recouvrons la pauvreté chaque fois que nous estimons devoir consoler un pauvre de son dénuement...

— Je ne comprends pas un traître mot de ce que tu racontes! dit tout simplement Fahmi avec sincérité.

— Attends d'en faire toi-même l'expérience!

— Alors pourquoi les gens persévèrent-ils dans le mariage depuis l'aube de la création?

— Parce qu'avec le mariage comme avec la mort toute mise en garde, toute précaution est vaine!

Puis reprenant sur sa lancée, comme se parlant à lui-même :

– L'imagination m'a joué de sacrés tours! Elle m'a transporté vers des mondes dont les joies dépassent les espérances. Combien de fois je me suis demandé : « Alors c'est vrai, je vais vivre avec une belle jeune fille, dans la même maison, pour l'éternité? » Ah! ça oui, quel rêve! En attendant, je te certifie qu'il n'y a pas de pire calamité que de vivre dans la même maison avec une jeune beauté pour l'éternité!

Fahmi grommela avec la perplexité d'un garçon qui, aux prises qu'il était avec les désirs de l'adolescence, ne pouvait qu'avec peine s'imaginer un tel ennui :

– Peut-être que tu vas chercher des choses au-delà des apparences qui, elles, sont irréprochables!

– C'est justement de ces apparences irréprochables et de rien d'autre dont je me plains! répondit Yasine avec un rire amer. En fait, c'est de la beauté elle-même dont je me plains! C'est elle..., elle, dont j'ai par-dessus la tête, à en être malade! C'est comme un mot nouveau dont le sens t'éblouit la première fois. Tu n'arrêtes pas de le répéter et de le mettre à toutes les sauces jusqu'à ce qu'il te fasse le même effet que « chien » ou « ver de terre » ou « leçon » ou je ne sais quelle banalité, qu'il perde sa nouveauté, sa saveur! Tu en as peut-être déjà oublié le sens même, ce n'est plus qu'un mot bizarre qui ne veut rien dire et qu'il n'y a plus aucune raison d'utiliser. Et peut-être que si d'aucuns tombent dessus dans l'une de tes dissertations, ils vont être stupéfaits de ton style brillant, alors que, toi, tu seras stupéfait de leur méprise. Et ne me demande pas quelle calamité il y a dans l'ennui de la beauté, étant donné que ça me semble être un ennui inexcusable et par conséquent une fatalité!... Or il est impossible d'échapper à un désespoir sans objet. Ne t'étonne pas de mes paroles. Je t'excuse parce que tu vois de loin..., et la beauté c'est comme les mirages, on ne peut la voir que de loin...

Malgré l'amertume du ton, Fahmi demeura sceptique quant à la réalité de ces motifs, attendu que, depuis le début, il inclinait à accuser son frère, et non pas la nature humaine, des écarts de conduite qu'il lui connaissait. Ne pouvait-on pas, en fait, attribuer ses plaintes au libertinage dans lequel il s'était jeté à corps perdu dans sa vie de garçon? Il s'entêtait à le penser, avec l'insistance d'un homme refusant d'essuyer des déboires dans les plus chers de ses espoirs et, comme Yasine ne se souciait point tant des points de vue de son frère que de dire tout ce qu'il avait sur le cœur, il continua son propos, avec, pour la première fois, un franc sourire :

– Je commence à réaliser parfaitement l'attitude de mon père! Et je comprends ce qui a fait de lui ce noceur toujours à l'affût de l'amour! Comment pouvait-il se contenter d'une seule pâture un quart de siècle durant, alors que l'ennui m'a déjà achevé au bout de cinq mois?

Fahmi, angoissé de l'implication de son père dans la discussion, répondit :

– En supposant même que ta plainte soit l'expression d'une misère inhérente à la nature humaine, le remède que tu préconises (il allait pour dire : est contre nature, puis il y renonça pour plus de logique) est contre la religion!

Yasine qui se contentait, en matière de religion de la foi, sans se préoccuper sérieusement de ses prescriptions ni de ses interdits, rétorqua :

– La religion conforte mon point de vue, à telle enseigne qu'elle a permis le mariage avec quatre femmes, sans compter les concubines qui pullulaient dans les palais des califes et des riches. Elle a donc compris que la beauté elle-même, si l'habitude et l'accoutumance la rendent banale, rebute, rend malade et tue...

– Nous avions un grand-père qui se couchait avec une femme et se réveillait avec une autre, peut-être que tu as hérité de lui..., dit Fahmi en souriant.

– Peut-être! bredouilla Yasine dans un soupir.

Toujours est-il que, jusqu'à maintenant, il n'avait pas osé réaliser le moindre de ses rêves mutins. Certes, il avait repris le chemin du café, puis de la taverne, mais il hésitait à franchir le dernier pas, à se laisser glisser vers Zannouba ou une autre. Qu'est-ce qui l'avait fait réfléchir ou hésiter? Sans doute n'était-il pas dénué d'un certain sens des responsabilités face à la vie conjugale. Sans doute n'avait-il pas échappé à la crainte que lui inspirait la religion au sujet du « mari fornicateur » dont il avait la certitude qu'on ne pouvait le comparer au « jeune homme fornicateur ». Peut-être aussi que la déception de l'espoir le plus fort qui ait vibré en lui avait détourné son esprit des plaisirs de ce bas monde jusqu'à ce qu'il se ressaisisse. Toutefois rien de tout cela n'avait été à même de dresser un obstacle sérieux sur sa route, ni capable d'arrêter le cours de son existence. N'avait-il pas trouvé une incitation irréductible dans la conduite de son père, ce père qui l'avait subjugué? La « sagesse » dont faisait preuve son épouse, il l'avait associée dans son esprit à celle de la femme de son père, de sorte que son imagination s'était emballée à lui tracer un plan pour leur vie conjugale sur le modèle de celle d'Amina. Il avait espéré si fort que Zaïnab trouve son bonheur dans la vie à laquelle elle était vouée, tout comme la femme de son père avait trouvé bonheur à la sienne, car cela lui autorisait les fredaines heureuses de son père, comme de revenir au bout de la nuit en ayant la faveur d'une maison paisible et d'une épouse faisant semblant de dormir. C'est comme cela, et comme cela seulement, que la vie conjugale lui semblait envisageable, voire douillette, douée de rares avantages... « Que recherche une femme, n'importe quelle femme, en dehors de la maison conjugale et de la satisfaction sexuelle? Rien! Elles ne sont rien moins que des animaux domestiques et il faut les traiter comme telles! Assurément, on n'a jamais vu les animaux domestiques fourrer leur nez dans notre vie privée, elles n'ont qu'à attendre à la maison que nous soyons disposés à les lutiner! Etre un mari dévoué à la vie conjugale? Mais c'est la mort! Toujours le même visage, la même voix, le même goût... toujours... toujours, jusqu'à ce que le mouvement et l'immobilité se confondent, que le bruit et le silence soient jumeaux... Non, non, non et non, ce n'est pas pour ça que je me suis marié!... S'il est dit qu'elle a la peau blanche, et alors? n'ai-je pas des appétits pour les filles à la peau brune, ou même... noire! S'il est dit

458

qu'elle est gironde, est-ce que cela me console des maigres ou des grosses? Qu'elle a de bonnes manières, descend de famille noble, ça enlève quelque chose aux gamines des carrioles? Allez, fonce, Yasine..., fonce! »

*

M. Ahmed était plongé dans ses registres quand une chaussure à talon haut frappa le pas de la porte de la boutique. Il leva les yeux, intéressé d'instinct, et vit entrer une femme dont la grande *mélayé* enveloppait le corps plantureux et dont le bord du voile de tête noir découvrait un front éclatant et deux yeux soulignés de khôl. Les traits de son visage sourirent à cet accueil qui le faisait languir depuis longtemps. Il reconnut tout de suite Sitt Oum Maryam, ou la veuve du regretté Ridwane comme on l'appelait depuis peu, et, comme Jamil al-Hamwazi était occupé avec quelques clients, il la pria de venir s'asseoir tout près de son bureau. La femme s'approcha en roulant les hanches et s'installa sur le petit tabouret dont son arrière-train déborda, tandis qu'elle adressait à son hôte les salutations matinales. Mais, bien que les salutations qu'elle lui fit et que l'accueil qu'il lui témoigna eussent lieu suivant les convenances qui se répétaient chaque fois que venait le voir une « cliente » méritant les honneurs, l'atmosphère qui baignait le coin de la boutique autour du bureau se chargea d'une électricité en mal d'innocence. Les signes en étaient perceptibles dans les paupières de l'une abaissées par la honte, de part et d'autre du *arous,* et dans le regard embusqué de l'autre au-dessus des ailes du gros nez. Une électricité insidieuse, silencieuse, dont la lumière cachée n'avait besoin que d'un contact pour briller, étinceler et s'enflammer...

Il attendait pour ainsi dire cette visite qui venait dissiper des espoirs chuchotés et des rêves refoulés, sans compter que la mort de M. Mohammed Ridwane lui avait donné des idées et avait excité en lui des désirs, tout comme le repli de l'hiver excite toutes sortes d'espoirs de jeunesse

dans la nature et chez les vivants. Avec sa mort, l'apitoie-
ment qui avait entravé sa sensation de mâle ardeur avait
disparu et il put se rappeler à lui-même que le défunt
n'avait jamais été qu'un voisin, non un ami, et que
maintenant il n'était plus de ce monde! De même, son
sentiment de la beauté de cette femme dont il s'était
défendu jadis pour préserver sa dignité pouvait s'exprimer
et exiger sa part de jouissance et de vie. Cela sans compter
que ses sentiments envers Zubaïda avaient été gagnés par
la flétrissure comme un fruit en fin de saison. C'est
pourquoi la femme trouva en lui, contrairement à la visite
précédente, un mâle ardent ainsi qu'un amant affranchi.
Mais une pensée fâcheuse, celle que la venue de cette
femme fût innocente, lui passa par la tête. Il la chassa
toutefois énergiquement de son esprit en invoquant les
allusions discrètes et les détours subtils dont elle avait fait
preuve au cours de leur dernière rencontre, tout en étayant
ses présomptions avec la visite même de ce jour que rien ne
rendait obligatoire si ce n'est ce qu'il avait dans l'idée... Il
se résolut enfin à tâter le terrain en vieil expert et lui dit
courtois et souriant :

— Charmante initiative!

— Dieu vous honore, répondit-elle quelque peu gênée. Je
rentrais à la maison et comme je passais par la boutique
j'ai jugé bon de prendre moi-même mes provisions pour le
mois!

Il saisit « l'excuse » alléguée par la dame mais refusa de
l'accréditer, car qu'il lui semblât bon de prendre elle-même
ses provisions pour le mois ne prêtait pas à conséquence,
s'il n'y avait nulle autre intention derrière, d'autant qu'elle
savait d'évidence et d'instinct que sa venue, après les
« préliminaires » de la dernière visite, était de nature à
éveiller en lui quelques soupçons et sembler une « chicane-
rie » à la coquetterie non dissimulée. L'empressement de la
dame à alléguer une excuse raffermit sa confiance et il
dit :

— C'est une excellente occasion pour vous saluer et me
placer à votre service!

Elle le remercia en deux mots qu'il écouta d'une oreille distraite, occupé qu'il était à penser à l'enchaînement de son propos. Peut-être eût-il accepté de faire une parenthèse pour le mari défunt en priant pour son salut mais il écarta cette idée de peur qu'elle ne lui gâche tout. Il se demanda plutôt s'il allait passer à l'attaque ou s'abstenir afin de l'amener elle-même petit à petit à faire le premier pas. Chaque tactique avait son charme mais il ne voulut pas perdre de vue que sa venue était à elle seule, et de la part de cette dame, un grand pas, méritant d'être salué dignement. Il reprit comme achevant son propos précédent :

– Je dirais même plus, une excellente occasion de vous voir !

Les paupières et les sourcils de la dame furent pris d'un mouvement prouvant sans doute la honte ou l'embarras, ou les deux à la fois, mais trahissant avant tout son intelligence de tous les sous-entendus que cachait la courtoisie de façade de son hôte. Quoi qu'il en soit, il y vit davantage un écho du sentiment intime qui l'avait poussée à lui rendre visite qu'un écho à ses propres paroles, ce qui le conforta dans sa supposition liminaire et il se mit à confirmer son sous-entendu avec des accents affectueux :

– Assurément, c'est une excellente occasion de vous voir !

A ces mots, elle déclara sur un ton de reproche contenu :

– Je doute que vous considériez le fait de me voir comme une excellente occasion !

Ce ton de reproche apporta à son cœur une bouffée de contentement et de joie, mais il n'en rétorqua pas moins, l'air de protester :

– Celui qui a dit « Un début de doute est un péché » est dans le vrai !

Elle hocha la tête d'un mouvement décidé, l'air de lui dire : « Ce genre de propos est loin de m'impressionner », avant d'ajouter :

– Ce n'est pas seulement un soupçon ! Je veux bien dire ce que je dis ! Vous êtes un homme non dépourvu d'intelligence et moi de même..., même si vous vous figurez le contraire..., et il n'est permis à aucun de nous d'essayer d'abuser l'autre...

Et, bien que ces paroles, venant d'une femme dont la mort du mari n'excédait pas deux mois, fissent naître en lui un sentiment de raillerie en même temps que d'amertume, il se mit à lui chercher des excuses, chose à laquelle il n'aurait pas songé un instant en d'autres circonstances, en se disant : « Sa patience à supporter la longue invalidité de son mari a de quoi plaider en sa faveur! Puis il se débarrassa énergiquement de son sentiment et dit en affectant l'affliction :

– Fâchée contre moi? En voilà une disgrâce que je ne mérite pas!

Elle répondit avec une sorte d'impulsivité due sans doute au fait que ni l'endroit ni le temps n'offraient assez de place pour le jeu du pour et du contre :

– Je me suis dit en venant vous voir : « Tu ne devrais pas y aller! » Par conséquent je ne peux maintenant m'en prendre qu'à moi-même!

– Que diable cette colère, madame! Je suis en train de me demander quel crime j'ai commis!

– Que faire quand vous avez salué un homme et qu'il ne vous en a rendu ni l'équivalent ni même quoi que ce soit d'inférieur? demanda-t-elle sur un ton lourd de sens.

Il comprit sur-le-champ qu'elle faisait allusion à la démonstration de tendresse à laquelle elle s'était livrée au cours de sa dernière visite et à laquelle il avait répondu par le silence. Mais il fit mine de ne pas sentir l'allusion... et poursuivit dans le sens allusif de la dame :

– Peut-être n'est-elle pas parvenue jusqu'à ses oreilles pour une raison ou pour une autre!

– L'homme dont je parle a l'ouïe et les sens développés!

Un sourire de contentement courut sur ses lèvres malgré lui et il déclara sur le ton du coupable passant aux aveux :

– Peut-être n'y a-t-il pas répondu par pudeur ou par crainte!

– Pour ce qui est de la pudeur, il n'en connaît rien! répondit-elle avec une sincérité qui l'enthousiasma et le mit en émoi. Quant aux autres excuses, comment les cœurs sincères pourraient-ils s'en soucier?

Un rire lui échappa qu'il eut vite fait de couper net, tout en regardant furtivement Gamil al-Hamzawi qui paraissait affairé au milieu d'un groupe de clients. Il reprit :

– Je n'aimerais pas revenir aux circonstances qui me furent pénibles en ce temps-là, toutefois je n'ai pas lieu de désespérer puisque remords, pénitence et pardon il y a!

– Qui nous prouve ce remords? demanda-t-elle avec dénégation.

Il répliqua alors d'un ton enflammé dont il était passé maître au fil des ans.

– Je l'ai longtemps avalé à petite dose, Dieu m'est témoin!

– Et la pénitence!

– Elle consiste à rendre le salut au centuple! dit-il en la transperçant d'un regard de braise.

Elle demanda avec coquetterie :

– Et qui vous dit qu'il y a pardon?

– Le pardon ne fait-il pas partie de la nature des gens généreux! dit-il avec civilité.

Puis il ajouta dans une griserie enivrante :

– Le pardon est bien souvent le mot de passe pour entrer au paradis!

Puis, tout en regardant tendrement le doux sourire qui brillait dans ses yeux :

– Le paradis dont je parle se trouve à l'intersection de Bayn al-Qasrayn et d'al-Nahhasin! Et il se trouve que par bonheur sa porte ouvre sur une ruelle de côté, loin des regards indiscrets... et qu'elle n'a pas de gardien!

Il se rendit compte que le gardien du paradis céleste dont il parlait n'était autre que « le défunt », celui-là même qui avait été gardien du paradis terrestre vers lequel il essayait de se frayer un chemin. Une gêne altéra sa pensée et il craignit que la femme n'eût perçu elle aussi la même vérité cynique, mais il la trouva plongée dans une sorte de songe et il poussa un soupir en demandant pardon à Dieu au fond de lui-même.

Gamil al-Hamzawi en avait terminé avec ses clients. Il s'approcha de la dame avec empressement pour pourvoir à ses besoins, ce qui donna à notre homme une bonne occasion de méditer. C'est ainsi qu'il se mit à se rappeler comment son fils Fahmi avait désiré un jour demander la main de Maryam, la fille de cette femme, puis comment Dieu lui avait inspiré le refus. Il avait cru en ce temps-là qu'il ne faisait qu'exécuter la volonté de son épouse. Il ne lui était pas venu à l'esprit qu'il écartait son fils du pire des drames dont un mari puisse être affligé! Car sur qui une fille pouvait-elle bien prendre modèle, sinon sur sa propre mère? Et quelle mère! Une femme dangereuse! Peut-être une pierre précieuse pour des chasseurs de son espèce, mais au foyer une tragédie!... Quelle conduite avait été la sienne durant ces années où son mari avait vécu tel un mort vivant? Tous les indices n'en indiquaient qu'une. Mais peut-être que les voisins étaient nombreux à savoir. Peut-être même que, s'il s'était trouvé quelqu'un dans sa maison sachant parfaitement observer ces choses, il n'eût été dupe de rien et que sa femme n'eût pas continué à lui vouer ce sentiment fraternel et à ne jurer que par elle jusqu'à l'heure actuelle! Un désir lui revint, un désir qui s'était emparé de lui la première fois, à la suite de sa dernière visite suspecte, et qu'il n'aurait pas trouvé le moyen de réaliser en son temps sans éveiller les soupçons : couper les ponts entre cette femme dévergondée et sa sainte maison. Il en voyait maintenant les conditions réunies, à la faveur de cette prise de contact tant attendue, l'autorisant à lui suggérer de rompre peu à peu ses relations avec son épouse, en usant des prétextes susceptibles de le conduire à ses fins, celles qui lui venaient à l'esprit, sans offenser toutefois la dignité d'Oum Maryam, cette femme qui était devenue on ne peut plus proche de son cœur, et en même temps on ne peut plus éloignée de son respect!

Lorsque al-Hamzawi eut fini de préparer sa commande elle se leva en tendant la main à notre homme qui la salua en souriant, lui disant à voix basse :

– Au revoir...

– Nous sommes dans l'attente! murmura-t-elle en s'apprêtant à partir.

Elle le quitta débordant de bonheur, ivre de triomphe et d'orgueil, mais ayant fait naître en lui une inquiétude qui n'existait pas auparavant, une inquiétude digne de figurer en première place parmi ses préoccupations quotidiennes : il se demanderait désormais quel allait être le moyen le plus sûr de se retirer de la maison de Zubaïda, avec le même souci qu'il se demandait ce qu'avait fait le pouvoir militaire, ce que mijotaient les Anglais ou quelles étaient les intentions de Saad. Oui, un bonheur sans précédent, qui tirait derrière lui, comme d'habitude, un cortège de pensées. N'eût été son désir ardent que les gens aient de l'amour pour lui, cet amour qui était source pour lui du plus grand des bonheurs, quitter l'almée lui aurait été facile, dès lors que son amour était usé, que ses fleurs en étaient flétries, que la satiété l'avait plongé dans un marais putride. Mais il craignait toujours de laisser derrière lui un cœur orageux ou un esprit haineux. Comme il aurait aimé, à mesure que la lassitude le prenait, que l'almée le quitte la première, de son propre mouvement, de sorte qu'il soit le lâché et non pas le lâcheur... Comme il aurait aimé que sa relation avec Zubaïda s'achève comme s'étaient achevées ce genre de relations auparavant, sur une rancœur passagère que les présents choisis pour accompagner les adieux aidaient à laver, avant de se muer en amitié indéfectible. Est-ce que Zubaïda, dont il pensait qu'elle n'était pas moins rassasiée que lui, allait faire bon accueil à son excuse? Pouvait-il espérer que ses présents lui pardonnent l'abandon auquel il était résolu? Prouverait-elle qu'elle était une femme au grand cœur, à l'âme généreuse comme sa collègue Galila par exemple? Voilà ce à quoi il devait réfléchir longuement pour mûrir les prétextes les plus salutaires. Il poussa un long soupir comme s'il se plaignait de ce qui avait rendu l'amour périssable et refusait d'épargner au cœur les tracas des passions. Puis l'imagination l'égara, dévorant la journée à belles dents, et il se vit rampant dans l'obscurité, cherchant son chemin vers la maison promise, la femme l'attendant une lampe à la main...

XI

« L'ANGLETERRE... a.. proclamé... son protectorat... de son propre chef... sans... que... ne le demande... ou que ne l'accepte... la nation égyptienne!... C'est... par conséquent... un protectorat... nul... et non... avenu... sans base légale... Ce n'est... qu'un... impératif... de la guerre... parmi d'autres... qui... prendra fin... avec elle. » Fahmi dictait les mots, un par un, lentement, distinctement, tandis que sa mère, Yasine et Zaïnab suivaient attentivement la nouvelle dictée dans laquelle Kamal était absorbé, centrant toute son attention sur les mots sans comprendre le sens d'aucun de ceux qu'il avait écrits, correctement ou incorrectement. Que Fahmi donnât à son petit frère une leçon d'orthographe ou d'autre chose lors de la séance du café n'avait rien d'étrange, mais le sujet de cette dictée sembla nouveau à la mère et à Zaïnab plus particulièrement. Quant à Yasine, il regarda son frère en souriant et lui dit :

– Je vois que ces idées t'obnubilent et que Dieu ne t'a pas permis de dicter à ce pauvre gosse autre chose qu'un discours politique nationaliste qui va faire rouvrir les portes des prisons!

Fahmi s'empressa de confirmer l'opinion de son frère :

– C'est un extrait de l'allocution que Saad a prononcée devant les forces de l'occupation à l'Assemblée économique et législative.

– Et qu'est-ce qu'ils lui ont répondu? demanda Yasine avec un intérêt mêlé de surprise.

– On n'a pas encore leur réponse! répondit Fahmi irrité. Tout le monde s'interroge à son sujet, dans la perplexité et l'angoisse! C'est un rugissement de colère à la face d'un lion dont la sagesse et la justice ne sont pas proverbiales...

Puis il ajouta en soupirant, furieux :

– Il fallait un coup de gueule après qu'on eut refusé au Wafd de faire le voyage à Londres, après que Roushdi pacha eut démissionné du ministère et que le sultan eut déçu tous les espoirs en acceptant sa démission...

Puis il gagna sa chambre en hâte et revint en dépliant une feuille qu'il présenta à son frère :

– L'allocution, je n'ai pas que ça! Lis ce tract distribué sous le manteau qui contient la lettre de Wafd au sultan.

Yasine prit le tract et commença à lire :

– *Votre Hautesse,*

Nous soussignés, membre du Wafd égyptien, avons l'honneur de soumettre à votre Haute Autorité, au nom de la nation, ce qui suit :

Les belligérants s'étant entendus pour faire des principes de liberté et de justice la base de la paix et ayant déclaré que les peuples dont la guerre a modifié le statut seront consultés sur leur autodétermination, nous nous sommes fait devoir de rechercher l'indépendance de notre pays et de défendre sa cause devant la conférence de la paix, attendu que le droit primordial a disparu du champ de la politique et que notre pays, du fait du déclin de la souveraineté turque, est devenu libre de tout devoir envers elle, considérant que le protectorat proclamé par les Anglais, sans accord entre eux et la nation égyptienne, est nul et non avenu et ne constitue en réalité qu'une nécessité de guerre qui prend fin avec elle; eu égard à ces conditions et au fait que l'Egypte, dans le rang de ceux qui plaident pour la protection de la liberté des petites nations, a payé tout ce qu'elle était en mesure de payer, rien n'empêche la conférence de la paix de reconnaître notre liberté politique conformément aux principes sur lesquels elle a été fondée.

Nous avons fait part de notre désir de nous rendre à

Londres à votre Premier ministre, Son Excellence Hussein Roushdi pacha, lequel a promis de nous aider à accomplir ce voyage, confiant qu'il était que nous n'exprimerions que le point de vue de la nation tout entière. Etant donné qu'il ne nous a pas été permis de faire ce voyage et que nous avons été détenus à l'intérieur des frontières de notre pays par la force de l'arbitraire et non de la loi, que l'on nous a empêchés de défendre la cause de cette nation affligée, et que Son Excellence le Premier ministre n'a pu endosser la responsabilité de rester à son poste alors que le peuple s'opposait à sa volonté, il a donné ainsi que son homologue, Son Excellence Adli Yeghen pacha, sa démission définitive, acceptée par le peuple qui a rendu hommage à leur personne et a reconnu la sincérité de leur patriotisme.

L'opinion avait cru qu'ils étaient assurés, dans leur noble attitude de défense de la liberté, de l'appui solide de Votre Hautesse. C'est pourquoi personne ne s'attendait en Egypte à ce que la dernière solution apportée au problème du voyage du Wafd fût l'acceptation de la démission des deux ministres. Car il y a en cela un agrément à la volonté de ceux qui désirent nous humilier, un renforcement de l'obstacle qui a été mis sur la route de ceux qui désirent faire entendre la voix de la nation devant la conférence, ainsi qu'une proclamation de l'acceptation d'un pouvoir étranger sur notre pays à jamais... Nous savons que Votre Hautesse a été sans doute contrainte, pour des considérations d'ordre dynastique, d'accepter le trône de votre glorieux père qui s'était trouvé vacant à la suite de la mort de votre frère, le regretté sultan Hussein. Mais la nation était convaincue que cette acceptation sous un protectorat temporaire et sans base légale, compte tenu de ces circonstances familiales, ne serait jamais de nature à vous détourner d'œuvrer à la libération de votre pays. Cependant, résoudre la crise actuelle par l'acceptation de la démission des deux ministres qui ont fait preuve de leur respect de la volonté nationale ne peut être compatible avec l'amour du bien dont vous êtes pétri pour votre pays ni avec le respect de la volonté de votre peuple. C'est pourquoi l'opinion se demande pourquoi vos conseillers ne se sont pas *tournés vers la nation en ces moments critiques, cette dernière réclamant de vous, le plus droit des fils de son illustre libérateur Mohammed Ali, que vous soyez son premier soutien dans l'obtention de son indépendance, quel qu'en soit le prix pour vous. Car votre ambition est trop haute pour être limitée par les circonstances. Comment a-t-il pu échapper à vos conseillers que l'expression de la démission de Roushdi pacha ne permet pas à un Egyptien doué de dignité patriotique de lui succéder à son poste? Comment a-t-il pu leur échapper qu'un gouvernement constitué sur la base d'un programme contraire à la volonté du peuple est voué à l'échec? Pardon, notre maître, notre intrusion dans cette affaire et dans d'autres circonstances eût été sans doute inconvenante, mais la situation est aujourd'hui trop grave pour que soit observée toute autre considération que l'intérêt de la patrie dont vous êtes le fidèle serviteur. Car notre maître détient la plus haute autorité du pays et c'est à lui qu'en incombe la plus haute responsabilité. C'est en lui que résident ses plus grands espoirs et nous ne saurions trop le conseiller en le priant de prendre connaissance de l'opinion de sa nation avant d'adopter une décision définitive au sujet de la crise actuelle. Car nous certifions à Sa Hautesse qu'il n'est plus aucun de ses sujets, d'un bout à l'autre du pays, qui ne réclame l'indépendance, et mettre des obstacles aux revendications de la nation est une responsabilité que les conseillers de notre maître n'ont pas examinée avec la gravité requise. C'est pourquoi le devoir de servir notre pays et notre loyauté envers notre maître nous a poussés à lui faire part du sentiment de sa nation qui consiste aujourd'hui en un espoir on ne peut plus fort en son indépendance et une crainte on ne peut plus aiguë d'être le jeu du parti de la colonisation, sa nation qui lui demande au nom de son devoir envers elle de s'associer à sa colère et de rester dans ses rangs afin d'atteindre son but... et cela est en son pouvoir!*

Yasine leva des yeux pleins de stupeur, le cœur palpitant d'une émotion nouvelle. Il hocha toutefois la tête en disant :

— Ça alors, quelle lettre! Je me vois mal en train d'en

adresser une comme ça au directeur de mon école sans qu'il me colle une sanction carabinée!

Fahmi haussa les épaules avec mépris :

– L'affaire est aujourd'hui trop grave pour que soit prise en considération toute autre chose que l'intérêt de la patrie!

Il répéta la formule par cœur, dans les termes mêmes où elle figurait dans le texte et Yasine ne put s'empêcher de dire en riant :

– Tu le connais par cœur, ce tract! Mais ça ne m'étonne pas! On dirait que tu as attendu toute ta vie une affaire comme celle-là pour t'y lancer corps et âme. Pour ma part, je ne manque peut-être pas de sentiments ni d'espoirs semblables aux tiens, mais je ne t'approuve pas d'avoir gardé ce papier sur toi, surtout après la démission du ministère et la provocation que représente la loi martiale!

– Je ne fais pas que le conserver, répliqua Fahmi avec fierté, je me charge aussi de le distribuer autant que je peux!

Yasine écarquilla les yeux, anxieux. Il alla pour parler mais Amina le prit de vitesse et demanda inquiète :

– J'ai peine à en croire mes oreilles! Comment peux-tu t'exposer à un tel danger, toi l'être le plus raisonnable qui soit?

Fahmi ne sut comment lui répondre mais n'en ressentit pas moins dans quelle situation délicate son inconséquence l'avait plongé. Rien ne lui coûtait davantage que de parler avec elle de cette affaire. A partir du moment où la patrie entière ne valait pas même une rognure d'ongle à ses yeux, il était plus près d'atteindre le ciel que de la persuader que s'exposer au danger pour le bien de celle-ci était un devoir. Bien plus, il lui semblait que faire sortir les Anglais d'Egypte était plus aisé que l'amener à se convaincre de la nécessité de les en faire sortir ou à les détester. A peine la conversation commençait-elle à tourner autour de ce sujet qu'elle s'exclamait sans complexe :

– Pourquoi les hais-tu, mon petit? Est-ce que ce ne sont

pas des gens comme nous qui ont des enfants et des mères?

Il lui répondait alors sèchement :

— Oui, mais ils occupent notre pays!

Ressentant le tranchant de la colère dans les accents de sa voix, elle se réfugiait alors dans le silence, dissimulant un regard de pitié qui, s'il avait pu parler, lui aurait dit : « Arrête donc de te tracasser pour ça! » Il lui dit une fois, poussé à bout par sa logique :

— Un peuple ne peut pas vivre s'il est gouverné par des étrangers!

Elle lui répondit simplement, l'air de ne pas comprendre :

— Mais, nous, nous sommes toujours vivants bien qu'ils nous gouvernent depuis longtemps! Je vous ai tous mis au monde à l'ombre de leur règne! Ce ne sont pas des gens qui tuent, mon petit; ils ne s'en prennent pas aux mosquées, et la communauté de Mahomet se porte bien!

Le jeune homme lui dit alors désespéré :

— Si notre Seigneur Mahomet était vivant, il n'accepterait jamais d'être gouverné par les Anglais!

— C'est vrai, dit-elle avec un ton sage, mais il y a un monde entre nous et le Prophète, que le salut de Dieu soit sur lui... Dieu venait l'aider avec ses anges!

— Saad Zaghloul fera ce que les anges faisaient! hurla-t-il excédé.

Mais elle cria à son tour en levant les bras au ciel comme pour repousser une catastrophe inévitable :

— Ne dis pas ça, mon petit! Demande pardon à ton Seigneur. Dieu te prenne en sa miséricorde et en son pardon!

Elle était comme ça et comment lui répondre maintenant qu'elle avait pressenti dans cette affaire de tract un danger qui le menaçait? Il n'eut d'autre solution que de se réfugier dans le mensonge et dit en faisant semblant de minimiser les choses :

— Je voulais juste plaisanter, ne t'inquiète pas comme ça, pour un rien!

Mais Amina n'en reprit pas moins avec des accents soumis :

— J'en suis persuadée, mon petit, il s'en faudrait que mon opinion sur le plus sensé des hommes soit déçue. Qu'est-ce qu'on a à voir, nous autres, dans cette histoire? Si nos pachas jugent bon que les Anglais s'en aillent d'Egypte, eh bien, qu'ils les fassent sortir eux-mêmes!

Kamal sembla tout au long de cette conversation s'efforcer de se remémorer quelque chose d'important; dès que sa mère aborda ce sujet, il s'écria :

— Le professeur d'arabe nous a dit hier que les nations se libèrent par la volonté de leurs fils!...

— Il a sûrement voulu parler des grands élèves, s'écria Amina hors d'elle. Ne m'as-tu pas dit un jour qu'il y en a parmi vous qui ont déjà de la moustache?

— Et mon frère Fahmi, c'est pas un grand élève? demanda-t-il innocemment.

— Non, ton frère n'est pas grand, lui répondit-elle avec une animosité contraire à ses habitudes. Vraiment je me demande ce qui a pris à ce maître de vous parler d'autre chose que de la leçon! S'il veut vraiment être patriote, qu'il tienne ces discours à ses enfants, chez lui, pas à ceux des autres!...

La conversation allait s'enflammer et se prolonger quand un petit mot fugace arriva et en changea le cours : Zaïnab, voulant se mettre bien avec sa belle-mère en lui apportant son soutien, s'insurgea contre le professeur d'arabe et le qualifia de « séminariste à la noix dont le gouvernement a fait quelqu'un d'important en une pichenette »! Mais à peine Amina eut-elle entendu cette insulte au « séminariste » que, poussée par le respect que son esprit devait au souvenir de son père, elle sortit de son irritation et refusa de la laisser passer sans rien dire, bien qu'elle eût été proférée dans le but de lui venir en aide. Elle se tourna vers Zaïnab et lui dit calmement :

— Tu méprises, ma petite fille, la chose la plus noble qu'il ait en lui! Les cheikhs sont les vicaires des prophètes! Cet homme ne doit être blâmé que pour s'être écarté des limites de sa vénérable fonction. Si seulement il avait pu se contenter d'être un séminariste et un cheikh!...

Le secret du revirement soudain d'Amina n'échappa nullement à Yasine et il s'empressa d'intervenir pour effacer la trace qu'avait laissée la défense innocente de son épouse...

*

Regarde la rue, regarde les gens! Qui dira après ça que la catastrophe n'est pas arrivée?... Mais M. Ahmed n'avait pas besoin de regarder davantage. Les gens s'interrogeaient, tremblaient, ses amis se plongeaient avec ferveur dans des discussions où le regret, la tristesse et la colère se faisaient écho. De plus, la nouvelle était revenue sur les langues de tous ceux, amis ou clients, qui étaient passés le voir, tous s'accordant à dire que Saad Zaghloul et ses fidèles compagnons avaient été arrêtés et emmenés dans un endroit resté secret, au Caire ou hors du Caire. M. Mohammed Iffat s'exclama, le visage injecté du sang de la fureur :

– N'ayez aucun doute sur l'authenticité de la nouvelle! Les mauvaises nouvelles ont une odeur qui empeste! N'était-ce pas cousu de fil blanc depuis la lettre du Wafd au sultan, ou depuis sa réponse à l'avertissement britannique et cette lettre cassante au gouvernement anglais?

– Ils arrêtent les grands pachas! commenta Ahmed Abd el-Gawwad profondément consterné. C'est affreux! Qu'est-ce qu'ils vont bien pouvoir faire d'eux?

– Dieu seul le sait... Le pays suffoque sous le coup de la loi martiale...

M. Ibrahim Alfar, marchand de dinanderie, entra sur ces entrefaites à l'improviste en courant et criant à bout de souffle :

– Vous connaissez la dernière nouvelle?... Malte!

Puis il frappa dans ses mains et précisa :

– Déportés à Malte! Il n'en reste plus un seul parmi

nous... Ils ont déporté Saad et ses compagnons à l'île de Malte!

– Déportés! s'écrièrent-ils dans un souffle unique.

La « déportation » avait réveillé dans leurs esprits les vieux et tristes souvenirs d'Orabi pacha et de sa fin tragique, qui les obsédaient depuis leur enfance. Ils demandèrent, ne pouvant contenir la détresse de leur cœur :

– Est-ce le même sort qui attend Saad Zaghloul et ses amis? Sont-ils vraiment coupés de la patrie à jamais? Ces grandes espérances vont-elles mourir sans avoir eu le temps d'éclore?

Ahmed Abd el-Gawwad ressentit une tristesse comme jamais il n'en avait ressentie auparavant. Une tristesse lourde, âpre, qui envahit son cœur comme la nausée, et sous le poids de laquelle il se sentit éteint, abattu, étouffé. Puis on se mit à échanger des regards sombres, consternés, on parlait en silence, on criait sans voix, on se révoltait sans que se répande la moindre rumeur, avec dans la salive une même amertume. Puis, à la suite d'Alfar vint un autre ami, puis un second, un troisième, tous répétaient la même nouvelle, espérant trouver auprès des autres un baume à la brûlure de leurs âmes mais ne rencontrant que cette tristesse muette, ce mutisme affligé, cette révolte sourde.

– Les espoirs vont-ils partir en fumée, aujourd'hui comme hier?

Personne ne répondit. L'auteur de la question resta à promener son regard sur les visages. Sans résultat. Pas de réponse où l'esprit pût trouver un refuge à son trouble même s'il se refusait à reconnaître devant tous ce qui le terrassait d'effroi. Saad est exilé, il faut se rendre à l'évidence, mais ne va-t-il pas revenir, tout au moins dans quelque temps? Saad, revenir, mais comment? Quelle force pourrait le faire revenir? Non, Saad ne reviendra pas! Où s'en vont donc ces vastes espérances? De l'espoir nouveau avait jailli une vie ardente, profonde, dont la fascination qu'elle exerçait sur eux refusait de les livrer au désespoir... Pourtant, ils ne savaient plus comment nourrir l'illusion de la voir renaître.

– Mais n'y a-t-il pas un espoir que la nouvelle ne soit qu'une fausse rumeur?

Personne ne prêta attention à l'auteur de la question. Lui-même n'attacha d'ailleurs aucune importance à cette indifférence, dans la mesure où il n'avait rien visé d'autre à travers ses paroles qu'un moyen, fût-il illusoire, d'échapper au désespoir étouffant.

– Les Anglais l'ont jeté en prison... Mais qui pourrait lutter contre eux!

– Un homme exceptionnel! Il a fait surgir un éclair de vie et s'en est allé...

Comme un rêve... On l'oubliera et il ne restera de lui que ce qui reste d'un rêve au petit matin!

Quelqu'un s'écria d'une voix étranglée par la douleur:

– Mais Dieu existe!

– Oui... et il est miséricordieux entre tous! s'écrièrent-ils d'une seule voix.

Le nom de Dieu évoqué eut l'effet d'un pôle aimanté. Il attira à lui leurs idées diffuses et rassembla leurs pensées disséminées par le désespoir. D'ailleurs, le soir de ce jour, et pour la première fois depuis un quart de siècle ou davantage, le cercle des amis fidèles, submergé par un silence affligé, sembla bouder le divertissement et la gaieté. Tous les sujets de conversation s'étaient tournés vers le chef exilé. La tristesse les accablait, même s'il s'en trouvait parmi eux pour être tiraillés entre la tristesse et l'envie de boire par exemple. Pourtant la première l'emporta un temps sur la seconde, par respect pour le sentiment général et en conformité avec la situation. Mais, quand la conversation eut réellement traîné en longueur et qu'ils en eurent épuisé la matière, ils se retranchèrent dans une sorte de silence. Néanmoins ils ne tardèrent pas à être l'objet d'une angoisse sous-jacente, reflet du chatouillement de cette accoutumance qui commençait à gémir en eux et ils semblèrent attendre le signal du téméraire qui précède les rangs. Mais M. Mohammed Iffat déclara soudain:

– Il est temps de rentrer chez nous!

Ses paroles ne reflétaient en rien ses intentions. C'était

comme s'il avait voulu les avertir que, s'ils laissaient le temps passer ainsi qu'ils venaient de le faire, il ne leur resterait plus effectivement qu'à rentrer chez eux. Leur longue fréquentation leur ayant appris à se comprendre parfaitement par le jeu de l'allusion, Ali Abd el-Rahim, le marchand de farine, s'enhardit à lancer ce qui était une invite déguisée :

– Rentrer chez nous sans un petit verre pour nous adoucir les malheurs du jour?

Ses paroles eurent sur eux le retentissement de celles du chirurgien venu annoncer aux membres de la famille du malade au sortir de la salle d'opération. « Dieu soit loué..., l'opération a réussi! » Pourtant celui en qui s'affrontaient la tristesse et l'envie de boire ne put s'empêcher de dire dans une sorte de protestation en dissimulant le vent frais de soulagement qui s'épanchait dans sa poitrine :

– Boire! Un jour comme celui-ci?

Ahmed Abd el-Gawwad lui décocha un regard lourd de sens et lui lança avec ironie :

– Laisse-les boire tout seuls, nous deux on file..., fils de... chien!

Pour la première fois des rires leur échappèrent. On apporta les bouteilles et on eût dit que notre homme voulait excuser le comportement général, et il ajouta :

– L'amusement ne change pas ce qu'il y a dans le cœur de l'homme!

On acquiesça à ses paroles. C'était la première nuit où ils hésitaient aussi longtemps avant de répondre à l'appel du désir et Ahmed Abd el-Gawwad ne tarda pas à déclarer, ému par le spectacle des bouteilles :

– Saad ne s'est insurgé que pour le bonheur des Egyptiens, non leur souffrance, alors n'ayez pas honte de vous adonner à la boisson au moment où vous éprouvez de la tristesse pour lui...

Cette dernière ne l'empêchait pas de plaisanter. Toutefois, cette nuit-là, ne pouvant jouir d'une pureté sans nuage, notre homme la décrivit plus tard comme : « Une nuit malade qu'ils avaient soignée à coup de verres de vin... »

*

La famille aborda la séance traditionnelle dans un climat de consternation comme jamais elle n'en avait connu auparavant. Fahmi se lança dans un long discours révolutionnaire, les larmes aux yeux, et Yasine l'écouta, triste et désolé. Amina n'en désira pas moins disperser le nuage de l'amertume, en atténuer la désolation, mais elle craignit que son propos ne se retourne contre elle. Puis la contagion de l'abattement ne tarda pas à la gagner à son tour et elle se prit de pitié pour le vieux cheikh arraché à sa maison et à sa femme pour un lointain exil.

– Sale histoire! déclara Yasine. Tous nos hommes à la fois, Abbas, Mohammed Farid et Saad Zaghloul... exilés loin de la patrie...

Fahmi poursuivit dans une vive irritation :

– Quelle bande de salauds, ces Anglais! On leur parle le langage avec lequel ils apitoyaient les gens quand ils étaient dans la panade et ils répondent par des ultimatums militaires, la déportation et le bannissement!

Amina ne put supporter de voir son fils dans cet état d'émotion, elle en oublia la tragédie du leader et s'adressa à lui avec douceur et tendresse :

– Ménage-toi, mon petit! Dieu est bon avec nous!

Mais ce ton attentionné le fit redoubler de fureur et il cria sans même la regarder :

– Si nous ne répondons pas au terrorisme par la colère qu'il mérite, à partir d'aujourd'hui c'en est fini de la patrie! Le pays ne peut décemment jouir de la paix alors que son chef, qui s'est sacrifié pour elle, endure les affres de la prison!

– C'est une bonne chose, dit Yasine, songeur, que Bassel pacha soit parmi les exilés. C'est le cheikh d'une tribu redoutée, je ne pense pas que ses hommes restent les bras croisés devant sa déportation.

— Et les autres? rétorqua Fahmi sèchement, n'ont-ils pas d'hommes derrière eux, eux aussi? Ce n'est pas l'affaire d'une tribu mais de la nation tout entière!

La conversation se poursuivit sans discontinuer et ne fit que gagner en âpreté et en violence mais, de crainte et de terreur, les deux femmes se retranchèrent dans le silence. Zaïnab n'arrivait pas à saisir les raisons de ce déchaînement de passions ni à en comprendre la moindre signification. Saad avait été déporté et ses hommes avec lui? Sûrement que s'ils avaient vécu en « bons serviteurs de Dieu », comme tout le monde, personne n'aurait songé à les exiler! Mais ils n'en avaient pas décidé ainsi! Ils avaient opté pour des choses dangereuses, visant des objectifs aux conséquences fatales, que rien ne rendait nécessaire. Mais quoi qu'il en fût de ces gens, qu'est-ce qui mettait Fahmi dans une colère pareille, comme si Saad était son père ou son frère? A plus forte raison, qu'est-ce qui réduisait Yasine, cet individu qui ne regagnait son lit que titubant d'ivresse, à un tel désarroi? Etait-il possible que quelqu'un de son espèce soit réellement affligé de l'exil de Saad ou de quiconque? Comme si sa vie avait encore besoin d'être gâtée et le plaisir de cette brève séance gâchée par Fahmi et sa révolte sans queue ni tête! Elle se mit à penser à ces choses, tout en observant son mari de temps à autre, aussi furieuse que stupéfaite, semblant lui dire au fond d'elle-même : « Si vraiment tu étais sincère dans ta tristesse, tu ne partirais pas ce soir à ta taverne..., au moins ce soir! » Mais elle ne dit pas un mot. Elle avait trop de sagesse pour jeter ses pensées froides dans ce torrent de feu.

De ce dernier point de vue, Amina, que la colère, fût-elle modérée, avait vite fait de désarmer, lui ressemblait. C'est pourquoi elle se retrancha dans le silence et se replia dans une gêne profonde tout en suivant avec appréhension la conversation féroce et déchaînée.

Elle comprenait néanmoins mieux que la femme de Yasine les motifs de ces tempêtes, car son esprit était encore habité du souvenir d'Orabi et son cœur encore gros du regret de « notre Effendi ». Certes, le mot « exil » n'était pas dépourvu de sens dans son esprit mais peut-être l'était-il de cet espoir capable d'aiguillonner quelqu'un comme Fahmi, ce pourquoi son esprit, tout comme celui de son époux et de ses amis, l'avait assimilé à « désespoir de retour », sinon où donc était notre Effendi... et qui plus que lui méritait le retour vers sa patrie? Mais Fahmi allait-il rester dans cet état de tristesse aussi longtemps que durerait l'éloignement de Saad? Quel funeste dessein de la Fortune s'obstinait ces derniers jours à les conduire au lit avec une nouvelle et à les réveiller avec une autre, au point d'avoir ébranlé leur tranquillité et troublé leur bien-être? Comme elle aurait voulu que la paix réintègre ses foyers et que la séance retrouve sa saveur de toujours, que le visage de Fahmi s'épanouisse, que la conversation redevienne agréable! Comme elle aurait voulu...

– Malte! Ça y est, je l'ai! s'écria soudain Kamal en levant la tête de la carte de la Méditerranée, le doigt pointé sur le dessin de l'île.

Il regarda son frère, triomphant et joyeux, comme s'il avait mis le doigt sur Saad Zaghloul lui-même. Mais il le trouva le visage sombre et maussade, refusant d'ailleurs de répondre à son incitation et ne lui prêtant pas la moindre attention. Le gamin en fut déconcerté et reposa son regard sur le dessin de l'île, honteux et gêné. Il resta à le considérer longuement, mesurant à vue d'œil la distance la séparant d'Alexandrie puis du Caire, essayant de se représenter le visage réel de cette terre autant que le lui permettait son imagination, ainsi que l'aspect de ces hommes, objets de la conversation, qui y avaient été amenés. Et comme il avait entendu Fahmi dire à propos de Saad que les Anglais l'avaient enlevée à la pointe des lances, il ne put l'évoquer autrement que portée sur la pointe de ces lances, non pas souffrant ou criant, ainsi qu'on eût pu à bon droit se l'imaginer dans de telles circonstances, mais « ferme comme un roc », ainsi que l'avait également dépeint son frère à un autre moment de la conversation. Dieu qu'il aurait aimé pouvoir interroger son frère sur la nature véritable, essentielle, de cet homme magique et fabuleux qui restait suspendu à la pointe des lances « ferme comme un roc ». Mais, devant le déchaînement de colère qui avait englouti la paix de la séance, il remit l'accomplissement de son désir à un moment plus opportun.

Finalement, Fahmi, après avoir acquis la certitude que la passion qui l'habitait était trop grande pour trouver un apaisement dans une conversation avec son frère, qui plus est dans cet endroit qui se posait vis-à-vis de son sentiment en spectateur, sinon en censeur, en eut assez de rester assis! L'envie le démangea de se réunir avec ses « frères » dans le café d'Ahmed Abdou où il trouvait des cœurs vibrant au sien, des âmes luttant de vitesse avec la sienne pour exprimer les sensations et les vues qui les brûlaient. Là, il entendait les échos de la colère qui embrasait son cœur, là il s'acclimatait aux suggestions téméraires et enflammées dans une atmosphère rayonnante de soif d'absolue liberté. Il se pencha à l'oreille de Yasine et chuchota :

– Direction Ahmed Abdou!

Yasine poussa un soupir des profondeurs, il venait de se demander, au comble de l'embarras, quel moyen convenable il pourrait bien trouver pour s'éclipser de l'assemblée et rejoindre sa veillée sans attiser la colère de Fahmi. Sa tristesse n'était pas feinte, du moins pas entièrement! La grave nouvelle lui avait remué le cœur mais, si on l'avait laissé seul avec lui-même, il l'aurait oubliée sans grand effort, et lorsqu'il eut imposé à ses nerfs Dieu sait quelle contrainte pour ne pas contrarier Fahmi, mais aussi par égards pour lui et par respect pour sa colère, une colère comme jamais il ne lui en avait connu de semblable, il quitta la pièce en se disant tout bas : « Aujourd'hui j'en ai assez fait comme ça pour le mouvement national, maintenant j'ai des dettes envers mon corps! »

*

Fahmi ouvrit les yeux en entendant les coups de pétrin qui montaient du fournil. La chambre, fenêtres closes, était

plongée dans une demi-obscurité que teintait une faible
lumière derrière les jalousies. Le souffle léger de la respiration saccadée de Kamal parvint à ses oreilles et il tourna la
tête en direction de son lit tout proche. Le film de la vie se
déroula alors devant ses yeux. C'était un matin nouveau. Il
se réveillait d'un sommeil profond qui le laissait dans un
épuisement englobant l'âme et le corps. Il ne savait pas s'il
se réveillerait le lendemain matin dans ce même lit ou s'il
ne se réveillerait plus jamais. Il ne savait pas. Personne ne
savait. La mort arpentait les rues du Caire, de long en
large, et dansait dans les recoins. Ça alors! Sa mère était
là, en train de pétrir, fidèle à sa vieille habitude. Kamal
était là, dormant à poings fermés et se retournant dans ses
rêves..., et Yasine aussi dont le bruit des pas au plafond de
la chambre était le signe qu'il s'était arraché de son lit.
Quant à son père, peut-être se redressait-il en ce moment
sous la douche froide... C'était la lumière du matin,
éclatante et timide dont les premiers rayons frappaient aux
fenêtres avec une main de velours. La vie familière continuait en toute chose, comme si de rien n'était, comme si
l'Egypte n'était pas sens dessus dessous, comme si les
balles ne sifflaient pas à la recherche de poitrines et de
têtes..., comme si un sang vertueux ne maculait pas la terre
et les murs. Le jeune homme ferma les yeux en soupirant,
en souriant au débordement de ses sentiments, porteurs
dans leurs vagues successives d'ardeur, d'espoir, de tristesse et de foi. Vraiment, il avait vécu ces quatre derniers
jours une vie aux vastes horizons comme jamais il n'en
avait connue de semblable, ou seulement à travers les
fantômes de ses rêves éveillés. Une vie pure, noble, qui se
donnait de bon cœur pour une chose éclatante, plus
précieuse et plus grande qu'elle encore; qui s'exposait,
indifférente, à la mort, lui faisait front avec acharnement et
fondait sur elle avec mépris. Et, si elle échappait à ses
griffes, c'était pour lui livrer un nouvel assaut en se
gardant de réfléchir aux conséquences..., les yeux fixés sans
cesse sur une lumière éblouissante dont elle ne se détournait pas, poussée par une force qui la dépassait tout

entière, remettant son destin à Dieu, ce Dieu qu'elle sentait l'entourer comme l'air, la noyer de toutes parts. La vie comme moyen était de si peu de prix qu'elle ne pesait même plus le poids d'un atome. Mais elle était si grandiose comme fin qu'elle embrassait les cieux et la terre. La mort et la vie fraternisaient. Elles étaient une seule main au service d'un même espoir que celle-ci soutenait par la guerre sainte, celle-là par le sacrifice. Si la terrible explosion ne s'était pas produite, il serait mort de chagrin et d'affliction. Il n'aurait pas supporté que la vie continue sa marche paisible et lente sur les débris des hommes et des espérances. Il fallait une explosion pour donner de l'air au poumon de la patrie, pour laisser parler son cœur, telle le séisme qui ouvre la porte aux flatulences du ventre de la terre. Et quand la secousse s'était produite, elle l'avait trouvé au rendez-vous et il s'était jeté à corps perdu au creux de sa mêlée... Quand était-ce arrivé? Comment? Il était dans le tram de Guizèh, en route vers la faculté de droit, quand il s'était trouvé pris dans une bande d'étudiants en pleine discussion. Ils brandissaient le poing en criant : « Saad, l'expression de nos vœux, est en exil! Qu'il vienne reprendre la guerre sainte, ou nous nous exilerons avec lui! » Les gens du peuple qui se trouvaient parmi les passagers s'étaient associés à leur discussion, à leurs menaces, au point que le receveur en oublia son travail et s'arrêta, prêtant l'oreille, intervenant dans le débat... Quel moment! Un moment où l'espoir brilla à nouveau en lui après la nuit noire de la tristesse et du désespoir. Il avait eu la certitude que désormais ce feu allumé ne se refroidirait pas. Lorsqu'ils approchèrent de la cour de la faculté, ils la trouvèrent pleine à craquer, noyée sous un tonnerre de cris, et leur cœur les y devança. Puis ils se précipitèrent vers leurs condisciples, pressentant que quelque chose allait se passer. L'un d'entre eux ne tarda pas à appeler à la grève. Quelque chose dont il n'avait jamais entendu parler! Quoi qu'il en soit, ils acclamaient la grève, leurs livres de droit coincés sous le bras, quand le directeur, Mr Welson, vint les trouver avec une gentillesse inaccou-

tumée et leur conseilla de rejoindre leurs classes. En guise
de réponse, un jeune garçon grimpa en haut de l'escalier
conduisant au bureau du secrétaire et se lança dans un
discours d'une fougue extraordinaire, ne laissant d'autre
alternative au directeur que de se retirer. Lui, il écoutait
l'orateur de toute son âme, les yeux rivés dans les siens, le
cœur battant à coups fermes et précipités. Il aurait voulu
monter le rejoindre pour déverser la source brûlante de son
cœur mais n'ayant pas de grandes dispositions pour l'art
oratoire, il se contenta de ce qu'un autre se fasse l'écho du
cri de son âme. Il suivit l'orateur avec une attention
enthousiaste jusqu'à ce que celui-ci marque une première
pause dans son discours. Alors, il s'écria, en chœur avec
tous ses semblables, dans un souffle unique : « Vive
l'indépendance! » Il continuait d'écouter avec une attention à laquelle le cri avait insufflé une vitalité nouvelle,
quand l'orateur marqua une seconde pause. Il s'écria alors
avec les autres : « A bas le protectorat! » Puis il reprit son
écoute attentive, le corps raidi par l'émotion, serrant les
mâchoires pour retenir les larmes que déversait malgré lui
dans ses yeux la fougue de son esprit. Puis, lorsque
l'orateur eut achevé la troisième partie de son discours, il
cria encore avec les autres : « Vive Saad! » Un cri
nouveau... Tout semblait nouveau ce jour-là. Mais c'était
un cri envoûtant, que son cœur faisait monter des profondeurs et maintenait au rythme de ses battements serrés,
comme un écho de sa langue, ou plutôt comme si le cri de
sa langue avait été l'écho de son cœur. Ce cri, il se
rappelait comment il l'avait répété en son for intérieur,
dans un silence qui n'était que l'expression d'un refoule-
ment, tout au long de la nuit ayant précédé l'explosion,
cette nuit qu'il avait passée dans la tristesse et le regret.
Ces sentiments contenus, son amour, son enthousiasme,
son ambition, son aspiration à un idéal, ses rêves étaient
restés égarés, éparpillés, jusqu'à ce que retentisse la voix de
Saad vers laquelle ils s'étaient envolés à tire d'aile, aiman-
tés...

Sans qu'ils aient eu le temps de le réaliser, Mr Eamous,

vice-conseiller judiciaire britannique au ministère de la Justice, s'était frayé un chemin au milieu de leur attroupement, et c'est au cri unique de « A bas le protectorat... A bas le protectorat! » qu'ils l'accueillirent. L'homme les aborda avec une froideur n'outrepassant pas les limites de la bienveillance, leur conseilla de retourner à leurs cours et les invita à laisser la politique à leurs pères. Un étudiant s'opposa alors à lui en ces termes :

– Nos pères ont été jetés en prison, nous n'étudierons pas la loi dans un pays où elle est foulée aux pieds!

Une acclamation jaillit du fond des poitrines, comme un roulement de tonnerre et l'homme s'éclipsa en hâte. Fahmi, encore une fois, aurait voulu être le premier à parler. Les idées affluaient en masse dans son esprit, mais il se trouvait toujours quelqu'un pour les exprimer avant lui. Son enthousiasme s'en trouvait ravivé et il se consolait à l'idée que ce qui allait arriver lui permettrait de se rattraper. Puis tout alla très vite. Quelqu'un appela à sortir et ils sortirent en manifestant. Ils prirent le chemin de l'école d'architecture qui bien vite se joignit à leur cortège, puis de l'école d'agriculture dont les étudiants accoururent à leur rencontre, en criant, comme s'ils les attendaient au rendez-vous. Puis ce fut la faculté de médecine, l'école de commerce, et à peine eurent-ils atteint la place de la Sayyeda Zaïnab qu'ils se retrouvèrent inclus dans une manifestation gigantesque, grossie par les masses de la rue.

Les acclamations s'élevaient au nom de l'Egypte, de l'indépendance et de Saad. A chaque pas, la participation spontanée et l'adhésion naturelle qu'ils rencontraient en tous lieux ravivaient leur ardeur, leur confiance et leur foi; la leur, mais aussi celle de toutes ces âmes prêtes au combat qu'ils croisaient en chemin, si ébranlées par la colère qu'elles trouvaient à celle-ci un exutoire dans leur marche révoltée. Presque plus stupéfait par la naissance de la manifestation qu'ému de manifester, il se demanda : « Comment tout ça est-il arrivé? » Quelques heures à peine s'étaient écoulées depuis le matin qui avait été témoin de son désespoir et de sa déroute et il était là maintenant, un peu avant midi, participant à une manifestation survoltée où chaque cœur faisait écho au sien, répétait son cri et l'adjurait avec une foi d'airain d'aller jusqu'au bout. Quelle joie que la sienne! Quel enthousiasme que le sien! Son âme baignait, libre, dans un ciel d'espoirs auquel nul horizon n'imposait de limite, regrettant le désespoir qui l'avait gagnée, honteuse des soupçons qu'elle avait collés aux esprits bien intentionnés. Au cœur de la place de Sayyeda Zaïnab, s'offrit à lui l'un des spectacles nouveaux de cette journée extraordinaire : il vit avec les autres un groupe d'escadrons de la police montée qui approchait, un inspecteur anglais marchant à sa tête, en traînant derrière eux un panache de poussière, la terre tremblant sous le choc des sabots!

Il se souvenait encore comment il avait tendu son regard vers eux avec la stupeur de qui ne s'est jamais trouvé exposé à un danger aussi imminent, comment il s'était retourné et avait vu, dans le creux des visages des yeux brillant d'ardeur et de colère, comment il avait soupiré nerveusement et agité la main en criant... Les cavaliers avaient encerclé leur rassemblement et il n'avait plus vu de cette marée gigantesque qui le brinquebalait dans sa houle qu'un petit carré de têtes hérissées au milieu desquelles il était immergé... Puis le bruit se répandit que la police avait arrêté de nombreux étudiants parmi ceux qui avaient entrepris de lui faire front ou marchaient en tête du cortège, et, pour la troisième fois ce jour-là, il aurait voulu... voulu être au nombre des étudiants arrêtés, sans sortir toutefois du cercle où il se démenait à grand-peine... Pourtant, comparé à celui qui lui succéda, ce jour-là fut un jour de paix! Dès la pointe du jour, le lundi prit le visage d'une journée de grève générale à laquelle toutes les écoles participèrent avec leurs drapeaux, ainsi que des nuées innombrables de gens de la rue. L'Egypte avait ressuscité, c'était un pays nouveau qui tôt le matin avait essaimé vers les places pour libérer une colère trop longtemps contenue. Et lui, il se jeta dans ces masses humaines, ivre de joie et d'enthousiasme, tel un enfant égaré ayant retrouvé les siens après une longue séparation. La manifestation défila sous les yeux d'une foule de spectateurs, en passant par les résidences des responsables politiques, élevant sa protestation à travers divers mots d'ordre jusqu'à ce qu'elle arrive à la rue des Diwanes. Là, une violente vague traversa la foule. Un cri se fit entendre : « Les Anglais ! » Les balles ne tardèrent pas à claquer, submergeant les acclamations. Le premier mort tomba. Suivit un petit groupe qui les précédait dans un enthousiasme effréné tandis que d'autres restaient rivés sur place. Un grand nombre de participants se dispersèrent, se réfugiant dans les maisons, les cafés. Il fut de ceux-là... Il se glissa derrière une porte, le cœur battant, oubliant tout, sauf sa vie. Il resta ainsi un certain temps. Combien ? Il ne sut pas au juste, jusqu'à ce que le silence recouvre le monde. Il tendit la tête, avança un pied et s'élança au hasard de ses pas, ne croyant pas à son salut et rentra chez lui dans une sorte d'hébétude. Il souhaita à nouveau dans sa morne solitude avoir été du nombre de ceux qui n'étaient plus, ou tout au moins de ceux qui n'avaient pas bougé et, dans le feu de son dur examen de conscience, il promit à sa conscience farouche d'expier et, par bonheur, le champ de l'expiation s'annonçait vaste et proche...

Le mardi et le mercredi ressemblèrent au dimanche et au lundi. Des jours semblables dans leurs joies et leurs peines : des manifestations, des acclamations, des balles, des victimes... Mal avec la vie, travaillé par le remords d'être vivant, il s'offrit à tout ce déferlement dans un élan enthousiaste, ses nobles sentiments le portant vers de lointains horizons ! La propagation de l'esprit de colère et de révolte redoubla son entrain et ses espoirs. Personnel des tramways, chauffeurs de véhicules, balayeurs ne tardèrent pas à se mettre en grève, la capitale affichait un visage maussade, courroucé, sauvage... Puis le flot des informations apporta la bonne nouvelle de la grève imminente des avocats et des fonctionnaires. Le cœur du pays palpitait de vie et de révolte. Le sang ne coulerait pas en vain, les exilés ne seraient pas oubliés dans leur exil. Le réveil des consciences avait secoué la terre de la vallée du Nil.

Le jeune homme se retourna dans son lit et s'arracha au tourbillon des souvenirs. Il se mit à suivre à nouveau les coups du pétrin, tout en promenant son regard aux quatre coins de la chambre qui commençait à s'éclaircir à la lumière perçant lentement les fenêtres closes. Sa mère pétrissait la pâte! Elle ne s'arrêterait pas de pétrir, matin après matin. Il eût fallu un miracle pour que quelque chose l'empêche de penser à préparer les repas, laver les vêtements, nettoyer les meubles... Les événements les plus grandioses ne troublaient pas les plus menus travaux! Le cœur de la société serait toujours assez vaste pour les grandes et les petites choses, les accueillir côte à côte! Mais doucement! N'était pas mère en marge de la vie celle qui l'avait enfanté, puisque ses enfants étaient le combustible de la révolution; celle qui le nourrissait, puisque la nourriture était le combustible de ces enfants-là! En vérité, il n'y avait rien de futile dans la vie... Mais ne viendrait-il pas un jour où l'événement serait assez grand pour secouer en masse tous les Egyptiens, un événement qui ne séparerait pas les cœurs comme ils s'étaient séparés depuis cinq jours lors de la séance du café? O Dieu qu'il était encore loin, ce jour-là! Que ferait son père s'il apprenait sa « guerre sainte », cette guerre qu'il poursuivait sans relâche, de jour en jour? Que ferait ce père tyrannique et arbitraire et que ferait cette mère douce et tendre! Un sourire courut sur ses lèvres dès que ces questions lui vinrent à l'esprit. Il sourit perplexe, sachant que les ennuis qui se dresseraient devant lui en pareil cas ne seraient pas moindres que ceux auxquels il aurait à faire face si son secret parvenait aux oreilles du pouvoir militaire lui-même! Il repoussa la couverture et s'assit dans le lit en murmurant : « Vivre ou mourir, peu m'importe! La foi est plus forte que la mort, et la mort plus noble que l'humiliation! Grand bien nous fasse cet espoir à côté duquel la vie ne vaut rien. Bienvenue à toi, matin nouveau de liberté... Dieu que Ta volonté soit faite! »

*

Plus personne ne pouvait prétendre que la révolution n'avait pas changé au moins un des aspects de sa vie. Il ne fut pas jusqu'à Kamal dont la liberté qu'il savourait depuis longtemps à l'aller et au retour de l'école ne fut touchée par un fâcheux imprévu qui lui pesa à l'extrême, même s'il ne put rien contre. Sa mère, en effet, avait ordonné à Oum Hanafi de le suivre à l'aller et au retour de l'école et de ne se séparer de lui sous aucun prétexte, de manière à le ramener à la maison si jamais elle venait à croiser en chemin une manifestation, sans lui laisser l'occasion de traînailler ou de s'abandonner à la dissipation. Les nouvelles des manifestations et des troubles avaient tourné la tête d'Amina, les cas de sauvage agression contre les étudiants l'avaient fortement commotionnée, elle vivait des jours sombres qui la remplissait d'épouvante et de terreur. Elle aurait voulu garder ses deux fils à côté d'elle jusqu'à ce que les choses retrouvent leur stabilité. Mais elle ne trouva aucun moyen de réaliser ses vœux surtout après que Fahmi, en la « raison » de qui elle avait une foi inébranlable, lui eut promis qu'il ne participait d'aucune manière à la grève et que le père eut refusé l'idée de garder Kamal à la maison, sachant que l'école empêchait les plus jeunes élèves de s'y associer. Elle se résigna donc à voir partir ses deux fils contre son gré, ce qui ne l'empêcha pas d'imposer à Kamal la présence d'Oum Hanafi en lui disant : « Si j'avais la possibilité de sortir comme je le veux, je t'accompagnerais moi-même! » Le gamin lui résista de toutes ses forces, car il réalisait d'instinct que cette surveillance, qui ne cacherait pas à sa mère le moindre trait de sa conduite, porterait un coup fatal à tout l'éventail de jeux et d'espiègleries dont il jouissait en chemin et ferait ressembler ce court et bienheureux moment de sa journée à ces deux prisons entre lesquelles il faisait la navette : la maison et l'école. En outre, son esprit concevait le plus vif dépit de marcher dans la rue en compagnie de cette femme qui attirerait fatalement les regards par son embonpoint excessif et sa démarche de dindon. Mais il n'eut d'autre ressource que de se plier à cette surveillance, surtout après que son père lui eut ordonné de s'y soumettre. Tout ce qu'il pouvait faire pour respirer un peu était de la repousser chaque fois qu'elle s'approchait de lui et lui imposer de se tenir à plusieurs mètres en arrière.

Ils allaient ainsi à l'école de Khalil Agha en ce jeudi matin, cinquième jour de manifestations au Caire et avaient atteint la porte de l'école quand Oum Hanafi s'approcha du concierge et lui demanda, exécutant l'ordre quotidien qu'elle avait reçu à la maison :

— Il y a des élèves dans l'école?

— Il y en a qui restent, il y en a qui s'en vont, lui répondit l'homme négligemment. Le directeur ne contredit personne...

Pour Kamal, cette réponse fut une mauvaise surprise. Il avait l'esprit préparé à entendre comme à l'habitude depuis le lundi précédent : « Les élèves sont en grève. » Si bien qu'ils s'en retournaient tous deux à la maison où lui, Kamal, coulait la journée entière dans une liberté qui avait rendu de loin la révolution chère à son cœur. Aussi l'idée de fuir pour échapper aux complications de cette réponse inhabituelle le démangea-t-elle et il s'adressa au concierge en disant :

— Je suis de ceux qui partent!

Il s'éloigna de l'école, Oum Hanafi lui emboîtant le pas. Quand celle-ci lui demanda pourquoi il n'entrait pas avec les autres, il la pria affectueusement, pour la première fois de sa vie, de dire à sa mère que les élèves étaient en grève et, pour faire bonne mesure dans sa prière et son témoignage d'affection, il fit vœu pour elle, alors qu'ils passaient par la mosquée d'al-Hussein, de longue vie et de bonheur. Qu'importe, Oum Hanafi ne put faire autrement que d'avouer la vérité à la mère dans les termes où elle l'avait entendue, et cette dernière tança Kamal pour sa paresse, ordonnant à sa servante de le ramener à l'école. Kamal quitta donc à nouveau la maison en compagnie d'Oum

Hanafi tout en insultant crûment cette dernière et en l'accusant de traîtrise et de lâcheté. A l'école, il ne trouva que ses compagnons d'âge..., les bambins! Quant aux autres, la majorité, ils étaient en grève. Dans sa classe qui avait le privilège de réunir plus qu'aucune autre un nombre élevé de petits, environ un tiers des élèves était présent. Du reste, le maître leur ordonna de revoir leurs leçons précédentes, se consacrant pour sa part à la correction de quelques cahiers et les laissant en fait dans une demi-grève.

Kamal ouvrit un livre en faisant semblant de lire, mais sans y prêter la moindre attention. Rester à l'école sans occupation le désolait, car il n'était ni au nombre des grévistes, ni à la maison à profiter des loisirs dont ces jours merveilleux se montraient si inopinément généreux. Il s'y sentit plus que jamais à l'étroit et son imagination s'envola, stupéfaite et intriguée, vers ces manifestants au-dehors. Il s'était souvent demandé ce qu'ils étaient vraiment : étaient-ce des « écervelés », comme le prétendait sa mère, sans pitié pour eux-mêmes ni pour leurs familles, courant au devant de la mort, ou bien étaient-ils, comme les décrivait Fahmi, des héros se sacrifiant pour leur patrie et menant la guerre sainte contre les ennemis de Dieu et leurs propres ennemis? Il penchait plutôt pour l'opinion de sa mère en raison de sa haine envers les grands élèves, le clan des grévistes, qui avaient laissé dans son esprit, et dans celui des autres jeunes garçons, les pires impressions du fait de la rudesse et de l'arrogance qu'ils leurs faisaient endurer en les provoquant dans la cour de l'école avec leur corpulence et l'insolence de leurs moustaches. Mais il ne pouvait pas se laisser totalement gagner par ce point de vue, dès l'instant que les paroles de Fahmi avaient sur lui une force de persuasion qui l'empêchait de les négliger ou de leur ôter tout ce que ce dernier leur prêtait d'héroïsme, au point qu'il aurait voulu, d'un lieu sûr, se rendre témoin par lui-même de leurs combats sanglants. Aucun doute, le monde était en branle-bas ou alors pourquoi les Egyptiens se mettaient-ils en grève ou s'élançaient-ils en masse pour se colleter avec les soldats? Et quels soldats! Les Anglais! Les Anglais dont il suffisait de prononcer le nom pour vider les rues! Qu'est-ce qui était arrivé au monde et aux gens? C'était une lutte inouïe dont la violence avait gravé, inconsciemment ou involontairement, les éléments essentiels dans l'esprit du garçonnet; des mots comme Saad Zaghloul, Anglais, étudiants, martyrs, tracts, manifestations s'affirmaient peu à peu au fond de lui comme des forces agissantes et suggestives, même s'il s'interrogeait sur leur sens, désorienté. Et le fait que les membres de sa famille répondissent aux événements de manière contrastée, voire opposée, redoublait sa confusion. Ainsi, tandis qu'il voyait Fahmi révolté, s'insurgeant contre les Anglais avec une haine d'assassin et vouant à Saad une tendresse nostalgique à vous arracher les larmes, Yasine, lui, discutait les nouvelles avec un intérêt mesuré, teinté d'une peine indolente qui ne l'empêchait pas de poursuivre sa vie habituelle, entre la discussion et les rires de la séance du café, la lecture de la poésie et des contes, avant de s'en aller veiller au-dehors jusqu'à minuit. Quant à sa mère, elle ne cessait de prier Dieu de dispenser la paix, de ramener la sécurité, de chasser la haine des cœurs des Egyptiens et des Anglais. La pire de tous était Zaïnab, la femme de son frère, que les événements terrorisaient et qui n'avait trouvé personne d'autre sur qui déverser sa colère que Saad Zaghoul lui-même, qu'elle accusait d'être la cause de tout ce malheur, disant de lui que « s'il avait vécu en bon serviteur de Dieu, tranquillement, personne ne lui aurait fait de mal et ce brasier n'aurait jamais été allumé ». C'est pourquoi l'enthousiasme du jeune garçon s'enflammait à l'idée de la lutte elle-même, tandis que s'épanchait sa tristesse à l'idée de la mort, prise dans son essence, sans que son esprit s'en fasse, de près ou de loin, une représentation claire. Comme il avait été désolé, le jour où les élèves de Khalil Agha avaient appelé à la grève pour la première fois! L'occasion allait lui être offerte de voir de près une manifestation ou d'y participer, ne fût-ce que dans la cour de l'école, mais le directeur s'était empressé de boucler les petits dans leurs classes et l'occasion s'était envolée en fumée. Il s'était retrouvé donc derrière les murs, prêtant l'oreille aux acclamations retentissantes avec une stupéfaction mêlée de joie secrète, due peut-être à l'anarchie qui s'installait en toute chose et pulvérisait sans merci la pesante routine quotidienne.

Ce jour-là, l'occasion de prendre part à une manifestation s'était envolée comme était gâchée aujourd'hui celle de goûter chez soi l'oisiveté, et il allait rester enchaîné sur cette chaise où il s'ennuyait à mourir, regardant son livre avec des yeux qui ne voyaient rien, avançant de temps à autre, comme son voisin, furtivement une main vers son cartable, méfiant, apeuré, jusqu'à voir arriver la fin de cette interminable journée.

Mais, soudain, quelque chose attira son attention, peut-être un bruit étrange, lointain, ou un bourdonnement dans l'oreille et, afin de s'assurer de sa sensation, il regarda autour de lui et vit les têtes des élèves dressées, leurs yeux commençant par échanger des regards avant de converger vers les fenêtres donnant sur la rue. C'était bien une réalité et non une hallucination qui avait attiré leur attention. C'étaient des voix, fondues en une seule, géante, indifférenciée, que l'oreille percevait avec l'éloignement comme le rugissement lointain des vagues. Maintenant qu'elle avait commencé à s'intensifier, on pouvait lui donner le nom de tumulte, et même de tumulte qui s'approchait... Un mouvement d'agitation traversa la salle, des chuchotements s'élevèrent, enfin une voix retentit : « Un manifestation! » Le cœur du garçon se mit à battre et une lueur de joie et de trouble confondus éclaira ses yeux. Le tumulte se rapprocha, jusqu'à se clarifier en une clameur tonnant et grondant aux alentours de l'école. Les noms qui s'étaient emparés de son esprit tout au long des derniers jours revinrent frapper ses oreilles : Saad, l'indépendance, le protectorat... La clameur se rapprocha encore et s'éleva jusqu'à remplir la cour elle-même. Les écoliers en restèrent cois et acquirent la certitude que ce déluge allait immanquablement les engloutir. Mais ils répondirent à cette éventualité par une joie enfantine qui se gardait, dans la fièvre de son penchant au désordre et à la liberté de mouvement, d'en mesurer les conséquences. Puis leur parvint un bruit de pas approchant rapidement avec fracas. La porte s'ouvrit à double battant sous la poussée d'un coup violent et des groupes d'étudiants et d'azharistes firent irruption dans la salle, comme les eaux s'engouffrent à travers une brèche ouverte dans le tablier d'un barrage, au cri de : « Grève..., grève... Allez, plus personne ici! » En un instant, il se retrouva plongé dans une vague hurlante le poussant de l'avant avec une force anéantissant toute résistance, au comble de la confusion... Il bougeait avec une extrême lenteur comme un grain de café dans la gueule du moulin, incapable de voir où il était, ne distinguant du « monde » que des corps agglutinés dans un brouhaha qui déchirait les oreilles jusqu'à ce qu'il en déduise, en voyant soudain le ciel au-dessus de sa tête, qu'ils étaient maintenant dans la rue. L'étau se resserra sur lui au point de lui bloquer presque la respiration. Dans l'intensité de sa frayeur, il poussa un cri aigu, perçant, ininterrompu, puis, sans qu'il s'en rende compte, une main lui empoigna le bras, le tirant énergiquement tout en s'ouvrant un chemin dans la foule, avant de le plaquer contre un mur sur le trottoir... Il se mit à haleter, cherchant autour de lui un asile jusqu'à ce que ses yeux tombent sur la boutique de Amm Hamdane, le marchand de *basboussa*, dont le rideau de fer était abaissé à quelques centimètres au-dessus du pas de porte. Il s'y précipita, entra en rampant sur les genoux et, lorsqu'il se releva à l'intérieur, il vit Amm Hamdane, qui le connaissait bien, ainsi que deux femmes et un petit groupe de jeunes élèves. Il se colla le dos au mur, là où était accrochée la liste des plats, la poitrine haletant de plus belle. Puis il entendit Amm Hamdane déclarer :

— Des azharistes, des étudiants, des ouvriers, des gens de la rue... Toutes les rues qui mènent à al-Hussein grouillent de monde... Je ne me figurais pas que la terre pouvait contenir tous ces gens!

– Mais que diable s'entêtent-ils à manifester après qu'on a ouvert le feu sur eux? interrogea une des deux femmes, stupéfaite.

L'autre, affligée :

– Seigneur Dieu..., tous des braves gens!...

– Nous n'avons jamais rien vu de tel! ajouta Amm Hamdane. Dieu les protège!

La clameur explosait dans les gorges, lézardant l'air, tantôt de près, comme si elle retentissait dans la boutique, tantôt de loin, en un tumulte violent, confus, semblable au hurlement du vent. Elle se prolongea sans interruption dans un mouvement lent et continu reflété par la variation d'intensité et de hauteur de ses vagues affluantes et refluantes; chaque fois qu'on pensait qu'elle s'était tue, une autre revenait, de sorte qu'elle semblait ne jamais devoir prendre fin. Toute l'énergie vitale de Kamal se concentra dans ses oreilles tant il écoutait, avec une attention aussi troublée qu'angoissée. Toutefois, à mesure que le temps s'écoulait sans accoucher de catastrophe, il reprit son souffle et un sentiment de quiétude commença à lui revenir peu à peu. Il put enfin réfléchir à ce qui se passait autour de lui, comme à un contretemps qui ne tarderait pas à se dissiper, et il se demanda quand il allait se retrouver à la maison pour raconter à sa mère ce qui lui était arrivé... « Les classes des grands se sont ruées sur nous dans une manifestation sans début ni fin. Je n'ai pas eu le temps de faire ouf que je me suis retrouvé pris dans ce courant énorme et entraîné vers la rue. J'ai crié avec les autres... Vive Saad, à bas le protectorat, vive l'indépendance! On n'a pas arrêté de me promener de rue en rue jusqu'à ce que les Anglais nous chargent et nous tirent dessus... » Elle serait terrifiée et en pleurerait presque! Pour un peu elle ne croirait pas qu'il était bien vivant, sain et sauf, et sans doute réciterait-elle une foule de versets en tremblant... Mais il poursuivrait son récit : « Une balle m'a frôlé la tête, j'en ai encore le sifflement qui me bourdonne dans les oreilles... Les gens se sont démenés comme des fous et je serais mort moi aussi avec les autres si quelqu'un ne m'avait pas tiré vers la boutique... »

Un cri retentissant, anarchique, coupa le fil de ses rêves ainsi qu'un bruit de pas désordonné. Son cœur se mit à battre et il scruta les visages autour de lui. Il vit des yeux écarquillés sur la porte comme qui s'attend à un coup sur le dessus du crâne. Amm Hamdane s'approcha du rideau de fer, se baissa pour regarder par le jour qui y passait, quand, pris d'un mouvement de recul, il baissa le rideau en le plaquant en hâte contre le sol et bredouillant décontenancé :

– Les Anglais!

Dehors, de nombreuses voix s'écrièrent : « Les Anglais!... Les Anglais! », tandis que d'autres hurlaient : « Tenez bon..., tenez bon! » et que d'autres s'exclamaient : « Mourons pour que vive la patrie! », et, pour la première fois de sa courte vie, Kamal entendit le claquement des balles à faible distance. Il le reconnut d'instinct et trembla de tous ses membres et, à peine un cri de panique eut-il échappé aux deux femmes qu'il fondit en larmes. Amm Hamdane commença alors à dire d'une voix tremblotante : « Dites que Dieu est unique... Dites que Dieu est unique! » Mais le garçon eut peur, il ressentit une peur froide comme la mort, qui lui rampa sur tout le corps de la tête aux pieds. Les coups de feu se succédèrent. Un crissement de roues et un hennissement de cheval déchirèrent les oreilles. Voix et mouvements s'enchaînaient à une vitesse prodigieuse, suivis immédiatement de grondements, de cris et de gémissements... Un moment de corps à corps fugitif qui sembla à ceux qui s'étaient terrés derrière la porte un siècle de présence avec la mort. Enfin, un silence terrible retomba, comme succède l'évanouissement au paroxysme de la douleur.

– Ils sont partis? demanda Kamal d'une voix tremblotante et étranglée.

Amm Hamdane posa son index sur sa bouche en murmurant :

– Chchuut!

Puis il récita le verset du trône... Kamal aussi le récita secrètement, sa capacité de parler à haute voix l'abandonnant. « Dis, il est le Dieu, l'unique... », avec l'espoir qu'il chasserait les Anglais comme il chassait les démons dans le noir! Quoi qu'il en soit, on ne rouvrit le rideau de fer qu'à midi et le gamin s'élança vers la rue déserte avant de prendre ses jambes à son cou. En passant sur l'escalier descendant au café d'Ahmed Adbou, il remarqua une personne en train de monter dans laquelle il reconnut... Fahmi. Il dévala les marches à sa rencontre, comme un noyé dont la main vient de tomber sur la bouée de sauvetage. Il lui saisit le bras. Le jeune homme se tourna vers lui, terrorisé et, lorsqu'il l'eut reconnu, s'écria :

– Kamal! Mais où étais-tu pendant que ça bardait?

Le gamin remarqua que la voix de son frère était étranglée, étouffée. Il lui répondit néanmoins :

– J'étais dans la boutique d'Amm Hamdane et j'ai entendu les balles et tout le reste...

– Rentre à la maison, lui ordonna Fahmi dans un bredouillement désordonné... Ne dis à personne que tu m'as rencontré... Tu m'entends?

– Tu ne rentres pas avec moi? lui demanda le gamin embarrassé.

– Non..., non, répondit l'autre d'un ton tout aussi gêné. Pas maintenant... Je rentrerai à l'heure habituelle. Et n'oublie pas que tu ne m'as absolument pas rencontré!

Il le poussa de manière à ne lui laisser aucune occasion de discuter et le garçon décampa à toutes jambes. En arrivant au niveau du tournant de Khan Djaafar, il vit une silhouette, debout au milieu de la rue, qui montrait le sol du doigt et parlait à un petit groupe d'hommes. Il regarda l'emplacement désigné et distingua une tache rouge maculée de poussière... puis il entendit l'homme déclarer sur un ton d'oraison funèbre :

– Ce sang vertueux est un cri nous appelant à poursuivre la guerre sainte... et Dieu a voulu qu'il soit versé dans l'aire du Seigneur des martyrs afin que nous unissions dans une mort héroïque notre présent à notre passé... Dieu soit avec nous!

Il sentit à nouveau la panique s'emparer de lui. Il détacha son regard de la terre ensanglantée et s'élança en courant comme un fou...

XII

A TRAVERS l'obscurité du point du jour, Amina était en train de chercher son chemin à tâtons vers la porte de la chambre, avec lenteur et précaution de peur de réveiller Monsieur, lorsque lui parvint un étrange remue-ménage montant de la rue tel un bourdonnement d'abeilles. A cette heure où elle avait l'habitude de se réveiller, il n'y avait jamais pour heurter ses oreilles que le grincement des roues des lourds tombereaux, les toux des ouvriers matinaux, ainsi que les invocations d'un homme qui se plaisait, lors de son retour de la prière de l'aube, à répéter en criant par saccades, dans le silence total : « Dites, il est le Dieu, l'unique. » Mais ce tumulte étrange, elle ne l'avait jamais entendu. Elle fut bien embarrassée de se l'expliquer, aussi aspira-t-elle à en connaître la source et alla de ses pas légers jusqu'à une fenêtre du salon donnant sur la rue, en releva la jalousie, passa sa tête au-dehors et y trouva une obscurité teintée à l'horizon d'une frange naissante de lumière, trop faible néanmoins pour lui permettre de distinguer ce qui se passait, là, en dessous d'elle. Quoi qu'il en soit, le vacarme gagna en intensité et du même coup en mystère, jusqu'au moment où elle distingua des voix humaines d'origine inconnue. Elle balaya de ses yeux l'obscurité à laquelle elle avait commencé à s'accoutumer quelque peu et vit au pied de la fontaine de Bayn al-Qasrayn et à l'intersection d'al-Nahhasin et de l'allée Qirmiz, située dans son prolongement, des silhouettes humaines aux contours indistincts, des objets en forme de petites pyramides et d'autres ressemblant à de jeunes arbustes. Elle se retira de la fenêtre, indécise, puis descendit en direction de la chambre de Fahmi et de Kamal. Là, elle hésita : allait-elle le réveiller pour qu'il voit de lui-même ce qui se passait et lui éclaircisse le mystère ou devait-elle attendre qu'il se réveille? Elle refusa finalement de le déranger en contenant son désir jusqu'à l'heure de son réveil, au lever du soleil tout proche. Elle fit sa prière puis retourna à la fenêtre, poussée par la curiosité et s'y pencha... La clarté de l'aurore commençait à ourler le noir manteau de l'aube et les lumières du matin fusaient des sommets des minarets et des coupoles. Maintenant elle pouvait voir la rue avec une grande netteté et chercher des yeux les silhouettes qui l'avaient effrayée dans le noir. Elle en perçut alors clairement la réalité et laissa un « oh! » de frayeur lui échapper. Elle s'en retourna en courant à la chambre de Fahmi qu'elle réveilla sans ménagement. Le jeune homme se redressa d'un bond dans son lit en demandant inquiet :

– Qu'est-ce qui t'arrive, maman?

– Il y a des Anglais plein la rue en bas de la maison! lui répondit-elle haletante.

Le jeune homme bondit de son lit jusqu'à la fenêtre, tendit le regard et vit au pied de la fontaine de Bayn al-Qasrayn un petit campement militaire contrôlant les extrémités des rues qui se croisaient à sa hauteur, composé d'un certain nombre de tentes, de trois camions et de plusieurs groupes disséminés de soldats. Aux abords des tentes, des carabines étaient dressées quatre par quatre, chaque ensemble formant une pyramide qui avait pour base les crosses écartées et pour sommet les canons ressemblés en pointe. Des soldats en faction se tenaient droits comme des statues devant les tentes, les autres étaient éparpillés çà et là, baragouinant et riant entre eux. Le jeune homme regarda du côté d'al-Nahhasin et aperçut un deuxième campement au niveau de l'intersection d'al-Nahhasin et d'al-Sagha, puis un troisième de l'autre côté de Bayn al-Qasrayn au niveau du tournant d'al-Koranfish. D'emblée, l'idée folle que ces troupes étaient venues pour l'arrêter l'assaillit! Mais il ne tarda pas à la trouver stupide en alléguant ce lever déplaisant qui l'avait tiré d'un sommeil dont il avait à peine émergé et ce sentiment de persécution qui ne le quittait pas depuis le début de la révolution. Puis, peu à peu, la réalité s'éclaircit, à savoir que le quartier qui avait harcelé les forces d'occupation par ses manifestations incessantes était investi par l'armée. Il resta à regarder à travers la jalousie et à observer les soldats, les tentes, les carabines et les camions, le cœur battant de terreur autant que de tristesse et de rage... Puis il se retira de la fenêtre, le teint livide, en chuchotant à sa mère :

– Tu l'as dit, c'est bien les Anglais! Ils sont venus pour semer la terreur et tuer les manifestations dans l'œuf...

Il se mit à arpenter la chambre de long en large, se disant en son for intérieur, fou de rage : « Jamais de la vie..., vous pouvez toujours courir! », jusqu'à ce qu'il entende sa mère lui dire :

– Je vais réveiller ton père pour le mettre au courant de la situation!

Elle le dit comme s'il s'agissait là de son seul recours, comme si Monsieur, qui résolvait pour elle tous les problèmes de sa vie, était cette fois encore capable de trouver à celui-ci une solution propre à ramener le sécurité. Pourtant le jeune homme lui dit avec amertume :

– Laisse-le se réveiller à son heure!

– Mais qu'est-ce qu'on va faire, mon petit, demanda-t-elle terrorisée, alors qu'ils sont postés là, devant la porte de notre maison?

Fahmi hocha la tête, perplexe, et déclara :

– Ce qu'on va faire?...

Puis, sur un ton plu confiant :

– Aucune raison d'avoir peur... Ils ne sont là que pour effrayer les manifestants!

– J'ai peur qu'ils s'en prennent à ceux qui restent tranquilles chez eux! dit-elle en ravalant sa salive.

Fahmi médita un instant les paroles de sa mère et murmura :

– Mais non! Si leur objectif était vraiment d'attaquer les maisons, ils ne seraient pas restés sans bouger jusqu'à maintenant!

Il n'était pas tout à fait sûr de ses affirmations, mais il trouva que c'était ce qu'il y avait de mieux à dire. Amina le questionna à nouveau :

– Et jusqu'à quand vont-ils séjourner parmi nous?

– Qui peut le savoir? lui répondit-il les yeux dans le vague. Du moment qu'ils ont planté leurs tentes, ils ne vont pas décamper de sitôt!

Il se rendit compte qu'elle le questionnait comme s'il était le chef des forces militaires. Il la regarda avec tendresse en dissimulant un sourire moqueur qui entrou-vrait ses lèvres pâles. Il songea un instant à la taquiner mais l'état critique de la situation l'en dissuada et il retrouva son sérieux comme cela lui arrivait parfois quand Yasine lui racontait l'une des « prouesses » de son père, ce qui en soi l'incitait à rire, si l'angoisse qui s'emparait de lui chaque fois qu'il découvrait un pan caché de sa personna-lité ne l'en avait dissuadé. Ils entendirent un bruit de pas accourant vers eux. Yasine fit irruption dans la chambre avec Zaïnab sur ses talons, et le jeune homme, l'œil bouffi, le cheveu hirsute, s'écria :

– Vous avez vu les Anglais?

– C'est moi qui les ai entendus en premier! s'exclama Zaïnab. Je me suis penchée à la fenêtre, je les ai vus et j'ai réveillé M. Yasine...

Yasine poursuivit le récit :

– Je suis allé frapper à la porte de père jusqu'à ce qu'il se réveille et je l'ai mis au courant. Dès qu'il les a vus de ses yeux, il a ordonné que personne ne sorte de la maison et qu'on n'ouvre pas la porte... Mais qu'est-ce qu'ils sont en train de mijoter? Et nous, qu'est-ce qu'on peut faire? Il n'y a donc pas, dans ce pays, de gouvernement pour nous protéger?

– Je ne pense pas qu'ils s'en prennent à d'autres qu'aux manifestants..., lui dit Fahmi.

– Mais jusqu'à quand va-t-on rester prisonniers chez nous? Les maisons sont pleines de femmes et d'enfants, qu'est-ce qu'ils viennent camper là, à leur pied?

– Ce sera pour nous comme pour les autres! bredouilla Fahmi gêné. Prenons notre mal en patience et attendons!

– On n'entend plus parler et on ne voit plus que terreur et désolation! s'exclama Zaïnab dans un état de nerfs manifeste. Dieu maudisse ces bâtards!

A cet instant, Kamal ouvrit les yeux et les promena, étonné, sur cette assemblée qui s'était réunie de manière inattendue dans sa chambre. Puis il s'assit dans son lit et regarda sa mère avec des yeux interrogateurs. Elle s'approcha du lit et caressa sa grosse tête de sa main froide. Puis, d'une voix chuchotée et l'esprit égaré, elle récita la Fâtiha...

– Qu'est-ce que vous faites là? demanda le gamin.

Elle jugea bon de lui annoncer la nouvelle sous le jour le plus favorable et lui dit sur un ton attentionné :

– Aujourd'hui, tu n'iras pas à l'école!

– A cause des manifestations? demanda-t-il, la mine réjouie.

Fahmi intervint alors avec quelque sécheresse :

– Les Anglais barrent la rue!

Kamal eut le sentiment de comprendre le secret de ce rassemblement dans sa chambre. Il promena ses yeux sur les visages, hébété, puis il vola vers la fenêtre, regarda longuement à travers la jalousie et revint en disant, tout retourné :

– Les carabines... quatre par quatre...

Il regarda Fahmi comme implorant son aide et bredouilla apeuré :

– Ils vont nous tuer?

– Ils ne vont tuer personne! Ils sont venus faire la chasse aux manifestants!

Un court moment de silence passa quand soudain le gamin s'exclama comme se parlant à lui-même :

– Comme ils sont beaux!

– Ils te plaisent vraiment? demanda Fahmi avec ironie.

– Beaucoup! répondit Kamal ingénument. Dans ma tête, je les voyais comme des démons!

– Qui sait, rétorqua Fahmi avec amertume, peut-être que si tu voyais des démons leur apparence te plairait!

Ce jour-là, on ne leva pas le coulissoir de la porte. Aucune des fenêtres donnant sur la rue ne fut ouverte, même pour changer l'air ou faire entrer le soleil, et pour la première fois M. Ahmed se répandit en discours à la table du petit déjeuner. Il déclara sur un ton d'expert bien informé que les Anglais renforçaient le dispositif destiné à prévenir les manifestations, qu'ils avaient, à cette fin, occupé les quartiers où elles étaient les plus nombreuses et qu'il estimait sage, par conséquent, que chacun reste ce jour-là à la maison, jusqu'à ce que la situation se clarifie. Il eut la force de parler avec assurance et de conserver sa prestance habituelle, de ne rien laisser transparaître de l'angoisse qui s'était répandue en lui depuis que Yasine avait frappé à sa porte et qu'il avait sauté de son lit. Pour la première fois également, Fahmi osa discuter le point de vue de son père et dit poliment :

– Mais, père, la faculté risque de me soupçonner de faire partie des grévistes si je reste à la maison.

Naturellement, Ahmed Abd el-Gawwad ne savait rien de la participation de son fils aux manifestations!

– Nécessité fait loi! dit-il. Ton frère est employé et sa situation est encore plus délicate que la tienne. De toute façon, l'excuse va de soi!

Il n'eut pas le courage de revenir sur la décision de son père de peur de susciter sa colère, mais aussi parce que son ordre de ne pas bouger de la maison fournissait à sa conscience de quoi justifier le fait de renoncer à sortir dans la rue, occupée par ces soldats assoiffés du sang d'étudiants comme lui.

La tablée se sépara et Ahmed Abd el-Gawwad regagna sa chambre. Quant à Amina et Zaïnab, elles ne tardèrent pas à s'atteler à leurs tâches quotidiennes, et, comme la journée était ensoleillée, l'une des dernières de ce mois de mars dans le sein desquelles s'épaississaient les tièdes effluves de l'haleine du printemps, les trois frères montèrent à la terrasse et s'assirent sous la toiture de lierre et de jasmin. Kamal trouva dans la poulailler un moyen de distraction, et quelle distraction! Il s'y installa et se mit à jeter du grain aux poules, à courir après, ravi de leur mêlée caquetante, à ramasser les œufs qui lui tombaient sous la main, tandis que les deux frères entreprenaient de discuter les nouvelles captivantes qui se colportaient au sujet de cette révolution qui embrasait toute la vallée du Nil, de l'extrême nord à l'extrême sud. Fahmi parla de ce qu'il savait sur l'interruption des chemins de fer, des télégraphes, de la flambée des manifestations dans bon nombre de provinces, sur les batailles rangées qui avaient mis aux prises les Anglais et le peuple en révolte, sur les massacres, les martyrs et les funérailles nationales où par dizaines on conduisait des cercueils à leur dernière demeure, mais aussi ce qu'il savait de la capitale avec ses étudiants, ses ouvriers et ses avocats en grève, où l'on ne disposait plus d'autre moyen de transport que les carrioles. Il déclara avec ferveur :

– C'est vraiment la révolution? Eh bien, qu'ils tuent autant que l'exige leur sauvagerie! La mort ne nous rendra que plus vivants!

Yasine hocha la tête d'étonnement :

– Je ne me figurais pas qu'il y avait en notre peuple un tel esprit de lutte!

Yasine lui répondit, comme s'il avait oublié comment il avait atteint le bord du désespoir un peu avant l'explosion de la révolution, avant que celle-ci ne le surprenne par son séisme et ne l'éblouisse de ses feux.

– Tu veux dire qu'il est habité tout entier par cet esprit de lutte éternelle qui brûle dans sa chair d'Assouan à la Méditerranée! C'est les Anglais qui l'ont excité jusqu'à ce qu'il se réveille, et maintenant il ne s'éteindra jamais plus...

– Les femmes elles-mêmes manifestent! s'exclama Yasine, le sourire à la bouche.

Fahmi cita alors, pour la circonstance, ces vers du poème de Hafez[1] sur la manifestation des femmes :

> *Les belles sont sorties, le poing levé*
> *Et suivre leur cortège, je suis allé.*
> *Mais voici que de leurs voiles noirs*
> *Elles font soudain leur étendard.*
> *Se lèvent comme astres scintillants*
> *Dans les cieux noirs du firmament*
> *Avant de se mettre en chemin*
> *La demeure de Saad pour fin.*

Yasine en frémit intérieurement et dit en riant :

– C'était plutôt à moi de les retenir!

Fahmi eut une pensée soudaine et ajouta tristement :

– Je me demande si les échos de notre révolution sont parvenus jusqu'à Saad dans son exil. Le grand cheikh sait-il que son sacrifice n'a pas été vain ou bien a-t-il sombré dans le désespoir du bannissement?

Ils restèrent sur la terrasse jusqu'en fin de matinée et les deux frères se plurent à observer le petit campement britannique. Ils virent un groupe de soldats qui, après avoir dressé une cuisine de campagne, commençaient à préparer le déjeuner. Un grand nombre d'entre eux était dispersé entre l'entrée de l'allée Qirmiz, al-Nahhasin et Bayn al-Qasrayn qui était désert. De temps à autre, ils venaient nombreux se mettre en colonne au premier coup de trompette, prenaient leurs carabines et grimpaient dans l'un des camions qui fonçait avec eux en direction de Bayt el-Qadi, ce qui prouvait les débuts de manifestations dans

1. Il s'agit de Hafez Ibrahim (m. en 1932), poète égyptien dont l'art poétique se caractérise par l'introduction des questions sociales et de thèmes modernistes dans la poésie. Traducteur en arabe des *Misérables*.

les quartiers avoisinants. Fahmi observait leur rassemblement et leur départ, le cœur battant, l'imagination en feu...

Les deux frères quittèrent finalement la terrasse, laissant Kamal s'amuser seul à sa guise et gagnèrent la salle d'étude. Fahmi se pencha sur ses livres pour rattraper le retard accumulé ces derniers jours. Yasine prit pour sa part le *Diwane de la Hamassa* et *La Belle de Kerbela* et il sortit en direction du salon, décidé, à l'aide des deux ouvrages, à tuer le temps qui s'offrait à lui avec autant d'abondance derrière les murs de sa prison que l'eau derrière un barrage. Les romans, policiers et autres, le captivaient davantage que la poésie. Pourtant, il aimait aussi la poésie. Il l'abordait sans se mettre martel en tête, saisissant ce qui était facile à saisir et se contentant, quand le sens était difficile, d'en goûter le rythme, ne se reportant que rarement aux gloses qui fourmillaient en marge du texte. Il lui arrivait de savoir un vers par cœur et de le déclamer tout en effleurant tout juste le sens. Ou bien il lui prêtait une signification n'ayant aucun rapport avec la réalité et parfois même ne lui en trouvait aucune. Malgré tout, quelques images, quelques expressions se déposaient dans sa tête, formant un trésor, de ceux que les gens comme lui sont fiers de posséder, où il s'en allait puiser à tout bout de champ, à propos ou hors de propos, ce dernier cas étant le plus fréquent. Et s'il lui arrivait de devoir écrire une lettre, il lui consacrait le temps de maturation nécessaire à la rédaction d'un livre entier, y jetant en vrac les mots ronflants qu'avait accrochés sa mémoire et y insérant tout l'héritage poétique auquel Dieu lui avait donné accès, au point qu'il avait fini par faire figure d'éloquence parmi ses connaissances, non pas qu'il fût réellement éloquent mais en raison de l'incapacité de celles-ci à rivaliser avec lui et de leur affolement devant l'étrangeté de sa science. Jamais il n'avait connu avant la journée d'aujourd'hui une telle oisiveté à la fois aussi prolongée et contrainte, sans moyen de s'ébattre et de se divertir. Sans doute, la lecture eût été à même de l'aider à la supporter s'il y avait mis quelque patience, mais il ne s'y consacrait d'ordinaire que modérément et exclusivement dans ces courts espaces de temps qui précédaient ses sorties vers sa veillée quotidienne, et encore, même dans ces moments-là, il ne jugeait pas inopportun de l'entrecouper d'interventions dans la conversation que suscitait la séance du café. A moins encore qu'après avoir un peu lu, il appelle Kamal pour lui en faire un récit, prenant plaisir à l'enthousiasme que manifestait le gamin qui avait pour écouter le goût proverbial des enfants de tous âges. Par conséquent, ni la poésie ni les romans n'allaient être en mesure de combler sa solitude un jour comme celui-ci. Et, de fait, après la lecture de quelques vers, de quelques passages de *La Belle de Kerbela*, il laissa l'ennui se distiller en lui goutte à goutte, et resta à maudire les Anglais du fond du cœur, las, rebuté, oppressé, jusqu'à ce que vienne l'heure du repas de midi.

La table les réunit à nouveau, et la mère de famille leur servit du potage, du poulet rôti et du riz. Ses plats souffrant de l'absence de légumes, vu le blocus installé tout autour de la maison, elle les avait complétés de fromage, d'olives et de petit-lait. En plus, elle avait apporté de la mélasse en guise de dessert. Mais seul Kamal mangea avec appétit, Ahmed Abd el-Gawwad et les deux frères, après s'être morfondus tout le jour durant sans activité ni mouvement, n'avaient pas grand goût pour la nourriture. Quoi qu'il en soit, celle-ci leur fournit l'occasion de fuir l'inaction dans le sommeil, surtout le père et Yasine qui fermaient l'œil à volonté. Yasine quitta son lit un peu avant le coucher du soleil et descendit à l'étage du bas pour assister à la séance du café. Celle-ci fut brève dans la mesure où la mère ne pouvant laisser seul son mari trop longtemps les salua et monta le rejoindre. Ainsi Yasine, Zaïnab, Fahmi et Kamal restèrent à deviser dans une atmosphère gagnée d'apathie jusqu'à ce que Fahmi prenne congé à son tour et regagne la salle d'étude avant d'appeler Kamal à l'y rejoindre, laissant les deux époux seuls. « Mais qu'est-ce que je vais bien pouvoir faire d'ici à minuit passé? » Cette question qui harcelait Yasine depuis un bon moment finit par l'obséder et le jour lui sembla affligeant, sordide, retiré par une force injuste du cours du temps qui jaillissait au-dehors, gonflé de joies de tous ordres, comme la branche retirée de l'arbre devient du bois mort! Car, sans le blocus militaire, il eût été en ce moment même à sa place favorite dans le café d'Ahmed Abdou, en train de siroter un thé vert, de converser avec ceux qu'il connaissait parmi les habitués, se délectant de l'atmosphère surannée du lieu qui le séduisait tant par son cachet ancien et fascinait son imagination avec ses salles enfouies sous les décombres de l'Histoire. Oui, le café d'Ahmed Abdou était le plus cher à son cœur et hormis le désir – et le désir est maladie comme on dit – il n'en aurait choisi aucun autre. Mais c'était le désir qui l'avait attiré par le passé au « Club égyptien », pour sa proximité avec le coin favori de la vendeuse d'alizes, le désir encore qui l'avait incité, par la suite, à transporter ses quartiers au café de Si Ali à al-Ghouriya, à cause de sa situation face à la maison de Zannouba la luthiste. En un mot, il changeait de café, et même d'amis, ceux dont l'amitié s'offrait à lui en ce genre de lieu, en fonction du désir. Car, par-delà le désir, Yasine n'avait ni café ni amis attitrés... Où étaient le « Club égyptien » et les copains de là-bas? Où étaient le café de Si Ali et ses connaissances?... Partis..., envolés de sa vie! Peut-être que, si l'un d'eux venait à le croiser dans la rue, il ferait même semblant de ne pas le reconnaître ou changerait de trottoir à sa vue! Or, pour l'instant, la mode pour lui était au café de Si Abdou et à ses compagnons de veillée, Dieu seul sachant ce que le lendemain réservait de cafés et d'amis...

Toutefois il ne s'attardait jamais au café d'Ahmed Abdou. Il avait tôt fait de faire un saut à l'épicerie de Costaki ou plutôt sa taverne secrète, pour y retrouver sa bouteille d'un si beau rubis, ou sa « régulière » comme il se plaisait à l'appeler... Mais qu'elle était loin de lui « sa régulière » en cette soirée mortelle! Au souvenir de la taverne de Costaki, un frisson de désir lui traversa le corps et un regard de profond ennui ne tarda pas à noyer ses yeux. Il commença à tourner en rond comme un prisonnier dans sa cellule. Rester à la maison semblait une longue vague de tristesse à la douleur de laquelle les images de félicité et les souvenirs d'ivresse, associés à la taverne et à la bouteille, qui tournoyaient dans sa tête ne faisaient qu'ajouter. Ses rêves le torturaient et attisaient le feu de son désir. Ils ravivaient sa nostalgie brûlante de la musique intérieure du vin et du jeu qu'elle entretient avec la tête, ce jeu brûlant, électrisant mystérieux, débordant de gaieté et de joie... Jamais il n'avait réalisé avant ce soir qu'il était trop faible pour supporter de se passer, ne fût-ce un seul jour, de boisson. Rien d'ailleurs de ce qui lui apparut de sa faiblesse et de son esclavage ne l'attrista. Il ne se reprocha pas davantage ses excès qui lui valaient maintenant d'être malheureux pour un oui ou pour un non. Il était à cent lieues de se blâmer ou de s'insurger contre lui-même. Il ne retint, pour motifs de sa douleur, que le blocus qu'avaient érigé les Anglais autour de la maison ainsi que la soif qui le consumait, alors que l'aiguade de l'ivresse n'était qu'à deux pas. Il se tourna vers Zaïnab et la trouva qui le fixait, furieuse, dans un regard qui semblait dire : « Qu'est-ce que tu as à rester là, l'esprit nulle part, avec ton air de chien battu ? Ma présence n'est donc d'aucun effet pour chasser ton ennui ? » Il en saisit le sens, l'espace d'un instant fugitif où leurs yeux se croisèrent. Mais il ne répondit pas à son reproche amer et attristé. Au contraire, peut-être celui-ci l'irrita et le mit hors de lui. Car rien ne lui était plus haïssable que d'être obligé de rester à ses côtés toute une soirée, sans désir, sans joie et, et qui plus est, privé de cette ivresse qui l'aidait à supporter le fardeau de sa vie conjugale. Il se mit à la regarder furtivement et à se demander stupéfait : « C'est donc elle, elle qui m'a ravi le cœur au soir de la nuit de noces ? Elle qui m'a rendu fou d'amour pendant des nuits et des semaines ? Qu'a-t-elle donc à ne plus rien remuer en moi ? Qu'y a-t-il de changé en elle ? Et moi, qu'ai-je à me débattre dans l'ennui et la lassitude, sans trouver dans sa beauté et sa bonne éducation de quoi me passer d'une ivresse compromise pour aujourd'hui ? » Et il se mit, comme maintes fois auparavant, à l'accuser de déficience dans le domaine de ces bons offices et habiletés en tous genres où Zannouba et ses semblables faisaient merveille. En vérité, Zaïnab était sa première expérience de vie commune continue. Ni la fréquentation de la luthiste ni celle de la vendeuse d'alizes ne s'étaient éternisées, et jamais son attachement pour l'une ou l'autre ne l'avait empêché de butiner de fleur en fleur, si l'occasion se présentait. Plus tard, après de longues années, il se rappellerait ces instants de confusion, les pensées qu'elle lui avait suggérées, et découvrirait sur lui-même et la vie en général ce que jamais son esprit n'avait imaginé.

– Ça ne t'enchante peut-être pas de rester à la maison ?

La question le réveilla brusquement. Il n'était pas en état de supporter ne fût-ce qu'un reproche, et la question ironique de son épouse lui fit l'effet de l'élancement capricieux d'un abcès.

– Bien sûr que si ! répondit-il impulsivement en appuyant son ton d'une sérénité blessante.

Et, bien que Zaïnab évitât à tout prix les disputes, ce ton la blessa au vif et elle dit sèchement :

– Bah ! Tu n' peux pas m'en vouloir, je n'y suis pour rien ! C'est tout de même étonnant que tu ne puisses pas supporter de manquer ta veillée, ne serait-ce qu'une nuit ?

– Montre-moi quoi que ce soit susceptible de me rendre cette baraque supportable ! dit-il exaspéré.

Elle se leva alors, furieuse, en lui disant avec des accents larmoyants :

– Je vais vider les lieux, ainsi ils te seront peut-être plus agréables !

Elle tourna les talons, comme prenant la fuite. Il la suivit des yeux, le regard figé. « Quelle idiote ! se dit-il, elle ne sait même pas que c'est la puissance divine et elle seule qui la fait rester dans ma maison ! » Et, bien que cette altercation ait soulagé quelque peu sa fureur, il aurait préféré qu'elle n'eût pas eu lieu pour ne pas ajouter à la tristesse de son inaction. S'il l'avait voulu, il aurait pu se fair pardonner, mais l'apathie qui avait submergé ses sens le musela.

Toutefois, au bout de quelques minutes à peine, une paix relative l'enveloppa et l'écho des paroles dures qu'il lui avait adressées tinta à ses oreilles. Il s'en avoua la rudesse et reconnut que rien ne les justifiait. Un soupçon de remords s'empara de lui, non pas qu'il venait de retrouver soudain un reste d'amour pour elle dans un coin de son cœur, mais il tenait jalousement à ne pas enfreindre les limites de la correction dans sa manière de la traiter – sans doute par respect pour son père, M. Mohammed Iffat, ou par crainte du sien, et cela même pendant la période tendue de transition où il s'était fait un devoir de la soumettre à sa politique avec un main d'acier. Il mit son excès au compte de l'emportement, une émotion qui n'était pas jugée singulière dans cette famille que la sagesse ne gouvernait qu'aux moments où le père séjournait parmi eux, s'arrogeant pour lui seul tous les droits à la colère. Toutefois, la leur était comme l'éclair : prompte à s'allumer, prompte à s'éteindre, les laissant à diverses formes de regrets et de remords... Quant à Yasine, dans la mesure où il se distinguait par son entêtement, son remords ne le poussa pas à rechercher la réconciliation avec sa femme. « C'est elle qui m'a poussé à bout ! se dit-il au contraire. Elle ne pouvait pas me parler plus gentiment ? » Il aurait toujours voulu la voir parée des vertus de la patience, de la sagesse, de la clémence, de façon à pouvoir se jeter à corps perdu dans ses passions, assuré de ses arrières. Pourtant, dès qu'elle eut affiché sa fureur et se fut retirée, s'exacerba en lui le sentiment de l'exiguïté de sa prison et il quitta l'endroit pour la terrasse. Il y trouva l'air doux, une nuit sereine et une obscurité totale – quoique épaisse sous la toiture de lierre et plus clairsemée au milieu de la terrasse voisine qui sommeillait sous la voûte céleste incrustée de perles d'étoiles. Il se mit à aller et venir entre le muret donnant sur la maison de Maryam et le fond du jardinet de lierre surplombant Qalawun, s'abandonnant à un flot d'images. Et, tandis qu'il marchait doucement à l'entrée du berceau de feuillages, il surprit un bruissement, peut-être un chuchotement, plus précisément un souffle intermittent. Il fouilla des yeux l'obscurité, étonné, et appela :

– Qui est là?

Lui parvint alors une voix qu'il connaissait parfaitement et qui lui répondit avec des accents argentés :

– C'est Nour, monsieur...

Il se rappela aussitôt que Nour, la servante de sa femme, passait la nuit dans un cagibi en planches qui attenait au poulailler et abritait quelques objets de rebut. Il regarda en direction de la terrasse et finit par distinguer sa silhouette dressée à deux pas de lui comme un morceau de nuit densifié et solidifié. Il aperçut la blancheur éclatante de ses yeux comme deux cercles tracés à la craie sur une figure d'ébène. Il reprit sa marche sans mot dire, tandis que son image commençait comme d'elle-même à se dessiner dans sa pensée : une Noire d'une quarantaine d'années, solidement charpentée, aux extrémités grossières, dotée d'une belle poitrine, la croupe pleine, un visage éclatant aux yeux étincelants et aux lèvres épaisses. Il y avait en elle quelque chose de fort, de rude, d'étrange, ou, plutôt, ainsi la voyait-il depuis qu'elle était arrivée un beau jour dans sa maison. Soudain, le prenant au dépourvu, l'envie d'outrager éclata en lui, comme ces pétards qui explosent sans prévenir. Une envie puissante, tyrannique, devenue en somme le but de toute sa vie, qui le possédait de la même manière qu'elle l'avait possédé à la vue d'Oum Hanafi, sur le seuil de la porte de la cour, la nuit du mariage d'Aïsha. Une vie ardente venait de jaillir de son être éteint et l'excitation se mêla à son sang jusqu'à l'électriser. L'ennui et la lassitude firent place à un intérêt fébrile, déchaîné, fou. Tout cela en un clin d'œil. Sa démarche, sa pensée, son imagination n'étaient plus que vigueur. Il cessa sans s'en rendre compte d'arpenter la terrasse de bout en bout, réduisant son trajet aller-retour aux deux tiers, puis à la moitié de l'espace. A chacun de ses passages près d'elle un désir violent troublait sa chair... Une servante noire? Une bonne? Et quand bien même! Il avait des antécédents indéniables en la matière! Son désir n'élisait pas fatalement des filles de la trempe de Zannouba! Un seul trait de beauté suffisait, comme avaient suffi les yeux soulignés de khôl de la vendeuse d'alizes du quartier d'al-Watawit pour plaider la puanteur de ses aisselles et de ses jambes crottées. Bien plus, il n'était pas jusqu'à la laideur, dès l'instant où il s'était abattu sur une femme, qui ne fût excusable aux yeux de son désir aveugle, la laideur telle qu'il l'avait observée chez Oum Hanafi ou cette géomancienne borgne qu'il avait attirée dans un coin, derrière la porte des Victoires. Mais qu'importe! Nour était une femme au corps charnu, ferme, dont le toucher devait inspirer sans aucun doute les ardeurs mâles et le corps à corps. Qui plus est, c'était une servante noire dont l'étreinte promettait à coup sûr des joies inédites, de la nouveauté dans l'expérience et une occasion de vérifier la chaleur proverbiale des filles de sa race.

Autour de lui, l'atmosphère semblait propice, sûre, ténébreuse à souhait. Son désir s'enflamma, il tressaillit, son cœur s'abandonna à des battements serrés. Il jeta un coup d'œil perçant vers l'endroit où elle se tenait et commença à glisser doucement vers elle de façon que, d'une manière ou d'une autre, en passant à ses côtés, il « lui advienne » de se frotter contre elle.

Car il était décidé à ajourner la proclamation de son désir jusqu'à ce qu'il ait eu le temps, en toute méfiance, de prendre la température, de peur que, comme Oum Hanafi, elle ne se révèle idiote et que les quatre coins de la maison ne renvoient les échos d'un nouveau scandale. Il s'approcha à pas lents dans sa direction, les yeux grands ouverts. Il aurait aimé avec tout le désir qui brûlait en lui, qu'elle puisse lire, malgré l'obscurité, le dessein qui brillait dans ses yeux. Il s'approcha encore d'elle et son cœur se mit à battre la chamade. Son coude lui frôla le buste. Mais il passa son chemin comme si la chose était arrivée par hasard. Un tressaillement ne l'en avait pas moins parcouru des pieds à la tête au moment où il touchait cet endroit dont il n'avait pu, vu le néant dans lequel flottait son univers, identifier la nature. Aussi, au moment où il retrouva un état de conscience relatif, au bout de la terrasse, il n'en demeurait plus qu'une sensation moelleuse, pleine de tendresse. L'innocent mouvement de recul dont avait été prise malgré elle celle qui était le berceau de cette sensation vint conforter son sentiment que cette dernière n'avait probablement aucune idée de ses intentions. Il fit demi-tour, décidé à revenir à la charge. Pointa à nouveau son bras vers elle, au point que son coude toucha l'un de ses seins. Cette fois, sa sensation ne le trompa pas. Il ne le retira pas comme on eût pu s'y attendre d'une personne prétendant se trouver là par mégarde. Bien davantage, il le laissa taquiner l'autre sein dans une caresse aimante, n'ayant cure d'éloigner les soupçons. Puis il passa son chemin en se disant : « Elle va comprendre où je veux en venir, ça ne fait aucun doute; peut-être même l'a-t-elle déjà compris et un mouvement lui a échappé, laissant à penser qu'elle a voulu s'écarter... mais, dame, elle y a mis le temps! Ou alors elle a été surprise et n'en est pas revenue. En tout cas, elle n'a pas avancé sa main pour se garder de moi et n'a pas bougé. Non, elle ne va pas se mettre à hurler comme l'autre savate... Essayons une troisième fois! » Il revint cette fois d'un pas pressé, impatient. Il marqua quelque réticence en face d'elle avant d'avancer son coude vers sa poitrine gonflée comme une petite outre pleine et d'imprimer à son bras un mouvement révélateur à la fois d'hésitation et de doute... Il alla pour passer son chemin, poussé par le désir de fuir, mais trouva en elle un abandon, ou une passivité, qui plongea les tréfonds de sa conscience dans un courant de folie. Il s'arrêta net en demandant d'une voix qui sortit fondue et tremblotante des vapeurs du désir :

— C'est toi, Nour?

— Oui, monsieur, répondit la servante en reculant.

Il avança en même temps pour qu'elle ne lui échappe

pas, jusqu'à ce qu'elle se retrouve le dos plaqué au mur et lui-même quasiment collé contre elle.

Il voulut dire n'importe quoi lui passant par la tête en attendant que lui vienne la force de dévoiler sans fard ce qui bouillait en lui, comme le boxeur qui brandit son poing en l'air en attendant le moment propice pour assener le coup fatal... Il lui demanda le souffle de ses paroles lui carressant le front :

– Pourquoi n'es-tu pas dans ta chambre?

– Je respirais un peu l'air du soir! répondit-elle, coincée dans l'étau qu'il refermait sur elle.

Et comme si la voracité avait eu raison de son hésitation, il tendit sa paume tandis qu'elle manifestait une résistance qui l'empêchait d'arriver à ses fins. Il lui chuchota alors à l'oreille en collant sa joue contre la sienne :

– Viens dans la chambre!

– Oh! non, c'est mal, monsieur! bredouilla-t-elle gênée.

Ses accents argentins prirent dans le silence une résonance qui l'inquiéta. Elle n'avait pas fait exprès d'élever la voix mais, à ce qu'il semblait, elle ne savait pas chuchoter; à moins que cette résonance ne provînt du timbre même de son chuchotement, même à son plus faible degré d'intensité. Quoi qu'il en soit, son inquiétude eut tôt fait de le quitter, vu le feu de son désir et l'absence, dans le ton de la servante, de cette protestation que son expression suggérait. Il la tira par la main en murmurant :

– Viens, ma belle...

Elle se laissa entraîner docilement, peut-être par consentement, peut-être par obéissance, tandis qu'il lui couvrait la joue et le cou de ses baisers, flageolant sur ses jambes sous le poids de l'émotion. Puis, dans l'ivresse de la joie, il lui dit soudain :

– Qu'est-ce qui t'a séparée de moi pendant tous ces mois?

– C'est mal, monsieur! lui répondit-elle avec son ton habituel, exempt de toute trace de protestation.

516

– Quelle adorable résistance! dit-il en souriant. Donne m'en encore!

Elle montra cependant quelque réticence en atteignant le seuil de la chambre :

– C'est mal, monsieur!

Puis, comme le mettant en garde :

– La chambre est pleine de poux!

Il la poussa à ces mots en lui susurrant dans la nuque :

– Mais, pour toi, ma Nour, je dormirais sur un lit de scorpions!

Une servante... Ainsi semblait-elle être, au plein sens du terme. Elle resta debout, offerte devant lui dans l'obscurité... Il posa ses lèvres sur les siennes, l'embrassa avec feu et désir, tandis qu'elle-même restait inerte, livrée, comme assistant à un spectacle où elle n'avait aucun rôle à jouer, au point qu'il lui dit irrité :

– Embrasse-moi!

Il colla à nouveau ses lèvres sur les siennes... Il l'embrassa..., elle l'embrassa. Puis il lui demanda de s'asseoir et elle répéta son expression : « C'est mal, monsieur », qui, par sa banalité répétée sur ce ton monocorde, finissait par sembler ridicule. Il la fit asseoir lui-même et elle obéit sans broncher. Il ne tarda pas alors à découvrir, dans ses hésitations entre le refus et l'obéissance, un plaisir nouveau qu'il s'appliqua à augmenter. Ainsi, entre sa résistance verbale et son abandon de fait, il oublia le temps. Soudain, il eut l'impression que l'obscurité bougeait autour de lui ou que des créatures étranges dansaient dans ses coins. Sans doute l'épuisement avait fini par le gagner à force de maintenir son effort, si tant est qu'il l'eût maintenu longtemps. A vrai dire, il ne savait pas combien de temps exactement... ou peut-être que la houle des courants enflammés qui s'entrechoquaient dans sa tête avait allumé des phosphènes dans ses yeux. Mais doucement! Les murs de la chambre ondoyaient bel et bien, reflétant une faible lumière avec laquelle l'obscurité épaisse opérait une fusion propre à briser les secrets. Il leva la tête, les yeux écarquillés, et vit une lueur filtrer par les interstices du mur en planches, faisant irruption dans son intimité. Subitement, la voix de sa femme, appelant sa servante, retentit au-dehors :

— Nour, tu dors? Nour... Tu n'as pas vu M. Yasine?

Pris de panique, son sang ne fit qu'un tour. Il se leva d'un bond et s'affaira à ramasser ses vêtements dans une précipitation fébrile et à se rhabiller en fouillant la chambre d'un regard hagard afin d'y trouver une cachette éventuelle au milieu du bric-à-brac. Mais un seul coup d'œil lui fit désespérer de pouvoir s'y dissimuler tandis qu'un bruit de babouches frappait ses oreilles. A cet instant la servante ne put s'empêcher de dire d'une voix éplorée :

— C'est de votre faute, monsieur! Qu'est-ce que je vais faire maintenant?

Il la frappa à l'épaule avec rudesse, et elle finit par se taire. Il fixa la porte du regard, affolé, désespéré, tout en reculant, mû par une force inconsciente, vers le coin le plus éloigné de l'entrée, jusqu'à ce qu'il se retrouve le dos collé au mur. Il resta figé à sa place, en alerte... Les appels se succédèrent... sans réponse. La porte s'ouvrit enfin et le bras de Zaïnab apparut précédé d'une lampe.

— Nour!... Nour!... appelait-elle.

A ces mots, la servante ne put faire autrement que de sortir de son silence et bredouillant d'une voix terne et affligée :

— Oui, madame!

— Tu es bien pressée de dormir, ma vieille! répondit Zaïnab d'une voix dénotant la fureur et la réprimande. Tu n'as pas vu M. Yasine? Le maître de maison m'a envoyée à sa recherche. Je l'ai cherché à l'étage du bas, dans la cour, et maintenant voilà que je ne le trouve pas non plus sur la terrasse! Tu l'as vu, oui ou non?

Elle n'avait pas achevé son propos, que déjà sa tête apparaissait à l'intérieur du cagibi, penchée dans une expression d'étonnement au-dessus de la servante assise dans une posture embarrassée. Puis, machinalement, elle se tourna sur sa droite et ses yeux tombèrent sur son mari, le dos plaqué au mur, avec son gros corps comme avachi et alangui par l'humiliation et la honte. Leurs regards se croisèrent l'espace d'un instant... Il baissa les yeux. Un silence de mort passa. Puis la jeune fille laissa échapper un cri tel un hurlement et recula en s'écriant, tout en se frappant la poitrine de la main gauche :

— Misérable! Toi..., toi!

Elle se mit à trembler, à en juger par les oscillations de la lampe suspendue à sa main et le vacillement de sa lumière reflétée sur le mur opposé à la porte. Elle s'enfuit dans un cri déchirant le silence. Yasine se dit alors en ravalant sa salive : « Tu es déshonoré! Tant pis, ce qui est fait est fait! » Il resta dans sa position, inconscient des choses alentour, puis reprit ses esprits et sortit du cagibi vers la terrasse sans songer à la traverser. Il ne savait que faire ni jusqu'où allait éclater le scandale. Allait-il se cantonner dans son appartement ou filtrer jusqu'à celui d'à côté? Il commença à pester contre lui-même pour son manque de présence d'esprit et la faiblesse qui l'avaient empêché de rattraper sa femme de manière à circonscrire le scandale dans les limites les plus étroites possibles. Puis, dans le pire état d'angoisse, il se demanda comment il allait y réagir lui-même. Est-ce que la fermeté lui viendrait en aide là aussi? Peut-être que oui, à condition que les échos n'en soient pas parvenus aux oreilles de son père! Il entendit bouger du côté du cagibi de malheur... Il se retourna et y aperçut la silhouette de la servante qui en sortait, un gros paquet à la main, et se précipitait vers la porte de la terrasse qu'elle franchit. Il haussa les épaules avec mépris et, tandis qu'il se palpait la poitrine de la main, il réalisa qu'il avait oublié de renfiler son tricot de corps et il retourna en hâte dans la chambre.

*

Tôt le matin, on frappa à la porte. C'était le cheikh du quartier. L'homme eut une entrevue avec M. Ahmed et lui fit savoir que les autorités l'avaient chargé d'informer les habitants des quartiers occupés par l'armée que les Anglais ne s'en prendraient qu'aux manifestants et qu'il devait ce jour-là ouvrir boutique, que l'élève devait se rendre à l'école et le fonctionnaire à son travail. Il le mit en garde contre le fait de retenir les élèves à la maison de peur qu'on ne les prenne pour des grévistes, attirant en outre son attention sur les interdictions formelles de manifester et de faire grève. A la faveur de cet événement, la maison retrouva l'activité par laquelle elle saluait le matin. Ses hommes poussèrent un profond soupir à l'occasion de leur mise en liberté après la séquestration de la veille et les âmes respirèrent un peu de tranquillité et de paix. Yasine se dit en lui-même, commentant la visite du cheikh du quartier : « Ça s'arrange à l'extérieur, mais en dedans c'est la panade! » Le fait est que la maisonnée avait en majeure partie passé une nuit de cauchemar, débordée par le scandale et déchirée par l'adversité. Quant à Zaïnab, la patience qu'elle s'était imposée à contenir sa tristesse et ses griefs n'avait pu résister devant le spectacle atroce que ses yeux avaient contemplé dans la chambre de sa servante, et elle avait donné libre cours à l'explosion de sa colère, veillant expressément à ce que son cri aille frapper les oreilles de M. Ahmed, qui accourut vers elle en toute hâte, la pressant de questions... Et ce fut le scandale! Elle lui rapporta tout, forte de sa folle irritation sans laquelle elle n'aurait peut-être jamais eu le cran de lui raconter ce qu'elle lui raconta ce soir-là, vu l'épouvante à nulle autre pareille que lui inspirait cet homme. C'était un moyen de se venger de sa dignité sacrifiée et de la patience qu'elle s'était imposée parfois de plein gré, et le plus souvent contre son gré. « Une servante! se dit-elle. Une boniche de l'âge de sa mère! Et dans ma maison en plus! Qu'est-ce que ça doit être au-dehors! » Elle n'avait pas versé une larme de jalousie ou peut-être que celle-ci s'était éclipsée pour un temps derrière d'épais voiles de dégoût et de colère, comme se voile la flamme derrière un nuage de fumée. C'était comme si, après ce qui s'était passé, elle en était venue à préférer la mort plutôt que de rester avec lui sous un seul et même toit, ne fût-ce qu'un seul jour! Et, de fait, elle délaissa sa chambre à coucher pour aller dormir dans la réception, où elle passa la plus grande partie de la nuit à ne pouvoir fermer l'œil, à délirer comme ces malades bouillants de fièvre, tandis qu'elle dormait le reste du temps d'un sommeil lourd, malade, agité. Le matin, elle se réveilla décidée à quitter la maison. Et c'est peut-être en cette résolution et elle seule qu'elle trouva apaisement à ses souffrances. Que pouvait faire son beau-père lui-même? Pour sûr, il ne pourrait prévenir le mal une fois fait! Quelle que fût sa toute-puissance, il ne pourrait administrer à son époux le châtiment mérité et guérir son cœur de sa blessure. Il jugerait bon tout au plus de le sermonner, de déverser sur lui sa colère. Pendant que le « fornicateur » écouterait, le front bas, avant de poursuivre sa conduite répugnante! Non, pas la peine d'y compter!

De ce fait, Ahmed Abd el-Gawwad l'avait priée de lui laisser l'affaire en main et lui avait longuement conseillé de fermer les yeux sur le faux pas de son mari en faisant sienne la patience des femmes vertueuses. Mais la patience, le pardon, elle en avait par-dessus la tête! Une servante noire de quarante ans passés! Ça non! Elle le quitterait cette fois-ci sans hésiter, ferait part à son père de tous ses chagrins et resterait sous sa protection jusqu'à ce qu'il redevienne raisonnable. Et, si par hasard il revenait alors vers elle repentant et changeait sa conduite, alors, peste soit de cette vie, avec ce qu'elle avait de meilleur et de pire!

Yasine s'était trompé lorsqu'il avait cru qu'elle tairait son chagrin par raison et sagesse. En vérité, la détresse s'était emparée d'elle dès les premiers jours et elle s'était confiée à sa mère. Mais celle-ci avait prouvé qu'elle était une femme avisée en ne laissant pas sa plainte parvenir jusqu'au père. Elle avait conseillé la patience à sa fille en lui disant que le propre des hommes était de veiller la nuit, comme son père par exemple, et aussi de boire; qu'elle devait se suffire d'une maison tout entière vouée au bien,

521

et de ce que son mari lui revienne, si longue fût sa veillée et profonde son ivresse. La petite avait écouté le conseil à regret. Mais ensuite que de mal elle s'était donné à se parer des vertus de la patience! Ne ménageant pas ses efforts pour s'habituer à se satisfaire des choses et à se suffire de ce qu'autorisait la réalité – si éloignée de ses vastes espérances – d'autant que la vie avait commencé à germer dans son ventre, annonçant une maternité hautement considérée. Bien que sans doute la protestation restât enfouie en elle, elle s'était exercée à la résignation, prenant modèle tour à tour sur sa propre mère ou sur la femme de son maître et beau-père.

Puis, à propos de ce que pouvait bien faire son mari dans ses soirées de beuverie, la situation lui offrit périodiquement de quoi troubler son esprit. Un beau jour, elle fit part à sa mère de ses craintes et, plus encore, ne lui cacha pas le relâchement qui affectait monsieur son mari dans ses sentiments. Mais la mère, en femme avisée, lui fit comprendre que ce relâchement n'était pas dû fatalement à ce qu'elle avait en tête, que c'était « une chose naturelle » devant laquelle tous les hommes étaient égaux, qu'elle s'en persuaderait d'elle-même à mesure qu'elle irait plus avant dans l'expérience de la vie. D'autant qu'en admettant même que ses soupçons fussent fondés que pouvait-elle faire? Consentirait-elle à délaisser sa maison sous prétexte que son mari couchait avec une autre femme? Non..., mille fois non! Si les épouses commençaient à déserter leur foyer pour de telles raisons, il n'y en aurait bientôt plus de respectables dans les demeures! Et puis un homme pouvait avoir des vues sur telle ou telle femme, il reviendrait toujours à son foyer du moment que la sienne était digne de rester à ses yeux le dernier refuge, l'éternel port d'attache... Tout venait à point pour qui savait attendre! Sa mère avait parachevé ses conseils en attirant son attention sur les femmes répudiées injustement et celles qui devaient partager leur mari avec des coépouses. Dans ces conditions, la légèreté de son époux, si tant est qu'elle fût vraie, n'était-elle pas un moindre mal au regard des mœurs de ces gens-là? Et puis, après tout, il n'avait pas encore vingt-deux ans. Son destin le vouait à s'assagir pour rejoindre sa maison et trouver dans sa progéniture de quoi le distraire du monde entier. En d'autres termes, elle devait être patiente, dussent ses soupçons s'avérer exacts, et que dire alors s'ils s'avéraient inexacts? La femme avait repris plusieurs fois ces mêmes arguments, et d'autres qui allaient dans ce sens, si bien que l'attitude rétive de la jeune fille s'assouplit, qu'elle eut foi en la patience et s'y exerça.

Mais voilà que l'incident de la terrasse avait porté un coup fatal à toutes les illusions qu'elle avait bâties et que tout l'édifice s'était écroulé comme un rien... Bien qu'Ahmed Abd el-Gawwad n'eût pas saisi cette triste vérité et eût cru que la jeune fille s'était conformée à son conseil, sa colère n'en était pas moins trop vive pour glisser sans dommages... La servante avait agi sainement en prenant la fuite. Quant à Yasine, il n'avait pas bougé de la terrasse et, anxieux, était resté à réfléchir à l'ouragan qui l'attendait, jusqu'au moment où la voix de son père lui parvint, l'appelant sur un ton aussi sec qu'un claquement de fouet. Son cœur se mit à battre. Mais il ne répondit ni n'obéit à l'appel. Il resta rivé sur place, désespéré, et, sans qu'il ait eu le temps de réaliser, le père fit irruption, s'arrêta, resta à grommeler quelques instants, fouillant l'endroit du regard, jusqu'à ce qu'ayant repéré sa silhouette il se dirige vers lui et s'arrête à deux pas, les bras croisés sur la poitrine, le visage dur et impérieux, gardant le silence et le faisant durer pour mieux prolonger son supplice et augmenter sa terreur. C'était comme s'il avait voulu lui signifier par son mutisme ce qu'il pensait de lui et que les mots étaient impuissants à véhiculer, ou encore la volée de coups de poing et de coups de pied qu'il aurait aimé lui infliger pour le corriger, n'était sa qualité d'homme mûr et d'homme marié. Mais, au bout d'un moment, il ne put supporter davantage le silence et lui tomba dessus, tremblant de colère et de furie, dans un torrent d'injures et d'admonestations :

— Tu viens me provoquer à mon nez et à ma barbe!

Va-t'en au diable, toi et ta turpitude! Tu as sali ma maison, vermine! Elle n'est pas près de rester pure tant que tu y vivras!... Avant le mariage, tu avais encore une faible excuse, mais maintenant quelle est-elle?... Si mes paroles s'adressaient à un animal, elles l'éduqueraient, mais c'est à un mur qu'elles s'adressent... Une maison qui te compte parmi les siens est vouée à attirer sur elle la malédiction!

Il soulagea le feu de sa poitrine par des mots aussi brûlants que du plomb en fusion. Yasine était là devant lui, immobile, muet, tête basse, comme sur le point de se fondre dans l'obscurité jusqu'à ce que les cris eussent épuisé notre homme. Qui lui tourna le dos et quitta les lieux en le maudissant, lui, son père et sa mère, et regagna sa chambre bouillant littéralement de colère. Dans ce déchaînement, il voyait le faux pas de Yasine comme un crime méritant la mise à mort. Au milieu de son déchaîne-ment il oubliait que son passé tout entier n'était qu'une réplique agrandie et multipliée de l'incartade de Yasine; qu'il persistait dans sa conduite alors qu'il avait déjà tourné à moitié la page de la cinquantaine, que ses enfants avaient grandi, que certains d'entre eux étaient maintenant maris ou épouses. Non pas qu'il l'oubliât à proprement parler, mais il s'autorisait ce qu'il ne permettait à aucun des siens. Libre à lui d'agir à son gré, quant à eux, ils n'avaient qu'à observer les limites qu'il leur ordonnait de respecter. Aussi peut-être que sa fureur contre ce que la faute de Yasine représentait de « défi » à sa volonté, de « mépris » de sa présence, de « mutilation » de l'image qu'il souhaitait que ses enfants se fassent de lui dépassait de beaucoup celle qu'il ressentait contre la faute elle-même. D'ailleurs, celle-ci, comme de règle, ne dura pas. Sa flamme ne tarda pas à retomber, son feu à s'éteindre et le calme lui revint peu à peu quand bien même si son apparence, et celle-ci seulement, s'était ternie de consterna-tion et d'amertume. Il put alors considérer le « crime » de Yasine sous des angles variés. Il put le méditer à tête reposée, et à mesure que s'en dissipait la noirceur, se révélèrent à ses yeux diverses circonstances comiques qui le distrayèrent de sa solitude forcée. La première chose qui lui vint à l'esprit fut de rechercher une excuse au fautif, non pas par amour de l'indulgence, car en fait il détestait l'indulgence dans sa maison, mais pour faire de cette excuse une « justification » à la rébellion qui s'était manifestée contre sa volonté, comme s'il se disait : « Mon fils n'a pas failli à l'obéissance! Jamais de la vie! Au contraire, il a telle et telle excuse! » Mais fallait-il chercher cette excuse dans sa jeunesse en tant qu'âge d'irréflexion et d'inconséquence? Assurément non!... Celle-ci constituait une excuse à la faute mais pas à la rébellion du jeune homme contre sa volonté, sinon Fahmi et même Kamal auraient pu se complaire à bon droit dans le mépris de ses enseignements! Dans ce cas, il n'avait qu'à accuser son âge d'homme, lequel l'autorisait à s'affranchir de la volonté du père, ne fût-ce que jusqu'à un certain point, lui épargnant à lui, Ahmed Abd el-Gawwad, d'endosser la responsabilité de ses actes, comme s'il se disait intérieurement : « Il ne s'est pas dressé contre ma volonté, loin de là! Il a seulement atteint l'âge où sa faute ne peut plus être considérée comme une révolte contre ma volonté! » Il allait sans dire qu'en face de lui il lui refuserait de reconnaître ce privilège et qu'il ne lui pardonnerait pas son forfait même s'il osait venir l'exiger. Plus encore, il n'était prêt à accepter cette reconnaissance secrète en lui-même qu'en cas de désobéissance nécessitant une justification à la rébellion contre sa volonté. Pour finir, il n'oublia pas, même en pareille situation, tant il était en quête de sérénité, de se rappeler qu'il lui avait donné une éducation d'une particulière rigueur, que rares étaient les pères à oser se le permettre, une éducation reçue avec une totale soumission, que rares étaient les fils à supporter... Sa pensée fit un détour songeur du côté de Zaïnab, mais il ne ressentait pour elle aucune pitié. Il l'avait consolée par respect pour son cher et bien-aimé père, mais il ne pensait pas que la fille le valait. Il n'était pas digne d'une épouse respectable de flétrir son mari, quelles que fussent les circonstances, de la manière dont elle avait flétri Yasine.

Ah! elle en avait poussé des gémissements et des cris! Mais qu'aurait-il fait lui, Ahmed Abd el-Gawwad, si Amina l'avait surpris un jour dans une telle situation? Mais Amina et Zaïnab, c'était le jour et la nuit! Et puis il fallait voir comment elle lui avait raconté ce qu'elle avait vu, sans pudeur aucune... Pouah! Si cette fille n'avait pas été celle de Mohammed Iffat, Yasine eût été en droit de la corriger et lui-même n'aurait pas accepté de voir cet incident passer sans châtiment exemplaire. Car certes Yasine avait commis une faute, mais elle en avait commis une plus grande encore! Puis il revint rapidement à son fils et commença à réfléchir, en souriant intérieurement, à la seule et même nature qu'ils avaient en commun, une nature héritée sans aucun doute du grand-père et qui peut-être, qui sait, brûlait en ce moment même en Fahmi sous le voile de la correction et de la droiture! Et, tenez, ne se rappelait-il pas comment il était rentré un jour à la maison à l'improviste et avait surpris la voix de Kamal en train de chanter « Hé! là-haut, l'oiseau sur la branche! » Il s'était alors attardé derrière la porte, non pas seulement pour faire semblant d'être arrivé après la chanson, mais pour suivre la voix, en goûter le timbre cristallin et en mesurer la longueur du souffle, si bien que lorsque le gamin eut achevé sa chanson il claqua la porte violemment en toussotant et entra dans la maison en dissimulant une joie que personne ne discerna. Quel plaisir pour lui de se voir refleurir dans la vie de ses fils, tout au moins quand ils se tenaient tranquilles et chastes! Mais attention!... Yasine avait une nature qui lui était propre, qu'il ne partageait pas. Ou peut-être qu'aucune nature ne les unissait si l'on voulait prendre le terme au sens strict! Yasine tenait plutôt de l'animal aveugle... qui se jetait une fois sur Oum Hanafi, pour être pris un autre jour en flagrant délit avec Nour..., se vautrant dans la fange avec insouciance... Lui n'était pas ainsi! Certes, il comprenait la mesure de l'ennui qui avait submergé Yasine à l'idée d'être contraint de passer la nuit dans une demi-prison. Il le comprenait d'autant mieux que lui-même l'avait subi dans l'affliction et la tristesse de qui a perdu un être cher. Mais mettons qu'il soit allé faire un tour dans le jardinet de la terrasse, comme le jeune homme l'avait fait, et qu'il y ait rencontré une servante! Supposons encore que celle-ci ait répondu à ses goûts. Se serait-il jeté à corps perdu dans semblable aventure? Non, assurément non! Pourtant quel obstacle l'en aurait empêché? L'endroit peut-être? La famille plutôt! Ou peut-être aussi l'âge! Ah!... Il accusa le choc que ce dernier obstacle faisait naître à son esprit et il eut l'impression qu'il enviait tout autant à Yasine la verdeur de sa jeunesse que la folie de son faux pas! Il n'en restait pas moins que leurs deux natures étaient différentes. Ahmed Abd el-Gawwad n'avait pas, comme son fils, une passion inconditionnelle des femmes. Son désir charnel s'était toujours fait remarquer par sa somptuosité, invariablement guidé par des choix raffinés. Plus encore, ce désir se distinguait par son goût des qualités sociales, venues se greffer sur les qualités naturelles reconnues. Il était épris de la beauté féminine dans sa chair, sa majesté et sa grâce. Ni Galila ni Zubaïda, pas plus qu'Oum Maryam ou des dizaines d'autres, n'avaient manqué d'une seule de ces vertus, voire davantage! Aussi bien, rien ne le mettait de belle humeur, ne le rendait serein, comme un décor agréable, une réunion intime avec la boisson, la joie de deviser et le chant qui étaient leurs attributs nécessaires. Aussi ne fallait-il guère de temps à chaque « nouvelle » pour comprendre son style en amour et lui assurer l'atmosphère douce, remplie de senteurs de roses, d'encens et de musc à laquelle son âme aspirait. De même qu'il aimait la beauté dans l'abstrait, il l'aimait pour son rayonnement social. Une position en vue, une illustre renommée l'attiraient, et il se plaisait à faire valoir son amour et ses maîtresses auprès de ses intimes, sauf cas très rares, comme celui d'Oum Maryam où la discrétion s'imposait. Toutefois cet amour « social » ne l'obligeait en rien à faire le sacrifice de la beauté qui avec la renommée marchaient dans ce domaine côte à côte, comme une chose et son ombre. Il arrivait fréquemment que la première s'avère être la clef magique ouvrant la porte de la seconde. Il avait aimé les plus célèbres almées de son temps et aucune d'entre elles n'avait déçu son goût de la beauté ni sa passion de la joliesse. Tout cela lui fit penser avec mépris aux incartades de Yasine, à propos duquel il se répétait avec réprobation : « Oum Hanafi! Nour! Quel animal que c'est là! » Certes, de telles aberrations ne le concernaient pas! Du reste, il n'avait nul besoin de s'interroger bien longtemps sur leur origine, d'autant qu'il n'avait pas encore oublié la femme qui avait mis Yasine au monde et lui avait légué sa nature pourrie. S'il était lui-même responsable de la force du désir de Yasine, elle était responsable quant à elle de la qualité même de ce désir porté à la déchéance.

Il avait à nouveau réexaminé « sérieusement » le problème le matin et s'était trouvé sur le point de faire appeler les deux époux pour régler entre eux, ainsi qu'entre eux et lui, tous les comptes. Mais il remit son projet à un moment plus propice de la matinée. Quand Fahmi demanda à Yasine ce qui l'avait incité à ne pas venir à table, ce dernier lui répondit évasivement : « Une bricole! Je t'en parlerai plus tard. » Fahmi continua donc d'ignorer le mystère de la colère de son père contre son frère jusqu'à ce qu'il apprenne la disparition de Nour, la servante, en vertu de quoi il pressentit tout le fond de l'affaire.

Ainsi ce matin vit la famille sous un jour inhabituel : Yasine avait quitté très tôt la maison et Zaïnab avait gardé la chambre. Puis les hommes étaient partis, terrorisés, se gardant de lever les yeux vers les soldats, pendant qu'Amina, debout derrière le moucharabieh, priait Dieu de les protéger contre toute atteinte. Elle ne voulut pas se mêler de l' « incident » de la terrasse et descendit à la pièce du four en attendant que Zaïnab vienne d'un moment à l'autre la rejoindre comme à l'accoutumée. Elle n'approuvait pas cette colère par souci de sa dignité. Elle la considérait comme une coquetterie qui la choquait et elle commença à se demander : « Comment peut-elle se prétendre des droits qu'aucune femme ne s'est jamais prétendus! Sans doute Yasine a péché et souillé cette pieuse maison, mais il a péché contre son père et sa femme, pas contre elle... Ne suis-je pas un ange à côté de cette fille? » Pourtant, à force d'attendre, elle ne put davantage faire mine de l'ignorer et se persuada du devoir de se rendre à ses côtés pour la consoler. Elle monta à son appartement, l'appela, avant de pénétrer dans la chambre où elle ne vit nulle trace de sa présence. Elle alla de pièce en pièce et appela, jusqu'à ce que la maison ait été fouillée de fond en comble. Alors elle se frappa les paumes en s'exclamant : « Seigneur!... Zaïnab aurait-elle trouvé bon d'abandonner sa maison? »

*

Toute la journée, Amina ne put échapper à l'angoisse. Car l'éventualité que les soldats s'en prennent à l'un de ses hommes, à l'aller ou au retour, ne quitta pour ainsi dire pas son esprit. Fahmi fut le premier à rentrer et de le voir allégea quelque peu le poids de son anxiété. Il avait toutefois la mine sombre et elle lui demanda :

— Qu'est-ce que tu as, mon petit?

— Bah! Ça me dégoûte de voir ces soldats! s'exclama Fahmi.

Elle lui conseilla alors avec appréhension :

— Ne le leur fais pas voir... Si tu m'aimes, ne le fais pas!

Mais il n'avait pas eu besoin de ses supplications : il ne s'était pas risqué à les défier, ne fût-ce que du regard, tandis qu'il avançait à leur merci. Il avait même veillé à ce que son regard ne dérive vers aucun d'entre eux et il était rentré à la maison en se demandant avec ironie ce qu'ils auraient fait s'ils avaient su qu'il revenait d'une manifestation qui avait dégénéré en quasi-bataille rangée avec leurs compagnons d'armes ou que le matin même, aux aurores, il avait distribué des dizaines de tracts incitant à les combattre. Il s'assit et resta à passer en revue les événements de sa journée en faisant revivre le plus petit nombre tels qu'ils s'étaient passés et la majorité tels qu'il les eût souhaités. Tel était son tempérament : agir dans la journée et rêver le soir venu, les sentiments les plus nobles et les plus barbares où l'amour des siens côtoyait le désir de tuer et de massacrer le guidant dans un cas comme dans l'autre. De rêves dont il s'enivrait plus ou moins longtemps et émergeait consterné par leur absurdité, abattu par leur puérilité; des rêves dont la substance et la trame se nourrissaient de batailles dominées par des figures aussi héroïques que celle de Jeanne d'Arc, où l'on s'emparait des armes de l'adversaire, qui voyaient la déroute des Anglais!... Un discours inoubliable sur la place de l'Opéra. L'obligation des Anglais de proclamer l'indépendance de l'Egypte, le retour d'exil de Saad triomphant. Une entrevue entre lui et le grand leader et l'allocution de ce dernier..., sans oublier Maryam, au milieu des témoins de la percée historique! Oui, l'image de Maryam couronnait toujours ses rêves, bien que celle-ci eût été reléguée tous ces jours-ci dans un coin reculé de son cœur que les affaires courantes avaient mobilisé. D'un seul coup, il entendit sa mère lui déclarer, embarrassée, tout en resserrant son fichu autour de la tête :

– Zaïnab est partie fâchée chez son père!

Ah!... Il allait presque oublier ce qui était arrivé à son frère et à sa famille le matin même!

Il voyait maintenant se confirmer l'intuition qu'il avait eue en apprenant la disparition de Nour, la servante. La honte lui fit éviter les yeux de sa mère, de peur qu'elle ne lise sa pensée, d'autant qu'il avait la certitude qu'elle avait découvert le pot aux roses. Il ne lui parut pas exclu qu'elle comprenne qu'il l'avait découvert lui aussi ou le tienne tout au moins pour probable. Il ne sut que dire, surtout qu'il n'avait pas l'habitude quand il s'adressait à elle de laisser paraître le contraire de ce qu'il pensait, et rien ne lui était plus détestable que de voir entre eux la tromperie remplacer la sincérité.

Il se contenta de grommeler :

– Puisse Dieu remettre les choses en place!

Amina ne dit mot, comme si la disparition de Zaïnab

était d'une telle insignifiance qu'il suffisait pour traiter le sujet de ce mot d'information suivi d'une brève formule de prière! Fahmi ne tarda pas à dissimuler un sourire qui allait battre en brèche sa retenue habituelle quand il réalisa que sa mère endurait le même sentiment que lui et que son incapacité à jouer la comédie la mettait dans la gêne. Elle ne savait pas mentir et, même si elle y était contrainte parfois, sa nature n'offrant aucune prise aux masques finissait par dévoiler son fait. Mais leur embarras commun ne dura que quelques minutes, car ils virent Yasine se diriger vers eux, et l'un comme l'autre eurent l'impression qu'il les regardait avec le visage de quelqu'un qui ne soupçonne pas les ennuis qui l'attendent à la maison, même si personne n'en connaissait encore l'ampleur. Fahmi ne s'en étonna guère, sachant le mépris de son frère pour les problèmes qui pesaient sur autrui. En fait, ce dernier était sous le coup du sentiment vertigineux d'avoir victorieusement traversé une aventure et cela lui faisait oublier momentanément le gros de ses ennuis.

Il se dirigeait vers la porte de la demeure quand un soldat lui barra la route, comme surgi de terre. Il trembla de tous ses membres et s'attendit à un mal imparable, ou tout au moins une avanie qui le blesserait sous les yeux des boutiquiers et des passants. Mais il n'hésita pas à se défendre et dit au soldat sur un ton courtois et amical, comme lui demandant la permission de passer :

– Pardon, monsieur!

Mais le soldat demanda une allumette en souriant – parfaitement, en souriant! – et Yasine en resta ébahi au point que la demande du soldat ne gagna pas son entendement tant que celui-ci ne l'eut pas répétée. Il était loin de s'imaginer qu'un soldat anglais pût sourire de la sorte, ou bien, en admettant que les soldats anglais en fussent capables comme le reste des humains, que l'un d'eux s'adresse à lui, Yasine, dans ce qui ressemblait à de la politesse. Aussi fut-il littéralement décollé de terre par une joie qui le mit néanmoins si mal à l'aise qu'il resta figé quelques instants sans articuler de réponse ou esquisser le moindre mouvement. Puis il bondit avec toute la force qu'il avait en lui pour rendre ce menu service à ce formidable soldat souriant. Mais comme il n'était pas lui-même fumeur et n'avait pas sur lui d'allumettes, il vola chez Hajj Darwish, le vendeur de *foul* et en acheta une boîte qu'il courut offrir au soldat. Ce dernier s'en saisit en disant :

– Merci!

Il ne s'était pas encore remis de ce sourire enchanteur, aussi ce « merci » lui fit-il l'effet revigorant d'une chope de bière avalée d'un trait par le buveur déjà imbibé de whisky. La gratitude et la fierté l'envahirent, son visage replet s'empourpra, ses traits s'illuminèrent, comme si ce « thank you » n'était rien moins qu'une décoration prestigieuse épinglée publiquement à son vêtement; sans compter que ce merci lui garantissait désormais d'aller et venir devant le camp en toute sécurité. Et à peine l'homme eût-il amorcé d'un geste son départ qu'il lui dit amicalement, du fond du cœur :

– Bonne chance, monsieur!

Il rentra à la maison comme titubant de joie. Quelle chance il avait eue, lui, Yasine! Un Anglais – pas un Australien ni un Indien – qui, en plus, lui avait souri et l'avait remercié! Un Anglais, autrement dit un type d'homme représentant dans son imagination le modèle de la perfection humaine. Sans doute le haïssait-il comme le reste des Egyptiens mais, au fond de lui, il le respectait et l'exaltait au point de se l'imaginer souvent pétri d'une autre terre que celle des humains. Et dire que cet homme lui avait souri et l'avait remercié! D'ailleurs il lui avait pour sa part répondu correctement en imitant, autant que le lui avait permis la souplesse des commissures de ses lèvres, la prononciation anglaise. Et il y avait réussi à merveille, ce qui lui avait valu un remerciement. Comment croire dès lors les actes de sauvagerie qui leur étaient attribués? Pourquoi avaient-ils exilé Saad Zaghloul s'ils avaient tant de distinction?

A la simple vue d'Amina et de Fahmi, son enthousiasme

retomba. Il put lire leurs regards et le fil interrompu depuis peu de ses chagrins eut tôt fait de se ressouder... Il se rendit compte qu'il était de nouveau confronté au problème qu'il avait fui le matin même à la première heure. Il demanda en pointant le doigt vers l'étage au-dessus :

— Pourquoi n'est-elle pas avec vous? Elle est toujours fâchée?

Amina échangea un regard avec Fahmi et bredouilla gênée :

— Elle est partie chez son père!

Il haussa les sourcils de surprise – ou d'inquiétude – et demanda :

— Et pourquoi l'as-tu laissée partir?

— Elle a filé sans que personne ne s'en aperçoive, répondit Amina dans un soupir.

Il se sentit dans l'obligation d'articuler une parole pour satisfaire devant son frère et sa mère l'image de sa dignité et il s'exclama avec mépris :

— Qu'elle aille où elle veut!

Fahmi, de manière à faire croire à son frère qu'il n'avait pas percé son secret, et pour effacer par conséquent chez sa mère le soupçon qu'il l'eût ébruité, se résolut à passer outre son désir de se réfugier dans le silence et demanda simplement :

— Quelle est la cause de ce malheur?

Yasine le sonda du regard et agita sa grosse main en allongeant les lèvres, l'air de lui dire : « Il n'y a rien là qui soit cause de malheur! », avant de déclarer :

— Les filles d'aujourd'hui sont insociables!

Puis se tournant vers Amina :

— Ah! où sont les dames d'antan!

Amina baissa la tête, non pas tant de honte, comme il semblait, que pour dissimuler un sourire qu'elle ne put contenir au moment où son esprit rapprocha l'image que se donnait Yasine en ce moment même, celle du sage méditant la vie, du bon prêcheur offensé, de celle dans laquelle il avait été surpris la veille au soir sur la terrasse. Toutefois l'inquiétude de Yasine dépassait de beaucoup ce que la situation présente lui autorisait de laisser paraître. Car, malgré la cruauté de la déception qui l'avait affecté dans sa vie conjugale, il n'avait pas songé un seul instant à y mettre fin. C'est qu'il y avait trouvé un refuge stable, de la sollicitude, sans compter la paternité imminente dont elle donnait l'heureux augure et qu'il accueillait avec Dieu sait quel bonheur! Il avait toujours espéré que cette vie lui fût gardée en port d'attache, pour revenir y jeter l'ancre au retour de ses équipées en tous genres. Il n'était pas dupe du nouveau conflit, avec son père et M. Iffat, que ne manquerait pas de lui attirer le départ de sa femme; sans compter le scandale qui habillerait la chose et dont les relents se répandraient dans l'air jusqu'à empester les narines... La fille de chien! Il était pourtant fermement résolu à l'amener à reconnaître qu'elle avait commis une faute plus grave que la sienne. Peut-être même en était-il persuadé d'une manière frôlant la certitude. Il s'était juré de l'obliger, coûte que coûte, à lui faire des excuses et de se mettre lui-même en devoir de la corriger par tous les moyens. Mais elle était partie... Elle avait chamboulé ses plans de fond en comble, l'avait jeté dans une impasse délicate, cette... fille de chien!

Il fut tiré du flot de ses pensées par un cri déchirant le silence qui entourait la maison. Il se tourna vers Fahmi et sa mère et les vit qui prêtaient l'oreille, préoccupés et anxieux. Le cri se prolongea et ils réalisèrent sans peine qu'il s'agissait d'un cri de femme. Toutefois leurs yeux s'interrogèrent sur le lieu de sa provenance et sur sa cause : était-ce l'annonce d'une mort, une bagarre, un appel au secours? Amina s'était mise à invoquer la protection de son Seigneur contre tous les maux du monde quand Fahmi déclara :

– Ça vient de tout près..., peut-être de la rue en bas de chez nous!

Puis il se leva brusquement en plissant le front et demanda :

– Ça ne serait pas les Anglais qui auraient attaqué une femme passant dans la rue?

Il se précipita vers le moucharabieh, les deux autres lui emboîtant le pas, mais le cri s'interrompit brusquement sans laisser le moindre indice de sa provenance. Ils tendirent tous trois le regard à travers la claire-voie, scrutant la rue, quand leurs yeux se posèrent sur une femme qui, vu l'attroupement des passants et boutiquiers faisant cercle autour d'elle, attirait l'attention par sa station étrange au beau milieu de la chaussée. Ils la reconnurent au premier coup d'œil et s'écrièrent d'une seule voix :

– Oum Hanafi!

Amina, qui l'avait envoyée chercher Kamal à l'école, demanda :

– Comment ça se fait que je ne voie pas Kamal avec elle? Qu'est-ce qui la fait rester plantée là comme un piquet? Et Kamal? Mon Dieu, où est Kamal?...

Puis poussée par un sentiment instinctif :

– C'est elle qui a crié..., maintenant je reconnais sa voix... Où est Kamal? Au secours...

Fahmi et Yasine restèrent muets. Ils étaient absorbés à observer la rue et plus particulièrement le camp anglais vers lequel ils virent se diriger les yeux des badauds – et à leur tête Oum Hanafi. Pour eux, il ne faisait aucun doute que c'était elle qui avait crié et ameuté les gens autour d'elle. Plus encore, ils eurent intuitivement l'impression qu'elle avait appelé au secours à cause d'un danger menaçant Kamal, avant que ses craintes ne se cristallisent sur les Anglais. Mais quel danger? Et où était Kamal? Qu'est-ce qui était arrivé au gamin? Voilà qu'Amina ne cessait d'appeler au secours elle aussi, eux-mêmes ne sachant comment lui calmer les esprits. Peut-être avaient-ils besoin qu'on les leur calmât d'abord! Où était Kamal? Il y avait des soldats assis, debout, d'autres poursuivaient leur chemin, chacun vaquant à ses occupations comme si rien ne s'était passé, comme si aucun attroupement ne s'était formé!

Soudain Yasine s'écria en donnant un coup à l'épaule de Fahmi :

– Tu vois ces soldats postés en cercle au pied de la

fontaine de Bayn el- Qasrayn? Kamal est au milieu d'eux...
Regarde!

– Kamal... au milieu des soldats? ne put s'empêcher de
crier Amina. Mon Dieu, mais c'est bien lui... Au
secours!

Quatre colosses de soldats se tenaient debout, en cercle,
formant une chaîne avec leurs bras. Les yeux de Fahmi
avaient passé et repassé sans tomber sur cette cible mais,
cette fois-ci, il aperçut Kamal, debout au milieu du cercle,
comme le laissait voir un jour qui s'ouvrait entre les
jambes du soldat posté de dos face à eux. Il se figura qu'ils
allaient se le renvoyer l'un à l'autre à coups de pied,
comme un ballon, le tuer. Sa peur pour son petit frère lui
fit perdre conscience de lui-même et il tourna les talons en
disant d'une voix troublée :

– J'y vais! Quoi qu'il arrive!

Mais la main de Yasine lui empoigna l'épaule et ce
dernier lui dit sur un ton ferme :

– Reste là! (Avant de s'adresser à la mère d'une voix
calme, en souriant.) N'aie pas peur! S'ils avaient voulu lui
faire du mal, ils n'auraient pas hésité! Regarde-le, il n'a
pas l'air embarqué dans de grands discours? Et puis
qu'est-ce que c'est que cette chose rouge qu'il a dans la
main? Je parie que c'est un morceau de chocolat. Allez,
calme-toi! Ils sont en train de s'amuser avec lui. (Il
soupira.) Quelle frousse il nous a fichue pour rien!

La peur de Yasine trouva accalmie. Il ne tarda pas à se
remémorer sa bienheureuse aventure avec le soldat et
n'exclut pas qu'il pût se trouver parmi ses compagnons
d'armes des gens aussi courtois et gentils que lui. Puis il
jugea bon d'étayer et d'asseoir ses paroles dans le cœur
brûlant d'anxiété d'Amina et dit, montrant du doigt Oum
Hanafi qui n'avait pas bougé de sa place :

– Vous ne voyez pas qu'Oum Hanafi s'est arrêtée de
crier depuis qu'elle n'a plus de raison de le faire? Tenez,
voilà que les gens se dispersent autour d'elle, rassurés...

– Moi, en tout cas, je ne serai pas tranquille tant qu'il

ne sera pas revenu vers moi! bredouilla Amina, la voix tremblotante.

Leurs yeux se fixèrent sur le gamin, ou plutôt sur ce qu'on en pouvait deviner par instants. Mais les soldats rompirent la chaîne en dégageant leurs bras et refermèrent leurs jambes écartées comme s'étant assurés que Kamal avait abandonné tout projet de fuite. Il apparut alors en pied, l'air souriant, en train de parler comme ils purent en juger d'après le mouvement de ses lèvres et les gestes de ses mains dont il s'aidait pour exprimer sa pensée. L'apparente compréhension qui régnait entre eux et lui tendait à prouver qu'ils pouvaient, jusqu'à un certain point, parler l'égyptien. Mais que pouvaient-ils bien se dire? Personne n'en put rien supposer! Ils reprirent toutefois leurs esprits et même Amina put contempler finalement ce spectacle stupéfiant qui se déroulait sous ses yeux avec un étonnement mêlé d'une angoisse silencieuse, sans lamentations ni appels au secours, tandis que Yasine se mettait à rire en disant :

— On dirait bien qu'on a péché par excès de pessimisme quand on a cru que l'occupation de notre quartier par ces soldats serait pour nous une source d'ennuis sans fin!

Et, bien que Fahmi semblât reconnaissant de la conduite des soldats envers Kamal, la remarque de Yasine lui déplut et il répondit sans détacher ses yeux du gamin :

— Ils ont sûrement une manière de traiter les hommes et les femmes différente de celle des enfants! Ne pèche pas par excès d'optimisme, toi non plus!

Yasine alla pour se lancer dans des discussions sur ses heureuses péripéties avec les soldats, mais il retint sa langue à temps pour éviter de mettre son frère hors de lui. Il ajouta seulement par souci de complaisance :

— Dieu nous en délivre, bon débarras!

— Ils ne vont pas bientôt le laisser partir, qu'on les remercie et qu'on n'en parle plus? demanda Amina dans une fervente prière.

Mais, à voir le cercle formé autour de Kamal, il semblait qu'il se préparait quelque chose. L'un des quatre soldats, qui avait reculé vers une tente toute proche, revint quelques instants plus tard avec une chaise en bois qu'il posa devant Kamal. Le gamin sauta dessus aussitôt et s'y percha, droit comme un *i*, les bras étirés le long du corps comme pris dans le rang d'une colonne de la section spéciale. Son tarbouche lui était tombé sur la nuque, sans qu'il s'en aperçoive probablement, mettant à nu le devant proéminent de sa grosse tête. Qu'est-ce qu'il fabriquait? Que signifiait cette posture? La question ne resta longtemps en suspens pour personne dès lors que s'éleva bientôt sa voix claire et aiguë qui chantait :

O mon tendre, mon chéri, je veux retourner au pays
O mon tendre, mon chéri, le pouvoir m'a pris mon fils[1].

Il chanta la chanson couplet par couplet, de sa voix caressante, avec les soldats les yeux levés vers lui, bouches bées, la mine réjouie, faisant suivre chaque refrain de leurs applaudissements. L'un d'eux fut ému du peu qu'il avait saisi du sens des paroles et se mit à crier : « Retourner au pays... Retourner au pays... » Kamal s'enhardit au spectacle de la joie dont ses auditeurs lui rendaient l'hommage et se mit à sublimer son chant de plus belle, à en parfaire la modulation, à donner force à sa voix, jusqu'à ce que s'achève la chanson au milieu des applaudissements et de l'approbation à laquelle participa la famille de derrière la claire-voie, le cœur rempli de joie et de crainte. Oui, la famille s'était jointe à l'approbation générale après avoir participé – avec son cœur également – à la chanson... Ils avaient accompagné le petit dans une crainte angoissée, fait vœu pour lui d'excellence et de perfection, redoutant pour lui un lapsus ou une fausse note, comme s'il chantait à leur place, ou comme si c'étaient eux qui chantaient à travers sa gorge, comme si leur dignité – individuelle et familiale – dépendait désormais du succès de la chanson!

1. Cette chanson était très répandue dans les campagnes égyptiennes frappées par l'occupant anglais.

Amina oublia ses frayeurs dans le tourbillon de ce sentiment. Même Fahmi n'avait pensé pendant tout ce temps
qu'à la chanson, avec tout le succès qu'il en espérait et,
quand elle s'acheva sans encombre, ils poussèrent un
profond soupir et souhaitèrent que Kamal s'empresse de
rentrer à la maison avant que quelque chose ne vienne leur
gâcher le musc de cette heureuse fin.

La fête aussi semblait toucher à sa fin. Kamal sauta à
terre, salua les soldats un par un et leva la main en signe
d'adieu avant de bondir vers la porte de la maison. La
famille se précipita du moucharabieh en direction du salon
pour se tenir prête à l'accueillir. Il accourut vers eux
haletant, le sang au visage, le front mouillé de sueur; ses
yeux, les traits de son visage, les mouvements désordonnés
de ses bras agités en tous sens, exprimant la joie et le
triomphe. Son petit cœur était plein d'un bonheur trop
grand qu'il lui fallait exprimer par n'importe quel moyen
et en invitant les autres à y participer, comme la crue
débordante que le lit du fleuve ne peut contenir envahit les
champs et les vallées. Un seul regard circonspect aurait
suffi à lui révéler que son aventure était déjà sur tous les
visages. Mais la joie l'aveugla et il s'écria :

– J'ai une histoire que vous ne croirez jamais et que
vous ne pourrez pas vous imaginer!

Yasine éclata de rire et lui demanda moqueur :

– Quelle histoire, mon tendre, mon chéri?

La phrase lui fit voir clair, et il vit les visages transparents à sa lumière. Mais le fait de savoir qu'ils avaient été
témoins de son aventure compensa néanmoins l'occasion
manquée de leur faire la surprise de son récit fabuleux. Il
fut pris de fou rire, tout en se frappant les genoux des
paumes...

– Alors c'est vrai, vous m'avez vu? demanda-t-il en se
retenant de rire.

A ces mots, la voix plaintive d'Oum Hanafi se fit
entendre :

– Ils auraient mieux fait de voir ma misère! A quoi ça

rime toute cette joie après que j'ai été toute retournée?
Encore un coup comme ça et Dieu me rappelle à lui!

Elle n'avait pas encore ôté sa *mélayé* et ressemblait à un
sac de charbon plein à craquer, le visage blême, fatigué,
avec dans les yeux un curieux regard d'abandon.

– Qu'est-ce qui s'est passé? lui demanda Amina. Qu'est-
ce qui vous a poussée à crier? Dieu a été bon avec nous,
nous n'avons rien vu d'effrayant!

Oum Hanafi appuya son dos contre le battant de la
porte et commença à raconter :

– Il s'est passé ce que jamais je n'oublierai, madame!
Nous étions sur le chemin du retour et voilà-t-il pas qu'un
de ces satanés soldats bondit devant nous et fait signe à
M. Kamal de venir vers lui. Mon monsieur prend peur et
se met à courir vers l'allée Qirmiz... Alors un autre soldat
lui barre la route et le v'là qui se trotte vers Bayn
al-Qasrayn en criant... L' cœur m'en a rentré dans la
poitrine de peur et je me suis mise à appeler au secours le
plus fort que j'ai pu sans le quitter des yeux; pendant ce
temps-là, il courait d'un soldat à l'autre, jusqu'à ce qu'ils
finissent par l'encercler... J'ai failli mourir tellement j'ai eu
peur... Ma vue s'est toute brouillée et je n'y ai plus rien vu!
J'ai pas eu le temps de faire ouf que j'avais du monde
partout autour de moi. Mais je me suis pas arrêtée de crier,
jusqu'à ce qu'Amm Hassanein me dise : « Dieu le protège
de ces bâtards! Priez Dieu..., ils vont bien le traiter! » Ah!
madame, notre Seigneur al-Hussein nous a assistés et a
repoussé le mal de nous...

– Mais j'ai jamais crié! protesta Kamal.

Oum Hanafi se frappa la poitrine de la paume et
rétorqua :

– Vos cris m'ont transpercé les oreilles à me rendre
folle!

Le gamin répondit à voix basse, comme s'excusant :

– J'ai cru qu'ils voulaient me tuer, mais il y en a un qui
s'est mis à me siffler un air et à me caresser l'épaule, et
puis il m'a donné (il fouilla dans sa poche)... un chocolat.
Là, j'ai plus eu peur!

La joie quitta Amina. Peut-être était-ce une fausse joie, une joie fugitive. La seule vérité qu'elle ne devait pas perdre de vue était que la peur s'était emparée de Kamal pendant quelques minutes et qu'il lui fallait prier longuement le Seigneur de lui en éviter les retombées. Car elle ne voyait pas dans la peur qu'un sentiment éphémère. Non, c'était là un sentiment anormal, nimbé d'un halo obscur où se retiraient les démons, comme les chauves-souris dans les coins sombres, et, s'il enveloppait un être – surtout un enfant – il imprimait en lui un mal aux funestes conséquences. C'est pourquoi il exigeait à ses yeux un surcroît d'attention et de précaution, soit sous la forme de la récitation d'un passage du Coran, d'une fumigation d'encens, d'un talisman...

– Ils t'ont fait peur ? demanda-t-elle attristée. Dieu les damne !

Yasine put lire ses pensées et dit en plaisantant :

– Les chocolats sont un exorcisme efficace contre la peur...

Et s'adressant à Kamal :

– Vous vous êtes parlé en arabe ?

Kamal accueillit la question à bras ouverts, car elle venait de lui rouvrir les portes de l'imagination et de l'aventure en le tirant des tracasseries du réel.

– Ils m'ont parlé dans un drôle d'arabe, dit-il, ayant retrouvé son visage épanoui. J'aurais voulu que tu l'entendes !

Et il se mit à imiter leur manière de parler l'arabe au point qu'un rire secoua l'assemblée... Même Amina sourit.

Yasine, qui enviait son petit frère, se remit à le questionner :

– Et qu'est-ce qu'ils t'ont dit ?

– Plein de choses ! Ils m'ont demandé comment je m'appelais, où j'habitais, si j'aimais les Anglais.

– Et qu'est-ce que tu as répondu à cette drôle de question ? demanda Fahmi ironique.

Il regarda son frère, comme hésitant..., mais Yasine répondit à sa place :

— Il a dit qu'il les aimait, c'te bonne blague! Qu'est-ce que tu voulais qu'il leur dise?

Pourtant Kamal reprit avec un regain d'enthousiasme :

— Mais je leur ai dit aussi de faire revenir Saad pacha!

Fahmi ne put s'empêcher de rire à tue-tête, avant de lui demander :

— Vrai? Et qu'est-ce qu'ils t'ont répondu?

— L'un d'eux m'a tiré l'oreille et m'a dit : « Saad pacha, no! », répondit Kamal rassuré par le rire de son frère.

Yasine poursuivit son questionnaire :

— Et ensuite?

— Ils m'ont demandé s'il n'y avait pas des filles dans notre maison! déclara Kamal innocemment.

On échangea le premier regard grave depuis le retour du gamin. Fahmi s'enquit, préoccupé :

— Et qu'est-ce que tu leur as répondu?

— Je leur ai dit que sœurette Aïsha et sœurette Khadiga étaient mariées, mais ils n'ont pas compris ce que je leur ai dit et j'ai dit : A la maison il n'y a que maman. Ils m'ont demandé ce que ça voulait dire « maman », et j'ai dit...

Fahmi lança un coup d'œil à Yasine, l'air de dire : « Tu vois bien que ma méfiance n'était pas déplacée! », et fit, moqueur :

— Dame, ils ne lui ont pas offert le chocolat pour ses beaux yeux!

Yasine grommela, un timide sourire à la bouche :

— Il n'y a pas de quoi s'angoisser...

Mais il refusa de laisser ce nuage obscurcir leur assemblée et demanda à Kamal :

— Et comment ils en sont venus à te prier de chanter?

— Pendant qu'on parlait, répondit Kamal en riant, il y en a un qui s'est mis à chanter tout bas et je leur ai demandé la permission de leur montrer ma voix!

Yasine éclata de rire :

– Quel homme! La peur ne t'a pas repris pendant que tu étais entre leurs jambes?

– Jamais! répondit Kamal avec orgueil.

Puis, ému :

– Comme ils sont beaux!... J'en ai jamais vu d'aussi beaux. Des yeux bleus..., des cheveux comme de l'or..., une peau blanche..., toute blanche... On dirait Aïsha!...

Il courut soudain vers la salle d'étude, leva les yeux vers une photo de Saad Zaghloul accrochée au mur à côté de celles du khédive, de Moustapha Kamel et de Mohammed Farid, puis revint en disant :

– Ils sont bien plus beaux que Saad pacha!

Fahmi hocha la tête comme atterré et s'exclama :

– Espèce de traître! Ils t'ont acheté avec un bout de chocolat... Tu es trop grand pour qu'on te pardonne ces paroles. Dans ton école, il y en a qui meurent en martyrs tous les jours... Dieu te maudisse!

Oum Hanafi avait apporté le fourneau en terre, la cafetière, les tasses et la boîte de café. Amina se mit à faire le café pour la séance traditionnelle. Tout rentra dans l'ordre, à l'exception de Yasine qui se remit à songer au mécontentement de sa femme. Quant à Kamal, il s'isola dans un coin, tira le chocolat de sa poche et commença à en défaire le papier rouge argenté... La remontrance sévère de Fahmi s'était apparemment envolée en fumée, car il n'y avait plus place dans son cœur en cet instant que pour le contentement et l'amour...

XIII

LE problème conjugal de Yasine gagna en complication et atteignit un degré de gravité que personne n'avait pressenti. Au moment où il ne s'y attendait pas, le lendemain du jour où Zaïnab était partie se réfugier chez son père, M. Ahmed vit arriver Mohammed Iffat à la boutique. Celui-ci déclara avant d'avoir dégagé sa main de celle de notre homme qui la pressait de ses chaudes salutations :

– Monsieur Ahmed... C'est une urgente requête qui m'amène... Il faut que Zaïnab soit libérée de ce mariage aujourd'hui au plus tard... si possible!

Ahmed Abd el-Gawwad tomba des nues. Certes la conduite de Yasine l'avait terriblement offensé mais il ne s'était pas imaginé qu'elle inciterait un homme estimable comme M. Mohammed Iffat à demander le divorce... Il ne s'était jamais, au grand jamais, imaginé que ces « impairs » pussent susciter le divorce. A plus forte raison qu'une telle demande pût venir du côté de l'épouse ne lui avait jamais effleuré l'esprit. Il eut l'impression que le monde était tombé sens dessus dessous et refusa de croire que son interlocuteur était sérieux dans sa requête. Aussi lui dit-il avec ce ton affable qui tant de fois avait fait succomber le cœur des amis :

– Ah! si seulement les frères pouvaient être là, en ce moment, avec nous, pour être témoins du langage cruel que tu es en train de me tenir! Ecoute-moi bien, au nom de notre amitié, je t'interdis de prononcer le mot de divorce!

Il observa son visage pour y sonder l'impact de ses paroles. Mais il le trouva rembruni, sombre, menaçant et résolu. Notre homme sembla conscient de la gravité de la situation et du funeste présage... Il le pria de s'asseoir et l'autre s'assit, la face de plus en plus sombre.

Il le connaissait bien. Un entêté, difficile à manier quand la colère s'emparait de lui, reniant l'amitié et les règles de la courtoisie, d'une dureté au fer de laquelle venaient se déchirer tous les liens de la proximité et de la tendresse.

— Aie foi en Dieu, l'unique! dit Ahmed Abd el-Gawwad, et parlons calmement.

Mohammed Iffat dit alors, comme empruntant son ton au feu de la colère qui enflammait ses joues :

— Notre amitié est hors d'atteinte, laissons-la de côté! Ton fils Yasine est infréquentable! Je m'en suis rendu compte une fois que j'ai eu tout appris. La pauvre petite, comme elle a pris sur elle! Elle a longtemps gardé ses chagrins dans son cœur. Elle m'a tout caché et n'a épanché sa peine que lorsqu'elle a eu le cœur brisé. Il sort la nuit, rentre aux aurores en se cognant contre les murs tellement il est soûl. Il l'a humiliée et s'est conduit en véritable goujat avec elle! Et, au bout du compte, quel a été le fruit de sa longue patience? Le prendre la main dans le sac, dans sa propre maison, avec sa propre servante! (Il cracha par terre.) Une servante noire! Ma fille n'est pas faite pour ça! Ah! non alors, par le Seigneur des cieux! Tu sais mieux que personne ce qu'elle représente pour moi. Ah! non, Seigneur tout-puissant! Je ne m'appellerais plus Mohammed Iffat si je me taisais là-dessus...

Toujours le même refrain... bien qu'apportant cette fois-ci quelque chose de neuf qui lui fit un choc allant jusqu'à l'ébranler : l'affirmation de son ami suivant laquelle Yasine « rentrait avec l'aube en se cognant contre les murs tellement il était soûl ». Il connaissait donc le chemin des tavernes lui aussi? Depuis quand? Comment? Mais le temps ne laissait pas de place pour la réflexion ou le trouble, ne lui permettait pas d'apaiser pleinement son émotion! L'heure exigeait calme et sang-froid. Il lui fallait prendre en main la situation pour éviter que le mal s'aggrave.

– Ce qui te fait de la peine m'en fait deux fois plus à moi! dit-il sur un ton désolé. Et le malheur est qu'un des méfaits que tu viens de me raconter n'était jamais venu à ma connaissance et ne m'avait jamais traversé l'esprit; à part le dernier incident pour lequel je lui ai infligé une correction qu'aucun père au monde ne se serait permise. Mais que puis-je faire? Je l'ai habitué à une éducation sévère depuis qu'il est tout gosse, mais, par-delà notre volonté, il y a tout un monde de démons qui se moquent de notre résolution et corrompent nos bonnes intentions!

Mohammed Iffat poursuivit tout en évitant les yeux d'Ahmed Abd el-Gawwad et en posant son regard sur le bureau :

– Je ne suis pas venu pour te jeter la pierre ni t'imputer une faiblesse, toi, le père idéal qu'on essaie en vain d'imiter... Mais ça ne changera rien à cette triste vérité que Yasine n'aura pas été celui que j'aurais voulu qu'il fût et que dans son état actuel il n'est pas fait pour la vie conjugale!

– Eh! doucement, monsieur Mohammed! rétorqua Ahmed Abd el-Gawwad sur un ton de reproche.

L'homme se reprit tout en s'en tenant résolument à son propos :

– En tout cas il n'ira jamais comme époux pour ma fille. Il trouvera quelqu'un d'autre pour l'accepter malgré ses défauts, mais pas elle! Ma fille n'est pas faite pour ça. Tu sais mieux que personne ce qu'elle représente pour moi!

Ahmed Abd el-Gawwad rapprocha sa tête de celle de son ami et lui dit à voix basse, comme dissimulant un sourire :

– Yasine n'est pas « un cas » parmi les hommes mariés. Combien d'entre eux se soûlent, font la bringue et les quatre cents coups!

Mohammed Iffat plissa le front pour s'affranchir de tout

soupçon de complicité avec ces paroles inspirant la plaisanterie et répondit sèchement :

— Si tu fais allusion à notre petite société, ou à moi en
particulier, alors c'est vrai, je me soûle, je fais la bringue,
j'ai des maîtresses, mais je... ou plutôt aucun d'entre nous
ne se vautre dans la fange! Une servante noire! C'est
« ça » que ma fille a été condamnée à prendre pour
coépouse? Non, non, non et non! Par le Dieu tout-
puissant! Elle ne sera pas sa femme et il ne sera pas son
mari!

Notre homme comprit que Mohammed Iffat, tout
comme sa fille sans doute, était prêt à passer sur beaucoup
de choses, sauf sur le fait que Yasine mélange sa fille à sa
servante noire. Oh! il le connaissait : un Turc aussi têtu
qu'une mule! Lui revint alors à l'esprit le mot de son ami
Ibrahim Alfar, le jour où il lui avait révélé son intention de
demander la main de Zaïnab pour son fils Yasine : « C'est
une fille de race! Mohammed est notre frère, notre ami
bien-aimé, sa fille est la nôtre, mais as-tu mûrement
réfléchi à ce qu'elle représente pour son père? As-tu pensé
au fait que Mohammed Iffat ne permettra pas à un grain
de poussière de lui frôler un ongle? » Mais, malgré tout
cela, il lui avait été impossible de voir les choses d'un autre
œil que le sien. Il se vantait sans cesse de ce que Mohammed Iffat, malgré l'atrocité de sa colère quand elle éclatait,
ne s'était jamais emporté contre lui, ne fût-ce qu'une seule
fois, tout au long de leurs longues années de fréquentation.

— Tout doux! s'exclama-t-il. Tu ne te rends donc pas
compte que nos principes sont les mêmes, même s'ils
diffèrent dans le détail? Une servante noire, une almée...
Ne sont-elles pas femmes, l'une comme l'autre?

La colère monta au visage de Mohammed Iffat. Il
frappa du poing le bord du bureau et explosa en
disant :

— Tu ne penses pas ce que tu dis! Une servante est une
servante et une dame est une dame! Pourquoi ne prends-tu
pas des servantes pour maîtresses, alors? Yasine ne ressemble pas à son père... Je regrette que ma fille soit enceinte...

Ça me dégoûte tellement d'avoir un petit-fils qui aura de l'ordure dans les veines!

La dernière phrase piqua notre homme au vif et sa colère se réveilla. Il put toutefois l'emprisonner en lui par la force de sa sagesse qu'il dispensait généreusement à ses amis et ses compagnons fidèles; une sagesse parmi les amis, qui n'avait d'égale en force que sa colère parmi les siens. Il poursuivit posément :

– Je te propose de reporter cette discussion à un autre moment!

– Je veux voir ma prière exaucée sur l'heure! rétorqua Mohamme Iffat sur un ton tranchant.

Ah!... Il avait atteint un degré de dépit où même le divorce n'était plus une solution détestable, mais autant il craignait pour l'amitié d'une vie autant il lui en eût coûté de perdre la partie. N'était-il pas l'homme dont les gens sollicitaient l'entremise pour mettre fin aux rivalités et ressouder les liens brisés de l'amitié et du mariage? Comment pouvait-il subir une défaite en défendant son propre fils et accepter le verdict du divorce? Qu'en eût-il été de sa sagesse, de sa dextérité, de sa subtilité?

– J'ai fait alliance avec toi par le mariage pour renforcer les liens de l'amitié entre nous! Comment pourrais-je accepter de les exposer à la faiblesse?

– Notre amitié est hors d'atteinte! répliqua Mohammed Iffat avec désaveu. Nous ne sommes plus des enfants... mais il ne saurait être porté atteinte à ma dignité!

Ahmed Abd el-Gawwad reprit avec douceur :

– Que vont bien pouvoir dire les gens d'une union cassée au bout d'un an à peine?

– Les gens sensés ne jetteront pas la pierre à ma fille! répliqua l'autre avec arrogance.

Ah!... il remet ça! Mais notre homme encaissa le coup avec la même sagesse. On eût dit que le dépit né en lui de son impuissance à faire aboutir la conciliation avait submergé celui causé par les propos inconsidérés de l'homme en colère et il ne se soucia point tant de la balle tirée contre lui que de se justifier à lui-même son échec. Il commença à se consoler de ce que le divorce dépendait de lui et de personne d'autre : s'il voulait, il l'accordait; s'il voulait, il le refusait. Mohammed Iffat le savait pertinemment, et c'est pourquoi il était venu lui demander de l'accorder au nom de cette amitié en dehors de laquelle il ne possédait nul intercesseur. S'il disait non, personne ne reviendrait sur ses paroles et la jeune fille retournerait à son fils qu'elle le veuille ou non... Mais dans de telles conditions c'en serait fini de la vieille amitié. Par contre, s'il disait oui, le divorce serait prononcé mais l'amitié serait sauve et l'on prendrait acte de sa magnanimité. A l'avenir, ce serait pour lui un jeu d'enfant que d'invoquer ces prétextes pour ressouder le lien brisé. Dans ces conditions, le divorce, même s'il constituait une défaite, n'était qu'une défaite provisoire, portant en elle une indulgence et une grandeur d'âme indéniables et qui pourrait bien se transformer sous peu en victoire! Aussi, à peine fut-il rassuré, ne fût-ce que dans une faible mesure, du bien-fondé de son attitude, qu'il ressentit le désir de blâmer son ami du peu de cas qu'il avait fait de ses droits :

— Il n'y aura de divorce que selon mon consentement! N'est-ce pas? demanda-t-il d'un ton lourd de sens. Toutefois, je ne repousserai pas ta requête puisqu'elle te tient tant à cœur..., par respect pour toi, par respect pour l'amitié envers laquelle tu n'as eu aucun égard en me parlant!

Mohammed Iffat poussa un soupir, soit de soulagement quant à l'issue souhaitée, soit de protestation contre le reproche de son ami, soit encore les deux à la fois. Puis il ajouta sur un ton sans réplique mais dénué pour la première fois de l'âpreté de la colère :

— J'ai dit cent fois que notre amitié est hors d'atteinte! Tu ne m'as pas offensé le moins du monde! Au contraire, tu me fais honneur en faisant droit à mes vœux, même si ça te répugne!

Ahmed Abd el-Gawwad répéta, affligé, les paroles de son ami :

— Oui! même si ça me répugne!

Dès l'instant où l'homme ne fut plus à portée de sa vue, sa fureur se déchaîna. La colère contenue explosa et l'engloutit, lui, Mohammed Iffat et Yasine..., surtout Yasine. Il se demanda : « Est-ce que vraiment l'amitié va pouvoir rester hors d'atteinte et sortir indemne du feu de salve des événements qui s'annoncent? » Ah! Il aurait donné tout ce qu'il avait de plus précieux pour préserver sa vie d'une rude secousse comme celle-là! Mais c'est l'opiniâtreté turque qui l'avait voulu! Que dis-je, le diable en personne, ou plutôt Yasine! Oui, Yasine et personne d'autre!

Il dit au mauvais fils, plein de colère et de mépris :

– Tu as souillé la pureté d'une amitié que les jours n'auraient pu ternir, même s'ils s'étaient ligués pour le faire!

Puis il ajouta après lui avoir rapporté les paroles de Mohammed Iffat :

– Tu as détruit mes espoirs en toi... Maintenant, c'est Dieu que ça regarde! Je t'ai élevé, éduqué, guidé... Et tout le mal que je me suis donné, il a abouti à quoi? Un alcoolique, un vaurien qui se laisse aller à se jeter sur la plus vile des servantes dans la maison conjugale! Par le Dieu tout-puissant, je ne me figurais pas qu'un fils puisse sortir de ma tutelle avec ce visage-là... Mais la volonté de Dieu est souveraine, de toute éternité! Qu'est-ce que je vais pouvoir faire avec toi? Si tu étais mineur, je te fracasserais le crâne..., mais la vie se chargera bien de le faire à ma place! Voilà, tu as tout ce que tu mérites : que la belle-famille se débarrasse de toi et te vende au plus bas prix!

Peut-être éprouvait-il pour lui un peu de commisération mais sa fureur prit le dessus et tout son sentiment se changea en mépris. Son fils ne l'éblouissait plus malgré la vigueur de sa jeunesse, sa beauté, sa corpulence. Il se vautrait dans la fange, selon l'expression de ce damné bâtard de Mohammed Iffat, incapable aussi de mater la rébellion d'une femme... Pauvre type, va! La défaite n'avait pas tardé à lui tomber dessus, une défaite dont il n'avait pas échappé lui-même à l'opprobre, et tout ça à cause de son laxisme... Quel pauvre type! « Qu'il se soûle, qu'il fasse la bringue, qu'il aît des maîtresses, à condition de rester le maître respecté... Quant à perdre la face de cette manière infamante... Quel pauvre type! Il ne ressemble pas à son père comme l'a dit ce damné bâtard de Mohammed Iffat! Moi, je fais ce que je veux mais je reste M. Ahmed, un point c'est tout! Ah! c'est une belle sagesse que celle qui m'a inspiré d'élever les enfants dans un idéal unique de droiture et de chasteté, pensant qu'il leur aurait été difficile de suivre ma voie tout en bénéficiant de la dignité et de la stabilité! Mais, hélas! mon effort a été en pure perte avec le fils d'Haniyya. »

– Et vous avez dit oui, père?

La voix de Yasine résonna comme un râle...

– Oui! lui répondit Ahmed Abd el-Gawwad avec rudesse. Pour sauvegarder une vieille amitié et parce que c'est la meilleure solution, du moins pour l'instant.

La main de Yasine commença à se contracter, puis à se détendre dans un mouvement nerveux et machinal qui semblait si bien lui pomper le sang du visage que celui-ci devint affreusement pâle... Il ressentit une honte qu'il n'avait ressentie que dans la souffrance que la conduite de sa mère lui avait fait endurer. Son beau-père demandait le divorce? Ou, en d'autres termes, Zaïnab le demandait ou tout au moins l'acceptait? Qui des deux était l'homme, qui des deux était la femme? Jeter une chaussure aux ordures n'avait rien d'extraordinaire, quant à ce que ce soit la chaussure qui balance son propriétaire! Comment son père avait-il pu souffrir pour lui cette infamie inimaginable?

Il le fixa d'un regard perçant, même si ce regard reflétait tous les gémissements d'appel au secours qui vibraient en lui. Puis il dit d'un ton qu'il veilla jalousement à expurger de toute trace de protestation ou d'objection, comme s'il voulait, à travers lui, signifier une solution pouvant s'avérer plus appropriée :

– Il y a un moyen de traiter une épouse récalcitrante[1] !

Ahmed Abd el-Gawwad comprit le sentiment de son fils et fut saisi d'émotion. C'est pourquoi il ne lui refusa pas un léger aperçu de ce qui lui tournait dans la tête et lui dit :

– Je le sais ! Mais j'ai choisi que nous nous conduisions en nobles... Mohammed Iffat est une tête de Turc, mais il a un cœur d'or... Les choses ne vont pas en rester là ! Tout n'est pas fini ! Je n'ai pas négligé tes intérêts, même si tu ne mérites aucune faveur. Laisse-moi agir comme je l'entends !

« Comme tu l'entends ! Qui pourrait s'opposer à ta volonté ? Tu me maries... Tu me fais divorcer ! Tu me donnes la vie... Tu me mets à mort ! Je n'existe pas. Khadiga, Aïsha, Fahmi, Yasine... Tous logés à la même enseigne ! Aucun d'eux n'existe... Tu existes pour les autres... Mais halte-là !... Chaque chose a des limites ! Je ne suis plus un gamin mais un homme, comme toi, ni plus ni moins. C'est moi qui fixe mon destin. Soit je la répudie, soit je la ramène à la maison de l'obéissance[2]. Mohammed Iffat, Zaïnab, votre amitié, ne vaut pas plus cher que la poussière de mes savates ! »

– Qu'as-tu à rester muet ?

– Comme vous le voulez, père, répondit Yasine sans hésitation.

« Quelle vie... Quelle maison... Quel père. Et que je t'engueule, et que je te corrige, et que je te conseille ! Tu ferais mieux de t'engueuler toi-même, de te corriger toi-même, de te conseiller toi-même. Aurais-tu oublié Zubaïda ? et Galila ? Le chant et la boisson ? Après ça, tu viens nous regarder de haut sous le turban d'un cheikh de l'islam et avec le glaive d'un commandeur des croyants ! Je

---

1. Un homme mécontent de sa femme pouvait la faire enfermer dans une maison privée, en ville, et la faire surveiller par la force publique.

2. *(Sic)* Métaphore courante en arabe désignant la maison conjugale.

ne suis plus un gamin! Occupe-toi des moutards et fiche-
moi la paix...

« Marie-toi!... A vos ordres, chef... Divorce!... A vos
ordres, chef! Va te faire foutre! »

*

La violence des manifestations retomba quelque peu
dans le quartier d'al-Hussein après son occupation par les
troupes anglaises et M. Ahmed put renouer avec la
pratique d'une vieille habitude à laquelle il avait dérogé
momentanément par nécessité. Il put accompagner ses fils
à la grande mosquée d'al-Hussein pour y accomplir la
prière du vendredi. Une très vieille habitude qu'il entretenait assidûment depuis de longues années. Il y conviait son
fils sitôt atteint le seuil de l'enfance pour tourner son cœur
de bonne heure vers le culte, à dessein d'en retirer bénédiction pour lui-même, pour ses fils et la famille entière.
Amina était peut-être la seule à ne pas voir d'un cœur
serein s'ébranler la caravane qui emmenait ses hommes à
la fin de chaque semaine. Trois hommes aussi hauts et
larges que des dromadaires, sans parler de leur noblesse et
de leur beauté rayonnante. Elle les suivait des yeux de
derrière le grillage du moucharabieh avec l'impression
qu'ils étaient le point vers lequel convergeaient les regards,
aussi s'inquiétait-elle et priait-elle Dieu de les protéger du
mauvais œil. Un jour, elle ne put s'empêcher de confier ses
craintes à Monsieur et celui-ci parut quelque temps se
ressentir de ses alertes. Mais il ne se laissa pas longtemps
gagner par la peur et finit par lui dire : « La dévotion que
nous allons accomplir porte en elle une bénédiction propre
à nous préserver de tous les maux! » Fahmi répondait à
l'invitation du vendredi avec l'ardeur d'un cœur avide
depuis la petite enfance d'accomplir les devoirs religieux,
obéissant en cela, avant même la volonté de son père, à un
sentiment religieux sincère qu'éclairait en bonne part, sans
préjudice de la sincérité, la lumière de la raison telle que la
lui avait acquise son initiation aux idées de Mohammed

Abdou[1] et de ses disciples. C'est pourquoi il était le seul parmi les siens à observer vis-à-vis de la croyance familiales aux amulettes, aux incantations, aux talismans et aux prodiges des saints une attitude sceptique, même si la douceur de sa nature l'empêchait de faire état de son scepticisme ou d'afficher son mépris. Au contraire, il acceptait avec une satisfaction manifeste le talisman du cheikh Metwalli Abd es-Samad, que son père apportait de temps à autre. Quant à Yasine, il répondait à l'invitation de son père parce qu'il ne pouvait pas faire autrement et peut-être que, si on l'avait laissé agir selon sa volonté, il n'aurait pas songé un seul jour à glisser son gros corps dans la foule des fidèles, non pas par fragilité de sa foi, mais par dédain et paresse. C'est pourquoi le vendredi était toujours pour lui la source d'un ennui qu'il commençait à subir avec la pointe de l'aube; et, quand l'heure était venue de partir à la grande mosquée, il enfilait son costume non sans protestation et marchait derrière son père comme un détenu. Mais à mesure qu'il approchait d'un pas de la grande mosquée la protestation se taisait en lui peu à peu jusqu'à ce qu'il pénètre à l'intérieur de l'édifice, le cœur gonflé de joie, et se mette à faire sa prière, implorant Dieu de lui accorder son pardon et d'absoudre ses péchés, sans toutefois lui demander la conversion, comme s'il craignait au fond de lui-même que sa prière soit exaucée, en sorte qu'il se retrouve dans la peau d'un ascète détaché des plaisirs qu'il aimait d'un amour hors lequel la vie n'avait pas de sens à ses yeux. Il savait pertinemment que la conversion était inéluctable et qu'aucune rémission des péchés ne lui serait comptée sans elle. Mais il espérait qu'elle viendrait « à son heure » pour ne pas gâcher sa vie terrestre ni lui faire perdre non plus la demeure céleste. C'est pourquoi, malgré sa paresse et sa réticence, il louait en fin de compte les circonstances qui le poussaient à aller

1. Mort en 1905, Mohammed Abdou est l'un des grands réformateurs musulmans de la fin du XIXe siècle. Il tente d'intégrer les découvertes de la science moderne à la pensée coranique et de concilier la raison et la foi.

accomplir une obligation religieuse importante comme celle du vendredi, susceptible au Jour du Jugement d'effacer une partie de ses mauvaises actions et d'alléger le poids de ses fautes, d'autant qu'il n'accomplissait en dehors d'elle pour ainsi dire aucune obligation réglementaire...

Quant à Kamal, l'invitation du vendredi ne lui avait été adressée que très récemment, depuis qu'il avait dépassé sa dixième année, et il s'était porté en avant pour y répondre, avec fierté, orgueil et joie. Il avait le sentiment obscur qu'elle impliquait une reconnaissance de sa personne et lui conférait une sorte d'égalité avec Fahmi, Yasine... et son père lui-même. Et puis ce qui le réjouissait tout spécialement était de marcher sur les talons de son père en toute sécurité, autrement dit sans s'attendre à aucune méchanceté de sa part, et de rester debout à ses côtés dans la mosquée sur un pied d'égalité, tous guidés par le même imam, encore qu'il trouvait dans sa prière quotidienne, à la maison, un recueillement qui n'avait pas d'équivalent dans la prière du vendredi où le fait de se trouver au milieu d'une foule innombrable d'humains le gênait. Cela ajouté à sa crainte que ne lui échappe quelque maladresse et que l'un des sens de son père ne le saisisse au passage, sans compter que l'intensité de sa perception d'al-Hussein, qu'il aimait plus que lui-même et dans la mosquée de qui il se trouvait, l'empêchait de se tourner entièrement vers Dieu comme il eût été de règle pour un croyant en prière...

Ainsi donc la rue d'al-Nahhasin les vit passer de nouveau, pressant le pas en direction de Bayt el-Qadi, M. Ahmed en tête, suivi de Yasine, de Fahmi et de Kamal en file indienne derrière lui. Ils choisirent leur place dans la mosquée et se mirent à écouter avec attention le prêche du vendredi au milieu d'un océan de têtes hérissées vers la chaire et plongées dans un silence total.

Cette écoute attentive n'empêchait pas notre homme de se livrer à sa prière intérieure. Son cœur se tourna vers Yasine en particulier, comme s'il jugeait ce dernier, après les rudes coups du sort qui l'avaient frappé, plus digne de miséricorde. Aussi pria-t-il longuement Dieu de l'amender, de corriger ses défauts et de compenser par quelque faveur ce qu'il avait perdu. Mais le prêche ne l'en confronta pas moins à ses propres désobéissances à Dieu. Il ôta le voile qui l'en séparait et il les vit face à face, dans le halo fulminant de la voix sonore, vibrante et perforante du prêcheur, si bien qu'il s'imagina que l'homme le visait personnellement, forçait son oreille en y criant le plus fort qu'il pouvait, le fait n'étant pas à exclure qu'il s'adresse à lui à tout moment en l'appelant par son nom et en lui disant : « Ahmed, bats ta coulpe, lave-toi du péché de la fornification et du vin et repens-toi devant Dieu, ton Seigneur! » Il fut alors en proie à l'angoisse et au malaise qui s'étaient emparés de lui le jour où le cheikh Metwalli Abd es-Samad était venu lui demander compte de ses actes. Cela lui arrivait souvent pendant l'écoute du prêche, de sorte qu'il s'adonnait avec effusion à l'imploration du pardon, de l'absolution et de la miséricorde mais, comme son fils Yasine, il ne demandait pas à Dieu la conversion ou, s'il la demandait, c'était du bout des lèvres mais pas du fond du cœur. Les unes disaient : « Dieu, donnez-moi la conversion! », tandis que l'autre se contentait de demander le pardon, l'absolution et la miséricorde, tels deux instruments de musique jouant côte à côte dans le même orchestre et émettant chacun une note différente[1]. Car voir la vie d'un autre œil que celui qu'il portait sur elle, ou que celle-ci lui révèle un visage autre que son visage ordinaire, lui était inconcevable et, si l'angoisse et la gêne qui s'emparaient de lui alourdissaient sur lui leur emprise, il se redressait pour plaider sa défense. Mais il le faisait sous forme de prière et d'imploration du pardon en disant : « Mon Dieu, toi seul connais mon cœur, ma foi et mon amour. Mon Dieu, rends-moi plus constant dans tes œuvres et plus apte à faire le bien. Mon Dieu, une bonne action vaut pour dix, tu es celui qui pardonne, tu es

1. Rappelons que le principe fondamental de la musique arabe est l'homophonie (dans l'orchestre arabe tous les instruments jouent en principe sur la même note, mais sur des octaves qui peuvent être différentes).

miséricordieux! » et, peu à peu, à la faveur de cette prière, il retrouvait la paix...

Yasine ne possédait pas semblable faculté de conciliation, ou tout au moins n'en ressentait aucunement le besoin... Pas un jour elle n'avait fait l'objet de ses pensées. Il errait dans la vie au gré de ses appétits, et sa foi en Dieu ne différait en rien de celle qu'il avait en sa propre existence. Il se laissait emporter par le courant de la vie sans résistance ni refus. Les paroles du prêcheur frappèrent ses oreilles et sa voix intérieure s'ébranla pour demander la miséricorde et le pardon, machinalement, dans une totale paix de l'âme, sans pressentir de réel danger. Certes, Dieu était trop miséricordieux pour précipiter un musulman comme lui dans les flammes de l'enfer à cause de broutilles passagères ne nuisant à aucune de ses créatures. Et puis il y avait la conversion! Elle viendrait « un jour » pour effacer ce qui était venu avant elle. Il jeta un coup d'œil furtif sur son père et se demanda, en se mordant les lèvres, comme étouffant un rire intempestif, ce qui pouvait bien lui tourner dans la tête en écoutant le prêche avec cette attention manifeste! Endurait-il la torture à chaque prière du vendredi ou bien était-il hypocrite, jouant double jeu? Oh! non, il n'était ni l'un ni l'autre! Il était comme lui, Yasine, rempli de foi en l'immense miséricorde divine et, si l'affaire avait été aussi grave que la dépeignait le prêcheur, son père aurait opté pour une seule des deux voies! Il le regarda à nouveau à la dérobée et le vit comme un cheval fringant, magnifique, au milieu des croyants assis, les yeux levés vers la chaire. Il ressentit pour lui une admiration et un amour sans mélange. Il n'y avait plus trace de fureur dans son esprit, et, bien que la colère eût atteint chez lui son paroxysme le jour du divorce, ce jour où il avait versé son chagrin à Fahmi en lui disant : « Ton père a détruit mon foyer et a fait de moi la risée de tout le monde! », il avait maintenant oublié sa fureur, le divorce, le scandale et tout le reste. Et puis ce prêcheur lui-même n'était pas meilleur que son père. Au contraire, il était à n'en pas douter plus enfoncé encore dans le gouffre de la perdition.

Une fois, l'un de ses amis lui avait parlé de lui en ces termes au café d'Ahmed Abdou : « Il croit en deux choses : en Dieu dans le ciel et aux jeunes éphèbes sur la terre. Il est du genre sensible. Il bat des paupières dans al-Hussein si un garçon vient à soupirer à la Citadelle. » Mais il ne lui en voulait pas pour cela. Au contraire, il éprouvait envers lui comme envers son père le sentiment qu'éprouve le soldat envers la tranchée creusée en première ligne du front et que l'ennemi doit prendre d'assaut avant de pouvoir l'atteindre...

Puis on appela à la prière et les hommes se levèrent d'un seul mouvement. Ils se tinrent debout, en rangs serrés qui recouvrirent le vaste parterre de la mosquée et l'édifice ne fut plus que corps et âmes dont la densité rappela à Kamal le spectacle du palanquin du pèlerinage dans al-Nahhasin. Les silhouettes se soudèrent en longues lignes parallèles dans la bigarrure des costumes, des *djoubbas* et des *galabiyyés*. Puis l'assemblée des croyants se fondit en un corps unique mu par un même mouvement, tourné vers une seule *Qibla*[1]. Les récitations à mi-voix coururent sur les lèvres dans un ample murmure emplissant l'air jusqu'à ce que l'imam donne la permission d'aller en paix. A cet instant l'ordre se dispersa, la liberté reprit ses droits et chacun se leva pour suivre son but. Certains se dirigèrent vers le tombeau pour la visite rituelle, d'autres gagnèrent les portes vers la sortie, tandis que d'autres encore s'attardaient pour discuter ou attendre que la foule se soit ajourée. Les courants se mêlèrent en tous sens. L'heure bénie que Kamal avait poursuivie de ses vœux était venue..., celle de la visite au tombeau, du baiser sur le mur, de la récitation de la Fâtiha pour lui-même et sa mère, comme il le lui avait promis. Il commença à avancer lentement dans les pas de son père quand soudain un jeune azhariste surgit brusquement de la foule et leur barra la

1. La *Quibla* désigne dans chaque mosquée la direction de La Mecque. Elle est matérialisée par une niche aménagée dans le mur, appelée *mihrab*.

route d'un geste violent qui attira les regards. Puis il déploya ses bras pour écarter les gens et commença à marcher à reculons devant eux en dévisageant Yasine d'un regard perçant et suspicieux, avec un visage rechigné dont la face sombre annonçait une colère manifeste. Ahmed Abd el-Gawwad fut étonné à sa vue et se mit à promener son regard de Yasine à lui, tandis que Yasine qui semblait plus étonné encore, laissait errer le sien de l'azhariste à son père en s'interrogeant. Puis des gens furent alertés par la scène et y fixèrent leur attention en haleine, surpris et intrigués. A cet instant, Ahmed Abd el-Gawwad ne put s'empêcher de s'adresser au jeune homme en lui demandant, froissé :

— Qu'as-tu, l'ami, à nous regarder comme ça?

L'azhariste désigna Yasine du doigt et cria d'une voix de tonnerre :

— Espion!

Le mot transperça la poitrine de la famille comme une balle de revolver. Ils furent pris de vertige, écarquillèrent les yeux et restèrent figés à leurs places tandis que l'accusation commençait à courir sur les langues qui la répétaient dans l'affolement et la fureur. Les gens s'étaient massés autour d'eux, tandis que s'entrelaçaient leurs bras avec méfiance et précaution afin de les emprisonner dans un cercle n'offrant aucun point de fuite. Ahmed Abd el-Gawwad fut le premier à reprendre ses esprits et, bien que ne comprenant rien à ce qui se passait autour de lui, il prit conscience du danger qu'il y avait à garder le silence et à rester sur la réserve. Il interpella le jeune homme d'une voix courroucée :

— Qu'est-ce que vous dites, monsieur le cheikh? De quel espion voulez-vous parler?

Mais le jeune homme ne prêtait aucune attention à M. Ahmed et il désigna à nouveau Yasine en criant :

— Attention, messieurs, ce jeune traître est un espion à la solde des Anglais qui s'est infiltré parmi nous pour collecter des bruits et les rapporter à ses maîtres criminels!

La colère s'empara d'Ahmed Abd el-Gawwad. Il s'approcha d'un pas du jeune homme en lui criant à la face, hors de lui :

– Tu parles à tort et à travers... Ou bien tu es un criminel, ou bien tu es fou! Ce garçon est mon fils. Ce n'est ni un traître ni un espion. Nous sommes tous patriotes et ce quartier ne connaît que nous!

L'azhariste haussa les épaules avec mépris et lança de sa voix déclamatoire :

– L'infâme espion anglais! Je l'ai vu, de mes yeux vu, des dizaines de fois en train de faire des confidences aux Anglais près de Bayn al-Qasrayn. J'ai des témoins... Il n'osera pas me contredire... Je le mets au défi... A mort, le traître!

Un bourdonnement de colère résonna aux quatre coins de la mosquée. Des clameurs s'élevèrent çà et là au cri de « Mort à l'espion! », tandis que d'autres s'exclamaient : « Châtions le traître! »

Dans les yeux des gens tout proches se lisait une expression menaçante, à l'affût d'un geste, d'un signal, pour fondre sur la proie et dont peut-être ne retardait l'assaut que l'allure impressionnante d'Ahmed Abd el-Gawwad qui se tenait debout, serré contre son fils, comme pour recevoir à la place le mal qui le menaçait, ainsi que les larmes de Kamal qui éclata en sanglots. Quant à Yasine, il s'était placé entre son père et Fahmi, le trouble et la peur lui ayant fait perdre ses esprits. Il commença à dire d'une voix tremblotante que personne ne perçut :

– Je ne suis pas un espion... Je ne suis pas un espion... Dieu est témoin de la vérité de mes paroles!

Mais la colère emporta les gens. Ils s'assemblèrent autour du cercle resserré en se poussant des épaules et en menaçant « l'espion », quand soudain une voix s'éleva du milieu de la foule en criant :

– Doucement, messieurs! C'est Yasine Effendi, secrétaire de l'école des « Chaudronniers »!

Des voix explosèrent comme en un rugissement :

– Que ce soit des « chaudronniers » ou des « forgerons », châtions le traître!

Pendant ce temps, un homme se frayait péniblement un chemin entre les corps mais avec une détermination implacable et à peine eut-il atteint le premier rang qu'il leva les mains en s'écriant : « Ecoutez!... Ecoutez! » et, lorsque les voix se furent quelque peu tues, il s'exclama en montrant M. Ahmed :

– Ce monsieur est Ahmed Abd el-Gawwad, un des hommes les plus connus d'al-Nahhasin. Sa maison ne peut pas abriter un espion. Attendez un peu que la lumière soit faite sur la vérité!...

Mais l'azharien cria en furie :

– Je me moque de M. Ahmed ou de M. Untel! Ce garçon est un espion quel que soit son père! Je l'ai vu en train de plaisanter avec les bourreaux qui de vos fils peuplent les cimetières.

A ces mots, une nuée innombrable ne tarda pas à crier :

– Frappons-le à coups de chaussure!

Un mouvement violent se propagea à travers la foule compacte et des exaltés arrivèrent de tous côtés en brandissant chaussures et babouches au point que Yasine se sentit faillir, désespéré. Il jeta un coup d'œil circulaire autour de lui mais ses yeux ne voyaient que le visage du provocateur écumant de colère et de haine. Ahmed Abd el-Gawwad et Fahmi se collèrent d'instinct contre lui comme pour le protéger du mal ou le partager avec lui, dans un état de désarroi et de douleur non moins oppressant que celui qui serrait Yasine à la gorge, tandis que les sanglots de Kamal se changeaient en un hurlement qui faillit submerger les voix des protestataires déchaînés. L'azhariste était en tête des assaillants. Il se jeta sur Yasine en le saisissant par le plastron de sa chemise, puis le tira violemment pour le déloger du refuge où il s'était blotti entre son père et son frère afin que les chaussures ne le ratent pas! Mais Yasine l'agrippa aux poignets dans un mouvement de résistance et Ahmed Abd el-Gawwad s'interposa entre eux deux. Fahmi vit alors son père dans cette situation excitante pour la première fois de sa vie. Il fut saisi d'une violente colère qui le rendit inconscient du danger qui les regardait en face. Il décocha une violente bourrade à la poitrine de l'azhariste qui propulsa ce dernier en arrière, et lui cria menaçant :

– Prends bien garde de ne pas avancer d'un pas!

L'autre, pris d'un accès de folie, hurla alors :

– Châtiez-les tous!

A cet instant, une voix puissante s'éleva en déclarant sur un ton impératif :

– Attends un peu, monsieur le cheikh... Vous tous, attendez!

Les regards se tournèrent vers la voix et un jeune effendi surgit soudain de la foule en direction du cercle resserré, suivi de trois jeunes gens du même âge et vêtus pareillement. Ils s'avancèrent à pas fermes inspirant la confiance en soi et la détermination, avant de s'arrêter entre le cheikh et ses partisans... Nombre d'entre eux s'interrogèrent alors dans un chuchotement : « La police..., la police? » Mais l'interrogation cessa quand l'azhariste tendit sa main vers celle du chef de la bande des trois effendis et la pressa chaleureusement. Puis l'effendi demanda à l'azhariste d'un ton bref :

– Où est donc cet espion?

Le cheikh désigna Yasine avec mépris et dégoût. Le jeune effendi se tourna vers lui et fixa ses yeux sur lui en le dévisageant d'un regard attentif et dur, mais avant qu'il n'ait prononcé un mot, Fahmi s'avança d'un pas comme pour attirer son attention. L'autre le remarqua... et écarquilla aussitôt les yeux de stupeur et de désaveu.

– Toi! bredouilla-t-il.

Fahmi arbora un sourire entendu et dit d'un ton non dénué d'ironie :

– Cet espion est mon frère!

L'effendi se tourna alors vers l'azhariste et lui demanda :

– Tu es bien sûr de ce que tu affirmes?

Mais Fahmi le prit de vitesse :

– Il a sans doute dit vrai : il l'a vu effectivement parler

aux Anglais, mais il a, ô combien, mal interprété la chose! Les Anglais sont cantonnés à notre porte et ils nous barrent la route dans nos allées et venues, alors, parfois, on se lance à contrecœur dans des discussions avec eux... C'est tout!

L'azhariste alla pour parler mais l'effendi le fit taire d'un signe de la main. Puis il s'adressa à l'attroupement en posant sa main sur l'épaule de Fahmi :

– Ce garçon est un camarade de lutte! Nous travaillons lui et moi dans le même comité, et pour moi sa parole est hors de doute... Laissez-les partir!

Personne ne dit mot. L'azhariste se retira sans demander son reste et les gens se dispersèrent. L'effendi serra la main de Fahmi et s'en alla, suivi de ses camarades. Puis Fahmi caressa la tête de Kamal jusqu'à ce qu'il cesse de pleurer. Le silence se fit et chacun se mit à panser ses blessures.

Ce faisant Ahmed Abd el-Gawwad remarqua les visages de quelques-unes de ses connaissances qui avaient fait cercle autour de lui et se mettaient à le réconforter et à s'excuser de l'erreur grossière dans laquelle était tombé l'azhariste et ceux qui l'avaient suivi, en lui assurant qu'ils n'avaient pas ménagé leurs efforts pour le défendre. Il les remercia, même s'il ignorait quand ils étaient arrivés au juste et comment ils l'avaient défendu. Il renonça à la visite du tombeau en raison de l'émotion qui s'était emparée de lui et se dirigea vers la porte en pinçant les lèvres, le visage sombre, suivi de ses fils, dans un silence pesant.

*

Une fois dans la rue, il reprit ses esprits, et le fait d'être éloigné des gens qui avaient participé à « l'incident », ne fût-ce qu'en simples spectateurs, lui apporta quelque soulagement. Tout ce qu'il avait laissé derrière lui lui parut haïssable et il le vomit d'injures. C'est à peine s'il voyait quelque chose là où il marchait! Par deux fois, il échangea des salutations avec des amis, d'une manière détachée, artificielle, qui ne lui était en rien coutumière. Il s'apesantit sur sa personne – sa personne blessée – et bouillit aussitôt de colère... « J'aurais préféré que c'en soit fini de la vie plutôt que de me trouver dans cette situation humiliante, comme un prisonnier, au milieu de cette harde de gueux. Et ce séminariste pouilleux qui se prétend patriote, ce crève-la-faim qui se jette sur moi avec cette insolence! Il n'a eu aucun respect pour mon âge, aucune révérence! Je ne suis pas homme à cela! Ce n'est pas « moi » qu'on méprise de la sorte, et entre mes enfants... Mais ne t'étonne pas, va, c'est d'eux que vient tout le mal! Ce bœuf, fils de cette rien du tout, ne t'épargnera jamais ses embêtements! Il a fait fleurir les scandales dans ma maison, a trouvé le moyen de me brouiller avec le plus cher de mes amis... Il nous a couronné l'année en beauté par un divorce!... Mais ça ne lui a pas suffi... Non, pensez-vous! Il faut encore que le fils d'Haniyya aille faire publiquement la causette aux Anglais pour que j'en paie moi-même le prix, de ma poche, à cette bande de loqueteux enragés! Amène-les donc à ta mère, qu'elle complète sa " collection " avec les Anglais et les Australiens! »

– J'ai l'impression que, de ma vie, je n'en aurai fini avec toi et les embêtements!

La phrase lui échappa, brutale, mais il s'empêcha de le corriger, se rendant compte, malgré sa colère, que son fils lui faisait pitié. Il le vit abasourdi, blême, accablé, et se refusa à fondre sur lui. L'avanie qui l'avait frappé lui suffisait pour le moment. Il n'était pas le seul à l'assommer d'ennuis. Il y avait aussi le héros!...

« Remettons les soucis de celui-là à plus tard, le temps de nous remettre des embêtements de son taureau de frère, taureau à la maison, à la taverne, taureau devant Oum Hanafi et Nour, mais quand il y a du grabuge la cinquième roue du carrosse, rien, zéro! Ah! les enfants de chien! Dieu nous débarrasse des enfants, des petits-enfants, de la maison... Ah! mes pas, pourquoi me conduisez-vous chez moi? Pourquoi ne vais-je pas prendre mes repas loin de cet air putride? Elle va pousser des trilles de joie elle aussi si elle apprend la nouvelle! Non, assez de dégoût comme ça!

Direction chez Dahane[1]. C'est bien le diable si je ne trouve pas là-bas un ami à qui dire mon malheur et sur qui verser mon chagrin. Et puis non! J'ai d'autres ennuis qui ne souffrent pas d'être retardés davantage : le héros! Encore une tuile à laquelle il va falloir trouver remède! Allez, en route vers le déjeuner empoisonné. Jubile, vas-y, vas-y... Maudit soit ton père à toi aussi, fille de... ».

Fahmi n'avait pas eu le temps de se changer que déjà son père le faisait appeler et Yasine ne put s'empêcher, malgré le déclin de ses forces et son chagrin, de murmurer :

– Ça y est, à toi la passe!

Fahmi demanda en faisant mine de ne pas comprendre le sous-entendu présent derrière la remarque de son frère :

– Qu'est-ce que tu veux dire?

Yasine rit – oui, il put rire finalement – et déclara :

– Maintenant qu'on en a fini avec les traîtres, au tour des combattants!

Dieu qu'il aurait voulu que les termes par lesquels son ami l'avait désigné dans la mosquée se fussent perdus dans le vacarme de l'émeute et le brouillard de l'émotion! Mais ils ne s'étaient pas perdus. Voilà que Yasine les répétait et il ne faisait aucun doute que son père l'appelait pour en discuter. Fahmi poussa un profond soupir et s'en alla.

Il trouva son père assis jambes croisées sur le canapé en train de jouer avec les grains de son chapelet, le regard dénonçant une réflexion attristée. Il le salua avec un débordement de politesse et s'arrêta à deux mètres du canapé avec soumission et subordination. Son père lui rendit son salut d'un mouvement discret de la tête, inspirant davantage le dépit que la salutation, et qui semblait dire : « C'est bien malgré moi que je te rends ton salut comme l'exige la bienséance mais ta fausse politesse ne prend plus avec moi! » Puis il lui lança un regard sombre

1. Dahane était au Caire un marchand renommé de kabab (viande de mouton grillée).

d'où filtrait une lueur de gêne, avant de dire, sur un ton ferme :

— Je t'ai fait venir pour tout savoir! Je veux en avoir le cœur net! Qu'est-ce qu'il a voulu dire par « le même comité »? Avoue-moi tout, vite!

Bien que Fahmi eût contracté, les semaines passées, l'habitude d'affronter toutes sortes de dangers, jusqu'aux coups de feu, aux sifflements desquels il s'était apprivoisé, il subit le questionnaire de son père avec son cœur d'avant la révolution! La terreur le submergea et il se sentit privé d'existence! Toute sa réflexion se concentra dans la recherche du moyen d'éviter les foudres paternelles et de trouver son salut.

— L'affaire est très simple, père, dit-il avec douceur et politesse. Peut-être que mon ami en a rajouté pour nous tirer de notre mauvais pas.

Ahmed Abd el-Gawwad reprit à cran :

— L'affaire est très simple!... Fort bien! Mais de quelles affaires s'agit-il au juste? Ne t'avise pas de me cacher quoi que ce soit!

Fahmi, en cet instant, retournait le problème sous toutes ses faces avec la rapidité de l'éclair pour choisir les mots à dire et trouver l'issue salutaire :

— Il l'a appelé comité, mais en fait ce n'est rien de plus qu'un groupe d'amis qui discutent des questions nationales chaque fois qu'ils se réunissent!

— Alors c'est pour ça que tu as mérité le titre de « combattant »! s'écria le père bouillant de rage.

La voix du père exprimait une violente réprobation comme s'il lui était insupportable que son fils tente de le mystifier... Une menace se dessina dans les plissements de sa mine renfrognée et Fahmi s'empressa, pour sa défense, de reconnaître un minimum, de manière à persuader son père qu'il se conformait à ses ordres, comme l'accusé qui passe spontanément aux aveux dans son aspiration à la clémence...

— Il nous arrive parfois de procéder à la distribution de

quelques appels incitant au patriotisme..., répondit-il dans une sorte de honte.

– De tracts! Tu veux dire de tracts? s'enquit le père, inquiet.

Fahmi fit signe que non de la tête. Il eut peur de convenir de ce mot qui était associé dans les communiqués officiels aux peines les plus sévères. Il répondit, après avoir trouvé une formule acceptable allégeant le poids de son aveu :

– Ce ne sont que des appels incitant à l'amour de la patrie!

Ahmed Abd el-Gawwad laissa tomber son chapelet entre ses cuisses et commença à se frapper les paumes l'une contre l'autre en disant, incapable de surmonter son inquiétude :

– Tu fais partie des distributeurs de tracts! Toi!

Sa vue se troubla d'inquiétude et de colère. Distributeur de tracts!... Camarade de lutte!... « Nous travaillons, lui et moi, dans le même comité!... » Le déluge l'avait-il saisi dans son lit? Combien de fois Fahmi avait-il suscité son admiration par sa politesse, sa piété et son intelligence! Mais à ses yeux l'éloge était corrupteur, inapte à l'éducation et au redressement auxquels pouvait mener la dureté. Comment tant de qualités avaient pu finalement révéler un distributeur de tracts, un combattant?... « Nous travaillons, lui et moi, dans le même comité! » Certes, il n'avait nul mépris pour les combattants, loin de là, combien de fois avait-il suivi les comptes rendus de leurs actions avec enthousiasme et demandé pour leur succès à la fin de chaque prière. Combien de fois les nouvelles des grèves, des sabotages et des batailles rangées avec la police britannique l'avaient rempli d'espoir et d'émerveillement! Mais que l'une de ces actions fût le fait de l'un de ses fils, cela était une tout autre histoire, comme si ces derniers constituaient une espèce existant en tant que telle, en marge de l'Histoire. C'était lui et lui seul qui traçait les frontières de leur vie, pas la révolution, ni le temps, ni les gens! La révolution et son œuvre étaient des vertus indubitables du moment qu'elles restaient à l'écart de sa maison, mais, si elles venaient frapper à sa porte, menacer sa sécurité, sa tranquillité et la vie de ses enfants, elles prenaient soudain à ses yeux une autre saveur, un visage et un sens nouveaux. Elles devenaient extravagance, folie, ingratitude et effronterie. Cette révolution, qu'elle s'embrase au-dehors, qu'il y participe, lui, avec tout son cœur et dépense pour elle tout l'argent qu'il pouvait! Il l'avait déjà fait. Quand à la maison, elle lui appartenait à lui seul, sans partage, et celui à qui venait l'idée, dans ses murs, de prendre part à la révolution s'insurgeait de fait contre lui, non contre les Anglais! Il priait jour et nuit pour le salut des martyrs et concevait la plus vive admiration pour le courage dont, à ce qu'on disait, s'armaient leurs familles. Mais jamais il ne permettrait à aucun de ses fils de rejoindre leur rang et il ne se sentait pas disposé à ce courage dont faisaient preuve les leurs. Comment Fahmi s'était-il laissé entraîner dans cette folle entreprise? Comment s'était-il plu, lui le meilleur de ses fils, à s'exposer à une mort évidente? Ahmed Abd el-Gawwad ressentit une inquiétude qu'il n'avait jamais ressentie auparavant..., plus forte encore que celle même qu'il venait de connaître lors du mauvais pas de la grande mosquée. Il ne put s'empêcher de lui demander sévèrement, sur un ton comminatoire, comme un inspecteur de la police anglaise :

— Tu ne sais donc pas ce qui attend ceux qui sont pris en train de distribuer des tracts?

Malgré la gravité de la situation et bien que celle-ci exigeât de Fahmi la concentration de toute sa pensée, l'interrogation réveilla un souvenir proche auquel son esprit tressaillit, le souvenir de la même question, dans l'esprit et dans la lettre, que lui avait posée, parmi d'autres, le président du Comité exécutif des étudiants, lorsqu'il était sur le point de l'accueillir comme l'un de ses membres. Puis il se rappela comment il lui avait alors répondu avec résolution et enthousiasme : « Nous nous offrons tous en sacrifice à la patrie! » Il compara les circonstances et un sentiment d'ironie le saisit. Il n'en répondit pas moins à son père avec délicatesse, d'une voix inspirant la dédramatisation :

– Je ne distribue que parmi mes amis étudiants, uniquement. Je n'ai rien à voir dans la distribution publique... Il n'y a donc aucun risque, aucun danger!...

Ahmed Abd el-Gawwad s'écria d'un ton bourru, comme dissimulant sa peur à son fils par les rudes accents de la colère :

– Dieu ne prédestine pas au salut celui qui s'expose volontairement à la mort! Il nous a ordonné, louange à Lui, de ne pas nous exposer au danger!

Il aurait voulu citer à l'appui le verset du Coran traduisant cette idée, mais il ne connaissait par cœur du Livre saint que les sourates courtes qu'il récitait dans sa prière. Il eut peur d'en oublier un mot par inadvertance, de l'estropier et d'endosser ainsi la responsabilité d'un crime impardonnable. Il se contenta par conséquent de restituer l'idée et de la contourner jusqu'à en avoir cerné la portée. Mais Fahmi le prit de court en déclarant sur son ton châtié :

– Mais Dieu encourage tout autant les croyants à la guerre sainte, père!

Il se demanderait, par la suite, avec stupéfaction, comment lui était venu le courage d'opposer à son père ces paroles qui trahissaient son attachement secret à son point de vue personnel. Peut-être s'était-il placé sous la protection du Coran et retranché derrière l'un de ses préceptes, assuré que son père renoncerait dans de telles conditions à l'attaquer. Ahmed Abd el-Gawwad fut fortement surpris autant par l'audace de son fils que par son argument. Mais il ne se laissa pas aller à la colère, car celle-ci eût peut-être fait taire Fahmi, non son argumentation. Aussi feignit-il d'oublier momentanément l'audace de son fils, attendant de frapper son raisonnement par un autre du même type, tiré du Coran lui-même, afin de remettre définitivement le fils égaré dans le droit chemin, après quoi il pourrait tout à loisir revenir sur son examen de conscience. Dieu vint à son secours.

– La guerre sainte dont tu parles, rétorqua-t-il, est celle de la cause de Dieu!

Fahmi prit la réponse de son père comme une disposition à la discussion et au débat et il s'enhardit à nouveau :

– Notre guerre sainte, dit-il, sert tout autant la cause de Dieu! Tout noble lutte sert la cause de Dieu!

Ahmed Abd el-Gawwad ajouta foi dans son cœur à la parole de son fils, mais c'est cette foi même, ainsi que le sentiment de faiblesse qu'elle lui laissa face à son interlocuteur, qui le fit retourner à sa colère sans tarder. Toutefois, cette colère, il ne la devait pas seulement à son orgueil personnel mais aussi à sa crainte que son fils ne persiste dans son égarement jusqu'au prix de sa vie. Il s'abstint par conséquent de discuter et demanda avec réprobation :

– Tu crois que je t'ai fait venir pour parlementer avec moi?

Fahmi ne fut pas dupe de l'avertissement contenu dans ces paroles. Ses rêves s'évanouirent et sa langue se noua. Quant à Ahmed Abd el-Gawwad, il reprit sur un ton tranchant.

– Il n'y a de guerre sainte dans la voie de Dieu que celle où je vise l'amour de Dieu et Lui seul, je veux dire la guerre sainte religieuse! Il n'y a pas à discuter là-dessus! Et maintenant, je voudrais savoir si mes ordres sont toujours respectés.

– Soyez-en parfaitement assuré, père! s'empressa de répondre le jeune homme.

– Alors coupe tous les ponts avec la révolution..., même si ton rôle se borne à distribuer des tracts à tes meilleurs amis!

Mais aucune force au monde ne pouvait le séparer de son devoir patriotique. Il ne reviendrait pas en arrière, même d'un pas! Le temps où il aurait encore pu le faire était à jamais révolu. Cette vie brûlante, éblouissante, qui jaillissait du fond de son cœur et illuminait les replis de son âme ne pouvait aller en mourant et ce n'était sûrement pas lui qui l'éteindrait de sa propre main. Tout cela tombait sous le sens. Pourquoi néanmoins ne pas rechercher un moyen de contenter son père et de se prémunir contre sa colère? Il ne pouvait pas le défier ni lui déclarer ouvertement qu'il désobéissait à ses ordres. Certes, il avait pu s'insurger contre les Anglais et braver leurs balles à peu près chaque jour. Mais les Anglais étaient un ennemi terrifiant et haï, tandis que son père était un homme terrifiant et aimé. Il le vénérait autant qu'il le craignait, et il ne lui était pas indifférent de lui infliger le choc d'une désobéissance. Mais il y avait un autre sentiment que l'on ne peut ici négliger, à savoir que la révolte contre les Anglais recouvrait un noble idéal, alors que la rébellion contre son père ne cachait que l'avilissement et la misère morale. Mais pourquoi tant de tortures? Pourquoi ne lui promettait-il pas obéissance tout en agissant ensuite à sa guise? Le mensonge, dans cette maison, n'était pas un vice infamant. Personne n'aurait pu y jouir de la paix à l'ombre du père sans la protection du mensonge. Ils se le disaient ouvertement en eux-mêmes. Bien plus, ils en convenaient entre eux en cas de situation délicate. La mère avait-elle eu jamais l'intention d'avouer ce qu'elle avait fait le jour où, en l'absence de Monsieur, elle s'était échappée pour son pèlerinage à Sayyedna al-Hussein? Est-ce que Yasine aurait pu s'enivrer et lui, Fahmi, aimer Maryam? Kamal aurait-il pu faire ses diableries entre Khan Djaaffar et al-Khoranfish sans la protection du mensonge? Le mensonge n'était matière à scrupule pour aucun d'entre eux. S'ils s'en étaient toujours tenus à la vérité avec leur père, jamais ils n'auraient goûté une quelconque joie de vivre. Aussi Fahmi lui répondit-il calmement :

– Vos ordres seront exécutés, père!

Cette déclaration fut suivie d'un silence qui permit au père et au fils de respirer un peu. Fahmi crut que l'interrogatoire paternel s'était bien terminé et Ahmed Abd el-Gawwad crut quant à lui qu'il avait réussi à tirer son fils du gouffre. Pendant que Fahmi attendait la permission de se retirer, le père se leva, se dirigea vers l'armoire à habits, l'ouvrit et y plongea la main, tandis que le jeune homme le suivait des yeux sans comprendre. Puis il revint à son fauteuil un Coran dans la main. Il regarda Fahmi longuement, puis, lui tendant le livre, lui dit :

– Jure-moi sur ce livre!

Fahmi eut un mouvement instinctif de recul qui lui échappa avant même d'avoir pu réfléchir à la situation, comme s'il fuyait une langue de feu qui aurait jailli vers lui subitement. Il resta cloué sur place, les yeux écarquillés sur son père, avec un embarras mêlé d'effroi et de désespoir.

Ahmed Abd el-Gawwad resta le bras tendu, le livre dans la main, tout en regardant son fils avec étonnement et réprobation. Puis son visage se mit à rougir comme s'il prenait feu et un éclair terrifiant jaillit de ses yeux. Il demanda, ahuri, comme n'en croyant pas sa vue :

– Tu ne veux pas jurer?

Mais la langue de Fahmi se noua et il resta muet, figé. Ahmed Abd el-Gawwad redemanda d'une voix calme, traversée par un frisson convulsif révélant la colère qui bouillait en lui :

– Tu m'as menti?

Fahmi resta de marbre. Il baissa simplement les yeux pour fuir le regard de son père. Ahmed Abd el-Gawwad posa le livre sur le canapé avant d'exploser en criant d'une voix retentissante que Fahmi s'imagina comme une paume s'abattant sur sa joue :

– Tu me mens, fils de chien! Je ne permets à personne de se payer ma tête. Non, mais pour qui me prends-tu? Et toi, pour qui te prends-tu? Un insecte fourbe et malfaisant, voilà ce que tu es! Une fille de chien dont je me suis longtemps laissé tromper par l'apparence! Jamais je ne deviendrai une femmelette, moi! Jamais, tu m'entends? Vous m'avez trompé, enfants de chien, et vous avez fait de moi la risée des gens! Je vais te livrer moi-même à la police! Tu saisis! Moi-même, fils de chien! Là au moins c'est moi qui aurai le dernier mot. Moi, moi, moi et moi! (Puis il reprit le livre.) Jure... Je te somme de jurer!

Fahmi semblait avoir perdu connaissance..., les yeux fixés sans rien voir sur les motifs tarabiscotés du tapis persan. C'était comme si la persistance du regard les avait imprimés à la surface de sa conscience, la transformant en un brassage de désordre et de vide... Chaque seconde l'enfonçait davantage dans le silence et le désespoir. Il ne lui restait plus qu'à se réfugier dans cette résistance passive et désespérée. Ahmed Abd el-Gawwad se leva, le livre à la main, s'avança vers lui d'un pas et lui dit dans un hurlement :

— Tu te figures être un homme? Tu te figures pouvoir faire ce que tu veux? Si je voulais, je te frapperais jusqu'à te fracasser le crâne!

Fahmi, à ces mots, ne put s'empêcher de pleurer, non par peur de la menace, car il n'avait que faire, dans sa situation et son émotion, du moindre préjudice capable de l'atteindre, mais pour apaiser sa douleur et se reposer de la lutte qui se déchaînait en lui. Il se mit à se mordiller les lèvres afin de contenir ses larmes. Puis il succomba à la honte devant sa faiblesse. Toutefois, la force de son émotion tout autant que le désir de dissimuler sa honte lui permirent enfin de parler et il se laissa porter à dire, dans une prière soumise :

— Pardonnez-moi, père! J'obéirais volontiers à votre ordre, mais je ne le peux pas, non, je ne le peux pas... Nous travaillons d'une seule main et je n'accepterai pas, pas plus que vous n'accepteriez de moi, de tourner le dos à mes engagements et d'abandonner mes frères. La vie serait loin de m'être agréable si j'agissais ainsi! Notre action ne comporte aucun danger... D'autres que nous entreprennent des choses plus graves, comme participer aux manifestations. Beaucoup sont morts en martyrs. Je ne vaux pas plus qu'eux. Les enterrements se font par dizaines, à la fournée. On n'y entend d'autre cri que pour chanter la patrie. Même les familles des victimes se joignent aux acclamations sans pleurer. Qu'est-ce que ma vie, n'importe quelle vie? Ne vous fâchez pas, père, et pensez à ce que je dis! Je tiens à vous répéter qu'il n'y a aucun danger dans notre petite besogne pacifique...

Puis l'émotion le gagna et il ne put davantage rester face

à son père. Il s'enfuit de la chambre et, derrière la porte, faillit se heurter contre Yasine et Kamal qui étaient restés aux écoutes, le visage encore baigné d'effroi...

*

Yasine allait en chemin vers le café d'Ahmed Abdou quand il rencontra à Bayt el-Qadi un proche parent de sa mère. L'homme s'avança vers lui, l'air anxieux, lui donna une poignée de main et déclara :

— J'allais justement chez vous pour te voir.

Yasine pressentit derrière ses paroles quelque nouveau souci s'ajoutant à tous ceux que lui avait déjà causés sa mère. Il se sentit mal à l'aise et demanda froidement :

— Rien de grave au moins ?

— Ta mère est malade ! répondit l'homme avec une rare anxiété. Très malade à vrai dire. Ça fait un mois ou un peu plus que la maladie s'est déclarée, mais je ne l'ai appris que cette semaine. On a d'abord présumé un état de nerfs passager, alors... on n'en a pas fait état. Et puis ça s'est aggravé et... l'examen des médecins a fini par révéler une malaria pernicieuse.

Yasine fut stupéfait de la nouvelle, imprévue, alors qu'il attendait une histoire de divorce, de mariage, une anicroche ou quelque chose du même genre. Mais la maladie, il ne l'avait pas un instant envisagée. Il demanda, sans presque discerner, dans la violence de leur déchaînement, la nature de ses sentiments :

— Et comment elle va maintenant ?

L'homme déclara avec une franchise dont l'intention n'échappa nullement à Yasine :

— Son état est grave ! Le traitement dure depuis plusieurs jours sans avoir apporté le moindre signe d'amélioration. Au contraire, l'état ne fait qu'empirer. Alors elle m'a envoyé te trouver pour te confier qu'elle sent sa fin approcher et qu'elle espère te voir au plus vite...

Puis il ajouta sur un ton significatif :

– Il faut que tu ailles la voir, sans hésiter. C'est un conseil et une prière. Dieu est miséricordieux!

Peut-être que les paroles de l'homme ne manquaient pas d'une certaine dramatisation destinée à le pousser à partir, mais elles n'étaient pas que feintes... Eh bien, soit! Qu'il y aille, même poussé par le seul devoir!

Et voilà qu'à nouveau il longeait la courbe du chemin conduisant à al-Gamaliyya entre Bayt el-Mal et al-Watawit, laissant sur sa droite « l'impasse de la Perdition » où se postait la vendeuse d'alizes enfouie dans l'obscurité de ses frêles souvenirs, et devant lui... la « via Dolorosa »! Il verrait sous peu la boutique de fruits et baisserait les yeux, filerait comme un voleur en fuite... Chaque fois qu'il pensait ne jamais y revenir, son malheur l'y ramenait. Aucune force pourtant ne pouvait le faire revenir vers elle... que la mort! Oui, la mort! L'heure avait-elle véritablement sonné?

« J'ai le cœur qui bat. Est-ce de douleur? De tristesse? Tout ce que je sais, c'est que j'ai peur! Si elle s'en va, jamais plus je ne retournerai là-bas. L'oubli enterrera les souvenirs d'antan... et on me remettra ce qu'il restera de mes biens. Mais j'ai peur. Je suis indigné de ces pensées sordides. Dieu, protégez-nous! Même si j'avais une vie plus aisée, l'esprit plus serein, mon cœur ne serait pas à l'abri de la douleur. A l'heure de la mort, je vais faire mes adieux à une mère avec un cœur de fils... Une mère et un fils, n'est-ce pas? Je ne suis qu'un supplicié, pas une bête fauve ou une pierre. Et puis la mort est un nouveau visiteur qui m'arrive, encore étranger à mes yeux. J'aurais aimé qu'un autre que lui joue le final. Est-ce vrai qu'on va tous mourir? Il ne faut pas que je me laisse aller à la peur. Les bruits de mort ne nous quittent pas jour et nuit ces temps-ci... Dans la rue des Diwanes, des Ecoles et d'al-Azhar; là-bas, à Assiout, des victimes meurent chaque jour. Même le pauvre al-Fouli, le laitier, a perdu son fils hier. Que peuvent faire les familles des victimes? Passer leur vie à pleurer? Ils pleureront et puis après... ils oublieront?... C'est ça la mort! Bah! J'ai l'impression qu'il n'y a pas moyen de couper aux ennuis maintenant. Derrière moi, à la maison, c'est Fahmi avec son obstination et, devant, ma mère. Chienne de vie, va! Et si c'était un piège et que je la trouve en pleine forme? Elle le paierait cher!... Pour sûr il faudrait qu'elle le paie... Je ne suis pas un jouet ou un bouffon. Elle ne trouvera " le bon fils " qu'à l'heure de la mort. Qu'est-ce qui peut bien me rester comme fortune? Et si je rentre dans la maison là-bas, je vais me retrouver nez à nez avec ce type. Je ne sais comment l'aborder. Nos yeux vont se croiser dans un instant terrifiant. Qu'il crève! Faire semblant de l'ignorer ou le foutre dehors, voilà la solution! Il y a un tas de brutalités qu'il ne soupçonne même pas! Mais l'enterrement va fatalement nous réunir... C'est tout de même comique! Imaginez marchant derrière le cercueil son premier mari et le dernier en date avec, entre les deux, le fils en larmes... Il faudra bien que je pleure en pareille circonstance, non? Je ne pourrai tout de même pas le virer de l'enterrement pour que le scandale me colle à la peau jusqu'au dernier instant. Puis elle sera inhumée. Oui, inhumée, et on n'en parlera plus! Mais j'ai peur, j'ai mal, et la tristesse me gagne. Puissent Dieu et ses anges prier pour moi... Tiens, voilà la boutique scélérate... et le voilà, lui. Il ne va pas me reconnaître, pas de danger! L'âge nous rend méconnaissable. Hé! le vieux..., ma mère te dit... »

La servante lui ouvrit la porte, la même que celle qui l'avait accueilli un an plus tôt et qui, de ce fait, ne le reconnut pas. Elle resta un instant à le dévisager, l'air de s'interroger, mais bien vite son regard inquisiteur se dissipa derrière une lueur qui semblait dire : « Ah! vous êtes celui qu'elle attend! » Elle se rangea pour le laisser passer et lui désigna une pièce, sur la droite en entrant...

– Entrez, monsieur, dit-elle, il n'y a personne...

Ces derniers mots attirèrent fortement son attention, comme s'ils lui venaient en guise de réponse pour dissiper une part de son incertitude. Il comprit que sa mère lui avait « déblayé le passage ». Il se dirigea vers la chambre, toussota, et entra. Ses yeux rencontrèrent alors ses yeux à elle, levés vers lui du lit qui était à gauche en entrant. Deux yeux dont un voile atone avait flétri la pureté coutumière et dont le regard affaibli semblait s'appliquer à le voir de loin. Et malgré leur ternissure et le total détachement du monde qu'impliquait leur aspect éteint, ils s'étaient accrochés aux siens comme en signe de reconnaissance. Ses lèvres s'ouvrirent dans un léger sourire reflétant le triomphe, le soulagement et la gratitude. Enveloppée tout entière et jusqu'au menton dans une couverture, n'apparaissait d'elle que son visage. Un visage plus affecté encore par la métamorphose que les yeux. La sécheresse y avait supplanté la fraîcheur, l'étirement la rondeur et la pâleur le teint rosé. Sa peau fine laissait deviner en transparence les os de la mâchoire et les pommettes saillantes. Il semblait l'image de l'oraison funèbre et de la mort. Yasine s'arrêta interdit, plein de désaveu, comme ne croyant pas qu'il existait en ce monde une force assez audacieuse pour se livrer à ce jeu cruel. Son cœur se serra de terreur comme s'il voyait la mort en personne. Sa force virile l'abandonna comme s'il était redevenu un enfant et réclamait son père à cor et à cri. Puis une émotion irrépressible l'attira vers le lit. Il se pencha sur elle en murmurant sur un ton attristé :

– N'aie pas peur... Comment te sens-tu?

Un sentiment sincère de pitié l'envahit, dans l'effusion duquel s'engloutirent ses douleurs éternelles comme disparaît en de rares circonstances un phénomène pathologique irréversible, tel que la paralysie, à l'assaut d'une peur terrifiante et soudaine... C'était comme s'il voyait là la mère de son enfance, celle qu'il avait aimée avant que la douleur ne la dissimule à son cœur. Il s'accrocha, les yeux jetés à l'abandon sur le visage épuisé, à ce sentiment renaissant qui le replongea de longues années en arrière, du temps d'avant la douleur, comme s'accroche le malade agonisant à un éclair soudain de conscience dont il craint intuitivement qu'il soit sur le point de s'éteindre... Il s'y accrocha avec l'ardeur d'un homme conscient des forces antagonistes qui le menacent, même si cet acharnement prouvait en lui-même que le feu de la douleur brûlait encore en lui, l'avertissant de la peine qui le guettait s'il faisait preuve de négligence et laissait se mêler à son sentiment pur d'autres propres à le corrompre.

La femme sortit de dessous la couverture une main squelettique, décharnée, dont la peau desséchée avait revêtu cette carnation bleue et noirâtre qui la faisait ressembler à une main embaumée depuis des milliers d'années. Il la prit entre les siennes avec une profonde émotion et entendit à cet instant la voix faible et étranglée de sa mère lui répondre :

– Comme tu le vois, je ne suis plus qu'une ombre...

– Dieu te prenne en Sa miséricorde, murmura-t-il, qu'Il te rende ta santé au centuple !

A ces mots, un hochement de prière où elle semblait dire : « Dieu puisse t'entendre », inclina sa tête enveloppée d'un voile blanc.

Elle lui fit signe de s'asseoir et il s'assit sur le lit. Puis, ayant tiré de la présence de son fils une force nouvelle, elle se laissa parler :

– J'ai commencé par sentir un étrange frisson qui me traversait par à-coups... J'ai pris ça pour un accès de nervosité. On m'a conseillé de faire un pèlerinage aux maisons de Dieu et de me baigner de vapeurs d'encens. Alors je suis allée en pèlerinage à al-Hussein, à Sayyeda Zaïnab[1] et j'ai fait brûler de l'encens de différentes variétés, de l'indien, du soudanais, de l'arabe. Mais ça ne faisait qu'empirer ! De temps en temps un tremblement continu me saisissait et ne me lâchait qu'à deux doigts de la mort. Par moment, je sentais mon corps aussi froid que de la neige, à d'autres j'avais les chairs en feu, brûlantes à hurler. Finalement, Mons... (Elle se retint de prononcer le nom de celui qui avait décidé de faire appeler le médecin, après s'être rendu compte in extremis de l'erreur dans laquelle elle allait tomber.) Finalement, j'ai fait venir le

1. Litt. « Notre-Dame Zaïnab ». Mosquée de la petite-fille du Prophète qui est au Caire le lieu d'une grande fête annuelle ou Mouled.

médecin mais le traitement ne m'a pas fait avancer d'un pas vers la santé, s'il ne m'a pas fait reculer de plusieurs! Il n'y a plus rien à en attendre.

– Ne désespère pas de la miséricorde de Dieu, dit Yasine en lui pressant la paume avec douceur, elle est immense!

Sa bouche livide s'éclaira d'un pâle sourire :

– Ça me fait plaisir d'entendre ça, dit-elle. Ça me fait plaisir de l'entendre de ta bouche à toi, plus que de quiconque. Tu m'es plus cher que ce monde et tous ceux qui l'habitent. Tu as raison, la miséricorde de Dieu est immense. Ça fait si longtemps que la malchance me poursuit. Je ne nie pas les faux pas et les erreurs... Seul Dieu est infaillible!

Avec angoisse il pressentit dans ses paroles un glissement vers une sorte de confession. Son cœur se serra. Il redouta par-dessus tout qu'elle ne répète à ses oreilles des choses pour lui insoutenables, fût-ce par manière de regret ou d'expiation. Ses nerfs se tendirent au point qu'il faillit perdre peu à peu contenance.

– Ne te fatigue pas à parler! dit-il suppliant.

Elle leva les yeux vers lui dans un sourire :

– Ta venue m'a rendu l'âme. Laisse-moi te dire que jamais de ma vie je n'ai voulu de mal à personne. J'aspirais comme tout un chacun à la paix tandis que la malchance me poursuivait. Je n'ai fait de mal à personne, mais nombreux sont ceux qui m'en ont fait!

Il sentit que son espoir de voir l'heure de l'entrevue s'écouler dans la sérénité allait être déçu et que la pureté de son sentiment affrontait un vent de souillure. Il reprit avec son ton suppliant de tout à l'heure :

– Laisse les gens tels qu'ils sont! C'est ta santé qui prime pour le moment!

Elle caressa le dos de sa main avec une tendre affection, comme pour appeler en lui la douceur.

– Il y a des choses auxquelles j'ai manqué! dit-elle dans un murmure. Je n'ai pas rempli mes devoirs envers Dieu. J'aurais voulu vivre assez longtemps pour réparer ce à quoi j'ai manqué. Pourtant la foi a toujours empli mon cœur, Dieu en est témoin...

– Le cœur, c'est tout ce qui compte! déclara Yasine comme se défendant lui-même autant que sa mère. Dieu le place au-dessus du jeûne et de la prière.

Elle pressa sa main avec gratitude puis changea le cours de la conversation en disant, chaleureuse :

– Tu m'es enfin revenu! Je n'avais pas osé t'appeler jusqu'à ce que la maladie me mène où tu vois. J'étais près de dire adieu à la vie mais je n'ai pas pu supporter de la quitter avant de m'être empli les yeux de toi. Je t'ai alors envoyé chercher et la peur de ton refus a été pour moi pire que celle de la mort elle-même. Mais tu as eu pitié de ta mère et tu es venu lui dire adieu. Sois-en remercié... et reçois ma prière que Dieu, j'espère, exaucera...

Il redoubla d'émotion mais ne savait comment exprimer ses sentiments. Les mots de la tendresse, au moment même où il aurait souhaité les dire à la femme qu'il avait toujours repoussée et rejetée, s'engluaient dans sa bouche, empêtrés dans une sorte de pudeur ou de sensation d'étrangeté. Mais il trouva dans sa main un moyen d'expression docile et sensible et pressa sa paume en murmurant :

– Que notre Seigneur te prescrive le salut!

Puis elle revint à l'idée contenue dans sa dernière phrase, reprenant tantôt les mêmes mots, tantôt les remplaçant par d'autres exprimant la même idée sous un tour différent. Puis elle commença à entrecouper le débit de ses paroles en ravalant sa salive avec une peine manifeste ou en observant de courts instants de silence, le temps de reprendre son souffle, ce qui incita Yasine, à plusieurs reprises, à la prier de s'abstenir de parler. Mais elle l'interrompait d'un sourire et poursuivait de plus belle. Soudain, elle marqua une pause, le visage préoccupé, comme si elle venait de se rappeler quelque chose d'important.

– Tu t'es marié? dit-elle.

Il releva les sourcils, quelque peu gêné, et se mit à rougir. Mais elle interpréta mal la chose et s'empressa d'ajouter, comme s'excusant :

– Je ne t'en veux pas... C'est vrai, j'aurais aimé connaître ta femme et tes enfants. Mais ça me suffit de te savoir heureux...

– Je ne suis pas marié! ne put-il s'empêcher de lui dire brièvement. Je suis divorcé depuis près d'un mois.

Pour la première fois, des signes d'éveil éclairèrent ses yeux. S'ils avaient pu briller, ils l'auraient fait. Mais il n'en filtra qu'un semblant de lumière, comme celle, diffuse, que laisse transparaître un rideau épais.

– Tu es divorcé, mon fils! Comme j'en ai de la peine!

Il la coupa net :

– Ne sois pas triste, je ne le suis pas moi-même. Je ne regrette rien. (Il sourit.) Avec elle, c'est le malheur qui s'en va!

Puis sur le même ton :

– Qui te l'a choisie, lui ou elle?

Il répondit sur un ton trahissant son désir de clore ce chapitre :

– C'est Dieu qui l'a choisie! C'est le destin qui nous mène!

– Je sais bien, mais... qui te l'a choisie? La femme de ton père?

– Non, c'est père qui me l'a choisie. Il a fait un choix irréprochable! Elle est de bonne famille, mais, comme je l'ai dit, c'est le destin qui nous mène...

– Le destin et le choix de ton père, renchérit-elle avec froideur, c'est du pareil au même!

Puis après une courte pause :

– Elle est enceinte?

– Oui...

Elle soupira.

– Dieu noircisse les jours de ton père!

Il prit le parti de ne pas relever, comme se refusant à gratter un furoncle qui le démangeait, dans l'espoir qu'il se calme de lui-même... Un silence se fit. Elle ferma les yeux comme épuisée de fatigue puis les rouvrit un instant. Elle lui sourit en lui demandant d'une voix douce, sans trace d'irritation :

– Tu crois que tu pourras oublier le passé?

Il baissa les yeux dans un tressaillement, ressentant une irrésistible envie de fuir.

– Ne le réveille pas! dit-il suppliant. Qu'il s'en aille à jamais!

Peut-être que son cœur n'avait pas fait écho à ses paroles. Mais sa langue avait dit ce qu'il fallait dire..., à moins que ces mots fussent l'expression fidèle de son sentiment en cet instant; cet instant à l'intérieur duquel la situation présente l'avait plongé corps et âme. Peut-être que sa formule « Qu'il s'en aille à jamais! » avait laissé à ses oreilles – et à son cœur – une impression étrange à laquelle succéda l'angoisse. Mais il refusa de s'en faire un sujet de méditation. Il s'en défendit totalement et se cramponna à ce pur sentiment auquel il était fermement résolu d'emblée à se cramponner.

– Tu aimes toujours ta mère comme tu l'aimais aux temps heureux?

– Je l'aime et prie pour son salut! répondit-il en lui caressant la paume.

Son angoisse et les sentiments contradictoires qui se déchaînaient en lui trouvèrent aussitôt leur apaisement dans l'expression de paix et de profond soulagement qu'il put lire sur son visage fané. Puis il sentit qu'elle lui pressait la main de sa paume comme pour épancher en lui la gratitude de son cœur. Ils échangèrent un long regard paisible, souriant et rêveur, qui fit rayonner dans la pièce une atmosphère de quiétude, d'amour et de tristesse. Rien ne paraissait plus en elle de son désir de parler, à moins que l'épuisement ne le lui eût ôté. Ses paupières se relâchèrent doucement jusqu'à se fermer. Il se mit à la regarder, l'air intrigué, mais n'esquissa nul mouvement. Puis les lèvres de la femme s'entrouvrirent laissant échapper un râle léger et haché. Il se redressa en scrutant les traits de son visage puis baissa légèrement les yeux, le temps de ressusciter l'image de cet autre visage avec lequel elle l'avait regardé un an plus tôt. Son cœur se serra et ce sentiment de peur qui l'avait hanté tout au long du chemin l'assaillit à nouveau. Reverrait-il ce visage-là? Comment l'accueillerait-il alors? Il n'en savait rien. Il ne voulait pas chercher à percer l'inconnaissable. Il voulait que son esprit s'arrête, suive les événements mais ne les précède pas. La peur et l'angoisse le saisirent à nouveau. Diable! Il avait eu une telle envie de fuir en l'écoutant parler qu'il eut l'impression d'être totalement soulagé par son sommeil. Mais à peine fut-il seul avec lui-même, que la peur s'empara de lui. Une peur qu'il ne put s'expliquer et il se mit à espérer qu'elle se réveille de son assoupissement et se remette à parler. Jusqu'à quand lui faudrait-il attendre? Et si elle dormait comme ça, à poings fermés, jusqu'au matin! Il ne pourrait pas rester longtemps ainsi, en proie à la peur et à l'angoisse. Il lui fallait mettre un terme à ses douleurs. Demain ou après-demain, on viendrait le féliciter du salut de sa mère ou lui présenter des condoléances. Félicitations? Condoléances? Lequel des deux lui était préférable? Il fallait qu'il cesse de s'agiter l'esprit. « Félicitations ou condoléances, n'anticipons pas les événements. Tout ce qu'on peut dire, c'est que, s'il est écrit que nous devons nous quitter maintenant, nous nous serons quittés bons amis. Ce serait la plus belle fin de la pire existence! Mais si Dieu prolonge ses jours... »

Perdu, son regard erra à l'abandon et tomba sur la glace de l'armoire, de l'autre côté de la pièce, où se réflétait l'image du lit. Il vit le corps de sa mère gisant sous la couverture et il se vit lui-même, lui masquant presque le buste, à l'exception de sa main qu'elle avait sortie au moment de l'accueillir. Il la fixa tendrement du regard, avant de remonter sur elle la couverture dont il lui borda le cou avec soin. Puis il se tourna à nouveau vers le miroir et une idée lui vint à l'esprit: demain cette glace renverrait sans doute l'image d'un lit vide et nu! Sa vie – n'importe quelle vie après tout – n'était pas plus impérissable que ces images immatérielles... Son sentiment de peur s'exacerba et il se chuchota à lui-même: « Il faut que je mette un terme à ma douleur, il faut que je parte! » Mais son regard s'enfuit, délaissant le miroir, et se posa sur une table basse surmontée d'un narguilé dont le tuyau s'enroulait autour du col comme un serpent. Il le fixa avec un étonnement et une interrogation qui bientôt firent place à un sentiment furieux de dégoût et de colère. Cet homme! C'était sûrement à lui, ce narguilé!... Il se l'imagina assis, jambes croisées sur le canapé encadré par le lit et la table, avachi sur l'instrument, aspirant et recrachant la fumée avec délectation pendant que sa mère éventait pour lui les braises du fourneau... Où pouvait-il bien être en ce moment? Quelque part dans la maison ou dehors? L'avait-il vu sans qu'il le voie? Il ne put supporter de rester plus longtemps en présence de ce narguilé. Il jeta un regard sur le visage de sa mère et la vit plongée dans le sommeil. Il se leva du lit sans faire de bruit et prit le chemin de la porte. Dans le hall d'entrée, il rencontra la servante et lui dit :

— Ta maîtresse s'est endormie... Je reviendrai demain matin...

Il se tourna vers elle encore une fois en franchissant la porte d'entrée :

— Demain matin! répéta-t-il, comme pour avertir « l'homme » de l'heure de sa venue afin qu'il débarrasse les lieux.

Il alla tout droit à la caverne de Costaki, y but comme d'habitude mais sans avoir le cœur à boire. Chasser la peur et l'angoisse l'avait exténuée. Et, bien que ses rêves de richesse et de paix de l'âme n'eussent pas quitté son esprit, ils ne purent effacer de sa pensée l'image de la maladie et les suggestions de la mort.

Quand il rentra à la maison, à minuit, il trouva la femme de son père l'attendant au premier étage. Il la regarda pris de stupeur et demanda le cœur battant :

— Ma mère...?

Amina courba la tête et déclara à voix basse :

— Quelqu'un nous est venu de Qasr al-Shawq, il y a une heure. Dieu te prête vie, mon petit!

XIV

Les relations entre Kamal et les soldats britanniques prirent le tour d'une amitié réciproque. La famille avait bien essayé de prétexter le drame de Yasine à la grande mosquée d'al-Hussein pour persuader le gamin de rompre avec ses amis, mais il leur avait répondu qu'il était « petit, trop petit pour être accusé d'espionnage » et, afin d'éviter qu'ils ne l'obligent à rester à la maison, il se rendait directement au campement dès son retour de l'école, en plantant son cartable dans les mains d'Oum Hanafi. Il n'y avait dès lors plus d'autre moyen de l'empêcher de sortir que le recours à la force, dont ils ne virent pas la nécessité, d'autant qu'il s'ébattait dans le campement sous leurs yeux accueilli partout à bras ouverts et avec tous les honneurs. Fahmi lui-même laissa faire et, sans y voir de mal, il s'amusait à le regarder voler de soldat en soldat « comme un singe en train de s'ébaudir dans une jungle de bêtes fauves ».

– Vous n'avez qu'à le dire à mon maître!

Telle fut un jour la suggestion d'Oum Hanafi se plaignant des privautés des soldats – du fait précisément de cette maudite amitié – et de l'imitation que faisaient certains de sa démarche, pour laquelle « ils méritaient qu'on leur coupe le cou ». Mais personne ne prit sa suggestion au sérieux, non pas seulement par pitié pour le gamin, mais aussi pour eux-mêmes, dans leur crainte que l'enquête que le père ne manquerait pas de mener lui révèle

leur dissimulation de cette amitié déjà ancienne. Ils laissèrent donc le gamin tranquille. Peut-être aussi n'étaient-ils
pas sans espoir que la bonne entente réciproque entre lui et
les soldats leur évite les tracasseries ou le préjudice que
pourraient éventuellement leur causer leurs allées et
venues!

L'heure la plus heureuse de sa journée était celle où il
pénétrait dans le camp. Tous les soldats n'étaient pas « des
amis » dans toute l'acception du terme, mais plus aucun
d'entre eux n'ignorait sa personne. Il serrait la main des
amis et la pressait avec chaleur, se contentant d'un signe de
salutation pour les autres. Parfois, sa venue coïncidait avec
le tour de garde de l'un de ceux qu'il connaissait. Il se
précipitait alors joyeusement à sa rencontre, lui tendant la
main, mais quelle n'était pas sa stupeur de ne trouver en
lui qu'une raideur étrange et irritante comme si celui-ci
faisait semblant de l'ignorer ou comme s'il s'était transformé en momie. Et il comprenait qu'il n'y avait là ni
feinte de l'ignorer ni colère, que lorsqu'il voyait les autres
pris de fou rire. Il n'était pas rare aussi, tandis qu'il se
tenait au milieu de ses amis, que la sirène d'alarme vienne
surprendre ses oreilles. A cet instant, ils se précipitaient
tous vers les tentes pour revenir peu de temps après dans
leurs uniformes, le casque sur la tête et la carabine à la
main. Un camion sortait alors de son lieu de stationne-
ment, derrière la fontaine de Bayn al-Qasrayn, et venait
s'arrêter au milieu de la rue. Les soldats le rejoignaient et
sautaient dedans jusqu'à ce qu'il fût plein à craquer. Et lui
réalisait peu à peu d'après ce spectacle qui se déroulait
devant ses yeux qu'une manifestation s'était formée quelque part et que les soldats s'en allaient pour la disperser,
qu'une lutte à mort s'engagerait entre eux et les manifestants. Mais, dans ces moments-là, il n'avait d'autre souci
que de chercher ses amis du regard, jusqu'à ce qu'il les ait
repérés dans l'essaim du camion et puisse se repaître de
leur vue, l'air de leur faire ses adieux, agitant ses mains, en
priant pour leur salut et en récitant la Fatiha, tandis que le
camion les emportait au loin en direction d'al-Nahhasin! Il

ne passait toutefois jamais plus d'une demi-heure dans le camp en fin de chaque après-midi. C'était le plus qu'il pouvait rester absent de la maison à son retour de l'école. Une demi-heure au cours de laquelle pas un de ses sens pour ainsi dire ne s'assoupissait ne fût-ce qu'une seconde. Il faisait sa ronde autour des tentes, se déplaçait entre les camions en les détaillant pièce à pièce, intrigué, s'arrêtait longuement en face des pyramides formées par les carabines dont il examinait les différentes parties une à une, surtout l'embouchure du canon où se terrait la mort. Il s'en tenait à la seule distance autorisée, mais inlassablement son esprit se perdait en regrets de ne pouvoir jouer avec... ou tout au moins les toucher. Et lorsque sa visite coïncidait avec le *five o'clock*, il se rendait en compagnie de ses amis vers la cuisine dressée à l'entrée de l'allée Qirmiz et prenait place en queue de « la colonne du thé », comme ils l'appelaient, puis il revenait en marchant derrière eux, un verre de thé au lait et un morceau de chocolat à la main. Ensemble ils s'asseyaient alors sur le rebord du muret de la fontaine, sirotant leur boisson tandis que les soldats entonnaient des chansons de troupe. Lui les écoutait d'une oreille attentive en attendant son tour de chanter.

La vie du camp laissait en lui une empreinte profonde qui insufflait une perpétuelle vie à son imagination et à ses rêves. Une empreinte que son cœur rangea à côté de celles qu'y avaient gravées les histoires d'Amina sur le monde de l'invisible et des légendes, les contes de Yasine qui avaient attiré son âme vers leur univers magique, les visions et les songes qui s'agitaient devant ses yeux dans ses rêves éveillés, derrière les branches de jasmin et de lierre, derrière les pots de fleurs de la terrasse et que lui suggérait la vie des fourmis, des oiseaux et des poules. C'est ainsi qu'il avait édifié aux abord du muret contigu à la maison de Maryam un camp militaire complet, en matériel et en hommes. Il en avait fabriqué les tentes avec des mouchoirs et des calames, représenté les armes par des allumettes, les camions par des socques de bois et les soldats par des noyaux de dattes. A proximité du camp, il avait figuré les manifestants au moyen de petits cailloux. La représentation s'ouvrait généralement par la dispersion des noyaux qu'il répartissait en groupes, les uns dans les tentes et à leurs entrées, d'autres autour des carabines, sauf quatre, au milieu desquels il plaçait un gros caillou (lui-même), qui se tenaient à l'écart. Il commençait à imiter les chants anglais, puis venait le tour du gros caillou à qui il faisait entonner « Passez me voir une fois l'an » ou « Mon tendre, mon chéri ». Puis il passait aux autres cailloux pour les disposer en rangs et s'écriait : « Vive la patrie!... A bas le protectorat!... Vive Saad! » Avant de revenir au camp en faisant la sirène pour que les noyaux forment les rangs eux aussi, avec, en tête de chaque colonne, une datte. Puis il poussait une socque de bois en soufflant pour imiter le ronronnement des camions, après quoi il posait les noyaux sur le dessus de la semelle et faisait repartir la socque en direction des cailloux pour que s'engage la bataille et que tombent les victimes des deux côtés! Il ne permettait en aucun cas à son sentiment personnel d'exercer une quelconque influence sur le déroulement du combat, tout au moins au début et au milieu. Seul l'animait le désir d'en faire une bataille « véridique et palpitante », ballottée de part et d'autre entre les poussées et les retraites, les coups s'équilibrant, de sorte que l'issue en restait incertaine, l'estimation fluctuante d'un camp à l'autre. Mais la bataille ne durait pas longtemps. Bien vite, elle réclamait une fin. Là, il se retrouvait dans une position délicate. Quel camp allait l'emporter? D'un côté, il y avait ses quatre copains avec, à leur tête, Julian, de l'autre des Egyptiens avec qui battait le cœur de Fahmi! En dernière minute, il décrétait la victoire aux manifestants et le camion repartait avec une petite poignée de soldats, parmi lesquels... ses quatre amis! S'il arrivait que la bataille se termine par une noble paix, les belligérants des deux camps la célébraient en chantant autour d'une table couverte de verres de thé et de sucreries de toutes sortes!

Julian était son ami le plus cher. Il se distinguait, outre

sa beauté, par sa gentillesse, sans compter sa relative
habileté à parler l'arabe, ce qui ne donnait que plus de prix
à son invitation au *five o'clock*. Il semblait le plus touché
de tous par ses dons de chanteur au point de le prier
pratiquement chaque jour de reprendre « Mon tendre,
mon chéri », qu'il suivait avec attention, murmurant avec
un désir nostalgique : « Revoir mon pays... Revoir mon
pays. » Kamal s'en était aperçu et n'ayant cessé de se
familiariser avec lui au point de lui accorder une confiance
toujours plus grande lui dit un jour, avec sérieux, comme
pour lui indiquer un moyen de sortir de sa nostalgie :

– Vous n'avez qu'à faire revenir Saad pacha et retourner dans votre pays!

Mais Julian n'accueillit pas sa suggestion avec la satisfaction attendue. Il lui demanda au contraire, comme il
l'avait déjà fait dans des circonstances analogues, de ne
plus parler de Saad pacha, et dit : « Saad pacha..., no! » Et
c'est ainsi qu'échoua, selon l'expression de Yasine, « le
premier négociateur égyptien ».

Un beau jour, à sa grande surprise, l'un des « amis » lui
offrit une caricature de lui qu'il venait de dessiner. Kamal
la regarda étonné et troublé en se disant : « C'est moi, ça?
Non, c'est pas moi! » Mais il n'en ressentit pas moins au
fond de lui-même que c'était bien lui et personne d'autre,
ne fût-ce que d'une certaine manière. Puis il leva les yeux
vers ceux qui étaient debout autour de lui et il les vit en
train de rire. Il comprit alors qu'il s'agissait là d'une
manière de plaisanter qu'il fallait accepter avec joie, aussi
se mit-il à rire avec eux pour cacher sa honte. Mais,
lorsqu'il montra à Fahmi la caricature en question, ce
dernier la regarda en détail, stupéfait, et déclara :

– Seigneur Dieu! Il n'y a là aucun défaut qui ne soit mis
en relief! Le petit corps maigrichon..., le cou long et chétif,
le gros nez, la grosse tête, les yeux minuscules... Tout y
est!

Puis en riant :

– La seule chose pour laquelle on dirait que ton « ami »
ait de l'admiration, c'est le chic et l'élégance de ton

costume. Mais pour ça, tu n'as aucun mérite, c'est plutôt à maman qu'il revient en entier, elle qui tient tout impeccable à la maison.

Puis il lui lança un regard malicieux et lui dit :

— Maintenant, plus la peine de chercher pourquoi tu leur plais, c'est évident ! Ils s'amusent à se moquer de ton physique et de ton élégance exagérée ? Si tu préfères, tu n'es pour eux qu'un « polichinelle ». Alors, qu'est-ce qu'elle t'apporte, hein, ta trahison ?

Toutefois les paroles de Fahmi restèrent sans effet, car le gamin connaissait l'hostilité de son frère à l'encontre des Anglais, et il y vit une manœuvre visant à le séparer d'eux. Un beau jour, il arriva au camp comme à son habitude et vit Julian contre le mur du fond de la fontaine qui regardait avec attention en direction de l'impasse où s'ouvrait l'entrée de la maison de feu M. Mohammed Ridwane. Il se dirigea vers lui, mais Julian agita la main en faisant des signes bizarres auxquels il ne comprit rien. Il ne s'en arrêta pas moins de marcher, obéissant à un sentiment instinctif dont le sens lui échappa. Puis la curiosité le poussa à contourner les tentes qui étaient plantées devant la façade de la fontaine pour se glisser derrière Julian et tendre le regard vers l'endroit qu'il contemplait. Il aperçut alors une lucarne percée dans l'aile de la maison des Ridwane qui fermait la courte impasse et, au milieu de cette lucarne, éclatant, souriant, complice..., le visage de Maryam ! Il laissa errer son regard du soldat à la jeune fille, interloqué, comme refusant d'en croire ses yeux. Comment Maryam pouvait-elle commettre le crime de se montrer à cet endroit ? Comment avait-elle pu braver Julian de cette façon scandaleuse ? Ce dernier lui faisait un petit signe de la main et, elle, elle souriait ! Tiens, d'ailleurs elle avait encore le sourire aux lèvres, les yeux encore absorbés à regarder Julian, si bien qu'elle ne s'était même pas encore rendu compte de sa présence à lui, Kamal ! Un mouvement lui échappa qui amena Julian à se retourner vers lui, et, à peine ce dernier l'eut-il vu planté là qu'il éclata de rire en bafouillant, tandis qu'au même moment

Maryam se retirait de la lucarne à une vitesse fulgurante, prise d'une frayeur manifeste. Il se mit à observer le soldat, ahuri, la fuite de Maryam n'ayant fait qu'ajouter à ses soupçons, même si l'affaire lui semblait de plus en plus incompréhensible.

– Tu la connais? lui demanda Julian en ami.

Il hocha la tête affirmativement, sans mot dire. Julian disparut quelques instants puis reparut en portant un gros paquet qu'il présenta à Kamal et lui dit en désignant la maison de Maryam :

– Va lui porter ça.

Mais Kamal recula, récalcitrant, en secouant la tête de droite et de gauche avec obstination. Il ne put oublier l'incident, et, bien qu'il en eût pressenti d'emblée la gravité, il n'en comprit l'ampleur réelle que lorsqu'il rapporta l'histoire, le soir, lors de la séance du café. Amina se redressa sur son siège, le buste en arrière, la tasse de café suspendue entre le pouce et l'index, sans la rapprocher de ses lèvres ni la poser sur le plateau, tandis que Fahmi et Yasine quittaient le canapé faisant face à celui de leur mère pour se précipiter vers celui où elle était assise avec Kamal, les yeux écarquillés, avec un intérêt, une stupéfaction et un trouble dépassant tout ce qu'il avait prévu!

– Tu as vraiment vu une chose pareille? demanda Amina en ravalant sa salive. Tu n'as pas eu la berlue?

– Pfff! fit Fahmi. Maryam! Maryam! Tu es bien sûr de ce que tu racontes là?

– Il lui faisait bien signe et elle lui souriait? demanda Fahmi. Tu l'as vraiment vue sourire?

Amina reposa la tasse sur le plateau, se cala la tête dans sa main et dit sur un ton menaçant :

– Kamal! Mentir sur un tel sujet est un crime que Dieu ne pardonne pas! Réfléchis bien, mon fils! Tu n'as rien dit d'autre que la vérité?

Kamal jura ses grands dieux et Fahmi reprit avec un désespoir amer :

– Il ne ment pas. Une personne sensée ne peut l'accuser d'avoir menti. Vous ne voyez donc pas qu'inventer une histoire pareille est tout simplement inimaginable pour un gosse de son âge!

– Mais comment le croire? demanda Amina d'une voix attristée.

– Oui, comment le croire! renchérit Fahmi comme se parlant à lui-même.

Puis d'une voix grave :

– Mais pourtant c'est arrivé..., c'est arrivé!

Le dernier mot lui fit l'effet d'un coup de poignard. Il l'avait répété comme pour en aviver la douleur à dessein. C'est vrai, les préoccupations de ces derniers temps lui avaient fait oublier Maryam et son souvenir ne se manifestait plus qu'en marge de ses rêves éveillés. Toutefois le coup qui venait de frapper la jeune fille dans sa réputation l'avait atteint lui aussi et lui avait traversé le cœur. Il était abasourdi, oui, abasourdi, abasourdi! Il ne savait s'il avait ou non oublié, s'il aimait ou haïssait, se fâchait par dignité ou par jalousie. Une feuille morte dans une tornade...

– Comment pourrais-je le croire? Ma confiance en Maryam a toujours été égale à celle que j'avais en Khadiga ou Aïsha. Sa mère est une femme vertueuse. Son père, paix à ses cendres, était parmi les personnes les plus honorables... Des voisins de toujours, les meilleurs qui soient.

Yasine, qui avait semblé jusque-là absorbé par la réflexion, déclara sur un ton non dénué de raillerie :

– Mais de quoi vous vous étonnez? C'est de toute éternité que Dieu donne aux hommes pieux de mauvais rejetons!

Amina protesta, comme refusant de croire qu'elle avait été trompée pendant toutes ces années :

– Dieu est témoin que je n'ai jamais rien remarqué en elle de blâmable!

– Ni personne d'entre nous, renchérit Yasine prudemment. Même Khadiga la cancanière numéro un! Par contre, c'est des gens plus intelligents que toi et moi qui ont été trompés par elle!

A ces mots Fahmi s'écria avec douleur :

– Et comment sonder l'invisible? Ça paraît difficilement imaginable.

Il s'emporta contre Yasine avec violence. Toutes les créatures lui semblaient haïssables. Anglais, Egyptiens, hommes et femmes..., surtout les femmes. Il étouffait. Il aspira de toute son âme à disparaître pour respirer dans la solitude une bouffée de répit. Mais il resta rivé à son siège, comme ligoté à lui par de grosses cordes. Yasine se tourna vers Kamal.

– Quand est-ce qu'elle t'a vu?

– Quand Julian s'est retourné vers moi!

– Et alors elle a décampé de la fenêtre!

– Oui...

– Et elle s'est aperçue que tu l'avais vue?

– Nos yeux se sont croisés une seconde!

– La pauvre! s'exclama Yasine moqueur. A l'heure qu'il est, elle doit sûrement être en train de s'imaginer l'agitation de notre réunion et de notre conversation.

– Un Anglais!

– La fille de M. Mohammed Ridwane! s'exclama Fahmi en se frappant les mains.

Amina marmonna quelque chose entre ses dents en soupirant et en hochant la tête d'étonnement... Yasine reprit, songeur :

– Aguicher un Anglais, c'est pas rien pour une fille, ça suppose un degré de perversité qui ne peut pas apparaître comme ça d'un seul coup!

– Qu'est-ce que tu veux dire? demanda Fahmi.

– Je veux dire qu'il y en a eu fatalement d'autres avant!

– Pour l'amour du ciel, cessez cette conversation! demanda Amina suppliante.

Yasine n'en poursuivit pas moins son propos, comme n'ayant rien entendu de ses suppliques.

– Maryam est fille d'une dame qui a l'art de faire valoir ses charmes, vous en êtes témoins, toi, Khadiga et Aïsha!

– Yasine! s'écria Amina d'une voix toute de reproche et de réprimande.

– Je veux dire, poursuivit Yasine comment revenant en arrière, que nous sommes une famille qui vit dans un écrin fermé, qui ne sait pratiquement rien de ce qui se passe autour d'elle. Tout ce que nous pouvons nous efforcer de faire, c'est de nous imaginer les gens d'après notre propre exemple. Ça fait des années que Maryam nous fréquente, mais il a fallu pour que nous la connaissions sous son vrai jour que nous la fasse découvrir le dernier à qui on pouvait demander de démasquer la vérité!

Puis il caressa la tête de Kamal en riant. Mais Amina redemanda dans une vibrante supplication :

– Pour l'amour du ciel, changez de sujet!

Yasine sourit sans mot dire. Le silence retomba sur l'assemblée. Fahmi ne put supporter de rester davantage, il répondit à la voix intérieure qui l'implorait ardemment de fuir... loin des regards, loin des oreilles. Là-bas il pourrait s'isoler, se répéter à lui-même la conversation de *a* à *z*, mot par mot, sentence par sentence, phrase par phrase, pour la comprendre, s'en pénétrer petit à petit et voir où il en était dans tout ça...

Il était déjà minuit passé quand Ahmed Abd el-Gawwad, enveloppé dans l'obscurité du cul-de-sac, quitta la maison d'Oum Maryam. Tout le quartier semblait plongé dans le sommeil, noyé dans les ténèbres. Tel était désormais son visage à l'entrée de la nuit depuis que les Anglais y avaient installé leur camp. L'animation des cafés, le va-et-vient des marchands ambulants, les boutiques ouvertes la nuit, le mouvement des passants, tout avait disparu. Nulle trace de vie, nulle trace de lumière, hors les bruits de voix et les lueurs qui s'échappaient du camp. Et, bien que pas un soldat ne s'en fût pris à lui dans ses allées et venues, il n'était jamais totalement exempt d'angoisse et d'appréhension à mesure qu'il approchait du camp en rentrant à la maison, d'autant qu'à cette heure indue de la nuit il revenait dans un état d'épuisement, d'abandon et d'hébétude qui rendait difficile de songer ne fût-ce qu'à une marche paisible et tranquille!

Il descendit vers la rue d'al-Nahhasin puis tourna à droite en direction de la maison, tout en jetant du coin de l'œil des regards furtifs sur la sentinelle avant de pénétrer dans la zone la plus dangereuse de la rue..., celle qu'éclairait la lumière échappée du cœur du camp. Là, il se trouva à nouveau en proie à la sensation qui s'emparait de lui chaque fois qu'il y entrait, celle d'être une cible facile pour le premier tireur venu. Il pressa le pas pour en sortir et rejoindre l'obscurité qui le mènerait à l'entrée de la maison, mais, à peine eut-il fait un pas qu'une voix bourrue, rocailleuse, claqua à ses oreilles, hurlant dans son dos des mots d'une autre langue. Bien qu'il n'entendant rien à ce charabia, il comprit, d'après la violence et la sécheresse du ton, que la voix lui avait lancé un ordre sans réplique. Il s'arrêta, se retourna pétrifié d'effroi et vit, non pas la sentinelle, mais un soldat qui se dirigeait droit sur lui d'un pas ferme, armé jusqu'aux dents... Qu'y avait-il de si grave pour traiter quelqu'un de la sorte? L'homme était-il ivre? A moins qu'il n'ait obéi à quelque poussée soudaine d'agressivité ou ne désire le dévaliser! Il le regarda s'approcher, le cœur battant, la gorge sèche, la tête soudainement libérée de l'engourdissement de la boisson. Le soldat s'arrêta à un pas de lui et lui adressa sur un ton d'injonction quelques mots rapides et brefs, dont bien sûr il ne comprit rien, désignant de la main qui lui restait libre la rue de Bayn al-Qasrayn. Ahmed Abd el-Gawwad le regarda avec de grands yeux, désespéré, implorant pitié, tout à l'amertume de l'incapacité où il était de communiquer avec lui pour le persuader qu'il était innocent de ce dont il le soupçonnait, ou tout au moins savoir ce qu'il voulait. Puis l'idée lui vint que le soldat, l'ayant pris pour quelqu'un d'étranger au quartier, avait voulu, en montrant Bayn al-Qasrayn, lui ordonner de s'éloigner. Aussi notre homme commença-t-il à son tour à lui montrer sa maison pour faire comprendre qu'il habitait là et rentrait chez lui. Mais le soldat fit mine d'ignorer son geste en bougonnant.

Il insistait à désigner Bayn al-Qasrayn en branlant la tête dans la même direction, comme l'incitant à partir. Puis il sembla qu'il en eut assez. Il l'empoigna par l'épaule, lui fit faire demi-tour brutalement et le poussa dans le dos. Ahmed Abd el-Gawwad se retrouva propulsé en direction de Bayn al-Qasrayn, suivi du soldat. Sur le point de flancher, il s'en remit à la force du destin. Marchant dans cette direction inconnue, il dépassa le camp, puis la fontaine de Bayn al-Qasrayn et là s'évanouit la dernière trace de lumière qui s'échappait du camp.

Il plongea dans le flot des ténèbres épaisses, immergé dans un silence de plomb. Rien ici qui ne se pût voir, que l'ombre spectrale des maisons. Rien qui ne se pût entendre, que le fracas des pieds massifs qui le suivaient avec une régularité mécanique, comme comptant les minutes, ou peut-être les secondes, qui lui restaient à vivre... Car il s'attendait à tout moment à ce qu'on lui assène un coup le précipitant vers sa fin et il resta à l'attendre, les yeux écarquillés dans le noir, la bouche cousue par l'angoisse, la clavicule agitée par moments d'un mouvement nerveux, chaque fois qu'il ravalait sa salive rare et brûlante. Soudain un scintillement surprit son regard et l'attira vers le bas. Il faillit crier de terreur comme un enfant, le cœur retourné, avant d'y reconnaître un cercle de lumière qui allait et venait sur le sol et de comprendre qu'il s'agissait du faisceau d'une torche électrique que son guide avait allumée pour repérer son chemin dans l'obscurité. Il reprit son souffle, libéré de son effroi soudain, mais à peine commençait-il à ressentir une bouffée de quiétude que sa peur initiale l'engloutit à nouveau. La peur de la mort vers laquelle on le conduisait.

Il recommença à attendre son heure comme un noyé qui, ayant cru voir, au moment où il se débat, un crocodile prêt à bondir pour l'attaquer se rend compte qu'il n'a vu que des herbes nageant en surface, mais dont la joie d'être délivré de ce danger imaginaire, à peine a-t-elle pu respirer une bouffée de vie, est étouffée par le poids du danger réel qui l'entoure. Où était-on en train de le conduire? Si seulement il avait pu baragouiner quelques mots d'anglais pour le demander! Tout portait à penser qu'on allait continuer de le pousser jusqu'à le précipiter dans le cimetière de la porte des Victoires! Pas trace d'être humain, ou même d'animal. Où était donc le gardien de nuit? Seul à la merci d'un homme sans merci... Quand avait-il déjà subi pareille torture? S'en souvenait-il? Le cauchemar... Oui, c'était le cauchemar. Plus d'une fois il en avait subi les affres dans un sommeil tourmenté. Et encore, même les ténèbres du cauchemar ne manquent pas parfois d'une lueur d'espoir, de sorte que dans l'âme du dormeur la chaude sensation peut poindre que ce qu'il endure est un rêve, non une réalité, qu'il va être délivré de son malheur dans l'instant ou sous peu. Mais il s'en fallait que l'heure présente offre un pareil espoir! Il était bien éveillé et non la proie du sommeil. Ce soldat armé jusqu'aux dents était une réalité, non une chimère. Cette rue, témoin de son humiliation et de sa captivité, était une chose palpable, effrayante, non une illusion. Sa torture était une réalité indubitable. Le moindre mouvement de résistance de sa part pouvait lui faire voler la tête en éclats... Cela non plus il n'y avait pas à en douter! Oum Maryam lui avait dit en le quittant : « A demain! »... Demain? Se lèverait-il, ce lendemain! Demande-le donc à ces deux pieds lourds qui font trembler le sol derrière toi! Demande-le à cette carabine à la baïonnette pointue et acérée... Elle lui avait dit aussi en plaisantant : « L'odeur du vin qui s'exhale de ta bouche me soûle presque! » Maintenant, envolé le vin et sa tête avec! L'heure de la fièvre des sens était révolue. Il y avait quelques minutes encore, elle remplissait tout le champ de la vie... Maintenant, c'était la douleur! Combien séparait l'une de l'autre? Quelques minutes seulement! Quelques minutes?

Au tournant d'al-Khoranfish, un faisceau de lumière perçant l'obscurité attira sa vue. Il observa la rue et vit une torche électrique se balancer dans la main d'un autre soldat qui poussait devant lui des silhouettes dont il ne put se faire une idée du nombre. Il se demanda si ordre n'avait pas été donné aux militaires d'arrêter tous les hommes que la nuit plaçait sur leur chemin. Et où les conduisaient-ils? A quel châtiment allaient-ils les condamner? Il s'interrogea longuement, au comble de la stupeur et de l'angoisse, quoique la vue de nouvelles victimes lui apportait un peu de consolation et de soulagement. Au moins il n'était plus seul comme il l'avait cru. Dans son malheur il trouvait des compagnons pour peupler sa solitude et partager son destin.

Précédant leur colonne, à faible distance, il se mit à écouter d'une oreille attentive le bruit de leurs pas, y trouvant un plaisir comparable à celui que l'égaré au désert trouve dans des voix humaines portées jusqu'à lui par le vent. A cet instant son espoir le plus cher était que ces gens le rattrapent pour pouvoir se fondre à leur groupe, fussent-ils de connaissance ou étrangers, pour que leurs cœurs battent à l'unisson tandis qu'ils se hâtaient vers ce destin inconnu. Ces hommes étaient innocents. Lui aussi. Alors pourquoi les arrêter? Pourquoi l'arrêter lui par exemple? Il ne faisait pas partie des révolutionnaires, ni des professionnels de la politique, ni même de la jeunesse! Savaient-ils donc lire dans les cœurs? Jugeaient-ils les sentiments? A moins, sait-on jamais, qu'ils ne jettent en prison les gens du peuple après avoir emprisonné tous les leaders, jusqu'au dernier! Si seulement il avait su l'anglais pour poser la question à l'artisan de sa capture! Où était Fahmi pour parler en son nom? La douleur et la nostalgie le piquèrent dans sa chair. Où étaient Fahmi, Yasine, Kamal, Khadiga, Aïsha et leur mère? Sa famille pouvait-elle se figurer la honte à laquelle il était réduit, elle qui ne l'avait jamais vu que tout-puissant, respecté, vénérable? Pouvait-elle se figurer qu'un soldat l'ait poussé violemment au point de le jeter presque face contre terre et le conduise maintenant comme on pousse du bétail? L'évocation de sa famille lui fut cause de douleur et de nostalgie et les larmes lui chatouillèrent les yeux. En chemin il longeait des ombres de maisons et de boutiques dont il connaissait les propriétaires, de cafés dont il avait été un temps – surtout au temps de l'enfance et de l'adolescence – parmi les habitués du soir, et il lui fit peine de passer devant elles, prisonnier, sans les voir voler à son secours ou même compatir à sa situation. Il ressentait vraiment que la plus triste humiliation était d'être affligé d'un pareil voisinage! Il leva les yeux au ciel en offrant ses pensées à Dieu qui lisait dans son cœur. Il les lui confia sans que nulle mention de son Seigneur ne coure sur sa langue, fût-ce dans un chuchotement, honteux qu'il était de prononcer son nom le corps non encore purifié de l'haleine de la boisson et de la sueur de l'amour. Et que son impureté puisse lui condamner la voie du salut où qu'il pût trouver un sort à la mesure de son si proche dévergondage ne tarda pas à redoubler sa frayeur. La perspective d'un avenir sombre et l'affliction l'étreignirent. Il se retrouva au bord du désespoir.

Au moment où il arrivait en vue du marché aux citrons, des voix indistinctes se mêlèrent au silence que n'humanisait jusqu'alors que le bruit des pas. Il tendit l'oreille, écarquilla les yeux dans l'obscurité tout en continuant d'avancer, partagé entre la peur et l'espoir, quand lui parvint un bruit confus dont il ignorait s'il était le fait d'un homme ou d'une bête. Il distingua toutefois quelques instants plus tard une rumeur et ne put s'empêcher de se dire en lui-même, avec ferveur : « Des voix humaines! » Au détour du chemin, des lumières mouvantes lui apparurent. Il les prit d'abord pour de nouvelles torches électriques mais c'étaient des flambeaux... A leur lumière, il entrevit une aile de la porte des Conquêtes sous laquelle stationnaient des soldats britanniques. Puis il aperçut des soldats de la police égyptienne dont la vue lui redonna vie. « Je vais enfin savoir ce qu'on me veut! Plus que quelques pas. Qu'est-ce qui a bien pu provoquer ce rassemblement de soldats anglais et égyptiens à la porte des Conquêtes? Pourquoi diable amènent-ils les gens des quatre coins du quartier? Je vais bientôt tout savoir, tout! Demande protection à Dieu et remets-t'en à lui! Cette heure de cauchemar, je m'en souviendrai jusqu'à la fin de mes jours, s'il m'en reste encore à vivre! Les balles, la potence, Denshaway[1]. Est-ce que je vais entrer à mon tour dans la liste des martyrs? Est-ce que je vais devenir le sujet d'une simple nouvelle de la révolution que vont colporter Mohammed Iffat, Ali Abd el-Rahim, Ibrahim Alfar, comme nous le faisions dans nos veillées? Imagine-toi la veillée avec ta place vide! Dieu ait pitié de toi... Notre cher regretté était ceci... Notre cher regretté était cela... Comme ils vont pleurer! Ils se souviendront de toi longtemps, puis tu finiras par être oublié. Comme j'en ai le cœur brouillé... Mais remets-t'en à ton Créateur! Dieu, soyez autour de nous, pas contre nous! » A peine eût-il approché de l'endroit où étaient postés les soldats que les regards se tournèrent vers lui, froids, durs, menaçants. Son cœur s'enfonça au creux de sa poitrine, lui laissant une vive douleur aux côtes. Son chemin allait-il s'arrêter là? Ses pas se firent réticents. L'hésitation et la confusion l'enveloppèrent.

– Entre! lui cria un policier en désignant du doigt l'intérieur de la porte.

Ahmed Abd el-Gawwad lui adressa un regard chargé d'interrogation, d'appel au secours et à la pitié. Puis il passa au milieu des soldats sans presque rien voir devant lui tant il était terrifié. Il aurait voulu se cacher la tête avec les bras pour répondre au réflexe de la peur qui criait en lui. Là, sous la coupole de la porte, il vit un spectacle qui lui fit connaître ce qu'on attendait de lui sans qu'il ait besoin de poser de questions. Il vit un trou profond qui ressemblait à un fossé, barrant la rue, ainsi qu'une nuée

1. Le 13 juin 1906 se déroule dans cette petite bourgade du Delta un drame qui reste ancré dans la mémoire des Egyptiens et marque un tournant décisif dans l'histoire du mouvement national. Cinq officiers anglais s'y étaient rendus pour chasser le pigeon. Protestation vigoureuse des habitants. Les officiers passent outre. Un coup de fusil tiré par mégarde blesse une femme. C'est la révolte. Trois Egyptiens et trois Anglais sont blessés, l'un d'eux meurt en courant prévenir son cantonnement. Répression. Cinquante-deux paysans sont arrêtés et inculpés de rébellion contre les forces d'occupation. Quatre fellahs sont condamnés à la pendaison.

d'autochtones travaillant sans relâche sous l'œil de la police à le reboucher et qui transportait la terre dans des paniers en jute pour la vider dedans. Tout le monde travaillait d'arrache-pied, les yeux épiant furtivement d'un regard apeuré les soldats anglais postés à l'entrée de la porte. Un policier s'approcha de lui et lui lança un panier en disant d'une voix bourrue et menaçante :

– Fais comme les autres!

Puis il ajouta en chuchotant :

– Fais vite pour qu'il ne t'arrive rien!

Ces mots étaient la première parole « humaine » qu'il rencontrait dans son terrible voyage et ils s'épanchèrent dans son cœur comme une bouffée d'air dans la gorge d'un pendu. Il se pencha pour ramasser le panier et le saisit par la courroie tout en demandant au policier d'une voix chuchotée :

– On va nous relâcher quand le travail sera terminé?

– Si Dieu le veut! lui répondit le policier dans le même chuchotement.

Il poussa un profond soupir et des larmes de soulagement lui vinrent aux yeux. Il se sentit renaître. De sa main gauche, il releva le bord de sa *djoubba* et le glissa sous la ceinture du cafetan afin que le vêtement ne l'empêche pas de travailler. Il se dirigea avec son panier vers la plateforme de la porte où la terre était entassée, le posa entre ses pieds et commença à prendre la terre à pleines mains et à la vider dans le panier jusqu'à ce qu'il soit plein. Puis il le souleva, gagna le fossé, l'y vida et revint vers la plateforme. Il poursuivit son travail au milieu d'une foule disparate comprenant des effendis et des gens du commun, des vieillards et des jeunes gens. Tous, dans leur désir d'avoir la vie sauve, travaillaient avec un zèle effréné.

Il était en train de remplir son panier quand il reçut un coup de coude. Il se retourna et vit un ami nommé Ghanim Hamidou, propriétaire d'une huilerie à al-Gamaliyyé, l'un de ceux qui passaient de temps à autre faire un tour dans ses réunions de plaisir. Il fut ravi de le voir et réciproquement.

– Toi aussi tu y as eu droit! se chuchotèrent-ils aussitôt.

– Moi avant toi, chuchota Ghanim. Je suis arrivé un
peu avant minuit, je t'ai vu en train de recevoir ton panier.
Alors je me suis mis à dévier progressivement dans mes
allées et venues jusqu'à ce que je me retrouve à tes
côtés.

– Sois le bienvenu... Sois le bienvenu! Il n'y a personne
d'autre de nos amis?

– Je n'ai rencontré que toi!

– Le policier m'a dit qu'ils vont nous relâcher quand
nous aurons fini le travail.

– On m'a dit ça aussi, Dieu t'entende!

– Ils m'ont scié les genoux, ces salauds!

– Et moi, j'ai l'impression de ne plus en avoir!

Ils échangèrent un bref sourire...

– D'où ça vient, ce trou?

– Il paraît que c'est les gars d'al-Husseiniyyé qui l'ont
creusé au tout début de la nuit pour empêcher le passage
des camions. On dit même qu'il y en a un qui est tombé
dedans!

– Si c'est vrai, alors, adieu la vie!

Lorsqu'ils se retrouvèrent à nouveau côte à côte aux
abords du tas de terre, ils s'étaient faits quelque peu à leur
situation et avaient récupéré leur moral au point que, tout
en remplissant leurs paniers de terre comme des ouvriers
du bâtiment, ils ne purent s'empêcher de sourire.

– Dieu nous garde de ces fils de chien! murmura
Ghanim.

– J'espère qu'ils vont nous donner un salaire convenable! murmura à son tour notre homme avec le sourire.

– Où est-ce qu'ils t'ont chopé?

– Devant chez moi.

– Ça va de soi!

– Et toi?

– J'avais une dose de *manzoul* dans le ventre, mais
maintenant je suis complètement redescendu! Les Anglais
sont plus forts que la cocaïne!

– Plus forts que l'envie de vomir!

A la lumière des flambeaux, les hommes continuèrent leur va-et-vient affairé entre la plate-forme de terre et le fossé. Ils avaient à ce point remué la terre qu'elle se répandit dans le vide de la coupole de la porte des Conquêtes en créant une atmosphère étouffante. Ils commencèrent à suffoquer, le front mouillé de sueur, le visage couvert de poussière, pris de quintes de toux à force de la respirer, semblables à des fantômes surgis du fossé.

Qu'importe, il n'était plus seul. Cet ami et ces hommes étaient de son quartier. Les policiers égyptiens étaient de cœur avec eux, la preuve, c'est qu'on leur avait retiré leurs armes... L'épée au fourreau argenté ne battait plus à leur ceinture! « Patience... Patience, peut-être que ce nuage de détresse est appelé à se disperser. Tu t'imaginais que tu travaillerais jusqu'au petit matin et sans doute même jusqu'au milieu de la matinée? Allez, courage! dis-toi que tu ne vas pas transporter de la terre et être de corvée de trou *ad vitam aeternam!* Il ne veut pas se remplir, ce fossé! Ça ne servirait à rien de se plaindre. Et d'abord à qui te plaindrais-tu? Tu as un corps robuste, résistant, il peut tenir le coup malgré la soûlerie de la nuit et ses effets. Quelle heure est-il? Ça ne serait pas prudent de chercher à le savoir! Et dire que, si tout ça ne m'était pas arrivé, je serais, à l'heure qu'il est, allongé sur mon lit en train de goûter les délices du sommeil, de me laver la tête et la figure, de boire à la gargoulette une boisson rafraîchissante, parfumée à la fleur d'oranger. Grand bien nous fasse cette participation à l'enfer de la révolution. Pourquoi pas? Le pays est en plein soulèvement, chaque jour, chaque heure a ses victimes et ses martyrs! Lire les journaux et colporter les nouvelles, c'est bien beau, quant à charrier de la terre sous la menace des carabines, c'est une autre paire de manches! Grand bien vous fasse, vous autres qui sommeillez dans vos lits. Dieu nous garde! Je n'en suis pas... Je n'en suis pas! O Dieu, défais par ta force les mécréants. Nous sommes faibles. Je n'en suis pas...

Fahmi se figure-t-il quel danger le menace? Il est en train de réviser ses cours en ce moment sans savoir quel malheur frappe son père. Il m'a dit " Non " pour la première fois de sa vie. Il l'a dit les larmes aux yeux mais ça m'est égal. Il a dit non quand même! Je ne l'ai pas dit à sa mère. Je ne le lui dirai pas. Vais-je lui dévoiler mon impuissance? Faire appel à sa faiblesse après avoir échoué avec ma force? Ça non. Qu'elle continue à tout ignorer. Il prétend ne pas s'exposer au danger. Vraiment? O Dieu, réponds-moi, sans cela je ne lui ferai jamais grâce. O mon Dieu, protège-le, protège-nous, nous tous, du malheur d'aujourd'hui. Quelle heure est-il maintenant? Si on voit le jour se lever, on échappera au massacre. Ils ne vont tout de même pas nous tuer devant tout le monde!... Le jour? »

— J'ai craché par terre pour me débarrasser de la poussière qui me collait au palais et l'un des policiers m'a lancé un œil qui m'a mis les cheveux droits sur la tête!

— Ne crache pas, fais comme moi, cette poussière, j'en ai avalé de quoi reboucher tout le fossé!

— Peut-être que Zubaïda a prié pour ton malheur!

— Possible!

— C'était pas plus agréable de lui boucher son trou à elle que celui-là?

— Plus crevant, tu veux dire!

Ils échangèrent un rapide sourire et Ghanim dit en soupirant :

— Aïe, aïe, aïe, j'ai les reins en compote!

— Moi aussi. Ce qui nous console c'est de partager un peu la peine des combattants de la guerre sainte!

— Qu'est-ce que t'en penses, si je jetais mon panier à la figure des soldats en hurlant « Vive Saad »?

— Ça y est, la cocaïne refait son effet!

— Quelle pitié! Le petit bout « gros comme la pupille », je l'ai fait tourner dans mon thé, une, deux, trois fois! Puis je suis allé à al-Tombakshiyya écouter le cheikh Ali Mahmoud chez al-Hamzawi. J'en suis revenu un peu avant minuit en me disant en moi-même : « Bobonne t'attend en ce moment. Malheur à celui qui déçoit ses attentes! », quand d'un seul coup cette face de babouin s'est pointée et m'a poussé dans le dos...

– Que Dieu t'en dédommage!

– Amen!

Les soldats amenèrent d'autres hommes, les uns d'al-Husseiniyyé, les autres d'al-Nahhasin, qui se joignirent aussitôt aux « ouvriers ». Il jeta un coup d'œil sur l'endroit et le vit quasiment engorgé par la foule qui s'était éparpillée tout autour du fossé, se dirigeant vers la plate-forme et revenant vers le fossé dans un va-et-vient continu, la lumière des flambeaux éclairant les visages épuisés, dévastés par la fatigue, l'humiliation et la peur. Cette multitude était gage de bénédiction et de sûreté. Ils ne pourraient pas égorger tout ce monde! Ils ne châtiraient pas l'innocent à la place du coupable! Mais où donc étaient les coupables? Où étaient ces fiers-à-bras? Savaient-ils maintenant que certains de leurs frères étaient tombés dans le fossé qu'ils avaient creusé? Dieu les emporte! Avaient-ils cru que de creuser un fossé ferait revenir Saad ou chasserait les Anglais d'Egypte? « Je fais le serment de mettre fin à mes veillées si Dieu me ressuscite! Mettre fin à mes veillées? Ce n'est plus sûr de sortir le soir! Quel peut bien être le goût de la vie?... La vie n'a aucun goût à l'ombre de la révolution, la révolution... Le premier soldat venu te tombe sur le paletot... Tu charries de la terre dans tes mains. Fahmi te dit " non ". Quand le monde va-t-il à nouveau tourner rond? Tu as mal au crâne? Oui, et la nausée avec! Quelques minutes de repos..., c'est tout ce que je demande! Bahiga est dans les bras de Morphée. Amina est en train d'attendre comme la " bobonne " de Ghanim. Vous êtes loin de vous faire une idée de ce qui est arrivé à votre père! Ciel! J'ai de la poussière plein le nez et les yeux, par Sayyedna al-Hussein! Tu vas te remplir..., tu vas te remplir fossé de malheur! Ça n' te suffit pas toute cette terre? Par le petit-fils de l'Envoyé de Dieu! La

" bataille du fossé[1] "..., c'est comme cela que l'a appelée notre Maître le prêcheur. Il travaillait, que le salut de Dieu soit sur lui, avec les autres et sortait la terre avec ses mains... Des infidèles hier, des infidèles aujourd'hui, pourquoi ceux d'aujourd'hui, ont-ils le dessus? Le vice des temps..., le vice des temps... et le mien par la même occasion! Ils vont camper comme ça devant chez moi jusqu'à la fin de la révolution? »

– Tu as entendu le coq?

Ahmed Abd el-Gawwad prêta l'oreille et murmura :

– Le coq chante! C'est l'aube?

– Oui, mais le fossé ne sera pas rebouché avant la matinée!

– La matinée!

– Le tout c'est que j'ai une envie de pisser du diable!

Ahmed Abd el-Gawwad reporta sa pensée vers le dessous de sa ceinture et sentit qu'il était lui aussi dans la même situation et que sans aucun doute une partie de ses douleurs venait de là. Aussitôt la pression de sa vessie redoubla comme si le fait d'y avoir pensé l'avait excitée.

– Moi aussi! dit-il.

– Comment faire?

– Rien à faire!

– Regarde un peu là-bas cette face de babouin qui s'est arrêtée pour pisser devant la boutique d'Ali Az-Zajjaj!

– Oh!

– Evacuer quelques gouttes d'urine me paraît en ce moment plus important que d'évacuer les Anglais de l'Egypte tout entière...

– Evacuer les Anglais de l'Egypte tout entière? Qu'ils foutent d'abord le camp d'al-Nahhasin!

– Ciel... Regarde! Ils amènent encore des gens!

1. Après la défaite des premiers musulmans à Ohod, Abou Soufyane avait organisé une puissante expédition contre Médine où étaient réfugiés le prophète Mahomet et ses partisans. Pour défendre l'oasis, un Persan suggère de creuser un fossé (Khandaq) sur le côté le plus exposé qui garantira la victoire aux musulmans.

Ahmed Abd el-Gawwad se retourna et vit une nouvelle cohorte marcher vers le fossé.

M. Ahmed se réveilla en fin d'après-midi. La nouvelle de sa péripétie avait fait le tour de la famille et des amis, lesquels arrivèrent en délégation à la maison et se pressèrent à ses côtés en le félicitant d'être resté en vie. Il se mit à raconter et re-raconter son histoire, dans un style non dénué – malgré le sérieux de l'affaire – d'humour et d'exagération, au point qu'il suscita toutes sortes de commentaires. Amina avait été la première à l'entendre. Il la lui avait racontée l'esprit en émoi, à bout de forces, sans croire vraiment qu'il en avait réchappé. Elle seule avait eu droit à la version purement effrayante de son récit; à peine l'eut-elle laissé à son sommeil qu'elle fondit en larmes et se mit à prier Dieu d'entourer sa famille de Ses soins et de la prendre en Sa miséricorde. Elle le pria longtemps, jusqu'à perdre langue. Quant à lui, lorsqu'il se vit entouré de ses amis, surtout les intimes comme Ibrahim Alfar, Ali Abd el-Rahim et Mohammed Iffat, il retrouva une grande part de son moral et il lui fut impossible de négliger le côté comique de la chose, si bien que ce dernier prit le pas sur tout le reste et que la conversation se termina en une sorte de plaisanterie, comme s'il leur racontait l'une de ses fredaines.

Tandis que l'étage du haut était rempli de visiteurs, la famille se réunit au complet dans celui du bas, à l'exception d'Amina qui travaillait avec Oum Hanafi à la préparation du café et des boissons. Le salon voyait ainsi réunis à nouveau côte à côte Yasine, Fahmi, Kamal, Khadiga et Aïsha, lors de la traditionnelle séance maternelle. Khalil et Ibrahim Shawqat étaient restés en leur compagnie toute la journée, mais ils montèrent à la chambre du père peu après son réveil, laissant les frères et sœurs à leur intimité. La tristesse que leur avait causée le malheur qui avait frappé leur père et qui les avait submergés tout le jour durant, les avait quittés avec le retour du calme. Leurs cœurs se mirent alors à vibrer de sentiments fraternels, ils se lancèrent avec entrain dans la discussion et la joie insouciante, comme autrefois. Ils ne connurent pas toutefois la paix véritable tant qu'ils n'eurent pas vu leur père de leurs yeux. Ils se précipitèrent alors vers lui les uns après les autres en lui baisant la main et en faisant vœu pour lui de longue vie et de salut, avant de quitter la pièce dans un ordre et une discipline militaires. Et, bien qu'Ahmed Abd el-Gawwad se fût contenté de tendre successivement sa main à Yasine, Fahmi et Kamal sans dire un mot, il sourit à Khadiga et à Aïsha en leur demandant avec tendresse des nouvelles de leur état et de leur santé, une tendresse dont elles n'avaient rencontré la faveur qu'à la suite de leur mariage et que Kamal remarquait avec une surprise mêlée de joie, comme s'il en était le bénéficiaire. Il faut dire que Kamal était d'entre tous celui que les visites de ses deux sœurs, chaque fois qu'elles se produisaient, rendaient le plus heureux. Il y goûtait un bonheur profond dont la pureté n'était troublée que par la nécessité de penser à leur immanquable fin. Le signal en venait invariablement de l'un des deux « hommes » – Ibrahim ou Khalil – si l'un d'eux s'étirait ou bâillait en disant : « Allez, il est temps de rentrer! » Un ordre sans réplique! Et jamais aucune de ses deux sœurs n'avait eu la charité, ne fût-ce qu'une fois, de répondre par exemple : « Vas-y, toi, je te rejoindrai demain! »

Toutefois il s'était habitué avec le temps à cet étrange lien qui ligotait ses deux sœurs à leur mari. Il s'en était fait une raison, se contentant de ces courtes visites qui survenaient de temps à autre, pour s'en réjouir sans aspirer à rien de plus. Malgré cela, il ne pouvait s'empêcher parfois, en voyant ses sœurs arriver, de leur dire avec espoir : « Si vous reveniez à la maison pour y habiter comme avant? » Sa mère lui répliquait séance tenante : « Dieu leur épargne le mal de tes vœux charitables! » Mais la chose la plus extraordinaire qu'il ait trouvée dans leur vie conjugale fut cette incroyable et subite métamorphose des ventres... ainsi que les symptômes qui l'accompagnaient et semblaient tantôt aussi effrayants que la maladie, tantôt aussi étranges que des légendes. C'est ainsi qu'affluèrent dans son esprit des mots nouveaux comme « grossesse », « envies », ou ceux qui gravitaient autour de ce dernier, comme « nausées », « malaises » ou « boulimie de pastilles d'argile sèche ». Et puis qu'avait donc le ventre d'Aïsha? Quand allait-il s'arrêter d'entretenir cette rondeur qui lui donnait l'air d'une outre gonflée? Et l'autre, celui de Khadiga, il semblait bien, à le voir, qu'il prenait le même chemin! Et si Aïsha qui avait une peau d'ivoire et des cheveux d'or avait des envies d'argile, alors de quoi pouvait bien avoir envie Khadiga! Mais Khadiga ne confirma pas ses appréhensions. Elle manifesta une envie pour les légumes macérés dans le vinaigre, faisant jaillir en lui des questions innombrables dont aucune n'obtint de réponse convaincante. Sa mère disait que le ventre d'Aïsha – et celui de Khadiga par conséquent – accoucherait bientôt d'un petit bébé qui serait sa joie et son bonheur... Mais où logeait-il, ce bébé? De quoi vivait-il? Entendait-il? Voyait-il? Qu'entendait-il? Que voyait-il? Comment s'était-il trouvé là? D'où venait-il? Toutefois, ces questions-là ne furent pas laissées en friche et il obtint, les concernant, des réponses véritablement dignes d'être intégrées à ses connaissances sur les saints, les démons, les talismans, les amulettes et toutes autres matières dont regorgeait l'encyclopédie vivante de sa mère. C'est pourquoi il demanda à Aïsha, avec une curiosité pleine d'intérêt :

– Alors, il sort quand, ton bébé?

– Attends un peu! Il n'y en a plus pour longtemps, lui répondit-elle dans un rire.

Yasine lui demanda alors :

– Tu en es à ton neuvième mois, je crois?

– Oui, même si ma belle-mère tient absolument à ce que j'en sois au huitième!

– C'est parce que ta belle-mère veut toujours avoir un avis contraire, voilà tout! répliqua sèchement Khadiga.

Et comme tout le monde était au courant des conflits qui éclataient souvent entre Khadiga et sa belle-mère, on échangea des regards avant qu'un rire secoue l'assemblée.

– Je voulais vous proposer, suggéra Aïsha, de venir vous installer chez nous et de rester avec nous jusqu'à ce que les Anglais débarrassent la rue!

– Oh! oui, renchérit Khadiga avec enthousiasme. Pourquoi pas? La maison est grande et vous serez logés à votre aise! Comme ça, papa et maman pourraient s'installer chez Aïsha puisqu'elle est à l'étage du milieu, et vous chez moi!

Kamal accueillit la proposition à bras ouverts et demanda sur un ton incitateur :

– Qui en parle à papa?

Mais Fahmi dit à ses sœurs en haussant les épaules :

– Vous savez pertinemment que papa ne sera jamais d'accord!

– Oui, mais il aime sortir le soir au risque de s'exposer aux provocations des soldats, répliqua Khadiga peinée. Quelle bande de criminels! Le pousser dans le noir et lui faire transporter de la terre! Ah! la tête me tourne rien que d'y penser!

– Pendant que j'attendais mon tour de lui baiser la main, ajouta Aïsha, j'examinais son corps point par point pour me rassurer. J'avais le cœur qui battait..., les yeux au bord des larmes... Dieu maudisse ces chiens, fils de chiens!

Yasine sourit et dit à Aïsha sur un ton de mise en garde, tout en lorgnant Kamal avec un roulement d'yeux :

– Arrête d'injurier les Anglais comme ça, ils ont des amis parmi nous!

– Papa serait sûrement enchanté de savoir que les soldats qui lui tombent dessus la nuit ne sont autres que des amis de Kamal! ajouta Fahmi railleur.

Aïsha sourit à Kamal et lui demanda :

– Tu les aimes toujours après ce qu'ils ont fait?

– S'ils avaient su que c'était mon père, bredouilla Kamal rouge de honte, ils ne s'en seraient pas pris à lui!

Yasine ne put retenir un éclat de rire tonitruant et il dut se couvrir la bouche avec la main tout en regardant méfiant au plafond comme s'il craignait que le bruit de son rire ne parvienne à l'étage du haut. Puis il répliqua moqueur :

– Tu ferais mieux de dire : « S'ils avaient su que j'étais égyptien, ils n'auraient pas fait souffrir le martyre à l'Egypte et aux Egyptiens, mais ils ne le savaient pas ! »

– Ça te va bien ! répliqua Khadiga mordante... Tu vas peut-être nier que toi aussi tu es de leurs amis ?

Puis s'adressant sur le même ton à Kamal :

– Et toi, tu auras encore le courage d'aller prier le vendredi à Sayyedna al-Hussein maintenant qu'on sait ce qu'on sait de ton amitié avec ces gens-là ?

Yasine comprit le sens de son attaque et répliqua en affichant un air navré :

– C'est ton droit d'être insolente avec moi puisque tu es mariée et que tu as acquis certains privilèges propres aux êtres humains...

– Et je n'avais pas ce droit avant ?

– Ah ! Dieu bénisse le temps où... ! Mais le mariage rend l'âme aux pauvres d'esprit ! Tu devrais te prosterner en remerciements devant les saints..., les amulettes... et les pastilles magiques[1] d'Oum Hanafi !

– Et toi, il t'est permis d'attaquer les gens à tort et à raison maintenant que tu as hérité de la défunte et que tu fais partie des possédants ! répliqua Khadiga en étouffant un rire.

– Mon frère..., partie des possédants ! s'exclama Aïsha avec une joie enfantine comme ne sachant rien de l'affaire. Comme ça me fait plaisir d'entendre ça ! Alors, c'est vrai, vous êtes riche monsieur Yasine ?

– Laisse-moi te dénombrer ses biens, reprit Khadiga. Ecoutez un peu, madame : la boutique d'al-Hamzawi, l'appartement d'al-Ghouriya et la maison de Qasr al-Shawq !

---

1. Il s'agit ici de petits morceaux de papier sur lesquels on rédigeait à l'encre des passages du Coran ou des formules de magie bénéfique. Le papier était roulé en boule et comprimé à plat comme une pastille. La dilution du message dans une boisson assurait l'immunité au buveur.

– « Dieu nous protège du mal de l'envieux qui nous envie! » s'exclama Yasine en secouant la tête et en fermant les yeux.

Mais Khadiga n'en poursuivit pas moins son propos sans se soucier de son interruption :

– Et tous les bijoux et l'argent cachés, ça fait encore plus gros...

Yasine s'exclama alors, dans une expression de regret sincère :

– Tout a disparu, je le jure sur ta tête! Volé! L'autre salaud a mis la main dessus... J'ai incité père à lui demander si elle avait laissé des bijoux ou de l'argent. Vous savez ce que ce voleur a répondu? : « Cherchez-les vous-mêmes! Dieu sait combien j'ai été de ma poche pendant qu'elle était malade! » Nom d'un chien, vous entendez ça? « De ma poche. » L'ordure!

– O mon Dieu! s'exclama Aïsha émue. Une malade clouée au lit, à la merci d'un homme qui en voulait à son argent! Pas un ami, pas un être cher. Elle a quitté ce monde sans que personne n'ait eu du chagrin pour elle!

– Quoi? Sans que personne n'ait eu du chagrin pour elle? s'écria Yasine.

Khadiga montra du doigt, à travers une porte entrebâillée, les habits de Yasine suspendus au portemanteau et demanda d'une voix moqueuse :

– Et ce nœud papillon noir là-bas, ce n' serait pas un signe, ça?

– J'ai vraiment eu du chagrin pour elle, répliqua Yasine avec gravité. Dieu ait pitié d'elle et lui pardonne. Ne nous étions-nous pas réconciliés au cours de notre dernière entrevue? Dieu ait pitié d'elle, lui pardonne et à nous aussi...

Khadiga baissa légèrement la tête en relevant ses sourcils et le regarda comme qui lorgne par-dessus ses lunettes :

– Heum! Heum! Ecoutez notre bon prêcheur!

Puis, lui lançant un regard suspicieux :

– Mais... tu ne me donnes pas l'impression d'avoir montré beaucoup de peine!

Il lui décocha un regard furieux.

— Dieu soit loué, je n'ai pas failli à mes devoirs envers elle! Je lui ai fait un enterrement qui a duré trois nuits. Tous les vendredis je vais au cimetière pour lui apporter des épices et des fruits... Tu voudrais peut-être que je me frappe le visage, que je hurle et que je me jette de la poussière sur la tête! La tristesse des hommes et la tristesse des femmes, ça fait deux!

Elle hocha la tête, l'air de dire : « Cause toujours, tu m'intéresse! », puis déclara en soupirant :

— Parlons-en de la tristesse des hommes! Mais..., dis-moi, entre nous, la boutique, l'appartement et la maison n'ont pas apaisé le feu de la tienne?

— Pfff!!! Celui qui a dit « méchante figure, méchante langue » a bien parlé!

— Et qui a dit ça?

— Ta belle-mère! répondit-il en souriant.

Aïsha pouffa de rire, en même temps que Fahmi qui demanda à Khadiga :

— Ça ne s'est pas arrangé entre elle et toi?

— Ça s'arrangera sûrement entre les Anglais et les Egyptiens avant que ça s'arrange entre elles deux! répondit Aïsha à la place de sa sœur.

Khadiga répliqua, furieuse pour la première fois :

— Un vrai dragon, le diable l'emporte... Par ma foi, je suis innocente et victime d'injustice...

— On te croit sur parole, ma sœur! dit Yasine avec ironie. Nous en témoignerons devant Dieu au Jour du Jugement!

Fahmi s'adressa à nouveau à Aïsha :

— Et toi, comment ça va avec elle?

— Au mieux, répondit-elle en lorgnant Khadiga avec appréhension.

A ces mots Khadiga s'écria :

— Parlons-en de ta sœur Aïsha... Elle sait comment mener sa barque et courber la tête... Pfouah!

— En tout cas, dit Yasine, en faisant mine de sérieux, je

plains ta belle-mère et je te présente mes sincères félicitations !

– Sincères félicitations à toi pour bientôt, si Dieu le veut, répliqua-t-elle moqueuse, quand tu vas épouser ta deuxième femme ! N'est-ce pas ?

Il ne put s'empêcher de rire...

– Le ciel t'entende !

– C'est vrai ? demanda Aïsha préoccupée.

Il réfléchit un instant et répondit avec quelque sérieux :

– « Chat échaudé craint l'eau froide ! » Mais qui sait ce que l'avenir nous réserve ? Peut-être une deuxième, une troisième, une quatrième !

– Ça m'étonnerait pas ! s'exclama Khadiga. Dieu garde ton grand-père !

Tous éclatèrent de rire, même Kamal. Aïsha reprit d'une voix attristée :

– Pauvre Zaïnab ! C'était une si bonne fille...

– Elle l'était...! Elle était idiote aussi. Son père, tout comme le mien d'ailleurs, est insupportable. Si elle s'était plu en ma compagnie, comme je l'aurais aimée, jamais je ne l'aurais délaissée.

– N'avoue pas des choses pareilles ! Garde ta dignité, ne t'expose pas aux sarcasmes de Khadiga !

– Elle n'a eu que ce qu'elle méritait ! ajouta-t-il avec mépris. Que son père se la garde et se la boive en infusion !

– Mais elle est enceinte ! O mon Dieu ! murmura Aïsha. Tu accepterais de voir ton enfant grandir loin de ta protection pour le récupérer quand il sera gamin ?

– Ah ! Elle a touché au vif !... Il grandira sous la garde de sa mère comme son père avant lui. Peut-être qu'il en souffrira autant, si ce n'est plus ! Peut-être qu'au fil des années germera en lui une haine pour son père et sa mère, autrement dit, une souffrance de toute façon !

Puis, le visage sombre :

– Qu'il en soit de son sort comme de celui de son père ! C'est comme ça, on n'y peut rien...

Après quelques instants de silence, Kamal demanda à Khadiga :

– Et toi, petite sœur, il va sortir quand, ton bébé?

Elle rit et lui répondit en se palpant le ventre :

– Il est toujours en cours préparatoire!

– Tu as beaucoup maigri, ma sœurette, reprit-il ingénu tout en lui détaillant le visage, et tu es devenue laide!

Tous éclatèrent de rire en se voilant la bouche de la main. Ils rirent tant que Kamal se sentit honteux et gêné. Quant à Khadiga, qui ne pouvait décemment se froisser des propos de Kamal, elle prit le parti de suivre le courant et dit en riant :

– Je vous avoue que pendant les jours où j'ai eu mes envies, j'ai perdu toute la viande qu'Oum Hanafi s'était évertuée pendant des années à amasser et à réunir. Je me suis mise à fondre, mon nez a commencé à ressortir, mes yeux à se rentrer dans mon visage et j'ai eu l'impression que l'autre roulait des yeux en cherchant en vain la mariée qu'il avait épousée!

Après un bref éclat de rire, Yasine déclara :

– En fait, ton mari est lésé, parce que, malgré sa bêtise apparente, il est bel homme, et gloire à celui qui a attelé ensemble l'âne et le cheval!

Khadiga fit mine de l'ignorer et s'adressa à Fahmi en désignant Aïsha :

– Les deux, mon mari et le sien, sont aussi bêtes l'un que l'autre! Ils ne délogent pour ainsi dire pas de la maison du jour et de la nuit. Ils sont là à ne s'intéresser à rien, à ne s'occuper de rien... Le sien, il passe le plus clair de son temps à fumailler ou jouer du luth comme ces mendiants qui font le tour des maisons pendant les fêtes. Le mien, vous ne le voyez qu'affalé sur son lit en train de fumer ou de jacasser à vous en donner le tournis!

– Les gens de qualité ne travaillent pas! dit Aïsha comme cherchant à se justifier.

– Oh! pardon! s'exclama Khadiga railleuse. C'est ton droit de défendre cette vie-là. Pour sûr, Dieu n'a jamais réuni deux êtres qui se ressemblent autant que vous deux.

L'un et l'autre, pour ce qui est de la paresse, du laisser-aller et de la mollesse, vous faites la paire! Par le Prophète, monsieur Fahmi, il passe ses journées à fumer, à faire de la musique, pendant que Madame se maquille et se promène devant le miroir!

– Et pourquoi pas, puisqu'elle y voit quelque chose de beau? demanda Yasine.

Avant que Khadiga n'ait ouvert la bouche, il la prit de vitesse en lui demandant :

– Dis-moi, ma sœur, qu'est-ce que tu feras si ton gosse te ressemble?

Elle s'en était suffisamment prise à lui, elle lui répondit seulement, avec sérieux :

– Si Dieu le veut, il ressemblera à son père, ou à son grand-père, ou à sa grand-mère, ou à sa tante, mais... (en riant) s'il tient absolument à ressembler à sa mère, alors il méritera encore plus l'exil que Saad pacha!

Mais, à ces mots, Kamal déclara sur un ton de savant expert :

– Ça compte pas la beauté pour les Anglais sœusœur! Ma tête et mon nez leur plaisent beaucoup!

Elle se frappa la poitrine en s'exclamant :

– Ils se prétendent tes amis, mais en attendant ils se moquent bien de toi! Si seulement Dieu pouvait leur envoyer les zeppelins encore un coup!

– Comme ta prière réjouit certains..., lui répondit Aïsha en regardant tendrement Fahmi.

Il sourit en grommelant :

– Comment pourrais-je me réjouir alors que parmi nous ils ont des amis qui ne sont que des dupes?

– L'avoir éduqué comme tu l'as fait pour rien!

– Il y a des gens avec qui l'éducation ne sert à rien!

– J'ai pas prié Julian de nous rendre Saad pacha? protesta Kamal.

– La prochaine fois, fais-le-lui jurer sur ta tête qui lui plaît tant! rétorqua Khadiga en riant.

Fahmi sentit à plusieurs reprises que ceux qui l'entouraient essayaient de saisir la première occasion de l'entraîner dans la conversation et la distraction. Mais cela ne servit en rien à alléger l'impression qui l'accablait depuis le début d'être un étranger, une impression qui souvent le détachait des siens quand il se trouvait parmi eux, de sorte qu'il se sentait extérieur ou seul quelle que soit l'affluence. Il s'isolait avec son cœur, sa tristesse, son enthousiasme, au milieu de gens en train de s'amuser et de rire... Il n'était pas jusqu'à l'exil de Saad qu'ils ne tournassent en dérision si besoin était.

Il les regarda furtivement les uns après les autres et les trouva tous contents. Aïsha? Elle avait une mine réjouie, même si sa grossesse la fatiguait un peu. Mais elle était heureuse de tout, même de sa fatigue! Khadiga? Pétulante, rieuse... Yasine? En pleine forme, débordant d'allégresse. Qui de ces gens-là se souciait des événements de ces derniers jours? A qui d'entre eux importait que Saad fût resté en Egypte ou ait été exilé, que les Anglais vident les lieux ou restent? Oui, il était étranger!... ou du moins étranger parmi ces gens-là! Et, bien que cette sensation trouvât généralement en lui une âme conciliante, il ne l'accueillit cette fois-ci qu'avec fureur et dépit. Sans doute fallait-il y voir l'effet de ce qu'il avait enduré ces derniers jours. Il s'attendait depuis longtemps à apprendre le mariage de Maryam. C'était son souci et son chagrin. Pourtant, il s'y était fait par avance avec la résignation du désespoir. Avec le temps, il avait même failli s'en accommoder! Cela ajouté au fait que son amour même avait reflué en marge de ses sentiments, mobilisés par les grandes préoccupations de l'heure... jusqu'à ce que survienne l'épisode de Julian. Il en avait été complètement ébranlé. Elle faisait les yeux doux à un Anglais avec qui elle ne pouvait prétendre un mariage! Alors que supposait cette minauderie? Ne pouvait-elle pas venir que d'une petite dévergondée? Maryam, une petite dévergondée? C'était ça ses rêves d'autrefois? A peine se trouvait-il seul avec Kamal qu'il le pressait de lui raconter l'histoire à nouveau en l'obligeant à en souligner les détails avec précision : « Comment as-tu remarqué le manège? Ou était placé le soldat? Et toi, où étais-tu? Tu es bien sûr que c'est Maryam en personne qui était dans la lucarne? Tu es sûr qu'elle regardait bel et bien le soldat? Tu l'as vue lui sourire? » Tu es sûr que... Est-ce que par ci, est-ce que par là... Alors il lui demandait en grinçant des dents comme pour écraser la peine qui le torturait : « Elle a reculé apeurée quand elle t'a vu? » Puis il restait à se représenter les attitudes, une par une, les tableaux, un par un. Il s'imaginait longuement le sourire jusqu'à voir presque les lèvres entrouvertes, comme il les avait vues le jour du mariage d'Aïsha pendant que Maryam suivait la mariée dans la cour de la maison des Shawqat.

– On dirait que maman ne va pas venir s'asseoir avec nous aujourd'hui! dit Aïsha d'une voix attristée.

– Il y a du monde plein la maison! répliqua Khadiga.

– J'ai peur que les soldats ne tiennent pour suspecte cette arrivée en masse de visiteurs et croient qu'une réunion politique se tient chez nous, dit Yasine en riant.

– Les amis de papa sont au-dessus de tout soupçon! répliqua Khadiga avec orgueil.

– J'ai vu M. Mohammed Iffat en personne en tête du cortège, ajouta Aïsha.

Khadiga acquiesça à ses paroles :

– C'était déjà un ami intime de papa avant que nous ne voyions le jour!

– Papa m'a accusé injustement d'avoir brisé leur amitié! dit Yasine en hochant la tête.

– Le divorce ne sépare-t-il pas les amis les plus chers?

– Sauf les amis de ton père! répliqua Yasine en souriant.

– Qui diable se ferait de gaieté de cœur un ennemi de papa? Ma foi, il est unique sur la terre entière! repartit Aïsha avec orgueil.

Puis en soupirant :

– Chaque fois que je me représente ce qui lui est arrivé hier, j'en ai les cheveux qui blanchissent!

Lasse du mutisme affligé de Fahmi, Khadiga décida de s'adresser à lui directement puisque les voies détournées, comme elle pouvait le constater, avaient échoué. Elle se tourna vers lui en lui demandant :

– Alors, tu vois, mon frère, la grâce que t'a faite le Seigneur le jour où il a refusé que ton désir pour Maryam se réalise?

Fahmi la regarda entre la surprise et la honte. Aussitôt les regards se fixèrent sur lui. Même Kamal leva les yeux vers lui, inquiet. Il se fit un silence dont la profondeur trahit un sentiment refoulé, que longtemps les cœurs avaient caché ou feint d'ignorer, jusqu'à ce que Khadiga l'exprime avec courage. Ils observèrent le jeune homme dans le silence de qui attend la réponse, comme si c'était lui qui avait posé la question. Mais Yasine jugea bon d'y mettre fin avant qu'il ne s'aggrave et ne soit cause de douleur.

– C'est parce que ton frère est « ami de Dieu », et Dieu aime ses amis! dit-il en feignant la joie.

Fahmi, qui était en proie à la gêne et à la honte, dit évasivement :

– C'est une vieille histoire oubliée depuis longtemps...

– M. Fahmi n'est pas le seul a avoir été trompé par elle, reprit Aïsha sur un ton de plaidoyer, nous l'avons tous été!

Khadiga ajouta pour se défendre, autant qu'elle le put, du soupçon d'avoir été dupe :

– En tout cas, en ce qui me concerne, je n'ai jamais été persuadée un seul instant, même si je suis convaincue de son innocence, qu'elle était digne de lui!

– C'est une vieille histoire oubliée depuis longtemps..., répéta Fahmi en faisant mine d'indifférence. Un Anglais..., un Egyptien... Quelle importance... Faites-moi grâce de tout ça!

Yasine se surprit en train de repenser à « l'affaire Maryam »... Maryam? Il ne l'avait jamais regardée jadis – si elle passait dans le champ de sa vision – que fugitivement. Puis l'attachement que Fahmi avait pour elle ne l'avait qu'incité davantage à renoncer à elle... jusqu'à ce que son scandale fasse le tour de la famille. Là, son intérêt se réveilla. Il se demanda longuement quel genre de fille elle était. Il aurait aimé la contempler, sonder celle qui avait éveillé le désir d'un Anglais; un Anglais venu dans le quartier pour tuer, pas pour faire la cour aux filles! Il n'avait jamais manifesté d'indignation à son égard que pour obéir au ton de la conversation chaque fois qu'elle revenait sur elle. Mais, en son for intérieur, la présence d'une fille « compromise », aussi audacieuse, si près de lui, dont seul un mur le séparait, le ravissait au plus haut point. Cette volupté bestiale qui l'appelait à la chasse emplissait sa large et épaisse poitrine, même s'il s'en tenait, par respect pour la tristesse de Fahmi qu'il aimait, à un sentiment et à un plaisir négatifs et abstraits. Plus personne dans le quartier ne suscitait autant son attention que Maryam.

– Il est temps de partir! dit Khadiga en se levant, tandis que les voix d'Ibrahim et Khalil qui venaient du vestibule en discourant leur parvenaient.

Tout le monde se leva, qui s'étirant, qui ceinturant ses vêtements..., sauf Kamal qui resta assis à sa place, les yeux levés vers la porte du salon, triste et le cœur battant...

*

M. Ahmed était assis à son bureau, penché sur ses registres, occupé à son travail quotidien qui lui faisait oublier, ne fût-ce que momentanément, ses soucis personnels et ceux de tous, ces soucis que semaient dans l'air les nouvelles sanglantes. Il en était venu à aimer autant la boutique que les réunions amicales et joviales, car, dans un cas comme dans l'autre, il trouvait de quoi s'extraire de l'enfer de ses pensées. Et puis l'atmosphère de la boutique était tout entière au marchandage et au commerce, au gain ou à d'autres choses touchant la vie ordinaire, la vie de tous les jours de sorte que celle-ci ne manquait pas de faire naître en lui un soupçon de confiance suggérant la possibilité d'un retour à la normale, à l'état initial de stabilité et de paix... La paix? Où s'en était-elle allée et quand lui serait-il permis de revenir? Les rumeurs des massacres n'épargnaient pas même cette boutique où elles circulaient en un murmure effrayant. Les clients ne se contentaient plus de marchander et d'acheter. Leurs langues ne se lassaient pas de répéter les nouvelles, de déplorer les accidents. Par-dessus les sacs de riz et de café, il avait entendu parler de la bataille de Boulaq, des tueries d'Assiout, des enterrements où l'on escortait les cercueils par dizaines, de ce jeune garçon qui avait arraché aux mains de l'ennemi un fusil mitrailleur avec lequel il avait voulu rentrer dans al-Azhar, avant que la mort ne vienne le cueillir et que son corps soit criblé de dizaines de balles. Ces nouvelles et toutes les autres, teintées de la même couleur rouge sang, frappaient ses oreilles, d'instant en instant, dans cet endroit où il se réfugiait à la recherche de l'oubli. Quelle misère que la vie à l'ombre de la mort! Que la révolution ne se dépêchait-elle de réaliser ses objectifs avant que son mal ne s'étende jusqu'à lui ou l'un des siens?... Certes, il n'était avare ni de son argent ni de ses sentiments. Mais sacrifier sa vie, c'était une autre histoire! Quel châtiment Dieu avait-il infligé à ses créatures pour que l'on fasse si bon marché des âmes et que le sang coule à flots! La révolution n'était plus « un intermède » piquant. Elle menaçait sa sécurité dans ses allées et venues. Elle menaçait son fils « réfractaire ». Son enthousiasme pour elle s'était refroidi. La révolution en soi, en tant que telle, n'était pas son objectif : il rêvait toujours de l'indépendance, du retour de Saad, mais sans révolution, sans effusion de sang ni terreur. Il criait, s'enthousiasmait avec les autres, mais sa raison résistait au courant en s'accrochant à la vie. Et il restait seul au milieu du lit du fleuve comme un tronc d'arbre ébranché par les tempêtes. Aucune chose, aussi grande soit-elle ne pourrait affaiblir son amour de la vie. Alors soit, qu'il en jouisse jusqu'au bout! Que Fahmi imite sa foi en Dieu pour pouvoir lui aussi garder la sienne jusqu'au bout! Fahmi, le fils ingrat qui s'était jeté dans le courant sans bouée de sauvetage...

    – M. Ahmed est là?

La voix parvint aux oreilles d'Ahmed Abd el-Gawwad qui au même moment sentit quelqu'un faire irruption dans la boutique comme une bombe! Il leva la tête de son bureau et vit le cheikh Metwalli Abd el-Samad au beau milieu du magasin faisant cligner ses yeux irrités et fouillant – en vain – l'espace dans sa direction. Notre homme en eut le cœur réjoui et un sourire épanouit son visage.

– Entrez, cheikh Metwalli, la bénédiction du ciel nous arrive! lança-t-il au visiteur.

Le visage du cheikh se détendit. Il s'avança en balançant son buste d'avant en arrière comme s'il montait un dromadaire.

Ahmed Abd el-Gawwad se pencha et tendit sa main jusqu'à ce qu'elle rencontre celle du vieillard. Il la pressa en mumurant :

– La chaise est à votre droite, je vous en prie, asseyez-vous!

Le cheikh appuya son bâton contre le bureau et s'assit sur la chaise. Puis il arc-bouta ses mains sur ses genoux en disant :

– Dieu te garde et te protège!

– Quelle heureuse prière et comme j'en ai besoin! s'exclama notre homme du fond du cœur.

Puis, se tournant du côté de Gamil al-Hamzawi qui était en train de peser du riz pour un client :

– N'oublie pas de préparer le paquet de notre vénéré cheikh!

La voix de Gamil al-Hamzawi arriva du fond de la boutique :

– Qui pourrait oublier notre vénéré cheikh?

Ce dernier ouvrit ses paumes, leva la tête et se mit à prier entre ses lèvres dans un marmonnement sourd dont ne se détachait qu'un chuintement entrecoupé. Puis il reprit sa posture initiale, observa un instant de silence et déclara sur un ton inaugural :

– Je commencerai par une prière pour la Lumière du Chemin, notre Prophète.

Ahmed Abd el-Gawwad avec ferveur :

– Que la plus sainte prière soit sur lui!

– Je continuerai en priant Dieu qu'il prenne ton père, bénie soit sa mémoire, dans Sa miséricorde.

– Que Dieu lui accorde une vaste miséricorde!

– Ensuite, je demanderai à Dieu de te réjouir du bonheur de ta famille, de tes enfants, des enfants de tes enfants et des enfants des enfants de tes enfants!

– Amen!

Puis, en soupirant :

– Je le prie de nous rendre Abbas, notre effendi, Mohammed Farid et Saad Zaghloul...

– Dieu, entendez-nous!

– ... qu'Il anéantisse les Anglais pour leurs crimes passés et à venir!

– Louange au Vengeur tout-puissant!

A ces mots, le cheikh toussota, se caressa le visage de la paume, et dit :

– Parlons peu mais parlons bien. Je t'ai vu en songe agiter la main, et à peine j'ai eu les yeux ouverts que ma décision était prise de te rendre visite.

Ahmed Abd el-Gawwad arbora un sourire non dénué d'affliction.

– Ça ne m'étonne pas, dit-il, car j'ai un besoin pressant de votre bénédiction! Que Dieu vous l'augmente chaque jour!

Le cheikh inclina son visage vers notre homme avec pitié et lui demanda :

– C'est vrai ce qu'on m'a dit de l'incident de la porte des Conquêtes?

– Oui, répondit Ahmed Abd el-Gawwad en souriant... Mais qui a bien pu vous en parler?

– Je passais du côté de l'huilerie de Hamidou Ghanim. Il me fait signe de m'arrêter et me dit : « Vous n'avez pas entendu parler de ce que les Anglais ont fait à votre cher M. Ahmed et à moi-même? Expliquez-vous! que je lui fais, inquiet. Et il m'a raconté cette histoire incroyable!

Ahmed Abd el-Gawwad lui exposa l'événement en détail. Il ne se lassait pas de répéter son récit. Peut-être l'avait-il raconté des dizaines de fois au cours de ces deux ou trois derniers jours! Le cheikh se mit à l'écouter attentivement tout en récitant à la suite, dans un susurrement, un chapelet de versets du trône.

— Tu as peur, mon petit? Quel genre de peur? Dis-moi... Mais..., par la force et la puissance de Dieu..., te contenterais-tu d'être sain et sauf? Oublies-tu que la peur ne passe pas sans laisser de trace? J'ai prié longuement et imploré de Dieu le salut. C'est déjà une bonne chose, mais... il te faut un talisman!

— Et pourquoi pas! Ce serait pour nous une bénédiction de plus, cheikh Metwalli. Et les enfants, et leur mère, n'ont-ils pas eu peur eux aussi?

— Bien sûr que si!... Des cœurs faibles qui n'ont pas l'habitude de la cruauté et de la terreur... Un talisman..., un talisman..., hors de lui, point de salut!

— Vous êtes le bien et la bénédiction, cheikh Metwalli... Dieu m'a sauvé d'un grand mal, mais il en reste un qui plane sur moi et torture mon sommeil...

Le visage du cheikh se pencha à nouveau vers notre homme dans une expression de pitié.

— Qu'est-ce qui t'arrive, mon petit? Que Dieu te pardonne.

Ahmed Abd el-Gawwad regarda le cheikh avec des yeux sombres et grommela ennuyé :

— Mon fils Fahmi...

Le cheikh haussa ses sourcils argentés, intrigué ou inquiet, et s'exclama sur un ton de prière :

— Plût à Dieu qu'il ne lui soit rien arrivé!

Ahmed Abd el-Gawwad hocha la tête avec amertume.

— Il m'a désobéi pour la première fois! Ainsi Dieu le veut!

Le cheikh Metwalli étira ses bras devant lui comme pour conjurer le malheur et s'exclama :

— A Dieu ne plaise! Fahmi est mon fils et je sais avec certitude qu'il est pétri d'amour paternel!

— Monsieur tient absolument à faire comme les autres

jeunes gens en ces jours sanglants, reprit notre homme avec irritation.

— Tu es pourtant un père qui a de l'autorité, ça ne fait aucun doute, répondit le cheikh avec étonnement et désaveu. Je ne m'imaginais pas qu'un seul de tes fils pût oser s'opposer à ton ordre!

Ces mots lui firent saigner le cœur et l'oppressèrent. Puis il fut pris du désir de minimiser la désobéissance de son fils afin, devant le cheikh tout autant que devant lui-même, de mettre sa personne à l'abri du soupçon de faiblesse. Il ajouta :

— Bien sûr, il n'a pas eu cette audace ouvertement! Seulement, je l'ai prié de jurer sur le Coran de ne participer à aucune action révolutionnaire, quelle qu'elle soit, et il s'est mis à pleurer... pleurer, sans oser dire « non ». Qu'est-ce que je peux faire? Je ne peux tout de même pas le séquestrer à la maison, ni davantage le surveiller à la faculté! J'ai peur que le courant de ces derniers jours soit trop fort pour qu'un garçon comme lui puisse y résister. Que faire? Menacer de le frapper? Le frapper carrément? Mais à quoi pourraient bien servir les menaces avec quelqu'un qui se fiche de la mort!

Le cheikh se passa la main sur le visage et demanda inquiet :

— Il a été se fourrer dans les manifestations?

— Mais non! répondit Ahmed Abd el-Gawwad en haussant ses larges épaules. Mais ça ne l'empêche pas de distribuer des tracts! Quand je l'ai poussé aux aveux, il a prétendu qu'il se contentait de les distribuer à ses amis intimes.

— Qu'a-t-il besoin de s'occuper de choses pareilles! C'est un garçon sans histoires, comme son père. Il y a des gens d'autre espèce pour ça! Il ne sait donc pas que les Anglais sont des sauvages, qu'ils ont de véritables cœurs de brutes imperméables à la pitié, que matin et soir ils se repaissent du sang des pauvres Egyptiens? Parle-lui gentiment, sermonne-le, fais-lui distinguer le bien du mal, dis-lui que tu es son père, que tu l'aimes et que tu as peur pour lui. En ce qui me concerne, je vais œuvrer à la confection d'un talisman d'un genre spécial et je l'associerai à mes prières, celle de l'aube surtout. Dieu est notre éternel secours...

Ahmed Abd el-Gawwad reprit affligé :

– Les nouvelles des victimes défilent d'heure en heure, riches en avertissements pour qui veut en tenir compte! Mais qui lui a fait perdre la raison? Le fils d'al-Fouli, le laitier, parti en un rien de temps. Il a assisté à ses obsèques avec moi, il a présenté ses condoléances au pauvre père. Voilà comment la chose est arrivée : ce jeune homme était en train de livrer des bols de lait caillé. Il rencontre en chemin une manifestation. Et le destin le pousse à y participer sans réfléchir. Total, même pas une heure après, ou à peu de chose près, il s'écroulait raide mort sur la place d'al-Azhar. Par la force et la puissance de Dieu! A Lui nous appartenons et à Lui nous retournerons!... Comme il tardait à revenir, son père s'inquiète et se rend chez ses clients pour les questionner à son sujet. Certains lui disent que son fils est passé par chez eux avec le lait caillé et s'en est allé. D'autres qu'il n'est pas passé, contrairement à l'habitude... puis le voilà chez Hamrouche, le marchand de *konafa*[1]. Il y trouve le plateau avec les bols qui restaient, ceux qui n'avaient pas été livrés. L'homme l'informe que son fils les a laissés chez lui et est allé se joindre à la manifestation du soir. Le pauvre perd la tête et se rend sans plus tarder au commissariat d'al-Gamaliyya. On l'envoie au Qasr el-Aïni[2] et c'est là qu'il tombe par hasard sur son fils dans la salle d'autopsie. Fahmi a su l'histoire de *a* à *z*, comme nous l'avons apprise de la bouche même d'al-Fouli quand nous étions chez lui pour les condoléances. Il a su comment le jeune homme avait disparu comme un rien. Il a senti le chagrin abominable de son père, il a entendu les lamentations de sa famille. Le

1. Plat de vermicelles faits de fleur de farine, frits dans du beurre et sur lesquels on verse du miel fondu.
2. Le Qasr el-Aïni est le plus grand hôpital du Caire. Situé sur la rive orientale du Nil, derrière le quartier de Sayyeda-Zaïnab face à la pointe nord de l'île de Roda.

malheureux est mort, et ça n'a pas fait revenir Saad ni partir les Anglais. Si c'était une pierre, elle comprendrait..., mais c'est le meilleur de mes fils... Louange à Dieu!

– Je connais ce pauvre garçon, dit le cheikh Metwalli, d'une voix désolée. C'est l'aîné des fils d'al-Fouli, n'est-ce pas? Son grand-père était ânier et je lui louais toujours son âne pour aller au pèlerinage de Sidi Abou al-Sououd. Al-Fouli a quatre enfants mais celui qui est mort lui était le plus cher!

A ces mots, Gamil al-Hamzawi prit part pour la première fois à la conversation :

– Nous vivons des jours de folie! Les gens ont l'esprit détraqué, même les plus petits. Hier, mon fils Fouad a déclaré à sa mère qu'il voulait participer à une manifestation!

– « Les petits font les bêtises et les grands s'y enlisent! » répondit Ahmed Abd el-Gawwad angoissé. Ton fils Fouad est un camarade de mon fils Kamal. Ils sont tous les deux dans la même école. Tu n' vois pas que ça lui prenne... ou que ça leur prenne à tous deux, un jour qui ne sera pas comme un autre, de se fourrer dans une manifestation, hein? Aujourd'hui plus rien n'étonne!

Al-Hamzawi se reprit, regrettant ses paroles maladroites :

– On n'en est pas là, monsieur! Du reste, je l'ai corrigé sans pitié pour ses espoir naïfs. Et puis M. Kamal ne sort qu'accompagné d'Oum Hanafi. Que Dieu le protège!

Le silence retomba. On n'entendit plus dans la boutique que le froissement du papier dans lequel al-Hamzawi enveloppait le cadeau du cheikh Metwalli Abd el-Samad. Ce dernier soupira et dit :

– Fahmi est un garçon sensé, il ne doit pas donner aux Anglais prétexte à l'humilier! Les Anglais! O mon Dieu! Tu n'as pas entendu ce qu'ils ont fait à al-Aziziyya et à Bederchine?

Ahmed Abd el-Gawwad se trouvait dans un état d'angoisse lui interdisant tout désir sincère de poser des questions, outre le fait qu'il ne s'attendait à rien de neuf excédant ce qui frappait ses oreilles ces derniers temps. Il se contenta de relever les sourcils en faisant mine d'être intéressé et le cheikh commença son récit :

– J'étais avant-hier en visite chez le très noble et estimé Shaddad bey Abd el-Hamid dans son somptueux palais d'al-Abbassiyya. Il m'avait invité à déjeuner et à dîner, et je lui avais fait don de talismans pour lui et les gens de sa maison et c'est là qu'il m'a raconté l'histoire d'al-Aziziyya et de Bederchine...

Le cheikh marqua une pause et Ahmed Abd el-Gawwad demanda :

– Le fameux marchand de coton?

– Oui, Shaddad bey Abd el-Hamid, le plus grand marchand de coton! Tu as peut-être connu son fils, Abd el-Hamid bey Shaddad? Il fut un temps où il était très lié avec M. Mohammed Iffat...

Ahmed Abd el-Gawwad déclara lentement, pour se donner le temps de réfléchir :

– Je me souviens... l'avoir vu une fois... dans le cercle des amis de M. Mohammed Iffat... avant le début de la guerre. Puis j'ai entendu dire qu'on l'avait éloigné du pays après la destitution de notre effendi. On a du nouveau sur lui?

Le cheikh Metwalli répondit, d'un ton rapide, comme mettant ses propos entre parenthèses, afin de revenir au plus vite à son récit initial :

– Il est toujours tenu à l'écart du pays. Il réside actuellement en France avec sa femme et ses enfants. Shaddad bey a une peur bleue de mourir avant d'avoir revu son fils sur cette terre!

Il se tut à nouveau. Puis il se mit à branler la tête de droite et de gauche et dit d'une voix mélodieuse comme s'il entonnait les premiers vers d'un hymne au Prophète :

– Vers deux ou trois heures du matin, pendant que les gens étaient endormis, quelques centaines de soldats britanniques armés jusqu'aux dents ont encerclé les deux villages... (Ahmed Abd el-Gawwad fut ramené brutalement à la conscience)... encerclé les deux villages pendant que les gens dormaient. « Ces " encercleurs " ne seraient-ils pas du genre de ceux qui campent devant chez nous? Ils ont commencé par s'en prendre à moi, qu'est-ce qu'ils nous mijotent encore? »

Le cheikh se frappa le genou, comme si son hymne amorçait un changement de rythme[1], et reprit :

— Ils ont fait irruption chez les deux maires et leur ont donné ordre de livrer les armes. Puis ils sont passés au harem où ils ont raflé tous les bijoux, outragé les femmes et les ont traînées dehors par les cheveux, hurlantes et appelant en vain au secours. O Dieu, prenez pitié de vos misérables créatures!

— Les maisons des deux maires! Mais le maire est une personnalité gouvernementale que je sache? Je ne suis pas maire et ma maison n'est pas une mairie! Je ne suis qu'un citoyen comme les autres. Qu'est-ce qu'ils vont bien pouvoir faire à des gens comme nous, à ce compte-là? Imaginez-vous Amina tirée par les cheveux. Suis-je condamné à devoir espérer la folie? La folie?

Le cheikh poursuivit son récit en hochant la tête :

— Ensuite ils ont obligé les deux maires à leur indiquer les maisons des cheikhs des deux villages et de leurs notables, après quoi ils les ont prises d'assaut en défonçant les portes. Là, ils ont raflé tous les objets de valeur..., violenté les femmes d'une manière criminelle après avoir tué celles qui avaient essayé de se défendre. Pour finir ils ont battu les hommes à mort avant de vider les lieux sans y laisser un seul objet de valeur ni un seul honneur sauf...

— Au diable les objets de valeur mais... « pas un honneur sauf... » Où est la pitié de Dieu? Où est sa vengeance? Le Déluge... Noé..., Moustapha Kamel... Imaginez-vous! Comment une femme pourra-t-elle vivre avec son mari sous un même toit après ça? Quel crime aura-t-elle commis? Et lui, de quoi il aura l'air! Le cheikh

1. Les musiciens arabes et turcs avaient jusqu'au début du siècle l'habitude de matérialiser les rythmes arabes fait de temps forts et faibles par des frappes des mains sur les genoux accompagnées d'onomatopées.

frappa trois fois sur ses genoux puis revint à son récit. Sa voix s'était mise à trembler et faisait maintenant davantage l'effet d'un sanglot :

– Ils ont mis le feu aux deux villages en s'aidant de tout le bois et de la paille qu'ils ont pu trouver sur les toits des maisons et qu'ils ont arrosé de pétrole. Les hameaux alentour se sont réveillés dans une panique effrayante. Les habitants fuyaient leurs maisons comme des aliénés. On entendait des cris et des gémissements. Pendant ce temps les flammes se répandaient partout, jusqu'à ce que les deux villages ne soient plus qu'un immense brasier...

– Seigneur des cieux et de la terre! s'écria Ahmed Abd el-Gawwad inconsciemment.

Le cheikh poursuivit :

– Puis les soldats ont encerclé de loin les deux hameaux en feu et attendu en embuscade les malheureux villageois qui couraient sans but, dans tous les sens, suivis des moutons, des chiens, des chats, cherchant à échapper au feu. Dès qu'ils eurent atteint les postes des soldats, ceux-là se sont jetés sur les hommes en les rouant de coups de pied et de coups de poing, après quoi ils ont retenu les femmes pour leur voler leurs bijoux et les déshonorer. Si l'une d'elles résistait, elle se faisait tuer. Si un mari, un père ou un frère faisait le moindre geste pour les défendre, on lui tirait dessus...

Puis le cheikh Metwalli se tourna vers notre homme éberlué et se frappa les mains en s'écriant :

– Enfin ils ont conduit le reste des victimes vers un camp tout proche et là ils les ont forcées à signer un papier où étaient rédigés des aveux de crimes qu'ils n'avaient pas commis, à avouer que ce que les Anglais leur avaient fait subir n'était que le juste châtiment de leurs agissements. Voilà ce qui s'est passé à al-Aziziyya et Bederchine, monsieur Ahmed! Voilà un exemple parmi d'autres des supplices qu'on nous inflige sans merci ni pitié. O Dieu, soyez témoin, soyez témoin...

Un silence douloureux et affligé suivit, au cours duquel

chacun revint à ses pensées solitaires, à sa rêverie, jusqu'au moment où Gamil al-Hamzawi l'interrompit en s'écriant :

– Notre Seigneur existe!

– Oh! oui! s'exclama notre homme en appuyant ses paroles.

Puis en désignant du doigt les quatre coins de la boutique :

– Partout!

Alors le cheikh s'adressa à lui en ces termes :

– Dis à Fahmi que le cheikh Metwalli lui conseille de se tenir à l'écart des lieux dangereux. Dis-lui de s'en remettre à Dieu son Seigneur, le seul capable de faire périr les Anglais comme tous ceux qui, avant eux, ont brisé le sceptre de son autorité!

Puis il se pencha pour attraper son bâton et Ahmed Abd el-Gawwad fit un signe à Gamil al-Hamzawi pour qu'il vienne lui apporter le cadeau. Notre homme le glissa dans la main du cheikh et l'aida à se lever. Le vieillard serra la main de ses hôtes et s'éloigna en disant :

– « Les Grecs ont été vaincus à nos portes, mais après leur défaite, ils vaincront à leur tour [1]. » Dieu immense, Ta parole est vérité!...

1. Coran, sourate XXX, 1, 2.

XV

A LA fin de la nuit, à l'heure où doucement l'obscurité de
l'aube accouchait de la lumière du jour, une servante venue
d'al-Sokkariyya frappa à la porte de M. Ahmed et informa
Amina qu'Aïsha éprouvait les premières douleurs. Amina
était alors dans la pièce du four. Elle confia le travail à
Oum Hanafi et se précipita vers la porte de l'escalier. Oum
Hanafi parut vexée, peut-être pour la première fois dans
l'histoire de ses longues années de service dans cette
maison. N'était-ce pas son droit d'assister à l'accouchement d'Aïsha? C'était son droit le plus strict!... au même
titre exactement qu'Amina! Aïsha avait ouvert les yeux à
la vie dans ses bras. Dans cette maison chaque enfant avait
deux mères : Amina et Oum Hanafi. Comment pouvait-on
la séparer de « sa petite fille » en cette heure terrible?

« Tu te souviens de ton accouchement? de l'appartement d'al-Tombakshiyya?.. » Le maître était de sortie
comme d'habitude et elle, seule, à minuit passé... Elle avait
trouvé en Oum Hassaniyya une amie en même temps
qu'une sage-femme. Où pouvait bien être Oum Hassaniyya
en ce moment? Etait-elle au moins toujours en vie? C'est
ainsi que Hanafi avait vu le jour, après les gémissements de
la douleur. Puis il avait quitté ce monde... encore au
berceau, parmi des gémissements de douleur aussi... S'il
avait vécu, c'eût été aujourd'hui un fils de vingt ans! « Et
dire que ma petite maîtresse est dans la souffrance et que je
suis là à préparer le repas! »

Une joie doublée de crainte emplit Amina. Une sensation qui déjà avait fait battre son cœur pour la première fois le jour où elle avait elle-même affronté « l'épreuve ». Voilà qu'Aïsha à son tour s'apprêtait à accueillir un premier-né pour inaugurer avec lui sa condition de mère, tout comme elle avait inauguré la sienne avec Khadiga. Ainsi se perpétuait la vie, jaillie d'elle vers un destin infini!

Elle alla trouver le père et lui annonça l'heureuse nouvelle sur un ton délicat et poli, en forçant cette fois-ci sa pudeur et sa politesse de peur qu'il ne lise en filigrane son désir brûlant de voler vers sa fille. Mais Ahmed Abd el-Gawwad accueillit placidement la chose et lui donna ordre de partir sans tarder! En hâte elle alla revêtir ses vêtements sentant que les privilèges qu'acquiert une faible femme comme elle par le simple fait d'avoir mis des enfants au monde sont capables parfois de faire des miracles. Les frères apprirent la nouvelle à leur réveil, peu après le départ de leur mère. Un sourire illumina leur visage et ils échangèrent un regard interrogateur. Aïsha maman! N'est-ce pas incroyable? Mais, après tout, qu'y a-t-il d'incroyable là-dedans? : « Maman était plus jeune qu'elle le jour où elle a accouché de Khadiga! Au fait, elle est partie pour recueillir elle-même l'enfant de ses propres mains? Tiens, j'en vois deux qui sourient! Ça, c'est pour moi! Dans quatre matins l'autre fille de chien va enfanter aussi... De qui tu parles? De Zaïnab?... Ah! si ton père t'entendais! Aïsha maman, et moi papa. Et moi, oncle maternel et paternel à la fois! Toi aussi, monsieur Kamal, tu vas être deux fois tonton... »

« Aujourd'hui il faut que je sèche l'école pour aller voir Shasha. Excellente idée! Si j'en ai le courage, je vais demander la permission à papa au petit déjeuner! Ouh! C'est qu'on a drôlement besoin de naissances pour combler les pertes que nous ont infligées les Anglais! Après tout, si je sèche l'école, ça ne sera pas un événement! Les trois quarts des élèves sont en grève depuis plus d'un mois. Dis voir ça à papa! Il sera forcément convaincu de ton

argument et t'enverra le plateau de *foul* à la figure! Ouh!
Ouh! Un nouveau-né. Dans une heure ou deux, papa sera
grand-père, maman grand-mère et nous tontons! C'est pas
rien! Combien d'enfants à votre avis vont voir le jour à cet
instant? Et pour combien d'êtres humains ce même jour
va-t-il au même moment s'éteindre? Il faut aller prévenir
grand-mère! Je pourrais très bien aller à al-Khoranfish
pour le lui dire, si je sèche l'école. On t'a déjà dit que ton
école c'est pas nos oignons! Parles-en à papa, il va
accueillir ton idée à bras ouverts! Ouh! Peut-être qu'Aïsha
est en train de souffrir en ce moment! La pauvre chérie.
L'enfantement ne fait pas de cadeau, même pour les
cheveux d'or et les yeux bleus! Dieu fasse qu'elle s'en
sorte! Alors là, on boira le *moughat*[1] et on allumera les
chandelles. Ça va être un garçon ou une fille? Qu'est-ce
que tu préfères, toi? Un garçon, évidemment! Elle va sans
doute commencer par une fille comme sa mère! Et pourquoi elle commencerait pas par un garçon comme son
père. Ahhhh! Quand viendra l'heure de quitter l'école,
l'enfant sera né et je n'aurai même pas pu assister à sa
naissance! Tu veux vraiment le voir en train de naître!
Tiens, pardi! Eh bien, tu ferais mieux de remettre ton désir
à plus tard, jusqu'à ce que le nouveau-né soit ton propre
fils! »

Kamal fut le plus ému de tous par la nouvelle. Elle lui
accapara l'esprit, le cœur et l'imagination et, n'eût été son
sentiment que le pion avait l'œil sur lui à l'école et
comptabilisait le moindre de ses mouvements pour en
informer son père au fur et à mesure, il n'aurait pu résister
à la tentation qui l'appelait de se rendre à al-Sokkariyya. Il
resta donc à l'école comme un corps sans âme. Son âme,
elle, était à al-Sokkariyya et s'interrogeait sur le nouvel
arrivant dont il avait guetté la venue pendant des mois en
se promettant de percer son mystère. Une fois, il avait vu

---

1. Le *moughat* est une boisson épaisse que l'on boit et sert aux invités
après un accouchement. Elle se compose de graines de fenugrec broyées, de
noix de coco, beurre et amandes pilées.

une chatte mettre bas. A l'époque, il avait six ans à peine. Elle avait attiré son attention par ses miaulements déchirants. Il s'était précipité vers elle sous le treillis de lierre, sur la terrasse, et l'avait trouvée en train de se tordre de douleur, les yeux exorbités. Puis il avait vu son corps se séparer d'un morceau de chair à vif et avait reculé, dégoûté, en criant de toutes ses forces.

Ce souvenir vint rôder à nouveau dans son imagination, le hanta au point de réveiller en lui ce dégoût de jadis et de l'envelopper, aussi lassant et angoissant que le brouillard. Mais il ne se laissa pas gagner par la peur. Il refusait de concevoir qu'il pût exister d'autre rapport entre Aïsha et cette chatte que celui qui fait la distance entre l'animal et l'être humain, une distance qui dans son intime conviction, était plus vaste que celle qui sépare le ciel de la terre. Mais alors que se passait-il donc exactement à al-Sokkariyya? De quelle bizarrerie était victime Aïsha? Il y avait là des questions troublantes qui restaient sans réponse...

A peine eut-il quitté l'école en fin d'après-midi qu'il fit le chemin à toutes jambes vers al-Sokkariyya. Il entra dans la cour de la maison des Shawkat, hors d'haleine, puis il se dirigea tout droit vers la porte du harem et jeta un coup d'œil en passant sur le pavillon d'accueil où ses yeux croisèrent par hasard ceux de son père, assis, les doigts entrecroisés au-dessus du pommeau de sa canne plantée droite entre ses jambes. Il resta cloué sur place, pétrifié, les yeux écarquillés, comme hypnotisé, sans dire un mot, sans esquisser un mouvement, gagné par un sentiment de faute inexplicable. Il resta à attendre que le châtiment lui dégringole sur la tête, le fluide glacial de la peur s'épanchant dans ses membres, jusqu'à ce que son père se mette à entrer en conversation avec une personne qui était assise à côté de lui. Alors qu'il se tournait vers elle, Kamal détacha ses yeux de son père en ravalant sa salive. Il aperçut alors à l'intérieur du pavillon, Ibrahim Shawkat, Yasine et Fahmi, avant de s'enfuir vers le cœur de la maison.

Il grimpa l'escalier d'un bond et arriva à l'étage d'Aïsha. Poussa une porte entrebâillée, entra et se trouva nez à nez avec Khalil Shawkat, le mari de sa sœur, debout dans le salon. La porte de la chambre à coucher était fermée. Derrière elle, des voix se répandaient, parmi lesquelles il distingua celles de sa mère, de la veuve du regretté Shawkat et une troisième qu'il ne connaissait pas. Il salua le mari de sa sœur et lui demanda, un sourire dans les yeux :

— Shasha a accouché?

Le jeune homme posa son index sur ses lèvres en signe d'avertissement.

— Chchuut! fit-il.

Kamal comprit que Khalil n'avait pas particulièrement apprécié sa question, ni même sa venue, comme d'habitude! Il se sentit honteux et en éprouva une angoisse inexplicable. Il voulut s'approcher de la porte fermée mais la voix de Khalil l'arrêta net, lui criant avec une sécheresse de ton témoignant de son agacement :

— Non!

Le gamin se retourna vers lui, l'interrogeant, mais le jeune homme bredouilla :

— Descends, espèce de zigoto, va jouer en bas!

Le gosse en fut tout désappointé. Il recula avec réticence, abattu et peiné de se voir si peu cher payé la torture de cette attente de toute une journée. Quand il parvint au seuil de la porte du salon, une voix étrange provenant de la chambre fermée frappa ses oreilles. D'abord aiguë, perçante et forte, elle se cassa soudain et s'amollit jusqu'à s'étrangler pour se terminer dans un long et pénible râle. Puis elle s'éteignit, le temps que reprenne le souffle suspendu, avant d'émettre un gémissement profond et plaintif. Elle lui sembla d'abord étrangère comme s'il ne savait pas de qui elle venait, quand l'un de ses accents agonisants se détacha sur ce fond d'acuité, de raucité et de râle, trahissant l'identité de son émetteur. C'était la voix d'Aïsha, sans aucun doute, ou plutôt une Aïsha fondue, liquéfiée. Cette impression lui fut ensuite confirmée lorsque se répéta le gémissement profond et plaintif. Il tressaillit de tous ses membres, il avait l'impression de la voir se tordre dans un état de douleur qui lui rappela l'image de la chatte de jadis. Il se retourna vers Khalil et le vit contracter le poing et le détendre en murmurant : « O Seigneur! O mon Dieu! » Et à nouveau il eut l'impression que le corps d'Aïsha se contractait et se détendait comme la main de son mari. Il perdit tout contrôle de lui-même et courut au-dehors en éclatant en sanglots. En arrivant à la porte du harem, un bruit de pas dégringolant derrière lui attira son oreille. Il leva la tête et vit la servante Suwaïdane descendre précipitamment. Elle passa devant lui sans prêter attention à sa présence, s'arrêta sur le seuil de la porte du harem et appela son maître Ibrahim. Le jeune homme arriva en hâte et elle lui dit : « Dieu soit loué, monsieur! » Elle n'en dit pas davantage et, sans attendre sa réaction, tourna les talons et se précipita vers l'escalier qu'elle escalada d'un pas décidé. Ibrahim retourna au pavillon d'accueil, le visage exultant et Kamal resta seul sans savoir que faire. Mais, au bout d'une minute à peine, Ibrahim réapparut suivi de M. Ahmed, de Yasine et de Fahmi. Le gamin se rangea de côté pour les laisser passer et monta l'escalier sur leurs talons, le cœur battant. Khalil accueillit les arrivants devant l'entrée de l'appartement et Kamal entendit son père lui dire :

– Dieu soit loué, elle va bien...

– Dieu soit loué pour le meilleur et pour le pire! bredouilla Khalil consterné.

– Qu'as-tu? lui demanda Ahmed Abd el-Gawwad préoccupé.

– Je vais de ce pas chercher le médecin, répondit le jeune homme à voix basse.

Et notre homme anxieux :

– Le petit?

– Aïsha! répondit Khalil dans un hochement de tête négatif. Ça ne va pas fort. Je reviens tout de suite avec le médecin.

Et il partit, laissant derrière lui une consternation et une anxiété manifestes. Puis Ibrahim Shawkat les invita à passer au salon et ils s'y acheminèrent en silence. La veuve du regretté Shawkat les y rejoignit peu de temps après, salua l'assemblée avec un sourire afin de rassurer les cœurs, puis s'assit en disant :

– La pauvre petite a souffert longtemps, et bien avant que ses forces l'abandonnent. Mais c'est un état occasionnel qui va disparaître incessamment. Je suis sûre de ce que je dis. En vérité, mon fils semblait aujourd'hui craintif, contrairement à ses habitudes. De toute façon, la venue du médecin ne peut en aucun cas faire de mal!

Puis se parlant à elle-même, à voix basse sur un ton de confidence :

– Notre médecin sera Dieu. Il n'en est d'autre que Lui!

Ahmed Abd el-Gawwad ne put se contraindre davantage à la gravité et à la froide impassibilité qu'il observait d'ordinaire en présence de ses fils, il demanda avec une angoisse non dissimulée :

– Qu'est-ce qu'elle a? Je ne peux pas la voir?

La femme sourit :

– Tu vas la voir bientôt, dit-elle, quand elle sera totalement remise. C'est la faute à mon énergumène de fils qui vous a fait faire du mauvais sang sans raison...

Il y avait derrière la large et robuste poitrine, derrière l'implacable et terrible gravité un cœur souffrant le martyre. Il y avait derrière les yeux froids et sombres des larmes figées... « Quel mal a frappé la petite? Un médecin? Pourquoi la vieille m'empêche-t-elle de la voir? Un sourire affectueux, un mot de tendresse de ma part, de ma part à moi surtout, pourrait sûrement apaiser ses douleurs. Il aura fallu qu'elle se marie pour souffrir. Jamais elle n'a connu chez moi l'âpreté de la douleur! La chère et belle petite... O mon Dieu, ayez pitié! La vie a un goût sur! Oh! oui, un goût sur quand le moindre mal les menace! Fahmi, je le vois dans son coin, affligé et meurtri... Il sait ce que ça veut dire la douleur? Comment pourrait-il connaître le cœur d'un père? La vieille est tranquille, certaine de ce qu'elle affirme. Son fils nous a fait faire du mauvais sang pour rien. O Dieu, réponds-nous! Tu connais trop l'état dans lequel je suis pour ne pas la sauver, comme tu m'as sauvé des Anglais... Mon cœur ne peut endurer cette souffrance! Mon Dieu, tu es miséricordieux. Tu peux protéger mes enfants de tous les maux. Sans ça, la vie ne voudrait plus rien dire! La joie, la gaieté, l'amusement n'auraient plus de saveur si une pointe acérée m'était plantée au flanc. Mon cœur prie pour leur salut. Car c'est le cœur d'un père et seul l'homme sans souci peut goûter les réjouissances. Vais-je aborder la discussion de ce soir d'un cœur heureux? J'aimerais, si je ris, que mon rire jaillisse pur du fond de mon cœur. Un cœur angoissé est comme une corde fausse. J'ai bien assez de Fahmi! Il me poursuit comme un mal de dents. Comme la douleur est haïssable! Ah! un monde sans douleur, rien n'est à Dieu qui soit trop demander! Un monde sans douleur, même éphémère. Un monde où je connaîtrais le bonheur avec eux. Là, je pourrais rire, chanter et m'amuser! O Dieu miséricordieux entre tous! Aïsha, O Dieu de miséricorde! »

Après une absence d'un quart d'heure, Khalil revint accompagné du médecin. Les deux hommes entrèrent dans la chambre aussitôt, et la porte se referma sur eux. Ahmed Abd el-Gawwad remarqua leur venue, se leva et se dirigea vers la porte du salon, il s'arrêta sur le seuil un instant en tendant le regard du côté de la porte close, puis revint à son fauteuil et s'assit.

— Tu te rendras compte de la justesse de mes dires dès que le médecin aura ouvert la bouche! s'exclama la veuve du regretté Shawkat.

— En Dieu est la délivrance! marmotta Ahmed Abd el-Gawwad en levant la tête.

Il saurait sous peu la vérité et sortirait du brouillard du doute, quoi qu'il trouve à sa sortie. Son cœur battait à grands coups précipités, sans relâche. Patience, monsieur Ahmed! Plus que quelques minutes! Puisque ta foi en Dieu est si forte, si profonde, si inébranlable, tu n'as qu'à t'en remettre à Lui! Le médecin finira bien, tôt ou tard, par sortir de cette chambre. Là, tu lui demanderas son intime conviction. Le médecin? Jamais il n'y avait songé auparavant! « Un médecin auprès d'une femme en couches! Nez à nez avec la vulve..., disons les choses comme elles sont! Mais c'est un médecin! Qu'y faire! L'important est que Dieu assiste la petite. Implorons lui le salut! »

Outre son angoisse, Ahmed Abd el-Gawwad ressentit de la honte et du dépit. L'examen dura près d'un quart d'heure puis la porte s'ouvrit. Notre homme se leva et se rendit aussitôt dans le salon. Ses fils le suivirent et l'on fit cercle autour du médecin. Ce dernier était une connaissance de M. Ahmed. Il lui serra la main en souriant et lui dit :

– Elle va parfaitement bien!

Puis avec quelque sérieux :

– On m'a amené ici pour un accouchement mais j'ai pu constater que celle qui a vraiment besoin de soins est la nouvelle venue!

Ahmed Abd el-Gawwad poussa un soupir de soulagement pour la première fois depuis près d'une heure et demanda, le visage illuminé d'un sourire attendri :

– Alors je peux me fier à votre promesse?

– Pour sûr, répondit le médecin en feignant la surprise, mais... votre petite-fille ne vous soucie pas?

– Je n'ai pas encore l'habitude des devoirs de grand-père! répondit notre homme avec le sourire.

– On peut espérer qu'elle vivra? demanda Khalil.

L'homme répondit en fronçant les sourcils :

– Dieu compte nos jours... Mais... j'ai trouvé son cœur déficient. Il est bien possible qu'elle meure cette nuit-même. Si par bonheur elle passe la nuit sans complication, elle n'aura surmonté que le danger apparent. Mais je ne pense pas qu'elle vivra bien longtemps. A mon avis, elle n'ira pas au-delà de sa vingtième année... Mais qui sait? Dieu seul compte nos jours!

Quand le médecin s'en alla, Khalil se tourna vers sa mère, un léger sourire de regret à la bouche et lui dit :

– J'avais l'intention de l'appeler Naïma, comme toi!

La femme répondit en brandissant sa main en signe de remontrance.

– Le médecin a dit lui-même que Dieu compte nos jours. Serais-tu moins croyant que lui? Appelle-la Naïma en mon honneur! Si Dieu le veut, elle vivra aussi long-temps que sa grand-mère!

Ahmed Abd el-Gawwad se parlait en lui-même : « Cet imbécile a fait venir le médecin pour lui faire voir sa femme pour rien! Parfaitement, pour rien! Quel imbé-cile! » Puis il ne put davantage contenir sa colère et dit en la dissimulant sous un ton bienveillant :

– C'est vrai, la peur fait perdre aux hommes le discerne-ment. Tu ne penses pas que tu aurais mieux fait de réfléchir une seconde avant de t'emballer et de faire venir un étranger pour qu'il louche sur ta femme?

Khalil ne répondit pas. Il regarda seulement tous ceux qui étaient présents autour de lui et déclara avec gra-vité :

– Aïsha ne doit pas savoir ce qu'a dit le médecin!

*

– Qu'est-ce qui se passe dans la rue?

Ainsi s'interrogea M. Ahmed en se levant précipitam-ment de derrière son bureau, avant de se diriger vers la porte de la boutique, suivi de Jamil al-Hamzawi et de quelques clients. La rue d'al-Nahhasin n'était pas une rue calme. Elle était tout sauf ça! Son vacarme assourdissant qui naissait avec l'aube ne s'estompait qu'un peu avant celle du jour suivant. La harangue des camelots, le mar-chandage des clients, les invocations des illuminés de passage, les plaisanteries des chalands s'y fondaient en un concert de voix pointues. On y parlait comme on prêche. Les questions les plus privées en pénétraient les moindres recoins, s'élevaient jusqu'à ses minarets, sans compter un raffut envahissant dû tantôt aux grincements des *suarès*, tantôt au martèlement des carrioles. Ce n'était en aucun cas une rue tranquille. Pourtant, une clameur soudaine s'éleva. D'abord lointaine, comme le mugissement des vagues, elle commença à s'enfler, s'amplifier, jusqu'à ressembler à la plainte sibilante du vent, alors que déjà elle avait enveloppé tout le quartier, proche et lointain. Elle semblait étrange, insolite, même dans cette rue criante. M. Ahmed la prit pour une manifestation déchaînée, comme de juste pour un homme vivant en cette période. Mais, au creux de ses remous, tintèrent des youyous annonciateurs de joie. Notre homme s'avança, intrigué, jusqu'au pas de la porte, et, à peine l'eût-il atteint, il se heurta au cheikh du quartier qui accourait poussé par son élan en criant, la joie éclatant sur son visage :

– Vous savez la nouvelle ?

– Non ! répondit Ahmed Abd el-Gawwad, les yeux rayonnants d'optimisme, avant même d'avoir entendu quoi que ce soit. Qu'est-ce que vous nous cachez de beau ?

– Saad pacha est libéré ! s'exclama l'homme avec enthousiasme.

– Non ! ne put s'empêcher de s'exclamer notre homme dans un cri.

Le cheikh du quartier reprit sur un ton convaincu :

– Allenby vient de diffuser à l'instant un communiqué portant la nouvelle !

L'instant suivant, ils s'embrassaient. M. Ahmed sentit l'émotion monter et ses yeux s'inondèrent de larmes.

Puis il dit en riant pour masquer son trouble :

– Jusqu'à maintenant il nous avait plutôt habitués à ses ultimatums, pas à de bonnes nouvelles ! Qu'est-ce qui l'a changé, ce vieux grigou !

– Gloire au Seigneur qui, Lui, est immuable ! répondit le cheikh.

Il serra la main de notre homme et quitta la boutique en criant :

– Dieu est le plus grand. Dieu est le plus grand. La victoire aux croyants !

Ahmed Abd el-Gawwad resta debout sur le seuil de la boutique en promenant son regard aux quatre coins de la rue avec un cœur revenu à l'innocence et à la joie de l'enfance. Il observait les marques de l'heureuse nouvelle en tous lieux..., dans les boutiques dont les patrons et leurs clients en pleines congratulations encombraient les entrées, aux fenêtres où s'agglutinaient les jeunes gens et dont les jalousies laissaient filtrer des youyous; dans les manifestations qui s'étaient formées spontanément entre al-Nahhasin, al-Sagha et Bayt el-Qadi, dont l'acclamation de Saad, Saad, Saad et encore Saad montait des cœurs; sur les minarets dont les muezzins étaient montés aux balcons pour rendre grâce à Dieu, prier et crier à leur tour; dans les carrioles rassemblées par dizaines où s'entassaient des centaines de femmes enveloppées dans leurs grandes *mélayés*, qui dansaient et reprenaient en chœur des chants patriotiques. On ne voyait plus que des humains ou plutôt tout était clameur humaine. Le sol, les murs, avaient disparu sous la foule. L'acclamation de Saad s'élevait en tous lieux, comme si l'air ambiant s'était mu en un disque gigantesque tournant sans fin en répétant son nom. Puis la nouvelle selon laquelle les Anglais commençaient à rassembler leurs camps dressés aux carrefours et s'apprêtaient à émigrer vers al-Abbassiyyé courut au-dessus des têtes pressées les unes contre les autres. L'enthousiasme et l'ivresse montaient. M. Ahmed n'avait jamais vu de son vivant un tel spectacle. Il commença à rouler deux yeux brillants, le cœur battant à grands bonds, se répétant intérieurement avec les femmes qui dansaient : « Al-Hussein..., c'est un poids en moins! », au point que Gamil al-Hamzawi rapprocha sa tête de son oreille et lui dit :

– Les boutiques distribuent des boissons et sortent les drapeaux!

– Fais-en autant et même davantage! lui répondit notre homme avec enthousiasme. Montre-moi ton zèle!

Puis il ajouta d'une voix tremblotante :

– Accroche le portrait de Saad sous la *Basmala*[1].

1. Nom donné à la formule qui ouvre la quasi-totalité des sourates du Coran (Bismi-l-lahi...) (« Au nom de Dieu... »).

Jamil al-Hamzawi le regarda comme hésitant et lui dit sur un ton de mise en garde :

— C'est un endroit d'où on peut le voir du dehors. On ne ferait pas mieux d'attendre un peu que les choses se tassent ?

— L'ère de la terreur et du sang est révolue pour toujours! lui répondit notre homme sur ton détaché. Tu ne vois pas que les manifestations défilent sous les yeux des Anglais sans qu'ils s'en prennent à elles ? Accroche le portrait et remets-t'en à Dieu!

« L'ère de la terreur et du sang est révolue, non ? Saad est libre comme l'air. Peut-être est-il en ce moment en route vers l'Europe! Plus qu'un pas, un mot, nous sépare de l'indépendance! Des manifestations au son des youyous, et non plus au son des balles. Ceux qui sont restés en vie sont des gens heureux. Ils ont traversé la mitraille et en sont sortis sains et saufs. Que Dieu ait pitié des martyrs! Et Fahmi? Il a échappé à un danger dont il n'avait pas idée. Il est sauf, Dieu soit loué! Oui, Fahmi est sauf! Mais, bon sang, qu'est-ce que tu attends pour prier Dieu ton Seigneur? »

Lorsque la famille se réunit le soir, les gorges enrouées trahissaient une journée entière d'acclamation. Ce fut un soir heureux dont chacun par ses yeux, par sa bouche, par ses gestes, par ses mots, témoignait du bonheur. Même Amina ne fut pas de reste. Son cœur s'abreuva à la coupe généreuse de la liesse, elle s'associa à ses fils, se réjouissant de la paix retrouvée et de la libération de Saad.

— Du moucharabieh, j'ai vu ce que jamais œil au monde n'a vu! Est-ce le Jour du Jugement qui se prépare? Ces femmes, elles sont devenues folles? L'écho de leur cri « Al-Hussein..., c'est un poids en moins » me résonne encore dans les oreilles!

Yasine dit en riant et en taquinant les cheveux de Kamal :

— C'est un au revoir à l'intention des Anglais qui s'en vont, comme quand on raccompagne un invité indésirable en cassant une gargoulette derrière lui...

Kamal le regarda sans broncher tandis qu'Amina insistait à demander :

— Dieu serait-il enfin satisfait de nous?

— Pas de doute, lui répondit Yasine.

Puis s'adressant à Fahmi :

— Qu'est-ce que tu en penses?

— Si les Anglais n'avaient pas accédé à nos revendications, répondit Fahmi qui semblait baigner dans une joie
enfantine, jamais ils n'auraient libéré Saad! Cette fois il va
aller en Europe et ramener l'indépendance. C'est ce que
tout le monde affirme! Quoi qu'il en soit, le jour du 7 avril
1919 restera le symbole de la victoire de la révolution!

— Quel jour! renchérit Yasine. Les fonctionnaires ont
pris part publiquement aux manifestations. Jamais je n'aurais cru avoir en moi cette prodigieuse capacité de marcher
sans arrêt et de crier à tue-tête!

Fahmi éclata de rire.

— Ah! j'aurais voulu te voir en train de crier tout exalté!
dit-il. Yasine manifester, s'exalter et crier!... Quel spectacle
unique!

Oui, vraiment, une journée extraordinaire s'il en fut,
dont le flot débordant l'avait emporté et ballotté entre ses
vagues furieuses comme une feuille minuscule, sans poids,
avant de le souffler aux quatre coins du ciel. C'est à peine
s'il y croyait encore qu'ayant reprit ses esprits il s'était
réfugié dans la tour de contrôle, loin du branle-bas, pour
regarder les événements à travers la longue-vue, calmement, d'un œil détaché! A la lumière de la remarque de
Fahmi, il se mit à se rappeler l'état dans lequel il avait
baigné au sein des manifestations au point qu'il déclara,
étonné :

— Nous nous oublions tous étrangement au milieu de la
foule, on se croirait ressuscités en un autre être...

— Ton enthousiasme était vraiment sincère? lui demanda
Fahmi avec intérêt.

— J'ai acclamé le nom de Saad jusqu'à m'égosiller. Une
ou deux fois j'ai eu les larmes aux yeux!

– Comment en es-tu venu à participer à la manifestation?

– Nous étions dans l'école quand nous avons appris la nouvelle de la libération de Saad. J'ai vraiment ressenti une joie immense. Tu te figurais peut-être le contraire? D'un seul coup, les profs lancent l'idée de sortir se joindre à la grande manifestation. D'abord je n'ai eu aucune envie de les suivre. J'ai plutôt songé à filer en douce jusqu'à la maison. Mais je me suis quand même forcé à marcher avec eux pour me donner une bonne occasion de me défiler, et... qu'est-ce qui s'est passé? Je me suis retrouvé dans une marée humaine démontée, une atmosphère de ferveur électrisée. Là, je n'ai pu m'empêcher de perdre conscience de moi-même et je me suis fondu dans le courant avec l'enthousiasme et l'espoir les plus forts, là-dessus crois-moi, qui puissent être en l'homme!

Fahmi hocha la tête en grommelant :

– Ça alors, c'est pas ordinaire!

Yasine rit aux éclats et demanda :

– Tu me croyais en mal de patriotisme? Ce qu'il y a, c'est que je n'aime pas le chahut et la violence. Et je ne vois rien qui empêche de concilier l'amour de la patrie et l'amour du salut!

– Et s'il s'avérait impossible de les concilier?

– Alors je mettrais l'amour du salut en premier! répondit Yasine en souriant, mais sans la moindre hésitation. Moi d'abord! La patrie doit-elle pour se trouver bien engloutir ma vie? Jamais de la vie! Ce n'est pas que je fais une montagne de mon existence, mais je n'aimerai jamais la patrie que tant que je serai « vivant »!

– Voilà l'image même de la raison! acquiesça Amina.

Puis, levant les yeux vers Fahmi :

– Mon petit monsieur pense autrement?

– Non, bien sûr! répondit Fahmi calmement. C'est l'image même de la raison, comme tu dis.

Kamal n'accepta pas de rester à l'écart de la conversation, d'autant qu'il était persuadé d'avoir joué ce jour-là un rôle de tout premier plan.

– Nous aussi on a fait grève, dit-il, mais le directeur nous a dit : « Vous êtes encore petits, si vous sortez de l'école vous allez être écrasés par les pieds des manifestants. » Après, il nous a donné la permission de manifester dans la cour, alors on s'y est tous réunis et on a crié « Vive Saad! »... très longtemps. Après ça, on n'est pas rentrés en classe parce que les maîtres avaient quitté l'école pour aller se mettre avec les manifestants dans la rue...

Yasine lui lança un regard moqueur.

– Mais pourtant tes copains sont partis!

– Qu'ils aillent au diable...

La formule lui échappa inconsciemment, on ne peut plus éloignée qu'elle était de la réalité de son sentiment, parce que la situation l'exigeait, et parce qu'il voulait par là masquer sa déroute face à la moquerie de Yasine. Mais dans son cœur il était stupéfait et meurtri. Il n'oubliait pas comment il s'était arrêté à son retour de l'école dans l'endroit déserté qu'occupait auparavant le camp militaire, le balayant du regard dans un silence douloureux, les yeux mouillés de larmes. Il s'en passerait du temps avant qu'il n'oublie le *five o'clock* sur le trottoir de la fontaine de Bayn al-Qasrayn, l'admiration qui saluait son chant, l'affection qu'il rencontrait en la personne des soldats, Julian surtout, ainsi que l'amitié qui l'avait lié à ces hommes supérieurs, qui surpassaient de loin à ses yeux le reste des humains.

– Saad pacha est un homme qui a de la chance! s'exclama Amina. Tout le monde acclame son nom. Jamais notre Effendi n'en a connu autant en son temps! Sans aucun doute, c'est un bon musulman, car Dieu ne donne la victoire qu'aux musulmans. Et Il la lui a donnée sur les Anglais qui sont venus à bout des zeppelins eux-mêmes! Ça en représente une victoire! Cet homme est né la nuit du destin[1]!

1. La nuit du destin est celle des dix dernières nuits du mois de ramadan pendant laquelle, suivant la tradition musulmane, le Coran est « descendu » du ciel supérieur dans le ciel inférieur le plus proche de la terre.

– Tu l'aimes? demanda Fahmi en souriant.

– Bien sûr puisque tu l'aimes...

Fahmi ouvrit ses mains et releva les sourcils avec désapprobation :

– Ça ne veut rien dire!

Elle soupira comme embarrassée et ajouta :

– Chaque fois qu'une triste nouvelle me parvenait, j'en avais le cœur brisé et je me disais : « Est-ce que tout cela serait arrivé si Saad n'avait pas déclenché son soulèvement? » Toujours est-il qu'un homme que tout le monde s'accorde à aimer ne peut qu'être aimé de Dieu pareillement!

Puis, dans un soupir sonore :

– C'est pour les victimes que j'ai de la peine! Combien de mères pleurent en ce moment toutes les larmes de leur corps? Pour combien de mères la joie d'aujourd'hui ne fait-elle qu'ajouter à la douleur?

– Une mère vraiment patriote devrait pousser des trilles de joie quand son fils meurt en héros! répliqua Fahmi en lançant une œillade complice à Yasine.

Elle se boucha les oreilles et s'écria :

– Mon Dieu! Je te prends à témoin de ce qu'a dit mon petit monsieur! Une mère pousser des trilles de joie quand son fils est tué! Où ça? Sur cette terre? Non et même pas en dessous, dans le monde des démons!

Fahmi éclata de rire et observa un temps de réflexion, avant de déclarer les yeux brillants et rieurs :

– Maman, je vais te faire l'aveu d'un grave secret qu'il est temps de révéler. J'ai participé aux manifestations et j'ai vu la mort en face!

Elle le transperça du regard, refusant de le croire, puis lui dit, un demi-sourire aux lèvres :

– Toi?... Impossible... Tu es ma chair et mon sang, nous avons le même cœur, tu n'es pas comme les autres...

– Je t'en fais le serment devant Dieu! répondit-il en lui souriant, d'un ton assuré.

Son sourire s'effaça. Elle écarquilla les yeux, hébétée,

puis promena son regard de lui à Yasine, qui dévisagea son frère à son tour avec un regard interrogateur.

– Seigneur! bredouilla-t-elle en ravalant sa salive. Comment puis-je croire mes oreilles?

Puis elle branla la tête dans une confusion douloureuse et s'exclama :

– Toi!

Il s'attendait à la voir troublée mais pas au point où elle semblait l'être si l'on considérait que son aveu survenait après la disparition du danger. Aussi s'empressa-t-il d'ajouter :

– Tout ça c'est du passé! Il n'y a plus de raison de se faire du mauvais sang!

Elle s'entêta nerveusement :

– Tais-toi! Tu n'aimes pas... ta mère! Dieu te pardonne.

Il rit, non sans embarras. Sur ce, Kamal demanda à sa mère avec un sourire malicieux :

– Tu te souviens du jour de la boutique de *basboussa* et des coups de feu? Je l'ai vu en rentrant, dans la rue déserte. Il m'a averti de ne dire à personne que je l'avais vu...

Puis il regarda Fahmi et lui demanda avec un intérêt passionné :

– Oh! Fahmi, raconte-nous ce que tu as vu dans les manifestations. Comment arrivait la bataille? Comment les morts tombaient? Tu n'as jamais tiré, toi?

Yasine s'immisça dans la conversation en disant à Amina :

– C'est du passé! Remercie Dieu qu'il s'en soit tiré sain et sauf! Ça vaudra mieux que de te ronger les sangs.

– Tu étais au courant? lui demanda-t-elle sèchement.

– Non! Sur le repos de ma mère! s'empressa-t-il de répondre avant d'ajouter : ma religion, ma foi et mon Dieu!

Puis il se leva de son siège, pour se rendre à ses côtés et lui posa la main sur l'épaule en lui disant avec tendresse :

– A quoi ça ressemble? Tu ne te faisais pas de soucis quand il fallait s'inquiéter et maintenant qu'il faudrait se tranquilliser, tu t'inquiètes! Proclame que Dieu est unique! Le danger s'est envolé et la paix est revenue. Regarde, Fahmi et là, devant toi!

Puis en riant :

– A partir de demain on pourra arpenter Le Caire de long en large, de jour et de nuit, sans peur ni angoisse.

– Maman! reprit Fahmi d'un ton grave, je t'en supplie, ne viens pas nous gâcher notre joie avec une tristesse qui n'a aucune raison d'être!

Elle soupira, ouvrit la bouche pour parler mais remua seulement les lèvres sans rien dire. Puis elle esquissa un demi-sourire pour lui signifier qu'elle répondait à ses vœux... avant d'incliner son visage pour cacher ses yeux mouillés de larmes.

*

Cette nuit-là, Fahmi s'endormit fermement décidé à rentrer coûte que coûte dans les bonnes grâces de son père. Le lendemain matin, il était résolu à mettre sa décision à exécution sans hésiter. Et, bien qu'il n'eût à aucun moment, tout au long de sa période de désobéissance, nourri le moindre sentiment d'animosité ou de défi à son encontre, du moins sa conscience avait enduré un sentiment de faute qui accablait son cœur sensible imprégné d'obéissance et de fidélité. Bien sûr, il n'avait pas provoqué son père verbalement. Toujours est-il qu'il avait bel et bien agi contre sa volonté... et qui plus est à maintes reprises, sans compter son refus de jurer dans sa chambre le jour où il l'en avait prié, ni la proclamation ouverte qu'il avait faite en pleurant de son attachement obstiné à ses idées, nonobstant la volonté de son père. Tout cela l'avait placé, en dépit de ses bonnes intentions, dans une attitude irrespectueuse et malhonnête qu'il refusait pour lui-même et ne pouvait supporter. Pourtant il n'avait pas cherché la réconciliation avant le jour d'aujourd'hui, de peur d'écorcher la plaie sans pouvoir la refermer, ayant présumé que son père l'invitait à jurer pour expier la faute dont il s'était rendu coupable et qu'il serait obligé une seconde fois de s'y refuser et de confirmer sa désobéissance, alors même qu'il était venu s'en excuser! Mais, aujourd'hui, la situation n'était pas celle d'hier. Son cœur connaissait l'ivresse de la joie et du triomphe. La nation tout entière était ivre du vin, du bonheur et de la victoire. Et, dans de telles conditions, il ne supportait plus qu'un voile de défiance le sépare de son père ne fût-ce qu'un seul instant. La rentrée en grâce et, plus encore, le pardon auquel il aspirait, puis, après cela, le vrai bonheur, sans mélange...

Il entra dans la chambre paternelle un quart d'heure environ avant l'heure du petit déjeuner pour le trouver en train de replier le tapis de prière en marmonnant des invocations. Ahmed Abd el-Gawwad remarqua nettement sa présence mais fit mine de l'ignorer, il se dirigea vers le canapé sans se retourner vers lui et s'assit. A cet instant, Fahmi s'imposa à son regard, debout sur le pas de la porte, enfoncé dans l'embarras et la honte, et l'autre lui décocha un regard plein de sécheresse et de réprobation, comme se demandant : « Qui est ce type, là, debout, et qu'est-ce qui l'amène? » Fahmi vainquit enfin son embarras et s'approcha à pas légers de l'endroit où était assis son père, se pencha sur sa main, la saisit et l'embrassa avec un infini respect. Il resta un moment silencieux avant de dire d'une voix presque imperceptible :

– Bonjour, père!

Ahmed Abd el-Gawwad continua à le regarder fixement, en silence, comme n'ayant pas entendu sa salutation, si bien que le jeune homme baissa les yeux d'embarras et bredouilla avec des accents désespérés :

– Je regrette!

Silence obstiné...

– Je regrette infiniment! Je n'ai pas connu la paix de l'âme depuis que...

Il se rendit compte que le fait de parler l'amenait peu à peu à évoquer ce qu'il souhaitait de tout son cœur éviter. Il se tut, quand soudain, sans qu'il s'y attende, son père lui demanda d'un ton sec et agacé :

– Et qu'est-ce que tu veux?

Il accueillit la rupture du silence avec une joie ineffable. Il poussa un soupir de soulagement, comme s'il n'avait pas senti la rudesse du ton, et reprit suppliant :

– Je veux trouver grâce à vos yeux!

– Disparais de ma vue! répondit Ahmed Abd el-Gawwad excédé.

Fahmi sentant le désespoir desserrer légèrement son étreinte, s'entêta :

– Quant j'aurais trouvé grâce à vos yeux!

– Trouvé grâce à mes yeux? demanda-t-il, passant subitement à l'ironie. Et pourquoi pas! As-tu fait des choses, à Dieu ne plaise, nécessitant la colère?

L'ironie lui parut deux fois plus réjouissante que la sortie du silence. C'était chez son père le premier pas sur la voie du pardon. Sa colère véritable était gifles, coups de poing, coup de pied, injures... ou le tout la fois! Mais l'ironie était chez lui le premier signe annonciateur du revirement. « Saute sur l'occasion. Parle! Parle comme doit parler un homme qui demain ou après-demain fera peut-être profession d'avocat. C'est le moment ou jamais! Parle! »

« Répondre à l'appel de la patrie ne saurait être considéré comme une désobéissance à votre volonté! Je n'ai rien fait qui puisse être réellement mis au rang des actes de patriotisme. Il y a, me direz-vous, la distribution des tracts aux camarades! Mais qu'est-ce que distribuer des tracts aux camarades? Je suis encore loin de ceux qui ont fait le don généreux de leur vie! J'avais compris, d'après vos paroles, que vous craigniez pour ma vie sans pour autant désavouer vraiment les devoirs patriotiques. C'est pourquoi je me suis acquitté de quelques modestes d'entre eux, assuré de ne pas enfreindre – en réalité – votre volonté! etc. »

– Dieu sait que je n'ai jamais songé un instant mépriser le moindre de vos ordres!

– Des mots pour ne rien dire! répliqua sèchement Ahmed Abd el-Gawwad. Tu fais semblant d'obéir maintenant qu'il n'y a plus de raison de désobéir. Pourquoi ne m'as-tu pas demandé pardon avant?

– Le monde était plongé dans le deuil et le sang, répondit Fahmi tristement. J'étais tout entier occupé à ma tristesse.

– Elle t'a empêché de me demander pardon?

– Elle m'a distrait de moi-même, dit-il avec ferveur, pas de ma volonté de vous demander pardon!

Puis il ajouta à voix basse :

– Je ne pourrai pas vivre sans que vous me l'accordiez!

Ahmed Abd el-Gawwad fronça les sourcils. Non pas de colère comme il voulut le laisser paraître, mais pour dissimuler le plaisant chatouillement produit en lui par les paroles du jeune homme. « Voilà comme il faut parler, sinon mieux vaut se taire! Ah! ça, il sait joliment tourner ses mots! C'est cela l'éloquence non? Je vais répéter ses paroles aux amis cette nuit pour en tester l'effet dans leurs esprits. Qu'est-ce qu'ils vont bien pouvoir dire? Tel père, tel fils? Voilà ce que je veux entendre! On m'a dit jadis que, si j'avais fait mes études jusqu'au bout, j'aurais fait le plus éloquent des avocats. Eh bien, je suis le plus éloquent des hommes, sans études et sans faire profession d'avocat! Le langage quotidien est tout aussi apte que le droit à dévoiler ce genre de dons! Combien d'avocats, de hauts fonctionnaires se terrent devant moi dans notre assemblée, comme des moineaux! Même Fahmi ne pourra jamais me remplacer. Ils vont me dire en riant : " C'est bien le fils de son père! " Son refus de jurer me fend encore l'âme! Mais n'est-ce pas pour moi un motif d'orgueil et de fierté qu'il ait pris part à la révolution... même de loin? Si seulement il avait pu participer aux actions d'envergure, puisque Dieu de toute façon l'avait destiné à vivre jusqu'à aujourd'hui! Dorénavant je dirai qu'il a affronté tous les dangers de la révolution. Non mais, vous vous figurez qu'il s'est contenté de distribuer des tracts comme il me le certifiait?

Ce fils de chien s'est jeté dans la ruée sanglante, oui!...
Monsieur Ahmed, nous devons nous porter témoins du
patriotisme et du courage de votre fils! Nous n'avons pas
voulu vous dire cela en plein danger, mais maintenant que
la paix est fermement rétablie, il n'y a pas de mal à le
dire!... Mais quoi, nierais-tu toi-même ton sentiment national? Les collecteurs de dons, délégués du Wafd, n'ont-ils
pas rendu hommage à ta générosité? Par Dieu, si tu avais
été jeune, tu en aurais fait encore plus que ton fils, même
s'il t'a désobéi!... Désobéi à ta langue mais obéi à ton
cœur... Que faire maintenant? Mon cœur aspire à lui
accorder le pardon mais je crains après ça qu'il fasse fi de
m'obéir! »

— Je ne pourrai jamais oublier que tu as agi contre ma
volonté! Tu crois peut-être que ce discours vide avec lequel
tu viens me cueillir au pied du lit, histoire de te dégourdir
la langue, est capable de m'impressionner?

Fahmi alla pour parler mais sa mère entra au même
moment en disant :

— Le petit déjeuner est prêt, maître!

Elle s'étonna de la présence inattendue de Fahmi et
promena son regard du père au fils. Elle s'attarda un peu,
au cas où elle pourrait entendre quelque chose de ce qui se
passait, mais elle vit dans le silence ambiant, dont elle
craignait que sa venue ne fût la cause, une incitation à
quitter rapidement la chambre. Ahmed Abd el-Gawwad se
leva pour passer à la salle à manger et Fahmi se rangea de
côté sous le poids d'une profonde tristesse dont la marque
n'échappa nullement au regard de son père. Ce dernier
hésita quelques instants et finit par dire d'une voix paisible :

— Je voudrais à l'avenir que tu ne te fasses pas plus bête
que tu ne l'es en me parlant!

Il se mit en marche et le jeune homme lui emboîta le pas
plein de gratitude, les traits baignés d'un sourire. Puis il
l'entendit dire avec ironie tandis qu'ils traversaient le
salon :

– J'imagine que tu te considères comme promoteur, au premier chef, de la libération de Saad!

Fahmi quitta la maison réconforté et se rendit aussitôt à al-Azhar où il se réunit avec ses camarades, membres du haut Comité des étudiants, en vue d'examiner le problème de l'organisation des grandes manifestations pacifiques que les autorités avaient autorisées afin de permettre au peuple d'exprimer sa joie et auxquelles il avait été décidé que prendraient part les représentants de toutes les classes de la nation. La réunion se prolongea un bon moment. Puis les participants se séparèrent chacun vers son lieu d'affectation, et Fahmi sauta dans une calèche en direction de la place de la Gare après avoir pris connaissance du rôle dont il était chargé : superviser la coordination des étudiants des lycées et collèges.

Si les tâches qui lui étaient confiées d'ordinaire étaient considérées, par rapport à d'autres, comme des rôles secondaires, il s'en acquittait avec souci, minutie et allégresse, comme si c'était la chose la plus heureuse dont la vie le gratifiait. Pourtant, il n'était pas sans éprouver dans son combat une légère douleur que personne d'autre que lui ne connaissait, persuadé qu'il était d'être moins audacieux et téméraire que beaucoup de ses camarades. Certes, il ne s'était jamais soustrait à aucune des manifestations auxquelles avait appelé le Comité, mais il perdait son sang-froid dès qu'apparaissaient les camions chargés de soldats et, surtout, dès que les balles claquaient et que tombaient les victimes, si bien qu'une fois il s'était réfugié dans un café, tremblant de tout son corps. Une autre fois, il avait couru devant lui si longtemps qu'il s'était retrouvé au cimetière d'al-Moujawirine. Il y avait un monde entre lui et le porte-drapeau de la manifestation de Boulaq – ou plutôt de la tuerie de Boulaq comme on l'appelait désormais – lequel était tombé en héros, les mains cramponnées à la hampe du drapeau, les pieds fermes en tête du cortège, criant à pleine gorge : « Tenez bon! » Il y avait un monde entre lui et les compagnons de ce martyr qui s'étaient précipités sur le drapeau pour le relever et s'étaient effondrés dessus à leur tour, la poitrine décorée par les palmes de sang des balles... Un monde entre lui et ce héros martyr qui avait arraché le fusil mitrailleur des mains des soldats à al-Azhar... Un monde entre lui et tous ceux-ci et bien d'autres encore dont les nouvelles transportaient dans l'air les prodiges de leur courage et de leur sacrifice. Les actes d'héroïsme lui semblaient fabuleux, éblouissants, aveuglants. Combien de fois était-il resté à l'écoute d'une voix intérieure qui l'encourageait à aller de l'avant et à prendre modèle sur les héros. Mais, au moment décisif, ses nerfs lâchaient et, à peine le flot de la bataille avait-il reflué qu'il se retrouvait à l'arrière, s'il n'était pas caché ou en fuite. Une fois l'orage passé, il revenait à sa résolution de redoubler de don de soi, de lutte, de fermeté au combat, la conscience torturée, le cœur désemparé, animé par un désir infini de perfection, se consolant parfois en se disant : « Je ne suis qu'un combattant sans armes, et si j'ai raté au passage les brillants actes de bravoure, il me suffit de me dire que jamais je n'ai hésité un seul instant à me jeter dans le feu de la bataille ! »

Sur le chemin de la place de la Gare, il se mit à observer les rues et les voitures. Tout le monde, semblait-il, prenait la même direction que lui, étudiants, ouvriers, fonctionnaires, gens du peuple; en voiture ou à pied, tous baignaient dans une quiétude propre à des gens qui se rendent à une manifestation pacifique et officielle. Il était comme eux animé du même sentiment, non pas comme autrefois, quand il cherchait son chemin vers le lieu de rassemblement de la manifestation, l'esprit en effervescence, le cœur cognant de plus en plus fort à mesure que s'agitait devant ses yeux le spectre de la mort. Car ça, c'était une époque révolue. Aujourd'hui, il allait tranquille, le sourire à la bouche. La lutte était finie? Il en était ressorti sain et sauf, avec rien à se reprocher et rien dont s'enorgueillir... Rien dont s'enorgueillir? Ah! si seulement il avait pu subir un petit quelque chose de ce dont des milliers de ses semblables avaient été victimes, comme la prison, le passage à tabac, une blessure non mortelle! N'était-il pas navrant

que le plus parfait salut fût la récompense de quelqu'un
doté d'un cœur comme le sien, d'un enthousiasme comme
le sien! En tant qu'étudiant en lutte il ne lui avait pas été
donné de se couvrir du moindre titre de gloire...

« Tu ne vas quand même pas nier ta joie de t'en être
tiré? Tu aurais préféré être au nombre des martyrs? Oh!
non. Tu aurais souhaité être au nombre des blessés encore
vivants! Ça oui! Tu en avais la possibilité, alors pourquoi
as-tu reculé? Ah! tu n'étais pas absolument certain que le
coup ne serait pas fatal ou que la prison serait temporaire!... Certes, tu ne craches pas sur ton salut d'aujourd'hui, mais tu aurais préféré avoir au moins subi
quelque malheur sans que celui-ci ne change rien à cette
heureuse fin! Faudra-t-il, si je lutte encore une fois,
demain, que je sache prédire l'avenir? Je vais à la manifestation pacifique le cœur serein et la conscience douloureuse... »

Il arriva sur la place aux environs d'une heure de
l'après-midi, soit deux heures avant l'heure fixée pour la
formation du cortège et il prit place à l'endroit qui lui avait
été assigné : la porte de la Gare. N'étaient présents sur la
place que les responsables et des groupes disséminés de
différentes confessions[1]. Le temps était tempéré si ce n'est
que le soleil d'avril cuisait ceux qui étaient exposés à ses
rayons. L'attente ne fut pas longue. Les groupes se mirent
bientôt à affluer sur la place par ses différentes voies
d'accès. Chacun d'eux se dirigea vers son drapeau, ce qui
incita Fahmi à commencer son travail avec plaisir et fierté.
Malgré le caractère modeste de sa tâche qui consistait en
tout et pour tout à faire mettre en rang les écoles derrière
leur drapeau, celle-ci ne l'en remplit pas moins de fierté et
d'orgueil, d'autant qu'il avait sous son autorité de nombreux étudiants plus âgés que lui et que les dix-neuf ans
qu'il traînait derrière lui faisaient figure de courte traîne

1. Pour affirmer la volonté unanime de l'Egypte d'accession à l'indépendance, les diverses communautés religieuses avaient pris part à cette
manifestation historique.

dans cette foule d'étudiants qui approchaient pour un grand nombre d'entre eux les vingt-deux et vingt-quatre ans, avec leur moustache roulée en pointe. Il remarqua des regards fixés sur lui avec intérêt, des lèvres tenir sur son compte des propos chuchotés. Il entendit aussi son nom – assorti de son titre populaire – courir sur certaines langues : « Fahmi Ahmed Abd el-Gawwad, délégué du haut Comité », ce qui fit vibrer sa corde sensible au point qu'il pinça les lèvres sans que le moindre sourire de gêne ou d'embarras capable de nuire à « son prestige » force sa bouche. Assurément, il devait conserver l'allure d'un délégué du haut Comité, le sérieux et la gravité dignes des jeunes combattants de la première heure afin d'ouvrir un vaste champ à l'imagination de ses spectateurs, où ils puissent pressentir les actes d'héroïsme et de lutte qu'il cachait derrière lui. Après tout, ces actes extraordinaires qu'il avait été incapable de réaliser dans la vie, ils pouvaient bien se réaliser dans leur imagination ! Jamais en lui ne s'émousserait le désir d'en voir porté davantage à son compte, même si son sentiment aigu de la réalité nue lui fendait le cœur : celle de n'être qu'un simple distributeur de tracts, un soldat d'arrière-garde et rien de plus !

Ce jour lui confiait la charge de conduire les écoles secondaires et de faire face à une haute fonction de chef. Les autres estimaient-ils encore davantage sa tâche que lui-même ne l'estimait ? Avec quel respect et quelle affection ils le saluaient. Jamais une réunion ne s'était tenue sans qu'il n'y avance une opinion écoutée. Et l'art oratoire ? Il ne t'est pas nécessaire d'être orateur, n'est-ce pas ? Tu peux être grand tout en n'étant pas orateur ! Mais quelle défaite sera la tienne le jour où le haut Comité se présentera devant le chef suprême, que les orateurs rivaliseront d'éloquence et que, toi, tu resteras blotti dans ton silence ! « Non, je ne resterai pas blotti dans mon silence ! Je parlerai. Je lâcherai la bride à mon cœur, qu'il soit ou non bon coursier ! Quand vas-tu te présenter devant Saad ? Quand vas-tu le voir pour la première fois et le contempler de tous tes yeux ? J'en ai le cœur qui bat et les yeux qui languissent de pleurer! Ce sera un grand jour. L'Egypte entière sortira pour l'accueillir. Le jour d'aujourd'hui ne sera rien de plus que ce qu'est la goutte d'eau à la mer. O Seigneur! Ça y est, la place est pleine. Les rues Abbas, Nubar Pacha, al-Fajala qui y mènent, aussi. Jamais on n'a vu une manifestation comme celle-ci. Cent mille personnes..., des tarbouches.., des turbans; les étudiants..., des ouvriers..., des fonctionnaires; les cheikhs, les prêtres, les juges... Qui aurait pu se l'imaginer? Ils ne font même pas attention au soleil! C'est ça l'Egypte. Pourquoi n'ai-je pas demandé à papa de venir?... Yasine a raison, nous nous oublions dans la masse, nous nous transcendons... Où sont mes petits soucis personnels? Envolés! Comme j'ai le cœur qui bat! Je vais en parler longuement ce soir et les jours suivants. Vous croyez que maman va trembler encore un coup? C'est un spectacle grandiose qui subjugue les cœurs et les rassure. Je veux en voir l'effet sur la trogne de ces salauds! Tiens, voilà leurs casernes qui surplombent la place, avec ce maudit drapeau qui flotte dans l'air. Il y a des visages aux fenêtres... Qu'est-ce qu'ils sont en train de se chuchoter? La sentinelle est une statue aveugle. Vos mitraillettes n'ont pas pu venir à bout de la révolution..., mettez-vous bien ça dans la tête! Vous allez bientôt voir Saad au milieu de cette place, à son retour triomphal. Vous l'avez exilé par les armes et, nous, on le ramène à mains nues. Vous allez voir avant de plier bagages!... »

L'immense cortège s'ébranla et déferla en vagues successives, chacune reprenant en chœur les slogans patriotiques. L'Egypte avait l'air d'une gigantesque manifestation, d'un seul homme, d'un seul cri. Les diverses confessions se succédèrent longtemps, très longtemps, au point qu'il eut l'impression que les rangs de tête arriveraient en vue du palais Abdine avant qu'il n'ait lui-même quitté son poste, lui et son groupe, devant la porte de la gare. La première manifestation qui défilait sans que les fusils mitrailleurs ne lui coupent la route! Ni balles d'un côté, ni pavés de l'autre! Sa bouche s'illumina d'un sourire. Il vit le groupe stationné immédiatement devant lui s'ébranler. Il fit demi-tour afin de se trouver face à « sa » manifestation. Il leva les bras. Un mouvement annonçant le départ et l'élan courut dans les rangs. Il lança une acclamation de sa voix la plus haute en marchant à reculons. Continua sa mission de guide et de héraut jusqu'à l'entrée de la rue Nubar puis abandonna ce second rôle à l'un de ceux qui l'entouraient, impatients d'intervenir, la bouche prise de convulsions, comme gagnée par les premières douleurs de l'enfantement et qui ne serait pas soulagée tant qu'elle n'aurait pas accouché de son cri. Il fit à nouveau demi-tour en marchant cette fois-ci devant lui, en levant tantôt le cou pour observer la partie avancée du corps de la manifestation dont on ne distinguait plus la tête, tantôt se tournant à droite et à gauche pour voir les groupes de spectateurs massés sur les trottoirs, aux fenêtres, aux balcons et sur les terrasses, qui reprenaient en chœur les acclamations. La vue de ces milliers de têtes rassemblées emplit son âme d'énergie ravivée et de paix redoublée, tel un rempart de boucliers dressé autour de lui. Une énergie inébranlable, à l'épreuve des balles.

Les forces de police veillaient à l'ordre, maintenant qu'elles étaient fatiguées de frapper et de charger. L'allure de ces hommes qui allaient et venaient à cheval comme des gardes attachés à la manifestation, affectés à son service, était la preuve la plus éloquente de la victoire de la révolution. Le commandant de police! N'était-ce pas le fameux Rasl bey? Mais si! C'était lui, il le reconnaissait parfaitement. Et celui-là, son adjoint, qui galopait derrière lui en jetant un regard figé et hautain à l'horizon, telle une protestation silencieuse contre le calme qui enveloppait la manifestation, comment s'appelait-il déjà? Pouvait-il oublier ce nom qui avait empli les oreilles au temps des jours noirs et sanglants? « Ça commence par un " J ", hein? Ja... Jou... Ji... Ah! ça veut pas me revenir! Ça y est! Julian! » Oh! comment ce nom abject avait-il pu filtrer jusqu'à sa conscience? Il s'abattit sur lui comme un nuage de poussière et étouffa son ardeur. « Comment pouvons-nous répondre à l'appel de l'enthousiasme et du triomphe quand le cœur est mort? Le cœur... mort? Mais il ne l'était pas il y a encore une minute. Ne te laisse pas abattre. Ne laisse pas ton cœur s'éloigner de la manifestation. Ne t'étais-tu pas juré d'oublier? Tu as bel et bien oublié, tu veux dire! Maryam? Qui est-ce? Cette vieille histoire? Nous vivons pour l'avenir, pas pour le passé... Guiz... Mr Guiz... Mr Guiz..., le voilà le nom de l'adjoint du commandant de police. Que Dieu le maudisse! Retourne donc à tes cris pour chasser cette poussière accidentelle de ton esprit. »

« Sa manifestation » s'approchait peu à peu du jardin de l'Ezbékiyyé dont les hauts arbres lançaient leurs cimes au-dessus des drapeaux jalonnant la rue sur toute sa longueur, tandis qu'apparaissait au loin la place de l'Opéra, tel un océan de têtes agglutinées, comme poussées d'un seul et même corps qui ensevelissait le sol. Il criait avec force et enthousiasme, tandis que la foule reprenait son acclamation avec une voix qui emplissait l'air comme un roulement de tonnerre. Quand ils arrivèrent en vue du mur du jardin, une détonation claqua. Sa gorge se figea et il regarda autour de lui en s'interrogeant, inquiet. Un bruit familier qui tant de fois avait éclaté à ses oreilles le mois passé et dont l'écho avait résonné tant de fois dans sa mémoire au milieu du silence de la nuit. Mais jamais il n'avait pu s'y faire; à peine retentissait-il que son sang ne faisait qu'un tour et que son cœur s'arrêtait de battre.

— Un coup de feu!

— C'est absurde! La manifestation n'est-elle pas officielle?

— Et la traîtrise? Tu n'y avais peut-être pas pensé!

— Mais je ne vois pas de soldats!

— Le jardin de l'Ezbékiyyé est un camp gigantesque qui en pullule!

— C'est peut-être un pneu de voiture qui a éclaté?

— Peut-être!

Il prêta l'oreille à ce qui se passait autour de lui sans toutefois retrouver son calme. Au bout de quelques secondes à peine, une autre détonation retentit. Ah!... plus de doute, un coup de feu comme le précédent. Où cela a-t-il pu tomber? N'est-ce pas un jour de paix? Il ressentit un mouvement de trouble se propager parmi les manifestants, cela venait de l'avant comme une lourde vague repoussée vers le rivage par un bateau fendant le milieu du fleuve. Puis des milliers de gens refluèrent et se dispersèrent en envoyant en tous sens des coups incoercibles et fous de confusion et de panique, pris dans un halo de cris effrayants de colère et de peur. En un clin d'œil, les rangs s'éparpillèrent et la construction échafaudée s'écroula. Une série de coups de feu secs se succédèrent. Un cri de colère et un gémissement de douleur s'éleva. La marée humaine se souleva, se déchaîna, lança ses vagues vers tous les points de fuite, balayant tout sur son passage... Mais fuis donc! Il faut absolument fuir! Si les balles ne te tuent pas, c'est les bras et les pieds qui vont le faire!

Il alla pour s'enfuir, ou reculer, ou tout au moins changer d'endroit. Mais il ne fit rien... Qu'est-ce que tu fais là, debout, alors que tout le monde est dispersé? Tu es seul, à découvert! Mais fuis donc!

Ses bras et ses jambes amorcèrent un lent, faible et flasque mouvement. Quel vacarme! Mais pourquoi ces cris déjà? T'en souviens-tu? Comme les souvenirs s'échappent de toi à toute vitesse! Que veux-tu? Crier? Quoi?... ou tout au moins appeler? Qui? Quoi? Ça parle en toi, tu entends? Tu vois? Mais où ça? Rien, plus rien... C'est de plus en plus noir... Un doux mouvement s'égrène, régulier comme un tic-tac de montre, avec lequel le cœur se fond... Un chuchotement l'accompagne. La porte du jardin, hein, on dirait! Elle ondule, coule, fond tout doucement; le grand arbre se balance nonchalamment... Le ciel... Le ciel? Il s'étale tout là-haut. Plus rien que le ciel, paisible, souriant, distillant la paix.

*

M. Ahmed entendit un bruit de pas à l'entrée de la boutique. Il leva la tête de son bureau et vit trois jeunes gens s'avancer vers lui, l'air sérieux et grave, puis s'arrêter contre son bureau en disant :

– La paix soit avec vous! Que Dieu...

Ahmed Abd el-Gawwad se leva et répondit avec sa courtoisie habituelle :

– La paix soit avec vous. Dieu vous prenne en Sa miséricorde et vous bénisse!

Puis, désignant les chaises :

– Je vous en prie, asseyez-vous...

Mais les jeunes gens n'honorèrent point son invitation tout en l'en remerciant et celui du milieu demanda :

– Vous êtes bien M. Ahmed Abd el-Gawwad?

– Oui, monsieur, répondit-il avec le sourire, même si l'interrogation se lisait dans ses yeux.

« Qu'est-ce qu'ils peuvent bien me vouloir? Des achats? Hors de question! Vous avez déjà vu venir faire des achats avec cette démarche militaire qu'ils avaient en entrant, ce ton grave qu'ils prennent pour parler? Et puis il est déjà plus de sept heures du soir! Ne voient-ils donc pas al-Hamzawi en train de monter les sacs sur les étagères, signe que la boutique va fermer? Seraient-ils de ces quêteurs...? Mais... Saad vient d'être libéré et la révolution est terminée! Et moi, maintenant, je ne suis plus disponible que pour la veillée! Sachez, vous autres, que je ne me suis pas lavé la tête et le visage à l'eau de Cologne, peigné les cheveux et la moustache, que je n'ai pas ceinturé ma *djoubba* et mon cafetan pour accueillir vos trognes! Qu'est-ce que vous voulez? »

Il eut néanmoins l'impression, en regardant son interlocuteur, que son visage ne lui était pas inconnu. L'avait-il déjà vu? Où? Quand? Allons, tâche de te souvenir!... Ce qui était sûr en tout cas, c'est qu'il ne le voyait pas pour la première fois!... Ah! j'y suis!...

– N'êtes-vous pas, demanda-t-il avec le sourire, son visage ayant retrouvé sa bonhomie, ce noble jeune homme qui s'est avancé pour nous sauver à temps le jour où les gens se sont montés contre nous à la mosquée d'al-Hussein, que Dieu soit satisfait de lui?

— Si, monsieur! répondit le jeune homme à voix basse.

« C'est bien ce qui me semblait! Les sots disent que le vin affaiblit la mémoire!... Mais qu'est-ce qu'ils ont à me regarder comme ça? Non, mais regarde ça..., regarde ça!... Ces regards-là ne me disent rien de bon. Mon Dieu, faites que ce ne soit rien de grave! Protégez-moi de Satan le lapidé! Ce n'est pas pour rien que mon cœur se serre! Ils sont venus pour quelque chose en rapport avec... »

— Fahmi? Vous êtes venus pour le voir... au moins!

Le jeune homme baissa les yeux et dit d'une voix tremblotante :

— Notre mission est pénible, monsieur, mais elle est de notre plus strict devoir. Puisse Dieu vous inspirer la force d'âme!

Ahmed Abd el-Gawwad se pencha brusquement en avant, en s'appuyant sur le rebord de son bureau et s'écria :

— La force d'âme? Et pour quoi? Fahmi?

— Nous avons la douleur, continua le jeune homme avec une profonde tristesse de vous faire part de la mort de notre frère, le combattant Fahmi Ahmed.

— Fahmi? s'écria-t-il avec dénégation même si ses yeux exprimaient déjà clairement sa disposition à le croire et son effondrement.

— Il est mort en héros dans la manifestation d'aujourd'hui.

— Il est entré dans le rang des justes comme un vaillant patriote et un saint martyr..., ajouta le garçon à sa droite.

Il recevait leurs paroles avec une oreille assourdie par la peine. Le silence lui scellait les lèvres. Ses yeux s'abandonnèrent à un regard perdu et absent. Un court instant passa où le silence les submergea, y compris Gamil al-Hamzawi qui resta cloué à sa place sous les étagères, interdit, tendant vers M. Ahmed un regard plein de détresse, avant que le jeune homme ne reprenne dans un murmure :

— Sa perte nous est terriblement douloureuse, mais nous

ne pouvons qu'accueillir la mort avec la force d'âme des croyants... dont vous êtes, monsieur!

« Ils te font leurs condoléances! Ce jeune homme ignore que tu es le premier à savoir formuler des condoléances en pareille circonstance! Mais qu'est-ce qu'elles signifient pour un cœur meurtri? Rien! Comment les mots pourraient-ils éteindre le feu de la douleur? Mais, au fait, n'as-tu pas pressenti le malheur avant même que leur porte-parole n'ait ouvert la bouche? Oui, le spectre de la mort s'est agité devant tes yeux et maintenant que la mort est là, une réalité jetée à tes oreilles, tu refuses de croire, ou alors ton courage t'abandonne et tu ne veux pas croire. Mais comment croire que Fahmi est vraiment mort? Croire que c'est ce même Fahmi qui, il y a quelques heures encore, implorait ton pardon, que tu as trouvé importun et dont tu t'es détourné? Fahmi qui nous a quittés ce matin débordant de santé, d'espoir et de joie... Il est mort... mort! Je ne le verrai donc plus désormais ni à la maison ni nulle part sur cette terre? Comment la maison pourrait-elle exister sans lui? Comment pourrais-je encore être père après lui? Où s'en vont les espoirs fondés sur lui? Il n'y a plus d'espoir désormais que dans la constance! La constance? Ah!... Tu sens l'élancement aigu de la douleur? La voilà la vraie douleur! Tu te méprenais parfois. Tu prétendais souffrir. Mais non, jamais tu n'as souffert avant aujourd'hui. La voilà la vraie douleur! »

– Monsieur, armez-vous de courage et remettez-vous à Dieu!

Ahmed Abd el-Gawwad leva les yeux vers le jeune homme et dit d'une voix malade :

– Je croyais que le temps du meurtre était terminé!

– La manifestation d'aujourd'hui était pacifique, reprit le jeune homme, avec des accents courroucés. Les autorités l'avaient autorisée et des personnalités de divers groupements y ont participé. Elle a d'abord commencé par défiler en toute sûreté jusqu'à ce que la moitié du cortège parvienne au jardin de l'Ezbékiyyé. Là, sans que nous ayons eu le temps de réaliser, les balles se sont mises à pleuvoir sur nous de derrière le mur, sans raison aucune. Personne ne s'en était pris aux soldats, ni en bien ni en mal. Nous nous étions même abstenus de crier des slogans en anglais pour éviter les provocations. Mais la folie meurtrière s'est emparée d'eux d'un seul coup. Ils se sont jetés sur leurs fusils et se sont mis à tirer. Tout le monde est prêt à adresser une vive protestation à la Maison du protectorat. Nous nous sommes même juré de faire prononcer publiquement à Allenby ses regrets concernant l'acte irraisonné des soldats...

– Mais il ne rendra pas la vie à un mort! répliqua Ahmed Abd el-Gawwad sur le même ton malade.

– Hélas! non.

– Il n'avait jamais pris part aux manifestations dangereuses, reprit Ahmed Abd el-Gawwad avec douleur. C'était la première à laquelle il se mêlait!

Les jeunes gens échangèrent entre eux des regards lourds de sens mais aucun ne dit mot, et, comme si Ahmed Abd el-Gawwad étouffait dans le cercle de ses « assiégeants », il s'exclama dans un profond soupir.

– A la grâce de Dieu! Où vais-je le retrouver maintenant?

– Au Qasr el-Aïni, répondit le jeune homme.

Puis, appelant d'un signe Ahmed Abd el-Gawwad à l'apaisement lorsqu'il le vit pressé de partir :

– Ses obsèques seront célébrées en même temps que celles de treize de nos frères martyrs, demain, à trois heures de l'après-midi précises.

– On ne me laissera même pas l'accompagner à sa dernière demeure depuis sa maison! s'exclama Ahmed Abd el-Gawwad dans un cri de détresse.

– Non, ses funérailles seront célébrées au milieu de ses frères dans une cérémonie populaire! répondit le jeune homme sur un ton ferme.

Puis il ajouta sur un ton de prière :

– Le Qasr est maintenant encerclé par des forces de police. Il serait bon d'attendre. Nous tenons à permettre aux familles des martyrs d'assister à la levée du corps avant l'enterrement. Fahmi ne peut pas décemment avoir un enterrement ordinaire comme ceux qui finissent leurs jours à la maison...

Puis il lui tendit la main pour le saluer en disant :

– Ayez courage. Ce courage, vous ne le trouverez qu'en Dieu!

Les deux autres jeunes gens lui serrèrent la main à leur tour en lui renouvelant leurs condoléances. Puis ils quittèrent tous trois la boutique.

Il appuya sa tête contre sa paume en fermant les yeux quand lui parvint la voix de Gamil al-Hamzawi lui présentant ses condoléances avec des accents éplorés. Mais il semblait mal disposé aux condoléances. Il ne put supporter davantage de rester. Il quitta sa place en marchant à pas lents et pesants et finit par quitter la boutique. Il fallait qu'il sorte de sa confusion : il ne savait même pas comment être triste! Il aurait voulu s'isoler. Mais où? Dans une minute ou deux la maison serait un enfer. Les amis l'assailleraient sans lui laisser le loisir de penser. Quand pourrait-il méditer la perte qui venait de le frapper? Quand lui serait-il donné de s'y perdre pour échapper au monde tout entier? Cela semblait bien loin. Mais ça viendrait à coup sûr! Voilà toute la consolation qu'il trouvait pour l'instant. Oui, viendrait un moment où il s'isolerait, seul avec lui-même, et se consacrerait à sa peine de tout son être. A ce moment-là, il ferait bon reconsidérer la situation de son fils à la lumière du passé, du présent et de l'avenir. Tous les stades de sa vie, la petite enfance, l'enfance, puis la fleur de la jeunesse; les espoirs qu'il avait fait naître, les souvenirs qu'il laissait derrière lui et, lui, il lâcherait la bride à ses larmes pour les épuiser jusqu'à la dernière. Oh! oui, il avait devant lui une grande plage de temps qui lui tenait à cœur. Il n'y avait pas lieu de s'affliger. Voyez le souvenir de la querelle survenue entre eux après la prière du vendredi ou celui de leur dialogue de ce matin où le blâme avait répondu à l'appel à la tendresse, combien tout cela lui prenait déjà de temps à méditer, à se remémorer, à s'attrister; combien tout cela lui dévorait le cœur excitait ses larmes! Comment s'affliger après cela? Les jours à venir lui réservaient-ils donc tant de bonheur? Il leva sa tête alourdie de pensée et les moucharabiehs de la maison s'annoncèrent à ses yeux assombris. Il pensa pour la première fois à Amina au point que ses jambes faillirent l'abandonner. Qu'allait-il bien pouvoir lui dire? Comment allait-elle prendre la nouvelle? Elle, si faible et si fragile, qui pleurait à la chute d'un oiseau!

« Tu te souviens ce qu'elle a pu pleurer pour le meurtre du fils d'al-Fouli? Qu'est-ce que ça va être pour celui de Fahmi! Le meurtre de Fahmi! Est-ce vraiment ta fin, mon petit? Mon cher et pauvre petit! Amina..., notre fils s'est fait tuer! Fahmi s'est fait tuer! Quelle...! Vas-tu faire interdire les lamentations comme tu le faisais jadis pour les youyous? Vas-tu te lamenter toi-même ou faire venir les pleureuses? Elle est peut-être en ce moment en train de présider la séance du café entre Yasine et Kamal en se demandant ce qui a mis Fahmi en retard. Il va tarder longtemps, tu sais... Tu ne le verras plus jamais..., ni lui, ni son corps, ni son cercueil... Quelle cruauté... J'irai le voir, moi, au Qasr, mais, toi, tu n'iras pas. Je ne le permettrai pas... Est-ce dureté ou pitié? Et puis à quoi bon... »

Il se retrouva devant la porte. Sa main se tendit machinalement vers le heurtoir, puis il se rappela que la clef était dans sa poche. Il l'en tira, ouvrit la porte et entra. A cet instant, il entendit Kamal qui chantait d'une voix caressante :

> *Passez me voir une fois l'an.*
> *C'est mal d'abandonner les gens...*

IMPRIMÉ EN FRANCE PAR BRODARD ET TAUPIN
Usine de La Flèche (Sarthe).
LIBRAIRIE GÉNÉRALE FRANÇAISE - 43, quai de Grenelle - 75015 Paris.

ISBN : 2 - 253 - 05091 - 1   ◈ 42/3125/4